KB096463

Henry James

The Portrait of a Lady

•

한 여인의 초상 1

창비

스펜서 웰스

유명숙·유희진 옮김

인류 에이의 조상1

25

창비세계문고

차례

•

1908년 부활절 지음
『청어의 조상』

『한 여인의 초상』은 『로더릭 허드슨』(*Roderick Hudson*, 1875)[1] 과 마찬가지로 피렌쩨에서 쓰기 시작했다. 내가 그곳에서 석달 을 보낸 1879년 봄의 일이었다.[2] 『로더릭 허드슨』과 『미국인』(*The American*, 1877)이 그러했듯이 이 소설은 『애틀랜틱 먼슬리』[3]에 게 재될 예정이었고, 1880년부터 연재가 시작됐다. 그러나 『맥밀런 매 거진』[4]에도 매달 실렸다는 점에서 두 전작과 달랐다. 영국과 미국 의 문학적 교류의 양상이 달라지는 가운데 그때까지 유지되던 영 미 문학지의 동시 '연재'는 나의 경우 이 작품이 거의 마지막 사례 에 속한다. 『한 여인의 초상』은 긴 소설이고, 쓰는 데 시간이 많이

----

1 헨리 제임스의 첫 장편소설.
2 실제로는 1880년임.
3 1857년 미국 보스턴에서 창간된 문학월간지.
4 1859년 영국 런던에서 창간된 문학월간지.

걸렸다. 이듬해 베네찌아에 머문 몇주 동안[5] 다시 집필에 박차를 가했던 기억이 난다. 당시 나는 리바델리스끼아보니 가街에 소재한, 싼자까리아 선착장으로 이어지는 거리 근처의 집 꼭대기층을 세내어 지냈다. 창밖으로 강변의 삶과 경이로운 석호潟湖가 펼쳐졌고 베네찌아 사람들이 왁자지껄 떠드는 소리가 들려왔는데, 글의 진도를 나가기 위해 쓸데없이 조바심을 치다가 저 푸른 해협에 배가 솟아오르듯 어떤 적절한 아이디어와 더 나은 표현이, 차후 드러날 내 주제의 예기치 않은 전환이, 화폭에 정확하게 붓을 댈 다음 순간이 떠오르지 않을까 싶어 뻔질나게 창가로 달려가기도 했다. 하지만 창밖 풍광에 안절부절 영감을 호소할 때 대체로 다음과 같은 응답이 돌아왔음을 나는 아직도 선명하게 기억한다. 이딸리아라는 나라에 널려 있는 고풍스럽고 역사적인 유적들은 그 자체를 소재로 삼지 않는 한 창작에 집중하는 데 그다지 도움이 안된다는 준엄한 경고 말이다. 서투른 표현을 떠올리기 위한 방편쯤으로 삼기에 그런 곳들은 그 자체의 삶으로, 의미로 너무도 충만해서 예술가가 제기하는 작은 물음을 큰 물음으로 바꿔놓는다. 그래서 얼마 후 나는 글이 안 풀릴 때마다 창밖 풍광을 내다보는 게 역전의 정예부대에게 거스름돈을 속인 행상인을 붙잡아달라고 부탁하는 꼴이라는 생각을 하게 된다.

『한 여인의 초상』을 다시 읽는 중에, 이 책의 어떤 페이지에서는 드넓은 연안의 넘실대는 물결들, 발코니가 있는 집들에 칠해진 색색가지의 커다란 점들, 파동 치듯 겹겹이 이어지는 작은 곱사등의 다리들, 다리 위로 점점이 또각또각 소리를 내며 오르락내리락하

5 1881년 4~6월.

는 행인들이 파도와 함께 눈앞에 다시 펼쳐지는 듯했다. 베네찌아 사람들의 발소리와 고함 소리가 ─ 그곳 사람들은 입을 열었다 하면 강을 가로질러 부르듯 큰 소리로 말했다 ─ 다시 창밖에서 들려오는 듯하면서, 감각적 즐거움과 정신적 혼란, 좌절을 동시에 느끼던 옛 기억이 되살아난다. 그렇게 전반적으로 상상력을 일깨우는 곳들이 어째서 바로 그 순간 상상력이 원하는 구체적인 무엇을 주지 않는 것일까? 풍광이 아름다운 곳에서 거듭 이런 놀라움에 빠져들던 기억이 난다. 진상은 이렇지 싶다. 즉, 상상력이 이런 호소를 하게 되는 곳들은 너무 많은 것을, 그 상황에서 당장 필요한 것보다 더 많은 것을 선사한다고. 그래서 주변 풍경에 관한 한, 이런 곳들이 우리의 상상력이 다소간 광채를 더해줄 수 있는 수수하고 밋밋한 곳들보다 작업하기 오히려 덜 적합하다는 사실을 알게 된다. 베네찌아 같은 장소는 우리의 자선을 받아들이기에는 너무 자존심이 강하다. 베네찌아는 빌어 쓰지 않는다. 다만 모든 걸 당당하게 베풀 뿐이다. 우리는 그 덕을 엄청나게 보지만 그렇게 덕을 보기 위해서는 일을 아예 접든지 아니면 오직 베네찌아를 위해 일해야만 한다. 이 책에 관한 회상에는 이런 회한이 서려 있다. 비록 전체적으로는 그때 집필한 책과 '문필 활동'이 그로 인해 더 나아졌음이 분명하지만 말이다. 주의를 기울였으나 허사로 돌아간 일이 종종 기이하게도 풍성한 결과를 낳는다. 주의를 어떤 식으로 빼앗겼고 낭비했느냐에 모든 것이 달려 있다. 고자세로 무례하게 사기를 치기도 하고, 은밀하고 교활하게 속이기도 한다. 그리고 아무리 용의주도한 예술가라 하더라도 이런 속임수에 어김없이 빠질 만큼의 어리석은 성심과 조바심치는 원망願望은 언제나 있게 마련이다.

이 지면을 통해 내 착상의 기원을 짚어내려고 애쓰다가, 그것이 결코 '플롯' — 음험한 용어이다 — 의 기발한 착상, 섬광처럼 공상에 불을 붙이는 일련의 이야기, 혹은 (이야기꾼의 관점에서 보면) 그 자체의 논리에 의해 즉각적으로 기동하고 행진하고 돌진하고 잰걸음으로 달려가는 상황들에서 연원한 것이 아님을 깨달았다. 착상의 기원은 전적으로 단 한명의 인물에 대한 느낌, 특별히 매력적인 한 젊은 여성의 성격과 면모였고, 배경을 포함해 '주제'에 보통 따라붙는 요소들을 이 인물에 덧붙일 필요가 있었다. 이 젊은 여성이 가장 매력적인 상태에서 흥미롭듯이, 이 소설의 계기^{motive}를 해명하는 과정이 내 상상력 속에서 어떤 모양으로 발전했는지 기억을 더듬어보는 일 또한 흥미롭다는 점을 거듭 강조하고 싶다. 씨앗에 잠재한 성장의 힘, 싹트고 나와야 할 필연성, 마음에 품은 아이디어가 가능한 한 높이 자라 빛과 공기를 흠뻑 쐬면서 풍성하게 꽃피게 만드는 그런 탁월한 결정들, 그리고 그에 못지않게, 노력이 결실을 맺고 난 후에 집필의 내밀한 과정, 그 과정의 단계를 차근차근 되짚어 재구성할 수 있는 멋진 미래의 가능성 — 이것이 이야기꾼의 기술이 갖는 매력이다. 나는 몇년 전 소설의 심상^{心像}이 통상 무엇을 발단으로 하는지 이반 뚜르게네프 씨의 경험담을 들었던 기억을 소중하게 간직하고 있다. 그에게 소설의 발단은 거의 언제나 눈앞에 어른거리는 어떤 인물, 또는 인물들의 상^像인데, 이들은 능동적으로든 수동적으로든 그의 관심을 요구하고, 있는 그대로의 모습으로, 각자가 됨됨이에 따라 그의 마음을 움직인다. 이런 식으로 그들을 임의적인 인물로, 우연과 복잡다단한 삶의 지배를 받는 존재로 바라보면 그 모습이 선명해지고 나면 그들의 성격을 가장 잘 끌어낼 수 있는 적절한 인간관계를 찾아내야 한다. 등장인물들을 이해하는 데 가장 유용하고 알맞은 상황들을, 그들 자신이 야기하고 반응할 법한 복잡한 상황을 상상해 만들어내고 조합해야 한다는 것이다.

"여기까지 가는 데 성공하면 내 '이야기'를 갖게 됩니다." 그는 이렇게 말했다. "그게 내가 이야기를 찾아내는 방식입니다. 그 결과 '스토리'가 별로 없다는 비난을 받곤 하지요. 나 자신은 내게 필요한 만큼, 인물들과 그들의 관계를 보여줄 수 있을 만큼의 스토리가 있다고 생각합니다. 그게 내 유일한 기준이거든요. 인물들을 충분히 오래 지켜보고 있으면 그들이 모여서 자리를 잡고 이런저런 일을 하고 이런저런 어려움에 처하는 걸 보게 됩니다. 내가 마련해놓은 배경에서 그들이 어떻게 보이고 움직이고 말하고 행동하는가가 내가 풀어내는 스토리입니다. 그런데 그렇게 되면, 유감스럽게도, 아마도 소설의 구성이 성글겠지요. 하지만 소설의 구성이 복잡해져서 내가 진실을 드러내는 데 방해받을 위험이 있다면 성긴 쪽이 더 낫다고 생각합니다. 프랑스인들은 물론 내가 제시하는 것보다 더 복잡한 구성을 좋아하는데, 그건 그 나라 사람들이 워낙 그 방면으로 재주를 타고났기 때문입니다. 물론 할 수 있는 한 최대한 노력해야지요. 선생께서 물었듯이, 바람에 날리는 그 씨앗들이 원래 어디서 오는지 누가 알겠어요? 그런 물음에 대답하려면 우리는 멀리, 너무 멀리 되돌아가야 하거든요. 하늘의 모든 방향에서 날아온다고, 길모퉁이를 도는 거의 매 순간마다 거기에 있다는 게 우리가 말할 수 있는 전부가 아닐까요? 씨앗들은 쌓이고 우리는 언제나 그중에서 고르고 선택합니다. 씨앗들은 삶의 숨결이지요. 삶이 그 나름의 방식으로 우리에게 씨앗들을 날려 보내준다는 의미에서 말이지요. 이미 규정되고 부가되는 방식으로 씨앗들은 삶의 흐름을 타고 우리 마음속으로 흘러들어오는 겁니다. 이렇게 보면, 젠체하는 비평가가 작품의 주제를 이해하지 못하고 불평하는 건 바보짓에 불과합니다. 그러면 그 소설의 주제가 다른 무엇이 됐어야 맞다고 지적해야지요. 비평가의 가장 중요한 임무가 지적하는 일이니까요. 그렇게 하라면 어쩔 줄 몰라하겠지요. 아, 내가 작품으로 해낸 것과 해내지 못한 것을 비평가가 지적한다면 그건 다른 문제입니다. 그가 잘하는 게 그거니까요. 난 '소설의 구성'은 비평가가 마음 내키는 대로 하라고 다 넘겨주는 편입니다." 나의 고명한 친구가 말을 맺었다.

이렇게 이 멋진 천재가 말한바, 불쑥 찾아오는 형상, 매인 데 없는 인물, 가변적인 상에 내재한 암시의 강렬함에 관한 언급을 나는 훈훈한 감사의 마음으로 기억한다. 그의 진술은 내가 그때 실현하지 못한 상상력의 바로 그 축복받은 습관, 즉, 상상의 산물이든 실제로 만났든, 한쌍의, 또는 일군의 인물에게 기본적인 특성과 권위를 부여하는 기술에 더 큰 확신을 주었다. 나 자신은 작품의 배경보다 인물을 너무나 앞세워 우선적으로 의식하고 관심을 갖는 터라 대체로 말 앞에 마차를 놓는 경향이 있다. 이야기를 먼저 구상한 다음 그 속의 인물을 그려낼 수 있을 정도로 상상력이 풍부한 작가를 내가 부러워했을지는 모르지만 흉내 낼 능력은 없었다. 나로 말하자면, 이야기라는 배를 제대로 띄울 인물을 명백히 필요로 하지 않는 이야기나, 특정한 입장에 처한 인물들의 성격과 이를 받아들이는 방식이 흥미를 불러일으키지 않는 상황에는 별 관심이 없다. 성공한 것으로 보이는 작가들 가운데는 이런 지지대 없이 사건을 전개하는 서술 방식을 구사한 사례도 있다고 본다. 그러나 그런 묘기를 무턱대고 부릴 필요는 없다고 귀띔해준 존경스런 그 러시아 작가의 증언이 그때 내게 얼마나 중요했는지 잊지 않고 있었다. 그 발언만큼 실제로 전방위적인 여운을 남기지 않았을지는 몰라도 그가 해준 다른 말들도, 고백컨대, 나는 생생하게 기억한다. 그의 말을 듣고 난 다음, 객관적 가치라는 골치 아프고 왜곡되고 헷갈리는 문제, 심지어 비평적 평가와 소설의 '주제'라는 문제까지도 필요에 따라 명료하게 읽어낼 수 있게 됐다.

나로 말하자면 옛날부터 그런 가치 기준을 정확하게 평가하고, 이에 의거해 도덕적인 주제와 '부도덕한' 주제에 관한 지루한 논쟁을 바보짓으로 치부할 직관 정도는 갖고 있었다. 주어진 주제의 가치를 재는 단 하나의 척도를 기꺼이 받아들였기 때문에, 나는 자기 주장의 범위를 처음부터 전혀 제한하지 않고 용어를 정의하는 작업을 전적으로 소홀히 하는 비평적 허위의식에서 배운 것이 거의 없었다. (주제의 가치를 재는 문제에 제대로 답하면 다른 것들, 즉 삶의 직접적인 인상과 인식의 결과로서 그것이 한마디로 유효한지, 진짜인지, 진실한지 등은 제쳐놓아도 무방하다.) 돌이켜보니 젊을 때 나의 태도에는 그런 자부심의 그림자가 크게 드리웠다. (오늘날 달라진 점이 노년의 조바심과 주의력 쇠퇴뿐이라고 하지 않는다면 말이다.) 이런 맥락에서 하나의 예술작품을 만들어내면서 느낀 삶의 총량에 그 작품의 '도덕적' 감각moral sense이 전적으로 달려 있다는 점보다 더 유용하고 의미심장한 진실은 없다. 따라서 뛰어난 예술가적 감성의 종류와 수준 문제로 돌아갈 수밖에 없는바, 이것이 작가의 주제가 발아하는 토양이 되기 때문이다. 그 토양의 질과 수용력, 모든 삶의 비전을 제대로 싱싱하고 올곧게 '키울 수 있는' 능력은 작품에 투사된 도덕성을 강하든 약하든 드러낸다. 여기서 토양은 진짜 경험이 어떤 지적 존재에 남긴 흔적과, 크게든 적게든, 주제와의 밀접한 연관을 뜻한다. 물론 이렇게 말한다고 해서 예술가의 도덕성이 드러나는 양상이——그 양상이 작품의 가치를 최종적으로 좌우한다——광범위하고 불가사의하게 변화무쌍하지 않다고 주장하는 것은 아니다. 어떤 때는 풍부하고 멋진 매개가 되기도 하고, 어떤 때는 상대적으로 형편없이 인색한 매개가 되기도 하니 말이다. 여기서 우리는 하나의 문학적 형식으로서 소설이 갖는 높은 가치를 정확히 알게 된다. 형식을 엄밀하게 보존하면서 사람에 따라 (또는 남녀에 따라) 다를 수밖에 없는 상황이 만들어낸 전체 주제와 개인이 맺는 관계의 모든 차이들, 삶의 전망과 성찰하고 상상하는 기질의 모든 다양함 및 개별적 관계와의 차이를 섭렵할 뿐 아니라 잠재된 파격으로 소설의 형식에 긴장을 불어넣거나 균열을 만들면서 그 성격을 한층 진실하게 드러내는 소설의 힘 말이다.

한마디로 소설이라는 집에는 창문이 하나가 아니라 수없이 많다. 있음직한 수많은 창문들은 계산에 넣지 않는다고 해도 말이다. 이 집의 거대한 정면에 각자 상상력을 발현해야 할 필요성과 각자의 의지가 가하는 힘에 의해 창문이 하나하나 뚫렸고, 앞으로도 뚫리리라. 모양이나 크기가 제각각인 그 구멍들이 모두, 인간의 삶을 내려다보고 있기 때문에 실제 상황보다 천편일률적인 이야기를 전할 것이라고 생각할 수도 있다. 하지만 그것들은 기껏해야 창문이요, 꽉 막힌 벽의 높은 곳에 놓인 연결되지 않은 구멍들에 불과하다. 곧장 삶을 향해 열리는 여닫이문이 아니라는 것이다. 그러나 각각의 창문에는 두 눈을 가진 인물이, 최소한 야외용 쌍안경을 가진 인물이 서 있다는 나름의 특징이 있는데, 눈과 쌍안경은 그것을 사용하는 사람에게 매번 다른 모든 사람이 받는 인상과 구별되는, 관찰의 독특한 수단을 확보해준다. 그와 그의 이웃들은 동일한 장면을 보고 있지만, 그중 어떤 이는 다른 이보다 더 많이 보고, 어떤 이가 검은 것을 본다면 어떤 이는 흰 것을 보며, 어떤 이가 작은 것을 본다면 어떤 이는 큰 것을 보고, 또 어떤 이가 거친 것을 본다면 다른 어떤 이는 섬세한 것을 본다. 그외 다양한 변수가 있다. 다행스럽게도 하나의 창문이 특정한 두 눈 앞에 펼쳐놓지 못할 게 아무것도 없다고 말할 수 있다. 가시 범위를 계산할 수 없다는 바로 그 이유 때문에 '다행스럽다'고 말하는 것이다. 펼쳐진 장場, 즉 삶의 발굴 현장은 '주제의 선택'이다. 폭이 넓든, 발코니 창이든, 길쭉한 틈새 같은 것이든, 뚫어놓은 창문은 '문학의 형식'이다. 그러나 관찰자라는 붙박이 존재, 즉, 예술가의 의식 없이는, 주제든, 형식이든, 아무것도 아니다. 예술가가 무엇이라고 말해주면 나는 그가 어떤 것을 의식하고 있는지 말해주리라. 그로써 나는 예술가의 무한한 자유와 그의 '도덕적' 준거점을 설명할 수 있으리라.

그러나 이 모든 것은 『한 여인의 초상』을 향해 내가 암중모색을 시작한 과정을 에둘러 한 말에 불과하다. 『한 여인의 초상』은 단 하나의 인물을 손에 넣은 데서 시작한다. 여기서 그 인물을 그런대로 확보하게 된 경위를 설명하지는 않겠다.[6] 다만 내가 그 인물을 완벽하게 파악한 것처럼 보였고, 정말 오랫동안 친숙해졌지만 그럼에도 여전히 매력적이었으며, 너무도 긴박하게, 성가시게 그 인물의 움직임을, 이를테면 변화 과정을 지켜보았다고 말하는 것으로 충분하다. 그 형상이 자신의 이런 혹은 저런 운명에 정신을 집중하고 있음을 내가 지켜보았다는 말인 셈인데, 가능한 운명 중에서 어떤

6 이저벨 아처는 결핵으로 젊은 나이에 사망한 제임스의 사촌 미니 템플(Minny Temple, 1845~70)과 그가 알고 지낸 또다른 미국 여성 클로버 후퍼(Clover Hooper)라는 인물에 근거했다는 것이 정설이다.

것인가가 관건이었다. 그렇게 해서 나는 생생한 인물 하나를 갖게되었다. 주변 상황이나 복잡한 관계에 얽매이지 않은 자유로운 상태였지만 ─사람들은 인간의 정체성을 형성하는 주형鑄型을 대부분 거기서, 즉 상황이나 관계에서 유추한다 ─이상하게도 생생했다. 작가들이란 대개 환영幻影에 제자리를 잡아줌으로써 문제를 해결해나가는바, 아직 자리를 잡지 못한 환영이 어떻게 그토록 생생했을까? 엄청난 일이기는 해도 상상력의 성장사를 쓸 수 있을 정도로 우리가 섬세하다면 그런 의문에 멋지게 답할 수 있으리라. 그러면 상상력에 어떤 놀라운 일이 일어났는지 묘사할 수 있다. 예컨대어떤 호조건에서 이러저러한 형상이 만들어지고 생명을 얻어 삶으로부터 직접 인계받게 되었는지를 명료하게 파악할 수 있게 된다는 것이다. 그렇게 해서 그 형상은, 보다시피, 그것을 붙잡아 지키고 보호하며 향유하는 상상력에 자리를 잡는다. 다종다양한 귀중품을 취급하는 상인이 ─저당 잡힌 진기한 물건에 '선금'을 치를 수 있는 신중한 상인 말이다 ─신원 미상의 영락한 귀부인이나 모험적인 호사가가 맡겨놓은 희귀한 소품을 염두에 두고 있듯이, 어두침침하고 잡다한 물건으로 가득 찬 마음속 뒤편 가게에 그 형상이 있음을 의식하게 된다고나 할까. 벽장문을 열쇠로 따면 진품이 가치를 발하며 거기에 놓여 있다.

이것은, 내가 여기서 언급한 특정한 '가치', 즉 그 젊은 여성의 본성이 갖는 ─내가 그토록 오랫동안 정말 특이하게도 내 뜻대로할 수 있었던 ─형상에 대한 다소 지나치게 섬세한 비유일지 모른다. 그러나 소중히 품은 기억에 따르면 그런 비유는 사실과 꼭 들어맞는 것으로 보인다. 그 보물을 오직 올바로 배치하기 위한 나의 경건한 욕망을 상기한다면 말이다. 나는 그래서 어떤 댓가를 치르더라도 저속한 자들에게 넘기느니 차라리 그 소중한 물건을 '현금화하지 않고' 무한정 보존하기로 한 상인을 떠올렸다. 왜냐하면 이러한 형상과 인물, 그리고 보물들을 취급하는, 그 정도로 섬세한 상인들이 정말 존재하니까. 그러나 핵심은, 이 단 하나의 작은 초석, 즉 자신의 운명에 도전하는 한 젊은 여성이라는 착상이『한 여인의 초상』이라는 커다란 건물을 짓기 시작할 때 내가 가진 장비의 전부였다는 점이다.『한 여인의 초상』은 정방형의 널찍한 집이 되었다 — 적어도 개고를 하는 과정에서 나는 그렇게 생각했다. 어쨌거나 나의 젊은 여주인공이 홀로 거기에 서 있는 동안 그녀를 빙 둘러서 집이 세워져야만 했다. 그 집은, 예술적으로 말해서, 나에게 흥미를 불러일으키는 환경이었다. 왜냐하면, 고백컨대, 나는 그 구조물을 분석하려는 호기심에 다시 빠져들어 길을 잃었기 때문이다. 어떻게 논리적으로 살을 붙여야 이 대수롭지 않은 '인물'이, 총명하지만 주제넘은 여성의 희미한 그림자에 지나지 않는 이 인물이, 주인공의 고귀한 속성들을 부여받게 될까? 그리고 그런 인물이 빈약함 때문에 훼손되지 않도록 정말이지 어떻게 하면 최선을 다할 수 있을까? 총명하든 총명하지 않든, 수많은 처녀들이 대담하게 매일 자신의 운명에 도전하는데, 그들의 운명에 어떤 대단한 일이 펼쳐지기에 우리가 법석을 떨어야 하는가? 이 소설은 본질적으로 하나의 '소동', 무언가에 대한 소동이며, 소설의 구성이 커질수록 소동도 커지기 마련이다. 그래서 이 난제에 봉착했을 때 나는 의식적으로 이저벨 아처를 둘러싼 소동을 적극적으로 그려내는 작업에 착수했다.

나는 이 엄청난 과업을 정면으로 응시한 것으로 기억하는데, 그 결과 이 난제의 매력을 정확히 인식하게 되었다. 조금만 생각해봐도 얼마나 내용이 풍부한 문제인지 즉각 알게 될 것이다. 또, 우리가 세상을 보고 있는 내내 그 놀라운 존재들, 이저벨들과 그보다 훨씬 자잘한 여성들조차 얼마나 절대적으로, 비상하게, 자신의 말을 들어달라고 졸라대는지 알 수 있으리라. 조지 엘리엇은 그 점을 감탄스럽게 이렇게 표현했다. "이 연약한 여성들의 몸은 유구한 세월 동안 인간다운 감정이라는 보물을 품어왔다."『로미오와 줄리엣』에서는 마땅히 줄리엣이 중요하다. 이는『애덤 비드』와『플로스 강의 방앗간』『미들마치』『대니얼 디론다』에서 각각 헤티 쏘렐, 매기 털리버, 로저먼드 빈시, 그웬돌린 할리스가 중요해 마땅한 것과 마찬가지다. 그들의 발이 그만큼 굳건하게 대지를 딛고, 그들의 폐가 그만큼 힘차게 숨 쉬면서 말이다. 그럼에도 하나의 부류로서는 전형인 그들 개개인을 사태의 중심에 놓는 일은 어렵다. 사실 너무도 어려워서 수많은 작가들, 가령 디킨스나 월터 스콧 같은 탁월한 작가들, 스티븐슨처럼 섬세한 솜씨를 지닌 작가도 그런 과업을 시도하지 않은 채 남겨두었다. 사실 시도할 가치가 없다는 태도를 짐짓 취하고 그런 주제를 기피한 — 이름만 대면 우리가 알 만한 — 작가들도 있는데, 그런 소심함으로 체면치레를 할 수 있는 건 아니다. 여성의 가치를 잘못 재현하는 것은 가치의 증언이 아니고, 가치의 불완전한 이해조차 아니며, 결코 진실에 바치는 헌사도 될 수 없다. 그런 제재를 다루면 아주 '망치고' 말 거라는 예술가의 막연한 느낌은, 예술적인 관점에서 보면, 변명거리가 될 수 없다. 중요한 건 그보다는 더 나은 길이 있고, 최선의 길은 실수의 위험을 최소화하고 작업을 시작하는 것이다.

반면에 셰익스피어와 조지 엘리엇의 증언과 관련해서는 이렇게 답할 수 있겠다. 즉 줄리엣, 클레오파트라, 포샤 들과, (심지어 똑똑

하고 당찬 젊은 여성의 바로 그 유형과 모범인 포샤까지 포함해)
헤티, 매기, 로저먼드, 그웬돌린 등에 셰익스피어와 조지 엘리엇이
부여한 중요성의 의미가 반감되는바, 주제의 주요한 기둥으로서
형상화될 때 가녀린 이들은 그 주제의 매력을 좌우하는 단독적인
실행자가 되지 못하고 살인과 전쟁, 세상의 격변이 따르지 않을 경
우, 극작가들이 말하듯이, 막간 희극이나 곁줄거리로서 간신히 연
명하면서 자신들의 부적절함을 보여줄 뿐이다. 만약 그들이 감히
자처할 만큼 '중요한' 인물로 그려진다면, 그 증거는 더 굳센 체질
의 수많은 다른 인물들[7]이다. 그리고 더 나아가 그들 각자는 자신
들에게 중요한 수백가지 관계가 딸린 상황과 연결되어 있다. 클레
오파트라가 안토니우스에게 매우 중요하지만 그의 동지와 적, 로
마의 상황, 그리고 임박한 전투 또한 아주 중요하다. 포샤는 안토니
오와 샤일록, 모로코의 왕자, 그리고 그녀를 원하는 수많은 왕자들
에게 중요하지만 이런 신사들에게는 다른 중대한 관심사가 있다.
특히 안토니오에게는 샤일록과 바사니오, 그리고 침몰한 그의 선
박과 그가 처한 지독한 곤경이라는 문제가 있다. 사실 이런 지독한
곤경은 포샤에게 있어서도 마찬가지로 중요하다. 하지만 전적으
로 포샤가 우리에게 중요하다는 바로 그 사실 때문에 흥미를 끌 따
름이다. 어쨌든 포샤가 그렇게 중요하고, 거의 모든 문제가 다시 그
녀의 중요성으로 되돌아온다는 사실은 어린 여자에 불과한 인물의
가치를 인정한 멋진 사례가 된다는 나의 주장을 뒷받침해준다. (어
린 여자에 '불과하다'고 말한 건, 주로 왕자들의 열정에 몰입해 있
었을 셰익스피어조차도 그가 공들여 묘사한 포샤의 매력이 그녀의

----

7 남성 인물.

높은 사회적 지위에서 유래한다고 주장하지는 않을 것이기 때문이다.) 그것이 바로 큰 어려움을 무릅쓴 하나의 예다. 조지 엘리엇이 말한 '연약한 여성들의 몸'을, 우리의 가장 중요한 관심사는 아니더라도 최소한 가장 분명한 계기로 삼는 어려움 말이다.

그런 어려움에 용감하게 맞서는 것을 보면 자기 일에 진짜 몰입한 예술가는 예외 없이 이 멋진 자극을 고통으로, 정말이지 어려움이 가중되기를 바라는 그런 종류의 고통으로 느낀다. 이런 상황에서 가장 씨름할 가치가 있는 어려움은 주어진 상황이 허용하는 가장 큰 어려움일 수밖에 없다. 나는 이 소설을 쓰면서 ─ 즉, 유독 불안한 내 입지를 언제나 직면하면서 ─ 그 연약한 여자가 전투를 끝까지 치르게 하는 데 이것보다는 더 나은 길이 ─ 아, 다른 어떤 것보다 훨씬 나은 길이! ─ 있을 거라고 생각했던 기억이 난다. 조지 엘리엇의 '보물'을 담지한 연약한 여성이 호기심으로 다가가는 사람에게 중요해지는 것처럼 그 자체로 중요성을 띨 가능성, 즉 소설적 처리를 허용할 가능성이 있다. 사실 그 가능성이 고려되는 순간 그런 작업이 요구된다. 그런 매력을 지닌 연약한 여주인공을 자세하게 서술하는 것을 면할 방법은 언제나 마련되어 있다. 그녀와 주변인물들의 관계를 바라보는 관점을 회피와 퇴각, 도주의 방편으로 사용함으로써 주변인물들과의 관계를 하나의 압도적인 관점으로 만드는 재주를 부리면 된다. 그녀가 자아내는 전반적인 효과를 제시하되, 그 위에 구조물을 세우는 한에 있어서, 최대한 편안하게 제시하면 된다. 그런데 이젠, 확고히 구축한 〔인물들의〕 관계도關係圖가 상당히 단단하게 구축된 최대한의 편안함이 얼마나 내 마음에 들지 않았는지, 그리고 그런 불편함을 정정당당하게 두개의 저울 위에 놓고 떨쳐버렸던 기억이 생생하다. "여주인공의 의식을 주제의 핵심으로 삼자"라고 나는 스스로에게 다짐했다. "그러면 바라는 만큼 흥미롭고 아름다운 난제를 얻게 될 것이다. 그 핵심에 의식을 놓고 파고들어라. 저울 한편에 가장 무거운 것을 올려놓자. 그러면 그것은 주로 그녀가 자신과 맺는 관계가 되리라. 동시에 자기 자신 외의 다른 것에 어지간히 흥미를 갖도록 만들면 그녀와 다른 인물들의 관계가 지나치게 협소해질 염려는 없다. 반면에 저울의 반대쪽에는 좀더 가벼운 것 ― 이것이 대개는 결정적인 역할을 한다 ― 을 올려놓자. 간단히 말해 여주인공을 중심으로 도는 위성들, 특히 남자들의 의식을 아주 살짝 눌러주고 남자들의 의식을 더 큰〔여주인공의〕의식에 이바지하게 만든다. 어쨌든 이런 식으로 해서 어떤 일이 벌어지는지 지켜본다. 적절한 재능을 가진 작가에게 이보다 더 알맞은 창작의 무대가 어디 있겠는가? 그 처녀는 매력적인 존재로서 사라지지 않고 어른거리고 있는바, 이제 그런 구도에서 그녀에게 최상의 조건들을 부여하고, 더 나아가 가능한 한 모든 조건들 속에 그녀를 놓으면 된다. 기억하자. 서사를 풀어나가기 위해 그녀와 그녀의 소소한 관심사에 전적으로 의지하는 것이 내가 그녀를 진정으로 '완성케' 하는 길임을."

나는 그렇게 추론했고, 그런 기술적 엄밀성이 넓지 않은 대지 위에 깔끔하고 면밀하게 균형 잡힌 벽돌 건조물을 쌓아올려서 대지를 굽어보는, 건축에 비유하자면, 문학적 기념비를 세울 수 있다는 근거 있는 자신감을 불어넣었음을 지금에 와서는 확신할 수 있다. 오늘날『한 여인의 초상』은 나에게 그렇게 보인다. 뚜르게네프 씨라면 소설 구성의 솜씨가 발휘된 작품이라고 말했을 법한데,『대사들』이후, 내가 느끼기에, 가장 균형미를 이룬 작품이다. (『한 여인의 초상』이 나오고 한참 후에 발표된『대사들』이 명백히 더 원숙한 작품이다.) 나는 한가지를 결심했다. 즉, 흥미를 유발하기 위해 내가 물론 벽돌을 한장씩 쌓아올려야 했지만, 줄이 비뚤어지고, 균형이 안 맞고, 경치가 안 좋다고 말할 여지를 남겨둬서는 안된다고. 흔히 말하는 식으로 돋을새김한 천장과 채색한 홍예문을 갖춘 큰 건물을 세우겠지만, 독자가 발 딛고 있는 바둑판무늬의 보도가 벽의 구석구석까지 뻗어 있지 않다는 느낌을 주지는 않겠다고. 이 소설을 다시 읽으면서 가장 마음에 와닿는 부분이 이런 조심성이었다. 독자들에게 즐거움을 제공하려는 내 조바심을 스스로 확인할 수 있었으니 말이다. 내 여주인공에게 있음직한 취약점을 염두에 둘 때 독자에게 즐거움을 제공하는 일은 아무리 해도 지나치지 않으며, 그 과정에서 이런 진지한 탐구가 전체적인 모양을 갖췄다는 생각이 들었다. 그리고 정말이지 이것이 이 이야기의 진화에 대해 내가 덧붙일 수 있는 유일한 설명이다. 시작을 그렇게 하자 저절로 굴러가는 데 필요한 게 마련되어 적절한 플롯이 이미 시작됐다는 생각이 들었다. 여주인공 자신이 본질적으로 복잡한 존재여야 한다는 것은 당연했다. 그건 기본이었고, 어쨌든 이저벨 아처는 그런 빛을 발하며 처음 등장했다. 그러나 그 불빛은 특정한 방향을 향했을 뿐이고, 그녀가 복잡한 인물임을 보여주기 위해 경합하고 갈등하는 다른 불빛들, 불화살, 원통형 폭죽, 회전 불꽃 등, 불꽃놀이의 향연처럼 다채로운 색깔의 불빛들이 동원됐다. 말할 나위 없이 내게는 제대로 복잡해진 플롯을 눈 감고도 따라갈 수 있는 직관이 있다. 하지만 이 경우 소설에 드러난 전체 상황이 단계별로 어떻게 구성되었는지 추적하지는 못할 것 같다. 그 단계들은 가치가 있든 없든 거기 있다. 그리고 아주 많이 있을 수도 있다. 그러나 그런 단계들이 어디서, 어떻게 왔는지는 전혀 기억에 없다.

어느날 아침 일어나보니 이저벨 아처의 이력에 기여할 일군의 인물들 — 랠프 터칫과 그의 부모, 마담 멀, 길버트 오즈먼드의 딸과 누이, 워버턴 경, 캐스퍼 굿우드, 그리고 스택폴 양 — 이 내 손에 있구나 알게 된 격이었다. 나는 그들을 알아봤고, 알게 되었다. 그들은 내 퍼즐 맞추기에 포함된 조각들이었고, '플롯'을 구성하는 구체적인 조건이었다. 그들은 모두 내 가장 중요한 물음, 즉 "자, 이제 이저벨 아처는 뭘 할 건가?"에 화답해 자발적으로 그러는 듯 내 시야로 들어와 자기들을 신뢰한다면 보여주겠노라고 대답하는 것 같았다. 그래서 난 적어도 깜냥껏 흥미롭게 해달라고 간절히 부탁하면서 그들을 신뢰했다. 그들은 시골에서 파티가 열릴 때 열차편으로 내려온 일군의 수행원이나 도우미 같았고, 파티의 여흥을 보증하는 계약서처럼 보였다. 이것이 내가 그들과 맺은 멋진 관계였고, 심지어 헨리에타 스택폴처럼 (응집력의 부족으로) 부러진 갈대처럼 보이는 존재와도 그런 관계가 가능했다. 열심히 집필하는 소설가에게 한 작품의 어떤 요소들이 핵심적이라면, 다른 것들은 단지 형식에 지나지 않는다는 것은 상식이다. 이런저런 인물, 이런저런 제재의 성격은 주제에 직접적으로 작용하는 반면, 그외 다른 것들은 단지 간접적으로, 즉 어떻게 다루느냐와 밀접한 연관이 있을 따름이라는 것이다. 하지만 이 사실에서 소설가가 덕을 보는 경우는 거의 없다. 분별력에 근거를 둔 비평만이, 이 세상에서는 찾아보기 힘든 비평만이 작가에게 진정으로 도움이 될 수 있으니 말이다. 더 나아가 덕 볼 생각도 하지 말아야 할 것이, 그 길은 불명예로 향하기 때문이다. 작가는, 다시 말해, 하나만 생각해야 한다. 작가가 얻는 이득은 그 내용이 뭐든, 비평가보다 더 단순한, 가장 단순한 주의력에 주문呪文을 걸었다는 데서 나온다. 작가의 권리는 그게 전부다. 독자의 성찰과 분별력의 결과에 대해 작가는 아무런 권리가 없음을 인정해야 한다. 그는 이 멋진 공물供物을 향유할 수는 있지만 그건 다른 문제인 것이, 덤으로 얻은 선물로, 완전히 기적 같은 횡재로, 자기가 나무를 흔들어 떨어뜨렸다고 주장해서는 안 되는 과실로 받아들인다는 조건하에서만 그렇게 할 수 있기 때문이다. 세상 만물이 작가에게 도움이 될 성찰과 분별을 방해하고 있다. 그런 까닭에 작가는, 많은 경우에 애초부터 오직 '일용한 양식'을 위해서만 작품을 쓰도록 스스로를 단련시켜야만 한다. 일용할 양식은 독자가 '마법'에 걸렸음을 의식하는 데 필요한 최소한의 집중을 해주는 데서 얻어진다. 때때로 던져지는 반가운 '팁'은 독자의 지성이 발휘된 결과로서, 바람에 흔들린 나무에서 곧바로 작가의 무릎으로 떨어진 일종의 황금 사과이다. 물론 변덕을 부리고 싶을 때면 지성을 향한 직접적인 호소가 먹힐 수 있는 (예술의) 천국을 꿈꿀 수 있다. 작가의 열망이 이런 사치에 완전히 등을 돌릴 수는 없기 때문이다. 그가 할 수 있는 최선은 그게 사치임을 기억하는 것이다.

『한 여인의 초상』에서 내가 방금 언급한 진실을 헨리에타 스택폴이 훌륭하게 예시한다는 점을 우아하게 돌려 말하기 위해서 이렇게 길게 늘어놓는지 모르겠다. 헨리에타 스택폴은 내가 생각해낼 수 있는 어떤 인물 못지않게 훌륭하다. 시간의 품에 안겨 더 나은 인물이 되었다고 할 수 있는『대사들』의 마리아 고스트리를 제외한다면 말이다. 두 인물 모두 마차에 달린 바퀴에 불과하다. 둘 다 마차의 몸통에 속하지 않고, 임시라도 마차 안에 좌석이 마련되지 않는다. 그곳에는 소설의 주제만이 '남녀 주인공'이라는 형상으로 모셔져 있는데, 말하자면 왕과 왕비와 함께 특권을 누리는 고위

26

관료들만이 마차에 동승한다. 일반적으로 자신이 깊이 느낀 것이면 무엇이든 전달되었으면 하고 바라듯이, 작자가 자신의 작품에서 이런 느낌이 전달됐으면 하고 바라는 데는 이유가 있다. 하지만 그런 바람이 얼마나 무의미한지를 우리는 알고 있고, 내가 너무 큰 기대를 갖는다면 딱한 일이다. 마리아 고스트리와 스택폴 양은 각각 진정한 행동의 동인이 아니라 가벼운 보조자에 해당하는 사례이다. 그들이 '아무리 훌륭하다 해도' 그들은 마차 옆에서 달린다. 숨이 찰 때까지 (가여운 스택폴 양이 눈에 띄게 그러하듯이) 마차에 매달릴 수는 있다. 그러나 둘 다 내내 마차의 디딤대에 발을 올리기는커녕, 먼지투성이 길을 걷는 것을 한순간도 멈출 수 없다. 심지어 이들은 프랑스 혁명의 첫 전반기, 그 불길하기 짝이 없는 날에[8] 왕가의 마차를 베르사유에서 빠리로 되돌리는 데 한몫한 생선 장수 아낙들과 비슷하다고 해도 좋다. 그렇다면 왜 이 소설에서 헨리에타가 기이하고 거의 불가해할 정도로 자주 등장해 (그녀는 너무 자주 나타난다) 참견하고 나대게 내버려두었는가 하는 질문이 불가불 제기될 것이다. 이런 변칙에 대해서 할 수 있는 한 독자의 의구심을 덜 수 있는 방향으로 답변하도록 하겠다.

아직도 더 강조하고 싶은 점은 스택폴 양과는 달리 행위의 진짜 주체였던 소설의 인물들과 내가 멋지게 신뢰 관계를 구축했다 하더라도 독자와 나의 관계가 여전히 남아 있었다는 사실이다. 그건 전혀 다른 문제였고, 믿을 사람은 나밖에 없는 문제라고 생각했다. 그런 조바심은 따라서 예술적인 인내로 표현되었다. 말했다시피 나는 그런 인내심으로 벽돌을 한장씩 쌓아올렸다. 그 벽돌 전체를 집

---

8 혁명 지지자들이 베르사유 궁에 난입해서 왕과 왕족들을 빠리로 데리고 돌아온 날.

계해보니 — 하지만 벽돌에 손을 대거나 꾸며내거나 늘리거나 하지 않고 — 실제로 거의 헤아릴 수 없을뿐더러 정밀하게 맞아떨어지고 꽉 찬 것처럼 보였다. 그것은 디테일의 효과, 아주 세밀한 것까지 챙긴 결과이다. 이와 관련해 하고 싶은 말을 다 하라고 하면, 그 수수한 기념물의 전체적으로 넉넉한 분위기가 여전히 남아 있으면 하는 바람을 표할 테다. 여주인공에 대한 흥미를 돋우기 위해 그녀의 속성 가운데 가장 명백한 것을 정확히 짚어냈음을 상기하면서 세세하고 조마조마하고 정교한 많은 실례 가운데 적어도 그 일부의 요체는 잡아낸 듯싶다. "그녀는 뭘 '할' 것인가?" 가장 먼저 할 일은 유럽으로 건너가는 것인데, 그게 사실상 필연적으로 그녀가 감행할 주요한 모험에서 적지 않은 부분을 차지한다. 이 멋진 시대에 유럽으로 건너가는 것은 연약한 여성들에게조차 가벼운 모험이다. 그러나 한편으로 — 홍수와 들판, 감동적인 사건들, 전투와 살인, 비명횡사 등과 무관하다는 점에서 — 그녀의 모험이 가벼우리라는 것은 너무나 당연하지 않겠는가? 여기서 그녀가 받은 느낌과 얻은 깨달음 없이는 그런 모험은 아무것도 아니라고 해야 하리라. 그러나 그런 느낌과 깨달음이 신비스럽게 바뀌는 것, 드라마 — 혹은 더 유쾌한 용어로 말한다면 '스토리' — 의 재료로 바뀌는 것 자체가 절묘하게 멋지면서 어려운 일 아니겠는가? 나의 주장은 종소리만큼이나 명료하다. 내 생각에 그런 전환의 효과를 보여주는, 복잡 미묘한 작용의 두 사례가 이저벨이 비 오는 날 오후에 젖을 걸 무릅쓰고 산책을 나갔다가 가든코트의 거실로 들어와서 그곳에 자리 잡은 마담 멀을 발견한 것을 서술한 페이지에 나온다. 피아노 연주에 몰입했지만 평온한 마담 멀과 맞닥뜨리고 땅거미가 깔리는 그런 시간 속에서 이전에는 전혀 들어보지도 못한 마담 멀이 존재하는 곳에서 이저벨이 자기 삶의 전환점을 깊이 인식하는 장면 말이다. 어떤 예술적 표현이든 일일이 설명하고 의도를 역설하는 것은 불쾌한 일이라 이제 와서 그러고 싶지는 않다. 그 장면에서는 감정의 강렬함을 최대한 키우되 부담은 최소한으로 줄이는 게 핵심이었다는 점을 지적하는 선에서 그치겠다.

흥미를 최고도로 끌어올리되 흥미를 자아내는 요소들은 감정의 기조를 지켜야 한다. 그래서 이 모든 게 깊은 인상을 준다면 '흥미진진한' 내면적 삶이 완벽하게 일상적인 삶을 영위하는 이에게 어떤 영향을 끼치는지 보여줄 수 있다. 이런 목표를 좀더 여일하게 적용한 사례로는 소설의 중반을 넘어서 자신에게 중요한 이정표가 되는 사건을 계기로 생각에 잠겨 밤샘할 때 드러난 여주인공의 긴 진술을 빼놓을 수 없다. 핵심만 뽑아서 말한다면 그것은 탐색하는 비평정신의 철야徹夜일 뿐이다. 그러나 철야 장면은 스무개의 사건으로 할 수 있는 것보다 더 소설을 앞으로 전개시킨다. 그 장면은 사건의 역동성과 그림의 함축성을 한껏 드러내도록 설계되었다. 그녀는 밤이 이슥하도록 꺼져가는 벽난로 앞에서 사리분별의 성찰에 빠져들었고, 그러자 일전의 뚜렷한 상像이 갑자기 멈춰서는 것을 본다. 이 장면은 이저벨의 움직임 없는 '응시'만을 재현한 것이면서, 고요하고 투명할 뿐인 그녀의 행위를 대상隊商이 습격당하거나 해적으로 정체가 드러나는 것만큼이나 '흥미롭게' 만들려는 시도다. 따지고 들자면 이 장면은 소설가라면 중요하게 여길, 나아가 필수불가결한 것으로 간주할 깨달음의 순간을 드러내 보여준다. 그러나 아무도 이저벨에게 다가가지 않고, 그녀가 의자에서 일어서지도 않으면서 이 모든 일이 일어난다. 이는 명백히 작품에서 가장 멋진 부분이지만, 전체 구상을 탁월하게 드러내는 하나의 사례에 불과하다. 헨리에타에 관해서는 그녀를 그냥 미완성으로 남겨놓은 것에 사과의 뜻을 표한다. 그녀는 내 계획의 일부가 아니라 여분으로서, 나의 과도한 열정을 예시한다. 선택의 여지가 있거나 작중 인물이 덜 다뤄질 위험이 있을 때 과도하게 다루는 내 성향이 일찌감치 나타났던 것이다. (동료 소설가들은 대부분 동의할 생각이 없는 것으로 알고 있지만 나는 언제나 그런 과도함을 상대적으로 사소한 잘못이라고 주장해왔다.)『한 여인의 초상』에서 그런 인물을 '다루는' 일은 어떤 경우라도 그 인물이 독자를 즐겁게 해주어야 할 특별한 의무가 있음을 결코 잊지 않는다는 것을 의미한다. 거기에는 주인공의 현저한 빈약함이라는 위험요소도 있는데, 모든 수단을 써서라도 활력을 불어넣음으로써 그런 위험을 피해야만 했다. 최소한 이것이 내가 현재 작품을 보는 관점이다. 헨리에타는 당시 내가 멋진 활력이라고 생각한 것의 표현이었음이 분명하다. 그리고 그때는 다른 문제도 있었다. 나는 몇해 전부터 런던에 살게 되었는데[9] 당시 내 느낌으로는 '국제적인' 빛이 내 삶의 현장에 두껍고 진하게 내려앉아 있었다. 너무 많은 나의 작품이 그 빛 속에 걸려 있었다. 그러나 그건 또다른 문제다. 할 말이 정말 너무도 많다.

헨리 제임스

---

9 헨리 제임스는 1876년 12월에 빠리에서 런던으로 거주를 옮겼다.

환영합니다

1장

일정한 조건만 충족된다면, 살면서 오후의 티타임으로 알려진 의식儀式에 바치는 것보다 더 유쾌하게 시간을 보낼 때도 별로 없다. 차를 마시든 마시지 않든—물론 차를 절대 마시지 않는 사람도 있기는 하다—티타임 자체가 즐거움이 되는 그런 상황이 있다. 이 소박한 이야기를 풀어나가면서 내 머리에 떠오른 상황은 이 무해한 소일거리의 멋진 배경이 됐다. 빛나는 여름 오후의 정점이라고 묘사해야 할 시점에 작은 성찬盛饌의 집기들이 영국의 전원 고택 잔디밭에 차려져 있었다. 오후가 이울어가도 아직 한 자락이 남아 있었고, 그렇게 남은 오후에는 정말 순수하고 희귀한 뭔가가 있었다. 어스름이 제대로 깔리려면 아직 몇시간 남았지만, 홍수 같은 여름 햇빛은 물러가기 시작했고, 공기는 부드러웠으며, 융단 같은 잔디밭에 그림자가 길게 깔렸다. 하지만 그림자가 조금씩 길어지면서 풍경에 앞으로 올 여유로움이 나타났다. 그 순간 그 광경에서 즐거움을 맛본다면 아마도 이것 때문이리라. 5시에서 8시 사이가 어떨 땐 하나의 작은 영원을 이루는데, 이 경우 그 시간은 영원한 즐거움일 수밖에 없다. 티타임에 참석한 이들은 이런 즐거움을 조용하게 누렸다. 그들의 성별은 내가 언급한 의식의 신봉자들을 줄곧 배출해온 것으로 알려진 쪽[1]이 아니었다. 완벽한 잔디밭에 직선과 각을 이룬 그림자가 드리웠다. 차를 차려놓은 낮은 다탁 옆 키버들 의자에 깊이 파묻혀 앉아 있는 노인과 그 앞에서 이따금 대화를 나누며 어슬렁거리는 두 젊은 남자의 그림자였다. 노인은 손에 큰 찻잔을 쥐고 있었다. 티 세트와는 모양이 다른, 화려한 색상의 유달리 큰 잔이었다. 얼굴을 집 쪽으로 향한 그는 잔을 턱에 오래 댄 채 매우 용의주도하게 그 내용물을 비웠다. 그와 함께 있는 젊은이들은 차를 다 마셨거나 차를 마시는 특권에 무심한 듯 담배를 피우면서 서성거렸다. 그중 한명은 오며 가며 시시때때로 노인을 살폈는데, 노인은 이를 의식하지 않고 저택의 짙은 붉은색 정면에 눈길을 주었다. 잔디밭 너머로 솟은 저택은 그런 관심에 값할 만한 건물로, 내가 묘사하려고 하는 특별히 영국적인 풍경에 정말 어울리는 피사체였다.

저택은 강 위로—런던에서 약 40마일 떨어진 템스 강 상류이다—솟은 낮은 언덕 위에 서 있었다. 세월과 풍상이 그림을 그린 답시고 별짓을 다했지만 더 멋스럽게 풍치를 더했을 뿐인 붉은 벽돌의 길쭉한 정면은 잔디밭을 향해 양쪽으로 뾰족하게 경사진 지

---

1 여성을 가리킴.

붕과 담쟁이덩굴로 덮인 벽, 일련의 굴뚝들, 그리고 담쟁이로 덮인 창문들을 드러내 보였다. 이름과 역사가 있는 집이었다. 차를 마시고 있는 노신사는 흔쾌히 저택의 내력을 들려주리라. 이 집이 에드워드 6세 때 어떻게 건축되었고, 이 집에서 위대한 엘리자베스 여왕이 하룻밤 묵은 것이며, (그 존엄한 분은 거대하고 웅장하며 아주 네모반듯한 침대에 옥체를 누이셨는데, 그 침대는 아직도 제일 훌륭한 침실에서 명예로운 자리를 차지하고 있다) 크롬웰 전쟁 때는 외관이 상당히 손상되었고, 왕정복고 후 보수 증축되었으며, 18세기에 볼썽사납게 개축된 이후 마침내, 이 저택을 정성스레 돌봐온 명민한 미국인 은행가의 소유가 되었음을. 처음에는 워낙 싼값에 나왔기 때문에 ─ 구구절절 설명하기에는 너무 복잡한 상황이었다 ─ 이 집을 샀다. 보기 흉하고, 너무 낡았고, 살기 불편한 집이라고 불평하면서 샀지만, 이십년이 다 된 지금, 그는 이 저택에 대해서 진정한 심미적 열정을 느끼게 되었고 그 모든 면모에 정통해서 정확히 어느 지점에 서서 봐야 그런 면모들이 조화를 이루는지, 집의 다양한 돌출부가 만드는 그림자들이 정확히 언제 딱 알맞은 비율로 세월에 지친 따뜻한 벽돌 건물에 차분하게 내려앉는지 기꺼이 말해줄 것이다. 여기에 덧붙여 이 집을 소유했거나 이 집에 살았던 사람들을 거의 대부분 손꼽아 열거할 수도 있을 텐데, 그중 몇몇은 이름만 대면 알 만한 사람들이다. 저택의 역사에 현재 소유주인 자신이 결코 누가 되지 않음을 대놓고 과시하는 일 없이 말이다. 잔디밭 쪽이 내려다보이는 저택 정면은 ─ 우리의 이야기와 관련된 곳이 여기다 ─ 현관이 아니었다. 현관은 다른 쪽에 있었다. 여기서는 사생활 보호가 최우선이었고, 편편한 언덕 꼭대기를 덮은 널따란 잔디 카펫은 호화로운 집 내부의 연장인 것처럼 보였다.

고요하고 거대한 떡갈나무와 너도밤나무는 벨벳 커튼같이 짙은 그늘을 드리워서 그곳은 쿠션을 댄 의자, 화려한 색상의 깔개와 잔디밭 위에 놓인 책과 신문 등이 갖춰진 방 같았다. 강은 좀 떨어져 있었고, 경사를 이루는 곳에서 잔디밭이라고 말할 수 있는 것이 끝났다. 그렇다고 강가로 가는 산책로가 덜 매력적인 것은 아니었다.

다탁 앞의 노신사는 삼십년 전에 미국에서 건너왔는데, 짐 꾸러미와 함께 자신의 미국적인 골격도 갖고 왔다. 갖고 왔을 뿐 아니라 썩 잘 유지해서 필요하다면 자신만만하게 본국으로 도로 갖고 갈 수 있을 정도였다. 어쨌거나 현재 그가 자리를 옮길 것 같아 보이지는 않았다. 여행할 수 있는 시절은 지나갔고 최후의 안식을 맞기 전에 휴식을 취하고 있었으니 말이다. 그는 깨끗이 면도한 기름한 얼굴에 균형 잡힌 이목구비와 평온한 명민함을 드러냈다. 연출의 여지가 많지 않은 얼굴이었기에 느긋한 기민함이 장점으로 돋보였다. 그의 얼굴은 그가 인생에서 성공했음을 드러냈지만, 남을 해코지하면서 독식한 성공은 아니고 실패의 무던함도 많이 겪은 성공이라는 점 또한 말해주는 것 같았다. 그가 사람들을 많이 겪어본 것이 분명하지만, 유머러스한 눈을 빛내며 큰 찻잔을 다탁에 드디어 조심스럽게 내려놓을 때 그의 널찍하고 여윈 뺨에 감도는 희미한 미소에는 거의 촌사람의 소박함이 깃들어 있었다. 그는 깨끗하게 솔질한 검은 옷을 단정하게 차려입었는데, 개킨 숄을 무릎에 덮고 있었고, 발은 수놓은 두꺼운 슬리퍼로 감쌌다. 의자 근처 풀밭에 누워 있는 잘생긴 콜리종種 개 한마리가 볼수록 위풍당당한 저택 외관을 애정 어린 눈길로 주시하는 주인 얼굴을 역시 애정을 담아 지켜보았고, 털을 곤두세운 부산한 작은 테리어가 다른 두 신사들에게 이따금 관심을 보였다.

이들 중 한명은 눈에 띄게 건장한 삼십대 중반의 남자였다. 내가 방금 묘사한 노신사의 얼굴과는 달리 완벽하게 영국적인 얼굴이었다. 주목을 끌 만큼 잘생긴 얼굴로, 혈색이 좋고 금발에 소탈한 표정, 뚜렷한 이목구비에 반짝이는 회색 눈과 숱 많은 밤색 수염이 매력을 더했다. 이 인물은 뭐랄까, 남달리 축복받은 듯 빛나는 모습—고도로 발달한 문명이 수태한 낙천적인 기질—을 드러냈는데, 거의 모든 사람이 그를 보면 부럽다는 생각이 들 만했다. 그는 장시간 말을 달려온 듯 박차가 달린 승마장화에 흰 모자를 쓰고 있었다. 뒷짐을 진 한 손에는—크고 하얀, 잘생긴 주먹이었다—손때 묻은 한쌍의 개가죽 장갑을 쥐고 있었다.

옆으로 펼쳐진 잔디밭에 긴 그림자를 드리운 그의 친구는 전혀 다른 타입이었다. 다른 사람에게 진지한 호기심을 불러일으킬지는 몰라도 앞 사람과는 달리 무턱대고 그와 자리를 바꾸고 싶은 마음을 불러일으키지는 못할 친구였다. 엉성하게 엮어놓은 듯 큰 키에 비쩍 마른 그는 못생겼고, 창백하지만 지적이고 매력적인 얼굴에 멋대로 자란 콧수염과 구레나룻을 갖추었으나 장식적 효과라곤 전혀 없었다. 영리해 보이면서 병색이 있었는데, 둘의 조합이 썩 어울리는 것 같지는 않았다. 밤색 벨벳 재킷의 주머니에 손을 넣은 모습이 오랜 습관임을 드러냈다. 비슬비슬 종작없는 걸음걸이에는 힘이 없어 보였다. 앞서 말했듯, 노인의 곁을 지날 때마다 그의 눈길이 머물렀고, 두사람의 얼굴을 연결하는 순간 그들이 부자지간임을 쉽게 간파할 수 있으리라. 아버지는 아들의 눈길을 받자 아들의 관심에 호응하여 온화한 미소를 지었다.

"난 아주 편안해." 그가 말했다.

"차는 드셨나요?" 아들이 물었다.

"그래, 기분 좋게 마셨다."

"좀 더 드릴까요?"

노인은 평온한 얼굴로 숙고했다. "음, 좀 두고 보자." 그렇게 말하는 것을 보니 미국식 억양이 있었다.

"추우세요?" 아들이 물었다.

아버지가 천천히 다리를 문질렀다. "글쎄, 모르겠구나. 느낌이 올 때까지 알 수가 있어야지."

"다른 사람이 대신 느껴드려야 할까봐요." 젊은이가 웃으면서 말했다.

"아, 나야 늘 다른 사람이 대신해주길 원하지! 날 가엽게 여기지 않나, 워버턴 경?"

"아, 물론이지요. 아주 많이요." 워버턴 경이라는 호칭으로 불린 신사가 즉각 답했다. "그래도 아주 편안해 보인다고 말씀드려야겠네요."

"글쎄, 대체로 그렇다고 해야겠군." 노인은 초록색 숄을 내려다보고 무릎에 판판하게 펼쳤다. "사실은 너무 오래 편안하게 지내는 데 익숙해진 터라 잘 모르겠네."

"그렇지요, 그래서 편한 게 골치라니까요." 워버턴 경이 말했다. "불편해져야 알게 되니까요."

"우리가 좀 까탈을 부린다는 생각이 드는군." 그의 친구가 토를 달았다.

"그럼, 우리가 까다로운 건 의심의 여지가 없지." 워버턴 경이 낮은 소리로 말했다. 그리고 세 사람은 잠시 침묵을 지켰다. 두 젊은이는 선 채로 노인을 지켜보았고, 그는 곧 차를 더 달라고 했다. "그 숄 때문에라도 기분이 저조해지실 것 같다는 생각이 드네요." 친구가 노인의 잔을 채우는 동안 워버턴 경이 다시 말을 꺼냈다.

"천만에, 숄은 꼭 덮고 계셔야 해!" 벨벳 상의를 입은 신사가 외쳤다. "우리 아버지에게 그런 생각을 주입하면 안되네."

"아내의 숄인걸." 노인은 천진하게 말했다.

"아, 감상적인 이유로 그러시는 거라면—" 워버턴 경이 사과의 몸짓을 했다.

"아내가 돌아오면 돌려줘야겠지." 노인이 말을 이었다.

"제발 그러지 마세요. 아버지의 빈약한 다리를 숄로 감싸야지요."

"내 다리 갖고 뭐라고 하지 마라." 노인이 응수했다. "네 다리보다 못할 게 없다."

"제 다리한테는 얼마든지 뭐라고 하셔도 좋아요." 그의 아들이 차를 건네면서 답했다.

"그래, 우리 둘 다 절름발이 오리야. 별로 다를 게 없지."

"오리²라고 불러주시니 기쁘네요. 차 괜찮아요?"

"응, 꽤 뜨겁구나."

"뜨거운 건 좋은 거죠."

"그래, 아주 좋아." 노인이 상냥하게 중얼거렸다. "이 아이는 정말 훌륭한 보모라네, 워버턴 경."

"좀 어설프지 않나요?" 워버턴 경이 물었다.

"오, 천만에. 그렇지 않다네. 본인도 병자라는 점을 감안하면 아주 훌륭한 보모거든. 병자 보모로서 말일세. 얘도 아프기 때문에 병자 보모라고 부르지."

"참 나, 아버지!" 못생긴 쪽인 젊은이가 큰 소리로 말했다.

---

2 '귀여운 놈'이라는 뜻이 있음.

"사실인 걸 어쩌겠냐. 사실이 아니면 좋겠다만, 너도 어쩔 수 없는 일이지."

"어쩔 수 없는 건가요. 그럴 수도 있겠네요." 젊은이가 말했다.

"병에 걸린 적이 있는가, 워버턴 경?" 그의 아버지가 물었다.

워버턴 경은 잠시 생각해보았다. "네, 한번요. 페르시아 만에서요."

"이 친구, 아버지를 놀리는 겁니다." 다른 젊은이가 말했다. "일종의 농담이죠."

"그래, 요즘은 농담의 종류도 여럿인가보더라." 아버지가 평온하게 답했다. "어쨌든 자네는 한번도 아픈 적이 없었을 것 같네, 워버턴 경."

"사는 게 지겨운 병에 걸렸어요. 방금 그렇게 말했지요. 아주 열변을 토한걸요." 워버턴 경의 친구가 말했다.

"그게 사실인가?" 노인이 진지하게 물었다.

"사실이라 쳐도 아드님에게서 위안을 얻지는 못했어요. 대화 상대로는 몹쓸 친구지요. 철두철미 냉소주의자니까요. 아무것도 믿지 않는 것 같아요."

"그건 또다른 종류의 농담이에요." 냉소주의로 비난받은 젊은이가 말했다.

"건강이 아주 안 좋아서 그렇다네." 그의 아버지가 워버턴 경에게 해명했다. "그러다보니 정신도 영향을 받고 사물을 바라보는 시각도 삐딱해지지. 기회 자체가 주어지지 않았다는 느낌이 드니까. 하지만 대체로 이론적으로만 그럴 뿐이지. 병이 기분에 악영향을 끼치는 것 같지는 않으니까. 명랑하지 않은 걸 본 적이 거의 없거든. 언제나 지금처럼 명랑하지. 종종 내 기분도 좋게 해준다네."

그런 인물평을 받은 젊은이가 워버턴 경을 바라보고 웃었다. "화끈한 칭찬인가요, 아니면 경박하게 군다는 비난인가요? 제 이론들을 실천했으면 하시나요, 아버지?"

"옳거니, 색다른 구경거리가 생기겠군!" 워버턴 경이 큰 소리로 말했다.

"난 네가 그런 말투로 말하지 않으면 좋겠다." 노인이 말했다.

"워버턴의 말투가 더 문제죠. 지겨운 척하니까요. 저는 조금도 지겹지 않아요. 인생이 그냥 너무 재미있거든요."

"아, '너무' 재미있다니? 그런 식으로 살아서는 안된단다!"

"여기서는 절대 지겹지 않지요." 워버턴 경이 말했다. "정말 재미있게 대화를 나눌 수 있거든요."

"그것도 일종의 농담인가?" 노인이 물었다. "어디서든 지겨워할 구실을 찾아서는 안되지. 내가 자네 나이일 땐 지겹다는 말은 들어본 적도 없네."

"꽤 늦자라셨나봐요."

"아니, 그 반대지. 바로 그래서야. 스무살에 완전히 성숙했고, 맹렬하게 일했다네. 뭔가 할 일이 있으면 지겨울 수는 없지. 하지만 자네 젊은이들은 너무 한가해. 즐길 궁리나 하고. 너무 까다롭고, 너무 게으르고, 너무 돈이 많아."

"아, 정말이지," 워버턴 경이 외쳤다. "너무 돈이 많다고 사람들을 비난하실 입장은 아닌 것 같은데요."

"내가 은행가라는 뜻으로 하는 말인가?" 노인이 물었다.

"뭐, 좋으시다면 그렇게 말해두지요. 엄청난 재산이 있으시잖아요, 그렇지 않은가요?"

"그렇게 부자는 아니셔." 다른 젊은이가 관대하게 변론에 나섰다. "돈을 아주 많이 기부하셨거든."

"그래, 당신 돈을 기부하셨을 거 아닌가." 워버턴 경이 말했다. "그보다 확실한 부의 증거가 어디 있겠나. 공익에 기여하신 분이 즐거움을 너무 밝힌다고 사람들을 비난하시면 안되지."

"아버지도 즐거움을 밝히셔. 다른 사람들의 즐거움 말이야."

노인이 고개를 저었다. "이 시대 사람들을 즐겁게 하는 데 내가 기여한 바가 있다고 생각하지는 않는다네."

"아버지, 그건 지나친 겸양이세요."

"그거야말로 일종의 농담입니다." 워버턴 경이 말했다.

"젊은 자네들은 농담을 지나치게 많이 하네. 농담이 사라지면 남는 게 없겠어."

"다행히 농담은 계속 생겨요." 못생긴 쪽인 젊은이가 논평했다.

"그건 못 믿겠다. 사정은 더 심각해지고 있으니까. 자네들도 알게 될 걸세."

"사정이 점점 더 심각해지면, 농담할 멋진 기회가 생기지요."

"그럼 음울한 농담이 되겠군." 노인이 말했다. "엄청난 변화를 겪게 될 거라고 믿네. 좋은 쪽으로의 변화만은 아닐 테고."

"동감입니다." 워버턴 경이 찬성을 표명했다. "큰 변화가 있을 테고, 온갖 이상한 일들이 벌어질 게 분명해요. 그래서 충고하신 대로 하기가 어렵답니다. 지난번에 뭔가를 '붙잡아'야 한다고 하신 거 기억나시죠. 한순간에 하늘로 날아가버릴 것을 붙잡으려니 주저할 수밖에요."

"예쁜 처녀를 붙잡도록 해봐." 그의 친구가 말했다. "이 친구 사랑에 빠지려고 애쓰고 있거든요." 그는 아버지에게 설명하듯이 덧붙였다.

"예쁜 여자들도 날아가버릴걸요!" 워버턴 경이 외쳤다.

"아니지, 아니야. 여자들은 굳건히 버틸 걸세." 노인이 되받았다. "내가 말한 정치적, 사회적 변화에 영향을 받지 않을 거라네."

"여자들은 사라지지 않을 거라는 말씀이세요? 그렇다면 가능한 한 빨리 하나 잡아서 구명대 삼아 제 목을 묶어놓아야겠네요."

"여자들이 우리를 구원할 거네." 노인이 말했다. "최상의 여자들 말일세. 여자라고 다 같지 않으니까. 훌륭한 여자에게 구혼해서 결혼하게나. 그럼 자네 삶이 훨씬 재미있어질 테니."

듣고 있던 이들은 이 발언에 담긴 넓은 아량에 잠시 숙연해졌다. 그 자신이 시도한 결혼 생활이 행복하지 못했음을 아들이나 방문객은 익히 알고 있었기 때문이다. 하지만 여자라고 다 같지는 않다고 그가 말한바, 이 진술이 개인적인 실수를 고백하기 위해서라고 할 수 있다. 물론 둘 중 어느 쪽도 그가 선택한 여자가 최상은 아닌 것 같다고 논평할 입장은 아니었다.

"흥미를 불러일으키는 여자와 결혼하면 흥미가 생길 거라는 그런 말씀이신가요." 워버턴 경이 물었다. "결혼하고 싶어 안달난 건 전혀 아닙니다. 아드님이 절 왜곡한 거예요. 하지만 흥미로운 여자가 제게 어떤 변화를 불러일으킬지 아무도 모를 일이긴 하지요."

"자네가 어떤 여자를 흥미롭다고 생각할지 알고 싶군." 그의 친구가 말했다.

"이 사람아, 생각을 볼 수는 없는 거야. 특히 내 생각처럼 실체가 없으면. 눈으로 볼 수만 있다면, 한걸음 큰 진전이 있을 텐데."

"그런가. 누구를 사랑해도 상관없네만, 내 조카딸과는 사랑에 빠지지 말게." 노인이 말했다.

아들이 웃음을 터뜨렸다. "이 친구는 도전의 뜻으로 받아들일 거예요! 아버지는 영국 사람들과 부대끼며 삼십년을 사시면서 영국식 어법을 많이 습득하셨지요. 하지만 영국 사람들이 하지 않는 말을 배우지는 못하셨어요!"

"난 하고 싶은 말은 한다." 노인은 아주 평온하게 응수했다.

"조카따님을 만나는 영광을 누리지는 못했습니다." 워버턴 경이 말했다. "조카따님 이야기는 처음 듣는 거 같은데요."

그러자 아들 터칫이 설명했다. "자네도 알다시피 우리 어머니가 겨울을 미국에서 보냈는데 곧 돌아오실 예정이라네. 편지에 조카 딸을 찾아냈고 함께 유럽으로 가자고 권했다고 쓰셨지."

"그랬군. 아주 사려 깊으시군." 워버턴 경이 말했다. "흥미로운 아가씨인가?"

"사촌 동생에 대해서는 자네보다 더 아는 게 없네. 어머니가 자세한 이야기를 한 게 아니니까. 주로 전보로 정보를 전달하는데, 대체로 해석 불가야. 여자들은 전보문을 쓰지 못한다고들 하지만 우리 어머니는 축약 기술을 완벽하게 습득하셨지. '미국 지겨움, 더위 끔찍함, 조카딸과 영국으로, 어지간한 선실 첫번째 기선.' 우리가 받는 전보가 대개 이런 식이지. 그게 마지막으로 온 거야. 그런데 그전에 하나가 더 왔는데, 조카딸 이야기는 거기서 처음 나왔지. '호텔 바꿈, 최악, 무례한 직원, 주소 여기로. 여동생의 딸, 작년 사망, 유럽으로, 두 자매, 꽤 독립적.' 이 전보를 놓고 아버지하고 계속 머리를 쥐어짰다니까. 해석의 여지가 너무 많아서 말일세."

"한가지는 분명해." 노인이 말했다. "네 엄마가 호텔 직원을 혼찌검 내준 거."

"그 점도 확실치 않아요. 직원이 싸움터에서 엄마를 내몰았으니까요. 처음에는 언급된 여동생이 호텔 직원의 여동생인가 싶었지. 그런데 나중에 조카딸 이야기가 나온 걸 보니 이모들 중 한명을 말하는 것 같더군. 그다음에는 두 자매가 누구냐 하는 문제가 남았는데, 돌아가신 이모의 두 딸일 가능성이 높았어. 그런데 '꽤 독립적'인 게 누구인지, 그리고 이 단어를 무슨 뜻으로 쓴 건지는 아직도 해독 못 했다네. 우리 어머니가 데리고 오는 아가씨를 꼭 집어 가리키는 것인지, 아니면 그 자매들의 공통적인 특징인지? 그리고 독립적이라는 게 도덕적인 의미인지, 아니면 경제적인 의미인지? 유산을 물려받아 넉넉하다는 건지, 빚이 없다는 건지, 아니면 그냥 제멋대로라는 건지?"

"다른 뜻일 수도 있지만, 제멋대로일 가능성이 커." 터칫 씨가 말했다.

"만나보면 아시겠지요." 워버턴 경이 말했다. "어머니는 언제 도착하실 예정인가?"

"나도 자네만큼이나 오리무중일세. 어지간한 선실을 구했다면 곧 도착하실 테고, 아직도 찾고 계실 수도 있지. 다른 한편 이미 잉글랜드에 상륙하셨을 수도 있고."

"그렇다면 전보를 치셨을 테지."

"기다릴 때 전보를 보내는 법이 없지 ─ 기다리지 않을 때나 보내거든." 노인이 말했다. "그 사람은 갑자기 나타나는 걸 좋아한다네. 내가 무슨 잘못을 저지르는 걸 잡을 생각인가봐. 한번도 잡지 못 했는데, 아직도 단념을 못 했어."

"어머니 쪽 집안 내력이에요. 어머니가 말하는 독립심이지요." 이 문제에 관한 아들의 평가는 더 호의적이었다. "조카들이 아무리 기가 센 아가씨들이라 하더라도, 우리 어머니는 맞수가 될 만하지. 모든 일을 혼자 처리하려고 하고, 누구든 당신을 도울 수 없다고 굳게 믿으시거든. 나를 풀이 없는 우표처럼 쓸모없다고 생각하신다니까. 내가 감히 리버풀로 마중이라도 나가봐, 절대로 용서하지 않으실걸."

"사촌 여동생이 도착하면 내게 기별은 해줄 거지?"

"아까 내가 언급한 조건하에서만. 그 아이와 사랑에 빠지지 않는다면 말일세!" 터칫 씨가 답했다.

"그건 너무 심하시다는 생각이 듭니다. 저 정도면 괜찮다고 생각하지 않으세요?"

"차고 넘치지. 그 아이가 자네와 결혼하는 걸 원치 않을 따름일세. 여기에 남편감을 물색하러 오는 건 아니었으면 하거든. 너무 많은 아가씨들이 그런단 말이야. 미국엔 좋은 신랑감이 없는 것처럼. 그리고 약혼했을 수도 있네. 미국 처녀들은 대개 약혼자가 있더라고. 게다가 어쨌든 난 자네가 훌륭한 남편이 될 거라는 확신이 없거든."

"약혼했을 가능성이 아주 높아요. 저도 미국 아가씨들을 꽤 여럿 아는데, 모두 그랬어요. 그런데 약혼했다고 달라지는 건 정말이지 아무것도 없더군요! 제가 좋은 남편이 될지에 관해서는," 터칫 씨의 손님이 잠시 말을 멈췄다. "저도 확신이 없지만 노력은 해봐야죠!"

"마음껏 노력해보게나. 하지만 내 조카딸의 남편으로는 안되네." 노인이 웃었다. 워버턴 경의 생각에 대한 그의 반대는 명백히 유머러스했다.

"아, 그러시군요." 워버턴 경은 더 명백히 유머러스하게 대꾸했다. "어쨌든 노력해볼 가치가 없을 수도 있지요!"

2장

두 사람이 이런 농을 주고받는 사이 랠프 터칫은 조금 떨어져 주머니에 손을 찌른 채 예의 꾸부정한 걸음걸이로 어슬렁거렸고, 까불거리는 작은 테리어가 그의 뒤를 따랐다. 집 쪽을 향해 서 있었지만 생각에 잠긴 듯 잔디밭을 내려다보고 있던 터라 널찍한 문간에 막 모습을 드러낸 사람이 그를 지켜보고 있음을 얼마 지나고 나서야 알아차렸다. 그가 그 여자 쪽으로 시선을 돌린 것은 테리어가 별안간 튀어나가 한바탕 목청 높여 짖어대는 소리를 듣고 난 다음이었는데, 도전보다 환영의 뜻이 묻어나는 소리였다. 문제의 인물은 젊은 숙녀였고, 작은 짐승의 환영인사를 즉각 알아들은 것 같았다. 테리어는 쏜살같이 달려가 그녀의 발치 아래 멈춰서 올려다보며 열심히 짖어댔다. 그러자 그녀는 조금도 망설이지 않고 두 손으로 강아지를 들어올려 계속 컹컹거리는 개를 정면으로 마주했다. 그제야 따라잡은 개의 주인은 번치의 새 친구가 첫눈에도 예뻐 보이는 검은 옷의 키 큰 아가씨임을 알게 되었다. 그녀는 그 집에 묵고 있는 듯 모자를 쓰지 않았는데, 이 사실이 집주인의 아들을 혼란에 빠뜨렸다. 주인의 병환 때문에 불가불 한동안 손님 초대를 하지 않았음을 알고 있었기 때문이다. 그러는 사이 다른 두 신사도 이 새로운 인물에 주목하게 되었다.

"이런, 저 낯선 여자가 누구지?" 터칫 씨가 물었다.

"사모님의 조카딸 같은데요. 그 독립적인 아가씨요." 워버턴 경이 말했다. "개를 다루는 솜씨를 보니 틀림없네요."

이제는 콜리도 관심을 그쪽으로 돌려 문간에 서 있는 젊은 숙녀

쪽으로 슬슬 꼬리를 흔들면서 다가갔다.

"그러면 내 처는 어디 있지?" 노인이 중얼거렸다.

"저 아가씨가 어딘가 내려드린 모양이네요. 그게 독립심의 일면이겠죠."

테리어를 여전히 팔에 안은 채 젊은 여자는 미소를 띠고 랠프에게 말을 걸었다. "이 작은 개의 주인 되시나요?"

"조금 전까지는 내 개였는데, 졸지에 아가씨가 더 주인처럼 보이네요."

"나눠가지면 안될까요?" 그녀가 물었다. "너무 사랑스러워요."

랠프는 그녀를 잠시 바라보았는데, 의외로 예쁜 아가씨였다. "아주 가지시죠."

젊은 숙녀는 자신감과 타인에 대한 신뢰감 모두 확고해 보였다. 하지만 갑작스러운 그의 호의에 얼굴이 상기되었다. "제가 아마도 사촌 여동생일 거라고 신고해야겠네요"라고 말하면서 그녀는 개를 내려놓았다. "한마리 더 있네!" 콜리가 다가오자 그녀가 재빨리 덧붙였다.

"아마도?" 젊은이가 웃으면서 큰 소리로 말했다. "확정된 걸로 알았는데! 우리 어머니랑 함께 온 거지?"

"네, 반시간 전에요."

"그럼 우리 어머니가 조카딸을 내려놓고 다시 내빼신 건가?"

"아니요, 방으로 곧장 가셨어요. 오빠를 보거든 7시 15분 전에 방으로 오라고 전하라고 하셨죠."

젊은이는 시계를 보았다. "고마워. 시간을 꼭 지키도록 하지." 그러고 나서 그는 사촌을 바라보았다. "정말 반갑네. 만나게 돼서 정말 기쁘고."

그녀는 총기를 드러내는 눈으로 모든 것 — 그녀의 사촌과 두마리의 개, 나무 그늘 아래 두명의 신사, 주변의 아름다운 풍경 — 을 바라보았다. "이렇게 아름다운 곳을 본 적이 없어요. 집 안을 다 둘러보았는데 너무나 매력적이에요."

"네가 온 걸 까마득히 모르고 있어서 미안하구나."

"영국에서는 왔다고 부산 떨지 않는다고 이모가 그러셨거든요. 그래서 그렇게 하는 게 맞나 싶었죠. 저 신사분 중 한분이 이모부세요?"

"그래, 연장자가, 자리에 앉은 분이 우리 아버지셔." 랠프가 말했다.

처녀가 웃음을 터뜨렸다. "다른 분일 거라고 생각하지 않았어요. 다른 분은 누군데요?"

"워버턴 경이라고, 친하게 지내는 사이."

"아, 귀족도 만났으면 했는데. 소설과 똑같네!" 그리고 난 다음, "요 사랑스러운 것!" 하고 탄성을 지르고는 몸을 굽혀 작은 개를 다시 안았다.

그녀는 터칫 씨 쪽으로 가서 인사드리겠다고 하지 않고 만난 지점에 그대로 서 있었다. 날씬하고 매력적인 그녀가 문간에 머물러 있자, 사촌 오빠는 노인이 와서 알은체하기를 기대하나 생각했다. 미국 여자들은 대접을 받는 데 익숙한데다가 이 처녀는 기가 세다는 암시가 있지 않았던가. 정말이지 랠프는 그녀의 얼굴에서 그 점을 확인할 수 있었다.

"가서 우리 아버지께 인사드리겠어?" 그래도 그는 제안을 해보았다. "늙고 병드셔서 거동이 불편하시거든."

"아, 딱한 일이네요. 정말 죄송해요!" 처녀가 큰 소리로 말하더니 즉각 앞으로 걸음을 떼었다. "이모부가 아주 활동적인 분이라는 인상을 이모한테서 받았거든요."

랠프 터칫은 잠시 말이 없었다. "어머니는 아버지를 일년 만에 만나는걸."

"그나저나 앉아 계신 곳은 기막히게 아름다운걸요. 자, 가자, 꼬마 사냥개야."

"오래 정든 곳이지." 젊은이가 곁눈으로 그녀를 바라보며 말했다. 관심을 다시 테리어에게로 돌린 그녀가 "이름은요?" 하고 물었다.

"우리 아버지?"

"그래요." 처녀가 웃음기를 띠고 말했다. "하지만 제가 물어봤다고 말씀드리면 안돼요."

이렇게 이야기를 나누면서 터칫 씨가 앉아 있는 곳까지 오자 그는 자기소개를 하기 위해 천천히 몸을 일으켰다.

"어머니가 도착하셨대요." 랠프가 말했다. "이 아가씨가 아처 양이에요."

노인은 두 손을 그녀의 어깨에 얹고 대단히 자비로운 눈으로 바라보면서 정중하게 인사했다. "여기서 만나게 되어 아주 기쁘구나. 하지만 손님맞이를 하게 해줬으면 좋을 뻔했다."

"아, 마중받았어요." 그녀가 말했다. "현관에 하인이 열두명은 도열해 있었어요. 그리고 대문에도 무릎을 살짝 굽혀 인사하는 노파가 있었고요."

"그보다 더 잘할 수 있지. 기별만 미리 받았다면!" 노인은 미소를 띠고 서서 손을 부비더니 천천히 고개를 저었다. "하지만 집사람은 환영행사를 싫어하지."

"방으로 곧장 올라가셨어요."

"그랬겠지. 그러곤 문을 잠가버리지. 늘 그러거든. 다음주에나 볼 수 있으려나." 그러고 난 다음 터칫 씨는 천천히 다시 의자에 앉았다.

"그전에 만나실 수 있을 거예요." 아처 양이 말했다. "저녁 정찬 시간 8시에 맞춰 내려오신다고 했어요. 7시 15분 전인 거 잊지 마세요." 미소를 머금고 그녀가 랠프를 향해 말했다.

"그때 무슨 일이 있나?"

"어머니를 뵙기로 했어요." 랠프가 말했다.

"아, 복 받은 우리 아들." 노인이 덧붙였다. "앉아서 차를 좀 들어야지." 그는 아내의 조카딸에게 말했다.

"도착하자마자 제 방에 차를 갖다주더라고요." 젊은 숙녀가 대답했다. "건강이 좋지 않으시다고 들었어요." 그녀는 나이 든 집주인에게 눈길을 주며 말했다.

"아, 난 파파 늙은이란다. 나이를 그만큼 먹은 거야. 하지만 네가 여기 머문다면 건강이 좋아질 게다."

그녀는 다시 사방을, 잔디밭과 키 큰 나무들, 갈대가 우거진 은빛 반짝이는 템스 강, 아름다운 고택을 둘러보았다. 이렇게 풍경 감상에 열중하면서 그녀는 같이 있는 사람들을 배제하지 않았다. 총명한 게 분명하고 들떠 보이는 아가씨가 드러낼 만한 포괄적인 관찰력이었다. 그녀는 의자에 앉은 다음 테리어를 내려놓았고, 검은 드레스의 무릎 부분에 흰 손을 포개놓았다. 외부의 인상을 기민하게 포착했음이 분명한 그녀는 이에 감응하여 꼿꼿이 든 머리와 반짝이는 눈, 유연한 몸으로 이리저리 둘러보았다. 그녀가 받은 수많은 느낌들이 뚜렷하고도 고요한 미소로 드러났다. "전 이렇게 아름다운 집을 본 적이 없어요."

"아주 멋있지." 터칫 씨가 말했다. "네가 어떤 인상을 받았을지 충분히 짐작할 만해. 나도 그런 때가 있었는걸. 하지만 너도 정말 아름답구나." 정중하게 덧붙인 마지막 말이 전혀 생뚱맞은 농담처럼 들리지 않았다. 이제 나이를 많이 먹어 그런 말을―불편하게 여길 수 있을 아가씨들에게도―할 수 있는 특권이 생겨 행복하다고 생각하는 것 같았다

이 아가씨가 어느 정도 불편한 마음이 들었는지 정확히 가늠할 필요는 없으리라. 그녀는 얼굴을 붉히며 즉각 자리에서 일어섰는데 홍조가 반박은 아니었다. "아, 그럼요, 저야 물론 사랑스럽죠!" 그녀는 재빨리 웃으며 이렇게 대꾸했다. "이 집 얼마나 오래된 건가요? 엘리자베스 시대인가요?"

"초기 튜더지." 랠프 터칫이 말했다.

그녀는 그를 향해 몸을 돌려서 얼굴을 쳐다보았다.

"초기 튜더라고요? 진짜 멋져요. 이런 집들이 많이 있는 거죠?"

"이보다 훨씬 더 좋은 집들도 많이 있지."

"그렇게 말하면 안된다, 아들아!" 노인이 이의를 제기했다. "이보다 더 나은 건 없어."

"저도 아주 멋진 고택이 있지요. 어떤 점에서는 이 집보다 낫다고 봐요." 아직 대화에 끼어들진 않았지만 아처 양을 예의 주시하던 워버턴 경이 말했다. 그는 웃으면서 살짝 고개를 숙였다. 여성을 대하는 그의 매너는 나무랄 데가 없었다. 그녀는 곧바로 이 점을 감지했고, 그의 이름이 워버턴 경이라는 사실을 환기했다. "정말 제 집을 보여드리고 싶군요." 그가 덧붙였다.

"귀담아들을 것 없다." 노인이 큰 소리로 말했다. "그쪽은 쳐다보지도 마라. 보잘것없는 막사 수준이란다. 이 집과는 비교도 안

되지."

"전 모르지요─판단을 내릴 수가 없잖아요." 처녀가 워버턴 경에게 미소를 지으며 말했다.

이런 논의에 랠프 터칫은 전혀 관심을 보이지 않았다. 그는 주머니에 손을 찌른 채 새로 찾아낸 사촌과 다시 이야기를 나누고 싶어 죽겠다는 표정으로 서 있었다. "개를 아주 좋아하나보네?" 그는 말문을 열기 위해 이렇게 물었다. 머리가 좋은 남자치고 서투르게 서두를 꺼냈음을 인정하는 표정이었다.

"정말 아주 좋아해요."

"그럼 테리어를 가져도 돼." 그는 계속 어색하게 말을 이었다.

"여기 있는 동안은 기꺼이 데리고 있을게요."

"오래 데리고 있길 바란다."

"정말 고마운 말씀이네요. 그런데 잘 몰라요. 이모가 결정할 거예요."

"그건 내가 우리 어머니와 상의해서 결정하지. 7시 15분 전에." 랠프가 다시 시계를 들여다보았다.

"여기 와 있는 것만으로도 너무 좋은걸요." 그녀가 말했다.

"다른 사람들의 결정을 순순히 따를 사람 같지는 않은데."

"아니, 따라요. 내가 좋아하는 쪽으로 결정이 나면요."

"이번 일은 내 마음대로 결정하고 말걸." 랠프가 말했다. "우리가 네 존재 자체를 몰랐다는 건 정말이지 이상한 일이다."

"난 거기 있었어요. 오빠가 왔으면 만날 수 있었을걸요."

"거기? 어딜 말하는 거지?"

"미국 말이에요. 뉴욕과 올버니, 그리고 미국에서 우리가 살던 여러곳들."

"미국에 갔었어. 오만 곳을 다 다녔는데, 널 만난 적이 없어. 알수 없는 일이군."

아처 양은 잠깐 망설였다. "우리 어머니가 돌아가시고 난 다음—내가 어릴 때에요—이모와 우리 아버지가 말다툼을 했대요. 그래서 서로 왕래가 없었던 거죠."

"그래, 하지만 난 싸움에서 늘 우리 어머니 역성을 들지는 않으니까—절대로 그럴 순 없지." 젊은이가 외쳤다. "아버지가 최근에 돌아가셨다고?" 그는 다소 엄숙한 어조로 말을 이었다.

"네, 일년 조금 지났어요. 그 일이 있고 나서 이모가 아주 잘해주셨지요. 날 만나러 와서 같이 유럽에 가자고 하셨거든요."

"그렇구나." 랠프가 말했다. "우리 어머니가 널 입양한 셈이구나."

"입양요?" 빤히 쳐다보는 아가씨의 뺨에 홍조가 다시 나타났다. 그리고 순간적으로 불쾌한 표정이 스치고 지나가 그녀의 말 상대는 약간 놀랐다. 별 뜻 없이 한 말의 파장이 생각보다 컸던 것이다. 아처 양을 가까이서 보고 싶은 듯 조바심을 비치던 워버턴 경이 그 순간 그들을 향해 걸어왔다. 그러는 중에 아처 양이 눈을 크게 뜨고 그를 바라보았다. "천만에요, 그런 건 아니에요. 난 입양 대상자가 아니에요."

"내가 실언을 했네. 미안." 랠프가 중얼거렸다. "내 말은—내 말은—" 그는 자신이 무슨 말을 하려고 했던 건지 알 수 없었다.

"이모가 보호자 역할을 떠맡았다는 뜻이겠지요. 그래요, 이모는 그러는 걸 좋아하세요. 저한테 정말 잘해주셨어요. 하지만……" 분명히 해두고 싶은 바람을 드러내며 그녀가 덧붙였다. "난 자유로운 걸 아주 좋아해요."

"네 이모 이야기를 하는 거냐?" 노인이 의자에 앉아 큰 소리로 말했다. "이리로 와라, 얘야. 그 사람 이야기 좀 해다오. 소식만 들어도 늘 감지덕지거든."

그녀가 웃으면서 다시 머뭇거렸다. "이모는 정말 배려심이 깊으세요." 이렇게 답하고 난 다음 그녀는 그 말에 웃음을 터뜨린 이모부 쪽으로 건너갔다.

워버턴 경은 랠프 터칫과 뒤에 남아 서 있었다. 그는 잠시 후에 이렇게 말했다. "어떤 여자를 내가 흥미롭다고 할지, 자네 아까 알고 싶다고 했지. 저기 있네!"

3장

터칫 부인은 괴팍한 면이 많은 게 분명했고, 여러달 만에 남편의 집으로 돌아와서 취한 행동이 이 점을 뚜렷이 예시했다. 모든 일에 자기 나름의 방식이 있다는 것 ─ 이것이 그녀의 성격에 대한 가장 간략한 묘사인데, 그렇기 때문에, 넉넉하게 베풀 때가 없지 않은데도 유쾌한 인상을 주는 데 성공한 적은 거의 없었다. 터칫 부인은 좋은 일을 많이 할 수도 있지만, 기분을 맞춰주는 법은 없었다. 그녀가 선호하는 자기 방식이 타고난 무례함은 아니었다. 다른 사람들의 방식과 의심의 여지 없이 구별될 뿐이었다. 해야 할 일과 해서는 안될 일의 경계가 너무 명쾌해서 예민한 사람들은 칼날 같다는 느낌을 받기도 했다. 미국에서 돌아오고 처음 몇시간 동안의 행보에 그녀의 이런 견고한 정밀함이 나타났다. 그런 상황에서 으레 먼저 했어야 할 행동은 남편, 아들과 안부를 나누는 것이라고 생각하리라. 터칫 부인은 자기 나름 아주 적절하다고 생각하는 이유에 근거해 그런 상황에서는 늘 불가침의 칩거 상태에 들어가곤 했다. 더 감상적인 절차는 흐트러진 옷매무새를 완벽하게 가다듬을 때까지 미뤘는데, 미모나 허영심 때문이 아닌지라 그런 일에 중요성을 부여할 이유가 더욱이나 없었다. 품위가 있는 것도, 유난히 우아한 것도 아닌 평범한 용모의 여인이었지만, 그녀는 자신의 동기에 극도의 중요성을 부여했다. 정중하게 부탁을 받으면 동기를 설명할 용의도 있었다. 그럴 경우 그녀가 하는 설명은 사람들이 추정한 동기와 전혀 달랐다. 사실상 남편과 별거 중이었지만, 그녀는 그런 상황을 조금도 이상하다고 생각하지 않았다. 결혼 생활 초기에 두사람이 같은 것을 동시에 원하지 않으리라는 점이 분명해졌다. 이런 징조를 읽자 그녀는 불화를 우연의 통속적인 영역에서 구해내기 위해 즉각 행동에 돌입했다. 그리고 행동을 원칙으로 정립하기 위해 할 수 있는 조처를 취했는데—불화에서 아주 교훈적인 면을 끌어낸 셈이다—피렌쩨로 이주해 집을 사고 정착한 것이다. 남편은 영국 지점 은행을 관리하라고 놔둔 채 말이다. 이런 식의 상황 정리가 그녀는 아주 마음에 들었다. 너무나 적절하게 명료했기 때문이었다. 런던의 안개 짙은 광장에서 그녀의 남편도 비슷한 관점을 취했지만—그곳에서 그가 분별할 수 있는 가장 명료한 것이 때로는 이 점뿐이었다—이런 부자연스러운 사태는 좀더 모호해도 무방하겠다는 생각이 들기도 했다. 의견을 달리하는데 동의하는 일이 그에게는 힘들었다. 그것만 제외하면 그는 거의 어떤 것이라도 동의해줄 용의가 있었다. 동의나 반대가 왜 그토록 일관성이 있어야 하는지 이해가 가지 않았다. 터칫 부인은 후회도 성찰도 하지 않았고, 관행처럼 일년에 한번 남편과 한달을 보내는 동안 딱 맞는 씨스템을 도입했다고 그를 납득시키려 애쓰는 것 같았다.

그녀는 영국식 생활방식을 좋아하지 않았다. 보통 서너가지 이유를 언급했는데, 그 오래된 질서의 소소한 특징들과 연관된 것이었지만 터칫 부인에게는 그 점이 영국에 살지 않기로 한 결정을 충분히 정당화했다. 그녀는 빵가루를 넣은 진한 쏘스를 혐오했다. 보기에는 습포 같고 먹어보면 비누 맛이라고 말하곤 했다. 하녀들이 맥주를 마셔대는 것도 싫었고, 영국의 세탁부들은 (터칫 부인은 빨랫감의 세탁 상태를 아주 까다롭게 따졌다) 빨래를 제대로 못한다고 단언했다. 일정한 간격을 두고 모국을 방문해온 그녀는 최근 방문에서 이전보다 더 오래 그곳에 머물렀다.

그녀는 조카딸의 보호자 역할을 떠맡았다. 그건 의심할 여지가 없었다. 비 오는 어느날 오후, 방금 이야기한 일이 있기 넉달 전쯤, 이 아가씨는 책을 들고 혼자 앉아 있었다. 이렇게 시간을 보냈다는 말은 혼자 있으면 마음이 무거워지는 아가씨가 아니라는 뜻이다. 그녀는 지적 호기심이 왕성하고, 상상력도 풍부한 처녀였다. 하지만 그날따라 뭔가 새로운 게 없을까 하던 차에 예상치 못한 방문객의 내방이 적잖이 반가웠다. 그렇다고 하인이 방문객의 내방을 알린 것은 아니다. 이저벨은 옆방에서 나는 발소리를 듣고서야 손님이 왔음을 알아차렸다. 올버니에 있는 오래된 저택, 아래층 창문 중 하나에 팔려고 내놓은 집이라는 광고가 붙은 커다란 목재 연립 가옥에서 벌어진 일이었다. 현관이 두개 있는 집이었는데, 그중 하나는 오래전부터 사용하지 않았지만 없애지 않았다. 두 현관문은 똑같이 생겼다. 아치형 문틀에 넓은 측광側光이 달린 큰 백색 문이 붉은 돌계단 위에 자리 잡았고, 옆으로 난 계단은 벽돌 포장도로로 이어졌다. 연립으로 지은 두채의 집에서 공유 벽을 허물고 방을 연결해놨기 때문에 하나의 거처가 된 것이었다. 이층에는 방들이 아주 많았다. 모두 노리끼리한 흰색 페인트칠이 되어 있었는데, 시간이 지나면서 누르스름하게 변색되었다. 삼층에는 아치로 된 일종의 통로가 두집을 이어주었다. 이저벨과 언니들이 어릴 적에 터널이라고 부르곤 했던 이 통로는 짧고 환했지만, 어린 소녀들에게, 특히 겨울날 오후에는 낯설고 쓸쓸한 느낌을 주었다. 이저벨은 유년기에 이따금씩 이 집에서 머물렀다. 할머니가 살아 계실 때였다. 그러고 나서 십년간 떠나 있다가 아버지의 임종에 임박해 올버니로 돌아온 것이었다. 할머니인 올버니 부인이 예전부터 주로 친척들을 초대해 푸짐하게 손님 접대를 했고, 그래서 어린 소녀들은 종종 할머니 집에서 몇주를 보내곤 했다. 그때가 이저벨에게는 가장 행복한 기억으로 남아 있다. 이곳의 생활방식은 그녀가 살던 집과 달랐다. 더 컸고, 더 풍족했고, 더 잔칫집 같았다. 유모들의 규율은 기분 좋게 막연했고, 어른들의 대화에 귀 기울일 수 있는—이저벨이 매우 소중하게 여긴—즐거운 기회는 무한했다. 사람들의 왕래가 끝없이 이어졌다. 할머니의 자식과 손주 들은 언제라도 와서 머물 수 있는 초대장을 가진 셈이었다. 그래서 할머니 집은 부산한 시골 여관 같았다. 여주인이 한숨을 많이 쉬지만 청구서를 내밀지 않는 여관 말이다. 이저벨은 물론 청구서가 뭔지 몰랐다. 하지만 어릴 때도 할머니 집이 낭만적이라고 생각했다. 집 뒤에 날개벽이 설치된 지붕을 덮은 회랑은 가슴 설레는 관심을 불러일으키는 곳이었다. 그 너머로는 정원이 길게 펼쳐져 있었다. 비탈을 내려가면 마구간과, 너무나 친근감을 풍기는 복숭아나무들이 곳곳에 있었다. 이저벨이 복숭아 철에만 할머니 집을 간 것은 아니었지만, 어쩐 일인지 갈 때마다 복숭아 향이 풍겼다. 길 건너 맞은편에는 더치 하우스라는 이름의 낡은 집이 있었다. 초기 식민지 시대로 거슬러올라가는 독특한 건축물로, 노랗게 칠한 벽돌집의 꼭대기를 장식한 박공은 외지인에게 동네의 명소로 지목되기도 했다. 낡아빠진 울타리로 둘러싸여 길 쪽으로 비스듬히 서 있는 그 건물에는 남녀공학 초등학교가 들어섰는데, 감정이 풍부한 숙녀가 운영, 아니, 방임하고 있었다. 그 숙녀에 대한 이저벨의 주된 기억은 침실용으로 보이는 기묘하게 생긴 빗으로 머리채를 관자놀이에 고정했다는 것과 작고한 그녀의 남편이 유력 인사라는 것이었다. 어린 소녀는 이 학교에서 지식의 기초를 쌓을 기회가 있었지만, 겨우 하루 다니고는 학교의 규율에 이의를 제기했고, 집에 있어도 된다는 허락을 받았다. 더치 하우스의 창문이 열려 있는 9월, 이저벨은 구구단을 외우는 앳된 목소리들이 울려퍼지는 것을 집에서 듣곤 했다. 이 사건에는 의기양양한 해방감과 소외의 고통이 뒤섞여 있었다. 할머니 집에서 빈둥거리는 동안 지식의 기반이 만들어졌다. 그 집 사람들은 대부분 책 읽기를 좋아하지 않아서, 머릿그림이 있는 책들로 가득 찬 서재를—그녀는 이런 책들을 꺼내기 위해 의자에 올라서곤 했다—맘껏 이용할 수 있었던 것이다. 본인의 취향에 맞는 책을 찾아내면—그녀는 주로 머릿그림을 보고 선택할지 결정했다—서재 안쪽의 신비스러운 방으로 그 책을 들고 갔다. 왜 그런지는 아무도 모르지만 전통적으로 '사무실'로 불리는 방이었다. 그 방이 누구의 사무실이었고 언제 그런 용도로 쓰였는지 그녀는 알아내지 못했다. 메아리가 있고, 기분 좋은 곰팡내가 난다는 점, 그리고 낡은 가구들이 불명예스럽게 퇴출당해 오는 곳이라는 것으로 충분했다. 어디가 망가졌는지 분명치 않은 가구들은 부당하게 퇴출당한 불의의 희생자처럼 보였고, 아이들이 그러하듯 이저벨은 이 가구들과 인간적인 관계는 아니더라도 확실히 극적인 관계를 맺었다.

낡은 모직 소파와의 관계가 특히 그러했는데, 이 소파에게 그녀는 어린아이 특유의 오만 가지 설움을 털어놓곤 했다. 이곳의 신비스러운 비감悲感은 정식으로 이 방에 들어가려면 저택의 폐기 처분된 두번째 현관을 통해야 하고, 빗장으로 단단히 걸어잠근 이 문을 체구가 유난히 작은 소녀가 여는 것이 거의 불가능하다는 사실에서 상당 부분 연유했다. 그녀는 움쩍도 하지 않는 침묵의 문이 길 쪽으로 나 있음을 알았다. 측광을 초록색 종이로 발라놓지 않았다면 작은 밤색 계단과 닳아버린 벽돌 보도를 내다볼 수 있다는 것도 알았다. 하지만 문 저편에 신비스러운 미지의 세계가 있다는 그녀의 지론과 어긋나기 때문에 바깥을 내다보고 싶은 마음이 들지 않았다. 그곳은 어린아이의 상상 속에서, 기분이 바뀌는 데 따라, 즐거움 혹은 공포의 장소가 되었다.

내가 방금 언급한 초봄의 음울한 오후, 이저벨은 아직도 '사무실'에 앉아 있었다. 이즈음에는 이 집의 어디를 골라잡아도 되는데, 그녀가 선택한 방은 그중에서도 가장 우울한 정경을 드러냈다. 그녀는 빗장이 쳐진 문을 연 적도, (그동안 여러번 새로 붙인) 측광의 초록색 종이를 뗀 적도 없었다. 그녀는 그 너머에 범속한 거리가 있음을 굳이 확인하지 않았다. 거칠고 차가운 비가 억수같이 퍼부었다. 봄은 정말이지 참을성을 시험했고, 냉소적이고 위선적인 시험같이 느껴졌다. 하지만 이저벨은 자연법칙의 배반에 가능한 한 신경을 쓰지 않았다. 책에 눈길을 주고 집중하려고 했다. 요즈음 마음이 너무 방랑자 같다는 생각을 하게 된 그녀는 정신 상태를 군인처럼 절도 있게 걷도록 훈련시키고 명령에 따라 전진, 정지, 후퇴, 그리고 더 복잡한 기동 작전도 수행할 수 있게끔 가르쳤다. 방금 그녀는 행군 명령을 내렸고, 그녀의 정신은 독일 사상사의 모래

평원을 터벅터벅 걷고 있는 참이었다. 불현듯 그녀의 지적 행군과는 아주 다른 발걸음 소리가 들렸다. 귀 기울여보니 사무실과 통하는 서재에서 인기척이 느껴졌다. 기다리던 방문객의 발걸음 소리라는 생각이 얼핏 스쳤지만, 곧바로 낯선 여자의 걸음걸이임이 확실해졌다. (그녀가 기대한 손님은 낯선 이도 여자도 아니었다.) 호기심과 실험정신이 묻어나는 발걸음으로 보아 사무실의 문지방에서 멈춰설 것 같지 않았다. 과연 숙녀 한사람이 문간을 가로막고 멈춰서서 우리의 여주인공을 아주 뚫어져라 바라보았다. 품이 넉넉한 방수 외투를 걸친, 평범한 외모의 나이 지긋한 여자였고, 얼굴에는 다소 강한 자기주장이 드러났다.

"아," 그녀가 입을 열었다. "여기서 주로 시간을 보내나?" 그녀는 짝이 맞지 않는 의자와 탁자 들을 둘러보았다.

"이 방에서 손님 접대를 하지는 않아요." 이저벨이 불쑥 들어온 손님을 맞이하기 위해 일어섰다.

다시 서재로 발길을 돌리게 안내하는 동안 손님은 계속 둘러보았다. "방이 많기도 하네. 여긴 좀 상태가 낫다. 하지만 죄다 아주 낡았구나."

"집을 보러 오신 건가요?" 이저벨이 물었다. "그럼 하녀가 안내해드릴 거예요."

"하녀는 필요없어. 이 집을 사고 싶지 않으니. 하녀가 널 찾으러 가서 이층을 헤매고 다니는가보다. 아주 맹해 보이더라. 별일 아니라고 말해두렴." 이저벨이 어떻게 해야 할지 몰라 망설이며 서 있자, 돌연히 나타난 이 비평가는 느닷없이 이렇게 말했다. "네가 딸들 중 한명이겠지?"

이저벨은 그녀의 행동거지가 몹시 이상하다는 생각을 했다. "그건 누구의 딸을 말씀하시느냐에 달렸지요."

"작고한 아처 씨—그리고 내 가엾은 여동생의 딸 말이다."

"아," 이저벨이 천천히 말했다. "미치광이 이모 리디아 맞지요!"

"네 아버지가 날 그리 부르라고 하던? 네 이모 리디아인 건 맞는데, 미치광이와는 거리가 멀지. 망상이라고는 하나도 없는걸! 딸중에 넌 몇째냐?"

"전 세 딸 중 막내예요. 이름은 이저벨이고요."

"그래, 언니들 이름이 릴리언과 이디스였지. 네가 제일 예쁘니?"

"전혀 모르겠는데요."

"그런 게 분명하다." 이런 식으로 이모와 조카딸이 친해졌다. 여러해 전 리디아 이모는 동생이 죽고 나서 그 남편이 세 딸을 키우는 방식을 두고 말다툼을 하게 되었다. 성깔 있는 사람인지라 그는 상관하지 말라고 받아쳤고, 그녀도 그 말을 액면 그대로 받아들였던 것이다. 여러해 동안 그녀는 그와 안부를 주고받지 않았다. 그가 죽고 난 다음 조카들에게 조문편지도 쓰지 않았다. (조카들은 이저벨이 방금 무심코 드러냈듯 이모를 폄훼하는 분위기에서 성장했다.) 터칫 부인은 언제나처럼 철저하게 계획을 세워 행동에 들어갔다. 그녀는 자신이 투자한 사업을 둘러보려고 미국에 갈 예정이었는데—남편이 금융계 거물임에도 그와는 무관한 투자였다—가는 길에 조카딸들의 형편을 알아볼 작정이었다. 편지로 얻어낸 어떤 정보도 중시하지 않을 것이기 때문에 편지를 쓸 필요가 없었다. 그녀는 언제나 자신의 눈으로 확인한 것을 믿었다. 하지만 이저벨은 이모가 자기 자매들에 관해 상당히 꿰고 있음을 알게 되었다. 손위 두 딸이 결혼한 것과, 고인이 된 그들의 아버지가 돈을 거의 남기지 않았지만 유산으로 물려받은 올버니의 집을 팔아 세 딸이 나누어갖게 되리라는 것도 이모는 숙지하고 있었다. 마지막으로, 릴리언의 남편인 에드먼드 러들로우가 이 문제를 처리하기로 되어 있다는 사실 또한 알고 있었다. 아처 씨의 병환 중에 올버니에 온 이 젊은 부부는 그래서 아직도 그곳을 떠나지 않고 이저벨과 함께 옛집에 머물고 있었던 것이다.

"이 집, 값을 얼마나 쳐줄 것 같니?"

"전혀 모르겠는데요." 이저벨이 말했다.

"두번째 똑같은 대답이네." 그녀의 이모가 대꾸했다. "조금도 머리가 나쁘게 생기지는 않은데 말이다."

"저 머리 나쁘지 않아요. 하지만 돈에 관해서는 아는 게 없어요."

"그래, 그런 식으로 키웠겠지. 백만불을 물려받을 상속녀처럼. 유산을 정확히 얼마나 물려받은 거지?"

"정확히는 몰라요. 형부와 언니에게 물어보세요. 30분 있으면 돌아올 거예요."

"피렌쩨에서라면 이런 집은 형편없다고들 하겠지만," 터칫 부인이 말했다. "여기서는 아마도 값을 많이 쳐줄 거다. 너희들 각자에게 상당한 액수가 돌아갈 거야. 그외에도 유산이 좀더 있겠지. 그런 걸 모르다니 정말 이상하네. 위치가 좋아서 집을 헐어 상가를 만들려고 들 게다. 너희들이 그렇게 하지 그러냐. 가게에 세를 주면 꽤 이익이 남을 텐데."

이저벨은 이모를 뚫어져라 쳐다보았다. 가게에 세를 준다는 생각은 해본 적이 없었던 것이다. "헐지 않으면 좋겠어요." 그녀가 말했다. "전 이 집이 아주 좋거든요."

"왜 좋아하는지 모르겠네. 네 아버지가 여기서 죽었잖니."

"그래요, 하지만 그렇다고 이 집이 싫은 건 아니에요." 그녀는 다소 서먹하게 대꾸했다. "전 무슨 일이 일어난 곳이 좋아요. 슬픈 일이라 해도요. 아주 많은 사람들이 여기서 죽었어요. 이곳은 삶으로 충만한 곳이었어요."

"그런 걸 삶으로 충만하다고 하니?"

"경험으로, 사람들의 감정과 슬픔으로 가득 채워졌다는 뜻이에요. 슬픔만은 아니에요. 여기서 행복한 어린 시절을 보냈으니까요."

"무슨 일이 일어난 집, 무엇보다도 사람들이 죽은 집을 좋아한다면 피렌쩨로 가는 게 좋겠다. 내가 사는 오래된 대저택에서는 세 사람이나 살해됐지. 내가 아는 게 세 건이고 얼마나 더 있었는지는 알 수 없지."

"오래된 저택이라고요?" 이저벨이 되풀이했다.

"그래, 이런 집과는 차원이 다르지. 이건 너무 부르주아적이야."

할머니 집을 늘 높이 평가해온 이저벨은 약간 격양되었다. 하지만 그건 그녀로 하여금 다음과 같이 털어놓게 만든 그런 성격의 감정적인 동요였다. "저 정말 피렌쩨에 가보고 싶어요."

"그래, 착하게 굴고, 내가 시키는 대로 다 하면 데려가마." 터칫 부인이 단언했다.

우리의 젊은 여주인공은 감정적으로 더 흔들렸다. 얼굴을 붉힌 그녀는 미소를 띤 채 말없이 이모를 지켜보았다. "시키는 대로 다 하라고요? 그건 약속할 수 없을 것 같은데요."

"그래, 그럴 수 있는 처녀 같지도 않네. 넌 네 식대로 하는 걸 좋아하나보구나. 내가 나무랄 입장은 못되지."

"하지만 피렌쩨에 갈 수만 있다면," 이저벨은 잠시 후 큰 소리로 말했다. "어떤 약속이라도 할 수 있을 거 같아요!"

에드먼드와 릴리언은 쉬 귀가하지 않았고, 터칫 부인은 조카딸과 1시간 남짓 계속 이야기를 나눌 수 있었다. 조카딸에게 이모는 이상하고도 흥미로운 '인물'──이저벨이 거의 처음으로 접한 본질적으로 남다른 인물이었다. 이모는 이저벨이 상상하던 대로 괴팍했다. 여태 그녀는 괴팍하다고 묘사되는 사람들 이야기를 들으면 거부감, 더 나아가 경계심이 들었다. 그 단어는 언제나 기괴하고 불길하기까지 한 뭔가를 연상시켰다. 하지만 그녀의 이모는 괴팍함을 고급스러우면서도 편안한 아이러니 혹은 희극으로 바꿔놓아 그녀가 그때까지 접한 평범한 말씨가 과연 이렇게 흥미로운 적이 있었나 자문하도록 만들었다. 얇은 입술에 반짝이는 눈, 볼품없는 외모를 기품 있는 태도로 만회하면서 낡은 방수 외투를 입고 거기 앉아 유럽의 궁정들을 훤히 꿰고 있는 듯 이야기하는, 외국인처럼 보이는 이 여자처럼 그녀의 마음을 사로잡은 경우는 분명 없었다. 경박한 데라고는 조금도 없었지만, 터칫 부인은 사회적 신분의 우월성을 인정하지 않았고, 그 점을 분명히 하면서 세상의 중요 인사들을 비판한 것이 순진하고 감수성이 예민한 조카딸에게 감명을 주었음을 기분 좋게 의식했다. 처음에는 이저벨이 터칫 부인이 하는 수많은 질문에 답을 했다. 답하는 것을 보고 터칫 부인은 그녀가 상당히 똑똑하다는 평가를 내린 것 같았다. 하지만 그다음엔 이저벨이 아주 많은 질문을 했고, 화제가 어떤 방향으로 틀든 이모의 대답은 깊이 생각할 거리가 되리라는 생각이 들었다. 터칫 부인은 그 정도는 기다릴 수 있다고 여기는 시간만큼 큰조카딸을 기다렸다. 하지만 6시가 되어도 돌아오지 않자 일어설 채비를 했다.

"네 언니는 대단한 수다쟁이인가보다. 외출하면 늘 이렇게 부지하세월이냐?"

"이모도 만만치 않으신데요." 이저벨이 대꾸했다. "오시기 직전에 언니가 외출했거든요."

터칫 부인은 그녀를 빤히 쳐다보았지만, 괘씸해서는 아니었다. 당찬 말대꾸를 용인하고 너그럽게 대할 용의가 있는 것 같았다. "네 언니는 나만큼 좋은 변명거리가 없을걸. 어쨌든 오늘 저녁에 그 끔찍한 호텔로 좀 오라고 전하렴. 남편을 데리고 와도 좋은데, 넌 따라올 필요 없다. 나중에 많이 보게 될 테니까."

4장

러들로우 부인은 세 자매의 맏이었고, 셋 중 가장 사리분별이 있다는 게 세평世評이었다. 릴리언은 현실적이고, 이디스는 아름답고, 이저벨은 지적이라는 게 일반적인 분류였다. 둘째인 키즈 부인은 미 육군 공병장교의 아내인데, 우리의 이야기와 더이상 무관하므로, 진짜 아주 예뻤고 여러군데 군사기지 —속상하게도 그녀의 남편은 잇따라 대체로 촌스러운 서부지역의 기지들로 배속되었다—의 꽃이었음을 언급하면 충분하리라. 릴리언은 뉴욕의 변호사와 결혼했다. 목소리가 크고 변호사라는 직업에 열광적인 젊은 이였다. 대단히 결혼을 잘했다고 할 수는 없지만 —그건 이디스도 마찬가지였다—동생들보다 인물이 훨씬 못한 릴리언의 경우 결혼하기만 해도 다행인 처녀로 거론되던 터였다. 어쨌거나 그녀는 아주 행복했고, 대담한 탈출을 감행한 양 목하 버릇없는 두 아들의 어머니요, 53번가에 빽빽하게 들어선 고급 주택의 안주인인 자신의 처지에 득의양양한 것 같았다. 키가 작고 튼실한 그녀의 몸매가 아름답다고 할 수 없지만, 풍채는 —기품까지는 아니더라도—있다고들 했다. 게다가 결혼하고 풍채가 더 좋아졌다. 그녀가 살면서 가장 뚜렷이 의식하는 두가지는 남편의 말솜씨와 여동생 이저벨의 독특함이었다. "난 이저벨을 따라잡은 적이 한번도 없어요. 따라잡는 데 내 시간을 몽땅 써야 했을 테니까요." 그녀는 종종 이렇게 말했다. 그럼에도 모성이 풍부한 스패니얼이 마음껏 뛰어다니는 그레이하운드를 지켜보듯, 걱정스럽게 이저벨을 주시하곤 했다. "이저벨이 별 탈 없이 결혼했으면 싶어요. 내가 원하는 건 바로 그거예요." 그녀는 종종 남편에게 선언하듯 말했다.

"글쎄, 난 딱히 처제를 결혼시켜야겠다는 마음이 들지 않는걸." 에드먼드 러들로우가 쩌렁쩌렁한 목소리로 대답하곤 했다.

"말씨름하려고 그러는 거 알아요. 당신은 언제나 반대편 입장을 취하죠. 그 아이가 엄청 독특하다는 걸 빼면 당신이 흠잡을 게 없다고 봐요."

"글쎄, 난 원서를 싫어하거든. 번역본이 좋소." 러들로우 씨는 몇 번이고 이렇게 답했다. "처제는 외국어로 되어 있는 책 같다고. 무슨 말을 하는지 알아먹을 수가 없다니까. 아르메니아 아니면 뽀르뚜갈 남자와 결혼해야 한다니까."

"바로 그런 결혼을 할까봐 내가 걱정하는 거예요!" 이저벨이 무슨 짓이라도 저지를 수 있다고 믿는 릴리언이 탄식했다.

이모인 터칫 부인이 찾아왔다는 동생의 이야기에 릴리언은 깊은 관심을 보였고, 저녁이 되자 이모의 지시에 따라 나들이 준비를 했다. 이저벨이 그때 뭐라고 말했는지 기록이 남아 있지는 않지만, 그녀의 발언이 외출 채비를 하던 부부의 대화를 촉발시켰으리라는 점은 의심의 여지가 없다. "이모가 이저벨에게 뭔가 대단한 걸 해주셨으면 정말 좋겠어요. 걔를 아주 좋아하시는 게 분명해요."

"이모님이 뭘 해주셨으면 하는데?" 에드먼드 러들로우가 물었다. "큰 선물을 해주시길 원하오?"

"그건 아니에요. 그런 방식은 아니고, 이저벨에게 관심을 가져주고 이해해주시면 좋겠어요. 이모는 개의 진가를 알아볼 수 있는 분인 게 분명해요. 외국에서 오래 사셨으니까. 이저벨에게 모두 이야기해주셨대요. 당신도 이저벨이 좀 이국적이라고 했잖아요."

"이모님이 처제에게 이국적인 감흥을 더해주면 좋겠다는 거요? 지금도 충분히 이국적이라고 생각하지 않소?"

"이저벨은 외국으로 나가야 해요." 러들로우 부인이 말했다. "해외 경험을 해야 할 그런 아이라고요."

"그럼 이모님이 처제를 외국으로 데리고 나갔으면 하는 거요?"

"가자고 하셨대요. 이저벨을 꼭 데려가고 싶으신가봐요. 그런데 내가 원하는 건 이모가 개를 데리고 가서 개의 모든 장점을 돋보이게 해주는 거예요. 우리는," 러들로우 부인이 말했다. "기회만 만들어주면 된다고요."

"무슨 기회 말이요?"

"자기계발의 기회요."

"맙소사!" 에드먼드 러들로우가 외쳤다. "더 계발하지 않아도 된다니까!"

"당신이 말씨름 삼아 그런 말을 한다고 생각하지 않았으면 정말 섭섭했을 거예요." 그의 아내가 답했다. "당신도 개를 아끼잖아요."

"내가 처제를 아끼는 걸 알고는 있나?" 러들로우 씨가 잠시 후 모자에 솔질하면서 이저벨에게 농을 던졌다.

"형부가 그러거나 말거나 난 상관 안해요!" 이저벨이 큰 소리로 말대꾸를 했다. 도도하게 말했지만, 그녀의 목소리와 미소는 도도

함과는 거리가 있었다.

"어머, 얘가 이모를 만나더니 콧대만 높아졌네." 그녀의 언니가 말했다.

하지만 이저벨은 아주 진지하게 이 발언의 진실성에 이의를 제기했다. "그렇게 말하지 마, 릴리 언니. 난 조금도 우쭐한 기분 안 들어."

"아무튼 나쁠 건 없어." 릴리가 달래듯이 말했다.

"이모가 찾아왔다고 우쭐할 게 뭐가 있겠어요?"

"저것 보게나," 러들로우가 큰 소리로 말했다. "콧대가 하늘을 찌르네!"

"내가 그렇게 보인다면," 이저벨이 대꾸했다. "그보다는 더 좋은 이유가 있어야 할 거예요."

그녀가 그렇게 느꼈든 아니든, 아무튼 색다른 느낌, 뭔가 중요한 일이 일어난 것 같은 기분이 들었다. 저녁나절 혼자 남겨진 그녀는 늘 하던 일을 놓고 빈손으로 등불 아래 앉아 있었다. 그러더니 일어서서 방 안을 서성이다가 흐린 불빛이 미치지 않는 곳들을 찾아 이 방 저 방을 오갔다. 마음이 어수선하고 초조하기까지 했고, 어느 순간에는 몸을 조금 떨기도 했다. 오늘 일어난 일은 겉보기보다 훨씬 중요하다. 그녀의 삶에 진짜 변화가 일어난 것이다. 그로 인해 어떤 일이 생길지 아직까지는 아주 막연한 느낌뿐이었다. 하지만 이저벨은 어떤 변화에도 가치를 부여해야 할 처지에 놓여 있었다. 과거를 뒤로하고, 혼잣말로 되뇌었듯, 새롭게 시작하고 싶었다. 사실 이런 욕구가 이번 일 때문에 생긴 것은 아니었다. 창문에 부딪히는 빗소리처럼 낯익은 것이었고, 그동안 수없이 새로운 시작을 시도하게 만들기도 했다. 그녀는 응접실의 어두침침한 구석에 앉아 눈을 감았다. 하지만 잠시 졸면서 생각을 내려놓고 싶어서는 아니었다. 오히려 너무 말똥말똥해서 한번에 너무 많은 것을 보고 있다는 느낌을 억제하고 싶어서였다. 그녀의 상상력은 습관적으로 터무니없이 왕성해서, 문이 닫혀 있으면 창문으로 뛰어내리곤 했다. 이저벨은 상상력을 빗장으로 잠근 문 안으로 가둬놓는 데 익숙하지 않았다. 이성적 판단이 꼭 필요한 순간에 분별력을 발휘하는 대신 눈에 보이는 것을 과신해서 댓가를 치르곤 했다. 변화의 전환점에 서 있다는 느낌이 든 지금, 남겨두고 가야 할 것들의 수많은 이미지들이 조금씩 다가왔다. 삶의 어떤 시기와 순간 들이 다시 떠올라, 커다란 청동 시계의 똑딱거리는 소리만 들리는 정적 속에서, 그녀는 오랜 시간 그것들을 차례로 돌이켜보았다. 그녀는 아주 행복한 삶을 살았으며 정말 복 받은 존재였다. 바로 이 사실이 가장 선명하게 부각되었다. 그녀는 제일 좋은 것들을 모두 누렸고, 선망의 대상이 될 만한 사람이 거의 없는 세상에서 특별히 불쾌한 어떤 일도 겪지 않았다는 건 특권이었다. 자신의 삶에 불쾌함이 너무 결여되었다는 생각이 들기도 했는데, 문학작품을 접하면서 그것이 흥미는 물론 교훈의 원천이 될 수 있음을 알게 되었기 때문이다. 아버지는 불쾌함이 그녀에게 근접하지 못하도록 했다. 잘생긴, 너무나 사랑한 아버지—그는 불쾌한 일들에 언제나 강한 반감을 드러냈다. 그의 딸이어서 더없이 행복했다. 그런 아버지가 있다는 사실이 이저벨은 자랑스럽기까지 했다. 아버지가 돌아가신 후, 그녀는 자식들에게 멋진 모습만 보여준 아버지가 삶의 추함을 무시하는 데는 사실 염원한 만큼 성공하지 못했음을 알게 되었다. 하지만 그래서 그에 대한 사랑이 더 애틋해질 뿐이었다. 아버지가 돈을 너무 헙헙하게 썼고, 너무 사람이 좋았으며, 세속의 고려 사항에 너무 무관심했구나 하고 추론하는 일이 괴롭지도 않을 정도였다. 많은 사람들, 특히 그에게 돈을 빌려준 사람들 중 다수는 무관심의 도가 지나쳤다고 주장했다. 그들의 견해가 이저벨에게 아주 명확하게 전달된 적은 없지만, 독자는 다음의 사실에 관심을 가질지도 모른다. 즉, 그들이 고인이 된 아처 씨의 남달리 헌칠한 인물과 사람 홀리는 마력은 인정했지만, 그가 자신의 삶을 형편없이 낭비했다고 단언했다는 것 말이다. (그중 한명이 논평했듯 그는 과연 늘 사람을 홀려 원하는 걸 얻었다.) 상당한 재산을 탕진했고, 당치 않을 정도로 유흥을 즐겼으며, 무분별하게 노름을 했다는 사실도 알려진 바다. 아주 가혹한 몇몇 평자들은 그가 딸들도 제대로 키우지 못했다는 심한 말까지 했다. 정규 교육을 받게 하지 않았고, 붙박은 집도 없이 응석을 받아주면서 방치하는 식으로, (대체로 자질이 떨어지는) 유모와 가정교사와 함께 살게 하거나, 프랑스인이 운영하는 겉만 번지레한 학교에 보냈다가 한달 후 눈물 바람으로 전학시켰다는 것이다. 이런 식의 상황 판단에 이저벨은 분노했으리라. 그렇게 해서 더 많은 기회가 주어졌다는 게 그녀의 생각이었다. 아버지가 뇌샤뗄의 호텔에 아이들을 프랑스인 하녀에게 맡겨두고 석달간 자리를 비운 사이, 그 하녀가 같은 호텔에 머무르던 러시아 귀족과 눈이 맞아 도망간 파격적인 상황이 벌어졌을 때조차도──이저벨이 열한살 때의 일이었다──그녀는 무섭거나 수치스럽다고 생각하지 않았다. 교양교육의 과정에서 벌어지는 낭만적 에피소드의 하나라고 생각했다. 아버지는 삶을 바라보는 넓은 시야가 있었다. 역마살은 물론 모순되는 행동도 그 증거에 불과했다. 자식들이 어린 시절에도 세상을 가능한 한 많이 경험하기를 원한 그는 그래서 이저벨이 열네살 될 때까지 딸들을 대동하고 대서양을 세번이나 건넜다.

하지만 그때마다 계획된 관광지를 몇달 관찰하는 데 불과해서 우리 여주인공의 호기심을 충족하기보다는 자극하는 데 그쳤다. 그녀가 아버지의 열성적인 지지자가 된 건 당연했다. 그가 언급을 회피한 불쾌함에 대한 가장 큰 '보상'이 세 딸 중 그녀였기 때문이다. 나이가 들어감에 따라 마음대로 살기 더 어려워지는 것 같으니 이 세상과 기꺼이 작별하겠다는 임종 전의 막연한 결심은 이를 데 없이 영특한 딸과의 작별이 가슴 아파 상당히 약해지기도 했다. 유럽 여행을 할 수 없게 된 말년에도 그는 딸자식이 원하는 것들을 넘치게 채워주었고, 설령 돈 문제로 곤란을 겪었다 해도 많은 것을 가졌다는 딸들의 철없는 생각을 방해하는 어떤 일도 하지 않았다. 이저벨은 춤을 아주 잘 추었지만, 뉴욕의 무도회에서 특별한 성공을 거두었다는 기억은 없었다. 사람들이 이구동성으로 말했듯 언니 이디스가 훨씬 더 매혹적이었던 것이다. 이디스가 너무나 두드러지는 성공 사례였기 때문에 이저벨은 어떻게 해야 그런 이점을 갖게 되는지, 무엇보다도 적절한 효과를 내면서 몸을 흔들고 뛰고 소리를 지르지 못하는 자신의 한계에 환상을 가질 여지가 없었다. (여동생을 포함해) 스무명 중 열아홉은 두 자매 중 언니가 훨씬 예쁘다고 단언했다. 하지만 스무번째 사람은 이런 판단을 뒤집을 뿐 아니라 다른 사람들의 심미안이 저속하다고 생각하는 즐거움을 누렸다. 이저벨의 본성 깊숙한 곳에서는 이디스보다 사람들의 마음을 얻고 싶은 억누를 수 없는 욕망이 오히려 더 강했다. 하지만 이 젊은 숙녀의 깊숙한 본성은 아주 외진 곳에 자리 잡고 있어서, 표면으로 소통되기까지 여러 가지 변덕스러운 방해 작용이 개입했다. 이저벨은 둘째 언니를 찾아오는 많은 젊은이들을 만나보았지만, 그녀와 대화를 나누기 위해서는 특별한 준비가 필요하다고 믿은 그들은 대체로 그녀를 겁냈다. 책을 아주 많이 읽었다는 세평이 서사시의 여신에게 드리운 구름처럼 그녀를 감싼 터라 어려운 질문을 퍼부어 대화를 썰렁하게 만들겠거니 짐작했던 것이다. 이 가엾은 아가씨는 남들이 똑똑하다고 생각해주기를 바랐지만, 책벌레로 여겨지는 것은 싫어했다. 그래서 책도 몰래 읽었고, 기억력이 아주 좋음에도 읽은 걸 과시하지 않으려고 애썼다. 그녀는 앎에 대한 크나큰 욕망을 갖고 있었지만, 인쇄된 페이지 아닌 다른 곳에서 정보를 얻고 싶어했다. 삶에 관한 호기심이 엄청났고, 그래서 끊임없이 눈을 크게 뜨고 바라보며 궁금해했다. 그녀 안에 거대한 생명력이 자리 잡고 있었으며, 영혼의 율동이 세상의 진동과 연속선상에 놓여 있음을 느낄 때 가장 큰 기쁨을 느꼈다. 바로 그런 이유 때문에 거대한 군중과 끝없이 펼쳐진 전원, 혁명과 전쟁에 관한 책들, 역사를 주제로 한 그림들을 좋아했는데, 이런 범주의 노작勞作들에 관해서는 주제 때문에 형편없는 그림 솜씨를 눈감아주는 자가당착을 종종 의식하기도 했다. 남북전쟁이 진행되는 동안 어린 소녀에 불과했던 그녀는 열정적인 흥분 상태에 빠져 그 긴 기간을 보냈는데, 피아의 구분 없이 양쪽 군대의 용맹에 닥치는 대로 감동을 받아 지독한 혼란에 빠지기도 했다. 물론 미심쩍어하는 총각들의 신중함 덕분에 사교계에서 추방되는 지경에 이르지는 않았다. 그녀에게 다가갈 때 뛰는 심장의 속도가 이성을 마비시킬 정도는 아니었던 몇몇 총각들이 그 나이의 처녀라면 지켜야 할 최고의 계율을 그녀에게 알려주지 않고 내버려두었기 때문이다.[3] 그녀는 처녀가 누릴 수 있는 모든 것을 누렸다. 친절과 칭찬, 봉봉과자와 꽃다발, 그녀가 살고 있는 세상의 특권 어느 것으로

---

3 남자들이 청혼을 하지 않았고, 따라서 청혼을 거절하는 일이 벌어지지 않았다는 뜻.

부터도 소외되지 않았다는 느낌, 춤출 수 있는 충분한 기회와 수많은 새 드레스들, 런던의 『스펙테이터』지와 최신 출판물, 구노[4]의 음악, 브라우닝[5]의 시, 조지 엘리엇[6]의 산문 등.

이제 기억의 저편에서 이런 것들이 솟아오르면서 수많은 장면과 인물이 그녀의 눈앞에 펼쳐졌다. 잊어버린 것들이 생각났으며, 최근에 이저벨이 중요하다고 생각한 것들은 시야에서 사라졌다. 그 결과 변화무쌍한 풍경이 나타났는데, 이런 회상은 하인이 신사의 방문을 알리는 바람에 중단되었다. 이 신사의 이름은 캐스퍼 굿우드였다. 보스턴 출신의 직정直情적인 젊은이였다. 일년 전에 아처양을 알게 되어 그녀를 당대의 최고 미인으로 손꼽은 굿우드는, 내가 언급한 원칙에 따라 자신이 속한 시대를 역사의 우매한 시기로 규정했다. 그는 가끔 그녀에게 편지를 썼고, 한두주 전에 뉴욕에서 소식을 알렸다. 그녀는 그가 찾아올 가능성이 높다고 생각했다. 그리고 사실 비 오는 날 종일 막연하게 그를 기다리고 있었다. 하지만 그가 왔다는 말을 전해들은 지금 그를 반갑게 맞이할 마음은 들지 않았다. 굿우드는 그녀가 만나본 가장 훌륭한 젊은이, 정말 빛나는 젊은이였고, 깊고도 특별한 존경심을 불러일으켰다. 그녀는 다른 사람에게 그런 존경심을 품은 적이 없었다. 사교계에서는 그가 그녀와 결혼하려고 한다고들 했지만, 물론 자기들끼리 하는 이야기였다. 그가 뉴욕에서 올버니로 그녀를 만나러 일부러 왔다는 점 정도는 분명히 해도 되리라. 이저벨을 만나겠거니 기대하고 뉴욕에서 며칠을 보내고 나서 그녀가 아직도 주도州都에 머물고 있음을

---

4 샤를 구노(Charles Gounod, 1818~93). 프랑스의 작곡가.
5 로버트 브라우닝(Robert Browning, 1812~89). 영국의 시인.
6 조지 엘리엇(George Elliot, 1819~80). 영국의 소설가.

알게 되어 온 것이니 말이다. 이저벨은 그를 맞이하기 전에 몇분을 지체했다. 상황이 복잡해졌음을 새삼 느끼면서 방 안을 서성거렸다. 마침내 모습을 나타낸 그녀는 그가 램프 근처에 서 있는 것을 보았다. 큰 키에 강인하고 다소 뻣뻣해 보였고, 군살이 없고, 피부색은 햇볕에 그을린 황갈색이었다. 낭만적이라기보다는 훨씬 애매하게 잘생긴 얼굴이었다. 하지만 그의 얼굴에는 사람들의 관심을 끄는 힘이 있었고, 뚫어지게 응시하는 푸른 눈과—그의 안색과 어울리지 않는 눈 빛깔이었다—단호함을 전달하는 다소 각진 턱에 매력을 느낀다면 관심에 값할 만한 얼굴이었다. 이저벨은 오늘 밤에는 그 턱이 단호함을 나타낸다고 생각했다. 그럼에도 반시간 후에 단호할 뿐 아니라 희망적이었던 캐스퍼 굿우드는 좌절한 남자의 심정으로 숙소로 돌아갔다. 그가 맥없이 좌절을 받아들일 사람이 아니라는 사실은 덧붙여도 되리라.

5장

랠프 터칫은 달관한 사람이었지만, 그럼에도 꽤 조급한 마음으로 (7시 15분 전에) 어머니의 침실 문을 두드렸다. 달관한 사람도 호불호는 있게 마련이라, 자식으로서 의지하는 데는 부모 중 주로 아버지가 기쁨을 주었다고 말해야 할 것 같다. 그는 종종 아버지가 더 엄마처럼 살뜰했다는 생각을 떠올렸다. 반면에 그의 어머니는 아버지 같았고, 아니, 당대의 유행어를 빌자면, 대장 같았다. 그럼에도 그녀는 외아들을 아주 좋아해서 일년에 삼개월은 함께 보내야 한다고 고집하곤 했다. 랠프는 어머니의 사랑을 아주 정확하게 가늠했다. 그녀의 머릿속에서, 하인들을 부리며 철저하게 일정에 따라 사는 그녀의 삶에서, 그의 차례는 가장 가까운 관심사들, 즉 그녀의 뜻을 받들어 하인들이 다양한 일들을 꼼꼼하게 마친 바로 다음이라는 것을 그는 알고 있었다. 정찬용 드레스를 완벽하게 갖춰입었지만, 그녀는 장갑 낀 손으로 아들과 포옹한 다음 소파의 옆자리에 앉으라고 했다. 그녀는 남편과 아들의 건강에 대해 찬찬히 물어봤고, 양쪽 다 별로 신통치 않다는 설명을 듣고 영국의 기후에 몸을 맡기지 않은 자신의 현명함에 어느 때보다도 더 깊은 확신을 갖게 되었다고 말했다. 그렇게 했다면 그녀도 굴복했을 수 있다. 랠프는 어머니가 굴복한다는 생각에 미소를 지었으나, 매년 상당 기간 해외에 체류하는 자신의 병약함을 영국의 기후 탓으로 돌릴 수 없다고는 굳이 주장하지 않았다.

그의 아버지 대니얼 트레이시 터칫이 고향인 버몬트 주 러틀랜드를 떠나 한 은행의 부행장으로 영국에 온 것은 그가 아주 어렸을 때였다. 그로부터 약 십년 후 아버지는 은행의 실질적인 경영권을 갖게 되었다. 대니얼 터칫은 자신이 선택한 나라에 평생 살게 될 것으로 예상한바, 처음부터 명료하고 온건하며 유연한 관점을 취했다. 하지만 스스로에게 다짐했듯이 미국인임을 부정할 생각은 전혀 없었고, 외아들에게 그런 교묘한 기술을 가르칠 마음도 없었다. 영국을 받아들이되 영국인으로 거듭나지 않고 사는 문제를 그로서는 아주 쉽게 해결한 터라, 그가 죽고 난 후 법적 상속인인 아들이 미국의 하얀 후광 아래서 유서 깊은 회색빛 은행을 이어나가는 일도 마찬가지로 쉬울 거라고 생각했다. 그래도 그런 후광을 강화하기 위해 아들을 모국으로 보내 교육시켰다. 랠프는 여러 학기를 미국의 고등학교에서 보냈고 거기 대학에서 학위를 취득했다.

그러고 나자 아버지가 보기에 불필요하게 미국 색이 강해져서 옥스퍼드에 한 삼년 기숙하도록 조처했다. 옥스퍼드가 하버드를 집어삼켰고, 랠프는 마침내 어지간히 영국 색을 띠었다. 겉으로 보기에 그는 주변의 관습에 순응했다. 하지만 그의 순응은 독자성을 아주 소중히 하는 인물의 가면이었다. 그 무엇도 그를 오래 사로잡지 못했고, 따라서 천성적으로 모험과 아이러니를 즐기는 그는 끝없이 분별하고 평가하는 자유를 누렸다. 랠프는 전도유망한 젊은이로 출발했다. 옥스퍼드에서는 발군의 성적을 보여 아버지에게 형언할 수 없는 기쁨을 선사했고, 주변 사람들은 그렇게 똑똑한 친구가 입신양명할 길이 막히다니 너무 애석하다고 말했다. 모국으로 돌아가서 길을 찾아볼 수도 있었는데—그것이 무엇인지는 미지수였지만—터칫 씨가 아들과 떨어져 지낼 용의가 있었다 하더라도—그럴 용의가 없었지만—둘도 없는 친구인 아버지와 광막한 바다를 사이에 두고 지내는 것이 아들에게 견딜 수 없는 일이었으리라. 랠프는 아버지를 좋아할 뿐 아니라 존경했고, 옆에서 지켜보는 기회를 즐겁게 누렸다. 그가 생각하기에 아버지 대니얼 터칫은 천재였다. 자신은 은행 경영의 비법을 터득할 소질이 없지만, 아버지가 그 분야에서 얼마나 거물인지 가늠하기 위해 제대로 공부해봐야겠다고 결심할 정도였다. 하지만 거기서 주된 즐거움을 얻은 것은 아니었다. 영국의 대기가 윤을 낸 듯, 투시할 수 없는 고급 상아와 같은 노인의 모습이 즐거움의 원천이었다. 대니얼 터칫은 하버드나 옥스퍼드를 다닌 적이 없었고, 아들의 손에 현대식 비판정신의 열쇠를 쥐여주었다면 그건 그의 잘못이었다. 아버지로서는 짐작도 할 수 없는 발상들로 머릿속을 가득 채운 랠프는 아버지를 독보적인 존재로 높이 평가했다. 옳든 그르든, 미국인들은 이국적인 상황에 편안하게 적응한다고 칭찬을 받는다. 하지만 터칫 씨의 경우 적응의 한도를 정했다는 바로 그 점이 전체적인 성공에 절반은 기여했다. 그는 처음에 느꼈을 긴장의 표지를 생생하게 간직하고 있었다. 아들이 언제나 기분 좋게 주목했듯이 아버지의 어조는 뉴잉글랜드 삼림지대에서 자란 사람의 그것이었다. 인생을 마무리할 즈음 그는 자신이 선택한 분야에서 부유해졌을 뿐 아니라 원숙해졌다. 그는 완벽한 명민함을 사람들과 잘 어울리는 사교성과 결합했고, 그의 '사회적 지위'는―그것을 얻으려고 조금도 신경을 쓴 적이 없었건만―손을 타지 않은 과일처럼 단단하게 숙성했다. 상상력과 소위 말하는 역사의식의 결핍 덕분에 이룬 성과라고 할 수도 있으리라. 그의 오감은 교양 있는 이방인이 영국에서 지낼 때 으레 느끼게 되는 대부분의 인상들에 닫혀 있었다. 어떤 차이들은 전혀 인식하지 못했고 어떤 습관들은 끝내 습득하지 못했으며, 어떤 모호한 부분들을 해명하려고 나선 적도 없었다. 마지막 사안의 경우, 그가 어느날 해명하러 나섰더라면, 아들이 아버지를 좋아하는 마음이 줄어들었으리라.

옥스퍼드를 졸업하고 약 이년간 여행을 한 랠프는 아버지 은행에서 높은 자리에 앉게 되었다. 그런 위치의 책임과 명예는 의자의 높이가 아니라 다른 고려 사항에 좌우되는 것으로 알려져 있다. 사실 다리가 무척 긴 랠프는 직장에서도 서 있기를, 아니 걷기를 좋아했다. 하지만 이런 신체 활동에 바치는 시간을 제한할 수밖에 없게 되었다. 약 십팔개월이 지나자 건강이 아주 악화됐음을 알게 되었기 때문이다. 지독한 독감에 걸렸는데, 이놈이 폐에 터를 잡고 심각한 합병증을 일으킨 것이다. 그는 일을 그만두고 건강을 돌보라는 유감스러운 지시를 문자 그대로 따라야만 했다. 처음에는 그런

지시를 등한시했다. 돌봐야 할 대상이 자기와는 전혀 달랐고, 재미없고 무심한, 공통점이라고는 없는 존재 같았으니 말이다. 그러나 안면을 트자 좀 나아져서, 랠프는 마침내 그를 마지못해 인정하게 되었고, 내색하지 않고 예우하기에 이르렀다. 불행은 기이한 동반자를 만드는 법, 그 문제에 중요한 뭔가가 걸려 있다고 느낀 랠프는—그 뭔가가 평범한 재사才士로서의 평판일 거라고 생각하곤했다—떠맡게 된 염치없는 친구에게 신경을 썼는데, 덕분에 결과적으로 가엾은 친구가 목숨을 부지했다. 한쪽 폐가 나아졌고, 다른쪽도 이를 본받아 나아질 기미를 보여서 폐병을 앓는 사람들이 모이는 그런 곳에 가서 지내면 열두어번의 겨울을 버틸 수는 있겠다고들 했다. 런던을 정말 좋아하게 되었기 때문에 그는 유배 생활의단조로움을 저주했다. 하지만 저주하는 동시에 순응했고, 자신의예민한 기관器官이 엄격한 보살핌에 호응하는 것을 보고 조금 더 가벼운 손길로 은혜를 베풀었다. 흔히 말하듯 그는 해외에서 월동越冬했다. 햇볕을 쬐다 바람이 불면 집으로 돌아갔고, 비가 오면 잠자리에 들었고, 밤새 눈이 왔을 때 두어번 정도는 다시 일어나지 못할뻔했다.

　정 많은 늙은 유모가 첫 등교 때 가방에 몰래 넣어주었을 법한두툼한 케이크처럼 층층이 쌓인 무관심을 남몰래 축적한 것이 도움이 되었고, 체념을 받아들일 수 있게 해주었다. 건강이 너무 나빠서 할 수 있는 일이라곤 그 버거운 게임뿐이었으니 말이다. 그가혼자 되새긴 바대로, 정말 꼭 하고 싶은 일은 없었던 터라 최소한용맹정진해야 할 일을 포기한 것은 아니었다. 지금으로서는 금지된 열매의 향기가 가끔 코끝을 스치면 정신없이 바쁜 것이 최고의기쁨임을 상기하게 될 따름이었다. 지금처럼 사는 건 좋은 책을 형편없는 번역으로 읽는 형국이었다. 외국어에 능통한 사람이 될 수 있다고 생각한 젊은이에게는 따분한 소일거리가 아닐 수 없었다. 겨울을 잘 날 때가 있고 힘겹게 날 때가 있었는데, 잘 나는 동안은 온전히 회복될 거라는 기대에 사로잡히기도 했다. 하지만 이 이야기가 시작되기 약 삼년 전에 희망은 무산되었다. 그해 보통 때보다 더 오래 영국에 남아 있었던 그는 알제[7]에 당도하기 전에 악천후를 만났고, 도착해서는 초주검이 되어 여러주 사경을 헤맸다. 그가 회복한 것은 기적이었고, 이를 기화로 그런 기적이 다시 일어나지 않으리라는 사실을 마음에 아로새겼다. 살날이 얼마 남지 않았다— 눈을 크게 뜨고 죽음을 직시해야 하지만, 이런 중대사와 양립할 수 있는 선에서 남은 시간을 유쾌하게 보내는 방법이 있다고 그는 생각했다. 심신의 기능을 잃게 되리라고 예측했기 때문에 단순한 움직임에서 더없이 즐거움을 느꼈다. 남다른 성취를 이루겠다는 생각을 포기해야 하는 게 힘들었던 시절은 까마득하게 멀어졌다. 하지만 그런 생각이 희미해졌다고 끈질기게 떠오르지 않는 건 아니었고, 분발하라는 자기비판과 마음속에서 갈등을 벌인다고 마음이 덜 끌리는 것도 아니었다. 친구들은 현재 그가 어느 때보다도 쾌활하다고 판단했다. 이런 심리 상태를 완치될 수 있다는 그의 가설 탓으로 돌린 그들은 의미심장한 눈짓을 나누며 고개를 저었다. 그의 평온함은 폐허가 되어버린 마음 한구석에서 핀 야생화 군락일 따름이었다.

　따분한 사람이 아닐 게 분명한 젊은 숙녀의 등장에 랠프가 즉각 드러낸 흥미는 필시 관찰 대상 그 자체에서 즐거움을 맛보는 이런

<hr />

7 알제리의 수도.

특성과 무관치 않으리라. 선뜻 관심이 쏠렸다면, 여기 여러날의 소일거리가 있다는 느낌 때문이었다. 사랑받고자 하는 마음과 구별해야 할, 사랑하고 싶은 마음은 삶의 축소된 밑그림에 아직도 자리 잡고 있다고 간략하게 덧붙여도 되리라. 그는 무절제한 감정 표현을 자기검열을 통해 금하고 있을 따름이었다. 어쨌든 사촌 여동생을 사랑에 빠지게 해서는 안될 테고, 그녀가 노력한들 그를 연애 감정에 빠지게 할 수는 없을 것이다. "이제 그 아가씨에 관해 말씀해보세요." 그는 어머니에게 말했다. "어쩔 작정이세요?"

터칫 부인은 즉시 답했다. "가든코트에서 삼사주 머물게 초대해달라고 네 아버지에게 부탁할 생각이야."

"그런 격식 같은 건 차릴 필요가 없어요." 랠프가 말했다. "아버지가 당연히 초대하실 테니까요."

"그건 잘 모르겠다. 내 조카지 네 아버지 조카는 아니지 않니."

"아, 정말, 어머니, 내 것 네 것을 그렇게 구분하시다니! 그러니까 더욱더 초대하시겠지요. 그런데 그다음 ─ 제 말은 삼개월 후 (가엾은 아가씨에게 겨우 삼사주 머물라고 청하는 건 어불성설이니까요) ─ 어쩔 작정이세요?"

"빠리로 데리고 갈 작정이다. 옷을 좀 장만해줄 작정이고."

"아, 그래요. 그건 당연지사고요. 그밖에는요?"

"피렌쩨에서 가을을 함께 보내자고 할 거야."

"그런 세세한 것 말고요, 어머니." 랠프가 말했다. "사촌 여동생에게 뭘 해주려고 하시는지 큰 틀에서 알고 싶어요."

"내 의무를 다할 작정이야!" 터칫 부인이 선언했다. "넌 그 아이가 퍽 불쌍한가보구나."

"아니요, 불쌍한 생각이 드는 건 아니에요. 연민을 불러일으키는 타입은 아니지요. 부러운 마음인 거 같아요. 하지만 확신을 갖기 전에 이모의 의무를 어떻게 규정하시는지 귀띔해주세요."

"유럽에서 네 나라를 보여주고 — 둘은 선택할 수 있게 해줄 거야 — 그리고 프랑스어에 숙달할 기회를 줄 거야. 이미 꽤 잘하더라만."

랠프가 약간 얼굴을 찌푸렸다. "무미건조하네요. 두 나라를 선택할 수 있다는 점을 감안하더라도요."

"건조하면," 그의 어머니가 웃으면서 말했다. "이저벨이 물을 주게 놔두렴! 언제라도 한여름의 비 못지않은 아이이니까."

"천부적 재능이 있다는 말씀이세요?"

"천부적 재능이 있는지는 모르겠다만, 똑똑한 아이야. 고집이 세고, 활기가 넘치지. 따분한 게 뭔지 모른다니까."

"그럴 것 같아요." 이렇게 말하고 랠프는 뜬금없이 덧붙였다. "이저벨이랑 잘 지내세요?"

"내가 따분한 사람이라는 거냐? 개는 날 그렇게 생각하지 않아. 그렇게 생각하는 아가씨들이 있다는 건 나도 알고 있어. 그런데 이저벨은 그러기엔 너무 영리해. 날 아주 재미있어하는 것 같아. 내가 그 아이를 알기 때문에 잘 지내지. 난 개가 어떤 타입인지 알아. 아주 솔직한 아이고, 나도 아주 솔직하니까 상대방이 어떻게 나올지 정확히 알지."

"아, 우리 어머니," 랠프가 큰 소리로 말했다. "어머니가 어떻게 나올지는 언제나 알 수 있어요! 딱 한번 절 놀래셨는데, 그게 바로 오늘이죠. 있을 거라고는 낌새도 못 챈 예쁜 사촌 동생을 내놓으신 거 말이에요."

"그 아이 아주 예쁘지?"

"정말 예뻐요. 하지만 그 점을 강조할 생각은 없어요. 난 특별해요라고 말하는 듯한 분위기가 눈길을 끈 거니까요. 이 진기한 아가씨는 누구이며 어떤 사람인지, 어디서 찾아내 안면을 트셨는지, 말씀해보세요."

"비 오는 날, 올버니에 있는 낡은 집에서 찾아냈지. 우중충한 방에 앉아 두툼한 책을 읽으면서 지루해 죽으려고 하던걸. 그러면서도 그 아이는 지루한 줄도 모르고 있었는데, 내가 그 점을 분명하게 알려주자 아주 고마워하는 것 같더라. 그런 건 알려주는 게 아니라고, 걔를 그냥 놔두었어야 한다고 할지도 몰라. 그 말도 맞기는 해. 하지만 난 양심에 따라 행동한 거야. 그보다는 더 나은 일을 해야 할 아이 같았거든. 거기서 데리고 나와 세상을 보여주는 게 좋은 일이라고 봤어. 대개의 미국 처녀들처럼 이저벨은 세상을 아주 많이 안다고 생각해. 하지만 대개의 미국 처녀들처럼 우스꽝스러운 오판을 한 거지. 솔직히 말해, 이 아이가 내 자랑거리가 될 거라는 생각도 했다. 난 좋은 평판을 원하는데, 내 연배의 여자에게는 어떤 점에서 매력적인 조카딸보다 더 맞춤한 게 없거든. 너도 알다시피 내 여동생의 아이들을 오랫동안 만나지 못했잖니. 걔들 아버지는 봐줄 수가 없는 위인이었지. 하지만 아비가 죽고 나면 애들을 위해 뭔가를 해줘야지 늘 염두에 두고 있었어. 어디에 살고 있나 확인하고 바로 만나러 간 거야. 딸이 둘 더 있고 둘 다 결혼했어. 둘 중에 맏이만 만났는데 남편은 무례하기 짝이 없더라. 맏이인 릴리언이라는 아이는 내가 이저벨에게 관심을 보이자 펄쩍 뛰며 좋아하는 거야. 동생에게 필요한 게 바로 그거라고─누군가 그 아이에게 관심을 가져주는 거라고. 동생 이야기를 할 때 격려와 후원이 필요한 젊은 천재라도 되는 것처럼 말하는 거야. 이저벨이 천재일 수는 있겠지. 그렇다 치고 난 아직 그 아이의 장기가 뭔지 알아내지 못했어. 릴리언은 내가 걔를 유럽에 데리고 갔으면 하고 목을 매더라. 저쪽 사람들은 유럽을 잉여 인구를 위한 이민, 구원, 피난의 땅으로 간주하니까. 이저벨도 오고 싶어하고, 그래서 일이 쉽게 풀렸지. 돈 문제로 약간 애로가 있기는 했어. 이저벨이 금전적으로 신세 지는 걸 질색하고 나섰나봐. 그런데 이자 수입이 좀 있어서, 그 돈으로 여행 경비를 지불한 줄 알고 있어."

랠프는 이 조리 있는 보고를 들었지만 이저벨에 대한 관심이 줄어들지 않았다. "아, 이 아가씨가 천재라면," 그가 말했다. "우리가 장기를 찾아줘야 하겠네. 혹시 연애 전문은 아닌가요?"

"아닌 것 같더라. 처음에는 그렇지 않을까 의심하겠지만 틀린 거야. 네 사촌을 쉽게 알아낼 수 없다는 게 내 생각이야."

"그럼 워버턴이 틀렸군요!" 랠프가 환호하듯 외쳤다. "알아냈다고 으쓱거리더라고요."

그의 어머니는 고개를 저었다. "워버턴 경은 이저벨을 이해할 수 없어. 괜히 애쓸 필요 없다고 해라."

"그 친구 머리가 얼마나 좋은데요." 랠프가 말했다. "하지만 그 친구도 가끔은 어리둥절한 꼴을 당해야 공평하지요."

"이저벨은 귀족을 어리둥절하게 만드는 걸 재미있어할 거다." 터칫 부인이 말했다.

아들이 눈살을 조금 찌푸렸다. "귀족에 대해 뭘 안다고요?"

"아무것도 몰라. 그래서 워버턴 경이 더 어리둥절할 테지."

이 말에 웃음을 터뜨린 랠프는 창밖을 내다보았다. 그러고는, "아버지 만나러 내려가셔야지요?" 하고 물었다.

"8시 15분 전에." 터칫 부인이 말했다.

아들은 시계를 보았다. "그럼 시간이 15분 더 있네요. 이저벨 이야기를 좀더 해주세요." 터칫 부인은 아들의 청을 거절하고 혼자서 알아내라고 말했다. "그래요," 랠프가 말을 이었다. "이저벨은 틀림없이 어머니의 자랑거리가 될 거예요. 하지만 골칫거리가 될 수도 있잖아요?"

"안 그랬으면 좋겠지만, 그러더라도 꽁무니를 빼지는 않을 거야. 난 절대 그러는 적이 없으니까."

"아주 꾸밈없는 애 같아요."

"꾸밈없는 사람들은 절대로 성가시게 굴지 않아."

"그래요," 랠프가 말했다. "어머니가 단적인 증거죠. 전혀 꾸밈이 없으시니까 누구를 성가시게 하는 법도 없잖아요. 성가시게 구는 게 성가시니까요. 그런데 금방 떠오른 생각인데, 말해주세요, 이저벨이 밉상을 떨기도 하나요?"

"어휴," 그의 어머니가 외쳤다. "질문이 너무 많다! 네가 직접 알아보렴."

하지만 그의 질문은 끝나지 않았다. "아직까지," 그가 말했다. "이저벨을 어떻게 할 작정인지 말씀해주지 않으셨잖아요."

"어떻게 할 작정이냐고? 이저벨이 무슨 옷감이라도 되는 것처럼 말하는구나. 내가 걜 어쩔 생각은 조금도 없어. 모두 자기 하고 싶은 대로 할걸. 그 점을 분명히 해두더라."

"어머니 전보에 독립적인 성격이라는 게 그런 뜻이군요."

"전보에 뭐라고 했는지 나도 모르겠다. 미국에서 보낸 전보는 더군다나. 명료하게 쓰려면 돈이 너무 많이 들어. 네 아버지한테 내려가보자."

"아직 8시 15분 전 안됐는데요." 랠프가 말했다.

"네 아버지가 애타게 기다리실 걸 감안해야지." 터칫 부인이 답했다.

랠프는 아버지가 애타게 기다리지 않을 거라고 생각했지만, 말대답을 하는 대신 손을 내밀었다. 그 덕분에 충계를 함께 내려가다가 충계참에서 그녀를 잠시 멈춰세울 수 있었다. (세월이 깊이를 더한 오크 재질의 널찍한 양팔 너비의 완만한 충계는 가든코트에서 가장 멋진 곳으로 손꼽혔다.) "배필을 구해줄 계획은 없으세요?" 그가 미소를 띠었다.

"배필을 구해준다고? 걔에게 그런 속임수를 부린다면 내가 미안하지! 그 점은 차치하고 완벽하게 자기가 알아서 결혼할 아이란다. 그럴 수 있는 모든 능력을 갖췄지."

"남편감을 이미 골라잡았다는 뜻으로 하시는 말씀이세요?"

"남편감인지는 모르겠다만, 보스턴에 남자가 하나 있다더라—!"

랠프는 말을 이어갔다. 보스턴의 남자에 대해 듣고픈 마음이 없었던 것이다. "아버지께서 미국 처녀들은 모두 약혼자가 있다고 그러시더니!"

그의 어머니는 궁금한 게 있으면 당사자에게 직접 물어보라고 했고, 그럴 기회가 많이 있을 것임이 곧 명확해졌다. 둘만 거실에 남았을 때 그는 사촌인 아가씨와 많은 이야기를 나눴다. 십여 마일 떨어진 자택에서 말을 달려 온 워버턴 경은 식사 전에 다시 기수를 돌려 돌아갔고, 식사를 끝내고 1시간 후 형식적인 절차를 마친 터칫 씨 부부는 피곤하다는 타당한 구실을 대고 각자 자기 방으로 물러갔다. 랠프는 사촌과 1시간을 더 보냈다. 반나절 여행한 후인데도 그녀는 조금도 지쳐 보이지 않았다. 사실은 몹시 지쳤고, 지쳤음을, 다음날 그 댓가를 치러야 함을 알고 있었다. 하지만 그즈음 그녀는 끝까지 버티다 더이상 버틸 수 없게 되어서야 피곤하다는 사실을 인정하곤 했다. 지금 당장은 위장僞裝이 가능했다. 이저벨은 흥미를 느꼈다. 혼잣말로 중얼거렸듯, 붕 떠 있는 기분이었다. 그녀는 랠프에게 그림을 보여달라고 했다. 저택에는 그림이 아주 많이 걸려 있었고 대부분 그가 손수 고른 것이었다. 가장 빼어난 그림들은 오크를 덧댄 복도에 멋지게 조화를 이루면서 걸려 있었다. 복도의 양쪽 끝에는 각각 거실이 있었고 저녁에는 복도에도 대개 불을 켜놓았다. 그림을 제대로 감상하기에는 불빛이 너무 어두워서 이튿날로 미루는 게 좋을 것 같았다. 랠프는 실제로 그렇게 제안해보기도 했다. 하지만 실망한 기색을 보인 이저벨이 ─ 그래도 웃음은 잃지 않았다 ─ 이렇게 말했다. "오빠만 괜찮다면 조금만 더 보고 싶어요." 하고 싶은 건 해야 직성이 풀리는 아가씨였고, 본인도 그 사실을 알고 있으며, 지금 그런 면모를 드러내 보였는데 스스로도 어쩔 수 없는 것 같았다. '충고를 잘 받아들이지 않는군.' 랠프는 속으로 생각했지만 짜증이 난 건 아니었다. 그녀가 밀어붙이는 것이 재미있고 즐겁기까지 했다. 등불이 드문드문 선반 위에 놓여 있어서 불빛이 충분하지는 않았지만 은은했다. 그런 빛이 희미한 네모 안의 선명한 색깔들과 도금이 벗겨진 육중한 액자들을 비추었고 반질반질한 복도의 마루에 광택을 반사했다. 랠프는 촛대를 들고 다니면서 자신이 좋아하는 그림들을 가리켰다. 이저벨은 이 그림 저 그림 들여다보면서 작은 탄성을 지르거나 속삭였다. 타고난 감식안이 있음이 분명했다. 그는 그 점에 놀랐다. 촛대를 받아든 그녀가 천천히 여기저기 비추다가 촛대를 높이 들기도 했는데, 그렇게 하자 그는 복도 한가운데 서서 그림보다는 사촌을 지켜보는 자신을 발견했다. 사실을 말하자면, 한눈을 팔아서 손해 볼 것은 없었다. 대부분의 예술작품보다 그녀가 더 볼만했기 때문이다. 그녀는 살집이라고는 없었고, 몸이 가벼웠으며, 키는 홀쭉 컸다. 사람들이 다른 두명의 아처 양과 구분하고자 할 때 그녀를 가냘픈 쪽이라고들 했다. 검은색에 가까울 정도로 짙은 그녀의 머리채는 많은 여자들에게 선망의 대상이었다. 진지한 순간에는 지나치게 단호해 보이는 연한 회색 눈은 매혹적으로 다양한 빛깔을 드러냈다. 그들은 천천히 복도의 한쪽 면을 따라 걸어갔다가 다른 면을 따라 걸어왔다. 그러고 난 다음 그녀가 말했다. "아, 이제 아까보다 더 많은 걸 알게 되었어요."

"지식에 대한 대단한 열정을 갖고 있는 거 같네." 그녀의 사촌이 맞장구를 쳤다.

"나도 그렇게 생각해요. 대부분의 처녀들은 끔찍할 정도로 무지하니까요."

"넌 대부분의 여자애들과는 느낌이 달라."

"아, 그중 몇몇은 달라지려고 애써요. 그런데 남자들이 시답지 않은 말이나 걸거든요!" 아직은 화제를 자기 자신으로 넓힐 생각이 없는 이저벨이 나지막하게 말했다. 그리고 곧 화제를 바꾸기 위해, "그런데 여기 유령은 없나요?" 하고 덧붙였다.

"유령?"

"성에 나타나는 그런 거. 미국에서는 유령이라고 불러요."

"여기서도 그렇게 불러. 보게 되면 말이지."

"그럼 유령이 보이는 거네요? 이렇게 낭만적인 고택에서는 당연하지요."

"여긴 낭만적인 고택이 아니야." 랠프가 말했다. "그렇게 기대하면 실망할걸. 지루할 정도로 산문적인 곳이지. 네가 로맨스를 갖고 왔다면 모를까 여긴 로맨스라곤 없어."

"저야 많이 갖고 왔지요. 하지만 딱 맞는 곳에 갖고 온 거 같아요."

"물론 안전한 곳에 모셔두기 위해서겠지. 아버지랑 내가 로맨스에게 무슨 일을 저지를 리 만무하니까."

이저벨은 잠시 그를 주시했다. "이모부와 오빠 빼고 이곳에 사는 사람은 없나요?"

"물론 우리 어머니가 오시지."

"아이, 그건 알지요. 하지만 이모는 낭만적이지 않으시잖아요. 다른 사람들은 없나요?"

"거의 없지."

"그건 유감이네요. 난 사람들 만나는 게 정말 좋은데." 이저벨이 말했다.

"그럼 널 위해 이 지역 유지들을 몽땅 초대하도록 하지."

"이제는 날 놀려먹으려고 하네요." 이저벨이 좀더 진지하게 대답했다. "내가 도착했을 때 잔디밭에 있던 신사는 누구예요?"

"근방에 사는 이웃. 그렇게 자주 들르지는 않아."

"그건 유감이네요. 느낌이 좋았거든요." 이저벨이 말했다.

"뭐야, 말도 변변히 나눈 것 같지 않던데." 랠프가 반론을 제기했다.

"그건 중요하지 않죠. 어쨌든 마음에 들었어요. 이모부도 좋아요, 아주 많이요."

"듣던 중 반가운 소리네. 정말 사랑스러운 분이시지."

"편찮으셔서 마음이 아파요." 이저벨이 말했다.

"내가 아버지 병구완하는 걸 도와줬으면 해. 분명히 간병을 잘할 거야."

"아닌 거 같아요. 영 아니라는 이야기도 들었고요. 너무 이론적으로 접근한다고 하던데요. 그런데 유령 이야기를 해주지 않았잖아요."

그러나 랠프는 이 발언을 무시했다. "넌 우리 아버지와 워버턴 경이 좋다고 했는데, 우리 어머니도 좋아하는 것 같더라."

"이모도 아주 좋아요. 왜냐하면 ─ 왜냐하면 ─" 그리고 이저벨은 터칫 부인을 왜 좋아하는지 설명하려고 했다.

"아, 왜 좋은지는 절대 모를 테지만!" 사촌 오빠가 웃으면서 말했다.

"난 언제나 이유를 아는데," 그녀가 대답했다. "사람들이 좋아하길 기대하시지 않기 때문에 좋아요. 좋아하든 안하든 개의치 않으시거든요."

"그럼 엇가려고 좋아하는 건가? 그런데 난 우리 어머니를 아주 많이 닮았거든."

"전혀 그런 것 같지 않은데요. 오빠는 사람들이 좋아해주길 원하고, 좋아하게 만들려고 노력하는걸요."

"이런! 사람을 꿰뚫어보네!" 완전히 익살맞다고는 할 수 없는 당혹감을 드러내며 그가 외쳤다.

"아무튼 난 오빠가 좋아요." 그의 사촌이 말을 이었다. "유령을 보여주면 확실히 좋은 쪽으로 굳힐 수 있을 텐데."

랠프는 슬픈 듯 고개를 저었다. "보여줄 수는 있지만, 넌 절대 볼 수 없어. 그런 특권이 누구에게나 주어지는 것은 아니고, 부러워할 일도 아니야. 너같이 젊고 행복하고 순수한 사람에게 유령은 나타나지 않아. 먼저 고통을 겪어야 해. 몹시 고통을 겪고 쓰라린 앎을 얻게 되지. 그렇게 해야 눈이 열려. 난 오래전에 봤어."랠프가 말했다.

"방금 전에 뭔가를 알아가는 걸 아주 좋아한다고 말했잖아요." 이저벨이 대꾸했다.

"그래, 행복한 앎—즐거운 앎을 좋아하지. 하지만 넌 고통을 당한 적이 없고 타고나기를 고통과는 무관해. 네가 영원히 유령을 보지 않았으면 좋겠다!"

웃음을 머금었지만 그녀는 진지한 눈빛으로 그가 하는 말에 귀를 기울였다. 그녀가 매력적으로 다가왔음에도 꽤 건방진 데가 있다는 생각이 그의 뇌리를 스쳤는데, 물론 그것이 매력의 일부였다. 그녀가 뭐라고 답할지 궁금했다. "난 두렵지 않거든요." 이렇게 말했는데, 과연 상당히 건방져 보였다.

"고통이 두렵지 않다고?"

"아니, 고통은 두렵지요. 하지만 유령이 두렵지는 않아요. 난 사람들이 너무 쉽게 고통을 받아들인다고 생각해요."

"넌 그러지 않겠지."랠프가 주머니에 손을 찌른 채 말했다.

"그러지 않는 게 잘못은 아니지요."그녀가 대답했다. "고통이 꼭 필요한 건 아니에요. 우리는 고통을 당하라고 태어난 건 아니니까."

"넌 분명 아니지."

"내 이야기를 하는 게 아니에요."그리고 그녀는 약간 딴전을 부렸다.

"그래, 잘못은 아니지."그녀의 사촌이 말했다. "강하다는 건 장점이야."

"하지만 고통을 느끼지 않으면 사람들이 모질다고 해요."이저벨이 말했다.

복도에서 돌아와 들어간 작은 거실을 지나 그들은 계단 밑 현관의 넓은 홀에 잠시 멈춰섰다. 여기서 랠프는 벽감에서 침실용 촛불을 꺼내 사촌에게 건네주었다. "사람들이 뭐라 하든 신경 쓸 것 없다. 고통을 당하면 또 바보라고 하지. 중요한 건 최대한 행복해지는 거야."

촛불을 받아들고 한 발을 오크 층계에 올려놓은 그녀는 그를 잠시 바라보았다. "네, 그래서 유럽에 온걸요. 최대한 행복해지려고요. 잘 자요."

"잘 자라! 대성공을 기원한다. 네 행복에 내가 기여할 수 있다면 좋겠구나!"

이저벨은 몸을 돌렸고, 랠프는 그녀가 천천히 층계를 오르는 걸 지켜보았다. 그러고는 주머니에 손을 찌른 채 빈 거실로 돌아갔다.

6장

이저벨 아처는 여러가지 지론이 있는 아가씨였다. 상상력도 남달리 풍부했다. 살아오면서 만난 대다수의 사람들보다 더 섬세한 감성을 소유했고, 주위의 사물들을 더 폭넓게 인식했으며, 낯설어 보이는 지식에 호기심을 갖는 행운을 타고났다. 주변 사람들 사이에서 사실 그녀는 특별히 심오한 처녀로 통했다. 이 훌륭한 사람들은 자신들이 알지 못하는 지성의 영역에 감탄을 금치 못했고, 고전을 — 번역본으로 — 읽은 것으로 알려진 이저벨을 비범한 학재로 상찬했다. 한번은 고모인 배리언 부인을 진원지로, 이저벨이 책을 쓰고 있다는 소문이 퍼진 적이 있다. 책 앞에서 경의를 표하는 배리언 부인은 조카딸이 필명을 날릴 거라고 공언했다. 배리언 부인은 문학을 높이 평가했는데, 이런 평가에는 결핍과 결부된 경외감이 자리 잡고 있었다. 구색을 맞춘 모자이크 탁자와 장식적인 천장이 특별히 눈길을 끄는 그녀의 큰 집에는 서재가 없었다. 그 집에 인쇄된 책이라고는 딸자식들 중 한명의 방 선반에 놓여 있는 염가 보급판 대여섯권이 전부였다. 사실 문학에 대한 배리언 부인의 지식은 『뉴욕 인터뷰어』지에 국한되어 있었다. 그런데 그녀가 적절하게 말했듯이 『인터뷰어』를 읽고 나면 당대 문화에 대한 믿음을 모두 잃게 마련이라, 딸자식들이 『인터뷰어』를 보지 못하게 치워놓는 쪽으로 이 문제를 해결했다. 그녀는 딸들을 숙녀로 키우기로 작정했고, 딸들은 아무것도 읽지 않았다. 이저벨이 글을 쓰고 있다는 고모의 생각은 망상에 불과했다. 그녀는 책을 쓰려고 시도했거나 작가의 월계관을 소망한 적이 없었을뿐더러, 문재(文才)나 천재라는 자의식 또한 거의 없었다. 사람들이 그녀를 우월한 존재로 대접해주는 게 맞다고 막연하게 생각할 따름이었다. 사실 여부와 관계없이 사람들이 우월하게 느낀다면 우러러봐 마땅하다는 것이 그녀의 생각이었다. 그녀는 남들보다 한발 앞서 느끼고 판단하는 경우가 많았고, 이것이 우월성과 혼동하기 쉬운 참을성의 부족을 부추겼다. 이저벨이 오만의 죄를 범할 경향이 다분하다고 미리 확언해도 무방할 것이다. 그녀는 자신의 자질을 펼쳐놓고 우쭐한 마음으로 둘러보곤 했다. 불충분한 증거에 근거해 자신이 옳다고 여기는 습관이 붙었고, 이에 근거해 자신에게 경의를 표하곤 했다. 다른 한편 그녀가 종종 범한 실수와 오해는 주인공의 품위를 지키는 데 관심이 있는 전기 작가라면 구체적인 언급을 회피해야만 할 그런 성격의 것이었다. 그녀의 생각은 권위있는 사람들의 판단에 의해

교정된 적이 없는, 막연하고 혼란스러운 윤곽에 지나지 않았다. 주장을 내세워야 할 경우 그녀는 자기 입장을 고수했고, 그러다 우스꽝스러울 정도로 수많은 갈지자 논리를 펼치기도 했다. 자신이 말도 안되게 틀렸음을 알게 되면, 그녀는 한 일주일 강렬한 자기모멸에 빠져들었다. 그러고 난 다음엔 어느 때보다도 더 고개를 꼿꼿이 들고 다녔다. 잘났다고 생각하고 싶은 억제할 수 없는 욕망이 있는 그녀에게 자기모멸은 아무런 쓸모가 없었다. 이런 대전제하에서만 인생이 살 만한 가치가 있다는 것이 그녀의 지론이었다. 최고의 사람들 중 하나로, 훌륭한 유기체로 자신을 의식하고 ─ 자신의 훌륭함을 그녀는 도저히 간과할 수 없었다 ─ 빛과 천부적인 지혜, 멋진 충동, 우아하게 지속되는 영감의 영역에서 움직여야 했다. 자기 자신을 의심하는 습관은 절친한 친구를 의심하는 것과 마찬가지로 불필요한 일이었다. 자신의 절친한 친구가 되도록 노력해야 하고, 그렇게 해서 자신에게 훌륭한 교제의 기회를 주어야 한다. 이 처녀의 고귀한 상상력은 그녀에게 큰 도움이 됐지만 수없이 함정에 빠뜨리기도 했다. 그녀는 아름다움과 용기, 너그러움을 숙고하느라 많은 시간을 보냈고, 세상을 찬란하게 빛나고 자유롭게 발전하고 행동을 억제할 수 없는 곳으로 간주하겠다고 굳게 마음먹었다. 겁을 먹거나 자신을 비하하는 짓은 경멸받아 마땅하다고 생각했다. 그녀는 자신이 아무런 잘못도 저지르지 않으리라는 가없는 희망을 품고 있었다. 자신의 실수들, 고작해야 감정에 치우쳐 범한 실수들을 깨닫고 나면 ─ 그런 깨달음은 덫에 걸려 질식할 뻔한 위험이라도 모면한 듯 언제나 그녀를 떨게 만들었다. 그녀는 그게 너무 싫은 나머지 다른 사람이 상처로 느낄 만한 기회와 우발적으로라도 맞닥뜨릴 가능성을 떠올리면 어떤 때는 숨이 멎는 듯했다. 그것이 그녀에게 일어날 수 있는 최악의 사태라는 생각이 들었다. 곰곰 생각해보면 뭘 갖고 잘못을 범했다고 하느냐에 관해서는 대체로 확신이 있었다. 그녀는 잘못한 일들의 외양을 좋아하지 않았지만, 뚫어져라 바라보면 알아볼 수 있는 무엇이었다. 치사하게 굴고 질투하는 것, 겉과 속이 다르고 잔인한 것은 잘못이다. 그녀는 세상의 악을 거의 보지 못했지만, 거짓말하고 상대방에게 상처를 주려고 하는 여자들을 보았다. 그런 짓거리들은 당당한 의기義氣를 북돋았다. 그런 것들을 경멸하지 않으면 품위가 깎이는 기분이 들었다. 물론 당당한 의기는 자기모순의 위험을 안고 있다. 고지를 내준 다음에도 깃발을 휘날리는 위험, 요컨대, 깃발에게 누를 끼친다고 해야 할 생뚱맞은 행동을 저지를 수 있었다. 하지만 젊은 아가씨들이 경험으로 아는 그런 종류의 포병전에 무지하다시피 한 이저벨은 자신의 행동에서 그런 모순을 지적할 수는 없을 거라고 자신했다. 그녀의 삶은 스스로 만들어내야 할 가장 즐거운 인상들과 언제나 조화를 이루어야만 한다. 그녀는 보이는 모습 그대로일 테고, 자기 모습 그대로 보일 것이다. 상황에 최대한 의연하게 대처하는 기쁨을 누리기 위해서 언젠가 어려움에 처했으면 좋겠다는 생각을 하기도 했다. 요컨대, 빈약한 지식과 드높은 이상, 천진한 동시에 독단적인 자신감, 엄격한 동시에 느긋한 기질, 호기심과 낯가림, 활달함과 무관심의 혼합, 멋있게 보이고 싶고 가능한 한 더 멋있게 보이고 싶은 욕망, 관찰하고 경험해서 알고야 말겠다는 단호한 결의, 섬세하고 산만하고 불꽃같은 정신과 진지하고 독특한 상황의 산물의 조합으로 그녀를 묘사할 수 있다. 그녀가 독자의 따뜻한 배려와 좀더 순수한 기대를 불러일으킬 주인공으로 의도되지 않았다면 냉정한 비판의 손쉬운 제물이 되기 십상일 것이다.

독립적일 수 있다는 건 대단한 행운이고, 그런 상태를 아주 현명하게 활용해야만 한다는 게 이저벨 아처의 지론 중 하나였다. 그녀는 독립성을 독신은커녕 고립의 상태로도 간주하지 않았다. 그런 식의 서술을 그녀는 나약함의 표지로 여겼다. 게다가 함께 지내게 오라고 언니인 릴리는 채근하곤 했다. 아버지가 돌아가시기 직전에 사귄 친구 하나가 독립적 활동의 탁월한 사례를 제공해 이저벨은 언제나 그녀를 모범으로 삼았다. 헨리에타 스택폴은 탄복할 만한 능력의 소유자였다. 기자로 확고히 입지를 굳힌 그녀가 워싱턴과 뉴포트, 화이트마운틴스 외 여러곳에서 『인터뷰어』지로 송고한 기사들은 도처에서 인용되었다. 이저벨은 이 글들이 '단명한다'고 단언했지만 글쓴이의 용기와 활력 그리고 유머감각은 높이 샀다. 부모도 재산도 없이 그녀는 병약한 과부인 언니의 세 자녀를 떠맡아 원고료로 학비를 대고 있었다. 진보의 선두에 선 헨리에타는 대부분의 주제에 대해 명료한 시각을 갖고 있었다. 그녀의 숙원은 유럽에 건너가서 철저하게 비판적 관점으로 일련의 서간체 기사를 써서 『인터뷰어』지로 송고하는 것이었다. 자신의 견해가 무엇인지, 대부분의 유럽 제도에 어떤 비판을 가할지 이미 완벽하게 알고 있기 때문에 어려울 게 없는 기획이었다. 이저벨이 유럽으로 간다는 사실을 알게 되었을 때 그녀도 곧바로 떠나고 싶어했다. 함께 여행을 떠나면 당연히 매우 재미있을 거라고 생각했기 때문이다. 하지만 이 기획을 연기하지 않을 수 없었다. 그녀는 이저벨을 대단히 멋진 친구라고 생각했고, 기사에서 은연중 몇차례 언급하기도 했는데, 그런 사실을 친구에게 밝힌 적은 없었다. 이저벨이 좋아하지 않을 테고, 『인터뷰어』지를 열심히 읽는 쪽도 아니었기 때문이다. 이저벨에게 헨리에타는 여자도 혼자 힘으로 행복할 수 있다는 증거였다. 이저벨의 재능은 한계가 분명한 그런 종류였다. 하지만 기자로서의 자질이 없고, 헨리에타의 말을 빌자면, 일반 대중이 뭘 원하는지 짚어내는 특출한 재능이 없다고 해서 천직이든 다른 어떤 종류든 유용한 소양이 없다는 결론으로 치달아 부박하고 무의미하게 살겠다고 자포자기할 수는 없는 일이었다. 이저벨은 무의미하게 살지 않겠다고 단호하게 결심했다. 인내심을 적절하게 발휘해 기다린다면 뭔가 행복한 일을 손에 넣을 수 있다. 물론 이 젊은 숙녀의 지론 중에 결혼에 관한 일련의 견해를 빼놓을 수 없다. 그중 첫번째는 결혼할 궁리만 하는 게 통속적이라는 확신이었다. 결혼을 열망하는 상태로 전락하지 않기를 그녀는 열렬하게 기도했다. 유별나게 나약하지만 않다면 여자도 자신을 위해 살 수 있고, 다소간 둔감한 다른 성별의 누군가와 같이 살지 않아도 얼마든지 행복할 수 있다고 그녀는 생각했다. 이 처녀의 기도는 넘치도록 응답을 받았다. 그녀 안에 있는 순수하고 당당한 뭔가로 인해—호의를 거절당한 청혼자가 분석하길 좋아한다면 냉담하고 무미한 그 무엇이라고 하겠지만—아직까지는 가능한 남편감이라는 물건을 놓고 따져보는 헛된 일을 하지 않아도 됐다. 그렇게 턱없이 비싼 값을 치를 가치가 있는 남자는 주변에 손꼽을 정도였고, 그들 중 누가 희망의 동기요 인내의 보상으로 자처하고 나설 수도 있다는 생각에 혼자 웃기도 했다. 그녀의 영혼 깊숙한 곳, 가장 깊숙한 곳에 빛이 비춘다면 그 빛에 자신을 온전히 내줄 수 있다는 믿음이 놓여 있었다. 하지만 유혹을 느끼기에 마음속의 그 영상은 너무 위협적이었다. 이저벨의 생각은 그 주변을 맴돌 뿐 오래 머무른 적이 거의 없었다. 잠시 후에는 결국 경보음이 울렸으니 말이다. 그녀는 자신을 너무 대단하게 여기는 것 같다고 종종 생각했다. 지독히 자기중심적이라는 말을 들으면 언제라도 낮을 붉혔으리라. 그녀는 언제나 자기계발을 계획했고, 완벽을 기원했고, 자기발전을 지켜봤다. 자신의 본성에 정원과 같은 면모가 있다고 자부하기도 했다. 그녀의 본성에는 향기를 풍기며 속삭이는 나뭇가지들, 그늘을 이룬 정자와 멀리 펼쳐진 전망을 연상시키는 무엇이 있기 때문에 내면의 성찰도 결국 야외 활동이며 영혼의 깊숙한 곳을 찾는 일이 장미 한다발을 갖고 돌아오는 한 해로울 게 없겠다는 기분이 들었다. 하지만 세상에는 자신의 훌륭한 영혼의 정원 말고 다른 정원들도 있고, 게다가 전혀 정원이 아닌 수많은 곳들, 추함과 고통을 빽빽하게 심어놓은 음침하고 위험한 땅에 불과한 곳들이 있다는 사실을 종종 상기하기도 했다. 최근에 충족된 호기심의 물살을 타고 이 아름답고 예스러운 영국까지 흘러왔고, 더 멀리 갈 수도 있게 된 요즈음, 그녀는 자기보다 덜 행복한 수많은 사람들을 종종 떠올리고 숙연해지곤 했다. 이런 생각이 들자 자신의 섬세하고 충만한 의식이 일종의 무례함으로 비쳤다. 자기를 위해 즐거운 삶을 계획한 사람이 세상의 고통과 어떻게 만나야 하는 것일까? 하지만 이런 의문이 그녀를 오래 사로잡지 않았다고 고백해야겠다. 그녀는 너무 젊었고, 멋지게 살기를 열망했으며, 고통에 대해 아는 게 너무 없었다. 그녀는 모든 사람이 어쨌든 똑똑하다고 간주하는 처녀라면 삶의 전체적 상像을 얻는 데서 시작해야 한다는 자신의 지론으로 언제나 돌아갔다. 실수를 범하지 않기 위해서 그런 상이 필요하고, 그것을 확보하고 난 다음 다른 사람들의 불행한 상황에 특별한 관심을 보일 수도 있으리라고 생각한 것이다.

영국은 새로운 발견이었고, 그녀는 무언극을 구경하는 아이처럼 즐거워하는 자신을 발견했다. 어린 시절의 유럽 여행에서 그녀는 대륙만 보았고, 그것도 육아실 창문에서 내다보았을 뿐이었다. 아버지의 메카는 런던이 아니라 빠리였고, 그곳에서 그의 흥미를 끈 수많은 것들에서 아이들은 당연히 배제되었다. 게다가 그 시절의 이미지들은 아득하게 희미해졌고, 지금 그녀의 눈에 비친 모든 것들의 구세계적 면모는 낯선 매력으로 충만했다. 이모부의 집은 그림이 현실로 둔갑한 것 같았다. 이저벨은 세련된 조화로움의 어떤 것도 놓치지 않았다. 가든코트의 풍요로운 완벽함은 하나의 세계를 보여주는 동시에 결핍을 채워주었다. 밤색 천장과 어둑한 구석, 깊은 총안銃眼과 정교한 두짝 여닫이창이 있는 넓고 낮은 방들, 윤이 나는 짙은 색 창틀의 은근한 빛, 언제나 스며들어오는 바깥의 짙은 초록색, '사유지'의 정중앙에 잘 정돈된 사생활이 있다는 느낌—다행히도 소음이 우연적인 곳, 대지가 소리를 죽여 짙고 부드러운 공기 속에서 모든 마찰이 접촉과 함께 지워지는 곳, 모든 거친 소리가 대화에서 사라지는 곳—이런 것들은 우리 젊은 아가씨의 취향에 딱 맞았는데, 그녀의 감정은 상당 부분 취향에 좌우되었다. 그녀는 이모부와 빨리 친해졌고, 그가 잔디밭으로 자리를 옮기겠다고 하면 그의 의자 옆에 자리를 잡곤 했다. 그는 평안하고 익숙한 가정의 수호신처럼 손을 포갠 채 야외에서 몇시간이고 보냈다. 맡은 일을 마무리하고 급료를 받은 다음 비번 날로만 채워진 나날들에 익숙해지려고 애쓰는 고용인들의 신처럼 말이다. 이저벨은 그녀가 짐작하는 것보다 훨씬 더 많이 이모부에게 즐거움을 주었다. (사람들이 그녀에게서 받는 인상이 그녀의 생각과 다를 때가 많았다.) 그래서 그는 종종 그녀를 '재잘거리게' 해놓고—그녀가 하는 말을 그는 이렇게 표현했다—즐거워했다. 그가 그녀와 대화를 나눈 건 그런 상황에서였는데, 이저벨의 말투에는 미국 처녀들이 말할 때의 뚜렷한 '특징적인 면모'가 드러났다. 다른 나라의 여자에 비해 미국 처녀가 하는 말에 세상 사람들의 귀는 더 곧바로 열려 있었다. 대부분의 동포 처녀들에게 하는 것처럼 사람들은 이저벨이 자기 견해를 피력하도록 북돋았다. 그녀가 소견을 말하면 귀를 기울여주었고, 나름의 느낌과 의견이 있을 것으로 간주했다는 뜻이다. 그런 의견 중 대부분은 별 가치가 없었고, 그녀의 감정 중 대부분도 표현하는 순간 사라져버렸다. 하지만 그것들은 적어도 언제나 느끼고 생각하는 듯한 흔적을 남겼고, 게다가 진정으로 감동을 받았을 때 그녀는 느낌을 즉시 생생하게 말로 전달할 줄 알았다. 이것을 많은 사람들이 탁월함의 표지로 간주했다. 터칫 씨는 이저벨을 보면서 십대 시절의 아내를 상기했다. 생기 있고 꾸밈이 없고 이해력이 뛰어났기 때문에 ─ 이저벨 아처의 특징도 그러했다 ─ 아내와 사랑에 빠졌던 것이다. 그는 이런 유사한 점을 조카딸에게 말한 적은 없었다. 하지만 터칫 부인이 한때 이저벨과 같은 때가 있었더라도, 이저벨은 터칫 부인과 전혀 달랐다. 노인은 이저벨에게 정말 잘해주고 싶은 마음이 들었다. 가든코트에서 젊음의 활기를 느낀 것은 그의 말대로 실로 오랜만이었다. 옷 스치는 소리를 내며 활기차게 움직이고 목소리가 청아한 우리의 여주인공은 흐르는 물소리처럼 상쾌했다. 그는 그녀를 위해 뭔가 해주고 싶었고, 그녀가 뭘 해달라고 청하기를 바랐다. 그녀는 질문에 답해달라고 청할 뿐이었다. 그리고 수많은 질문을 했다. 답변의 자원이 풍부한 그였지만, 그녀의 집요한 질문들에 때로 어리둥절해지기도 했다. 그녀는 영국과 영국의 정체政體, 영국적 기질, 정치 상황, 왕실의 예법과 관습, 귀족계급의 특권, 이웃들의 생활방식과 사고방식에 대해서 끝없이 질문을 했다. 그리고 이런 점들을 설명해달라고 하면서 대개는 책의 서술과 일치하는지 묻곤 했다. 노인은 다리를 덮은 숄을 부드럽게 쓰다듬으며 예의 고상하고 담담한 웃음을 살짝 띠고 그녀를 바라보았다.

"책 말이냐?" 한번은 그가 말했다. "글쎄, 난 책에 관해서는 아는 게 별로 없어서. 그런 건 랠프에게 물어보렴. 난 언제나 혼자 힘으로 확인했고, 가공되지 않은 형태로 정보를 얻었지. 난 질문을 많이 하는 편도 아니야. 그냥 조용히 관찰할 따름이지. 물론 좋은 기회들이 주어졌어. 처녀들에게는 주어지지 않는 그런 기회 말이다. 난 호기심이 많은 편이거든. 그냥 봐서는 그럴 거라고 생각하지 않겠지만. 네가 아무리 날 열심히 관찰한다고 해도 내가 널 더 많이 관찰할걸. 난 여기 사람들을 삼십오년 이상 지켜봤지. 상당한 정보를 축적했다고 단언할 수 있어. 대체로 봐서 아주 훌륭한 나라야. 저쪽에서 인정하는 것보다 더 훌륭하다고 할 수도 있지. 도입했으면 싶은 개선점이 아주 없는 건 아니지만, 아직은 그럴 필요를 일반적으로 느끼는 것 같지는 않아. 어떤 게 필요하다는 여론이 생기면, 대개는 목적을 달성하더라. 하지만 그때까지 느긋하게 기다릴 용의가 있다는 거지. 내가 처음 건너왔을 때 생각한 것보다는 이곳이 더 편해진 건 확실해. 아마 내가 상당히 성공했기 때문이겠지. 성공하면 자연스럽게 여유가 생기거든."

"저도 성공하면 여유가 생길까요?" 이저벨이 물었다.

"그럴 가능성이 아주 높을 것 같다. 그리고 넌 성공할 게 분명해. 여기 사람들은 미국 아가씨들을 아주 좋아해서 그만큼 친절하게 대해주지. 하지만 너무 스스럼없이 편해지면 안된다."

"아, 그렇다고 이곳이 제 마음에 들지 확신할 수 없어요." 이저벨이 공정을 기하려는 듯 힘주어 말했다. "전 이곳이 너무 좋아요. 하지만 사람들을 좋아하게 될지는 두고 봐야지요."

"사람들이야 그만이지. 특히 네가 좋아하게 된다면 말이다."

"좋은 사람들일 거라는 점에는 의심의 여지가 없어요." 이저벨이 맞장구를 쳤다. "그렇지만 같이 있으면 즐거울까요? 물건을 빼앗거나 때리지는 않겠지만, 제게 호감을 주려고 애쓸까요? 전 사람들이 그러는 게 좋거든요. 제가 망설임 없이 이렇게 말하는 건 언제나 호의에 민감하기 때문이에요. 여기 사람들이 제 또래의 아가씨들한테 잘해줄 것 같지 않아요. 소설을 보면 잘해주지 않거든요."

"소설은 잘 모르겠구나." 터칫 씨가 말했다. "소설도 쓸모가 많이 있겠지. 하지만 썩 정확한 것 같지는 않더라. 한번은 소설 쓰는 여자가 와서 머문 적이 있어. 랠프의 친구였고 걔가 초대해서 왔더랬는데, 매사에 단정적으로 말하는 여자였지. 하지만 증거로 뒷받침하는 그런 부류는 아니더라. 상상력이 너무 자유로운 거야. 그거였어. 나중에 출판한 소설에 변변치 못한 내가 묘사되어 있다고 하더구나. 희화라고 하는 게 맞겠다만. 난 읽지 않았는데, 랠프가 문제의 구절들을 표시해서 보여주었지. 내 말투를 묘사하려고 한 모양인데, 미국 말씨, 콧소리, 양키적 관념들, 휘날리는 성조기, 그런 식이었지. 그런데 전혀 정확하지 않았어. 아주 주의 깊게 귀를 기울였다고 할 수 없었지. 그 소설가가 내 말투를 세상에 알리고 싶다면 반대할 생각은 없었거든. 하지만 내 말을 제대로 듣지 않았다고 생각하니 기분이 별로더라. 물론 난 미국인처럼 말하지. 내가 호텐토트 족처럼 말할 수는 없는 거 아니겠니. 어떻게 말하든 난 여기 사람들이 잘 알아듣게 말을 해왔거든. 하지만 난 그 숙녀의 소설에 나오는 노신사처럼 말하지는 않아. 그 사람은 미국인이 아니고, 어떤 경우에도 그를 미국인으로 받아들일 수 없어. 여기 사람들이 항상 정확한 건 아니라는 사실을 보여주기 위해 이런 말을 하는 거야. 물론 나는 딸이 없는데다 집사람은 피렌쩨에 사니까 아가씨들을 관찰할 기회는 별로 없었지. 하층계급 아가씨들이야 대접을 썩 잘 받는 거 같지 않더라만, 상류층 여성의 지위는, 중류층 여성까지도 어느정도는, 좋은 편이지."

"어머나," 이저벨이 외쳤다. "도대체 계급이 몇개나 되는 거예요? 오십개는 되는 거 같네요."

"글쎄, 세어본 적이 없어서 모르겠구나. 계급에는 신경 쓰지 않거든. 그게 미국인으로 여기서 사는 이점이야. 넌 어떤 계급에도 속해 있지 않아."

"그랬으면 좋겠네요." 이저벨이 말했다. "영국의 계급에 속한다는 건 상상할 수도 없어요."

"그런데 특정 계급에 속한 사람들은 ─ 특히 상류층은 ─ 꽤 편안하게 살지. 하지만 내게는 두가지 종류의 사람들이 있을 뿐이야. 내가 믿는 사람들과 그렇지 않은 사람들. 그중에서 이저벨 너는 전자에 속해."

"고맙습니다, 이모부." 이저벨이 재빨리 대답했다. 칭찬을 받아들이는 그녀의 태도는 다소 무미건조해서 가능한 한 빨리 지나쳐버렸다. 그러나 이런 면모 때문에 오해를 살 때가 있었다. 사람들은 그녀가 칭찬에 무심하다고 생각했지만, 사실은 칭찬을 받으면 얼마나 기쁜가를 들키고 싶지 않을 따름이었다. 그 점이 드러나면 너무 많은 걸 드러내는 셈이었다. "영국 사람들은 관습을 아주 중시하지요?" 그녀가 덧붙였다.

"거의 모든 게 고정되어 있다고 봐야지." 터칫 씨가 인정했다. "모든 걸 미리 정해놓았단다. 마지막 순간까지 미뤄놓지 않는 거야."

"전 모든 걸 미리 정해놓는 걸 좋아하지 않아요." 이저벨이 말했다. "조금은 예측 불허인 게 좋아요."

그녀가 호불호를 분명히 하는 걸 이모부는 재미있어하는 표정이었다. "네가 여기서 대성공을 거둘 것임은 이미 정해졌지." 그가 대꾸했다. "그건 좋아할 것 같은데."

"여기 사람들이 아주 멍청하게 관습적이라면 성공할 수 없을 것 같아요. 저는 전혀 그런 식으로 관습적이지 않아요. 정반대예요. 저의 그런 점을 좋아하지들 않겠지요."

"아니, 아니야. 네가 잘못 안 거다." 노인이 말했다. "여기 사람들이 뭘 좋아할지는 알 수 없지. 아주 일관성이 없거든. 바로 그 점 때문에 여기 사람들이 흥미로운 거야."

"아, 그렇군요." 깍지 낀 손을 검은 드레스의 벨트 부분에 대고 이모부 앞에 서 있던 이저벨은 잔디밭을 위아래로 내다보며 말했다. "그 점은 저하고 딱 맞네요."

7장

두 사람은 영국인의 사고방식에 관한 의견을 나누며—마치 이 아가씨가 영국인에게 항의를 제기할 수 입장이라도 되는 듯—즐거운 시간을 보내곤 했다. 그런데 사실 지금 당장은 영국 사람들은 이저벨 아처 양에게 조금도 관심이 없었다. 사촌 오빠의 표현을 빌자면, 어쩌다 운 나쁘게도 영국에서 가장 한산한 집에 머물게 되었기 때문이었다. 통풍을 앓는 터칫 씨는 손님을 거의 초대하지 않았고, 남편의 이웃들과 교제에 힘쓴 적이 없는 터칫 부인은 그들의 내방을 기대할 처지가 아니었다. 그런데 특이하게도 명함 받기는 좋아했다. 통상 사교라고 부르는 것에는 거의 관심이 없었지만, 현관홀의 탁자가 직사각형의 상징적 종잇조각으로 하얗게 덮이는 것보다 더 좋아하는 일도 없었다. 공명정대하다고 자부하는 그녀는 세상에 공짜가 없다는 지고의 진리를 진즉에 터득했는데, 가든 코트의 안주인으로서 사교적 역할을 한 적이 없는 터에 주변 이웃들이 자신의 왕래를 세심하게 챙길 거라고는 기대하지 않았다. 하지만 자신의 왕래에 거의 관심을 보이지 않는 게 부당하며, 남편이 선택한 나라를 꼬집어 타박한 게 인근에서 안주인으로서의 중요성을 인정받는 데 실패한 것과 무관하지 않다고—정말이지 정당한 이유는 없었다—생각하지 않았다고 확신할 수는 없다. 이저벨은 곧 영국의 헌정체제에 입버릇처럼 일침을 가하는 이모에 맞서 이유서 깊은 체제를 옹호하는 묘한 입장을 취하고 있는 자신을 발견했다. 그럴 때마다 그녀는 그 침들을 뽑아내고 싶은 충동에 이끌렸다. 이모가 이 질긴 양피지 고문서에 손상을 주어서가 아니라 그런 신랄함은 다른 데 쓰는 편이 낫다고 생각했기 때문이다. 그 나이의 미국 여성이 대체로 그러하듯 이저벨 자신도 매우 비판적이었다. 하지만 아주 감상에 젖기도 했는데, 터칫 부인의 건조함에는 그녀의 도덕적 샘물을 넘쳐흐르게 하는 뭔가가 있었다.

"그럼, 이모의 관점이 뭔데요?" 그녀가 물었다. "이곳의 모든 걸 비판하려면 관점이 있어야 하잖아요. 이모의 관점은 미국적인 것도 아니라고 봐요. 미국에 계실 땐 그곳의 모든 것을 못마땅해하셨잖아요. 전 제 관점에서 비판해요. 철저히 미국적인 관점 말이에요!"

"이 아가씨야," 터칫 부인이 말했다. "이 세상에는 지각 있는 사람들의 수만큼이나 다양한 관점이 있는 법이야. 그래도 그렇게 많지는 않을 거라고 할지 모르지! 미국적인 관점? 그런 건 절대 사양이다. 끔찍할 정도로 편협하니까. 내 관점은, 하느님 맙소사, 개인적인 거야."

이저벨은 그렇게 말하지는 않았지만 꽤 훌륭한 답변이라고 생각했다. 이모가 판단하는 방식을 웬만큼 묘사했기 때문이었다. 하지만 이저벨이 그렇게 말했다면 건방지게 들렸으리라. 터칫 부인보다 나이가 적고 경험이 일천한 사람의 입에서 그런 말이 나왔다면 무례함을 넘어 오만하다고 해야 할 것이다. 그렇지만 랠프와 이야기할 때는 그런 위험을 무릅썼다. 이저벨은 그와 많은 이야기를 나눴는데, 터무니없는 말을 하는 게 허용되는 그런 종류의 대화였다. 사촌 오빠는, 말하자면, 그녀를 놀려먹곤 했다. 그는 이내 모든 것을 농담으로 치부하는 사람이라는 명성을 그녀에게 각인시켰고, 그로 말하자면 그런 명성이 부여하는 특권을 마다할 인물이 아니었다. 이저벨은 그가 밉살스러울 정도로 진지함이 부족하고, 그 자신을 포함해 모든 것을 비웃는다고 비난했다. 그의 얼마 안되는 존경심은 전적으로 아버지에게 집중되었고, 그외의 것은 무차별적으로 조롱의 대상으로 삼았다. 그것이 자기 자신이건, 자신의 병약한 폐이건, 쓸모없는 삶이건, 괴팍한 어머니이건, 워버턴 경을 필두로 하는 자기 친구들이건, 자기의 모국이건 이민 온 나라이건, 새로 만난 매력적인 사촌이건 말이다. "난 대기실에 악대를 대령해놓고 연주를 멈추지 말라는 명령을 내렸어." 한번은 그가 그녀에게 말했다. "그럼 두가지 이점이 있지. 세상의 소리가 내실에 들리지 않게 막아주고, 저 안에서는 무도회가 계속되는구나 사람들이 생각하게 만들거든." 랠프의 악대 소리가 들리는 곳으로 다가가면 대체로 들려오는 음악은 정말이지 춤곡이었다. 가장 활기찬 왈츠가 공기 중에 울려퍼지는 것 같았다. 이저벨은 끊임없이 울려퍼지는 깽깽이 소리에 종종 짜증이 났다. 이저벨은 사촌이 대기실로 명명한 곳을 가로질러 내실로 들어가고 싶었다. 끔찍이 음울한 곳이라고 그가 확언했지만 그게 무슨 상관이랴. 기꺼이 그곳의 청소와 정리를 떠맡았으리라. 그런 그녀를 내실 밖에 세워두는 건 손님 접대를 하다 마는 격이라 그를 벌주기 위해 그녀는 젊은이다운, 직설적인 재치의 회초리를 줄기차게 휘둘렀다. 대개는 자기방어를 위해서 그렇게 했다고 덧붙여야겠다. 사촌 오빠가 그녀를 '컬럼비아'[8]라고 부르며 너무나 뜨거워서 델 정도의 애국주의를 야유하면서 골려먹었기 때문이다. 그는 그녀를 당시 유행하는 식으로 미국 국기를 휘감은 아주 예쁜 처녀로 익살맞게 희화했다. 이 무렵의 이저벨은 편협하게 보이는 것을 가장 두려워했고, 그다음으로는 정말 그렇게 될까봐 걱정했다. 그럼에도 그녀는 사촌 오빠의 장단에 맞춰 주저하지 않고 애국주의로 충만했으며, 아름다운 고향 땅이 그리워 한숨짓는 척했다. 미국적이라고 생각하고 싶으면 얼마든지 그래라, 조롱할 작정이면 언제든 기회를 주겠노라고 호기를 부렸다. 이저벨은 이모에 맞서 영국을 옹호했지만, 랠프가 그녀를 열받게 하려고 ─그녀의 표현이다─ 일부러 영국을 찬양하면 사사건건 엇나가는 자신을 발견했다. 실제로 이 작고 농익은 나라의 특성은 10월 배의 맛처럼 달콤한 느낌이었다. 그리고 이런 만족감이 있기에 사촌의 놀림을 받아들여 농으로 되갚을 수 있었다. 이저벨의 기분이 가끔 가라앉았다면 부당한 대우를 받았다는 생각이 들어서가 아니라 불현듯 사촌 오빠가 측은해졌기 때문이었다. 그가 본심을 감추

---

8 미국 독립전쟁 당시 미국을 상징한 신화적 여성.

기 위해 말하고, 마음에 없는 말을 한다는 느낌이 들었던 것이다.

"뭐가 잘못된 건지는 잘 모르겠지만," 한번은 그에게 자신의 생각을 말했다. "오빠는 대단한 사기꾼 같아요."

"그렇게 생각하는 건 네 자유지." 그렇게 노골적인 화법에 익숙하지 않은 랠프가 대답했다.

"오빠가 애착을 갖는 게 뭔지 모르겠어요. 아무 데도 마음을 주지 않는 거 같아요. 영국을 찬양할 때는 정말 좋아서 그러는 게 아니고, 미국을 욕하는 척할 때도 관심이 있어서 그러는 게 아니잖아요."

"널 빼고는 아무것도 좋아하는 게 없단다." 랠프가 말했다.

"그 말만이라도 믿을 수 있다면, 정말 기쁘겠네요."

"아, 그래. 그렇게 되기를 빌어야겠군!" 젊은이가 큰 소리로 말했다.

이저벨이 그 말을 믿었어도 사실과 크게 어긋나는 건 아니었으리라. 그는 이저벨 생각을 아주 많이 했다. 마음속에 그녀가 늘 자리 잡고 있었다. 생각에 빠지는 게 큰 부담이 되는 시기에 홀연 나타난 그녀는 아무 기대도 하지 않았는데 운명의 여신이 준 넘치는 선물로서 그의 생각에 생기를 새로이 불어넣어주었고, 날개를 달아주고 뭔가 날아오를 만한 목표를 마련해주었다. 가엾은 랠프는 여러주일 깊은 우울에 빠져 있었다. 습성이 되어버린 비관적인 전망에 먹구름의 그림자가 드리웠기 때문이었다. 그는 아버지가 걱정스러워졌다. 그동안 다리에 한정되어 있던 통풍이 생사가 걸린 기관으로 올라온 것이다. 노인은 봄에 중태에 빠졌는데, 의사들은 한번 더 발병하면 다스리기 어려울 거라고 낮은 목소리로 말해주었다. 지금은 아버지가 통증의 짐을 내려놓은 것처럼 보였지만, 랠프는 이것이 방심을 노리는 적의 속임수라는 의심을 털어버릴 수 없었다. 적의 작전이 성공한다면 반격은 거의 무망했다. 랠프는 줄곧 아버지가 자기보다 더 오래 살 것이고, 저승사자의 부름을 자기가 먼저 받을 거라고 믿고 있었다. 부자父子는 막역한 친구 같은 사이였다. 보잘것없는 삶을 어떻게든 참아내는 데 아버지의 도움을 암묵적으로 기대해온 아들로서는 무미건조한 삶의 자투리를 손에 쥔 채 혼자 남겨진다는 생각이 마음에 들지 않았다. 삶의 원동력을 잃게 될 수도 있는 상황에서 정말이지 용기를 잃지 않아야 할 유일한 근거가 사라진 것이다. 아버지와 한날한시에 죽을 수만 있다면 더이상 바랄 게 없을 테지만, 아버지가 곁에서 힘을 북돋아주지 않는다면 자기 차례를 참을성 있게 기다릴 수 없을 것만 같았다. 자기가 어머니에게 반드시 필요한 존재라고 생각할 여지는 없었다. 후회하지 않는 게 어머니의 원칙이었다. 아버지는 거동이 불편한 자신보다 다리가 성한 아들이 애도의 아픔을 겪기를 바랐지만, 그는 물론 이런 친절을 고맙게 생각하지 않았다. 랠프가 자신의 요절을 예측하면 아버지는 언제나 재치 있는 논리적 오류로 치워버렸음을 잘 알고 있었다. 먼저 죽음으로써 아버지는 이 논리적 오류를 기꺼이 입증할 용의가 있었다. 하지만 궤변을 늘어놓는 아들을 논박하는 것과, 줄어들고 있지만 아직 누리고 있는 여생을 얼마간 더 지속하는 것—두가지 위업 중 아버지에게 후자가 허용되기를 바라는 게 죄는 아니라고 랠프는 생각했다.

이는 분별력을 요하는 문제였다. 하지만 이저벨의 등장으로 더이상 이 문제에 골몰하지 않게 되었다. 다정한 아버지보다 더 오래 사는, 견디기 힘든 권태를 보상하는 길이 있겠다는 생각까지 들었다. 그는 자신이 올버니에서 건너온 이 발랄한 아가씨에게 '연정'

을 품은 게 아닐까 자문하기도 했다. 하지만 전체적으로 보면 아니라는 판단이 섰다. 그녀를 만나고 일주일이 지나자 이 문제에 결론을 내렸고, 나날이 조금씩 확신이 강해졌다. 워버턴 경이 적확하게 짚었다―그녀는 정말이지 흥미로운 아가씨였다. 랠프는 그가 어떻게 단박에 이 사실을 알아냈는지 궁금했고, 늘 높이 평가해온 친구의 탁월함을 입증하는 또다른 증거일 뿐이라고 생각했다. 사촌누이가 그에게 오락거리에 불과하다고 할지라도, 고급한 오락거리임을 그는 인식했다. "그같은 성격," 랠프가 혼잣말했다. "보고자 하는, 작지만 진정으로 열정적인 생명력의 작동은 세상에서 제일 멋진 일이지. 최고의 예술작품―그리스의 부조상, 띠찌아노의 걸작, 고딕 성당―보다 더 멋지다고 할 수 있을걸. 전혀 기대하지 않았는데 이런 선물을 받다니 정말 유쾌한 일이야. 저 아이가 오기 전에 일주일은 정말이지 끔찍하게 우울하고 지루했어. 그땐 뭔가 즐거운 일이 일어날 거라는 기대를 눈곱만큼도 할 수 없었지. 그런데 갑자기 내 벽에 걸어놓으라고 띠찌아노 그림이, 내 벽난로 선반위에 전시하라고 그리스의 부조상이 우편으로 배달된 격이야. 아름다운 건물의 열쇠를 내 손에 턱 쥐여주고 들어가서 감탄하라는 거야. 이 가엾은 녀석아, 넌 너무 감사한 줄 몰라. 이제부터 입 다물고 다시는 투덜거리지 않는 게 좋겠다." 이런 반성의 취지는 충분히 정당했다. 그러나 랠프 터칫의 손에 열쇠가 쥐여졌다는 건 엄밀히 말해 사실이 아니었다. 사촌 여동생은 아주 재기 발랄한 아가씨였고, 그의 표현을 빌면, 상당한 양의 지식을 소화할 터였다. 하지만 그녀를 알기 위한 노력도 필요했고, 그녀에 관한 한 그는 관조하고 비판하는 입장을 취했지만 공정한 재판관과는 거리가 있었다. 그는 건물을 바깥에서 살펴보고 찬탄을 아끼지 않았다. 창문을 통해 안을 들여다보자 내부의 조화 역시 아름답다는 인상을 받았다. 하지만 흘끗 보았을 뿐 그 지붕 아래 서 있다는 느낌은 들지 않았다. 문은 잠겨 있었고, 주머니에 열쇠가 여럿 있기는 했지만, 어느 것도 맞지 않으리라는 확신이 들었다. 그녀는 지적이었고 활달했다. 고상하고 자유로운 성격의 소유자였다. 하지만 그런 자질로 그녀는 뭘 할까? 이건 틀을 벗어난 질문이었다. 대부분의 여자들에게는 물을 필요조차 없는 질문이었기 때문이다. 대다수 여자들은 아무것도 하지 않는다. 다소 차이는 있으나 그들은 우아하게, 남자들이 그쪽으로 다가와서 자신의 운명이 되어줄 때까지, 수동적으로 기다린다. 이저벨의 독특함은 자기만의 의도가 있다는 인상을 준다는 데 있었다. "언제든 그녀가 그런 의도를 실행에 옮길 때," 랠프가 말했다. "내가 현장에서 지켜볼 수 있기를!"

물론 손님 접대는 그가 맡았다. 터칫 씨는 의자에 매인 신세였고, 그의 아내는 무뚝뚝한 손님에 가까웠으니 말이다. 그 결과 랠프에게 열려 있는 행동 노선에서 의무와 의도가 조화를 이루게 되었다. 걷기를 즐기는 편은 아니었지만 그는 사촌 누이와 함께 저택의 경내를 거닐었는데, 영국 기후에 대한 이저벨의 다소 비관적인 전망과는 달리 날씨가 계속 좋아서 이렇게 소일할 수 있었다. 기나긴 오후에는 ─ 오후의 길이는 그녀의 충족된 열정을 가늠하는 잣대일 뿐이었지만 ─ 강에 배를 띄웠다. 이저벨이 사랑스러운 작은 강이라고 부른 강 저편은 풍경화의 전경처럼 보였다. 때로는 쌍두 사륜마차를 타고 시골길을 누볐다. 과거에는 터칫 씨가 애용했지만, 지금은 더이상 타지 않는, 낮은 지붕에 공간이 넉넉하고 바퀴가 튼튼한 사륜마차였다. 마부로부터 '숙련'되었다고 인정받을 만큼 고삐를 잘 다루는 이저벨은 마차 타기를 아주 즐겼고, 꼬불꼬불한 길과 샛길에는 시골의 작은 사연들로 충만할 거라는 기대를 갖고 이 모부의 훌륭한 말을 몰고 달리는 데 싫증을 내는 법이 없었다. 그들은 초가지붕을 얹고 나무기둥으로 버팀목을 한 시골집, 격자창과 벽면에 사포질을 한 선술집 등을 거쳐, 한여름이 무성하게 만든 산울타리 사이에 놓인 오래된 공유지와 흘끗 보이는 텅 빈 장원을 지나갔다. 집에 돌아오면 대개 잔디밭에 다과상이 차려졌고, 터칫 부인이 남편에게 찻잔을 건네는 '극한상황'과 맞서는 광경을 목도하기도 했다. 부부는 대체로 말이 없었다. 터칫 씨는 머리를 뒤로 젖히고 눈을 감았으며 아내는, 바늘의 움직임을 주시하면서, 어떤 여자들이 그러하듯이, 무척이나 심오한 표정으로 뜨개질에 전념했다.

그러던 어느날 손님이 찾아왔다. 두 젊은이가 강에서 1시간가량 보내고 집으로 천천히 돌아오는데 워버턴 경이 나무 아래 앉아서 터칫 부인과 멀리서도 두서없어 보이는 대화를 나누고 있었다. 자기 집에서 큰 여행용 가방을 싣고 마차를 몰고 온 워버턴 경은, 부자父子가 늘 그렇게 권했듯이, 저녁 먹고 하룻밤 묵고 가겠다고 했다. 도착한 날 그를 30분가량 만난 이저벨은 그 짧은 시간 동안 그가 마음에 든다는 결론에 도달했다. 사실 그녀의 섬세한 감수성에 선명하게 새겨진 그를 여러번 떠올리기도 했다. 그녀는 그를 다시 볼 수 있게 되기를 바랐고, 그외 몇사람 더 만났으면 하는 바람도 있었다. 가든코트는 지루하지 않았다. 그곳은 그 자체로서 훌륭했고, 이모부는 점점 더 소중한 할아버지 같은 존재가 되었고, 랠프도 그녀가 만난 어떤 사촌과도 달랐다. (사촌에 대한 그녀의 기억은 좀 안 좋은 편이었다.) 그때 그녀의 인상들은 아직 너무 생생하고 새로워져서 당장은 빈자리가 생길 기미도 없었다. 하지만 인간의 본성에 관심이 있는 이저벨은 외국에 나온 주요한 이유가 아주 많은 사람들을 만나는 데 있음을 상기했다. 랠프는 여러번 다음과 같이 말했다. "이렇게 지내는 걸 견뎌내니 용하네. 이웃과 친구 중 몇몇을 만나도록 주선해야 하는데. 넌 꿈에도 생각 못했겠지만 우리도 알고 지내는 사람들이 좀 있거든." 이렇게 말하고 랠프가 소위 "많은 인사"를 초대해 영국 사교계와 안면을 트게 해주겠다고 제안했을 때, 후히 대접하려는 그의 마음을 북돋우면서 그녀는 소란스러운 사교계로 뛰어들겠노라고 앞당겨 약속했다. 하지만 현재로서는 그의 제안이 성사되지는 않았다. 랠프가 약속을 미뤘다면, 그건 자기의 말동무를 상대하는 일이 외부의 도움을 구할 만큼 힘들게 느껴지지 않았기 때문이다. 이 사실은 독자에게 살짝 귀띔해주어도 되리라. 이저벨은 종종 '표본'이라는 말을 썼다. 그녀의 어휘에서 빈도가 상당히 높은 단어였다. 그녀는 그 탁월한 사례에 의해 예시되는 영국의 사교계를 보고 싶다고 사촌에게 말하곤 했다.

"자, 저기 표본이 있네." 강가에서 걸어올라가다 워버턴 경을 알아보고는 그가 말했다.

"무엇의 표본인데요?" 그녀가 물었다.

"영국 신사의 표본이지."

"모두 저 사람 같다는 건가요?"

"천만에, 전혀 그렇지 않아."

"그럼 훌륭한 표본이네요." 이저벨이 말했다. "매력적인 게 확실하니까요."

"그래, 매력적이지. 게다가 아주 운이 좋은 친구지."

행운아인 워버턴 경이 우리의 여주인공과 악수를 하면서 별일 없이 잘 지냈느냐고 인사를 했다. "하지만 안부를 물을 필요도 없겠군요." 그가 말했다. "노를 젓고 계셨으니까요."

"제가 노를 젓기는 했어요." 이저벨이 대답했다. "그런데 어떻게 아셨죠?"

"아, 저 친구가 노를 젓지 않는다는 건 알지요. 아주 게으른 친구라서요." 랠프 터칫을 가리키고 웃으면서 그가 말했다.

"게으름을 피울 만한 좋은 핑계가 있잖아요." 이저벨은 목소리를 약간 낮추면서 대꾸했다.

"아, 이 친구는 만사에 좋은 핑곗거리가 있어요!" 워버턴 경은 아직도 유쾌함이 묻어나는 목소리로 말했다.

"내가 노를 젓지 않는 건 사촌 누이가 노를 너무 잘 저어서지." 랠프가 말했다. "우리 누이는 뭐든지 잘해. 손길이 닿는 것치고 빛나지 않는 게 없다니까!"

"아처 양의 손길이 닿기를 누구나 바라겠군요." 워버턴 경이 말했다.

"제대로 손길이 닿는다면 나빠질 리가 있겠어요." 재주가 많다는 소리를 듣고 우쭐한 기분이 들었다 하더라도 여러가지 출중한 점이 있는 한, 그런 자기만족이 박약한 지력을 가리키지 않는다는 걸 적절히 성찰할 수 있는 이저벨이 말했다. 자신을 높이 평가하고 싶은 그녀의 바람은 언제나 증거로 뒷받침할 필요가 있다는 점에서 최소한 겸양의 요소가 있었다.

워버턴 경은 가든코트에서 하룻밤을 보냈을 뿐 아니라 하루 더 머물라는 권유를 받아들였다. 그리고 그다음 날이 저물 즈음 출발을 아침으로 미뤘다. 그동안 그는 주로 이저벨에게 말을 걸었는데, 그가 표하는 경의를 그녀는 흔쾌하게 받아들였다. 마음에 무척 드는 사람이라는 느낌이 들었다. 처음 만났을 때의 호감도 작용했지만, 함께 저녁 시간을 보내면서 그를 거의 로맨스 소설의 주인공에 준하는 존재로—선정적인 의미는 아니지만—생각하기에 이르렀다. 앞으로 있을 법한 즐거움에 대한 기대에 부풀어 그녀는 진짜 운이 좋다는 느낌으로 잠자리에 들었다. "이렇게 매력적인 사람들을 알게 된 건 정말 멋진 일이야." 매력적인 사람들이란 사촌 오빠와 그의 친구를 가리켰다. 그런데 이렇게 좋은 기분을 시험하는 듯한 사건도 벌어졌다는 말을 덧붙여야겠다. 터칫 씨는 9시 반에 잠자리에 들었지만, 그의 아내는 다른 사람들과 함께 거실에 남아 있었다. 1시간 남짓 자리를 지키던 터칫 부인이 일어나서 이제 자리를 파해야 할 시간이 되었다고 말했다. 이저벨은 아직 잠자리에 들고 싶지 않았다. 그녀에게는 축제 기분이 드는 날이었고, 축제는 그렇게 일찍 끝나는 법이 아니니 말이다. 그래서 아무 생각 없이 이렇게 답했다. 아주 간단하게.

"꼭 가야 해요, 이모? 30분 더 있다가 올라갈게요."

"널 위해 내가 기다려야 하는데 그럴 순 없지." 터칫 부인이 대답했다.

"아이, 기다리실 필요 없어요. 오빠가 제 촛불을 켜줄 텐데요."

"제가 촛불을 켜드릴게요. 제가 하게 해주세요, 아처 양!" 워버턴 경이 외쳤다. "다만 자정까지 시간을 미뤄주셨으면 합니다."

터칫 부인은 반짝이는 작은 눈으로 그를 쳐다본 다음 조카딸 쪽으로 냉정한 눈길을 돌렸다. "신사들만 있는 자리에 너 혼자 남아 있을 수는 없다. 애야, 여기는 축복의 땅 올버니가 아니다."

이저벨은 얼굴을 붉히며 자리에서 일어섰다. "거기라면 좋겠네요."

"아, 정말이지, 어머니!" 랠프가 버럭 소리를 질렀다.

"오, 터칫 부인!" 워버턴 경이 중얼거렸다.

"내가 이 나라의 관습을 만든 건 아닐세, 워버턴 경." 터칫 부인이 당당하게 말했다. "있는 대로 받아들일밖에."

"사촌 오빠랑 함께 있는데도 안되나요?"

"워버턴 경이 네 사촌이라는 건 나도 몰랐구나."

"제가 물러나면 되겠군요!" 손님이 제안했다. "그럼 정리가 되겠지요."

터칫 부인은 두 손 들었다는 표정을 짓더니 다시 자리에 앉았다. "아, 그래, 필요하다면 내가 자정까지 자리를 지키도록 하지."

그사이 랠프는 이저벨에게 촛대를 건넸다. 그는 사촌을 주시하고 있었다. 욱하고 화를 낼 수도 있을 상황이라고 판단했고, 그런 우발적인 일이 벌어진다면 흥미로울 것 같았다. 하지만 이저벨의 성깔 같은 걸 예측했다면 기대가 어긋났다. 그녀는 그냥 살짝 웃음을 터뜨리곤 잘 자라고 인사를 한 다음 이모와 함께 자리를 떴다. 랠프로 말하자면, 어머니의 말이 옳다고 생각하면서도 짜증이 났다. 이층으로 올라간 이저벨은 터칫 부인의 침실 문 앞에서 헤어졌다. 계단을 오르면서 이저벨은 아무 말이 없었다.

"내가 간섭한다고 물론 화가 났겠지."

이저벨은 생각에 잠겼다. "그런 건 아니고 놀랐어요. 그리고 정말 영문을 모르겠어요. 제가 거실에 남아 있는 게 부적절한 행동인가요?"

"부적절하다마다. 여기에서는 점잖은 집안의 처녀는 혼자서 밤늦게까지 남자들과 함께 있지 않거든."

"그럼 말씀해주시는 게 지당해요." 이저벨이 말했다. "아까는 이해가 안됐는데, 알게 돼서 기뻐요."

"언제든 말해주마." 그녀의 이모가 대답했다. "너무 멋대로 행동한다고 생각하면 말이다."

"그래주세요. 하지만 이모의 충고가 언제나 옳다고 생각할 거라고는 말씀 못 드려요."

"그렇겠지. 넌 네 방식대로 해야만 직성이 풀리니까."

"그래요, 전 제 방식이 정말 좋아요. 하지만 해서는 안되는 일을 알고는 싶어요."

"그래서 하려고?" 그녀의 이모가 물었다.

"그래서 취사선택하려고요."

8장

이저벨이 고풍스러운 분위기에 열광하자 워버턴 경은 예스러운 저택인 자기 집을 하루 날을 잡아 구경하러 오라고 청했다. 그는 조카딸을 데리고 로클리 저택을 방문하겠다는 터칫 부인의 약속을 받아냈고, 랠프도 아버지가 혼자 계셔도 된다고 하면 숙녀들과 동행할 의사가 있음을 시사했다. 워버턴 경은 그전에 누이들이 인사차 이저벨을 만나러 올 거라고 말했다. 그가 가든코트에 머무는 동안 함께 시간을 보내면서 가족관계의 이모저모를 물어본 터라 이저벨은 그의 누이들에 관해 좀 알고 있었다. 흥미를 느끼면 그녀는 끝없이 질문을 했다. 이 경우 말 상대가 능변가인지라 그녀가 죄어친 것이 허사로 돌아가지 않았다. 그는 여동생 넷에 남동생 둘이 있고 부모님은 두분 다 돌아가셨다고 했다. 동생들은 아주 좋은 사람이라고도 했다. "특별히 똑똑한 건 아니지만," 그가 말했다. "아주 점잖고 성격들이 좋아요." 그러고는 친절하게도 아처 양이 자신의 형제자매들과 알고 지내면 참 좋겠다고 덧붙였다. 남자 형제 중 하나는 교구민도 많고 넓게 펼쳐진 로클리 교구에서 집안 소유의 성직 녹을 받아 목회를 하고 있다. 생각할 수 있는 모든 논제에서 그와 견해를 달리함에도 그는 동생을 훌륭한 친구로 평했다. 그러면서 워버턴 경은 동생이 개진하는 견해 중 몇몇을 언급했는데, 이저벨도 종종 들어봤고 인류의 상당수가 견지하는 것으로 알고 있는 그런 견해들이었다. 사실 그녀 자신도 대부분 그대로 받아들인 것들이었다. 그런데 그는 그녀가 잘못 안 게 확실하고, 말도 안되는 견해들이며, 그렇게 생각한다고 상상했을 따름이고, 조금만 따져보면 무의미한 견해들임을 알게 될 거라며, 자기 말을 믿어보라고 했다. 그런 문제들 중 몇몇은 아주 면밀하게 생각해본 거라고 이저벨이 대꾸하자, 그녀가 미국인이 전체적으로 보아 세상 어느 나라 사람들보다 미신적이라는 그의 생각을 입증하는 또다른 사례일 뿐이라고 말했다. 미국인들은 하나같이 꼴통 보수요, 미국의 보수 같은 보수도 없는데 그녀의 이모부와 사촌 오빠가 단적인 예다. 미국인들의 견해는 대부분 이루 말할 수 없이 전근대적이며, 요즘 영국에서는 입에 담기도 창피한 생각들을 한다. 게다가 그들은──우리의 귀족 나리가 웃으면서 덧붙였다──불쌍하고 멍청하고 구시대적인 영국의 미비점들과 당면한 위험에 대해 이곳에서 태어나 땅덩이의 상당 부분을 소유하고 있는──그래서 더 부끄러움을 알아야 할!──자신보다 더 많이 아는 척한다. 이런 진술들을 종합해서 이저벨은 워버턴 경이 첨단을 걷는 귀족이라는 점, 개혁가요, 급진주의자요, 낡은 방식을 경멸하는 사람임을 파악했다. 인도에서 군인으로 복무하는 또다른 동생은 고집불통에다 방탕한 생활을 하는데, 아직까지는 워버턴이 갚아야 할 빚을 지는 것 ─ 이것이 장자의 가장 중요한 특권인 양 ─ 외에 별 쓸모가 없는 친구라고도 했다. "더 이상 갚아주지 않을 생각입니다." 그가 말했다. "저보다 훨씬 흥청망청 살면서 듣도 보도 못한 사치를 즐기고, 저보다 훨씬 더 대단한 신사로 자처한다니까요. 일관성 있는 급진주의자로서 저는 오직 평등만을 지지합니다. 남동생들의 특권은 지지하지 않아요." 네 명의 누이 중 둘째와 넷째는 결혼했다. 둘째는 이를테면 결혼을 썩 잘한 편이고, 넷째는 그저 그랬다. 둘째 누이의 남편인 헤이콕 경은 아주 괜찮은 친구인데 불행하게도 지독한 보수주의자였다. 그리고 그의 아내는, 현모양처인 영국 아내들이 그렇듯, 남편보다 한술 더 떴다. 넷째 누이는 노퍽 주의 소지주에게 시집갔는데, 엊그제 결혼한 것 같은데 벌써 아이가 다섯이다. 워버턴 경은 이런 정보와 기타 등등을 경청하는 미국인 아가씨에게 들려주었는데, 모든 것을 명료하게, 영국 생활의 특이함을 알기 쉽게 낱낱이 설명했다. 그가 그녀의 경험이나 상상력은 거의 참작하지 않고 시시콜콜 설명하는 걸 이저벨은 재미있어했다. "내가 야만인인 줄 아나봐." 그녀가 속으로 말했다. "포크와 숟가락도 본 적이 없다는 거지." 그가 정색하고 답변하는 게 재미있어서 그녀는 알면서도 모르는 척 질문을 하곤 했다. 그러다 그가 덫에 걸리면, 이렇게 일격을 가했다. "출정하는 아메리카 원주민들처럼 얼굴과 몸에 칠을 하고 깃털로 치장한 제 모습을 보시지 못하는 게 유감이네요." 그녀가 한마디 더 했다. "가엾은 야만인들에게 이토록 친절하게 대하시는 걸 알았더라면 토속 의상이라도 갖고 오는 건데요!" 워버턴 경은 미국 전역을 둘러봤고 이저벨보다 미국에 대해 더 많은 것을 알고 있었다. 미국이 세상에서 가장 매력적인 나라라고 덕담을 하기도 했지만, 자신의 미국 여행 경험에 비춰 영국에 와 있는 미국인들에게 더 세세하게 설명해야 할 필요성을 느낀 것 같았다. "미국에 있을 때 옆에서 당신이 설명을 해주시기만 했더라도!" 그가 말했다. "어리둥절한 적이 많았거든요. 사실은 정말 당황스러웠어요. 설명을 들으면 더 혼란스러운 게 문제였어요. 일부러 설명을 틀리게 해주는 게 아닌가 그런 생각도 들더라고요. 그쪽 사람들은 그런 일을 썩 영리하게 해치우지요. 제 말은 믿으셔도 됩니다. 모두 틀림없는 사실만 말씀드렸으니까요." 그가 매우 지적이고 교양 있고 세상만사 모르는 게 거의 없다는 점은 최소한 분명했다. 그는 정말이지 흥미진진한 세상의 일면들을 보여주었는데, 그럼에도 결코 자기과시의 느낌을 풍기지는 않았다. 남다른 기회가 주어져, 그녀의 표현을 빌면, 선망한 목표들을 이루고도 전혀 뽐내는 기색이 없었던 것이다. 그는 삶에서 최고의 것들을 즐겼지만 그로 인해 균형감각을 잃지는 않았다. 그의 자질에는 ─ 아, 아주 쉽게 손에 넣은 ─ 풍부한 경험과 때로 거의 소년 같은 수줍음이 결합되었다. 친절해야 한다는 의무감의 어조가 더해졌어도, 감미롭고 유익한 풍미 ─ 간을 맞춘 듯 입맛에 딱 맞았다 ─ 를 감소시키지 않았다.

"오빠가 말한 영국 신사의 표본이 아주 맘에 들어요." 워버턴 경이 가고 난 다음 이저벨이 랠프에게 말했다.

"나도 맘에 들어. 내가 아주 좋아하는 친구지." 랠프가 되받았다. "하지만 딱하다는 마음이 더 커."

이저벨은 의심스럽다는 듯 그를 쳐다보았다. "아니, 그 사람의 유일한 결점이 바로 그거 같은데요. 조금도 딱하게 생각할 수 없다는 거요. 모든 걸 가졌고, 모든 걸 알고, 정말 대단한 사람으로 보여요."

"아, 위험한 상태야!" 랠프가 강조했다.

"설마 건강이 안 좋은 건 아니겠죠?"

"천만에, 그 점에 있어서는 밉살스러울 정도로 건강하지. 높은 지위를 누리는 사람이 그걸로 온갖 장난을 치고 있다는 뜻으로 하는 말이란다. 자신을 진지하게 받아들이지 않거든"

"자기 자신을 조롱거리로 만든다는 말인가요?"

"그것보다 더 나빠. 자신의 지위를 일종의 사기로, 부조리로 간주하니까."

"그래요, 그럴지도 모르죠." 이저벨이 말했다.

"그럴지도 모르지. 하지만 대체로 보아 그렇지 않다는 게 내 생각이거든. 하지만 그럴 경우, 다른 사람들의 손에 심어져 뿌리는 깊이 내렸지만 그 불공정함을 아프게 느끼는 다감하고 자의식적인 부조리보다 더 딱한 노릇이 어디 있을까? 내가 그 친구의 입장이라면 부처님처럼 무게를 잡을 텐데. 그는 내 상상력을 자극하는 그런 지위를 갖고 있거든. 막중한 책임과 멋진 기회들, 폭넓은 인맥과 엄청난 재력, 대단한 권력, 대국의 정사에 참여할 수 있는 타고난 권리. 하지만 그 친구는 자신과 자신의 지위, 권력을 포함해 정말이지 세상만사가 다 혼란스러운 거야. 그는 비판적 시대의 희생자야. 자신을 믿을 수 없게 되었고, 자기가 뭘 믿어야 할지도 모르는 거니까. 그 친구에게 이런 이야기를 해주려고 하면—내가 그의 입장에 처했다면 뭘 믿어야 할지 난 잘 알고 있거든—날 편협한 응석받이로 매도하는 거야. 정말이지 날 끔찍한 속물로 생각하는 게 분명해. 내가 이 시대를 이해하지 못한다는 거지. 자신을 성가신 존재로 폐지하지도, 제도로서 유지하지도 못하는 그 친구보다는 내가 더 잘 이해하는 게 분명한데도."

"그렇게 비참한 것 같지는 않던데요." 이저벨이 생각을 말했다.

"그럴지도 몰라. 즐거운 취미를 아주 많이 가진 친구지만, 편치 않은 시간을 보낼 때가 많다는 게 내 생각이지. 하지만 그렇게 많은 행운을 누린 사람을 두고 불행하지 않다고 말하는 게 무슨 뜻일까? 무엇보다 난 그가 불행하다고 믿어."

"난 그렇다고 믿을 수 없어요." 이저벨이 말했다.

"글쎄," 그녀의 사촌이 되받았다. "불행하지 않다면 불행해야 마땅해!"

오후에 그녀는 1시간을 이모부와 잔디밭에서 보냈다. 노인은 늘 그러하듯 무릎에 숄을 덮고 연하게 탄 차가 들어 있는 큰 찻잔을 손에 쥐고 앉아 있었다. 대화를 나누는 중에 그는 최근의 방문객을 어떻게 생각하는지 물었다.

이저벨은 즉각 답했다. "아주 매력적이라고 생각해요."

"아주 좋은 사람이지." 터칫 씨가 말했다. "하지만 그 친구와 사랑에 빠지라고 권하지는 않겠다."

"그럼 그만두죠, 뭐. 이모부께서 권하지 않는 한 절대 사랑에 빠지지 않을게요. 게다가," 이저벨이 덧붙였다. "랠프 오빠가 워버턴 경에 대해서 좀 딱한 사연을 들려주었거든요."

"오, 그랬어? 할 말이 뭐 있을지 모르겠다만, 랠프가 객쩍은 소리라도 해야 한다는 걸 염두에 두렴."

"오빠는 워버턴 경이 너무 급진적이라고 ─ 아니, 충분히 그렇지 못하다고 생각하는 것 같아요. 어느 쪽인지 확실히 모르겠어요."

노인은 천천히 고개를 젓더니 미소를 지으며 찻잔을 내려놓았다. "나도 어느 쪽인지 모르겠구나. 아주 멀리 갔지만 충분히 멀리 가지는 않았다고 얼마든지 말할 수 있지. 꽤 많은 것을 없애고 싶어하지만, 자기는 그대로 남고 싶어하는 거 같거든. 그게 인지상정이라고 쳐도 일관성은 좀 없는 게지.”

“아, 그 사람은 그대로 남아 있으면 좋겠어요.”이저벨이 말했다. “그렇지 않다면 친구들이 그 사람을 아주 그리워할걸요.”

“그러게.”노인이 말했다. “그대로 남아서 친구들을 즐겁게 해 줄 거다. 워버턴 경이 가든코트에 오지 않으면 나도 물론 많이 보고 싶을 거야. 놀러 오면 날 언제나 즐겁게 해주고, 자기도 즐거운 시간을 갖는 거 같더라. 사교계에는 그 친구 같은 사람들이 상당수 있어. 요즘 그런 친구들이 유행의 첨단이야. 뭘 하겠다는 건지, 혁명을 하겠다는 건지 잘 모르겠다만. 어쨌든 내가 가고 난 후에나 했으면 좋겠다. 그 사람들은 모든 제도를 폐지하겠다는 거잖아. 그런데 여기서 상당한 대지주가 된 나로서는 폐지되고 싶지 않거든. 그 사람들이 그런 식으로 나올 줄 알았다면 이리 건너오지도 않았어.”터칫 씨는 점점 흥이 나서 큰 소리로 말했다. “내가 여기 건너온 건 영국이 안전한 나라라고 생각했기 때문이야. 그 친구들이 뭔가를 확 바꾸려고 든다면 그건 완전히 협잡인 셈이지. 그렇게 되면 많이 실망들 할걸.”

“아, 그 사람들이 혁명을 일으키면 좋겠어요!”이저벨은 큰 소리로 외쳤다. “혁명을 구경하는 것도 재미있겠어요.”

“어디 보자.”그녀의 이모부가 유머러스한 의도로 말했다. “네가 구시대 편인지 신시대 편인지 잊어버렸다. 정반대 입장을 다 취하는 걸 들었으니 말이다.”

“양쪽 편 다예요. 전 어떤 일이든 조금씩은 편을 들게 되요. 혁명이 일어나서 일단 자리를 잡으면, 고귀하고 당당한 왕당파가 될 것 같아요. 그쪽에 공감하기 더 쉽고, 멋있게 행동할 기회도 더 많으니까요. 더 그림이 되게 말이에요.”

"그림이 되게 행동한다는 게 무슨 뜻인지 모르겠다만, 애야, 네가 하는 행동은 언제나 그림처럼 보인단다."

"아, 이모부는 정말 좋은 분이세요. 제가 그 말을 믿을 수 있으면 좋겠네요!" 처녀가 말했다.

"어쨌든 지금 당장은 네가 단두대로 우아하게 걸어가는 즐거움을 누리지는 못할 것 같구나." 터칫 씨가 말을 이었다. "그런 중대 사태가 발발하는 걸 보고 싶으면 여기 오래 머물러야 한다. 그런데 막상 일이 닥치면 자기들이 한 말을 사람들이 액면 그대로 받아들이는 걸 좋아하지 않을 거야."

"누구 말씀하시는 거예요?"

"그러니까 워버턴 경과 그 친구들─상류계급의 급진주의자들 말이다. 물론 내가 받은 인상이 그렇다는 것뿐이야. 그 사람들은 변화를 말하지만 그게 구체적으로 뭔지 알고 말하는 건 아닌 것 같구나. 너하고 나는 민주주의 체제에서 산다는 게 뭔지 알잖니. 난 그런 제도가 편했지. 처음부터 익숙해 있었으니까. 그리고 난 귀족이 아니었고. 넌 숙녀지만, 애야, 난 귀족이 아니었어. 그런데 여기서는 그런 실감이 없거든. 매일, 매시간의 문제인데, 그 사람들 대부분은 지금 자기들이 가진 제도보다 민주주의를 더 좋아하지는 않을걸. 물론 한번 해보고 싶으면 그거야 자기들 마음이지. 하지만 그렇게 열심히 해보려고 할 것 같지도 않구나."

"그 사람들이 진지하지 않다고 생각하세요?" 이저벨이 물었다.

"글쎄, 진지하다는 느낌을 좋아하는 거겠지." 터칫 씨의 추정이었다. "하지만 그걸 대개는 이론적으로 구현하는 거야. 급진적 견해는 그들에게는 일종의 오락거리지. 뭔가 재미난 게 있어야 하는데, 취향이 그보다 더 저급할 수도 있거든. 너도 알다시피 그 사람들은 아주 사치스러운 삶을 살지. 급진적인 이념이 가장 큰 사치라고 할 수 있지. 도덕적이라는 기분을 즐기되 그렇다고 자신들의 지위에 손상을 가하지는 않으니까. 그 사람들은 지위를 대단하게 생각하거든. 누구든 아니라고 하면 믿지 마라. 그걸 토대로 토론을 한다면 곧 벽에 부딪힐 테니까.”

이저벨은 이모부의 독특하게 명징한 논리를 주의를 기울여 따라갔고, 영국의 귀족계급에 대해 아는 건 없었지만 그것이 그녀가 막연하게 알고 있는 인간의 본성과 일치한다고 생각했다. 하지만 워버턴 경을 대신해 항변하고 싶어졌다. “워버턴 경이 협잡꾼이라고 생각하지 않아요. 다른 사람들이 어떤지는 알 바 아니고요. 전 워버턴 경이 시련을 당했으면 싶어요.”

“믿어주는 사람이 더 무섭구나!” 터칫 씨가 대답했다. “워버턴 경은 아주 호감을 주는 젊은이야. 아주 훌륭한 젊은이지. 연수입이 십만 파운드이고, 이 작은 섬나라의 땅덩이에서 오만 에이커와 그 외 수많은 것들을 소유하고 있어. 주거용 저택이 대여섯채에, 식탁에 내 자리가 있듯이 상원에 의석까지 있어. 취향도 고상해서 문학, 예술, 과학, 매력적인 아가씨들을 선호하지. 그중 가장 고상한 것이 새로운 이념에 대한 취향이야. 그게 그 친구에게 다른 무엇보다도 크나큰—아가씨들을 빼면 말이야—기쁨을 주거든. 저 건너 어디에 있는 그의 고택은—이름이 뭐라더라, 로클리였나?—아주 매력적이야. 이 집처럼 좋지는 않다만. 그게 중요한 건 아니지. 다른 집도 많으니까. 내가 아는 한 그의 견해가 다른 사람들을 곤란하게 한 적이 없고, 자기를 곤란한 지경에 빠뜨리지도 않았지. 그리고 혁명이 일어난다고 해도 크게 곤욕을 치르지는 않을 거야. 모두들 썩 마음에 들어하는 친구니까 그냥 내버려둘걸.”

"아, 그렇다면 순교자가 되고 싶어도 될 수 없겠네요!" 이저벨이 한숨을 쉬었다. "아주 구차한 처지네요."

"그 친구는 순교자가 될 수 없어. 네가 그렇게 만들지 않는 한." 노인이 말했다.

이저벨은 고개를 저었다. 다소 수심에 잠겨 고개를 가로젓는 모습에 웃음을 자아내는 뭔가가 있다고 해도 될 것 같았다. "전 누구도 순교자로 만들지 않을 거예요."

"너도 순교자가 되지 않기를 바란다."

"그럼요, 하지만 이모부도 랠프 오빠처럼 워버턴 경을 동정하시는 건 아니죠?"

이모부는 온화하지만 날카로운 눈길로 그녀를 잠시 바라보았다. "아니, 동정해, 어쨌든!"

9장

이 귀족의 누이들인 두 몰리뇌 양이 이내 인사차 들렀고, 이저벨은 매우 독특한 분위기를 자아내는 젊은 숙녀들에게 반했다. 그녀가 사촌 오빠에게 이들을 이렇게 묘사하자 그는 그건 절대로 그 사람들에게 적용할 수 없는 말이라고 주장했다. 영국에는 그들과 꼭 닮은 아가씨들이 엄청나게 많이 있다는 것이었다. 독특하다는 장점은 박탈당했지만, 이저벨의 손님들은 극도로 상냥하고 수줍은 자태의 장점을 유지했다. 이저벨은 그들의 눈이 대칭을 이룬 물웅덩이, 정교하게 설계된 정원의 제라늄 꽃밭에 배치된 원형의 '장식적인 샘' 같은 눈을 갖고 있다고 생각했다.

"다른 건 모르겠지만, 어쨌든 뚱하지는 않아." 우리의 여주인공이 혼잣말했다. 그리고 이 점을 대단한 매력이라고 생각했다. 그녀 자신도 때때로 뚱한 경향이 있는 건 말할 나위 없고, 소녀 시절의 친구 중 서너명이 유감스럽게도 그런 비판을 받을 여지가 있었다. (그 점만 빼면 아주 훌륭한 친구들이었는데 말이다.) 몰리뇌 자매는 십대를 훌쩍 넘었지만, 피부는 윤기 흐르고 얼굴에는 어린 시절의 미소가 남아 있었다. 그랬다. 이저벨이 칭찬한 눈은 둥그렇고 고요하고 느긋했고, 넉넉하게 통통한 몸매는 물개 가죽 조끼에 싸여 있었다. 두 자매는 큰 호의를 보였고, 워낙 호의가 커서 이를 드러내는 게 거의 곤혹스러운 것 같았다. 세상 저편에서 온 아가씨가 다소 두려운 듯 호의를 말로 표현하기보다는 표정으로 드러냈다. 그래도 오빠와 함께 사는 로클리에 이저벨이 점심식사를 하러 오기를, 그리고 이후 자주 만났으면 하는 마음을 분명히 전했다. 언제 로클리에 와서 하룻밤 묵지 않겠느냐고도 했다. 29일에 손님이 몇 오는데, 그때가 어떻겠냐고 권했다.

"대단한 사람들이 오는 건 아니에요." 그중 언니가 말했다. "저희 사는 걸 있는 그대로 보고 싶어하실 테니까."

"보나 마나 좋아하게 될 거예요. 두 분 다 있는 그대로 매혹적이세요." 왕왕 아낌없는 찬사를 보내곤 하는 이저벨이 이렇게 답했다.

방문객들은 얼굴을 붉혔다. 그들이 가고 나자 사촌 오빠는 가엾은 처녀들에게 그런 말을 하면 엉터리없이 속임수를 쓴다고 생각할 거라고 말했다. 매혹적이라는 찬사를 난생처음 들었을 거라고도 했다.

"어쩔 수 없었어요." 이저벨이 대답했다. "그렇게 조용하고 분별 있고 자족적인 게 너무 사랑스러워 보인걸요. 나도 그럴 수 있으면 좋겠어요."

"하느님 맙소사!" 랠프가 화들짝 외쳤다.

"그렇게 되려고 노력해볼 거예요." 이저벨이 말했다. "그 사람들이 어떻게 사는지 가서 보고 싶어요."

며칠 후 그녀는 사촌 오빠, 이모와 함께 마차로 로클리를 방문해 그들이 사는 모습을 보게 되었다. 몰리눠 자매는 빛바랜 사라사 무명이 어수선하게 널린 거대한 거실에 앉아 있었다. (이저벨은 나중에 그 방이 여러 거실 중 하나임을 알게 되었다.) 이번에는 검은 면 벨벳 옷을 입고 있었는데, 이저벨은 가든코트보다 로클리에서 본 그들의 모습이 더 마음에 들었다. 뚱하지 않은 사람들이라는 사실이 어느 때보다 더 돋보였다. 이전에는 그들에게 결점이 있다면 정신 활동이 활발하지 않은 거라고 생각했지만, 곧 깊은 감정을 느낄 수 있는 사람들이라는 게 보였다. 점심식사 전, 워버턴 경이 좀 떨어져서 터칫 부인과 이야기를 나누고 있어서 그녀는 얼마 동안 그들과 따로 앉아 있었다.

"오빠가 그렇게 대단한 급진주의자라는 게 사실인가요?" 이저벨이 물었다. 사실임을 알고 있었지만, 인간의 본성에 대한 그녀의 관심이 지대한지라 몰리눠 자매의 속마음을 알고 싶었던 것이다.

"정말 그래요. 굉장히 진보적이에요." 동생인 밀드러드가 대답했다.

"우리 오빠는 아주 합리적이기도 해요." 다른 몰리눠 양이 말했다.

이저벨은 방 저편에 있는 그를 잠시 지켜보았다. 터칫 부인의 마음에 들기 위해 공을 들이는 게 역력했다. 랠프는 벽난로 옆에서 여러마리 개 중에서 친하자고 덤벼드는 한마리를 상대하고 있었다. 영국의 8월 기온은 고택의 널찍한 방에 피워놓은 벽난로가 불필요하다는 생각이 들지 않을 정도였다. "오빠가 언행이 일치한다고 생각하시나요?" 이저벨이 웃음을 머금고 물었다.

"오, 그럼요, 아시잖아요!" 밀드러드가 얼른 대답했고, 언니는 말없이 우리의 여주인공을 주시했다.

"시험을 통과할 수 있다고 생각하세요?"

"시험이라니요?"

"가령, 이 모든 것을 포기해야 한다면 말이에요."

"로클리를 포기해야 한다고요?" 말문이 막힌 몰리뇌 양이 간신히 목소리를 내어 말했다.

"네, 그리고 다른 저택들도요. 그 저택들은 뭐라고 불러요?"

자매는 거의 겁에 질린 눈길을 주고받았다. "그러니까 유지비 때문에 포기해야 할 거라는— 그런 말씀이세요?"

"아마 한두곳은 세를 줄 수 있을 거예요."

"공짜로 세를 준다고요?" 이저벨이 다그쳐 물었다.

"오빠가 재산을 포기하는 건 상상할 수도 없어요." 몰리뇌 양이 말했다.

"아, 그럼 겉과 속이 다른 거네요!" 이저벨이 대꾸했다. "오해받기 쉬운 처지라고 생각하지 않으세요?"

대화의 상대방이 말귀를 못 알아들은 게 분명했다. "우리 오빠가요?" 몰리뇌 양이 되물었다.

"아주 만족스러운 처지라고들 하지요." 손아래 여동생이 말했다. "이 지방에서는 사회적 지위가 제일 높으니까요."

"절 아주 불경스럽다고 생각하실 것 같네요." 이저벨이 기회를 틈타 말했다. "오빠를 존경하고 조금은 두려워하는 마음도 있으실 테니까."

"여동생들이야 오빠를 우러러보게 마련이죠." 몰리뇌 양이 꾸밈없이 답했다.

"그렇다면 오빠가 틀림없이 아주 훌륭한 분이시겠죠. 두분 다 엄청 훌륭해 보이니까요."

"오빠는 인정이 아주 많아요. 얼마나 좋은 일을 많이 하는지 몰라요."

"오빠의 재능은 다들 알아주지요." 밀드러드가 덧붙였다. "재능이 대단하다고들 해요."

"아, 그러실 거예요." 이저벨이 말했다. "하지만 제가 그분의 입장이라면, 사력을 다해 싸울 거예요. 과거의 유산을 지키기 위해서. 저 같으면 꼭 붙잡고 놓지 않을 거예요."

"전 진보적이어야 한다고 생각해요." 밀드러드가 상냥하게 주장했다. "우리는 어릴 적부터 그래왔어요."

"아, 그렇지요." 이저벨이 말했다. "그렇게 해서 아주 성공하셨잖아요. 만족하실 만도 해요. 털실 자수를 좋아하시나봐요."

점심식사 후, 워버턴 경이 집 구경을 시켜줄 때, 이저벨은 멋진 광경이 펼쳐지는 건 당연지사라고 생각했다. 저택 내부는 상당히 현대화되었는데, 원래의 훌륭한 면모 중 일부는 원형을 잃은 것도 있었다. 하지만 정원으로 나가 폭이 넓은 고요한 해자에서 솟아오른 회색의 견고한 건축물을 바라보자―풍상에 침식된 아주 차분하고 깊이있는 색조였다―이저벨은 전설 속 성에 온 것 같았다. 선선하고 흐린, 올해 처음으로 가을 분위기가 나는 날이었다. 물기 머금은 햇빛이 흐릿하고 무질서한 조명처럼 벽에 내려앉아, 말하자면, 가장 고색이 선명한 곳들을 섬세하게 골라 씻어내렸다. 집주인의 남동생인 교구 주임신부가 점심 자리에 때맞춰 와서 이저벨은 그와 5분 정도 대화를 나눴다. 화려한 교회 의식을 지지하느냐고 묻고[9] 그렇지 않음을 확인하기에 충분한 시간이었다. 로클리의 주임신부는 몸집이 크고 건장했다. 솔직하고 꾸밈없는 얼굴에 먹성이 좋았고, 시도 때도 없이 웃음을 터뜨리는 게 특징적이었다. 이저벨은 나중에 사촌 오빠에게서 그가 서품을 받기 전에는 대단한 레슬러였고, 아직도 상황이 주어지면—말하자면 집안 식구들 정도만 모인 자리에서는—상대를 메다꽂을 수 있다는 이야기를 들었다. 이저벨은 그가 좋았다. 그녀는 모든 게 마음에 들 것만 같은 기분이었다. 하지만 상상력을 아무리 발휘해도 그를 영적인 위안의 원천으로 생각하기는 어려웠다. 점심식사를 마치고 모두 정원에 산책하러 나갔는데, 워버턴 경이 슬쩍 수완을 부려 제일 낯선 손님인 이저벨과 단둘이 산책할 수 있게 만들었다.

"이 집을 제대로, 진지하게 바라봐주셨으면 합니다." 그가 말했다. "이 집과 무관한 잡담을 하느라 주의를 집중하지 못하면 그렇게 하실 수 없잖아요." 기이한 역사를 가진 그 집에 관해서 이저벨에게 많은 이야기를 해주었지만, 그의 담화가 순전히 고고학적인 것만은 아니었고 시시때때로 더 사적인, 본인뿐만 아니라 이저벨에게도 사적인 문제로 다시 돌아갔다. 그리고 약간 뜸을 들이다 일순 표면상의 화제를 꺼냈다. "아, 네, 이 낡은 '막사'가 마음에 드셨다니 정말 기쁩니다. 여기에 한동안 머무르신다면 더 많은 걸 보여드릴 수 있을 텐데요. 누이들이 당신을 무척 좋아해요. 그걸 구실로 삼을 수 있다면요."

"구실 같은 건 필요하지 않아요." 이저벨이 답했다. "하지만 약

---

9 교회의 권위와 예배 의식을 중히 여기는 고교회파냐고 묻는 것.

속을 드릴 수는 없을 것 같네요. 전 이모의 보호하에 있거든요."

"설마 제가 그 말을 액면 그대로 믿을 거라고 생각하시지는 않겠지요. 하고 싶은 건 다 하실 분이라고 확신하는걸요."

"제가 그런 인상을 드렸다면 유감이에요. 그다지 좋은 인상 같지는 않네요."

"제가 희망을 품을 수 있게 해주는 장점은 있지요." 그리고 워버턴 경은 잠시 말을 멈췄다.

"무슨 희망요?"

"앞으로 자주 뵈었으면 하는 희망 말입니다."

"아," 이저벨이 말했다. "그런 바람을 이루기 위해 제가 그렇게 자유인이어야 할 필요는 없답니다."

"물론 아니죠. 하지만 아무래도 터칫 씨가 절 탐탁하게 여기지 않는 것 같더군요."

"잘못 아신 거예요. 이모부가 높이 평가하시는 걸 들은걸요."

"절 화제로 삼으셨다니 기쁩니다." 워버턴 경이 말했다. "아무튼 제가 계속 가든코트를 찾는 걸 좋아하실 것 같지 않아요."

"이모부가 뭘 좋아하시는지 제가 대신 답할 수는 없어요." 이저벨이 대꾸했다. "최선을 다해 좋아하시는 걸 해드리려고 하겠지만요. 하지만 저는 경께서 가든코트에 오시는 게 좋은걸요."

"그게 바로 제가 듣고 싶은 말입니다. 그렇게 말씀하시는 모습에 매료되었어요."

"쉽게 매료되시나봐요, 워버턴 경." 이저벨이 말했다.

"천만에요, 쉽게 매료되지 않아요!" 그러고 나서 그는 잠시 말을 멈추었다. "그런데 당신에게 매료되었어요, 아처 양."

이 진술의 어조에는 어렴풋하게나마 처녀를 놀라게 하는 뭔가가 있었다. 뭔가 심각한 상황의 서곡 같은 느낌이 들었다. 이전에도 그런 어조를 들은 적이 있었고, 곧 알아차렸다. 하지만 당장은 그런 서곡의 후속편을 원치 않았던 터라 그녀는 가능한 한 쾌활하게, 그리고 꽤나 당황했지만 가능한 한 침착하게, 재빨리 다음과 같이 덧붙였다. "이곳을 다시 방문하게 될 거 같지 않아요."

"영원히요?" 워버턴 경이 말했다.

"'영원히'라고는 말하지 않겠어요. 너무 감상적인 기분이 들 테니까요."

"그러면 제가 다음주 언제 뵈러 가도 될까요?"

"물론이지요. 안될 게 뭐가 있겠어요?"

"장애물은 없지요. 하지만 당신 앞에서는 소심해지네요. 언제나 사람들을 요약해 판정을 내리신다는 그런 느낌이 들거든요."

"그래서 꼭 손해를 보시는 건 아니에요."

"그렇게 말씀해주시니 고맙군요. 하지만 제가 득을 본다 해도, 엄정한 판정을 별로 좋아하지 않거든요. 이모님께서 해외로 데리고 나가실 예정인가요?"

"그랬으면 좋겠어요."

"영국으로 충분하지 않나요?"

"아주 마끼아벨리적인 질문이군요. 대답하지 않아도 되겠네요. 전 가능한 한 많은 나라들에 가보고 싶어요."

"그럼 계속 판정을 내리시겠군요."

"즐기기도 해야지요."

"그렇지요, 판정을 제일 즐기시니까. 뭘 하시고 싶은지 모르겠군요." 워버턴 경이 말했다. "당신은 알 수 없는 목표—거창한 계획이 있는 분 같다는 생각이 듭니다."

"황공하게도 저에 대한 가설을 세우셨는데, 제가 전혀 입증할 수 없는 가설이네요. 매년 수많은 미국 사람들이 아주 내놓고 계획해서 실행에 옮기는 목표에 신비스러울 게 뭐가 있겠어요? 해외여행을 통해 정신세계를 계발하는 목표 말이에요."

"아처 양, 당신의 정신세계는 더 계발할 여지가 없어요." 그녀의 말동무가 말했다. "그건 이미 가공할 도구니까. 우리 모두를 내려다보고 있어요. 경멸하는 겁니다."

"경멸이라니요? 절 놀리시네요." 이저벨이 진지하게 말했다.

"글쎄요, 저희를 별나다고 생각하시니 그게 그거지요. 무엇보다도 '별난' 사람 취급을 당하지 않으렵니다. 전 조금도 별나지 않거든요. 항의합니다."

"듣던 중 제일 별난 항의네요." 이저벨은 미소를 띠고 대답했다.

워버턴 경은 잠시 침묵을 지켰다. "당신은 바깥에서만 보고 판단을 내려요. 별 관심이 없어요." 이윽고 그가 말했다. "재미가 있느냐 여부만이 관심사인 거지요." 조금 전 그의 목소리에서 감지된 어조가 다시 나타나 이번에는 명백히 신랄한 어조와 뒤섞였는데, 너무나 갑작스럽고 비논리적인 신랄함이라 그의 기분을 상하게 했나 신경이 쓰였다. 이저벨은 영국 사람들이 대단히 괴팍하다는 이야기를 종종 들었고, 어느 독창적인 작가가 영국 사람들이 속으로는 가장 낭만적인 종족이라고 쓴 걸 읽은 기억을 떠올리기까지 했다.

워버턴 경이 갑자기 낭만주의자라도 된 걸까? 만난 지 세번밖에 안된 처녀에게, 자기 집에서, 구애를 하려는 걸까? 그녀는 그가 아주 예의 바른 사람이라는 판단에 의거해 곧 평정을 되찾았고, 주인의 도리를 하겠거니 믿고 방문한 아가씨에게 애모의 뜻을 표함으로써 예법의 한계선까지 밀고 갔다는 사실이 그런 판단을 훼손하지는 않았다. 예법을 지킬 거라고 그를 믿어주기를 잘했다. 곧 그녀를 불안하게 만든 어조의 흔적도 없이 웃음기 묻은 목소리로 그가 말을 이었다. "물론 하찮은 걸 재미있어한다는 뜻은 아닙니다. 인간성의 약점과 고뇌, 여러 나라의 특성 등 큰 주제를 골라잡으시니까요."

"그런 주제라면," 이저벨이 말했다. "우리 나라에서도 평생의 여흥거리를 찾을 수 있었을걸요. 그런데 마차로 한참 가야 하니까 이모가 곧 가자고 하실 거예요." 이저벨은 다른 사람들이 있는 쪽으로 발길을 돌렸고, 워버턴 경은 아무 말 없이 그녀와 나란히 걸었다. 하지만 다른 사람들이 있는 곳에 다다르기 전에 그가 말했다. "다음주에 만나뵈러 가겠습니다."

그녀는 흠칫할 정도로 놀랐지만 마음을 가라앉히면서 그의 방문이 전적으로 괴로운 일인 척할 수는 없다고 생각했다. 그럼에도 그녀는 워버턴 경의 선언에 꽤나 냉담하게 대답했다. "좋으실 대로 하세요." 그녀의 냉담함은 효과를 계산해서가 아니었다—흠을 잡고 나설 이들이 넘겨짚는 것보다 그녀는 그런 수법을 쓰는 법이 거의 없었다. 그건 막연한 두려움 때문이었다.

10장

이저벨 아처는 로클리에 다녀온 다음날 친구인 핸리에타 스택폴 양으로부터 짤막한 편지 한통을 받았다. 편지 봉투에서 리버풀 소인과 핸리에타의 날렵한 달필을 보자 적잖이 반가운 마음이 들었다. "친애하는 벗에게. 나 여기 도착했어." 스택폴 양이 썼다. "드디어 출발할 수 있게 됐어. 뉴욕을 떠나기 전날밤에야 결재가 났거든. 『인터뷰어』지가 내가 제시한 액수를 받아들인 거야. 노련한 기자처럼 가방에 몇가지 던져넣고 전차로 기선을 타러 갔지. 넌 어디 있니? 어디서 만나면 될까? 성이나 그 비슷한 곳을 구경하고, 이미 정확한 영국식 발음을 구사하고 있을 것 같다. 귀족과 결혼했을 수도 있겠네. 그랬기를 바라는 마음도 없지는 않아. 상류사회 사람들을 알고 싶은데 네가 몇명 소개시켜주었으면 하거든. (이곳의 일반대중에 대한) 나의 인상은 장밋빛이 아니야. 하지만 이런 이야기는 너랑 나눠보고 싶어. 내가 뭐가 됐든 적어도 얄팍하지 않다는 걸 넌 알잖아? 그리고 네게 특별히 하고픈 말도 있고. 가능한 한 빨리 날짜를 정해줘. 런던으로 오거나 (너랑 런던 관광을 하고 싶어 죽겠다) 내가 너한테 갈게. 네가 어디 있든 간에. 기꺼이 그렇게 할 거야. 너도 알다시피 난 모든 것에 관심이 있고, 가능한 한 이곳 삶의 이면을 안에서 보고 싶으니까."

이저벨은 이 편지를 이모부에게 보여드리지 않는 게 낫다고 판단했다. 하지만 대강의 요지는 이야기했고, 예상한 대로 이모부는 가든코트에 손님으로 기쁘게 맞이하겠다는 내용의 초대장을 자신의 이름으로 즉각 보내라고 했다. "글 쓰는 아가씨이긴 하지만," 그가 덧붙였다. "미국 사람이니까 지난번 여류 작가처럼, 날 우스꽝스럽게 그려내려고 하지는 않겠지. 나 같은 사람을 만났을 테니 말이다."

"걔는 이모부같이 멋진 분을 만난 적이 없어요!" 이저벨이 대답했다. 하지만 헨리에타의 재현 본능이 ─ 친구의 특징 중 가장 좋아할 수 없는 일면이 이 점인지라 ─ 불편하지 않은 건 아니었다.

그럼에도 그녀는 헨리에타에게 이모부의 손님으로 환영한다는 편지를 썼다. 동작이 기민한 친구는 곧바로 도착 시간을 알려왔다. 지금은 런던에 있는데 그곳에서 기차를 타고 가든코트에서 가장 가까운 역에 내리겠다고 했다. 이저벨과 랠프는 역에 마중 나가 기다렸다.

"내가 이 아가씨를 좋아하게 될까, 아니면 싫어하게 될까?" 플랫폼을 따라 거닐면서 랠프가 물었다.

"걔는 어느 쪽이 되든 신경 안 쓸걸요." 이저벨이 말했다. "남자들이 자기를 어떻게 생각하는지는 눈곱만큼도 관심이 없으니까."

"그럼 남자들이 싫어하게 마련이지. 틀림없이 괴물에 가깝겠군. 아주 박색이니?"

"천만의 말씀. 아주 이쁜 쪽이랍니다."

"여기자─치마 입은 기자라? 호기심이 샘솟는군." 랠프가 시인했다.

"내 친구를 비웃기는 아주 쉽지만 개처럼 용감하기는 쉽지 않아요."

"내 생각은 달라. 폭행과 인신공격은 약간의 배짱만 있으면 할 수 있지. 날 인터뷰하겠다고 할까?"

"그런 일은 결코 없을걸요. 인터뷰할 만큼 중요한 인물이라고 생각하지 않을 테니까."

"두고 보면 알겠지." 랠프가 말했다. "우리 모두를─우리 번치를 포함해서─묘사한 기사를 자기 신문사로 보낼걸."

"그러지 말라고 해둘 거예요." 이저벨이 답했다.

"그럼 그럴 수도 있다는 거네?"

"얼마든지."

"그런데도 속을 털어놓는 단짝이 된 거야?"

"속을 털어놓지는 않아요. 하지만 결점에도 불구하고 좋아하는 친구예요."

"아, 그래." 랠프가 말했다. "난 장점에도 불구하고 싫어하게 될 것 같은데."

"사흘도 안돼 개와 사랑에 빠질걸."

"그래서 내 연애편지들이 『인터뷰어』지에 실리라고? 맙소사!" 젊은이가 외쳤다.

마침내 기차가 도착했다. 즉시 기차에서 내린 스택폴 양은 약간 촌스럽긴 해도 이저벨이 장담한 대로 꽤 우아하게 예쁜 아가씨로 판명되었다. 그녀는 중키에 통통하지만 균형 잡힌 몸매였다. 동그란 얼굴에 입은 작은 편이고, 고운 피부에 머리 뒤로 옅은 밤색의 풍성한 곱슬머리를 늘어뜨렸는데, 놀란 듯 큰 눈이 특별히 진솔해 보였다. 그녀의 외모에서 가장 두드러진 특징은 그 신체기관으로 뚫어져라 주시한다는 것인데, 그렇다고 무례하거나 도전적인 것은 아니고, 당연한 권리를 성실하게 행사하듯이 눈에 띄는 모든 대상에 눈길이 머물렀다. 그 눈길은 이런 식으로 랠프에게 꽂혔고, 그는 스택폴 양의 우아하고 느긋한 모습에 다소 주춤했다. 흠 잡기가 생각만큼 쉽지 않을 거라는 느낌이 들었기 때문이다. 그녀의 선명한 비둘기 빛깔 드레스는 바스락거리고 반짝거렸으며, 랠프는 그녀가 신간 잡지의 첫호처럼 빳빳하고 새롭고 종합적임을 단박에 알 수 있었다. 머리에서 발끝까지 오자 하나 없으리라. 그녀는 청아한 고음으로 말했다. 낭랑하지는 않지만 큰 목소리였다. 그러나 터칫 씨의 마차에 동행들과 자리를 잡고 나서는 표제로만 이뤄진 사람은 아니라는 인상을 받았다. 랠프는 머리기사의 끔찍한 활자 같은 느낌일 거라고 예상했던 것이다. 그녀는 이저벨의 질문에 ─ 랠프도 대화에 가끔 끼어들었다 ─ 풍부한 어휘를 구사하며 명료하게 대답했다. 나중에 터칫 씨와 인사를 나눈 다음 ─ 그의 아내는 손님을 맞을 필요를 느끼지 못했다 ─ 가든코트의 서재에서 자신감의 용량이 얼마나 큰지 보여주었다.

"우선 터칫 씨 자신이 스스로를 미국인이라고 생각하시는지, 영국인이라고 생각하시는지 알고 싶네요." 그녀가 말문을 열었다. "일단 그걸 확인하고, 그에 준해 말하면 되니까요."

"어느 쪽으로든 말만 걸어주시면 저야 황공하죠."

그녀는 뚫어져라 그를 바라보았는데, 그 눈은 광낸 커다란 단추, 견고한 용기의 고무 고리를 고정시키는 데 쓸 수도 있을 단추 모양의 장식을 연상케 했다. 그 눈동자에 주변 사물이 반영되는 게 보이는 것 같다고 랠프는 생각했다. 단추 같다는 표현을 흔히 사람에게 쓰지 않지만, 스택폴 양의 응시에는 주목받는 것을 싫어하는 그를 당혹스럽게 하는 뭔가가 있었다. 자신이 원하는 것보다 더 침범당하고 침해당하는 느낌이라고 할까. 이런 느낌은 하루 이틀이 지나자 현저하게 줄어들었다고 덧붙여야겠지만 완전히 사라지지는 않았다. "당신이 미국인이라고 절 설득하려는 시도도 하지 않으실 테죠." 그녀가 말했다.

"원하신다면 영국인이 될게요. 터키인도 될 수 있어요!"

"글쎄요, 그런 식으로 바꿀 수 있다면 맘대로 하세요." 스택폴 양이 되받았다.

"모든 걸 이해하시는 게 분명하니 국적의 차이가 장애물이 될 리 없지요." 랠프가 말을 이었다.

스택폴 양은 여전히 뚫어져라 그를 쳐다보았다. "외국어는 장애가 안된다는 건가요?"

"언어는 아무것도 아니에요. 저는 정신을, 각 나라의 정신을 말하는 겁니다."

"무슨 말씀인지 모르겠군요." 『인터뷰어』지의 특파원이 말했다. "하지만 떠나기 전까지는 알게 되겠죠."

"우리 오빠는 말하자면 세계주의자야." 이저벨이 끼어들었다.

"그건 모든 걸 조금씩 취할 뿐 어떤 것도 중요하게 여기지 않는다는 뜻이겠지. 애국심은 자선과 비슷하다고 말하지 않을 수 없네. 애국심도 집에서 시작하는 거야."

"아, 그런데 집은 어디서 시작하나요, 스택폴 양?" 랠프가 물었다.

"어디서 시작하는지는 모르지만, 어디서 끝나는지는 알아요. 제가 여기 도착하기 아주 오래전에 끝났지요."

"여기 와보니 좋지 않은가?" 터칫 씨가 노인의 천진한 목소리로 물었다.

"글쎄요, 제가 어떤 입장을 취할지 아직 마음을 정하지 못했어요. 아주 답답한 느낌이에요. 리버풀에서 런던으로 가는 중에 그런 느낌이 들었어요."

"기차 칸이 붐볐겠지요." 랠프가 끼어들었다.

"그랬어요, 하지만 다 친구들이었거든요. 기선에서 알게 된 우리 나라 사람들—아칸소 주의 리틀록에서 온 유쾌한 사람들이었지요. 그런데도 답답하더라고요. 뭔가 죄어오는데 그게 뭔지 알 수가 없었어요. 애초부터 이곳 환경이 저하고 맞지 않을 거라는 느낌이 들었어요. 하지만 제가 환경을 만들어나가야 하겠지요. 그게 맞아요—그럼 숨을 쉴 수 있게 돼요. 이곳 경치는 정말 매력적인 것 같아요."

"아, 우리도 유쾌한 사람들이거든요!" 랠프가 말했다. "좀 두고 보면 아실 거예요."

스택폴 양은 얼마든지 기다릴 용의가 있는 것 같았고, 가든코트에 상당 기간 머물 의향이 있는 게 분명했다. 아침나절은 기사 쓰는 데 할애했지만, 그럼에도 이저벨은 친구와 많은 시간을 보낼 수 있었다. 하루치의 일을 마치고 나면 스택폴 양은 혼자 시간을 보내는 걸 싫어했고, 사실상 거부했기 때문이었다. 이저벨은 곧바로 그들이 머물고 있는 곳의 매력을 지면으로 세상에 알리는 일을 삼았으면 한다는 뜻을 밝혔다. 스택폴 양이 도착하고 이틀째 되는 날 그녀가 단정하고 명료한 필체로 (우리의 여주인공에게 학창 시절의 기억으로 남은 습자책 필체였다) '미국인들과 튜더 왕가의 사람들 ── 가든코트 단상'이라는 제목으로 『인터뷰어』지에 보낼 기고문을 쓰고 있는 걸 발견했기 때문이다. 문제 될 것이 전혀 없다고 생각한 스택폴 양은 이 글을 이저벨에게 읽어주려고 했는데, 이저벨이 즉각 이의를 제기했다.

"그건 곤란해. 이곳을 묘사하는 글을 쓰면 안된다고 봐."

헨리에타는 보통 때처럼 그녀를 지긋이 쳐다보았다. "왜 안된다는 거야. 사람들은 이런 기사를 원해. 그리고 여긴 너무 아름답잖아."

"신문에 내기에는 너무나 아름답지. 우리 이모부가 원하지도 않으시고."

"정말 그러실까!" 헨리에타가 열을 내서 말했다. "신문에 난 다음에는 모두들 얼마나 좋아하는데."

"우리 이모부는 좋아하지 않으실 거야. 사촌 오빠도 마찬가지고. 손님에게 뒤통수를 맞았다고 생각하실걸."

스택폴 양은 당황한 기색을 보이지 않았다. 그녀는 펜을 아주 깨

끗이 닦아내고는 — 그런 용도로 쓰는 작고 우아한 도구가 있었
다 — 원고를 치웠다. "물론 네 생각이 그렇다면 안해. 하지만 난 아
름다운 주제를 포기하는 거야."

"다른 주제는 얼마든지 있어. 주변에 널려 있어. 밖으로 나가자.
정말 매력적인 풍경을 보여줄게."

"풍경 묘사는 내 분야가 아니야. 내 관심사는 언제나 사람이야.
너도 알다시피 난 진짜 인간적이잖아, 이저벨. 언제나 그랬어." 스
택폴 양이 말을 이었다. "네 사촌 오빠 이야기를 쓰려고 했어. 소외
된 미국인으로 말이야. 요즘 소외된 미국인이 초미의 관심사인데,
네 오빠가 멋진 사례잖아. 본때를 보여줄 작정이었는데."

"그건 우리 오빠를 죽이는 일이야!" 이저벨이 외쳤다. "네가 본
때를 보여줘서가 아니라 신문에 이름이 나서 죽고 싶어할걸."

"그래, 죽이고 싶은 마음이 조금 들기도 해어. 그리고 네 이모부
를 묘사하고 싶었어. 훨씬 더 숭고한 타입이지 — 아직도 신실한
미국인. 기품 있는 노인이셔. 내가 경의를 표하겠다는데 반대하신
다는 게 이해가 안된다."

이저벨은 놀라움에 사로잡혀 친구를 바라보았다. 그녀가 높이
평가하는 자질을 그렇게 많이 갖춘 사람이 때때로 맹점을 드러낸
다는 게 이상했다. "어휴, 헨리에타, 넌 사생활의 '사' 자도 몰라."

헨리에타의 얼굴이 새빨갛게 달아올랐고 한순간 빛나는 눈에
눈물이 번졌다. 이저벨은 대체 왜 그러는지 영문을 몰랐다. "그건
부당한 말이야." 스택폴 양이 위엄 있게 말했다. "난 개인적인 이야
기를 늘어놓은 적이 한번도 없어."

"그건 정말 그래. 그러면 다른 사람들의 개인사를 다루는 것도
삼가야 한다는 생각이 든다."

"아, 그거 좋은 말이다!" 헨리에타는 외치면서 다시 펜을 잡았다. "메모해놓고 나중에 써먹어야지." 그녀는 정말이지 무던한 여자였다. 그리고 반시간 후에는 기삿거리가 없는 여기자치고는 꽤 기분이 명랑해졌다. "영국의 사회상을 다루기로 했거든." 그녀가 이저벨에게 말했다. "그런데 아이디어를 얻지 못하면 어떻게 그 일을 할 수 있겠어? 이곳을 소재로 기사를 쓸 수 없다면 그렇게 해도 될 곳을 알려주렴." 이저벨은 생각해보겠다고 약속했고, 그다음 날, 친구와 대화를 나누는 중에 워버턴 경의 고택을 방문한 일을 우연히 언급했다. "아, 나 좀 거기 데리고 가줘. 내가 원하는 게 바로 그런 곳이야!" 스택폴 양이 외쳤다. "귀족도 만나보고 해야 하거든."

"내가 데리고 갈 수는 없어." 이저벨이 말했다. "하지만 워버턴 경이 온다고 했으니까 만나서 관찰할 기회는 있을 거야. 다만 그 사람 말을 기사로 옮길 작정이라면 그에게 경고해둘 거야."

"그러지 마." 그녀의 친구가 간청했다. "난 있는 그대로의 모습을 보길 원해."

"영국 사람은 입을 꾹 다물고 있을 때 가장 그대로의 모습인 거야." 이저벨이 말했다.

랠프는 손님과 상당히 많은 시간을 보냈다. 하지만 사흘이 지나도 이저벨이 예견한 대로 그녀에게 마음을 빼앗긴 것 같지는 않았다. 그들은 경내를 산책했고, 나무 아래 앉아 시간을 보냈으며, 템스 강을 따라 거닐기 쾌적한 오후에는 여태껏 말동무가 하나뿐이었던 랠프의 보트에 스택폴 양도 한 자리를 차지했다. 사촌의 존재가 그의 감각에 완전히 녹아들면서 자연스럽게 감정적인 동요를 일으킨 것과는 달리 헨리에타는 랠프가 기대한 것만큼 사랑스러운 분자로 녹아들지 않았다. 『인터뷰어』지 특파원은 그에게 재미를

선사했다. 그는 더해지는 재미를 폐병으로 쇠락해가는 나날들의
대미로 삼기로 이미 오래전에 마음먹었다. 헨리에타로 말하자면,
남성적 관점에 무관심하다는 이저벨의 공언에 대체로 부응하지 못
했다. 그녀가 가없은 랠프를 성가신 문제로, 해결하려고 나서지 않
으면 거의 부도덕한 느낌이 드는 문제로 받아들였기 때문이다.

"네 사촌 오빠, 하는 일이 뭐야?" 그녀는 도착한 그날 저녁에 이
저벨에게 물었다. "주머니에 손을 넣고 하루 종일 빈둥거리는 게
일이야?"

"아무 일도 안해." 이저벨이 미소를 지었다. "여가가 많은 신사
거든."

"아, 그건 부끄러운 일 아냐? 난 버스 차장처럼 일해야 하는데."
스택폴 양이 대답했다. "만천하에 폭로하고 싶어."

"건강이 안 좋아. 일을 할 수 있는 상태가 아냐." 이저벨이 역설
했다.

"피! 그 말을 어떻게 믿어. 난 아파도 일한다." 그녀의 친구가 말
했다. 나중에 수상 파티에 합류하기 위해 보트에 올라타면서 그녀
는 랠프에게 자기가 미워서 물에 빠뜨리고 싶지 않느냐고 말을 걸
었다.

"아, 천만에요," 랠프가 말했다. "난 천천히 괴롭히는 걸 좋아하
거든요. 게다가 당신은 아주 흥미로운 사례니까."

"그래요, 당신은 정말 골칫거리예요. 하지만 난 당신의 모든 편
견을 흔들어버릴 거예요. 그게 위안이 되네요."

"편견이라고요? 난 먹고 죽으려고 해도 편견이 없어요. 당신은
지적 빈곤이라고 하시겠지만."

"그러니 더 부끄러운 줄 아셔야지. 난 기막히게 멋진 편견들이

있어요. 물론 당신이 사촌 누이동생과 노닥거리는 걸 — 당신은 그걸 뭐라고 하는지 모르지만 — 제가 훼방 놓고 있지요. 그래도 난 상관 안해요. 당신의 본색을 드러내 이저벨에게 보여줄 테니까요. 당신이 얼마나 싱거운 사람인지 이저벨이 알게 될걸요."

"아, 정말 그러면 좋겠네." 랠프가 소리내서 말했다. "그런 수고를 해주는 사람이 거의 없었으니까."

이런 임무를 자임한 스택폴 양은 수고를 아끼지 않는 것처럼 보였다. 기회가 있을 때마다 대개는 질문 공세라는 자연스러운 수단에 의지해서 말이다. 다음날은 날씨가 궂었다. 오후가 되자 랠프는 실내에서 즐거운 시간을 보내게 해줄 양으로 그녀에게 그림들을 보여주겠다고 했다. 헨리에타가 그와 함께 긴 회랑을 거니는 동안 그는 주요 소장품을 가리키면서 화가와 화제畵題 들을 언급했다. 스택폴 양은 아무 말 없이, 아무런 견해도 밝히지 않고, 그림들을 감상했다. 가든코트를 방문하는 사람들이 으레 남발하는 소소하고 진부한 감탄사들을 그녀가 입에 올리지 않는 게 랠프는 마음에 들었다. 공정하게 말하자면, 정말이지 이 젊은 숙녀는 상투적인 문구를 즐겨 쓰지 않았다. 그녀의 말투에는 뭔가 진지하고 독창적인 데가 있었다. 토의에 열중할 땐 가끔씩 고급한 교양을 갖춘 사람이 외국어로 이야기하는 것처럼 보이기도 했다. 랠프 터칫은 나중에 그녀가 대서양 저편에서 출간되는 잡지의 미술평론가로 활동한 적이 있다는 사실을 알게 되었다. 그럼에도 불구하고 그녀는 전혀 감탄사라는 잔돈을 주머니에 넣고 다니는 것 같지 않았다. 아주 매력적인 컨스터블[10]의 그림 한점을 그녀에게 눈여겨보라고 말하자 그

---

10 존 컨스터블(John Constable, 1776~1837). 영국의 풍경화가.

녀는 갑자기 몸을 돌려 그가 그림이라도 되는 것처럼 쳐다보았다.

"언제나 이런 식으로 시간을 보내나요?" 그녀가 다그쳤다.

"이렇게 즐겁게 보내는 적은 거의 없죠."

"아니, 제가 무슨 말을 하는지 알잖아요. 본업이 없느냐고요."

"아," 랠프가 말했다. "전 세상에서 가장 한가한 사람이랍니다."

스택폴 양은 다시 컨스터블의 그림을 응시했고, 랠프는 그 그림 옆에 걸린 랑크레[11]의 소품으로 그녀의 관심을 돌렸다. 높은 주름 칼라가 달린, 몸에 딱 붙는 상의에 긴 양말을 신고 님프 조각상 받침대에 기대 풀밭에 앉은 두 귀부인에게 기타를 쳐주고 있는 신사를 묘사한 작품이었다. "저게 내가 생각하는 이상적인 본업입니다."

스택폴 양은 다시 그를 바라보았다. 눈길은 그림에 머물렀지만 화제畵題가 그녀의 관심을 사로잡지 못했음을 알 수 있었다. 훨씬 더 심각한 생각에 빠져 있었던 것이다. "어떻게 양심에 거리끼지 않는지 알 수가 없군요."

"친애하는 숙녀시여, 전 양심이 없답니다!"

"그래요, 하나 키워보세요. 다음에 미국에 갈 때 필요할 테니까."

"다시는 가지 않을 거 같은데요."

"자신을 드러내기가 부끄러운가보죠?"

랠프는 온화하게 웃으면서 생각에 잠겼다. "양심이 없다면 수치도 없겠죠."

"글쎄요, 자신만만하시네요." 헨리에타가 말했다. "조국을 포기하는 게 옳다고 생각하세요?"

"아, 자기 할머니와 관계를 끊을 수 없듯이 조국도 버릴 수 없어

11 니꼴라 랑크레(Nicholas Lancret, 1690~1743). 프랑스의 화가.

요. 둘 다 선택 이전의 문제이고, 제거할 수 없는 각자의 구성요소니까요."

"시도는 해보았는데 실패했다는 뜻으로 들리네요. 이곳 사람들은 당신을 어떻게 생각하나요?"

"아주 좋아하지요."

"그 사람들한테 굽실거리니까 그렇겠지요."

"아, 타고난 제 매력도 조금 작용했다고 해주시지!" 랠프가 한숨을 쉬었다.

"그런 건 전혀 못 느끼겠네요. 당신에게 매력이 있다면 인위적인 거예요. 전적으로 습득한 것, 아니면 여기 살면서 습득하려고 노력한 거죠. 성공했다고 말씀드리지는 못하겠네요. 어쨌거나 제가 높이 평가하는 매력은 아니니까. 매력 같은 건 어떤 식으로든 쓸모 있는 사람이 되고 난 다음에 이야기합시다."

"그럼 이제부터 제가 뭘 해야 할지 말씀해주시죠."

"우선 곧바로 본국으로 돌아가요."

"그래요, 알았어요. 그러고 난 다음에는?"

"뭔가를 꽉 붙잡아요."

"그런데 그 뭔가가 뭔가요?"

"꽉 붙잡기만 한다면 아무거나 좋아요. 새로운 아이디어나 뭔가 중요한 사업 ─ 어떤 거라도 좋아요."

"꽉 붙잡는 게 상당히 어렵겠죠?"

"마음만 있으면 어려울 것도 없죠."

"아, 마음." 랠프가 말했다. "내 마음에 달려 있다면 ─!"

"마음이 없나보죠?"

"며칠 전까지 하나 있었는데 지금은 잃어버렸어요."

"진지하지 않군요." 스택폴 양이 말했다. "바로 그게 문제예요."
이렇게 결론을 내리고도 하루나 이틀 후 그가 그 주제로 돌아가자
그녀는 다시 응대를 했다. 이번에는 그녀의 불가사의한 편견의 원
인을 다른 데로 돌렸다. "당신의 문제가 뭔지 알겠어요, 터칫 씨."
그녀가 말했다. "결혼하기에는 당신이 너무 아깝다고 생각하는 거
예요."

"당신을 알기 전에는 그렇게 생각했어요, 스택폴 양." 랠프가 대
답했다. "당신을 알고 난 다음 돌연 마음이 바뀌었답니다."

"아, 뭐예요!" 헨리에타가 신음 소리를 냈다.

"그러고 나자 내가 결혼할 만큼 훌륭한 사람이 못된다는 생각이
들지 뭡니까." 랠프가 말했다.

"결혼하면 나아질 거예요. 무엇보다 결혼은 당신의 의무예요."

"아," 젊은이가 외쳤다. "의무가 너무 많네! 결혼도 의무란 건
가요?"

"물론이지요. 그것도 몰랐어요? 결혼은 모든 사람의 의무예요."

랠프는 잠시 생각에 잠겼다. 실망스러웠다. 그는 스택폴 양의 어
떤 점을 좋아하게 됐다. 매력적인 여자는 아니지만 적어도 아주 훌
륭한 '타입'이라는 생각이 들었던 것이다. 기품은 부족하지만, 이
저벨이 말했듯, 용기가 있었다. 반짝이 옷을 입은 맹수 조련사처럼
우리에 들어가 채찍을 휘두를 수 있는 여자였다. 그녀는 저속한 술
책이나 부릴 여자가 아니었다. 하지만 이 마지막 발언은 가락이 맞
지 않는 소리를 냈다. 적령기의 처녀가 매인 데 없는 남자에게 결
혼하라고 역설할 때, 그걸 이타적 충동의 소산이라고만 설명할 수
는 물론 없으니 말이다.

"아, 그래요, 의무에 대해서는 토론할 여지가 많지요." 랠프가 대

꾸했다.

"토론의 여지는 있겠지만, 요점은 그거예요. 내 짝이 될 만한 여자가 없다는 듯 혼자 돌아다니는 게 배타적이라고 하지 않을 수 없네요. 세상 누구보다 잘났다고 생각하시는 건가요? 미국에서는 결혼을 한답니다."

"그게 제 의무라면," 랠프가 물었다. "당신의 의무이기도 하다는 유추도 가능하지 않나요?"

스택폴 양의 눈이 깜빡거리지 않고 햇빛을 받았다. "제 논리에서 하자를 찾겠다는 어리석은 희망을 품으셨나보죠? 물론 저도 다른 사람과 마찬가지로 결혼할 권리가 있죠."

"그렇다면," 랠프가 말했다. "당신이 미혼이라 애가 탄다고 하지는 말아야겠군요. 오히려 즐거운걸요."

"아직도 진지하지 않군요. 진지하기는 영 글렀어요."

"혼자 돌아다니는 걸 그만두겠다고 당신에게 고백하는 날에는 제가 진지하다고 믿어줄 건가요?"

스택폴 양은 그런 질문에 짐짓 호응할 듯한 태도로 그를 잠시 바라보았다. 그런데 놀랍게도 이런 표정이 갑자기 경계심, 아니 분노로 굳어졌다. "아니요, 그때조차 못 믿어요." 그녀는 냉담하게 말했다. 그리고 자리를 떴다.

"네 친구와 사랑에 빠지게 되지는 않더라." 그날 저녁 랠프가 이저벨에게 말했다. "그 문제를 놓고 오늘 아침 한참 이야기를 나눴는데도 말이야."

"걔가 기분 나빠할 말을 했더군요."

랠프는 눈을 크게 떴다. "네게 불평하디?"

"여자를 대하는 유럽인들의 태도에는 아주 저급한 게 있다고 했어요."

"날 유럽인이라고 하든?"

"최악의 유럽인 중 하나라고 하던데. 미국인이라면 결코 입에 담
지 않았을 그런 말을 오빠가 했다고. 오빠가 뭐라고 했는지 옮기지
는 않더라고요."

랠프는 호탕하게 웃음을 터뜨렸다. "네 친구 정말 특이한 조합이
네. 내가 연애를 건다고 생각한 거야?"

"아니, 미국 사람들도 연애는 걸어요. 자기가 한 말의 의도를 오
빠가 오해한 다음 불량한 의미로 해석했다고 생각하는 것 같았어."

"청혼하는 것 같아서 받아들였는데. 그게 불량하단 말인가?"

이저벨이 생긋 웃었다. "나한테 불량한 거잖아요. 난 오빠가 결
혼하는 거 원치 않으니까."

"사촌 아가씨, 아가씨들 등쌀에 어디 살겠나?" 랠프가 물었다.
"스택폴 양은 결혼이 내 본분이고, 내 본분을 다하도록 하는 게 일
반적인 의미에서 자기의 본분이라고 했어!"

"책임감이 강하거든요." 이저벨이 진지하게 말을 받았다. "정말
그래요. 그게 걔가 하는 모든 말의 동기이기도 하고. 난 그 점이 좋
아요. 너무 많은 걸 오빠 혼자만 즐기는 건 옳지 않다고 생각하는
거예요. 그게 걔가 하고픈 말이었어, 오빠의 관심을, 관심을 끌려고
한 말로 생각했다면 정말 오산이에요."

"네 친구가 이상한 방식으로 말한 건 사실이야. 하지만 정말 내
관심을 끌려고 그런다고 생각했거든. 저열하기 짝이 없는 날 용서
하렴."

"오빠는 너무 오만하다니까. 헨리에타에겐 사심이라고는 없어
요. 오빠가 자기를 그렇게 생각하리라는 건 상상도 못해요."

"그런 여자들과 대화를 하려면 아주 겸손해야겠군." 랠프가 겸허하게 말했다. "하지만 아주 이상한 타입이야. 남의 일에 너무 나대거든. 다른 사람들이 자기 일에 간섭하는 걸 원하지 않는다는 걸 고려하면 말이야. 노크도 없이 불쑥 들어오는 격이지 뭐냐."

"그래요," 이저벨이 인정했다. "현관문에 노커[12]가 있다는 걸 충분히 염두에 두지는 않아요. 사실 개가 그런 걸 다소간 과시적인 장식물로 여기지 않는다고 장담할 수는 없어요. 현관문은 조금 열어두어야 한다고 생각할걸. 그래도 난 개가 좋아요."

"난 네 친구가 너무 무람없이 군다는 생각을 고수하련다." 스택폴 양에게 이중으로 속았다는 느낌에 당연히 다소간 불편해진 랠프가 되받았다.

"그래요," 이저벨이 웃으면서 말했다. "난 개가 좀 통속적이어서 좋아하는 거 같기도 해요."

"그 말을 들으면 꽤나 좋아도 하겠다!"

"개한테 말할 거면 그런 식으로 표현하지는 않겠지. '민중'의 어떤 면모가 엿보이기 때문이라고 말하지요."

"민중에 대해 네가 아는 게 뭔데? 스택폴 양은 또 뭘 아는데?"

"갠 아주 많이 알아요. 그리고 나도 개가 위대한 민주주의의, 그 대륙, 그 지역과 국가가 구현하는 일종의 발현물이라고 느낄 만큼은 알고 있어요. 개가 그 모든 걸 압축하고 있다는 말은 아니고. 그건 지나친 요구겠죠. 하지만 개는 그런 걸 암시하고 생생하게 표상하기도 해요."

"그럼 애국적인 이유로 그녀를 좋아하는 거네. 난 바로 그런 것

12 문 두드리는 고리쇠.

때문에 네 친구가 거북한데."

"아," 이저벨이 기쁨에 찬 듯한 한숨을 토하며 말했다. "난 좋은 게 너무 많은데. 뭐든 강렬하게 부딪혀오면 난 그걸 받아들여요. 뽐낼 마음은 없지만 난 좀 융통성이 많은 거 같아. 난 헨리에타와 전혀 다른 사람들도 좋거든요. 예컨대, 워버턴 경의 누이동생 같은 사람들도. 몰리뉘 자매를 보고 있으면 이상적이라는 생각이 들어요. 그런데 헨리에타가 나타나면 곧바로 걔한테 설득당하거든요. 걔 자신이 아니라 걔 뒤에 있는 민중 때문에."

"아, 친구의 뒤태를 말하는 거야?" 랠프가 제안했다.

"걔 말이 맞네." 사촌 여동생이 대답했다. "오빠는 진지해질 수 없나봐. 난 저 강들 너머, 평원을 가로질러 뻗어 있는 위대한 나라를 사랑해요. 꽃을 피우고 환하게 퍼져나가다 마침내 푸른 태평양에서 멈추죠! 강렬하고 달콤하고 신선한 향기가 바다에서 퍼져나가요. 그런데 헨리에타의 옷자락에는—이런 비유를 써도 될지 모르지만—그런 향기 비슷한 게 묻어 있거든요."

이런 발언을 마치고 이저벨은 약간 홍조를 띠었는데, 홍조와 홍조를 만들어낸 순간적인 열정이 너무나 그녀다워서 랠프는 이저벨이 말을 마치고 난 다음에도 잠시 웃으면서 서 있었다. "태평양이 그 정도로 푸른지는 모르겠다만," 랠프가 말했다. "넌 상상력이 풍부한 아가씨야. 어쨌든 헨리에타에게서는 미래의 냄새가 나—그 냄새 때문에 거의 기절할 지경이다!"

11장

　이런 일이 있은 후 랠프는 스택폴 양이 사생활을 심하게 침해하는 듯싶더라도 오해하지 않기로 마음먹었다. 그녀는 사람을 단순하고 동질적인 존재로 보는데, 그로 말하자면 엄밀한 의미에서 그녀의 상대가 될 자격을 갖췄다고 하기에는 너무나 왜곡된 인간성의 견본이라고 생각하기로 한 것이다. 그가 이런 생각을 매우 요령 있게 실행에 옮겨서, 그를 다시 만난 젊은 숙녀는 당당하게 캐묻는 재능을 발휘하고, 자기의 확신을 일반적으로 적용하는 데 아무런 어려움을 겪지 않았다. 가든코트에서의 그녀의 상황은 ─ 우리가 이미 알고 있듯이 이저벨에게 진가를 인정받고 이저벨이라는 인물을 영혼의 자매로 받아들여 지적인 교제를 하는데다 고상한 말투의 터칫 씨에 대해서는 전적으로 지지하는 편안한 존경심으로 충만했으므로 ─ 완벽하게 편안할 수 있었으리라. 애초에 그 집의 안주인으로 '인정'할 의무가 있다고 생각한 왜소한 터칫 부인에 대한 억누를 수 없는 불신만 아니었다면 말이다. 그녀는 곧 사실상 이런 의무감을 느낄 필요가 거의 없으며 터칫 부인은 스택폴 양이 예의를 갖추든 말든 상관하지 않는다는 사실을 알게 되었다. 터칫 부인은 이저벨에게 그녀의 친구가 모험가이지만 따분하다고 말했다. 모험가란 대체로 더 큰 스릴을 제공하는 법이다. 그녀는 조카딸이 그런 친구를 둔 데 짐짓 놀라움을 표시했다. 하지만 누구를 친구로 삼느냐는 이저벨이 알아서 할 일이고, 자신은 그녀의 친구들을 모두 좋아하거나 자신이 좋아하는 사람들로 제한하려고 하는 건 아니라고 했다.

"너보고 내 맘에 드는 사람만 만나라고 하면, 얘야, 알고 지낼 사람들이 몇 안될 거야." 터칫 부인이 솔직히 인정했다. "네게 소개해줄 만큼 내가 좋아하는 사람은 남녀를 불문하고 한명도 없어. 소개는 중요한 문제니까. 난 스택폴 양이 마음에 들지 않는다. 모든 게 다 거슬리는 처녀야. 너무 목소리가 크고 너무 말이 많은데다 누가 자기를 보고 싶어하는 듯 빤히 쳐다보거든. 누가 보고 싶다나. 평생을 하숙집에서 살아온 게 분명한데, 난 그런 곳의 관습과 무람없는 처신을 혐오해. 내 매너를 선호하느냐고 묻는다면―물론 넌 날 무례하다고 생각하겠지만―훨씬 낫다고 대답할 거다. 스택폴 양은 내가 하숙집 문화를 혐오한다는 걸 알고 있고, 그런 이유로 날 싫어하지. 하숙집 문화를 최고급으로 생각하니까. 아마도 가든코트가 하숙집이면 더더욱 마음에 들어할걸. 나한테는 이미 너무 하숙집 같은데! 따라서 우리가 사이좋게 지낼 수는 없어. 그러니 애쓸 거 없다."

터칫 부인은 헨리에타가 자기를 못마땅히 생각한다는 사실은 옳게 추측했지만, 그 이유를 제대로 짚지는 못했다. 스택폴 양이 도착하고 얼마 안돼서, 터칫 부인은 미국의 호텔을 깎아내리는 발언을 했는데, 직업상 미국에서 모든 형태의 숙박업소를 섭렵한『인터뷰어』지의 특파원이 흥분해서 반론에 열을 올렸다. 헨리에타는 미국의 호텔이 세계에서 가장 훌륭하다고 했고, 미국의 호텔과 다시 한번 씨름해야 했던 기억이 생생한 터칫 부인은 최악이라고 단언했다. 랠프는 두사람의 화해를 위해, 실험적으로 그리고 온화하게, 진실은 두 극단 사이에 놓여 있고, 따라서 문제가 되는 시설은 대체로 중간은 되는 거 아니냐고 했다. 하지만 스택폴 양은 토론에 대한 그의 공헌을 냉소적으로 거부했다. 중간은 된다니! 세계에서 최고가 아니면 최악이지, 미국 호텔에 중간이란 없다는 것이다.

"우리가 다른 관점에서 판단을 내리는 건 분명하네." 터칫 부인이 말했다. "난 개인으로 대우받고 싶은데 아가씨는 '패거리'의 일원이 되고 싶은 모양이네."

"무슨 말씀인지 모르겠네요." 헨리에타가 대꾸했다. "전 미국의 숙녀로 대우받고 싶은 거예요."

"가엾은 미국의 숙녀들!" 터칫 부인이 코웃음을 치며 말했다. "노예 중의 상노예지."

"자유인들의 동반자예요." 헨리에타가 받아쳤다.

"하인들의 동반자겠지. 아일랜드에서 건너온 식모와 흑인 웨이터. 함께 일을 하니까."

"미국 가정의 하인을 노예라고 하시는 건가요?" 스택폴 양이 물었다. "그 사람들을 노예로 취급하고 싶어하신다면 미국이 싫은 게 당연하네요."

"좋은 하인이 없으면 사는 게 괴롭지." 터칫 부인이 차분하게 답했다. "미국의 하인들은 아주 형편없어. 난 피렌쩨에 완벽한 하인이 다섯이나 있지."

"뭣하러 다섯씩이나 필요한지 모르겠네요." 헨리에타는 참지 못하고 한마디 했다. "하인 노릇 하는 사람이 다섯이나 날 둘러싸고 있는 건 사양하겠어요."

"나로서는 그 사람들이 다른 지위를 갖는 것보다 하인 노릇 해주는 게 더 좋거든." 터칫 부인이 의미심장하게 이렇게 선언했다.

"내가 당신 집 집사라면, 날 더 좋아해주려나, 여보?" 그녀의 남편이 물었다.

"그럴 것 같지 않네요. 당신은 전혀 집사다운 풍채가 없잖아요."

"자유인들의 동반자라 ― 좋은데요, 스택폴 양!" 랠프가 말했다. "멋진 표현이에요."

"제가 자유인이라고 했을 때 댁을 의미한 건 아니에요!"

랠프가 찬사를 바쳐서 얻은 보답은 고작 이것이었다. 스택폴 양은 이해할 수가 없었다. 봉건주의의 불가사의한 잔재라고 자신이 속으로 생각하는 계층을 터칫 부인이 높이 평가하고 나선 게 역적질 같다고 생각하는 게 분명했다. 이런 생각이 마음을 짓눌렀기 때문인지 그녀는 며칠이 지나서야 이저벨에게 말을 꺼낼 기회를 잡았다. "이저벨, 네가 믿음을 저버리는 건 아닌가 하는 생각이 든다."

"믿음을? 너에 대한 믿음을 저버렸단 말이야, 헨리에타?"

"아니, 그것도 마음은 많이 아프겠지만, 그건 아니야."

"그럼 우리 나라에 등을 돌렸다고?"

"아, 절대로 그렇지 않기를 바라야지. 내가 리버풀에서 편지했을 때 너한테 특별히 할 이야기가 있다고 했었지. 넌 그게 뭐냐고 묻지 않았어. 눈치를 채고 그런 거야?"

"눈치채다니? 난 눈치코치가 없는 편인데?" 이저벨이 말했다. "네가 편지에 그렇게 썼다는 건 이제 기억이 난다만, 까먹었나봐. 할 말이 뭐였는데?"

헨리에타는 실망한 기색이었다. 뚫어져라 바라보는 시선에서 실망감이 묻어났다. "질문을 그렇게 해서는 안되지. 중요한 일로 생각하고 물어야지. 넌 변했어. 마음이 딴 데 가 있는 거야."

"무슨 뜻인지 설명해봐. 그럼 생각해볼게."

"정말 생각해볼래? 내가 다짐받고 싶은 건 그거야."

"생각을 내 마음대로 할 수 있는 건 아니지만 최선을 다해볼게." 이저벨이 말했다. 헨리에타는 이저벨의 참을성을 시험할 정도로 오랫동안 아무 말 없이 그녀를 주시했다. 그래서 우리의 여주인공이 급기야 이렇게 덧붙였다. "너 결혼하려는 거야?"

"유럽을 다 보기 전에는 어림없어!" 스택폴 양이 말했다. "왜 웃는 거야?" 그녀가 말을 이었다. "나 굿우드 씨와 기선을 같이 타고 왔다는 말을 하려는 거야."

"아!" 이저벨의 반응이었다.

"그건 적절한 반응이네. 나 그 사람과 많은 이야기를 나눴어. 널 따라 대서양을 건넌 거라더라."

"그 사람이 그렇게 말하디?"

"아니, 아무 말도 하지 않았어. 그래서 알았지." 헨리에타가 재치 있게 말했다. "그 사람은 네 이야기를 거의 하지 않았어. 주로 내가 했지."

이저벨은 기다렸다. 굿우드라는 이름이 나오자 그녀는 약간 창백해졌다. "그러지 않았으면 좋았을 뻔했다." 그녀는 마침내 자신의 생각을 말했다.

"난 네 이야기 하는 게 즐거웠고, 그 사람이 귀를 기울이는 모습이 좋았어. 그렇게 경청하는 사람에게는 얼마든지 이야기할 수 있지. 그 사람은 정말이지 너무나 말이 없고 진지했어. 아주 빨아들일 기세더라."

"뭐라고 했는데?" 이저벨이 물었다.

"내가 아는 사람 중 어림잡아 네가 가장 멋지다고 했지."

"그러지 않았으면 좋았을걸. 그 사람은 이미 날 너무 높게 평가해. 그걸 더 부추기면 안되는데."

"그 사람은 좀 부추겨줬으면 하고 애타게 바라던걸. 내가 이야기하는 동안 진지한 표정으로 열중하던 얼굴이 눈에 선하다. 못생긴 남자가 그렇게 잘생겨 보인 적이 없었어."

"아주 단순한 사람이야." 이저벨이 말했다. "그리고 그렇게 못생긴 건 아니야."

"숭고한 열정처럼 사람을 단순하게 만드는 건 없지."

"숭고한 열정은 아냐. 그건 아니라고 확신해."

"자신있게 말하는 것 같지는 않네."

이저벨은 다소 쌀쌀맞게 웃었다. "굿우드 씨에게는 더 자신있게 말할 수 있어."

"곧 네게 그런 기회를 줄걸." 헨리에타가 말했다. 확신에 찬 어조로 주장을 펼치는 그녀에게 이저벨은 대꾸하지 않았다.

"그 사람은 네가 변했다고 할 거야." 헨리에타가 말을 이었다. "넌 새로운 환경에 영향을 받았어."

"물론 그랬겠지. 난 모든 것에 영향받으니까."

"굿우드 씨를 빼고 모든 것이겠지!" 스택폴 양이 다소 귀에 거슬리는 유쾌한 말투로 선언했다.

친구의 말에 웃음기조차 보이지 않은 이저벨이 이윽고 말했다. "그 사람이 내게 말해두라고 하디?"

"말로 그런 건 아니야. 하지만 눈으로는 부탁하더라. 작별인사를 하면서 악수할 때."

"수고해줘서 고맙구나." 그리고 이저벨은 등을 돌렸다.

"그래, 넌 변했어. 여기서 새로운 생각들을 하게 된 거야." 그녀의 친구가 말을 계속했다.

"그렇게 되길 빌어야지." 이저벨이 말했다. "새로운 생각을 가능한 한 더 많이 습득해야지."

"그래, 하지만 예전 생각이 올바를 땐 새로운 생각으로 훼방을 놓아서는 안되지.”

이저벨은 다시 친구 쪽으로 몸을 돌렸다. “굿우드 씨에게 내가 마음을 두고 있었다는 뜻이라면—!” 하지만 빤히 쏘아보는 친구의 눈길 앞에서 그녀는 머뭇거렸다.

“이저벨, 네가 곁을 준 게 확실해.”

이저벨은 잠시 잠깐 그런 혐의를 부정하려다가 곧 이렇게 대답했다. “그건 틀림없는 사실이야. 내가 그랬어.” 그러고 나서 그녀는 친구에게 굿우드 씨가 어쩔 작정인지 물었다. 그 이야기를 화제로 삼기 싫고, 헨리에타에게 세심한 배려가 부족하다고 느꼈지만 호기심이 앞섰던 것이다.

“내가 물었더니 아무 계획이 없다던데?” 스택폴 양이 대답했다. “하지만 그 말은 믿을 수 없지. 아무것도 안할 남자가 아니거든. 강렬하고 대담한 행동가이니까. 무슨 일이 벌어지든 그는 늘 무슨 일이든 할 테고, 무슨 일을 하든 늘 올바르게 해낼걸.”

“나도 그렇게 생각해.” 헨리에타에게 섬세한 배려심은 부족할지 모르지만, 그래도 그런 말을 들으니 가슴이 뭉클했다.

“아, 너 그 사람에게 정말 호감이 있구나!” 그녀의 손님이 쩌렁쩌렁 말했다.

“그 사람은 무슨 일을 하든 늘 올바르게 해낼 거야.” 이저벨이 반복해 말했다. “잘못이라고는 저지를 수 없는 그런 성격의 남자라면 다른 사람이 그를 어떻게 생각하든 무슨 대수겠어.”

“그에게는 중요하지 않을지 모르지만, 그 다른 사람에게는 중요하지.”

“아, 무엇이 내게 중요한지—우리가 그 이야기를 하고 있는 게 아니잖아.” 이저벨이 쌀쌀맞게 웃으면서 말했다.

이번에는 그녀의 친구가 심각해졌다. "그래, 난 상관하지 않을 래. 넌 변했어. 몇주 전의 네가 아니야. 굿우드 씨도 그걸 알게 되겠지. 언제고 여기 나타날 거야."

"그럼 날 싫어하게 되길 바라야겠네." 이저벨이 말했다.

"그 사람이 그럴 리도 없지만, 네가 그걸 바랄 리도 없겠지."

이 말에 우리의 여주인공은 대답하지 않았다. 그녀는 캐스퍼 굿우드가 가든코트에 나타날 수 있다는 헨리에타의 암시가 작동한 경보에 정신을 빼앗겼다. 하지만 그런 일은 일어날 리 없다고 생각하기로 했고, 나중에 친구에게 그렇게 말하기도 했다. 그럼에도 다음 48시간 동안 그 젊은이의 방문을 알리는 소리를 들을 각오를 했다. 그런 예감이 그녀를 압박했다. 날씨가 바뀌려는 듯 공기마저 후텁지근했다. 이저벨이 가든코트에 온 이후 사람들 사이의 기상 상태가 퍽 쾌적했기 때문에 어떤 식의 변화든 나쁜 쪽일 수밖에 없었다. 이튿날이 되자 그녀의 불안감은 해소되었다. 붙임성 있는 번치를 친구 삼아 정원으로 나간 그녀는 한참을 멍하게 그리고 정처 없이 거닐다가 저택이 보이는 너도밤나무 그늘 아래의 벤치에 자리를 잡았다. 흔들리는 나뭇잎이 드리운 그림자 아래서 검은 리본 장식의 흰 드레스를 입은 그녀가 그림처럼 우아하고 조화로워 보였다. 그녀는 시시때때로 귀여운 테리어에게 말을 걸면서 시간을 보냈다. 사촌 오빠에게 번치를 공동 소유로 하자고 한 제안은—번치 자신이 다소 변덕스럽게 둘 사이를 오락가락했다는 점을 감안하면—최대한 공평하게 실행되었다. 여태 이저벨은 번치의 영리함에 감탄하곤 했는데, 이런 상황에 처하고 보니 번치의 지력에 한계가 있다는 생각이 처음 들었다. 결국 책을 읽는 것이 낫겠다는 생각이 들었다. 그전에는 마음이 무거워도 책만 잘 고르면 생각의 자리를 순수한 이성의 기관으로 옮길 수 있었다. 요즘 들어 책에 대한 관심이 희미해졌다는 건 부정할 수 없었다. 이모부의 서재에 신사의 소장 도서목록에 반드시 포함되는 저자들이 완벽하게 갖추 어져 있음을 상기하고 난 다음에도 그녀는 시원한 초록색 잔디밭 에 눈을 내리깐 채 빈손으로 꼼짝하지 않고 앉아 있었다. 잠시 후 편지를 전해주러 온 하인이 그녀의 명상을 방해했다. 런던 소인이 찍혀 있었고, 주소는 이저벨이 아는 필체로 적혀 있었다. 그게 눈 에 들어오자, 그녀는 이미, 글쓴이의 목소리나 얼굴을 눈으로 보듯 생생하게, 그를 주목했다. 길이가 짧으니 전문을 제시해도 되리라.

친애하는 아처 양

내가 영국에 왔다는 소식을 들었을지 모르겠지만, 들은 바 없 다 하더라도 뜻밖으로 여기지 않을 겁니다. 삼개월 전 올버니에 서 당신이 그만 만나자고 했을 때 내가 수긍하지 않았던 걸 기 억할 테지요. 나는 이의를 제기했소. 사실 당신도 내 이의를 받 아들이는 것 같았고, 내게 그럴 권리가 있다고 인정하는 것 같 았소. 당신을 내 확신 쪽으로 끌어당길 수 있기를 희망하며 만나 러 갔었고, 그런 희망을 품을 최선의 이유가 있었습니다. 하지만 당신은 내 희망을 저버렸소. 마음이 변했다고 하는데, 그 이유를 내게 설명하지 못했소. 사리에 어긋난다는 점을 당신 스스로 인 정했죠. 그게 유일한 변명이었소. 하지만 구차한 변명이었어요. 당신답지 않았으니까. 천만에, 당신은 독단적이거나 변덕스럽지 않거든요. 그러므로 날 다시 만나주리라 믿소. 당신은 내가 싫어 서는 아니라고 했고, 그 말을 믿어요. 싫어할 이유를 알지 못하겠으니까. 나는 언제나 당신 생각을 할 거요. 다른 누구도 생각하지 않을 거요. 내가 영국에 온 건 오직 당신 때문이오. 당신이 떠나고 미국에 남아 있을 수 없었소. 당신이 없으니 내 나라가 싫어지더군요. 내가 지금 영국을 좋아한다면 당신이 영국에 있기 때문이오. 그전에도 영국에 온 적이 있었지만, 별로 즐기지는 않았지. 30분 정도 만나러 가는 걸 허락해주겠소? 이것이 지금 나의 가장 큰 바람이오. 충심을 담아.

캐스퍼 굿우드

이 서신에 너무나 집중해 있던 터라 이저벨은 부드러운 풀밭을 밟으며 다가오는 소리를 듣지 못했다. 기계적으로 편지를 접고 고개를 들자 눈앞에 워버턴 경이 서 있었다.

12장

그녀는 주머니에 편지를 넣고 조금도 당황하는 기색 없이 환영의 미소를 손님에게 지어 보였다. 자신의 침착함에 스스로 조금 놀랄 지경이었다.

"여기 나와 계시다고 하더군요." 워버턴 경이 말했다. "거실엔 아무도 없고, 제가 만나고 싶은 분은 당신이라 소란 피우지 않고 밖으로 나왔습니다."

이저벨은 일어섰다. 그가 옆에 앉았으면 하는 마음이—적어도 그 순간에는—들지 않았다. "안으로 막 들어가려던 참이었어요."

"그러지 마세요. 바깥이 훨씬 쾌적해요. 로클리에서 말을 달려왔습니다. 날이 정말 좋아요." 그는 정말 다정하고 기분 좋게 웃었다. 그의 몸 전체가 선의와 원기로 빛을 뿜어내는 것 같았는데, 그녀가 매력적으로 느꼈던 그의 첫인상이 그랬다. 그 빛은 화창한 6월 날씨처럼 그를 에워쌌다.

"그럼 좀 걷도록 하죠." 손님에게서 어떤 의도가 감지된다는 느낌을 지워버릴 수 없었던 이저벨이 말했다. 그녀는 주어진 상황을 피하고 싶었지만, 동시에 호기심을 만족시키고 싶기도 했다. 이전에 한번 그런 생각이 뇌리를 스쳤을 때 그녀가 막연한 불안감을 느낀 것은 우리도 아는 바다. 불안감은 여러가지 요소들로 이뤄졌는데, 전적으로 불쾌한 것만은 아니었다. 사실 그녀는 이를 분석하느라 며칠을 보냈고, 워버턴 경이 자기에게 '구혼'한다는 생각에서 즐거움과 괴로움을 분리하는 데 성공하기도 했다. 어떤 독자들은 이 젊은 숙녀가 조급하게 구는 동시에 꽤 까다롭기까지 하다고 할지 모르겠다. 그러나 두가지 중 까다롭다는 비난은, 그것이 사실이라 하더라도, 조급하다는 혐의를 벗겨주는 데 도움이 될 것이다. 그녀는 이 지방의 거물이—그녀는 사람들이 워버턴 경을 그렇게 부르는 것을 들었다—그녀의 매력에 푹 빠졌음을 확인하고픈 마음은 없었다. 당사자가 사랑을 실제로 고백하는 것은 문제의 해결이 아니라 시작이 되리라. 이저벨은 그가 '명사名士'라는 강한 인상을 받았다. 그리고 그렇게 전달된 이미지를 검토하느라 시간을 보냈다. 저 잘난 맛에 사는 처녀라는 증거를 덧붙일 위험을 무릅쓰고 말하자면, '명사'가 그녀를 사모할 가능성을 부당한 침해를 넘어서 무례함, 거의 불편함으로 느끼는 순간들이 있었음을 밝혀야겠다. 그녀는 지금껏 명사를 만난 적이 없었다. 그런 의미의 명사는 그녀의 삶에 존재하지 않았다. 미국에는 그런 인물이 전혀 없을지도 모른다. 개인적 특출함이라고 할 때 그녀는——신사의 지성과 대화에서 좋아하게 되는——개성과 재치를 머리에 떠올렸다. 그녀 자신도 개성이 있었다. 그 사실을 의식하지 않을 수 없었다. 지금까지 그녀가 상상하는 완벽한 의식 상태는 주로 도덕적 이미지와 연관되었는데, 결국은 그녀의 숭고한 영혼을 만족시킬 것인가 하는 문제로 귀결되곤 했다. 워버턴 경은 그녀의 눈앞에 불쑥 거대하고 빛나는 모습을 드러냈다. 단순한 잣대로 잴 수 없는, 다른 종류의 평가 기준을 요구하는 일련의 자질과 능력을 가진 존재였다. 단번에, 제멋대로 판단하는 습관이 있는 이 아가씨는 자신이 그런 평가를 하기에 참을성이 부족하다고 생각했다. 그는 말하자면 아무도 감히 그녀에게 요구하지 않은 그런 뭔가를 원하는 것 같았다. 대지주요, 정치적, 사회적 거물이 의기양양하게 자기가 살고 움직이는 세계로 그녀를 끌어들이려고 계획을 세웠다는 느낌이 든 것이다. 독단적이라기보다는 설득력 있는 직관이 그녀에게 저항하라고, 그녀도 사실상 자기 세계가 있고 자신만의 궤도가 있다고 속삭였다. 다른 이야기들, 상호모순적이기도 하고 상호보완적이기도 한 이야기들도 들려주었다. 그런 남자에게 자신을 맡기는 것보다 더 나쁜 선택을 할 수 있고, 그 남자의 관점에서 그 세계의 일면을 바라보는 것도 아주 흥미로울 거라고. 그러나 다른 한편, 그런 세계에는 쓸데없이 복잡하기만 한 생각을 시시각각 불러일으키는 요소가 분명히 아주 많을 테고, 대체로 경직되고 어리석은 뭔가가 그 세계를 부담스럽게 만들 거라는 생각도 들었다. 더구나 최근에 미국에서 건너온 젊은이가 있었다. 그만의 세계는 없지만, 그녀의 마음에 경미한 인상을 남겼을 뿐이라고 아무리 되뇌어도 소용이 없는 개성의 소유자였다. 주머니에 든 편지만으로도 경미하지 않음을 되새기게 되었다. 그렇지만, 내 감히 반복하여 말하는바, 영국 귀족이 청혼하기도 전에 수락 여부를 곰곰이 생각해보고 크게 보아 더 나은 선택을 할 수 있다고 믿는 올버니 출신의 이 단순한 처녀를 비웃지는 마시라. 그녀는 대단한 성심이 있는 인물이었다. 그녀의 분별력에 커다란 우매함이 자리 잡고 있다 하더라도, 준엄한 평자들은 훗날 자비심에 직접 호소하게 만드는 어리석음의 댓가를 치르고 나서야 그녀가 여일하게 현명해졌음을 알게 되는 만족을 얻을 수도 있으리라.

워버턴 경은 걷자면 걷고 앉자면 앉고, 아니 뭐든 이저벨의 제안을 따를 용의가 있는 것 같았는데, 평상시 그러하듯 사교적인 미덕을 발휘하게 되어 각별히 기쁘다는 태도로 그럴 의사를 확실히 해두었다. 그럼에도 감정을 자제하지는 못해서, 그녀와 함께 산책하면서 말없이 그녀를 훔쳐보는 그의 눈길과 헛웃음에는 어떤 당혹감 같은 것이 서려 있었다. 그렇다. 확실히—그 점을 이미 언급했으니 잠시 되짚어도 좋으리라—영국인들은 세상에서 가장 낭만적인 민족이고, 워버턴 경은 이를 예시할 참이었다. 그는 모든 친구들을 놀라게 하고, 그중 대부분을 불쾌하게 만들 그런 일을 저지를 참이었다. 표면상 내세울 번듯한 이유 하나 없는데도 말이다. 그의 옆에서 잔디밭을 거니는 아가씨는 바다 건너 이상한 나라, 그가 많은 것을 알고 있는 나라에서 왔다. 그녀의 선조나 인척 관계에 관해서 전체적인 윤곽을 제외하면 아주 막연한 인상뿐이었고, 넓게 보면 다른 계층이었고 한미한 집안이었다. 아처 양은 재산이 있는 것도, 대부분의 사람들에게 그의 선택을 정당화할 그런 미인도 아니었고, 그녀와 같이 지낸 시간을 계산해보니 26시간에 불과했다.

최상의 혼처들에 기회를 줘보는 것조차 거절한 고집스러운 충동과 사람들의 비판, 특히 더 재빨리 판단을 내리는 인류의 절반이 제기할 비판──그는 이 모든 것을 재빨리 정리했다. 그는 이 모든 것을 정면으로 바라보다가 생각에서 지워버렸다. 그는 단춧구멍에 꽂은 장미꽃 봉오리만큼도 그런 것에 관심이 없었다. 평생의 대부분을 힘들이지 않고 친구들을 거스르는 일을 삼가온 사람은 그렇게 해야 할 필요가 생겼을 때 그런 필요가 거북한 연상 작용으로 훼손되지 않는 행운을 누릴 수 있다.

"기분 좋게 말을 달려오신 거죠?" 워버턴 경이 주저하는 것을 보고 이저벨이 말했다.

"다른 건 그만두고 여기 온다는 이유만으로도 기분이 좋았겠지요."

"그렇게 가든코트가 좋으세요?" 그녀에게 동의를 구할 말을 그가 하려고 한다는 확신이 더 커진 이저벨이 물었다. 그가 주저한다면 캐물을 생각은 없었지만, 말을 이어간다면 정신을 차리고 차분하게 대처하고 싶었다. 몇주 전이라면 아주 낭만적이라고 여겼을 그런 상황이라는 생각이 스쳐갔다. 영국의 오래된 전원 저택의 대정원을 후경으로, 젊은 숙녀에게 사랑을 고백하려고 하는 '고명한'──그녀는 그렇게 생각했다──귀족이 전경을 장식하는 그림 같은 장면 말이다. 그리고 자세히 보면 그 젊은 숙녀는 자신과 놀라울 정도로 닮아 있었다. 하지만 그녀가 지금 그런 상황에 처한 여주인공이라고 해서 바깥에서 바라보지 못할 것은 없었다.

"가든코트에는 조금도 관심이 없습니다." 그가 말했다. "저의 관심사는 오로지 당신입니다."

"그렇게 말씀하실 권리를 갖기에는 절 알고 지낸 기간이 너무 짧은 거 아닌가요? 진담으로 받아들일 수 없네요."

그의 말이 진심임을 추호도 의심하지 않았기 때문에 이저벨의 이런 발언은 전적으로 솔직한 것은 아니었다. 그가 방금 한 말이 보통 사람들에게 놀라움을 불러일으키리라는 사실 ─그녀는 이 점을 충분히 의식하고 있었다─ 을 염두에 둔 발언이었을 따름이다. 게다가, 워버턴 경이 허술한 사람이 아니라고 진작에 내린 판단에 덧붙여 확신의 다른 증거가 필요했다면 그가 대답하는 어조로 충분했다.

"아처 양, 이런 문제에서 권리는 시간으로 재는 것이 아닙니다. 오로지 감정이 척도일 따름이지요. 석달을 더 기다려도 달라질 건 없고, 제 말에 오늘보다 더 확신을 갖게 될 것도 아닙니다. 당신을 안 지 물론 얼마 안됐지만, 처음 만난 바로 그 순간부터 강한 인상을 받았습니다. 곧바로 사랑에 빠졌어요. 소설처럼 첫눈에 사랑에 빠진 겁니다. 저는 이제 그게 터무니없는 말이 아니라는 걸 알았고, 앞으로는 소설을 더 높게 평가할 생각입니다. 여기서 이틀을 보내는 동안 결말을 지었지요. 제가 그러는 걸 눈치채셨는지 모르겠습니다만, 최대한 당신을 ─마음속으로 그랬다는 뜻이죠─ 주시했어요. 당신이 한 말, 당신이 한 행동은 하나도 놓치지 않았습니다. 지난번 로클리에 오셨을 때, 아니 가시고 난 다음, 완전히 확신했지요. 그래도 곰곰이 생각해봤고 저 자신을 엄밀하게 점검하기로 마음먹고 그렇게 했어요. 요즈음은 그 일 외에 한 게 없어요. 저는 그런 일에 착오를 범하지 않아요. 전 아주 생각이 깊은 놈이거든요. 쉽게 마음을 주지는 않지만 일단 마음을 주면 평생 갑니다. 평생이에요, 아처 양. 평생을 갑니다." 워버턴 경은 이저벨이 들어본 가장 상냥하고, 가장 다정하고, 가장 기분 좋은 목소리로 반복해 말했다.

감정의 저급한 면모, 흥분, 격정, 혼란을 맑게 정제한 열정으로 충만한 그런 눈으로 그는 그녀를 바라보았다. 무풍지대에 놓인 램프의 심지처럼 흔들림 없는 눈빛이었다.

무언의 합의 아래, 그가 말하는 동안 그들의 발걸음이 느려졌다. 그러다 멈춰섰고 그는 그녀의 손을 잡았다. "아, 워버턴 경, 절 정말 잘 모르시는군요!" 이저벨이 아주 부드럽게 말했다. 그리고 역시 부드럽게 손을 뺐다.

"그런 말로 절 놀리지 마세요. 당신을 더 잘 알지 못한다는 것으로 저는 이미 충분히 불행합니다. 전적으로 제 손실인 셈이지요. 하지만 당신을 더 잘 알고 싶습니다. 저로서는 최선의 방도를 취했다고 생각해요. 제 아내가 되어주신다면, 그럼 당신을 알게 될 테고, 당신의 모든 미덕을 열거한다면, 무지의 소치라고 말씀하실 수는 없을 겁니다."

"당신도 절 잘 알지 못하시지만, 전 당신을 더 모르는걸요." 이저벨이 말했다.

"당신과 달리, 전 알면 알수록 좋아지지 않을 거라는 뜻인가요? 아, 물론, 그럴 가능성도 충분히 있지요. 하지만 당신에게 이런 말을 할 때, 제가 당신을 설득하려고 얼마나 결심을 했을지 생각해보세요! 절 조금은 좋아하시지요, 그렇지요?"

"아주 많이 좋아해요, 워버턴 경." 이렇게 대답한 그녀는 그 순간 그가 정말 많이 좋았다.

"그렇게 말씀해주시니 고맙습니다. 모르는 사람 취급하시지 않는다는 걸 보여주니까요. 전 살면서 다른 인간관계는 꽤 잘해왔다고 확신합니다. 그러니 제가 당신에게 제안한 이 관계를 잘 맺지 못할 이유가 없다고 봅니다. 훨씬 더 소중하게 생각하는 관계라는 점을 감안하면 더욱더 그렇지요. 절 잘 아는 사람들에게 물어보세요. 절 위해 나서줄 친구들도 있습니다."

"친구분들의 추천은 필요하지 않아요." 이저벨이 말했다.

"아, 그래요, 그 말씀을 들으니 기쁩니다. 절 있는 그대로 믿어주시니까요."

"믿어 의심치 않아요." 이저벨이 선언했다. 그런 느낌을 갖는 게 좋아서 그 순간 그녀의 마음이 훈훈해졌다.

눈빛이 미소로 녹아들면서 워버턴 경이 기쁨의 긴 숨을 토했다. "당신이 잘못 알았다면, 아처 양, 제 모든 것을 잃어도 좋습니다!"

부자라는 사실을 상기시킬 의도로 이렇게 말하나 하는 생각이 들었지만, 이저벨은 곧 아니라고 확신했다. 그는 부자라는 사실이 대수로울 게 없다고 말했으리라. 그리고 정말이지 대화의 상대방, 특히 그의 청혼을 받은 사람이 환기하도록 내버려둬도 될 사실이었다. 이저벨은 평정을 잃지 않기를 기원했고, 그의 말을 들으면서 어떻게 답하는 게 최선일까 자문하는 동안 이런 우발적인 비판을 떠올릴 정도로 마음은 아주 편안했다. 무슨 말을 해야 할까—그녀가 이렇게 자문을 했던가? 그녀의 첫번째 소망은 가능하다면 그가 성의 있게 말한 만큼 성의 있게 답하는 것이었다. 그의 말에는 완벽한 확신이 실려 있었다. 불가사의하지만 그녀가 그에게 중요한 사람임을 느낄 수 있었다. "어떻게 감사를 드려야 할지 모르겠네요." 그녀가 드디어 대답을 했다. "저로서는 큰 영광이에요."

"아, 그렇게 말씀하지 마세요!" 그가 말을 가로막았다. "그 비슷한 말을 들을까봐 겁이 났어요. 그런 말씀을 하실 필요는 없습니다. 제게 감사할 게 뭐가 있어요. 제 말에 귀를 기울여주신 데 제가 감사해야지요. 잘 알지도 못하는 남자가 깜짝 놀랄 제안을 들고 나온 거니까요! 물론 중차대한 문제입니다. 저로서는 청혼에 답하는 것보다는 청혼하는 쪽을 택하겠다고 해야겠네요. 하지만 당신이 제 말에 귀 기울여준 모습은—아니, 귀를 기울여준 것만으로도—희망을 갖게 됩니다."

"너무 기대를 걸지 마세요." 이저벨이 말했다.

"아, 아처 양!" 그런 경고를 활기찬 정신의 유희, 행복감의 충만 정도로 받아들여도 된다는 듯 그는 진지한 태도로 다시 웃으며 속삭였다.

"기대를 전혀 하지 말라고 한다면 크게 놀라실 건가요?" 이저벨이 물었다.

"놀랄 거냐고요? 그게 무슨 뜻인지 모르겠네요. 놀람은 아닐 거예요. 그것보다 훨씬 더 안 좋은 느낌이겠지요."

이저벨은 다시 발걸음을 떼었다. 그녀는 몇분 동안 침묵을 지켰다. "당신을 지금도 높이 평가하지만, 잘 알게 되면 더 높이 평가하게 될 거라고 확신해요. 그렇다고 실망하지 않으실 거라고 확언할 수는 없네요. 그리고 이런 말씀을 드리는 게 상투적인 겸손 때문은 절대로 아니에요. 진심으로 드리는 말씀이에요."

"저는 각오가 되어 있습니다, 아처 양." 그가 답했다.

"말씀하신 대로 중차대한 문제예요. 아주 어려운 문제예요."

"물론 곧바로 답을 주시라는 건 아닙니다. 충분히 시간을 두고 생각해주세요. 기다리는 게 유리하다면 기꺼이 아주 오래 기다리겠어요. 저의 가장 큰 행복이 결국 당신의 답변에 달려 있다는 것만 기억해주세요."

"결정을 미루는 건 너무 죄송하지요." 이저벨이 말했다.

"아, 걱정 마세요. 오늘 틀린 답을 듣는 것보다는 육개월 후에 맞는 답을 듣는 게 나으니까요.”

“하지만 육개월 후에도 기대하시는 답을 드리지 못할 거예요.”

“왜 못해요. 절 정말 좋아하신다면서요.”

“아, 그 점은 절대 의심하시면 안돼요.” 이저벨이 말했다.

“그렇다면, 뭘 더 원하시는지 모르겠네요!”

“제가 뭘 원하느냐가 아니라 뭘 드릴 수 있느냐의 문제지요. 제가 당신에게 맞을 거 같지 않아요. 그럴 거라는 생각이 정말 들지 않아요.”

“그건 걱정하실 필요 없습니다. 제 문제니까요. 왕보다 더 왕당파이실 필요는 없거든요.[13]”

“뿐만 아니라,” 이저벨이 말했다. “전 그 누구와도 결혼하고 싶지 않아요.”

“그런 생각을 얼마든지 하실 수 있지요. 아주 많은 여자들이 처음엔 그렇게 출발하지 싶네요.” 우리의 귀족 나리가 이렇게 말했지만, 불안감을 달래기 위해 발설한 이 원칙을 그가 전혀 믿지 않았음을 밝혀두어야겠다. “하지만 설득을 당하는 일도 비일비재하거든요.”

“아, 설득당하고 싶으니까 그렇게 되겠지요!” 그리고 이저벨은 희미하게 웃었다.

청혼자의 안색이 어두워졌다. 그는 잠시 말없이 그녀를 바라보았다. “제가 영국인이라는 게 문제가 되는 것 같군요.” 이윽고 그가 말했다. “터칫 씨도 당신이 미국인과 결혼해야 한다고 생각하시는 걸로 알고 있습니다.”

---

13 당사자보다 더 걱정할 필요는 없다는 뜻의 속담.

이저벨은 흥미롭게 그의 주장에 귀를 기울였다. 이모부가 워버턴 경과 함께 자신의 결혼 문제를 논의했을 수 있다는 생각은 하지 못한 것이다. "그렇게 말씀하시던가요?"

"그런 말씀을 하신 게 기억나요. 미국인에 대한 전반적인 말씀이었을 수도 있어요."

"이모부는 영국 생활을 아주 즐기신 것 같은데요." 이저벨은 쌩뚱맞게 들릴 수도 있는 투로 말했지만, 이모부의 외형적인 행복에 대한 확신과 특정한 관점을 강요당하지 않으려는 자신의 막연한 성향을 동시에 전달하는 말투일 따름이었다.

여기서 희망의 빛을 본 워버턴 경은 즉각 열렬하게 외쳤다. "아, 아처 양, 우리 영국은 썩 좋은 나랍니다! 조금만 갈고닦으면 더 좋아질 텐데요."

"아, 갈고닦지 마세요, 워버턴 경. 이대로가 좋아요."

"영국을 좋아하신다면 제 청혼을 거절하는 이유를 더 이해할 수 없군요."

"제가 이해를 돕지는 못할 것 같네요."

"최소한 시도는 해보시지요. 저 머리 꽤 좋거든요. 걱정하시는 게──기후가 걱정이세요? 다른 곳에 살아도 아무 문제 없습니다. 세계 어디든지 마음에 드는 기후를 고르세요."

그는 이런 말을 굳센 팔의 포옹처럼, 그럴 수 없이 솔직하게 털어놓았다. 어떤 낯선 정원에서 뭔가로 채워진 바람이 불어오는지는 알 수 없지만 그의 단정한 입술을 통해 그녀의 얼굴 정면에 와 닿는 향기로운 말들이었다. 그 순간 다음과 같이 확고하고 소박하게 대답할 마음이 일었다면 그녀는 새끼손가락이라도 잘라주었으리라. "워버턴 경, 이 멋진 세상에서 제가 할 수 있는 최선은 정말 감사한 마음으로 당신의 충심에 저를 맡기겠다고 맹세하는 것뿐이랍니다." 하지만 자신에게 주어진 기회에 정신이 팔렸음에도 이저벨은 그 짙은 그늘로 물러서는 일을 해치웠다. 포획되어 큰 우리에 갇힌 야생동물이 그렇게 하듯 말이다. 그녀가 제안받은 '근사한' 안전 보장이 상상할 수 있는 최대치는 아니었으니 말이다. 결국 그녀는 아주 다른 말을, 위기를 정면으로 직시하는 말을 생각해냈다. "제가 오늘은 이런 이야기를 더 하지 말자고 해도 나무라지 마세요."

"천만에요, 천만에요!" 그가 소리쳤다. "절대로 당신을 난처하게 할 생각은 없어요."

"생각거리를 많이 주셨으니 곰곰이 생각해볼게요."

"제가 바라는 건 그게 전부입니다. 제 행복이 전적으로 당신의 손에 달려 있다는 걸 염두에 두시라는 거하고요."

이저벨은 그의 청원을 경청했지만, 잠시 후 이렇게 말했다. "이 말씀은 드려야겠네요. 제가 생각해보겠다고 한 건—경이 원하시는 걸 해드릴 수 없다고 어떻게 알려드려야 하나 고민해보려는 거예요. 경의 마음을 다치지 않고 알려드리는 방법 말이죠."

"그러실 수는 없을 겁니다, 아처 양. 청혼을 거절당하면 죽을 거라고 하지는 않겠어요. 그러지는 않을 겁니다. 하지만 상황은 더 나쁠 거예요. 사는 의미가 없을 테니까요."

"저보다 더 훌륭한 여자와 결혼하시게 될 거예요."

"제발 그런 말씀 마세요." 워버턴 경이 심각하게 말했다. "그건 우리 모두에게 공평하지 않아요."

"그럼 저만 못한 여자와 결혼하시든가요."

"당신보다 훌륭한 여자가 있다면 당신만 못한 여자와 결혼하는 쪽을 택하겠어요. 제가 할 말은 그뿐입니다." 그는 여전히 심각하게 말을 이었다. "사람마다 취향이 다르니까요."

그의 심각함에 마찬가지로 심각해진 이저벨은 당분간 이 문제는 접어두자고 다시 요청했다. "제가 직접 말씀드릴게요. 조만간. 편지로 할 수도 있어요."

"편하실 대로 하세요." 그가 대답했다. "당신이 어떻게 하든 길게 느껴질 테고, 어떻게든 최대한 견뎌봐야지요."

"오래 끌지는 않을게요. 생각을 좀 정리하고 싶을 따름이에요."

침울하게 한숨을 내쉰 그는 뒷짐을 지고 선 채로 채찍을 짧게 쥐고 불안하게 흔들면서 잠시 그녀를 바라보았다. "제가 몹시 겁낸다는 걸 아시나요? 생각하는 게 남다른 데가 있는 분이라서요."

우리 여주인공의 전기 작가도 이유를 설명할 수 없지만, 이 질문에 그녀는 흠칫했고 홍조가 뺨에 번지는 것을 느꼈다. 그녀는 잠시 그의 눈길을 받은 다음, 거의 동정심에 호소했을 수도 있는 어조로 말했다. "저도 겁이 난답니다, 워버턴 경."

그렇지만 그의 동정심을 움직이지 못했다. 동정의 기능이 오롯이 자신을 위해 필요했던 것이다. "아, 자비를 베푸세요. 자비를." 그가 낮은 목소리로 말했다.

"가시는 게 좋겠어요." 이저벨이 말했다. "제가 편지를 쓸게요."

"좋습니다. 뭐라고 쓰시든 만나뵈러 올 거니까요." 그러고 나서 그는 생각에 잠겨 서 있었다. 그의 눈은 주의를 집중하고 있는 번치에게 고정되었다. 번치는 대화의 내용을 모두 알아들었다는 표정을 짓다가 엿듣는 무례를 범한 것을 짐짓 무마하기 위해 오래된 떡갈나무 뿌리에 이따금씩 호기심을 보이는 체했다. "한가지 더," 그가 말을 이었다. "아시겠지만, 로클리가 마음에 안 드시면——습기가 찬다거나 뭐, 그렇다고 생각하신다면—그 집 근처에도 가실 필요가 없습니다. 습기가 차거나 그러지 않아요. 철저히 조사했는데, 완전히 안전해요. 하지만 그 집이 마음에 안 드시면 꿈에도 거기 살아야 한다고 생각하지 마세요. 그런 건 전혀 문제 될 게 없어요. 살 집이야 얼마든지 있습니다. 이런 말씀을 드려야겠다는 생각이 듭니다. 어떤 사람들은 해자를 좋아하지 않더군요. 그럼, 안녕히."

"저는 해자가 아주 좋아요. 안녕히 가세요." 이저벨이 말했다.

그는 손을 내밀었고, 그녀는 잠깐 그에게 손을 맡겼다. 그 잠깐은 그가 모자를 벗은 잘생긴 머리를 숙여 그녀의 손에 키스할 만큼 길었다. 그러고 난 다음, 흥분이 가라앉지 않은 상태로, 격정을 억누른 채 타고 온 말 쪽으로 발걸음을 재촉했다. 그가 평심이 아닌 것은 분명했다.

이저벨도 심란했지만, 생각보다는 감정적으로 흔들리지 않았다. 그녀가 느낀 것은 중차대한 책임감도, 선택의 어려움도 아니었다. 그녀로서는 선택의 여지가 없는 문제로 보였다. 워버턴 경과 결혼할 수는 없었다. 그런 생각은 그녀가 마음에 품어온 혹은 품을 수 있게 된, 삶의 자유로운 탐험을 원하는 계명된 편향과 조금도 맞아떨어지지 않았다. 그녀는 이런 이야기를 써야 하고 그를 납득시켜야 했다. 그리고 그 임무는 비교적 단순했다. 하지만 그녀의 마음을 어지럽힌 건—그녀를 놀라움에 빠뜨렸다는 의미에서—굉장한 '기회'를 거부하는 게 그처럼 쉬웠다는 바로 그 사실이었다. 있을 법한 구속이 무엇이든 워버턴 경이 그녀에게 대단한 기회를 제공한 것은 의심의 여지가 없었다. 그녀가 처하게 될 상황은 불편하고 억압적이고 답답한 요소들을 포함하고, 감각을 마비시키는 진통제로 판명될 수도 있다. 하지만 스물이면 열아홉의 처녀가 고민 없이 이 상황에 순응하리라고 믿는다 해서 이저벨이 여성을 깎아내리는 건 아니다. 그렇다면 왜 그의 청혼이 불가항력적으로 다가오지 않았을까? 도대체 그녀가 누구기에, 어떤 사람이기에 남보다 우월하다고 생각하는 걸까? 인생에 대한 어떤 시각, 운명에 대한 어떤 의도, 행복에 대한 어떤 생각을 가지고 있기에 이런 대단한, 이런 엄청난 기회보다 자기가 더 대단하다고 생각하는 걸까? 훌륭한 혼처를 거절하기로 든다면, 그녀는 더 중차대한 일, 결혼보다 더 의미심장한 성취를 이루어야 한다. 가여운 이저벨은 너무 우쭐해서는 안된다고 시시때때로 다짐해야 할 이유가 있었고, 정말이지 그런 위험에 빠지지 않게 해달라는 그녀의 기도는 진심이었다. 오만의 고립과 고독은 그녀의 마음에 사막과 같은 공포심을 불러일으켰다. 오만이 워버턴 경의 청혼을 가로막고 나섰다면, 그런 어리석음은 번지수를 아주 잘못 찾은 셈이었다. 그에게 호감을 갖고 있음을 확실히 자각하고 있기에 그녀는 다름 아닌 넉넉한 공감과 섬세한 이해심 때문에 그의 청혼을 물리쳤다고 스스로를 납득시키려고 했다. 결혼하기에는 그가 너무 마음에 든다. 이것은 사실이었다. 핵심을 꼭 집어 말할 수는 없었지만, 그녀는 그가 제안한 '빛나는' 논리—그는 그렇게 생각했다—어딘가에 오류가 있다는 확신이 있었다. 하지만 까탈스러운 성향의 신붓감에게 그토록 많은 걸 주겠다고 나선 남자에게 상처를 주는 건 정말이지 못할 짓이었다. 그녀는 그에게 생각해보겠다고 했다. 그가 돌아간 다음 청혼을 받은 벤치로 돌아와 골똘히 생각에 잠긴 걸 보면 그녀가 약속을 지키고 있는 것처럼 보일 수도 있었다. 그러나 그렇지 않았다. 그녀는 자신이 차갑고 무정하고 건방진 여자가 아닌가 생각하고 있었다. 그리고 마침내 일어서서 서둘러 집으로 돌아갈 즈음에는, 워버턴 경에게 말한 것처럼, 자기 자신이 정말 겁이 났다.

13장

　조언을 구하고 싶어서가 아니라——그럴 마음은 조금도 없었다——이런 느낌 때문에 이저벨은 그간 일어난 일을 이모부에게 털어놓게 되었다. 누군가에게 이야기하고 싶었다. 그녀는 더 자연스럽고 인간적인 느낌을 원했는데, 그런 목적에는 이모나 친구인 헨리에타보다 이모부가 적합해 보였다. 물론 사촌 오빠에게도 비밀을 털어놓을 수는 있었다. 하지만 이 특별한 비밀을 랠프에게 떠벌리고 싶은 마음이 생기지 않았다. 그래서 다음날, 아침식사를 마치고 기회를 엿봤다. 이모부는 오후가 될 때까지 방 밖으로 나오는 일이 없었지만, 자신의 허물없는 친구들은——그의 표현이었다——침실 옆방에서 맞이했다. 이저벨은 그렇게 명명된 부류의 친구들에 확실히 속했는데, 거기에는 노인의 아들, 의사, 수발드는 하인, 그리고 스택폴 양까지도 포함되었다. 이모가 이 목록에 이름을 올리지 않았다는 사실 덕분에 이저벨이 집주인을 쉽게 독대할 수 있었다. 신문과 우편물을 옆에 쌓아놓은 채 그는 복잡한 기계장치가 달린 의자에 앉아 열린 창문으로 정원과 강의 서쪽 편을 내려다보고 있었다. 세수와 면도 등을 꼼꼼하게 마친 그는 부드럽고 호기심 어린 얼굴에 자애로운 기대감을 내비쳤다.
　그녀는 단도직입적으로 말했다. "워버턴 경이 제게 청혼했어요. 이모께도 말씀드릴 거지만, 이모부께 먼저 알려드리는 게 좋을 것 같아서요."

노인은 놀란 기색 없이 자기를 믿어줘서 고맙다고 말했다.

"청혼을 받아들였는지 말해줄 수 있겠니?"

"아직 확실한 답을 준 건 아니에요. 시간을 좀 두고 생각하는 게 상대에 대한 예의 같아서요. 하지만 청혼을 받아들일 생각은 없어요."

터칫 씨는 이 점에 관해 아무 말도 덧붙이지 않았다. 사교적인 관점에서 그가 이 문제에 어떤 관심을 갖든 적극적으로 목소리를 낼 사안은 아니라고 여기는 것 같았다. "거봐라, 이곳에서 네가 성공할 거라고 했지. 미국인들은 높은 평가를 받거든."

"정말 높이 평가하는 것 같아요. 하지만 무미건조하고 배은망덕하게 비치더라도 워버턴 경과 결혼할 생각은 없어요."

"그래," 이모부가 말을 이었다. "물론 노인네가 젊은 아가씨의 일에 판단을 내릴 수 없지. 네가 결심이 선 다음에 내게 물어서 다행이라는 생각이 든다. 그런데 이 이야기는 해주어야 할 것 같구나." 그가 별로 중요하지 않은 이야기라는 듯 천천히 덧붙였다. "난 사흘 전부터 알고 있었어."

"워버턴 경의 마음을요?"

"여기서 말하는 식으로, 청혼 의사를 알고 있었지. 내게 썩 유쾌한 편지를 보내 다 털어놓았단다. 편지를 보여주런?" 노인이 자상하게 물었다.

"말씀은 고맙지만 보고 싶지는 않아요. 그런데 그 사람이 이모부에게 편지를 했다니 기쁘네요. 그렇게 하는 것이 옳은 일인데, 옳은 일을 할 게 분명한 사람이잖아요."

"아, 그래, 워버턴 경을 좋아하나보구나!" 터칫 씨가 선언했다. "아닌 척할 필요는 없지."

"몹시 좋아해요. 얼마든지 인정할 용의가 있어요. 하지만 지금 당장은 누구와도 결혼하고 싶지 않아요."

"더 좋아할 수 있는 사람이 나타날 거라고 생각하겠지. 그래, 얼마든지 그럴 수 있어." 터칫 씨가 말했다. 그는 그녀의 결정에 긍정적인 이유를 제시하여, 말하자면, 마음의 부담을 덜어주는 식으로 그녀에게 친절을 베풀고 싶어하는 것 같았다.

"다른 사람을 만나지 못해도 상관없어요. 전 워버턴 경을 꽤 좋아해요." 그녀는 갑작스러운 관점의 변화를 드러냈는데, 이런 경향이 대화 상대들을 놀라게 하고 심지어 불쾌하게 만들기까지 했다.

하지만 그녀의 이모부는 놀라거나 불쾌하지도 않은 것 같았다. "아주 훌륭한 사람이지." 그는 칭찬으로 들릴 수도 있는 그런 어투로 말을 이었다. "내가 지난 몇주 동안 받은 편지 중에서 제일 기분 좋은 편지였어. 그 편지가 좋았던 한가지 이유는 전적으로 너에 관해서였기 때문인 것 같다. 그 자신과 관련된 부분만 빼고 말이다. 워버턴이 이런 이야기를 네게 다 해주었겠지?"

"제가 알고 싶어했다면 다 말해주었을 거예요." 이저벨이 말했다.

"하지만 호기심이 생기지 않던?"

"쓸데없는 호기심이지요. 일단 제가 청혼을 거절하기로 한 이상은 말이에요."

"그 사람 청혼에 충분히 마음이 끌리지 않았던 게지?" 터칫 씨가 물었다.

잠시 침묵하던 그녀가 마침내 인정했다. "마음이 끌렸던 거 같아요. 그런데 제가 왜 거절했는지 모르겠어요."

"다행히도 숙녀들은 이유를 댈 의무가 없지." 그녀의 이모부가 말했다. "그의 청혼은 정말 마음을 끌 만한 구석이 있어. 하지만 영국 사람들이 우리 나라 사람들을 빼가려고 하는 이유를 모르겠다.

우리도 그 사람들을 끌어오려고 하지만, 인구가 부족해서 그러는 거잖아. 여기는 너도 알다시피 붐비잖니. 그렇지만 매력적인 아가씨들을 위한 자리야 어디에든 있는 법이니까."

"이곳에 이모부를 위한 자리도 있잖아요." 이렇게 말한 이저벨의 눈은 널찍하고 아름다운 저택 경내를 둘러보았다.

터칫 씨는 예의 명민한 미소를 지어 보였다. "댓가를 지불한다면 어디에든 자리가 있어. 난 그걸 얻기 위해 너무 많은 걸 지불했다는 생각이 때때로 든다. 너도 그렇게 될지 몰라."

"그럴 수도 있겠지요." 그녀가 대답했다.

그의 조언은 그녀가 생각할 수 있는 것보다 더 구체적인 근거를 제공했다. 이모부의 온화한 통찰을 자신의 딜레마에 적용하자 그녀가 지적 열망과 막연한 야심, 워버턴 경의 아름다운 청원을 넘어서는, 뭔가 막연하고 아마도 바람직하지 않은 것을 지향하는 야심의 희생자가 아니라, 자연스럽고 온당한 삶의 감정들과 교감하고 있음이 증명된 것 같았다. 이 시점에서 꼭 집어 말할 수 없는 무엇이 이저벨의 행동에 영향을 끼치고 있다 해도 그건 캐스퍼 굿우드와의 결합에 대한, 머릿속에서 구체화되지도 않은 생각 때문은 아니었다. 그녀가 영국 청혼자의 조용하지만 호방한 청혼에 어떻게 저항했건 간에 보스턴에서 온 젊은이가 그녀를 확실하게 차지하도록 놔둘 의향도 전혀 없었다. 그의 편지를 읽고 난 다음 그녀는 그가 영국으로 온 것이 잘못이라는 비판적 관점을 도피처로 삼았다. 그녀가 자유를 박탈당하는 듯한 느낌이 그가 행사하는 영향력의 일부였기 때문이다. 그녀의 눈앞에 독특하게 나타나는 그에게는 불쾌하게 강한 압박감이, 지나치게 견고한 존재감이 있었다. 그녀는 순간순간 그 이미지, 그 위협, 그의 항변을 떠올렸고 자신이

한 일을 그가 마음에 들어할까 궁금했다. 이저벨은 어느 누구에게 도 그 정도로 신경을 쓴 적은 없었다. 문제는 그녀가 알고 있는 어 떤 사람보다도, 가엾은 워버턴 경보다도——그녀는 귀족 나리에게 이런 형용사를 부여하는 은전을 베풀게 되었다——그녀에게 캐스 퍼 굿우드는 에너지를 나타냈다. 그녀는 그것을 이미 힘으로 실감 했고, 그게 그의 천성이었다. 힘은 그가 가진 '이점'의 문제가 절대 로 아니었다. 그것은 창문에서 끊임없이 감시하는 사람처럼 밝게 타오르는 그의 눈에 자리 잡은 정신의 문제였다. 그녀가 좋든 싫든 그는 언제나 온몸을 실어, 온 힘을 다해 자신을 주장했다. 일상적인 접촉에서조차도 그 점을 염두에 두어야 했다. 워버턴 경이 제시한 엄청난 '뇌물'을 정면으로 직시하고 거부함으로써 자신의 독립성 에 일종의 개인적인 방점을 찍은 지금으로서는 자유가 줄어들 거 라는 생각이 특히 마음에 들지 않았다. 캐스퍼 굿우드가 자신을 그 녀의 운명으로, 그녀가 알고 있는 가장 완강한 사실로 규정하는 듯 한 순간들이 있었다. 그럴 때면 그를 얼마간 피할 수는 있지만, 결 국에 가서는 타협하지 않을 수 없겠다는 생각이 들었다. 그에게 유 리한 조건의 타협일 게 분명했다. 그런 의무에 저항하는 데 도움이 되는 것들을 활용해야 할 충동을 느꼈고, 이모의 초대를 덥석 받아 들였을 때 이런 충동이 상당 부분 작용했다. 굿우드 씨가 오늘내일 오겠거니 기다리고 있을 때, 그가 꺼낼 게 분명한 말에 대답을 준 비해두어 다행이라고 생각하고 있을 때, 이모가 유럽으로 가자고 제안한 것이다. 이모가 방문한 날 저녁 올버니에서, '유럽'으로 가 자는 이모의 제안이 즉각 펼쳐놓은 굉장한 기회에 마음을 빼앗겨 서 당장은 복잡한 문제들을 논의할 수 없다고 그녀가 말하자 그는 그것을 답변으로 결코 받아들일 수 없다고 했다. 이제 더 나은 답변을 끌어내기 위해 그는 그녀를 쫓아 바다를 건넜다. 굿우드 씨를 당연한 뭔가로 받아들일 수 있게 된 이 변덕스러운 아가씨가 그를 일종의 무자비한 운명으로 규정한 건 그렇다 치자. 하지만 독자는 가까운 거리에서 더 확실하게 볼 권리가 있다.

그는 매사추세츠에 소재한 유명한 면화 공장의 경영주요, 면화 산업에서 상당한 재산을 축적한 한 신사의 아들이었다. 현재 캐스 퍼 굿우드는 그 공장을 운영하고 있으며, 그의 판단력과 기질 덕분 에 격심한 경쟁과 불경기에도 불구하고 사업은 순조로웠다. 그는 교육의 대부분을 하버드에서 받았는데, 그곳에서 그는 지식을 쌓 아가는 학생보다는 체조와 조정 선수로서 이름을 날렸다. 나중에 가서 그는 고도의 지적 작업도 도약하고, 당기고, 힘을 주어야 한 다는 걸, 더 나아가, 신기록을 세우면서 드문 업적을 성취할 수 있 다는 사실을 깨달았다. 그렇게 하여 그는 자신이 역학力學의 신비 를 예리하게 간파하는 눈썰미가 있음을 알게 되었고, 면화 잣는 과 정을 개선하는 장치를 고안했고, 자신의 이름이 붙은 이 발명품은 널리 상용되고 있다. 독자 여러분도 이 유익한 발명품과 관련된 기 사를 신문에서 봤을지도 모른다. 이 점을 확실히 해두기 위해 그는 『뉴욕 인터뷰어』지의 칼럼에 소개된 굿우드 특허품에 대한 자세한 기사를 이저벨에게 보여주었다. 그의 연애사에 우호적이었음이 밝 혀지긴 했어도 스택폴 양이 그 기사를 쓴 것은 아니었다. 그는 복 잡하고 어려운 문제들을 즐겼고, 조직하고, 논쟁하고, 관리하는 걸 좋아했다. 그는 사람들이 자신의 뜻을 따르고, 믿고, 앞서 행진하 며 그 정당성을 입증하게 만들 수 있었다. 이것을 경영자의 기술이 라고들 말한다. 그의 경우에 경영은 한걸음 더 나아가 담대하지만 사변적인 야망에 뿌리내리고 있었다. 그를 잘 아는 사람들은 그가 목화솜을 다루는 일보다 더 큰 일을 할 수도 있으리라고 생각했다. 캐스퍼 굿우드에게는 솜처럼 부드러운 면모가 전혀 없었고, 그의 지인들은 그가 어떻게든 어디서든 더 크게 이름을 날리겠거니 했다. 하지만 거대하고 혼란스러운 뭔가가, 어둡고 추한 뭔가가 그를 불러내야 그렇게 될 터였다. 어쨌든 그는 자기만족적인 평화, 탐욕이나 이익, 광고의 편재遍在가 생명의 숨결인 사물의 체계와 조화를 이룰 수 없었다. 이런 사물의 체계에서 가장 중요한 것은 어디에나 퍼져 있는 광고일 테니 말이다. 이저벨은 그가 말을 타고 큰 전쟁―그녀가 기억하는 어린 시절과 그의 영글어가는 청년 시절에 짙은 그림자를 드리운 남북전쟁과 같은 전쟁―의 소용돌이를 뚫고 돌진할 수도 있으리라고 생각하면 기분이 좋았다.

어쨌든 그녀는―그의 성품이나 외모의 어떤 특징보다도―성격상 그리고 사실상 그가 사람들을 움직이는 인물이라고 생각하는 게 좋았다. 그녀는 그의 면화 공장에 전혀 관심이 없었고, 굿우드의 특허는 그녀의 상상력을 완전히 얼어붙게 만들었다. 그의 남성성에서 일점일획도 감하고 싶은 생각이 없었지만, 예컨대 그의 외모가 좀 달라 보이면 더 낫지 않을까 하는 생각을 하기는 했다. 그의 턱은 너무 네모나고 딱딱했으며, 체형은 너무 꼿꼿하고 뻣뻣했다. 이런 양상들은 삶의 더 깊은 리듬과 넉넉하게 조화를 이룰 수 없음을 암시했다. 그리고 언제나 똑같은 방식으로 옷을 차려입는 그의 습성도 호감이 가지 않았다. 늘 똑같은 옷을 입는 게 아님은 분명했다. 오히려 그의 옷들은 아주 새 옷처럼 보이는 쪽이었다. 그러나 모두 한가지 천으로 만든 것처럼 보였다. 옷과 옷을 걸친 사람이 너무 따분하게 평범했기 때문이다. 그렇게 중요한 사람에게 이건 경박한 비판이라고 그녀는 여러차례 자신을 나무라기도 했다.

그러면서 그녀가 그를 사랑할 때만 그게 경박한 비판이 된다는 반론을 제기했다. 그녀는 그를 사랑하지 않았으므로 그의 큰 결점뿐 아니라 작은 결점도 비판할 수 있다. 큰 결점에 관한 한 그가 너무 진지하다는 식의 비판으로 한데 뭉뚱그려야 할 텐데, 더 정확히 말하자면, 진지하지 않다는 비판이 될 것이다. 아무도 그가 진지하게 보이는 만큼 진지할 수 없었기 때문이다. 그는 자신의 욕구와 목적을 너무나 단순하고 꾸밈없이 드러냈다. 그와 단둘이 있으면 그는 똑같은 화제로 너무 많은 이야기를 했고, 다른 사람이 있으면 어떤 주제에 대해서도 거의 아무 말을 하지 않았다. 하지만 더없이 강건하고 흠잡을 데 없는 그의 몸은 대단히 멋졌다. 그녀는 박물관과 초상화에서 본 갑옷을, 금으로 아름답게 상감된 강철 갑옷을 입은 전사들의 꼭 맞아떨어지는 신체의 각 부위를 바라보듯 그의 균형 잡힌 신체 부위를 바라보았다. 아주 이상했다. 그녀의 느낌과 행동 사이에 확실한 연결고리가 과연 있기나 한 걸까? 캐스퍼 굿우드는 그녀가 생각하는 유쾌한 사람의 이미지와 일치한 적이 한번도 없었다. 그래서 그를 그렇게 가차 없이 비판할 수 있다고 그녀는 생각했다. 하지만 그런 인물형과 일치할 뿐 아니라 그 의미를 확장하기도 하는 워버턴 경이 청혼을 받아들여달라고 호소했을 때 그래도 만족하지 못하는 자신을 발견했다. 그건 정말 이상한 일이었다.

이렇게 자기모순을 의식하자 굿우드 씨의 편지에 답장을 쓰기 어려워졌다. 이저벨은 얼마 동안 답장을 하지 않기로 마음먹었다. 쫓아다니며 그녀를 힐문할 작정이라면, 손해를 감수할 준비도 해야 하리라. 우선 손꼽을 손해는 그의 가든코트 방문을 이저벨이 조금도 기꺼워하지 않는다는 걸 자각하는 게 되리라. 이곳은 이미 다른 청혼자의 급습을 면하기 힘든 장소가 되었다. 영국과 미국 양쪽에서 높은 평가를 받는 게 기분이 좋을 수도 있지만, 두명의 열정적인 청혼자들을 한꺼번에 맞이한다는 건—단념시키기 위해 맞이한다고 하더라도—악취미 같았다. 그녀는 굿우드 씨에게 답장을 하지 않았다. 하지만 삼일째 되는 밤 워버턴 경에게는 편지를 썼는데 이 편지는 우리의 이야기에 포함된다.

친애하는 워버턴 경

얼마 전의 사려 깊으신 제안을 진지하게 생각했지만 제 마음이 바뀌지는 않았습니다. 저는, 저는 진정으로, 진실로, 당신을 인생의 반려로 생각할 수 없습니다. 그리고 당신의 집을—당신의 여러집들을—제 생활의 정해진 거처로 생각할 수 없습니다. 이런 일은 이성적으로 설명할 수 없으므로 우리가 그토록 자세하게 논의한 문제로 돌아가지 않기를 충심으로 부탁드립니다. 우리는 각자의 관점에서 삶을 바라보지요. 그건 가장 약하고 가장 미천한 사람들에게도 주어진 특권입니다. 저는 당신이 제안한 방식으로 제 삶을 바라볼 수 없을 것 같습니다. 부디 이것으로 족하다고 해주셨으면 좋겠습니다. 그리고 제가 당신의 청혼을 그 중요성에 걸맞게 정중하고 진지하게 고려했음을 믿어주시기 바랍니다. 심심한 존경을 표하며 충심으로 총총.

이저벨 아처

편지의 작성자가 편지를 보내기로 마음을 정하는 동안 헨리에타 스택폴은 전혀 망설임 없이 단호한 결정을 내렸다. 스택폴 양이 랠프 터칫에게 정원으로 나가 걷자고 말하자 그녀에게 한결같이 큰 기대를 걸고 있음을 입증하려는 듯 그가 재빨리 응했는데, 그때 그녀는 부탁할 게 있다고 했다. 이런 통보에 젊은이가 움찔했음을 고백해야 할 것 같다. 스택폴 양이 자신의 유리한 입지를 밀어붙이는 경향이 있다는 인상을 그가 받은 걸 우리는 알고 있다. 그러나 이치에 맞지 않는 경계심이었다. 그녀가 어떤 영역에서 부적절하게 구는지 분명하게 알고 있지만, 얼마나 심하게 부적절할 수 있을지는 알지 못했기 때문이다. 그는 예의를 극진하게 갖춰 도움이 되기를 바란다는 의사를 밝혔다. 그는 그녀를 겁냈고 이내 그렇게 말하기도 했다. "당신이 어떤 눈길로 쳐다보면 무릎이 덜덜 떨리고 혼비백산하게 돼요. 지금도 불안에 떨고 있는데, 다만 당신의 명령에 따를 수 있는 힘이 남아 있기를 바랄 따름입니다. 당신처럼 말하는 여자를 저는 한번도 본 적이 없거든요."

"그래요," 헨리에타가 기분 좋게 응대했다. "전에는 절 어떻게든 무안하게 만들려고 하신다는 걸 잘 몰랐지만 지금은 알아요. 물론 제가 놀려먹기 좋은 상대이긴 해요. 관습과 사상이 아주 다른 나라에서 자랐으니까요. 전 당신들이 자의적으로 만든 기준에 익숙하지 않아요. 미국에서는 아무도 당신이 말하는 식으로 제게 말을 걸지 않거든요. 그곳에서 신사와 대화를 나누고 있는데 그런 식으로 말했다면 난감했을 거예요. 미국에서는 모든 걸 더 자연스럽게 받아들여요. 우리는 훨씬 더 단순하거든요. 인정해요. 저도 아주 단순해요. 그래서 비웃겠다면 맘대로 하세요. 하지만 대충 가늠해보면 당신보다는 나인 게 좋아요. 전 제 자신에게 만족해요. 달라지고 싶지 않아요. 나를 있는 그대로 평가해주는 사람들도 많아요. 그 사람들은 멋지고 참신한, 자유인으로 태어난 미국인들이 틀림없으니까!"요즈음 헨리에타는 무력한 순수함과 과장된 겸양의 말투를 취했다. "절 조금 도와주셨으면 해요." 그녀가 말을 이었다. "그렇게 해주시면서 절 놀려먹는 건 전혀 개의치 않을게요. 아니, 보답으로 놀려먹겠다고 해도 기꺼이 받아들이겠어요. 이저벨 일을 좀 도와주셨으면 해서요."

"이저벨 때문에 마음이 상했나요?" 랠프가 물었다.

"그랬다고 해도 저는 개의치 않을 거고, 당신에게 털어놓지도 않을 거예요. 이저벨이 자기에게 해로운 일을 할까봐 걱정하는 거예요."

"충분히 그럴 수 있다고 생각해요." 랠프가 말했다.

헨리에타는 정원의 오솔길에서 멈춰서더니 예의 그 응시로 그를 당황하게 만들었다. "그것도 오락거리로 삼겠지요. 그 말투가 뭐람! 그렇게 무관심한 말투라니."

"이저벨에게 무관심하다고? 아, 그건 아니죠."

"저런, 걔를 사랑하는 건 아니시길 바라요."

"어떻게 그럴 수 있겠어요. 내가 다른 사람과 사랑에 빠졌는데?"

"당신은 당신 자신과 사랑에 빠졌어요. 당신이 그 '다른 사람'이에요!" 스택폴 양이 선언했다. "인생에 퍽이나 도움이 되겠네요! 하지만 평생을 통틀어 한번이라도 진지해지고 싶다면 이번이 좋은 기회예요. 사촌 동생을 걱정하는 마음이 정말 있다면 그걸 입증할 기회라고요. 걔를 이해할 거라고는 기대하지 않아요. 그건 너무 많은 걸 요구하는 거니까. 하지만 제 부탁을 들어주기 위해 그럴 필요까지는 없어요. 머리를 쓰는 일은 제가 할 테니까요."

"그거 정말 재미있겠군!" 랠프가 큰 소리로 말했다. "제가 캘리밴 할 테니 당신은 에어리얼 하세요.[14]"

"당신은 캘리밴과 전혀 닮지 않았어요. 당신은 복잡한데 캘리밴은 그렇지 않잖아요. 그런데 저는 상상 속 인물을 말하는 게 아니에요. 이저벨 이야기예요. 걔는 강렬하게 실재하는 인물이죠. 제가 말씀드리고 싶은 건 걔가 끔찍할 정도로 변했다는 거예요."

"당신이 여기 온 다음인가요?"

"오고 난 다음이기도 하고 그 이전이기도 해요. 예전에 그렇게 멋있던 애가 아니에요."

"미국에서보다 말인가요?"

"그래요, 미국에 있을 때보다요. 걔가 거기서 왔다는 건 알고 계실 테죠. 걔들 태어난 나라를 어떻게 바꾸겠어요. 미국에서 왔다고요."

"원래 상태로 돌려놓고 싶다는 말인가요?"

"물론이지요. 그래서 당신의 도움이 필요해요."

"아, 전 캘리밴일 뿐이지 프로스퍼로우[15]는 아닌데." 랠프가 말했다.

"프로스퍼로우 노릇을 하셔서 애가 딴사람이 된걸요. 이저벨 아처가 여기 온 후 계속 영향력을 발휘했잖아요, 터칫 씨."

"제가요, 스택폴 양? 천만에요, 이저벨 아처가 영향력을 발휘했죠. 그래요, 이저벨은 모든 사람을 바꿔놓아요. 저로 말하자면 완벽하게 수동적이었어요."

"그렇다면 너무 수동적이었다고 해두지요. 이제라도 분발해서 신경 좀 쓰세요. 이저벨은 하루가 다르게 변하고 있어요. 떠내려가고 있어요. 망망대해로 말이에요. 지켜봤기 때문에 알 수 있어요.

---

14 셰익스피어의 희극 『태풍』(*Tempest*)에 나오는 인물들.
15 셰익스피어 『태풍』에 나오는 등장인물.

왕년의 그 빛나는 미국 처녀가 아니에요. 사고방식이 달라지고 성격도 변하고, 예전의 이상에 등을 돌리고 있어요. 전 그 이상을 살리고 싶어요, 터칫 씨. 바로 여기서 당신의 쓸모가 생기는 거죠."

"이상으로서의 쓸모는 아니겠지요?"

"글쎄요, 그건 아니겠지요." 헨리에타가 냉큼 답했다. "얘가 끔찍한 유럽 남자를 하나 골라 결혼할까봐 정말 겁이 나요. 그래서 그걸 막으려고요."

"아, 알겠어요." 랠프가 외쳤다. "그걸 막기 위해 제가 나서서 이저벨과 결혼해야 한다는 거죠?"

"그건 아니에요. 그런 식의 치료는 병보다 더 고약할걸요. 이저벨을 당신같이 끔찍한 유럽 남자의 전형으로부터 구해내고 싶은 거니까. 아니에요, 저는 당신이 다른 사람에게 관심을 가져주었으면 해요. 이저벨이 한때 진지하게 구애를 부추기다가 지금은 그럴 정도로 훌륭하지는 않다고 생각하는 젊은이요. 진짜 대단한 남자이고 아주 소중한 친구예요. 그 사람을 이곳에 초대해주시면 정말 좋겠어요."

그녀의 부탁은 랠프를 어리둥절하게 만들었다. 그것을 단박에 가장 단순한 의미로 받아들이지 못한 걸 보면 그의 마음이 썩 순수하다고 하기는 어려우리라. 그의 관점에서 보면 그 부탁에는 뭔가 복선이 있었다. 그의 과오는 스택폴 양의 부탁이 정말이지 세상의 무엇보다도 솔직담백한 것임을 제대로 확신하지 못한 데 있었다. 젊은 여자가 아주 소중한 친구로 묘사한 신사에게 다른 여자의 호감을 살 기회를 주자고 말하는데, 문제의 그 여자는 다른 데로 관심을 돌렸고 그녀보다 더 매력적이다. 순간 그는 독해력을 고도로 발휘해야 할 이례적인 상황이라는 생각이 들었다. 텍스트를 따라가기보다 행간을 읽는 게 더 쉬웠고, 스택폴 양이 자신의 이익을 위해 이 신사를 가든코트에 초대하고 싶어한다고 가정한 건 그가 저속해서가 아니라 혼란에 빠졌기 때문이었다. 하지만 랠프는 저속함이라는 경미한 죄조차 범하지 않을 수 있었다. 영감이라고밖에 표현할 수 없는 어떤 힘이 작용해서, 그 문제에 대해 이미 아는 것보다 더 알아낸 게 없는 채로 그는 『인터뷰어』지 특파원의 어떤 행동에서든 비열한 의도를 읽어낸다는 것은 최악의 불의라는 확신을 갑자기 갖게 됐다. 이런 확신이 즉각 그의 마음에 빛을 비추었다. 젊은 숙녀의 차분한 응시가 발하는 순수한 광휘가 그 빛을 밝혔으리라. 그는 순간 의식적으로 ─ 커다란 발광체 앞에서 눈이 부셔 찡그리게 되지만 그러지 않으려고 애쓰듯이 ─ 그녀의 도전을 받아들였다. "말씀하시는 신사가 누군데요?"

"캐스퍼 굿우드라고 보스턴 출신이에요. 이저벨에게 지극정성을 다했고, 더이상 그럴 수 없을 정도로 열렬하게 사랑했어요. 이저벨을 쫓아 이곳으로 건너와서 지금 런던에 머무르고 있어요. 주소는 모르지만, 알아볼 수는 있어요."

"전 이름을 들어본 적이 없군요." 랠프가 말했다.

"그럼요, 모든 사람의 이름을 들어보지는 못하셨겠지요. 그 사람도 당신 이름을 들어본 적이 없을 테니까. 그게 그 사람이 이저벨과 결혼할 수 없는 이유가 될 수는 없어요."

랠프는 살짝 애매모호하게 웃었다. "사람들 결혼시키는 데 아주 재미를 붙이셨군. 얼마 전에는 절 결혼시키려고 애쓰던 거 기억나시는지?"

"그건 극복했어요. 당신은 결혼이라는 개념을 어떻게 받아들여야 하는지 모르더군요. 하지만 굿우드 씨는 알아요. 그래서 그 사람이 좋아요. 훌륭한 사람이고 완벽한 신사예요. 이저벨도 그 사실을 잘 알고 있어요."

"이저벨이 그 사람을 아주 좋아하나요?"

"좋아하지 않는다면 좋아해야 마땅하지요. 그 사람은 개한테 푹 빠져 있는걸요."

"제가 그 사람을 이곳으로 초대하기를 원하신다고요." 랠프가 생각에 잠겨 말했다.

"진정한 환대의 행위가 될 거예요."

"캐스퍼 굿우드." 랠프가 말을 이었다. "좀 특이한 이름이군요."

"이름이 뭐든 상관없어요. 그 사람 이름이 이지키얼 젠킨스라고 하더라도 전 똑같은 말을 할 거예요. 제가 본 사람 중 이저벨과 맞는다고 생각하는 유일한 남자라고요."

"아주 헌신적인 친구시군요." 랠프가 말했다.

"물론이지요. 경멸의 뜻으로 하신 말씀이라도 전 괜찮아요."

"경멸의 뜻으로 말한 게 아닙니다. 정말 깊은 인상을 받았어요."

"야유가 정말 심하시네요. 하지만 굿우드 씨는 비웃지 않는 게 좋을 거예요."

"정말 진지하게 하는 말입니다. 진지한 건 알아채셔야지요."

순간 스택폴 양은 알 수 있었다. "당신 말을 믿어요. 그런데 이제는 너무 진지하시네요."

"까다로운 분이라 기분 맞추기 힘들군요."

"아, 정말 진지하시네요. 굿우드 씨를 가든코트에 초대하지 않으시겠죠."

"모르겠어요." 랠프가 말했다. "난 이상한 짓도 할 수 있으니까. 굿우드 씨에 대해서 좀더 이야기를 해주시죠. 어떤 사람인가요?"

"당신과는 정반대예요. 면화 공장을 경영해요. 아주 견실한 공장이지요."

"호감이 가는 사람인가요?"

"행동거지가 훌륭하지요―미국식으로."

"우리의 작은 모임에 유쾌한 일원이 될까요?"

"우리의 작은 모임에는 관심이 별로 없을걸요. 이저벨에게 집중할 테니까."

"내 사촌이 그걸 좋아할까요?"

"좋아하지 않을 가능성이 훨씬 높지요. 하지만 걔한테 좋은 일이에요. 생각을 돌려놓을 테니까."

"돌려놓다니요? 어디로 돌려놓는다는 말이죠?"

"이국적인 곳과 그밖에 수상한 곳으로부터요. 삼개월 전만 해도 굿우드 씨가 청혼하면 받아들일 거라고 생각할 근거를 이저벨이 충분히 제공했거든요. 미국을 떠났다고 진정한 친구를 배반하는 건 이저벨답지 않아요. 저도 미국을 떠나왔지만, 결과적으로 옛날 친구들을 더욱 소중하게 생각하게 되었어요. 전 원래의 이저벨로 빨리 돌아갈수록 좋다고 믿어요. 그애를 잘 아는데, 여기서는 진정으로 행복할 수 없어요. 전 이저벨이 강력한 미국적인 인연을 만들었으면 해요. 그게 예방책이 되겠죠."

"그런데 좀 서두르는 건 아닐까요?" 랠프가 물었다. "그녀가 가없은 구닥다리 영국을 더 둘러볼 기회를 줘야 한다고 생각하진 않나요?"

"빛나는 젊음을 망칠 기회요? 물에 빠진 소중한 인명을 구하는데 아무리 서둘러도 지나치지 않지요."

"그럼 물에 빠진 그녀를 구하라고 굿우드 씨를 배 밖으로 던지자—이렇게 이해하면 되겠군요." 그리고 그가 덧붙였다. "그런데 이저벨이 그 친구 이름을 한번도 언급한 적이 없다는 걸 아시는지?"

헨리에타는 재기 발랄하게 웃었다. "그 말을 들으니 정말 기쁘네요. 걔가 얼마나 그 사람 생각을 하는지 말해주니까요."

랠프는 이 말에 충분한 타당성이 있음을 인정하는 듯했고, 그녀가 곁눈으로 지켜보는 동안 깊은 생각에 잠겼다. "내가 굿우드 씨를 초대한다면," 마침내 그가 말했다. "그건 싸움을 걸기 위해서일 겁니다."

"그러지 않는 게 좋을걸요. 그 사람이 이길 테니까요."

"내가 그 사람을 미워하도록 진짜 최선을 다하시네! 초대하지 않는 게 좋겠다는 생각이 드는군요. 제가 무례하게 굴까봐 걱정이 됩니다."

"좋으실 대로 하세요." 헨리에타가 대꾸했다. "당신이 이저벨과 사랑에 빠진 걸 몰랐군요."

"진짜 그렇게 믿고 하는 말인가요?" 젊은이가 눈썹을 치켜뜨고 물었다.

"듣던 중 가장 꾸밈없는 말씀이었어요! 물론 그렇게 믿어요." 스택폴 양이 재치 있게 대꾸했다.

"그럼," 랠프가 매듭을 지었다. "당신이 틀렸다는 걸 입증하기 위해 그를 초대하기로 하죠. 물론 당신의 친구로 초대해야겠지요."

"그 사람이 제 친구 자격으로 오지는 않을 거예요. 그리고 제가 틀렸음을 입증하기 위해 초대하시는 건 아닐걸요. 스스로 확인하고 싶어서니까."

랠프 터칫은 스택폴 양의 마지막 발언에 —둘은 여기까지 이야기한 다음 헤어졌다— 약간의 진실이 있다고 인정하지 않을 수 없었다. 하지만 명료하게 인정하지 않기 위해 진실의 날을 무디게 만들어 약속을 어기는 것보다는 지키는 게 더 경솔한 행동이라는 의구심에도 불구하고 결국 가든코트의 작은 모임에 스택폴 양이 귀한 손님으로 와 있는데 굿우드 씨가 합류하신다면 부친인 터칫 씨에게 큰 기쁨이 될 거라는 여섯줄짜리 짧은 편지를 썼다. 이 편지를 헨리에타가 넌지시 알려준 은행가에게 보내 전달이 되도록 한 다음, 그는 약간 마음을 졸이며 기다렸다. 그는 이 새로운 위협적인 존재의 이름을 처음 알게 되었다. 어머니가 미국에서 왔을 때 본국에 사촌 여동생을 좋아하는 남자가 있다고 했지만 현실감은 없었고, 굳이 묻지 않은 것은 답변을 들어봐야 막연하거나 불쾌한 느낌이 들 것 같아서였다. 하지만 이제 사촌을 겨냥한 본국의 애정 공세가 한층 구체화되었다. 그녀를 뒤쫓아 런던까지 온 젊은이로, 면화 공장에 관심이 있으며 행동거지가 미국식으로 훌륭한 젊은이의 형태로 구체성을 띠었다. 랠프는 이 훼방꾼에 대해 두가지 가설이 있었다. 스택폴 양이 그의 열정을 감상적인 허구로 지어낸 거라면 걱정할 필요가 없고, 그가 초대를 받아들이지 않을 가능성이 높았다. (여자 친구들 사이에는 서로 애인을 찾아주거나 만들어주어야 한다는, 동성의 유대감에서 나오는 암묵적인 합의가 언제나 자리 잡고 있다.) 그가 초대를 받아들이는 경우 그는 너무나 무분별한 사람이라 더이상 신경을 쓸 필요가 없을 것이다. 랠프의 논증에서 두번째 조항은 모순적으로 보일 수도 있었다. 하지만 이 조항은 굿우드 씨가 스택폴 양의 말처럼 이저벨에게 진지한 관심이 있다면 스택폴 양의 부름을 받고 가든코트에 나타나지는 않을 거라는 확신에 근거했다. "이런 가설에 입각하면," 랠프가 생각했다. "그 친구가 스택폴 양을 장미 줄기의 가시로 여기는 게 틀림없어. 중매

쟁이로서 그녀가 요령이 부족하다고 느끼지 않을 수 없을걸."

초청장을 보내고 이틀 후 그는 캐스퍼 굿우드로부터 짤막한 편지를 받았다. 초대는 감사하지만 다른 일정이 있어서 가든코트 방문이 불가능함을 유감으로 생각하며 스택폴 양에게 안부를 전해 달라는 내용이었다. 랠프는 헨리에타에게 편지를 건네주었고, 편지를 읽은 그녀는 이렇게 말했다. "원, 이렇게 딱딱한 편지는 처음 봐요!"

"당신이 생각하는 것처럼 내 사촌 누이를 좋아하는 것 같지는 않네요." 랠프가 말했다.

"아니, 그래서가 아니에요. 더 섬세한 동기가 있어요. 속이 정말 깊은 사람이거든요. 하지만 무슨 속셈인지 알아야겠어요. 편지를 써서 왜 그러는지 알아봐야지."

초대를 거절당하자 랠프는 막연한 불안감을 느꼈다. 우리의 친구는 굿우드가 가든코트의 초대를 사절한 순간 그를 중요 인물로 여기게 되었다. 그는 이저벨을 연모하는 남자들이 악한이건 게으름뱅이건 무슨 상관이란 말인가 하고 자문했다. 그들은 그의 연적이 아니고, 자기들이 가진 재능을 발휘하고 싶으면 얼마든지 그렇게 해도 상관없었다. 그럼에도 그는 굿우드 씨가 뻣뻣하게 나온 원인을 스택폴 양이 알아보겠다고 한 것에 강한 호기심을 느꼈다. 현재로서는 그의 호기심이 충족되지는 않았다. 사흘 후 그가 런던으로 편지를 썼느냐고 물었을 때 그녀는 편지를 썼지만 헛수고였다고 고백해야만 했다. 굿우드 씨가 답장을 하지 않았다는 것이다.

"곰곰이 생각하고 있는 거예요." 그녀가 말했다. "그 사람은 모든 걸 고려해요. 정말이지 전혀 충동적이지 않지요. 하지만 내 편지에는 그날로 답장을 하는 사람인데." 얼마 후 그녀는 이저벨에게 여하튼 런던으로 함께 나들이 가자고 제안했다. "솔직히 말하면," 그녀가 말했다. "여긴 볼 게 별로 없어. 너도 아니라고는 하지 못할 거야. 그 귀족은 코빼기도 못 봤어. 이름이 뭐랬더라? 워버턴 경이었지. 그 사람은 너에게 엄청 무심한 것 같은데."

"워버턴 경이 내일 온다더라." 그녀의 친구가 답했다. 이저벨은 로클리의 주인에게서 답장을 받은 것이다. "그 사람을 샅샅이 해부할 기회가 있을 거야."

"그래, 기행문 한편 정도로 그를 써먹을 수 있겠지. 하지만 오십 편을 쓰고 싶은데 겨우 한편이 뭐니? 이 근방 풍경은 모조리 묘사했고, 할머니와 당나귀를 마구 격찬했어. 네가 뭐라고 하든 풍경만으로는 생생한 기행문이 안 나와. 런던으로 돌아가서 진짜 삶을 봐야겠어. 그곳에서 겨우 사흘 보냈는데, 안면을 트기에는 너무 짧은 시간이잖아."

뉴욕에서 가든코트로 여행하는 동안 영국의 수도를 스택폴 양보다도 더 짧은 기간에 지나쳤던 이저벨은 함께 런던을 둘러보자는 헨리에타의 제안에 반색했다. 정말 멋진 생각이었다! 그녀가 늘 거대하고 풍요로운 모습으로 상상한 런던의 조밀하고 세세한 풍경에 호기심이 일었다. 그들은 함께 계획을 짰고, 꿈처럼 보낼 시간들을 떠올리며 즐거워했다. 그림같이 예쁜 오래된 여관, 찰스 디킨스가 묘사한 그런 여관 중 하나에 묵을 것이고 멋진 승합마차를 타고 도시를 누비리라. 헨리에타는 여류 문인이었고, 여류 문인의 커다란 이점은 어디든지 갈 수 있고 무슨 일이든 할 수 있다는 데 있다. 커피하우스에서 식사를 하고 그다음엔 연극을 보러 가리라. 웨스트민스터 대성당과 대영박물관을 구경하고, 존슨 박사, 골드스미스와 애디슨이 살던 집에도 가보리라. 이저벨은 기대에 부풀어 이 빛나는 몽상을 랠프에게 털어놓았다. 그녀가 기대하는 공감을 표하는 대신 그는 한참 배꼽을 잡고 웃었다.

"재미있는 계획이다." 그가 말했다. "코벤트가든[16]의 듀크스 헤드에도 한번 가봐. 쾌적하고 격식을 차리지 않는 구식 호텔인데, 널내 클럽 명부에 올리라고 말해놓을게."

"부적절한 행동이라는 거예요?" 이저벨이 물었다. "맙소사, 이곳에 부적절하지 않은 게 어디 있기나 해요? 헨리에타와 함께라면 어디든 갈 수 있어요. 걔는 그런 식의 장애물을 인정하지 않아요. 미 대륙 전역을 돌아다녔으니 이 조그만 섬에서 어떻게 하든 길을 찾아갈 수 있다니까요."

"아, 그래," 랠프가 말했다. "그녀의 보호에 편승해 나도 런던에 올라가야겠다. 그렇게 안전하게 여행할 기회가 없을 테니 말이다."

14장

스택폴 양은 곧바로 떠날 채비를 하려고 했다. 하지만 우리가 알고 있는 대로 가든코트를 다시 방문하겠다는 워버턴 경의 통보를 받은 이저벨은 남아서 그를 만나는 게 의무라고 생각했다. 네댓새 동안 그는 그녀의 편지에 답장하지 않았다. 그리고 이틀이 더 지나고 점심때 들르겠다는 편지가 왔다. 이렇게 미루고 지체하는 태도에서 그녀의 마음에 와닿는 뭔가가 있었다. 그녀를 거칠게 밀어붙이지 않으려는 듯, 사려 깊고 참을성 있게 대하려는 마음이 새삼

---

16 당대에는 여성에게는 적절치 않다고 여겨진 숙박업소들이 소재한 지역.

느껴진 것이다. 곱씹어볼수록 그가 그녀를 '정말 좋아한다'는 확신이 들게 하는 배려였다. 이저벨은 이모부에게 그가 답장을 했다고 알렸고, 방문할 거라는 말도 덧붙였다. 그래서 노인은 보통 때보다 일찍 방에서 나와 2시 식사 시간에 나타났다. 감시자의 역할을 자임하려는 것은 결코 아니었다. 같이 있다가 이저벨이 손님에게 이야기를 다시 꺼낼 기회를 줄 듯싶으면 둘이 함께 자리를 뜰 구실을 제공하겠다는 자애로운 소신의 결과였다. 그 명사는 로클리에서 마차를 타고 큰누이와 함께 왔다. 아마도 터칫 씨와 비슷한 생각에서 취한 조처였던 것 같다. 손님들에게 스택폴 양이 소개되었고, 그녀는 식탁에서 워버턴 경의 옆자리를 차지했다. 그가 너무 서둘러 제기한 문제를 재론하고 싶지 않아서 심란한 상태였던 이저벨은 자신의 존재가 당연하게 불러일으키리라 짐작한 감정적 동요의 징후들을 썩 잘 감춘 그의 쾌활한 침착함에 감탄하지 않을 수 없었다. 그는 그녀 쪽을 보지도, 말을 걸지도 않았다. 그가 드러낸 유일한 감정적 동요는 그녀와 눈이 마주치지 않게 피하는 것뿐이었다. 하지만 다른 사람들과는 이야기를 많이 했고, 식사도 요리를 품평해가면서 맛있게 먹었다. 매끈한 이마가 수녀 느낌을 풍기는 몰리뇌 양은 목에 큰 은십자가를 걸고 있었고, 헨리에타 스택폴 양에게 정신이 팔린 게 분명한 듯 깊은 경계심과 동경 어린 호기심이 엇갈리는 눈길을 떼지 못했다. 이저벨은 로클리의 두 숙녀 중 그녀가 더 좋았다. 그녀는 대대로 이어받은 고요함으로 충만했다. 몰리뇌 양의 온화한 이마와 은십자가가 ─ 예스러운 수녀원장직이 복원되는 멋진 일과 같은 ─ 영국 국교의 불가사의한 비의秘儀와 연관이 있는 게 틀림없다는 생각까지 들었다. 아처 양이 오빠의 청혼을 거절했다는 사실을 몰리뇌 양이 알게 되면 어떤 반응을 보일지 궁금했다. 하지만 워버턴 경이 누이에게 절대 그런 말을 할 리 없으니 끝까지 모를 게 분명했다. 누이를 사랑하고 다정하게 대해주지만 대체로 그는 속내를 털어놓지 않으리라. 어쨌든 이것이 그녀의 추론이었다. 식사 중 대화를 나눌 때를 제외하면, 그녀는 대개 주변 사람들에 대한 이런저런 가설을 세우는 데 열중했다. 몰리늬 양이 혹여 아처 양과 워버턴 경 사이에 무슨 일이 일어났는지 알게 된다면, 그녀가 멋진 기회에 부응하지 못한 데 경악하리라. 아니, 그보다는—이것이 우리 여주인공의 최종적인 입장이었다—한쪽이 기우는 혼사에 미국 처녀가 마땅히 느꼈을 자의식 탓으로 돌리리라.

이저벨이 주어진 기회를 어떻게 활용했건 간에, 헨리에타 스택폴은 물 만난 물고기처럼 이런 호기를 놓칠 마음이 조금도 없었다. "당신이 제가 만난 최초의 귀족이라는 걸 아세요?" 그녀는 옆 사람에게 즉각 말을 건넸다. "절 아주 미개하다고 생각하실 테지요."

"아주 못생긴 남자들을 만나는 걸 피하신 셈이죠." 워버턴 경이 약간 방심한 상태로 식탁을 바라보며 대답했다.

"그렇게 못생겼어요? 미국에서는 귀족들은 모두 잘생겼고 당당하고 멋진 예복과 왕관을 쓴다고 믿는걸요."

"아, 예복과 왕관은 유행이 지났습니다." 워버턴 경이 말했다. "미국에서 도끼와 권총이 사라진 것처럼 말이죠."

"그건 유감이네요. 귀족계급은 화려해야 한다고 생각해요." 헨리에타가 선언했다. "그걸 빼면 남는 게 뭐가 있겠어요?"

"아, 아시다시피 최선의 상태에서도 대단할 게 없지요." 워버턴 경이 답했다. "감자 드시겠어요?"

"유럽 감자는 별로 좋아하지 않아요. 미국의 평범한 신사와 다를 게 없으시네요."

"제발 그렇게 대해주세요." 워버턴 경이 말했다. "감자 없이 어떻게 사시는지 모르겠네요. 여기서는 드실 만한 게 거의 없을 텐데요."

헨리에타는 잠시 침묵을 지켰다. 빈정대는 말일 가능성이 있었다. "이곳에 오고 나서 식욕이 거의 없어졌어요." 그녀가 드디어 입을 열었다. "그러니까 상관없어요. 그런데 전 당신을 인정하지 않아요. 이 말씀은 드려야 할 것 같네요."

"인정하지 않으신다고요?"

"그래요, 아무도 대놓고 그렇게 말한 사람이 없을 거예요, 그렇죠? 저는 귀족계급을 제도로 인정하지 않아요. 세상은 그런 제도를 넘어서 아주 멀리까지 나아갔으니까요."

"아, 저도 그렇게 생각해요. 저도 제 자신을 조금도 인정하지 않습니다. 어떨 때는 이런 생각도 듭니다. 내가 '내가' 아니라면 어떻게 내게 반대를 제기해야 하나―무슨 말인지 아시겠어요? 하지만 이런 좋은 점은 있습니다. 자기를 대단하게 생각하는 허영심은 자제할 수 있지요."

"그럼 포기하지 그러세요?" 스택폴 양이 물었다.

"뭘―포기하나요?" 워버턴 경이 물었다. 그녀의 거친 말투를 아주 부드럽게 받으면서 말했다.

"귀족의 지위를요."

"아, 대단한 귀족도 아닌걸요. 당신 같은 미국 사람들이 끈질기게 환기하지 않으면 제가 귀족이라는 사실도 정말이지 잊어버릴 정도예요. 하지만 조만간 포기할 작정이랍니다. 귀족이 이제 별거 아니지만 말이죠."

"그렇게 하시는 걸 보고 싶어요." 헨리에타가 다소 무뚝뚝하게 외쳤다.

"그렇게 되면 초대하겠습니다. 저녁 먹고 춤도 춥시다."

"그런데요," 스택폴 양이 말했다. "저는 다양한 각도에서 바라보고 싶어요. 저는 특권계급을 인정하지 않지만, 그 사람들 입장에서 하는 이야기를 듣고 싶거든요."

"보시다시피 저는 할 말이 거의 없습니다!"

"생각을 좀더 듣고 싶은데," 헨리에타가 말을 이었다. "계속 딴 데를 보시네요. 제 눈과 마주치는 걸 겁내시잖아요. 절 피하고 싶으신 거죠."

"아니요, 무시당한 저 감자들을 지켜보고 있을 뿐입니다."

"그럼 저 젊은 숙녀, 누이동생에 대해 말씀해주세요. 잘 이해를 못했어요. 동생분도 작위가 있나요?"

"누이는 정말 좋은 처녀예요."

"말씀하시는 투가 마음에 안 드는군요. 화제를 바꾸고 싶어하시는 것 같네요. 누이의 지위가 당신보다 낮은가요?"

"우리 둘 다 이렇다 할 지위가 없습니다. 하지만 누이가 저보다 더 잘 지내지요. 성가신 일이 하나도 없으니까요."

"그래요, 성가신 일이라곤 없는 사람처럼 보여요. 저도 그렇게 걱정거리가 없으면 좋겠어요. 다른 건 몰라도 이곳에서는 조용한 사람들을 길러내는 거 같아요."

"아, 우리는 대체로 삶을 편안하게 받아들이거든요." 워버턴 경이 말했다. "그리고 우리가 따분한 사람들이라는 거 아시잖아요. 아, 마음만 먹으면 따분해질 수 있답니다!"

"마음먹고 다른 일을 해보시라고 권하고 싶네요. 누이동생분께는 어떻게 말을 붙여야 할지 모르겠어요. 저 은십자가는 계급장인 가요.”

“계급장이라니요?”

“신분의 표지냐고요.”

이리저리 떠돌던 워버턴의 눈길이 이런 물음에 옆 사람의 응시와 마주쳤다. “아, 그래요,” 그는 잠시 뜸을 들이다 대답했다. “여자들은 저런 걸 좋아하더라고요. 은십자가는 자작의 맏딸이라는 표지예요.” 이 말은 미국에서 그가 가끔 너무 고지식하게 속아넘어간 것에 대한 악의 없는 복수였다. 점심식사 후 그는 이저벨에게 회랑으로 가서 그림을 보자고 제의했다. 그가 그림을 수없이 봤음을 알고 있었지만, 그녀는 그가 댄 구실에 토를 달지 않고 순순히 따라나섰다. 그녀의 마음은 이제 아주 편안했다. 그에게 편지를 보내고 난 다음에는 더 마음이 가벼워졌다. 그는 그림들을 들여다보면서 아무 말 없이 회랑 끝까지 걸어갔다. 그러다 갑자기 말문을 열었다. “그런 편지를 쓰시지 않았으면 했습니다.”

“그게 유일한 방법이었어요, 워버턴 경.” 그녀가 말했다. “제발 믿어주세요.”

“그걸 믿을 수 있었으면 당신을 내버려두었겠지요. 하지만 의지만으로 믿을 수 있는 건 아니잖아요. 이해가 안된다는 게 제 솔직한 심경입니다. 절 싫어하신다면 이해할 수 있을 겁니다. 그건 충분히 이해할 수 있습니다. 하지만 인정하셨다시피 —”

“제가 뭘 인정했는데요?” 이저벨이 약간 창백해지면서 말을 가로막고 나섰다.

“절 좋은 사람이라고 생각하는 거요, 그렇지 않나요?” 그녀는 아무 말도 하지 않았고 그는 말을 이었다. “아무 이유도 없이 그러시는 것 같으니까 부당하다는 느낌이 듭니다."

"이유가 있어요, 워버턴 경." 그의 가슴을 졸아들게 만드는 어조로 그녀가 말했다.

"그 이유를 꼭 알고 싶습니다."

"이유를 더 잘 설명할 수 있게 되면 그때 말씀드릴게요."

"그렇다면 죄송하지만 그동안은 의심할 수밖에 없군요."

"제 마음을 정말 불편하게 만드시네요." 이저벨이 말했다.

"저도 어쩔 수 없습니다. 그럼 제 심정이 어떤지 조금이라도 아시겠지요. 제 질문에 답해주시겠습니까?" 이저벨이 분명히 동의하지는 않았지만, 그는 그녀의 눈에서 말을 이어갈 용기를 주는 뭔가를 읽었다. "다른 사람을 마음에 두고 있나요?"

"그 질문에는 답하지 않는 편이 낫겠네요."

"아, 그럼 다른 사람이 있군요." 청혼자가 쓰라린 심정으로 중얼거렸다.

그의 쓰라림이 그녀의 마음을 움직였다. "잘못 아신 거예요! 그런 사람 없어요."

그는 격식을 차리지 않고 긴 의자에 앉았다. 곤경에 처한 사람처럼 몸이 굳어서 팔꿈치를 무릎에 기대고 바닥을 뚫어져라 쳐다보았다. "그런 말을 듣고도 좋아할 수가 없군요." 마침내 등을 의자에 기대고 말했다. "그건 변명이라도 되잖아요."

놀란 그녀가 눈썹을 치켜떴다. "변명이라니요? 제가 변명해야 하나요?"

하지만 그는 이 질문에 대답하지 않았다. 다른 생각이 떠오른 것이다. "저의 정치적인 견해가 문젠가요? 너무 과격하다는 건가요?"

"제가 어떻게 반대할 수 있겠어요? 정치적 견해가 어떠신지 잘 알지도 못하는데.”

“제가 무슨 생각을 하는지 관심이 없으시군요.” 그는 일어서면서 외쳤다. “아무래도 상관이 없다는 거죠.”

이저벨은 회랑의 반대편으로 걸어가서 자신의 매력적인 등과 경쾌하고 날씬한 몸매를 보이면서 서 있었다. 고개를 숙이자 숱 많은 검은 머릿단 사이로 긴 흰 목이 드러났다. 그녀는 자세히 보려는 듯 작은 그림 앞에 멈춰섰는데 움직임이 너무나 싱그럽고 자유로워서 그녀의 유연함 자체가 그를 조롱하는 것 같았다. 하지만 갑자기 눈물이 고인 그녀는 아무것도 보지 못했다. 그가 곧 가까이 다가왔을 때는 눈물을 훔쳐버린 뒤였지만, 그를 마주한 그녀의 안색은 창백했고 눈매도 낯설었다. “말씀드리지 않으려고 한 이유─그거 그냥 말씀드릴게요. 제 운명을 피할 수 없기 때문이에요.”

“당신의 운명요?”

“경과 결혼하면 운명을 피하려고 하는 꼴이 될 거예요.”

“무슨 소린지 모르겠군요. 저와 결혼하는 게 다른 모든 것과 마찬가지로 운명이 될 수 있지 않겠어요?”

“그건 아니에요.” 이저벨이 다소곳하게 말했다. “아니라는 걸 알아요. 포기하는 건 제 운명이 아니에요. 그럴 수 없다는 걸 알아요.”

가엾은 워버턴 경은 두 눈에 의문부호를 담아 그녀를 뚫어져라 바라보았다. “저랑 결혼하는 걸 포기로 규정하시는 건가요?”

“일반적인 의미로 하는 말이 아니에요. 아주─아주─아주 많은 걸 갖게 되는 거니까요. 하지만 다른 기회를 포기해야 하지요.”

“다른 기회라니요?”

“결혼할 기회를 말하는 건 아니에요.” 이저벨의 창백한 얼굴이 다시 붉게 물들었다. 그러면서 자기 생각을 명확하게 전달하는 일이 불가능하다는 듯 상을 잔뜩 찌푸리고 바닥을 내려다보았다.

"잃는 것보다 얻는 게 더 많을 거라고 제가 말해도 주제넘은 건 아닐 겁니다." 그가 말했다.

"저는 불행해지는 걸 피해서는 안돼요." 이저벨이 말했다. "당신과 결혼하면 피하려고 하는 게 돼요."

"피하려고 하실지는 모르겠지만 피하게 될 건 확실해요. 그건 솔직히 인정해요!" 그는 불편한 웃음을 지으며 큰 소리로 말했다.

"그래서는 안돼요. 그럴 수도 없고요." 이저벨이 외쳤다.

"글쎄요, 당신이 불행해지기로 결심했다고 왜 저까지 불행에 빠뜨리시는지 모르겠군요. 불행한 삶이 당신에게 어떤 매력이 있는지 모르지만, 제겐 전혀 매력적이지 않아요."

"전 불행한 삶을 살기로 작정한 게 아니에요." 이저벨이 말했다. "전 언제나 행복해지겠다고 열심히 다짐하고, 또 종종 그렇게 될 수 있다고 생각해요. 사람들에게도 그렇게 말한걸요. 가서 물어보세요. 하지만 어떤 식으로든 특수한 방식으로는 행복해지지 않을 거라는 생각을 하곤 해요. 등을 돌리는 방식, 나 자신을 분리하는 방식으로는 안돼요."

"무엇에서 분리된다는 건가요?"

"삶에서요. 일상적인 기회와 위험으로부터, 대부분의 사람들이 알고 겪는 그런 것으로부터."

워버턴 경은 희망을 나타낸다고 할 수도 있을 웃음을 지었다. "이런, 친애하는 아처 양," 그는 사려 깊게 열의를 다해 설명하기 시작했다. "제가 삶의 질곡으로부터 해방을, 우연이나 위험으로부터 면제를 제공하는 건 아니에요. 물론 그럴 수 있으면 좋겠어요. 정말이지 그렇게 하고 싶어요. 그런데 도대체 절 뭐로 생각하시는 건가요? 하느님 맙소사, 전 중국의 황제가 아니에요! 제가 드릴 수 있는 건 모든 사람이 공동으로 겪는 운명을 조금은 편안한 방식으로 사는 거예요. 공동의 운명? 저런, 제가 헌신해온 게 공동의 운명이에요. 저와 연을 맺으시면 인류 공동의 운명을 풍부하게 경험하실 거라고 약속드릴 수 있어요. 그 무엇과도 멀어지지 않을 겁니다. 심지어는 친구분인 스택폴 양과도 갈라놓지 않겠어요."

"걘 이런 결혼을 절대로 인정하지 않을 거예요." 이저벨이 말했다. 그녀는 미소로 눙치며 지엽적인 문제로 관심을 돌렸다. 그러면서 그렇게 처신하는 자신을 적잖이 경멸했다.

"스택폴 양 이야긴가요?" 귀족 나리가 성마르게 물었다. "만사를 그토록 이론적으로 판단하는 사람을 본 적이 없어요."

"제 이야기를 하시는 것 같네요." 이저벨이 겸손하게 말하고 다시 몸을 돌렸다. 헨리에타, 랠프와 함께 몰리뇌 양이 회랑으로 들어서는 것을 보았기 때문이다.

몰리뇌 양이 워버턴 경에게 다가와 집에 손님이 오기로 했으니 티타임에 맞춰 집으로 돌아가야 한다고 다소 소심하게 말을 건넸다. 대답을 하지 않는 것으로 보아 그는 누이의 말을 못 들은 것 같았다. 정신이 딴 데로 팔릴 만한 좋은 이유가 있지 않은가. 몰리뇌 양은 그가 왕자라도 되는 양 시녀처럼 서 있었다.

"어쩌면, 몰리뇌 양!" 헨리에타 스택폴이 말했다. "당신이 가야 하면 오빠도 가야지요. 동생이 뭘 해달라고 하면 오빠는 해줘야 하는 거예요."

"오빠는 해달라는 건 다 해줘요." 몰리뇌 양이 얼른 수줍게 웃으며 답했다. "그림이 참 많으시네요." 그녀는 랠프를 보며 말을 이었다.

206

"한데 모아놓았기 때문에 많아 보이는 겁니다." 랠프가 말했다. "하지만 이게 좋은 방식은 아니에요."

"아, 아주 좋은데요. 로클리에도 이런 회랑이 있으면 좋겠네요. 전 그림을 아주 좋아하거든요." 몰리늬 양은 스택폴 양이 다시 말을 걸까봐 겁이 나는 듯 랠프 쪽을 향해 말했다. 헨리에타는 그녀에게 매혹적이면서 두려운 존재인 것 같았다.

"아, 그래요, 그림은 아주 유용해요." 랠프는 그녀가 어떤 종류의 의견을 소화할 수 있는지 알고 있는 것처럼 보였다.

"비가 올 때 아주 좋잖아요." 젊은 숙녀가 계속했다. "최근에 자주 비가 왔고요."

"가셔야 한다니 섭섭하네요, 워버턴 경." 헨리에타가 말했다. "당신에게서 더 많은 걸 끌어낼 작정이었는데요."

"전 안 갈 건데요." 워버턴 경이 대답했다.

"누이동생분이 가셔야 한다잖아요. 미국에서는 신사는 숙녀의 말을 따른답니다."

"티타임에 손님들이 올 거예요." 몰리늬 양이 오빠를 보고 말했다.

"그렇구나. 그럼 가자."

"당신이 안 가겠다고 뻗대길 바랐는데요." 헨리에타가 큰 소리로 말했다. "몰리늬 양이 어떻게 나올지 보고 싶었거든요."

"저는 아무것도 안해요." 젊은 숙녀가 말했다.

"당신 같은 지위라면 존재하는 것만으로도 충분하겠죠!" 스택폴 양이 대꾸했다. "댁에 가보면 정말 좋겠어요."

"로클리에 다시 오셔야 해요." 몰리늬 양은 이저벨 친구의 말을 묵살하고 이저벨에게 아주 다정하게 말을 건넸다.

이저벨은 그녀의 고요한 눈을 잠시 들여다보았다. 그리고 순간적으로 그 회색의 심연에서 워버턴 경의 청혼을 거절하면서 사절한 모든 것을—평화와 사랑, 명예와 재산, 가없는 안정감과 크나큰 특권을—보는 듯했다. 그녀는 몰리뇌 양에게 키스하면서 말했다. "유감이지만 다시는 갈 수 없을 것 같아요."

"다시는?"

"저 이곳을 떠나거든요."

"아, 정말 섭섭하네요." 몰리뇌 양이 말했다. "정말 유감이에요."

워버턴 경은 대화가 오가는 것을 지켜보다 돌아서서 그림을 뚫어져라 쳐다보았다. 주머니에 손을 집어넣은 채 그림 아래의 난간에 기대고 서 있던 랠프는 그 순간 그를 주시했다.

"댁을 방문해서 인터뷰하고 싶어요." 헨리에타가 워버턴 경의 옆으로 다가가 말했다. "1시간 정도 이야기를 나눌 수 있으면 좋겠어요. 묻고 싶은 게 아주 많거든요."

"오신다면 환영입니다." 로클리의 주인이 대답했다. "그런데 질문에 답을 다 해드릴 수 있을지는 모르겠군요. 언제 오실 건가요?"

"아처 양이 같이 가준다면 언제든지요. 저희는 런던에 갈 예정이지만, 댁에 먼저 가서 뵙도록 하죠. 당신에게서 뭘 좀 얻어내기로 결심했거든요."

"아처 양에게 달려 있다면 얻어내실 게 없을 것 같네요. 로클리에 오시지 않을 겁니다. 저희 집을 별로 안 좋아합니다."

"아름다운 곳이라고 하던데요!" 헨리에타가 말했다.

워버턴 경은 주저했다. "어쨌든 안 오실 거예요. 혼자 오시는 게 좋겠어요." 그가 덧붙였다.

헨리에타는 몸을 똑바로 펴면서 눈을 크게 떴다. "그런 말씀을 영국의 숙녀에게도 하시나요?" 부드럽지만 가시가 있는 물음이었다.

워버턴 경도 눈을 크게 떴다. "그럼요, 제가 그런 말을 할 만큼 좋아하는 숙녀라면."

"그 정도로 좋아하시지 않는 게 낫겠어요. 아처 양이 댁에 안 가겠다고 한 건 절 데리고 가고 싶지 않아서예요. 제 친구가 절 어떻게 생각하는지 잘 알아요. 당신도 비슷한 생각이시겠지요. 개인의 사생활을 소개하면 안된다는 거지요." 워버턴 경은 무슨 영문인지 몰랐다. 스택폴 양의 직업상 특징을 누가 일러주지 않았기 때문에 그녀의 말뜻을 이해하지 못한 것이다. 그래서 그녀가 덧붙였다. "아처 양이 당신에게 경고를 한 거예요!"

"경고라니요?"

"그래서 단둘이 이리로 온 거 아닌가요? 절 경계하라고요?"

"저런, 천만에요." 워버턴 경이 태연한 얼굴로 말했다. "우리 대화는 그렇게 심각하지 않았습니다."

"그런데도 경계하시네요. 아주 열심히요. 당신에게는 그게 자연스럽겠지요. 제가 관찰하고 싶은 것도 바로 그런 면모고요. 몰리뇌 양도 마찬가지예요. 어떤 입장도 분명히 하지 않더군요. 암튼 경고를 받으신 거예요." 헨리에타는 그 숙녀 쪽을 향해 말을 이었다. "당신에게까지 그럴 필요는 없었는데요."

"그러게요." 몰리뇌 양이 애매하게 대답했다.

"스택폴 양은 글을 쓰세요." 랠프가 달래듯 해명했다. "대단한 풍자가시거든요. 우리 모두를 꿰뚫어보고 솜씨 좋게 드러내 보이지요."

"글쎄요, 이렇게 불량한 소재들이 모인 경우는 없었다고 말하지 않을 수 없네요." 헨리에타가 이저벨에게서 워버턴 경으로, 그리고 그에게서 그의 누이와 랠프에게로 눈길을 옮기면서 말했다. "여러분들 모두 뭔가 문제가 있어요. 나쁜 전보를 받은 것처럼 기분들이 저조하시군요."

"우리를 정말 꿰뚫어보셨군요, 스택폴 양." 회랑에서 사람들을 데리고 나가던 랠프가 다 알고 있다는 듯 고개를 끄덕이며 낮은 목소리로 말했다. "우리 모두 뭔가 문제가 있어요."

이저벨은 둘을 따라나왔고, 그녀를 좋아하기로 단호히 마음먹은 몰리뇌 양은 그녀와 팔짱을 끼고 광택이 나는 마루를 걸어나왔다. 워버턴 경은 눈을 내리깐 채 뒷짐을 지고 반대편에서 어슬렁거렸다. 얼마 동안 그는 아무 말도 하지 않았다. 그러다 물었다. "런던으로 가신다는 게 사실인가요?"

"그렇게 예정된 걸로 알고 있어요."

"언제 돌아오실 건가요?"

"며칠 후에요. 하지만 아주 잠시 머물다 이모와 빠리로 갈 거예요."

"그럼 언제 다시 뵐 수 있을까요?"

"한참은 못 뵙겠지요." 이저벨이 말했다. "하지만 언젠가 다시 뵙기를 바랍니다."

"정말 바라나요?"

"아주 많이요."

그는 아무 말 없이 몇걸음 떼었다. 그러고 난 다음 손을 내밀고 말했다. "그럼 안녕히."

"안녕히." 이저벨이 말했다.

몰리뇌 양은 다시 이저벨에게 작별 키스를 했고, 이저벨은 두사람을 배웅했다. 그러고서 헨리에타와 랠프가 있는 곳으로 돌아가지 않고 자기 방으로 갔다. 저녁식사를 하러 가는 길에 이모가 방에 들러 그녀를 찾았다. "너한테 일러두는 게 좋겠다." 그녀가 말했다. "네 이모부가 워버턴 경과의 관계를 언급하더라."

이저벨은 생각에 잠겼다. "관계라니요. 관계랄 것도 없어요. 이상한 점이 바로 그거예요. 그 사람은 절 서너번 봤을 뿐인걸요."

"나랑 상의하지 왜 네 이모부한테 갔니?" 터칫 부인이 감정을 싣지 않고 말했다.

처녀는 다시 주저했다. "이모부가 워버턴 경을 더 잘 아시니까요."

"그건 그래. 하지만 나는 널 더 잘 알지."

"그건 확신할 수 없는데요." 이저벨이 웃으면서 말했다.

"나도 확신할 수 없구나. 결과적으로 말이다. 우쭐한 표정을 지어 보일 때는 특히나. 누가 보면 상이라도 타서 신난 줄 알겠다! 워버턴 경 같은 사람의 청혼을 거절했을 땐 더 대단한 결혼을 기대해서겠지."

"아, 이모부는 그런 말씀 안하셨어요!" 이저벨은 여전히 웃으면서 말했다.

15장

터칫 부인이 탐탁하게 생각하지 않았지만, 두 젊은 숙녀가 랠프의 호위를 받아 런던으로 가는 계획이 확정됐다. 그녀는 스택폴 양이나 제안하고 나설 그런 계획이라고 하더니, 『인터뷰어』지의 특파원이 애용하는 하숙집으로 그들을 끌고 갈 작정이냐고 물었다.

"지역색만 뚜렷하다면 어디로 끌고 가더라도 전 상관 안해요." 이저벨이 말했다. "그래서 런던 관광을 가는 거니까요."

"영국 귀족의 청혼을 거절한 처녀라면 무슨 일이라도 할 수 있겠지." 이모가 받아쳤다. "그런 마당에 사소한 일로 까다로울 필요가 없으니까."

"제가 워버턴 경과 결혼하기를 바라셨어요?" 이저벨이 물었다.

"물론이지."

"이모는 영국 사람들을 아주 싫어하신다고 생각했거든요."

"그래, 그러니까 그 사람들을 이용해야지."

"그게 이모의 결혼관인가요?" 그리고 이저벨은 이모가 이모부를 거의 이용하지 않은 것처럼 보인다고 감히 덧붙였다.

"네 이모부는 영국 귀족이 아니잖니." 터칫 부인이 말했다. "하긴 귀족이라 하더라도 난 여전히 피렌체에 가서 살았을 거다."

"워버턴 경이 절 더 나은 사람으로 만들 수 있다고 생각하시나요?" 이저벨은 약간 열을 내면서 물었다. "개선의 여지가 없을 정도로 제가 훌륭하다는 말은 아니에요. 제 말은──결혼하고 싶을 정도로 워버턴 경을 사랑하지는 않는다는 거예요."

"그렇다면 거절한 게 맞다." 터칫 부인이 아주 가늘고 작은 목소리로 말했다. "하지만 다음에 굉장한 청혼을 받으면 네 기준에 맞춰 잘해보렴."

"청혼이 들어올 때까지 그 이야기는 미뤄두지요. 지금은 그런 제안이 들어오지 않기를 바랄 뿐이에요. 절 아주 심란하게 하니까요."

"그렇게 뜨내기 같은 생활방식을 계속 고집하면 심란해질 일도 없겠지. 어쨌거나 랠프에게 널 비난하지 않겠다고 약속했으니 이쯤 해두자."

"저는 랠프 오빠가 맞다고 하면 그대로 따를 거예요." 이저벨이 응수했다. "저는 오빠의 말이라면 다 믿어요."

"그 아이의 엄마로서 감사해야겠네!" 터칫 부인이 건조하게 웃었다.

"당연히 고마운 마음을 가지셔야 할 것 같네요!" 이저벨이 참지
못하고 되받았다.

랠프는 그들이 — 세명으로 이루어진 작은 그룹이 — 런던 관광
을 하는 게 부적절할 것이 없다고 확언했지만, 터칫 부인의 생각
은 달랐다. 유럽에서 오래 산 미국 출신 숙녀들이 그렇듯, 그녀는
그 점에 있어서 미국적인 감각을 완전히 상실했고, 반작용으로 —
반작용을 그 자체로 비난할 일은 아니지만 — 해외로 나온 젊은이
들에게 허용되는 자유에 반대했으며 불필요하고 과장된 도덕관념
을 강요했다. 랠프는 손님들과 함께 수도로 올라가 피커딜리를 가
로지르는 거리에 위치한 조용한 여관으로 그들을 인도했다. 처음
에는 아버지 집으로 — 일년 중 이맘때는 침묵과 밤색 삼베 천으로
싸여 있는, 윈체스터 광장에 소재한 한적한 저택이었다 — 그들을
데리고 갈 생각이었다. 하지만 요리사가 가든코트에 가 있어서 식
사를 차려줄 사람이 없다는 사실을 떠올리고는 프래츠 호텔로 숙
소를 정했다. 랠프 자신은 윈체스터 광장의 집에 거처를 마련했다.
그가 아주 좋아하는 자기 방이 있고 부엌의 냉기보다 더 서늘한 두
려움에 이미 익숙해졌기 때문이었다. 물론 그는 주로 프래츠 호텔
의 시설을 이용했다. 아침 일찍 동료 여행자들을 찾는 것으로 하루
를 시작했는데, 몸에 꼭 끼는 큼지막한 흰 조끼를 입은 프랫 씨가
몸소 접시 덮개들을 열어주었다. 랠프는 아침식사 후, 그의 말을 빌
면, '불쑥' 들러서 작은 그룹이 그날 하루 재미있게 지낼 계획을 짰
다. 여름이 남긴 얼룩들을 제외하면 명한 얼굴을 한 9월 하순경의
런던이라, 랠프는 이따금 변명조로 시내에 사람이 하나도 없다고
말했고 이에 스택폴 양이 콧방귀를 뀌었다.

"귀족들이 없다는 뜻이겠지요." 헨리에타가 응수했다. "하지만 그들이 영영 사라진다 해도 빈자리를 느끼지 않을 것임을 뒷받침하는 이보다 더 좋은 증거가 없어요. 이곳은 포화 상태로 보이는데, '사람'은 하나도 없지만 삼백만, 사백만 인구가 살고 있으니까요. 그들을 뭐라고 부르셨더라? 중하층계급? 그 사람들은 런던의 주민에 불과할 뿐이니까 아무런 중요성도 없는 거겠죠."

랠프는 귀족계급이 남긴 빈자리를 스택폴 양이 모두 채웠다는 게 그의 생각이고, 지금 이 순간 자기보다 만족한 사람은 어디에도 없을 것이라고 공언했다. 진심이 담긴 말이었다. 반쯤 빈 이 거대한 도시에서 김빠진 9월의 나날들은 색깔 있는 보석이 먼지 묻은 천에 싸여 있듯 매력으로 싸여 있었다. 자신보다 열정적인 동료 관광객들과 여러시간을 보내고 밤에 윈체스터 광장에 있는 빈집으로 돌아가면, 그는 문을 따고 들어가 현관홀 테이블에서 꺼낸 촛불을 유일한 조명 삼아 어둠이 깔린 큰 식당을 어슬렁거렸다. 광장은 정적에 싸여 있었고 집은 고요했다. 환기를 위해 식당의 창문 하나를 열자 천천히 순찰 도는 한 경관의 삐걱거리는 구둣발 소리가 들려왔다. 빈집에서는 자신의 발걸음 소리도 크게 울려퍼졌다. 카펫을 부분적으로 걸어놓았기 때문에 걸을 때마다 음울한 발소리가 났다. 그는 안락의자를 하나 골라 앉았다. 작은 촛불이 커다란 짙은 색 식탁 여기저기에 반짝이는 빛을 반사했다. 벽에 걸린 그림들은 모두 밤색 그늘이 드리워 어렴풋하고 막연해 보였다. 오래전에 마친 저녁식사, 현실감이 사라진 식탁의 대화가 유령처럼 자리 잡았다. 그의 상상력이 발동했고, 잠자리에 들었어야 할 시간을 훨씬 지나—아무것도 하지 않고, 석간조차도 읽지 않고—의자에 남아 있었기 때문에 이런 불가사의한 느낌이 든 것이리라. 나는 그가 아무것도 하지 않았다고 말했다. 그 순간 그가 이저벨 생각을 하고 있었다는 사실에 아랑곳하지 않고 나는 계속 이 표현을 고수하겠다. 그가 이저벨 생각을 해봐야 결론이 나는 것도 아니고, 아무에게도 유익할 게 없는 무의미한 일이었다. 요 며칠 관광객 차림으로 대도시라는 바다의 깊고 얕은 곳을 구석구석 탐사하는 그의 사촌은 어느 때보다 그에게 매력적으로 다가왔다. 이저벨은 열심히 가정을 세우고 결론을 내리고 감동으로 충만했다. 런던 특유의 색깔을 찾아보는 것이 목표였다면, 그녀는 도처에서 그것을 찾아냈다. 그녀는 감당이 안될 정도로 많은 질문을 했고, 역사적 원인과 사회적 결과에 대해 받아들일 수도, 반박할 수도 없는 과감한 이론을 펼쳤다. 그들은 대영박물관과──다양한 골동품을 전시하기 위해 단조로운 교외의 엄청나게 넓은 땅을 수용한──더 밝은 예술의전당[17]을 여러번 가봤다. 웨스트민스터 대성당에서 아침나절을 보낸 다음 페니 증기선[18]을 타고 런던탑도 둘러봤다. 공립미술관의 그림은 물론, 개인 소장 그림도 관람했고, 여러차례 켄싱턴 공원의 거대한 나무 아래 앉아 쉬기도 했다. 헨리에타는 지치지 않는 관광객이요, 랠프가 감히 기대한 것보다 훨씬 관대한 심판관이었다. 물론 그녀는 여러가지로 실망했다. 미국적 시민정신의 강점을 생생하게 기억하는 그녀에게 런던은 전체적으로 감점을 당했다. 하지만 그녀는 그 칙칙한 장중함을 최대한 사주었고, 가끔 한숨을 내쉬면서 막연하게 "그렇군요!"라고 내뱉을 따름이었다. 그것으로 그만이었

---

17 1857년에 개관한 싸우스켄싱턴 박물관을 가리키는 듯함. 현재의 빅토리아 앤드 앨버트 박물관.

18 1772년부터 1941년까지 템스 강 등에서 운영되던 관람용 증기선. 1마일당 1페니의 낮은 가격으로 인기를 끌었음.

고 곱씹어 되돌아보지 않았다. 사실은, 그녀가 속으로 생각했듯이, 그것들을 즐길 기분이 아니었던 것이다. "난 생명 없는 물상들과는 공감할 수 없어." 그녀는 국립미술관에서 이저벨에게 이렇게 말했다. 이제껏 영국 사람들이 실제로 사는 모습을 곁눈으로밖에 보지 못한 데 상심한 것이다. 터너의 풍경화와 아시리아의 황소들은 문학가들 만찬의 빈약한 대용물에 불과했다. 그녀는 영국의 천재와 명사를 만나리라 기대한 것이다.

"영국의 공인들, 남녀 지성인들은 다 어디 간 거죠?" 그녀는 트래펄가 광장 한가운데 서서 그곳이라면 당연히 몇명 정도는 만나야 한다는 듯이 랠프에게 물었다. "기둥 꼭대기에 한명 있네요. 뭐라고 부르지요? 넬슨 경? 저 사람도 귀족이었나요? 높으신 분인데 그것도 모자라 30미터 공중에 붙박이로 세워놓은 건가요? 저건 과거예요. 그리고 전 과거엔 관심 없어요. 현재의 선도적 지성과 만나고 싶어요. 미래라고는 말하지 않겠어요. 이 나라의 미래를 그다지 믿지 않으니까." 가엾은 랠프가 아는 사람 중에는 선도적인 지성이라고 할 만한 사람들이 거의 없었다. 그는 유명 인사를 붙잡고 길게 이야기를 나누는 걸 즐긴 적도 거의 없었다. 스택폴 양은 이것을 진취적인 정신이 통탄할 만큼 결여된 것으로 규정했다. "미국이라면 그 신사가 누구든 찾아가서, 명성을 익히 들었다, 그래서 만나러 왔노라고 말할 거예요. 하지만 말씀하시는 걸 들으니 여기서는 그럴 수 없나보군요. 이곳에는 무의미한 관행은 아주 많은데 정작 도움 될 건 하나도 없다니까. 우리가 앞서 있는 게 확실해요. 아무래도 사회상은 아주 포기하는 게 좋겠어요." 헨리에타가 말했다. 그래도 그녀는 관광책자와 연필을 들고 『인터뷰어』지에 런던탑에 관한 기사를 써 보냈다. (그 글에서 레이디 제인 그레이[19]의 처형을 묘사했다.) 하지만 기자로서 임무를 다하지 못하고 있다는 생각에 침울해졌다.

가든코트를 떠나기 전에 일어난 사건은 이저벨의 마음에 고통스러운 흔적을 남겼다. 최근에 청혼자가 안겨준 놀라움이 연거푸 때리는 파도처럼 얼굴에 차가운 숨결로 느껴질 때, 그녀는 공기가 맑아질 때까지 머리를 감싸고 있을 수밖에 없었다. 달리 할 수 있는 일은 아무것도 없었다. 그건 사실이었다. 그러나 불가피했던들 부자연스러운 자세나 몸동작처럼 거북하긴 마찬가지였고, 처신을 잘했다고 자랑할 마음도 없었다. 그럼에도 이런 불완전한 자존심에 그 자체로 기분 좋은 해방감이 섞여 있어서, 썩 어울리지 않는 동행들과 거대한 도시를 함께 헤매다니면서 가끔씩 감정에 북받쳐 별난 행동을 취하기도 했다. 그녀는 켄싱턴 공원을 산책할 때면 풀밭에서 놀고 있는 아이들을, 주로 가난해 보이는 아이들을 멈춰세워 이름을 묻고는 6펜스 은화를 주었고, 예쁜 아이들에게는 뽀뽀도 해주었다. 랠프는 이런 기묘한 자선을 눈여겨보았다. 그는 그녀의 모든 행동을 눈여겨보았다. 어느날 오후 그는 동행들과 시간을 보내기 위해 윈체스터 광장 소재 집에 티타임을 마련했고, 그들의 방문에 맞춰 최대한 집안을 정돈했다. 또 한명의 손님이 그들을 맞이했는데, 마침 런던에 머물고 있는 랠프의 오랜 친구인 쾌활한 독신남이었다. 그는 아무 어려움이나 두려움 없이 즉각 자연스럽게 스택폴 양과 담소를 나누었다. 밴틀링 씨는 땅땅하고 단정한, 웃는 낯의 미혼 남성이었는데, 멋쟁이에 만물박사에다가 뭐가 그렇게 재미있는지 헨리에타의 모든 말에 무절제하게 웃어대면서 그녀에게

---

19 에드워드 6세 사후에 여왕으로 추대되었으나 1554년에 런던탑에서 남편과 함께 처형됨.

차를 여러잔 따라주었다. 랠프가 수집해놓은 상당한 양의 골동품을 둘이 같이 둘러보았고, 나중에 집주인이 마을 축제가 벌어지고 있다고 치고 광장으로 나가보자고 제안하자 그녀와 함께 좁은 광장의 구내를 몇바퀴나 돌았고, 십수번 화제가 바뀌는 와중에 ──논쟁하는 걸 정말 좋아하는 사람처럼── 영국 사람들의 실제 삶을 접하고 싶다는 그녀의 소견에 점점 더 열렬한 반응을 보였다.

"아, 그래요, 가든코트가 너무 조용하다고 생각하셨을 겁니다. 아픈 사람이 많으니 무슨 일을 벌일 수가 없지요. 터칫 저 친구는 상태가 아주 안 좋아요. 의사들이 영국에 있으면 안된다고 했는데 아버지를 돌보러 귀국한 거예요. 터칫의 부친은 대여섯가지 문제가 있는 걸로 알고 있어. 통풍이라고 하지만 제가 알기로 기질성器質性 병이 상당히 진행되어 조만간, 사실 곧 돌아가실 거예요. 물론 이런 우환이 집안을 끔찍이도 음울하게 만들지요. 손님 접대를 거의 못할 지경인데 와서 머물라고 하는 게 이해가 안 가네요. 게다가 터칫 씨는 부인과 늘 티격태격하신다고 알고 있어요. 터칫의 어머니는 미국 쪽의 희한한 방식을 따라 남편과는 떨어져 살고요. 뭔가 흥이 나는 집을 원하시면 베드퍼드셔에 사는 우리 누나 레이디 펜슬네 가서 머무세요. 제가 내일 편지를 쓸게요. 그러면 기꺼이 당신을 초대할 게 분명해요. 전 당신이 뭘 원하시는지 알거든요. 시끌벅적 공연도 하고 야유회도 할 수 있는 그런 집을 원하시는 거잖아요. 우리 누나가 딱 그렇거든요. 언제나 이 일 저 일 벌이고, 머무는 손님이 도움을 주면 고맙게 생각하지요. 분명히 제 편지를 받는 대로 초대장을 보낼 거예요. 누나는 유명 인사와 작가 들을 아주 좋아한답니다. 누나도 글을 써요. 하지만 누나가 쓴 글을 제가 다 읽어본 건 아니에요. 대개는 시를 쓰는데, 전 시는 별로거든요. 바이런의 시를 제외하면 말이죠. 미국에서도 바이런을 대단하게 생각하는 걸로 알고 있습니다만." 밴틀링 씨는 스택폴 양이 귀를 기울이자 점점 신이 나서 말을 이어갔다. 그는 순차적으로 말을 이어가다가 손바닥을 뒤집듯 자연스럽게 화제를 바꾸기도 했다. 하지만 그러면서도 베드퍼드셔에 사는 레이디 펜슬의 집에 가서 머물 수 있다는 매력적인 생각을 헨리에타에게 계속 정중하게 제시했다. "뭘 원하시는지 안다니까요. 진짜 영국적인 여흥을 즐기고 싶으신 거잖아요. 터칫 집안은 전혀 영국적이지 않은 거 아시죠. 그들 나름의 습관과 언어, 음식이 있지요. 심지어 종교도 이상하게 독자적인 데가 있는 걸로 알고 있어요. 터칫의 아버지는 사냥이 부도덕하다고 하신대요. 연극 공연을 할 때 맞춰 누이 집에 내려가시는 게 좋겠어요. 그럼 기꺼이 배역을 하나 줄 거예요. 연기 잘하실 게 분명해요. 아주 머리가 좋으시니까요. 우리 누나는 마흔살이고 애가 일곱 있지만, 그래도 주연을 맡을 겁니다. 수수하지만 분장을 진짜 잘해요. 그건 인정해줘야 해요. 물론 내키지 않으시면 연극은 안하셔도 돼요."

밴틀링 씨는 윈체스터 광장의 풀밭을 거닐면서 이런 식으로 자기 생각을 풀어냈다. 런던의 매연으로 거뭇거뭇해진 곳이지만 그래도 그들은 그곳을 서성거렸다. 헨리에타는 여성의 장점을 쉽게 받아들이고 제안의 범위가 광범위하며 한창나이에 목소리도 부드러운 독신 남성에게 큰 호감을 느꼈고, 그가 제공한 기회를 높이 평가했다. "잘 모르겠지만 누나분이 초대하면 갈 거예요. 그게 제 의무니까요. 성함이 어떻게 된다고 하셨지요?"

"펜슬. 이상한 이름이지만 나쁜 이름은 아니에요."

"이름에 좋고 나쁜 게 어디 있어요. 작위가 뭔데요?"

"아, 남작의 아내랍니다. 편한 신분이지요. 사회적 지위는 있지만 지나치게 높은 건 아니니까요."

"잘은 몰라도 제게는 너무 높은 지위 같네요. 누님이 어디 사신다고요? 베드퍼드셔이던가요?"

"그곳 북부 끝자락에 산답니다. 좀 지루한 지방이지요. 하지만 지내시기에는 괜찮을 거예요. 거기 계실 때 저도 한번 내려가보도록 하겠습니다."

이 모든 것이 스택폴 양의 마음에 들었고, 레이디 펜슬의 자상한 남동생과 헤어지는 게 아쉬웠다. 그런데 그녀는 바로 전날 피커딜리 가에서 일년간 만나지 못한 친구들과 우연히 마주쳤다. 델라웨어 주의 윌밍턴에서 온 클라이머 자매는 유럽 여행을 마치고 배편으로 돌아갈 준비를 하고 있었다. 헨리에타는 피커딜리의 길가에서 그들과 긴 수다에 돌입했고, 세사람이 동시에 이야기를 했음에도 아직도 화젯거리가 소진되지 않았다. 그래서 다음날 저녁 6시 저민 가에 있는 그들의 숙소에서 저녁식사를 하기로 했다. 그녀는 저민 가로 향할 준비를 했고, 광장 안의 다른 쪽 정원 의자에 앉아서 스택폴 양과 밴틀링 씨의 실용적인 대화보다―이런 표현을 써도 된다면―요점이 덜 분명한 사교적인 대화를 나누고 있던 랠프와 이저벨에게 우선 작별을 고했다. 이저벨과 헨리에타가 프래츠 호텔에서 너무 늦지 않은 시간에 다시 만나기로 이야기가 되고 나자 랠프는 헨리에타가 승합마차를 타고 가야 한다고 말했다. 저민 가까지 걸어갈 수는 없다는 것이었다.

"제가 혼자 걸어가는 것이 부적절한 행동이라는 뜻이군요!" 헨리에타가 소리쳤다. "자비로우신 신이시여, 제가 이 지경에 이르렀나이다."

"혼자 걸으실 필요가 전혀 없어요." 밴틀링 씨가 명랑하게 나섰다. "제가 기꺼이 동행하겠습니다."

"저녁식사 시간에 늦을까봐 한 말입니다." 랠프가 응수했다. "우리가 막판에 당신을 놔주지 않았다고 그 가엾은 숙녀들이 오해하기 십상일걸요."

"승합마차를 타고 가는 게 좋겠어." 이저벨이 말했다.

"믿고 맡겨주시면 마차를 잡아드리지요." 밴틀링 씨가 말을 이었다. "마차를 잡으려면 좀 걸어나가야 할 겁니다."

"저분을 믿지 못할 이유가 없잖아, 안 그래?" 헨리에타가 이저벨에게 물었다.

"밴틀링 씨가 널 어쩌기야 하겠어." 이저벨이 맞장구를 쳤다. "그래도 네가 원한다면 승합마차를 잡을 때까지 우리가 같이 가줄게."

"신경 쓰지 마. 우리끼리 갈 거야. 갑시다, 밴틀링 씨. 좋은 마차로 잡아주세요."

밴틀링 씨는 최선을 다하겠다고 약속했고, 둘은 맑은 9월 저녁의 어스름이 깔리기 시작한 광장에 사촌 남매를 남겨놓고 떠났다. 사위는 아주 고요했다. 폭이 넓은 사각형의 거무스름한 집 창문들은 덧문을 잠그거나 발을 드리워 어디에서도 불빛이 새어나오지 않았다. 근처 빈민가에 사는 조그만 아이 두명을 빼면 보도는 휑하니 비어 있었다. 아이들은 광장 안이 평상시와 달리 활기를 띠는데 끌려 녹슨 울타리에 코를 박고 있었다. 눈에 보이는 가장 선명한 물체는 남동쪽 구석에 놓인 큼직한 붉은색 우체통이었다.

"헨리에타는 저 친구를 마차에 태우고 저민 가에 같이 가자고 할걸." 랠프가 말했다. 그는 늘 스택폴 양을 헨리에타라고 불렀다.

"얼마든지 그럴 수 있을 거예요." 그의 사촌 여동생이 말했다.

"또는, 아냐, 그러지 않을 수도 있겠지." 그가 말을 이었다. "하지만 밴틀링이 허락을 구해 마차에 탈걸."

"그것도 그럴 법해요. 두 사람이 친해져서 아주 기뻐요."

"헨리에타에게 반했다니까. 엄청 똑똑한 여자라고 생각하는 거야. 둘이 잘될 수도 있을 것 같다." 랠프가 말했다.

이저벨은 잠시 침묵을 지켰다. "나도 헨리에타가 정말 똑똑하다고 생각하지만, 둘이 잘될 거라고 생각하지는 않아요. 서로 진면목을 알게 되는 일도 절대 일어나지 않을걸요. 헨리에타가 진짜 어떤 사람인지 밴틀링 씨는 짐작조차 못 할 테고, 그녀도 그를 제대로 파악하지 못할 테니까요."

"결혼의 토대로 쌍방의 오해보다 흔한 게 없지. 게다가 밥 밴틀링을 이해하기는 그렇게 어렵지 않으니까." 랠프가 덧붙였다. "아주 단순한 사람이거든."

"그래요, 하지만 헨리에타는 더 단순하거든요. 그런데 난 뭘 하지?" 이저벨이 흐려지는 불빛을 통해 주변을 둘러보며 물었다. 부분적으로 조경이 잘된 광장이 널찍하고 인상적인 모습을 드러냈다. "우리 둘이서 재미 삼아 합승마차를 타고 런던을 돌아다니자고 오빠가 제안할 것 같지는 않은데."

"여기 그냥 있지 못할 것도 없겠네. 네가 이곳이 싫지 않으면 말이다. 꽤 따뜻하잖아. 반시간은 더 있어야 어두워질 테고. 네가 괜찮다면 담뱃불을 붙일게."

"얼마든지." 이저벨이 말했다. "7시까지 날 즐겁게 해준다면요. 7시가 되면 프래츠 호텔로 돌아가서 혼자 삶은 계란 두 개와 머핀으로 소박한 식사를 할 거니까요."

"나도 가서 저녁 같이 먹을까?" 랠프가 물었다.

"아니, 오빠는 클럽에 가서 먹어요."

그들은 거닐다가 다시 광장 정중앙에 있는 의자로 돌아왔고, 랠프는 담뱃불을 붙였다. 그녀가 묘사한 소박한 저녁식사를 같이한다면 더없는 즐거움이 될 거라는 생각이 들었다. 그럴 수 없다면 그것도 좋았다. 어쨌든 그 순간 짙어가는 어스름 속 광대한 도심에서 그녀와 단둘이 있다는 게 정말이지 좋았다. 그녀가 그에게 의지하고 그의 영향력하에 있는 것 같았다. 그런 영향력을 그는 막연하게밖에 행사할 수 없었다. 그녀의 결정을 순순히 받아들이는 게 최선의 방법이었다. 정말이지 그렇게 하는 것만으로도 감격스러웠다. "왜 저녁을 같이 안 먹겠다는 거지?"

"그러고 싶지 않아서요."

"내가 지겨워졌나보다."

"1시간 후면 그럴 거예요. 난 예지력이 있으니까."

"아, 그럼 그때까지는 아주 재미있다는 말이네." 랠프가 말했다. 하지만 재미있게 해주겠다는 약속과는 달리 그는 더이상 말이 없었고 그녀도 대꾸를 하지 않아서 얼마간 잠자코 앉아 있었다. 그녀가 생각에 잠긴 것 같아 보이자 그는 무슨 생각을 하나 알고 싶었다. 두세가지 가능성이 높은 주제가 있었다. 마침내 그가 다시 입을 열었다.

"다른 방문객이 올 예정이라서 나와 저녁을 먹지 못한다는 건가?"

그녀는 고개를 돌려 맑고 푸른 눈길을 던졌다. "다른 방문객이라뇨? 올 사람이 누가 있다고요?"

그는 댈 이름이 없었고, 그래서 그의 질문이 바보 같을 뿐 아니라 억지였다는 생각을 하게 되었다.

"내가 알지 못하는 친구 아주 많잖아. 심통이 날 정도로 내가 배제된 과거가 있잖니."

"오빠는 내 미래를 위해 남겨둔걸. 내 과거는 바다 건너 저편에 있다는 걸 기억해요. 여기 런던에는 없다니까요."

"네 미래가 옆에 좌정해 있다니 아주 좋네. 네 미래를 그렇게 가까이 모셔두고 있는 건 정말 멋진 일이야." 그리고 랠프는 다시 담배에 불을 붙이고, 캐스퍼 굿우드가 빠리로 건너갔다는 소식을 들었다는 이야기를 그렇게 에둘러 하는지도 모른다는 생각을 했다. 불을 붙이고 잠시 담배를 피우다가 그가 다시 말을 꺼냈다. "방금 널 즐겁게 해준다고 말했지만, 내가 기대에 미치지 못하고 있는 걸 잘 알고 있어. 그런데 사실은 너 같은 사람을 즐겁게 하는 일을 떠맡는 건 만용에 가까워. 별 볼 일 없는 수작에 관심이나 있니? 너는 원대한 포부를 품고 있고, 그런 문제에 대해서는 아주 눈이 높으니까. 음악 밴드나 광대 한 무리라도 데리고 와야 할 것 같다."

"광대는 하나면 족해요. 아주 잘하고 있는걸. 계속해보세요. 10분만 더 있으면 웃기 시작할 거예요."

"난 아주 진지해." 랠프가 말했다. "넌 요구 사항이 너무 많아."

"무슨 말인지 모르겠네요. 내가 뭘 바란다고!"

"넌 아무것도 받아들이지 않으니까." 랠프가 말했다. 그녀는 얼굴을 붉혔다. 그 말의 의미를 불현듯 헤아린 것처럼 보였다. 하지만 대체 왜 그녀에게 그런 말을 하는 걸까? 그는 잠시 주저하다가 말을 이었다. "너한테 꼭 하고 싶은 말이 있어. 질문이 있는데 말이야. 내게 물어볼 권리가 있는 거 같아서. 네 대답이 궁금하니까."

"무엇이든 물어봐요." 이저벨이 부드럽게 대답했다. "최선을 다해 대답할 테니까."

"그래, 그렇다면 워버턴이 너희 둘 사이에 있었던 일을 내게 이야기한 걸 기분 나쁘게 생각하지 않으면 좋겠다."

이저벨은 흠칫 놀랐지만 감정을 억눌렀다. 그녀는 앉아서 펼친 부채를 바라보았다. "그래요, 그 사람이 오빠에게 털어놓은 게 당연하다는 생각이 드네요."

"그가 말했다고 네게 알려도 좋다는 허락을 받았어. 아직도 약간은 희망을 갖고 있는 것 같더라." 랠프가 말했다.

"아직도?"

"며칠 전에도 그랬거든."

"이제는 그렇지 않을걸요." 그녀가 말했다.

"그렇다면 마음이 좀 아프네. 아주 진실한 사람이거든."

"그런데 그 사람이 나한테 이야기를 해보라고 하던가요?"

"아니, 그러지 않았어. 나한테 털어놓은 건 자기도 어쩔 수 없어서야. 우린 오랜 친구거든. 아주 낙담했더라. 편지 한줄 보내 와달라고 하기에 워버턴이 누이와 함께 점심 먹으러 오기 전날 로클리에 마차를 타고 갔거든. 네 편지를 막 받은 참이라 아주 침울했어."

"오빠한테 편지를 보여주던가요?" 이저벨이 순간 고고한 표정으로 물었다.

"천만에. 하지만 깨끗이 거절당했다고 했어. 너무 안됐더라."

얼마 동안 아무 말이 없던 이저벨이 이윽고 물었다. "그 사람이 날 몇번이나 만난 줄 알아요? 대여섯번뿐이에요."

"그거야 네가 자랑으로 삼을 일이지."

"그런 뜻으로 한 말이 아니거든요."

"그럼 왜 그런 말을 하는 거야? 가엾은 워버턴의 마음 상태가 피상적임을 증명하려는 건 아니잖아. 네가 그렇게 생각하지 않는다는 건 내가 잘 아니까."

이저벨은 물론 그렇게 생각한다고 말할 수 없었다. 하지만 그녀는 곧 화제를 돌렸다. "날 설득하라는 워버턴 경의 부탁을 받지 않았다면, 사심 없이 이러는 건가요? 아님, 논쟁하는 재미로 이러든가."

"너랑 논쟁할 마음은 전혀 없다. 난 널 혼자 그대로 놔두고 싶거든. 난 다만 네가 무슨 생각을 하는지에 관심이 많아."

"이렇게 고마울 데가!" 약간 불안한 웃음을 띠며 이저벨이 말했다.

"물론 넌 내가 상관할 바 아닌데 쓸데없이 간섭한다는 뜻으로 하는 말이겠지. 하지만 이 문제를 이야기한다고 해서 네가 괴로워하거나 내가 쩔쩔매야 할 이유가 뭐지? 사촌 좋은 게 뭐니, 내가 이런 특권을 누리지 못한다면 말이야. 약간의 보상도 없다면 아무 희망이나 보답 없이 널 흠모하는 게 무슨 소용이지? 표를 구하느라 큰 댓가를 치렀는데 정작 쇼를 볼 수 없다면, 병으로 무력해지고 인생이라는 게임에서 겨우 방청객 노릇이나 하는 게 무슨 소용이 있을까? 말 좀 해봐라." 그녀가 한층 집중해서 듣고 있는 동안 랠프가 말을 이었다. "워버턴 경의 청혼을 거절하면서 무슨 생각을 한 거냐?"

"무슨 생각이라뇨?"

"어떤 논리가─너의 상황에 대한 어떤 관점이─그렇게 범상치 않은 행동을 하게 만든 거지?"

"그 사람과 결혼하고 싶지 않았어요. 만약 그게 논리라면."

"아니, 그건 논리가 아니고, 이미 알고 있는 사실이기도 해. 그건 하나 마나 한 이야기니까. 네 자신에게 제시한 논리가 뭐지? 그거 말고 뭔가가 더 있었을 게 분명해."

이저벨은 잠시 생각에 잠겼다가 그녀 자신의 질문으로 답변을 대신했다.

"그걸 왜 범상치 않은 행동이라고 하는 거죠? 이모도 그렇게 생각하시는 것 같던데."

"워버턴 경은 진짜 괜찮은 친구거든. 남자로서 결점은 거의 없다고 본다. 게다가 여기서 대단한 명사로 알려진 사람이지. 재산이 엄청나게 많고, 그의 아내가 되면 우월한 존재로 여겨질 거고. 그는 내적인 장점과 외적인 장점을 겸비했어."

이저벨은 사촌 오빠가 어디까지 갈 작정인지 지켜보았다. "그럼 너무 완벽해서 청혼을 거절했다고 해두지, 뭐. 난 완벽하지 않은데 나한테 과분하잖아요. 게다가 그 사람이 완벽해서 짜증이 날 테니까."

"솔직하기보다는 영리한 답변이구나." 랠프가 말했다. "사실 세상 그 무엇도 너한테 과분하다고 생각하지 않잖아."

"오빤 내가 그렇게 잘났다고 생각해요?"

"아니, 하지만 자기가 잘난 줄 안다는 핑곗거리 없이 까다롭게 굴기는 마찬가지잖아. 스무명 중 열아홉은 — 가장 까다로운 여자라 하더라도 — 워버턴을 어떻게든 받아들였을 거야. 그 친구를 얼마나들 귀찮게 따라다녔는지 넌 모를 거다."

"알고 싶지도 않아요. 하지만," 이저벨이 말했다. "그런데 언젠가 그 사람 이야기할 때 오빠가 좀 이상한 말을 했잖아."

랠프는 김이 날 정도로 생각에 잠겼다. "그때 내가 한 말에 좌우된 게 아니었으면 좋겠어. 그건 결점이 아니었어 — 내가 언급한 거 말이야. 단지 그의 지위가 함축하는 독특함 때문에 한 말이었어. 너와 결혼하고 싶어하는 걸 알았다면 그런 말은 꺼내지도 않았어.

그의 지위와 관련해서 그 친구가 다소간 회의주의자라는 걸 말한 거거든. 넌 그 친구가 믿음을 갖게 할 수 있었을 거야."

"내 생각은 달라요. 뭐가 문제인지도 모르지만, 난 그런 사명 같은 건 의식한 적도 없어요. 오빠가 실망한 게 분명하네." 이저벨은 사촌 오빠를 안쓰러운 듯 다정하게 바라보면서 덧붙였다. "내가 그런 결혼을 했으면 하고 바랐나봐."

"전혀 그렇지 않아. 그 문제에 관해 내가 원하는 건 없어. 네게 충고할 것도 없고. 난 널 지켜보는 것으로 만족해. 아주 깊은 관심을 갖고 말이지."

그녀는 약간 의식적으로 한숨을 내쉬었다. "오빠가 내게 흥미를 갖는 만큼 나도 나 자신에게 흥미를 가질 수 있으면 좋겠네요."

"그것도 솔직한 말은 아니군. 넌 네 자신에게 아주 흥미가 많아. 그런데 너, 아니?" 랠프가 말했다. "워버턴 경에게 정말로 최종적인 답변을 준 거라면, 그런 답변이어서 내가 기쁘다는 거. 너를 위해 기쁜 일이라는 말은 아니야. 그 친구를 위해 기쁜 건 더더욱 아니고. 날 위해서 기쁘단 말이다."

"오빠도 나한테 청혼하려고?"

"천만에. 내 관점에서 보면 그건 돌이킬 수 없는 과오지. 특별한 오믈렛의 재료를 제공해주는 거위를 죽이는 꼴이니까. 거위는 내 어리석은 환상의 상징이야. 무슨 말이냐 하면, 워버턴 경의 청혼을 거절한 처녀의 앞날을 지켜보는 스릴을 즐기겠다는 거지."

"이모도 그걸 기대하시나봐." 이저벨이 말했다.

"아, 구경꾼은 많을걸! 우리 모두 향후 네 행보를 주시할 테니. 난 다 보지는 못하겠지만, 가장 흥미로운 시기를 볼 수는 있겠지. 물론 워버턴 경과 결혼하더라도 네 나름의 삶을 살 수 있지. 버젓한, 아니 대단히 화려한 활약을 하게 될걸. 하지만 상대적으로 말해 좀 단조로울 거야. 미리 명확히 경계선이 그어진 삶이라 예측 불허의 면모가 부족할 테지. 너도 알다시피 난 돌발 상황을 무척 즐기는 사람이거든. 네가 게임에서 손을 떼지 않겠다니 멋진 사례들을 제시해주기를 기대할게.”

“오빠가 무슨 말을 하는지 잘 모르겠지만,”이저벨이 말했다. “무언가 대단한 사례들을 내가 보여줄 거라고 기대한다면 실망할 거라고 말할 수 있을 만큼은 알아들었어.”

“보여주지 못하면 너부터 실망할 텐데——그건 네가 받아들이기 힘들걸!”

이에 그녀는 답하지 않았다. 곰곰이 생각해봐야 할 만큼 진실이 담긴 말이었기 때문이다. 드디어 그녀가 갑자기 말했다. “결혼이라는 끈에 묶이고 싶지 않다는 게 뭐가 잘못이라는 건지 모르겠네. 난 인생을 결혼으로 시작하고 싶지 않아요. 여자가 할 수 있는 다른 일이 있으니까.”

“그보다 더 잘할 수 있는 일은 없지. 하지만 너야 물론 다면적이니까.”

“양면적이기만 해도 충분해요.”이저벨이 말했다.

“너는 가장 매력적인 다면체야!”그녀의 사촌 오빠가 갑자기 외쳤다. 하지만 사촌 동생의 눈길을 받고 그는 심각해졌고, 자신이 심각하다는 것을 입증하기 위해 말을 이었다.

“젊은 남자들이 말하는 식으로 하면, 넌 삶을 바라보려는 거야. 빌어먹을, 그렇게 못할 게 뭐가 있느냐는 거지.”

“젊은 남자들이 세상을 바라보고 싶은 식으로 보고 싶은 건 아니에요. 하지만 내 주변을 둘러보고 싶어요.”

"경험의 잔을 마지막 한방울까지 마시고 싶은 거지."

"아니, 난 경험의 잔 같은 건 만지고 싶지도 않아요. 독배인걸! 다만 내 눈으로 보고 싶을 뿐이에요."

"넌 보기만 하고 느끼지는 않겠다는 거야." 랠프가 일침을 가했다.

"감정이 있는 사람이라면 그런 구별을 하지 않을걸요. 난 헨리에타랑 아주 비슷하거든요. 지난번에 결혼하고 싶으냐고 물었더니, '유럽을 보기까지는 어림없어!'라고 그러던걸. 나도 유럽을 보기까지는 결혼하고 싶지 않아요."

"왕관 쓴 사람이 반해서 넘어오기를 기대하는군."

"아니, 그건 워버턴 경과 결혼하는 거보다 더 나빠요. 그런데 날이 어두워지네." 이저벨이 말을 이었다. "호텔로 돌아가야겠어요." 그녀는 자리에서 일어났지만, 랠프는 그냥 가만히 앉아서 이저벨을 바라보았다. 그가 그대로 남아 있었기 때문에 그녀도 멈춰섰다. 두사람은 의미있는 눈빛을 교환했는데, 특히 랠프의 눈빛에는 말로 표현하기에는 너무 막연한 의미가 담겨 있었다.

"넌 내 질문에 대답했어." 그가 결국 입을 열었다. "내가 원하는 말을 해주었지. 정말 고맙구나."

"별말 한 것 같지 않은데."

"중요한 이야기를 해주었어. 넌 세상이 흥미롭고 그 세상에 온몸을 던지고 싶은 거야."

눈물 어린 그녀의 눈이 어스름에 잠깐 빛났다. "난 그런 말한 적 없어요."

"그런 뜻으로 말했다고 생각했는데. 부정하지 마라. 너무 멋지니까!"

"오빠가 나한테 뭘 갖다붙이려고 하는지 모르겠네. 난 조금도 모험적이지 않아요. 여자들은 남자들과 달라요."

랩프는 천천히 자기 자리에서 일어나서 그녀와 함께 광장 입구 쪽으로 걸어가면서 말했다. "물론 다르지. 여자들은 대체로 용기를 뽐내지 않지만 남자들은 종종 뽐내거든."

"남자들은 용기가 있으니까 뽐내겠지."

"여자도 용기가 있어. 넌 아주 많아."

"프래츠 호텔까지 마차를 타고 갈 만큼의 용기는 있는데 그 이상은 아닙니다."

랩프는 쪽문의 걸쇠를 올리고 나간 다음 다시 잠갔다. "타고 갈 마차를 찾아보자." 그가 말했다. 마차 잡기 편한 인근 거리를 향해 가는 동안 그는 안전하게 호텔까지 데려다주면 안되겠느냐고 이저벨에게 재차 물었다.

"천만에," 그녀가 대답했다. "그럼 오빠가 너무 피곤할 거예요. 오빠는 집에 가서 잠자리에 들어야 해요."

마차를 잡았고, 그는 이저벨을 마차에 태운 다음 잠시 서 있었다. "사람들이 내가 불쌍한 놈이라는 사실을 잊어버리면 불편하지. 하지만 그 사실을 기억하면 더 불편하다니까!"

16장

이저벨이 무슨 속셈이 있어서 그가 바래다주겠다는 호의를 마다한 건 아니었다. 지난 며칠 동안 그의 시간을 너무 많이 빼앗았다는 생각이 불현듯 들었을 따름이었다. 과도한 도움을 받으면 결국 처신이 '부자연스러워지는' 미국 처녀의 독립심이 앞으로 몇시간은 자족하며 지내야지 작심하게 만들었다. 게다가 그녀는 혼자 있는 시간을 아주 좋아했다. 영국에 온 이후에는 그런 시간을 거의 갖지 못했는데, 고국에서는 언제나 즐길 수 있는 사치였기 때문에 그동안 그런 시간이 없는 게 아쉬웠던 것이다. 하지만 혼자 있고 싶어서 사촌 오빠의 배웅을 사양했다는 주장이 무색해졌다고, 흠 잡기 좋아하는 사람이 그날 저녁 그 자리에 있었다면 말할 수도 있을 사건이 일어났다. 9시경 그녀는 프래츠 호텔의 흐린 조명에 큰 촛불을 두개 더해 가든코트에서 가져온 책에 정신을 집중하려고 자리를 잡았지만, 펼쳐놓은 페이지에 인쇄된 단어들을 읽는 대신 그날 오후에 랠프가 그녀에게 한 말을 되새겼을 따름이다. 불현듯 호텔 사환 특유의 조용한 노크 소리가 들리더니 사환 하나가 방문객의 명함을 대단한 전리품이나 되는 듯이 내보이며 들어왔다. 명함의 캐스퍼 굿우드라는 이름이 시선을 사로잡고 난 다음에도 그녀는 가타부타 말 없이 사환을 그냥 세워두었다.

"신사분을 방으로 모실까요, 부인?" 그가 약간 권하듯 물었다.

이저벨은 아직도 주저했고, 주저하는 동안 거울에 눈길을 주었다. "들어오시라고 하세요." 그녀는 결국 그렇게 말했고, 머리매무새를 가다듬는 대신 마음을 다잡고 그를 기다렸다.

곧 캐스퍼 굿우드가 들어와 그녀와 악수를 했다. 하지만 사환이 나갈 때까지는 아무 말도 하지 않았다. 사환이 나가자 크고 빠른 목소리로, 약간 독단적인 어조로 물었다. "왜 내 편지에 답장을 하지 않았소?" 단도직입적으로 말하는 데 익숙한, 자신의 주장을 어지간히 강요할 수 있는 남자의 말투였다.

그녀는 준비한 질문으로 답했다. "내가 여기 있는지 어떻게 알았죠?"

"스택폴 양이 알려줬소." 캐스퍼 굿우드가 말했다. "당신이 오늘 저녁 호텔에 혼자 있을 거고, 날 만나줄 거라고 했지."

"그런 말을—어디서 만나서 들었는데요?"

"만나지 않았소. 편지를 했더군."

이저벨은 아무 말이 없었고, 둘 다 앉지 않았다. 그들은 도전적인, 적어도 논쟁적인 분위기로 마주 서 있었다. "헨리에타가 당신과 편지를 주고받는다고 말해주지 않았어요." 그녀가 드디어 입을 열었다. "사려가 부족했네요."

"날 만나는 게 그렇게 신경에 거슬리는 거요?" 젊은이가 물었다.

"예상치 못했거든요. 난 이런 식으로 놀라는 거 싫어해요."

"하지만 내가 런던에 와 있는 걸 알았잖소. 우리가 만나는 게 당연하지."

"이런 걸 만남이라고 부르나요? 난 만나고 싶지 않았어요. 런던 같은 대도시에서는 마주칠 일이 없을 것 같았는데."

"내게 편지 쓰는 것조차 내키지 않았나보군." 이저벨은 답하지 않았다. 헨리에타 스택폴이 배신했다는 느낌이—그 순간 그녀는 헨리에타의 월권을 그렇게 규정했다—강렬하게 다가왔다. "헨리에타가 세심한 분별력의 본보기가 아닌 건 확실하네요!" 그녀가 신랄함을 실어 외쳤다. "정말 도를 넘었어."

"나도 그런 미덕이나 기타 등등의 본보기라고 자부해서는 안되겠군. 그 사람 잘못인 만큼 내 잘못이기도 할 테니까."

이저벨의 눈에 그의 턱은 어느 때보다도 더 네모나 보였다. 이것이 기분에 거슬렸을 수도 있지만 그녀의 말투에서는 드러나지 않았다. "아니에요, 당신 잘못이라기보다는 그 친구 잘못이죠. 당신은 어쩔 수 없었다고 생각할 여지도 있어요."

"정말 그랬소!" 캐스퍼 굿우드가 자기도 모르게 웃음을 터뜨리고 외쳤다. "그리고 어쨌든 여기 왔으니 앉아도 되겠지."

"물론이죠. 앉아요."

그런 식의 인사치레를 따지는 데 익숙하지 않은 사람처럼 손님은 가장 가까운 의자에 자리를 잡았다. 그사이 그녀도 자기 의자로 돌아갔다. "답장을 매일 기다렸지. 몇줄 써서 보내줄 수도 있었잖소."

"편지 쓰는 수고를 아끼느라 그런 건 아니에요. 쓰려고만 했으면 한장이 아니라 넉장도 썼겠지요. 하지만 침묵도 의사표현이에요." 이저벨이 말했다. "그게 최선이라고 생각했으니까."

그는 앉아서 말하고 있는 그녀를 주시했다. 그러면서 눈을 내리깔고 카펫의 어떤 지점에 시선을 고정했는데, 꼭 해야 할 말이 아니면 한마디도 하지 않겠다고 전력을 다하는 것 같았다. 그는 처신을 잘못한 힘센 남자였다. 하지만 자신의 힘을 막무가내로 과시하면 잘못된 처신을 부각시킬 뿐이라는 걸 알 만큼 영리하기도 했다. 이런 사람을 상대로 유리한 입지를 점한 즐거움을 이저벨은 충분히 맛볼 수도 있었다. 그의 얼굴에 대놓고 큰 소리를 치고 싶은 마음은 없었지만, "편지 같은 건 보내지 말았어야지요!"라고 말할 수 있으면 좋을 것 같았고, 의기양양하게 그렇게 말하고 싶기도 했다.

캐스퍼 굿우드는 다시 눈길을 들어 그녀를 바라보았다. 그의 눈길은 투구의 안면보호대를 통해 빛나는 것 같았다. 그는 공정성을 강하게 의식했고, 언제 어디서라도 자신의 권리를 주장할 준비가 되어 있었다. "절대로 편지하지 말라고 했죠. 알아요. 하지만 그런 규칙을 내가 받아들이겠다고 한 적은 없소. 곧 편지를 쓰겠다고 경고도 했잖소."

"절대로 편지하지 말라고 한 적은 없어요."

"그럼 오년간 하지 말 것으로 해둡시다. 아니면 십년이나 이십년이라고 하든지. 마찬가질 테니까."

"그렇게 생각해요? 엄청난 차이가 있는 것 같은데. 십년이 지나면 아주 유쾌하게 편지를 주고받을 수 있을 거 같아요. 그때가 되면 편지 문체도 훨씬 원숙해질 테니까."

말을 하다보니 듣고 있는 사람의 얼굴보다 훨씬 덜 진지한 어투라는 느낌에 그녀는 눈길을 돌렸다. 하지만 결국 다시 그쪽으로 눈길을 돌렸는데, 그 순간 그가 뜬금없이 이렇게 물었다. "이모부 댁에서 지낸 건 즐거웠소?"

"아주 즐거웠어요." 그녀는 눈을 내리깔았다가 갑자기 내질렀다. "고집부려서 좋을 게 뭐가 있다고 이래요?"

"당신을 잃지 않아도 되는 그런 좋은 점이 있지."

"당신 게 아닌 걸 갖고 잃네 마네 할 권리는 없죠. 그리고 당신 입장에서도," 이저벨이 덧붙였다. "사람을 언제 그냥 내버려둬야 하는지는 알아야 마땅하죠."

"나한테 넌더리가 났나보군." 캐스퍼 굿우드는 음울하게 말했다. 이런 황량한 사실을 깨달은 사내를 동정해달라는 뜻에서 그렇게 말한 건 아니었다. 그 사실을 앞에 잘 모셔놓고 눈을 떼지 않은 채 행동하려고 애쓰는 것 같았다.

"그래요, 정말 마음에 안 드네요. 지금은 어떻게 해도 어깃장을 놓는 게 돼요. 제일 나쁜 건 이런 식으로 이 점을 확인할 필요가 없다는 거예요." 바늘로 찌르면 피가 나올 정도로 그의 천성이 무른지 확실하지 않았다. 그와 안면을 튼 처음부터, 네게 이로운 걸 너보다 내가 더 잘 알고 있다는 식의 태도로부터 자신을 방어해야만

했던 때부터, 그녀는 솔직담백함이 최선의 무기라는 사실을 인식하고 있었다. 길을 덜 완강하게 가로막고 있는 사람이라면 그의 감정을 감안하거나 비스듬히 비켜서겠건만, 도대체 뭐든 내밀면 움켜잡는 캐스퍼 굿우드와 상대하는 데 힘만 빼는 결과를 낳았다. 그가 둔감해서는 아니었다. 하지만 능동적이든 수동적이든 그의 겉모습은 마찬가지로 거대하고 견고해서 상처를 치료해야 하면 언제라도 혼자 알아서 할 사람이라고 안심이 되기는 했다. 그가 겪을 고통과 번민을 헤아려볼 때조차도, 그녀는 '원래부터 철갑을 두르고 있는 사람인걸. 그리고 이런 무장은 기본적으로 공격용이야'라는 예전의 생각을 떨칠 수 없었다.

"난 받아들일 수 없소." 그가 간명하게 말했다. 위태로운 관대함이 담긴 말이었다. 그녀가 그를 언제나 싫어한 것은 아님을 그가 대놓고 따질 수도 있다는 생각이 들었기 때문이다.

"받아들일 수 없는 건 나도 마찬가지고, 우리 둘의 관계도 이런 상태일 필요는 없어요. 당신이 내 생각을 몇달 동안 떨쳐보려고 노력만 해도 우린 다시 사이좋게 지낼 수 있어요."

"그렇군. 얼마 동안 당신을 마음에서 비워낼 수 있으면, 무한정 그럴 수도 있다는 걸 알게 될 테니까."

"무한정까지는 바라지 않아요. 그렇게 되길 바라는 것도 아니고."

"그게 불가능하다는 건 당신도 잘 알고 있겠지." 젊은이가 말했다. 당연하다는 듯 불가능이라는 단어를 쓰는 그의 말투에 그녀는 짜증이 났다.

"마음을 다잡고 노력해볼 수는 없나요?" 그녀가 힐문했다. "다른 모든 면에서 강한 사람이 왜 이 점에서는 강할 수 없다는 거죠?"

"뭘 위해 마음을 다잡으라는 거요?" 그리고 그녀가 곧 대답을 하지 않자, "당신과 관련된 일이면," 그는 말을 이었다. "당신을 지독하게 사랑하는 것 빼고 난 아무것도 할 수 없소. 강한 사람은 사랑도 더 강하게 하게 마련이니까."

"그 말은 정말 일리가 있네요." 그리고 우리의 여주인공은 그 말의 힘을 느꼈다. 그 말은 단숨에 진실과 시의 광막한 영역으로 그녀의 상상력을 끌어들였다. 하지만 그녀는 곧 정신을 수습했다. "내 생각을 하든 말든 그건 당신이 알아서 할 일이에요. 날 그냥 내버려둬요."

"언제까지?"

"글쎄요, 일이년 정도."

"분명히 해요. 일년과 이년 사이에는 엄청난 차이가 있으니까."

"그럼 일년이라고 해두죠." 이저벨은 짐짓 열을 내서 말했다.

"그렇게 해서 내가 얻는 게 뭐요?" 그는 정색을 하고 물었다.

"내게 큰 호의를 베푼 게 될 거예요."

"그렇게 하면 나는 무슨 보상을 받게 되는 건가?"

"자선을 베풀면서 보상이 필요하다는 건가요?"

"그렇지. 큰 희생을 치르는 거라면."

"희생 없이는 자선도 없어요. 남자들은 그런 걸 이해하지 못한다니까. 난 당신의 희생에 경의를 표할 거예요."

"난 당신의 경의에는 눈곱만큼도 관심이 없소. 경의가 구체적인 뭔가로 드러나지 않는다면 난 눈곱만큼도 관심 없소. 언제 나와 결혼할 거냐—이게 유일한 문제요."

"영원히 안해요. 계속 지금 같은 기분이 들게 만든다면."

"그렇다면 그런 기분이 들지 않게 만들려고 애써서 내가 얻는 게 뭐요?"

"날 죽도록 괴롭혀서 얻는 게 왜 없겠어요!" 캐스퍼 굿우드는 다시 눈을 내리깔고 한참 동안 모자의 꼭지 부분을 뚫어져라 바라보았다. 그의 얼굴 전체가 시뻘겋게 물들었다. 그녀의 모진 말이 드디어 그의 가슴에 가서 박힌 것이다. 그녀는 이 모습에 즉각 가치를 부여했다. 고전적인 가치, 낭만적인 가치, 구원의 가치, 뭐라고 해도 좋았다. 주어진 상황에서 그가 매력을 거의 발휘하지 못했지만, '고통을 받는 강한 남자'라는 범주는 사람의 마음을 움직이는 힘이 있었다. "왜 그런 말을 하게 만들어요?" 그녀는 떨리는 목소리로 외쳤다. "난 상냥하게 대해주고 싶은데─아주 친절하게. 날 좋아하는 사람에게 그러지 말라고 설득하는 게 즐거운 일은 아니에요. 다른 사람들도 내 입장을 배려해줘야 한다고 생각해요. 각자 독자적인 판단을 내리게 마련이잖아요. 당신이 할 수 있는 한, 최대한 배려했다는 걸 알아요. 그리고 당신이 그런 데는 그만한 이유가 있을 거예요. 하지만 난 정말 결혼하고 싶지 않고 지금으로서는 결혼 이야기 같은 건 하고 싶지도 않아요. 어쩌면 아예 결혼 안할지도 몰라요. 안해요. 영원히. 난 얼마든지 그렇게 생각할 권리가 있고, 본인의 의사와 관계없이 여자를 그렇게 밀어붙이는 건 사려 깊은 행동이 아니에요. 마음을 아프게 했다면 정말 미안해요. 내 잘못이 아니에요. 당신 좋으라고 결혼할 수는 없잖아요. 언제나 당신의 친구로 남아 있겠다는 말은 하지 않을게요. 이런 상황에서 여자가 그런 말을 한다면 조롱으로 생각할 수 있을 테니까. 어쨌든 다음에 다시 오세요."

이 말을 하는 동안 캐스퍼 굿우드는 모자 상ㄴ의 이름에 시선을 고정했다. 그녀가 말을 마치고 한참 지나고 나서야 그는 눈을 들었다. 이저벨의 얼굴에 장밋빛 사랑스러운 열망이 어린 것을 보자 그녀의 말을 분석하려던 시도는 무산되었다. "돌아가겠소. 내일 떠나겠소. 당신을 내버려두지." 그가 결국 입을 열었다. "다만," 그는 무거운 어조로 말했다. "당신을 볼 수 없는 걸 견딜 수 없소."

"걱정 마요. 별일 안 벌일 테니까요."

"당신이 다른 남자와 결혼할 게 불을 보듯 뻔하오." 캐스퍼 굿우드가 선언했다.

"그게 공정한 비난이라고 생각하나요?"

"물론이지. 많은 남자들이 당신과 결혼하려고 덤빌 테니까."

"난 결혼하고 싶지 않고, 영원히 안할 게 거의 확실하다고 방금 말했는걸요."

"알아요. '거의 확실하다'라는 말이 재미있군! 난 그 말을 믿을 수 없소."

"고맙군요. 당신을 떼어내기 위해 거짓말한다고 비난하는 건가요? 참 고상하게도 말씀하시네요."

"그렇게 말하지 못할 게 뭐가 있지? 당신은 나에게 약속 비슷한 것도 하지 않았소."

"그래요, 약속만 했으면 아무 문제도 없었겠네요!"

"당신은 실제로 안전하다고 믿을지도 모르겠소. 그랬으면 싶으니까 그렇게 믿어버린 거지. 하지만 안전하지 않아요." 젊은이는 최악에 대비하는 듯 말을 이었다.

"좋아요, 그럼, 제가 안전하지 않다고 쳐요. 맘대로 생각하세요."

"그런데 잘 모르겠소." 캐스퍼 굿우드가 말했다. "당신을 지켜본다 하더라도 위험을 막을 수 있을지."

"정말 그럴까요? 따지고 보면 난 당신이 훨씬 겁이 나요. 내가 그렇게 쉽게 넘어갈 사람 같아요?" 그녀는 어조를 바꾸고 갑자기 물었다.

"아니, 그렇게 생각하지 않소. 그걸 위안으로 삼아야겠지. 하지만 세상에는 분명 눈부시게 멋진 남자들이 있는 법이고, 그런 사람이 하나만 있어도 그걸로 끝이오. 가장 멋진 남자가 당신에게 곧바로 청혼할 거니까. 그런 남자가 아니라면 당신은 쳐다보지도 않을 게 확실하오."

"눈부시게 멋지다는 말이 기막히게 똑똑하다는 뜻이라면," 이 저벨이 말했다. "그밖의 다른 뜻으로 생각할 수 없으니 하는 말이지만, 내가 어떻게 살아야 하는가에 관한 한 똑똑한 남자의 도움을 받을 필요는 없어요. 혼자서도 알아낼 수 있으니까."

"혼자 사는 방법을 알아낸다는 거요? 알아내면 나한테도 가르쳐주시지!"

그녀는 그를 잠시 바라보다 얼른 미소를 띠고 말했다. "아, 당신은 결혼해야죠!"

그가 그녀의 감탄문에서 순간적으로 지독한 악의를 느꼈다면 그를 용서해주어야 하리라. 그녀가 그런 가시 돋친 말을 날린 동기가 명확하게 무엇인지 기록된 바는 없다. 하지만 '그가 여위고 굶주린 상태로 헤매게 해서는 안된다' 정도의 배려심은 있었다고 해두자. "신의 용서를 빌기를!" 그는 이를 악물고 이렇게 중얼거리고 등을 돌렸다.

말투 때문에 약간의 잘못을 저지른 꼴이 되어버린 그녀는 잠시 후 이를 바로잡으려고 했다. 그렇게 하는 가장 쉬운 방법은 그도 자기와 같은 입장에 놓는 것이었다. "당신은 날 제대로 평가해주지 않는군요. 아무 말이나 막 하는 걸 보니!" 그녀가 갑자기 소리를 질렀다. "난 손쉬운 사냥감은 안될 거예요. 그걸 이미 입증한걸요."

"내게는 입증했지. 완벽하게."

"다른 사람들에게도 입증했어요." 그리고 그녀는 잠시 말을 멈추었다. "지난주에 청혼을 거절했어요. 모두 굉장한 혼처라고 말하는 자리였죠."

"기쁜 소식이군." 젊은이는 근엄하게 말했다.

"많은 여자들이 받아들였을 그런 청혼이었어요. 모든 조건이 완벽했고," 이저벨은 이 이야기를 할 생각은 없었지만, 일단 시작한 이상 털어놓고 자신을 정당화하고 싶은 생각에 사로잡혔다. "대단한 지위와 재산이 주어지는 청혼이었어요. 게다가 내가 아주 호감을 가졌던 사람이었고."

굿우드는 주의를 집중해 그녀를 주시했다. "영국 사람이었소?"

"영국 귀족이었어요." 이저벨이 말했다.

그녀의 손님은 처음에는 침묵을 지켰지만 이윽고 이렇게 말했다. "그가 실패했다니 기쁘군."

"그래요, 불운의 동반자가 있으니 견디도록 해봐요."

"그 사람은 동반자가 아니오." 굿우드가 정색하며 말했다.

"왜 아니라는 거죠? 내가 그 사람의 청혼을 확실하게 거절했는데?"

"그렇다고 내 동반자가 되는 건 아니지. 게다가 그는 영국 사람이니까."

"그럼 영국 사람은 인류의 일원이 아니라는 말인가요?"

"아, 그 사람들? 그 사람들은 내가 생각하는 인류의 일원이 아니지. 그들이 어떻게 되든 난 상관없소."

"당신은 분풀이하고 있어요." 이저벨이 말했다. "이 문제는 충분히 논의했다고 봐요."

"아, 그래, 난 분풀이하고 있소. 유죄를 인정하오!"

그녀는 돌아서서 열려 있는 창문으로 걸어가 어스름이 깔린 텅 빈 거리를 잠시 내려다보았다. 인적이 끊긴 거리를 흐린 가스등이 비추고 있었다. 얼마 동안 두 젊은 남녀는 아무 말 하지 않았다. 굿우드는 벽난로 선반에 음울하게 눈길을 준 채 그 부근을 서성거렸다. 그녀는 사실상 가달라고 요구하고 있었다. 그는 잘 알면서도 그녀를 불쾌하게 만들 위험을 무릅쓰고 버텼다. 쉽게 포기하기에는 그녀를 너무도 원했다. 그녀에게서 약속 한마디라도 끌어내려고 대서양을 건넌 것 아닌가. 곧 그녀는 창문을 떠나 그의 앞에 섰다. "당신은 정말 날 제대로 평가해주지 않네요. 방금 한 말을 다 듣고서도 이러니. 괜히 말했어. 당신과는 아무 상관도 없는 문제인데."

"아," 젊은이가 외쳤다. "당신이 청혼을 거절할 때 내 생각을 한 거라면!" 그러고 나서 그토록 행복한 생각을 그녀가 반박할까봐 잠시 말을 멈추었다.

"당신 생각도 조금 했어요." 이저벨이 말했다.

"조금? 이해할 수 없군. 내 사랑을 알고 있는 게 어떤 식으로든 당신에게 영향을 끼쳤다면, 그걸 겨우 '조금'이라고 부르지는 못할 텐데."

이저벨은 실수를 만회하려는 듯 고개를 흔들었다. "아주 친절하고 훌륭한 신사의 청혼을 거절했어요. 그것으로 위안을 삼으세요."

"정말 고맙군." 캐스퍼 굿우드가 심각하게 말했다. "엄청나게 고맙네."

"이제 돌아가는 게 좋을 것 같아요."

"언제 다시 만날 수 있소?" 그가 물었다.

"다시 만나지 않는 게 좋겠어요. 또 이런 말을 꺼낼 거고, 알다시피 결국은 헛수고가 될 테니까."

242

"신경 거슬릴 말은 한마디도 하지 않겠다고 약속하지."

이저벨은 잠시 생각하다가 대답했다. "하루 이틀 사이에 이모부 댁으로 돌아갈 텐데, 그곳으로 오라고 할 수는 없겠네요. 앞뒤가 맞지 않는 행동이 될 테니까."

캐스퍼 굿우드도 생각에 잠겼다. "당신도 날 제대로 평가해줄 일이 있소. 일주일쯤 전에 당신 이모부 댁으로 초대를 받았는데 거절했소."

그녀는 놀라움을 드러냈다. "누가 초대했어요?"

"랠프 터칫 씨가. 당신 사촌 오빠겠지. 당신이 오라고 한 게 아니기 때문에 거절했던 거요. 터칫 씨에게 날 초대하라는 제안을 한 사람은 스택폴 양인 것 같았소."

"내가 그러지 않은 건 확실해요. 헨리에타는 정말 못 말리겠네." 이저벨이 덧붙였다.

"그 사람에게 너무 심하게 하지 않았으면 좋겠소. 내 마음이 아프니까."

"그러지요. 초대를 거절한 건 잘한 일이에요. 고맙게 생각해요." 그리고 그녀는 워버턴 경과 굿우드 씨가 가든코트에서 만날 수도 있었다는 끔찍한 생각에 살짝 몸서리를 쳤다. 워버턴 경에게는 너무나 거북한 상황이었으리라.

"이모부 댁을 떠나면 어디로 갈 작정이오?" 그가 물었다.

"이모랑 유럽으로 갈 거예요. 피렌쩨에 가고 다른 곳에도 가고."

이런 말을 태연하게 하는 모습이 젊은이의 마음에 오싹 한기를 불러일으켰다. 그를 철저하게 배제하는 사람들 속으로 휩쓸려 들어가는 이저벨을 보는 것 같았다. 그럼에도 그는 준비한 질문을 계속했다. "미국엔 언제 돌아올 거요?"

"아주 오래 안 갈지도 몰라요. 난 여기서 아주 행복하거든요."

"모국을 포기할 생각인 거요?"

"어린애같이 굴지 마요!"

"그렇군, 정말 내가 볼 수 없는 데 가 있겠군." 캐스퍼 굿우드가 말했다.

"잘 모르겠어요." 그녀는 약간 위엄을 보이며 대답했다. "이 모든 장소들이 조합을 이뤄 서로 만나는 걸 보면 세상이 아주 좁다는 생각이 드네요."

"내가 보기엔 너무 거대한 세상인데!" 굿우드는 탄식했다. 결코 양보하지 않겠다고 우리의 젊은 숙녀가 굳게 마음먹지 않았더라면 애처롭게 들릴 수도 있을 순박한 말이었다.

이런 태도는 그녀가 최근에 받아들인 어떤 체계, 어떤 이론의 일부였는데, 철저함을 기하기 위해 그녀는 잠시 후 이렇게 말했다. "내가 원하는 게 바로 그거라고, 당신의 시야에서 벗어나는 거라고 말한다고 매정하다고 생각하지 마세요. 우리가 같은 장소에 있으면 당신이 날 지켜본다고 생각하게 되는데, 내가 싫은 게 그 점이니까. 난 자유로운 게 너무 좋아요. 이 세상에서 내가 소중하게 생각하는 것이 있다면," 그녀는 다시 약간 위엄을 보이며 말을 이었다. "그건 나의 개인적인 독립성이에요."

그녀의 발언에 지나친 우월감 비슷한 뭔가가 있었다 하더라도 캐스퍼 굿우드의 경탄을 불러일으켰을 따름이었다. 그는 그 발언의 과장됨이 조금도 거슬리지 않았다. 그녀에게 날개가 있고 아름답고 자유롭게 움직여야 한다는 사실을 그는 부정한 적이 없었다. 긴 팔에 활보할 수 있는 다리를 가진 그는 그녀가 가진 어떤 힘도 두렵지 않았다. 이저벨의 말이 그에게 충격을 줄 의도였다면 무위로 돌아갔고, 합의의 지점이 있다는 느낌이 그를 미소 짓게 만들었을 뿐이었다. "당신의 자유를 나보다 더 존중하는 사람이 대체 어디 있다고? 당신의 완벽한 독립보다, 원하는 건 뭐든지 하는 당신을 보는 것보다 내게 더 큰 기쁨을 주는 게 뭐가 있다고? 난 당신을 독립적인 존재로 만들기 위해 결혼하려는 거요."

"그건 아름다운 궤변이네요." 처녀가 더 아름다운 미소를 지으며 말했다.

"미혼인 여자─당신 나이의 처녀─는 독립적일 수가 없소. 할 수 없는 일이 너무나 많으니까. 한걸음 뗄 때마다 걸림돌이 있는 법이지."

"그 문제는 어떻게 바라보느냐에 달려 있겠죠." 이저벨이 기백을 드러내 보이며 말했다. "난 앳되다고 할 나이는 지났고─난 뭐든 하고 싶은 건 할 수 있어요─완전히 독립적인 사람이에요. 양친을 다 여의었고, 가난한데다 성격도 진지해요. 예쁜 것도 아니에요. 그래서 소심하고 인습적이어야 할 이유가 없죠. 정말이지 그런 사치를 누릴 형편이 못돼요. 무엇보다도 스스로 모든 일을 판단하려고 노력해요. 잘못 판단하는 것이 판단하지 않는 것보다 더 고결하다고 생각하거든요. 난 양떼에 속한 양 한마리에 불과한 존재가 되고 싶지 않아요. 내 운명을 선택하고, 사람들이 처녀에게 어울린다고 말하는 것 이상으로 인간사를 좀 알고 싶어요." 그녀는 잠시 말을 멈추었지만 상대방이 말을 꺼낼 정도로 오래 뜸을 들이지 않았다. "굿우드 씨, 이렇게 말할게요. 내가 결혼해버릴까봐 걱정이라고 했죠. 내가 결혼한다는 소문이 들리면─처녀들은 그런 소문에 휘말리게 마련이니까요─내가 자유로움을 소중하게 여긴다고 말한 걸 기억하고 의심해보는 용기를 가져보세요."

그녀가 그에게 이런 충고를 하는 말투에는 뭐랄까, 열정적인 확신이 있었다. 그녀의 빛나는 눈에서 진솔함을 읽어낸 그는 그녀를 믿게 되었다. 그는 대충 안심이 되었고, 열정적인 말투에서 그 점이 드러났다. "이년 동안 여행하고 싶은 거요? 난 기꺼이 이년을 기다릴 용의가 있소. 그 기간 동안 하고 싶은 대로 해요. 그게 원하는 전부라면 그렇게 말해줘요. 나는 당신이 관습적인 걸 원하지 않으니까. 내가 관습적인 사람처럼 보여요? 정신세계를 넓히고 싶소? 지금으로도 내게 충분하지만 당신이 여기저기 다니면서 여러나라를 보고 싶다면 내가 할 수 있는 한 기꺼이 도와주고 싶소."

"당신은 마음이 아주 넓어요. 그건 익히 알고 있던 사실이지만. 날 도와주는 가장 좋은 방법은 최소한 수백 마일의 바다를 사이에 두고 떨어져 있는 거예요."

"누가 들으면 흉악한 범죄를 저지르려고 하는 줄 알겠군." 캐스퍼 굿우드가 말했다.

"그럴지도 모르죠. 그러고 싶은 마음이 들면 그럴 수도 있는 자유를 누리고 싶어요."

"그래요, 그럼," 그는 천천히 말했다. "난 돌아가겠소." 그리고 만족스러운 자신감을 드러내려고 애쓰며 손을 내밀었다.

그런데 이저벨이 그를 믿는 것만큼 그는 그녀에게 믿음이 가지 않았다. 그녀가 흉악한 범죄를 저지를 수 있다고 그가 생각했다는 것은 아니다. 하지만 아무리 생각해도 그녀가 선택의 자유를 확보하는 방식에는 뭔가 불길한 징조가 있었다. 악수를 나누면서 이저벨은 그에게 큰 존경심을 느꼈다. 그가 얼마나 그녀를 사랑하는지 알 수 있었고, 도량이 넓다는 생각도 들었다. 그녀로서도 수동적이라고 할 수 없는 악수로 연결된 채 그들은 서로를 바라보며 잠시 서 있었다. "이게 맞아요." 그녀는 아주 상냥하게, 아니 거의 다정하게 말했다. "이성적으로 행동해서 잃을 건 아무것도 없을 거예요."

"하지만 난 찾아올 거요. 당신이 어디 있건. 지금으로부터 이년 후." 그는 특유의 완강함을 드러내며 말했다.

우리의 젊은 숙녀가 엉뚱하다는 건 아는 바지만, 이 말에 그녀의 말투가 갑자기 바뀌었다. "아, 난 아무것도 약속하지 않았다는 걸 명심해요. 정말 아무것도!" 그러면서 그의 발걸음을 재촉하려는 듯 조금 부드럽게 말했다. "그리고 내가 쉽게 넘어가지 않을 거라는 점도 기억하세요!"

"독립적인 게 아주 지겨워질 거요."

"그럴지도 모르죠. 그럴 가능성도 매우 높아요. 그런 날이 오면 기꺼이 당신을 만날 거예요."

그녀는 침실 문의 손잡이를 잡고 손님의 작별인사를 잠시 기다렸다. 하지만 그는 꼼짝도 할 수 없는 것 같았다. 그의 태도에는 무한정 내키지 않는 심정이, 그의 눈에는 쓰라린 항의가 아직도 남아 있었다. "나 이제 가야 돼요." 이저벨이 말했다. 그리고 문을 열고 옆방으로 사라졌다.

그 방은 어두웠지만, 호텔의 안뜰로 나 있는 창에서 들어오는 희미한 빛이 어둠의 느낌을 누그러뜨렸다. 이저벨은 가구의 큰 덩치를, 거울의 흐릿한 빛과 커다란 사주식四柱式 침대의 어렴풋한 윤곽을 알아볼 수 있었다. 그녀는 잠시 귀를 기울이고 서 있었다. 마침내 캐스퍼 굿우드가 거실에서 나가 문을 닫는 소리를 들었다. 그녀는 좀더 가만히 서 있었다. 그러고 나서 제어할 수 없는 격정에 사로잡혀 침대 옆에 무릎을 꿇고 팔에 얼굴을 묻었다.

17장

기도를 드리는 건 아니었다. 떨고 있었다. 온몸을 떨고 있었다. 그녀는 곧잘 몸을 떨었고, 사실 너무나 자주 그랬고, 지금은 퉁겨진 하프의 현처럼 온몸이 윙윙거리는 것을 느꼈다. 하프에 가리개를 씌웠으면, 다시 밤색 삼베 천으로 덮었으면 하고 바랄 뿐이었다. 하지만 흥분에 저항하고 싶었고, 한동안 기도 자세를 유지한 게 떨림을 가라앉히는 데 도움이 되었다. 굿우드가 갔다는 사실이 너무 기뻤다. 그를 그렇게 처리하자 마음을 짓누르던 빚을 갚고 영수증에 도장을 받은 것 같은 기분이 들었다. 안도감을 기쁘게 느끼며 그녀는 고개를 더 숙였다. 그 느낌은 거기, 쿵쾅거리는 심장에 있었다. 기쁨은 그녀가 느낀 감정의 일부였지만, 부끄럽게 생각해야 할 무엇이기도 했다. 저속하고 부적절한 기쁨이었다. 10분이 지나서야 그녀는 자리에서 일어섰다. 거실로 돌아오고 난 다음에도 떨림이 완전히 잦아들지 않았다. 떨림의 원인은 사실 두가지였다. 일부는 굿우드와의 긴 논쟁의 결과로 설명할 수 있겠지만 나머지는 순전히 힘을 행사하면서 느낀 쾌감 때문이라고 해야 할 것 같다. 이저벨은 같은 의자에 다시 앉아 책을 집어들었지만, 펼쳐드는 시늉도 하지 않았다. 등을 의자에 기대고, 긍정적인 면이 겉으로 드러나지 않는 우발적인 사태에 종종 그렇게 반응하듯이 낮고 부드럽게 웅얼거리는 소리를 조금씩 높이면서, 보름 동안 열렬한 청혼자를 두명이나 물리쳤다는 만족감에 몸을 맡겼다. 그녀가 캐스퍼 굿우드에게 개략적으로 진술한 그 자유에 대한 사랑은 아직 전적으로 이론에 불과했다. 본격적으로 자유를 누릴 기회가 없었으니 말이다. 하지만 뭔가를 해낸 것 같은 느낌이었다. 전투를 하지는 않았지만, 최소한 승리의 기쁨을 맛보았다. 미래의 계획과 꼭 일치하는 일을 해낸 것이다. 이런 생각에 그녀는 흥분 상태가 되었지만, 침침한 도시를 가로질러 고국으로 돌아가는 굿우드 씨의 서글픈 모습에는 책망의 기운이 어려 있었다. 그래서 방문이 열리는 순간 그가 다시 돌아왔구나 하는 생각에 가슴이 철렁하면서 의자에서 몸을 일으켰다. 하지만 들어온 사람은 저녁식사를 하고 돌아온 헨리에타 스택폴이었다.

스택폴 양은 우리의 젊은 숙녀가 무슨 일을 '치렀음'을 즉각 알아차렸다. 사실 그런 추리가 대단한 통찰력을 요하는 건 아니었다. 그녀는 곧바로 친구에게 다가갔고, 친구는 아무 말 없이 그녀를 맞이했다. 캐스퍼 굿우드를 미국으로 돌려보냈다는 의기양양한 마음에 이저벨이 그의 방문을 다행으로 여기리라 추정할 수는 있다. 그러나 그녀는 헨리에타가 덫을 놓을 권리가 없다는 사실 또한 잊지 않고 있었다. "얘, 그 사람 여기 왔었니?" 헨리에타가 기대에 부풀어 물었다.

이저벨은 등을 돌리고 얼마 동안은 아무 말도 하지 않았다. "너 정말 잘못 처신한 거야." 그녀가 마침내 선언했다.

"나로서는 최선이라고 생각했어. 네가 최선을 다했기를 바랄 따름이다."

"네가 왈가왈부할 일은 아냐. 널 믿을 수 없게 됐어." 이저벨이 말했다.

이저벨이 대놓고 비난했지만, 전혀 자기중심적이지 않은 헨리에타는 이런 비난을 개의치 않았다. 그녀는 오로지 친구와 연관된 문제에만 관심이 있었다. "이저벨 아처," 그녀도 마찬가지로 퉁명스럽고 엄숙하게 말했다. "이곳 사람이랑 결혼하면 다시는 너하고 말도 안 섞을 거야!"

"그런 끔찍한 협박은 내가 청혼을 받은 다음 해도 늦지 않아." 이저벨이 대답했다. 워버턴 경의 청혼에 관해 친구에게 한마디도 하지 않은 그녀로서는 이제 와서 그 귀족의 청혼을 거절했다고 말함으로써 자신을 정당화할 마음이 생기지 않았다.

"아, 유럽 대륙으로 건너가면 곧바로 청혼을 받을걸. 애니 클라이머는 이딸리아에서 세번이나 청혼을 받았대. 평범하고 보잘것없는 애니가 말이야."

"그래, 애니 클라이머도 넘어가지 않았는데 내가 왜?"

"남자들이 애니에게 끈질기게 구애하지 않았겠지. 하지만 너한텐 그럴 테니까."

"그런 확신을 가져주니 고맙네." 이저벨이 덤덤하게 말했다.

"너 기분 좋으라고 하는 말 아냐, 이저벨. 난 사실을 말하는 거야!" 그녀의 친구가 외쳤다. "설마 굿우드 씨를 딱 잘라 거절했다고 말하려는 건 아니겠지."

"내가 왜 너한테 그런 말을 해야 하는지 모르겠다. 아까 말했듯이, 난 널 믿을 수 없게 됐어. 어쨌든 그렇게 관심이 많으니 굿우드 씨가 곧 미국으로 돌아간다는 사실은 알려주지."

"네가 가라고 한 건 아니겠지?" 헨리에타의 목소리는 비명에 가까웠다.

"날 내버려두라고 부탁했어. 네게도 같은 부탁을 하고 싶어, 헨리에타."

낙담한 나머지 스택폴 양의 눈에서 빛이 났다. 그러면서 그녀는 벽난로 장식 위에 있는 거울 쪽으로 가서 모자를 벗었다.

"저녁 맛있게 먹었어?" 이저벨이 말을 이었다. 하지만 그녀의 친구는 시시한 잡담으로 화제를 돌릴 생각이 없었다. "너, 어디로 가고 있는지 알기나 하니, 이저벨 아처?"

"지금은 자러 가려고." 이저벨이 계속 가볍게 말을 받았다.

"어디로 떠내려가고 있는지 아느냐고?" 헨리에타는 모자를 살짝 들면서 물고 늘어졌다.

"아니, 전혀 몰라. 그리고 모른다는 사실이 정말 좋아. 길도 안 보일 만큼 칠흑 같은 밤, 덜커덩거리며 쾌속으로 달리는 사두마차. 이게 내가 생각하는 행복이거든."

"굿우드 씨가 그런 식으로 말하라고 가르쳐주었을 리 없어. 부도덕한 소설의 여주인공처럼 말이야." 스택폴 양이 말했다. "그러다가 크게 실수할 수도 있어."

친구의 참견에 짜증이 났음에도 이저벨은 그녀의 비난에 어떤 진실이 담겨 있는지 따져보려고 노력했다. 하지만 다음과 같은 발언을 자제할 그 어떤 것도 생각나지 않았다. "그렇게 기꺼이 공격적으로 나오는 걸 보면, 헨리에타, 넌 날 퍽이나 좋아하나보다."

"지극히 사랑하지, 이저벨." 스택폴 양이 감정을 담아 말했다.

"그래, 네가 날 지극히 사랑한다면, 날 지극히 내버려두렴. 굿우드 씨에게도 그런 요구를 했고, 네게도 똑같은 요구를 할 수밖에 없겠다."

"너무 혼자 있지 않도록 조심해."

"굿우드 씨도 그렇게 말했어. 난 위험을 감수할 수밖에 없다고 했지."

"넌 위험을 즐겨. 내 등골을 오싹하게 만든다니까!" 헨리에타가 소리쳤다. "굿우드 씨는 언제 미국으로 돌아간다니?"

"몰라. 말해주지 않았어."

"물어보지도 않았겠지." 헨리에타가 의분의 아이러니를 실어 말했다.

"그 사람이 원하는 걸 들어주지 않았으니 그런 질문을 할 권리도 없지."

스택폴 양은 이런 말을 바로 대거리해줘야 할 도전으로 받아들였지만, 결국 이렇게 탄식하는 데 그쳤다. "저런, 이저벨, 내가 널 잘 몰랐다면 무정한 여자라고 생각했을 거야!"

"조심해." 이저벨이 말했다. "날 너무 띄워서 성질 다 버려놓을라."

"이미 버린 것 같네. 최소한," 스택폴 양이 이렇게 덧붙였다. "굿우드 씨가 애니 클라이머와 함께 대서양을 건너기를 빌어봐야지."

다음날 헨리에타는 가든코트로 돌아가지 않기로 (다시 오라고 터칫 씨가 초청을 했음에도) 결정했다고 이저벨에게 알렸다. 밴틀링 씨가 약속한 레이디 펜슬의 초대장을 런던에서 기다리기로 했다는 것이다. 스택폴 양은 랠프 터칫의 사교적인 친구와 나눈 대화를 이저벨에게 낱낱이 털어놓았고, 이젠 일이 될 것 같은 뭔가를 낚았다는 확신이 든다고 말했다. 그래서 레이디 펜슬의 편지를 받자마자—밴틀링 씨는 초대장이 올 거라고 사실상 장담했다—베드퍼드셔로 즉각 출발할 예정이라고 했다. 『인터뷰어』지에 실린 자기의 기사를 찾아볼 용의가 있으면 그녀가 그곳에서 어떤 인상을 받았는지 알 수 있을 거라고도 했다. 이번에는 헨리에타가 영국 사람들의 삶을 안에서 볼 수 있게 된 것이 분명했다.

"너, 어디로 떠내려가고 있는지 아니, 헨리에타 스택폴?" 이저벨이 전날밤 친구의 말투를 흉내 내며 물었다.

"난 중요한 자리를 향해 가고 있어. 미국 신문계의 여왕 같은 자리 말이야. 내 다음 기사가 서부의 모든 신문을 도배하지 않으면 펜 닦는 천을 삼킬 테야!"

그녀는 유럽 여행 중 여러차례 청혼을 받은 애니 클라이머 양과 만나기로 한 터였다. 어쨌든 클라이머 양을 높이 평가한 유럽과 작별을 고하는 절차의 일환으로 쇼핑을 함께 가기로 했다는 것이다. 그래서 그녀는 곧 마차를 타고 친구를 데리러 저민 가로 갔다. 그녀가 외출하자마자 호텔 사환이 랠프 터칫의 내방을 알렸고, 그가 들어오자마자 이저벨은 뭔가 근심이 있구나 하고 생각했다. 그는 곧 그녀에게 근심을 털어놓았다. 어머니로부터 아버지의 지병이 급작스럽게 악화되어 걱정이니 곧바로 가든코트로 돌아오라는 내용의 전보를 받았다는 것이다. 이번만은 전보에 대한 터칫 부인의 강한 애착을 비난할 여지가 없었다.

"우선 명의로 이름난 매슈 호프 경을 만나는 게 최선이라고 판단했어." 랠프가 말했다. "천행인지 그 사람이 런던에 있다는 거야. 12시 반에 면담 약속을 잡았고, 가든코트에 왕진을 와주십사 부탁할 작정이야. 가든코트와 런던에서 아버지를 여러차례 진찰한 적이 있으니 기꺼이 와줄 거야. 2시 45분 급행열차를 타고 내려가려고. 넌 나랑 가든지 며칠 더 있든지 좋을 대로 해."

"당연히 오빠랑 같이 내려가야지." 이저벨이 대답했다. "내가 이모부께 도움이 될 건 없겠지만, 편찮으시다면 곁에 있어드리고 싶어요."

"우리 아버지가 아주 좋은 모양이지." 랠프가 수줍은 기쁨을 얼굴에 드러내며 말했다. "넌 우리 아버지를 인정하는구나. 세상 사람들이 다 그런 건 아니야. 워낙 진가를 알아보기 힘든 자질을 갖고 계시니까."

"이모부를 정말 존경해요." 이저벨이 잠시 후 말했다.

"참 좋은 일이다. 아버지도 나 다음으로 네 열혈 팬이니까."

그의 호언을 고맙게 받아들였지만, 그녀는 터칫 씨가 청혼 대열에 합류하지 않을 열혈 팬이라는 생각에 속으로 작은 안도의 한숨을 쉬었다. 그러나 그런 생각을 입 밖으로 내지는 않았다. 그녀는 랠프에게 런던에 더이상 머무르고 싶지 않은 이유가 더 있다고 덧붙였다. 런던이 지겨워져서 떠나고 싶고, 헨리에타도 베드퍼드셔로 곧 떠날 예정이라고 말했다.

"베드퍼드셔로?"

"레이디 펜슬이라고 밴틀링 씨의 누나가 초대장을 보낸다나봐."

마음이 무거웠던 랠프가 이 말에 웃음을 터뜨렸다. 그러다 다시 심각해졌다. "밴틀링은 용기가 있는 남자야. 한데 초대장이 도중에 사라지면 어쩌려고?"

"영국의 우편제도는 완벽하다고 들었어요."

"원숭이도 나무에서 떨어질 때가 있는 법. 하지만," 그가 좀더 밝은 목소리로 말했다. "밴틀링 같은 친구가 그럴 일은 없을 테니까. 어찌 됐건 그 친구가 헨리에타를 돌봐줄 거다."

랠프는 매슈 호프 경과의 면담 시간에 맞춰 나갔고, 이저벨도 프래츠 호텔을 떠날 채비를 했다. 이모부가 위독하다는 소식에 마음이 너무 아팠다. 그리고 트렁크를 열고 무엇을 넣어야 하나 막연하게 둘러보다 갑자기 눈물이 났다. 2시에 랠프가 그녀를 기차역으로 태워가려고 왔을 때 미처 준비가 안된 것은 그래서였으리라. 하지만 점심식사를 막 마친 스택폴 양이 거실에서 그를 맞이했다. 그녀는 터칫 씨의 병환에 유감의 뜻을 표했다.

"기품 있는 노인이세요." 그녀가 말했다. "끝까지 충심을 지킨

분이고요. 이번이 마지막이라면 — 이런 말을 하는 걸 용서하세요. 하지만 그 가능성을 늘 염두에 두고 계실 테니까요 — 제가 가든코트에 갈 수 없어서 유감이네요."

"베드퍼드셔에서 훨씬 재미있는 시간을 보내실걸요."

"이런 시기에 재미있는 시간을 보낸다는 게 유감이라고요." 헨리에타가 아주 정중하게 말했다. "마지막 순간을 함께할 수 있으면 좋았을 텐데."

"우리 아버지는 더 오래 사실 수도 있어요." 랠프는 간략하게 답했다. 그리고 화제를 유쾌한 쪽으로 돌리기 위해 스택폴 양의 향후 계획을 물었다.

랠프가 우환을 겪게 되자 그녀는 더 많이 마음을 쓰면서 말을 걸었고, 밴틀링 씨를 소개해주어서 큰 신세를 졌다고 말했다. "제가 알고 싶은 바로 그런 이야기들을 해주었어요." 그녀가 말했다. "사교계 소식과 왕실에 관한 것 모두요. 그 사람이 해준 왕실 이야기는 왕실 입장에서 보면 자랑스러울 게 없는데, 밴틀링 씨는 제 관점이 특이해서 그렇게 생각할 따름이라고 하더군요. 어쨌든 그 사람이 사실을 알려주길 바랄 뿐이에요. 일단 사실을 수합하면 얼개를 만드는 건 금방이니까." 그리고 그날 오후 밴틀링 씨가 와서 같이 나가기로 했다고 말했다.

"어디로 갈 건데요?" 랠프가 물었다.

"버킹엄 궁으로요. 왕족들이 어떻게 사는지 감이 오게 모두 보여준다고 했어요."

"아," 랠프가 말했다. "마음을 놓아도 되겠군요. 다음에는 일착으로 윈저 궁에 초대를 받았다는 소식을 듣게 되겠네."

"초대를 받으면 물론 가지요. 전 일단 시작하면 겁내지 않아요.

그건 다 좋은데," 헨리에타가 곧 덧붙였다. "그런데 안심이 되지 않아요. 이저벨 때문에 마음이 편치 않네요."

"걔가 최근에 저지른 비행이 뭔가요?"

"이전에 언급한 적이 있으니 더 이야기해도 나쁠 건 없겠지요. 전 제가 꺼낸 화제는 언제나 마무리를 짓는답니다. 굿우드 씨가 어제 여기 왔대요."

랠프는 눈을 크게 떴고, 얼굴을 약간 붉히기까지 했다. 그의 홍조는 다소 격한 감정의 표시였다. 윈체스터 광장에서 헤어질 때 누가 호텔로 오기로 해서 혼자 가려고 하느냐는 물음을 이저벨이 일축했음을 그는 기억했다. 그녀의 표리부동을 의심해야 한다는 게 새삼 가슴 아팠다. 다른 한편 곧 그런 생각이 들기도 했다. 그녀가 애인과 약속한 게 나와 무슨 상관이라고? 시대를 막론하고 아가씨들이 그런 약속을 비밀에 부치는 게 품위를 지키는 거라고들 하지 않았던가? 랠프는 스택폴 양에게 외교적으로 말했다. "지난번에 당신이 표명한 관점에서 보면 아주 흡족해하실 일 같은데요."

"그 사람이 이저벨을 만나러 온 거요? 거기까지는 아주 좋았지요. 제가 꾸민 일이거든요. 우리가 런던에 있다고 알려주고, 제가 저녁식사를 나가서 먹게 되었을 때 전갈을 보냈죠. '현명'한 사람이라면 알아들을 한마디만 했어요. 그 사람이 걔 혼자 있을 때 찾아오기를 바랐어요. 당신이 빠져주기를 바라지 않았다면 그건 거짓말일 거예요. 그 사람이 와서 이저벨을 만나기는 했는데, 오지 않느니만 못했어요."

"이저벨이 까칠하게 굴었나요." 사촌 동생이 표리부동하지 않았다는 생각에 안도한 랠프의 얼굴이 밝아졌다.

"둘 사이에 무슨 말이 오갔는지 확실히는 몰라요. 하지만 이저벨이 그가 원하는 걸 들어주지 않았어요. 그를 미국으로 돌려보냈으니까."

"가엾은 굿우드 씨!" 랠프가 한숨을 쉬었다.

"그 사람을 치워버리고 싶다는 생각뿐이었나봐요." 헨리에타가 말을 이었다.

"가엾은 굿우드 씨!" 랠프가 반복했는데, 감탄문의 연발이 기계적이었음을 고백해야 할 것 같다. 딴생각을 하고 있었으니 그의 생각을 정확히 전달하는 대사도 아니었다.

"정말 가엾게 생각하시는 것처럼 들리지 않네요. 관심도 없으시잖아요."

"아, 제가 그 흥미로운 젊은이와 안면이 없다는 사실을 염두에 두셔야지요. 만난 적이 없잖아요."

"그래요, 그래도 전 그 사람을 만나서 포기하지 말라고 할 거예요. 이저벨이 결국 마음을 돌릴 거라는 믿음이 사라지면," 스택폴 양이 덧붙였다. "그럼 제가 포기할 거예요. 이저벨을 포기하겠다는 뜻이에요!"

18장

상황이 이렇다보니 이저벨이 친구와 작별하는 게 다소 거북할 수도 있겠다는 생각에 랠프는 먼저 호텔 로비 쪽으로 내려갔다. 사촌 여동생은 약간 지체한 다음 뒤따랐는데, 그녀의 눈빛에 보람 없는 항의의 흔적들이 남아 있다는 생각이 들었다. 둘은 가든코트까지 가는 동안 거의 말이 없었고 역에 마중 나온 하인도 터칫 씨의 환후에 차도가 없다는 소식만 전했다. 이 말을 듣고 랠프는 새삼 매슈 호프 경이 5시 기차로 내려와 하룻밤을 지내기로 한 사실에 안도했다. 집에 도착한 랠프는 어머니가 계속 간병했고 지금도 아버지 곁을 지키고 있다는 사실을 알게 되었고, 그래서 어머니는 결국 만만한 기회가 주어지길 원했을 뿐이야 하고 되뇌었다. 훌륭한 자질은 큰일을 당하면 빛나게 마련이니까. 이저벨은 집 전체가 태풍 전야의 정적에 휩싸였음을 느끼며 자기 방으로 올라갔다. 1시간 후 이모부의 병세가 궁금한 나머지 아래층으로 내려와 서재로 이모를 찾아나섰으나 그곳은 텅 비어 있었다. 눅눅하고 싸늘한 날씨가 완전히 험악해졌기 때문에 이모가 통상 그렇게 하듯 경내로 산책하러 나갔을 것 같지는 않았다. 이저벨이 하녀를 이모 방에 올려보낼까 생각하는 순간 예상치 않았던 소리, 홀 쪽에서 낮게 들려오는 음악 소리에 이런 생각이 뒷전으로 밀렸다. 이모는 피아노에 손을 대는 법이 없으니, 기분 내킬 때 피아노를 치곤 하는 사촌 오빠 랠프이리라. 지금 그가 그런 식으로 기분 전환을 한다는 건 분명 아버지 걱정을 덜었다는 뜻이다. 그래서 이저벨도 기분이 거의 가벼워져서 음악 소리가 나는 쪽으로 발걸음을 재촉했다. 가든코트의 거실은 멀찌감치 떨어진 곳에 있었고, 그녀가 들어간 문에서 가장 먼 쪽에 피아노가 놓여 있었기 때문에 그 앞에 앉은 사람은 그녀가 들어오는 것을 알아차리지 못했다. 그 사람은 랠프도 그의 어머니도 아니었다. 문을 등지고 있었지만, 이저벨은 그 숙녀가 낯선 사람이라는 것을 금방 알 수 있었다. 이저벨은 잠시 놀라서 옷차림새가 훌륭한 그녀의 널찍한 등판을 바라보았다. 그 숙녀는 그녀가 없는 동안 도착한 손님임에 틀림없었다. 그녀가 돌아와서 이야기를 나눈 두명의 하녀 중─그중 한명은 이모의 하녀였다─누구도 손님을 언급하지 않았다. 하지만 지시를 받는 게 직업인 사람들에게 침묵이 얼마나 소중한 덕목인지를 이저벨은 이미 학습한바, 이모의 하녀가 유독 냉담하게 군다는 것도 잘 알고 있었다. 그녀는 이저벨의 일을 건성으로 처리하며 조금 지나치게 경계심을 드러냈고 그래서 겉치레가 더 번지레하게 느껴졌다. 이저벨로서는 손님의 등장이 조금도 불편하지 않았다. 새로운 만남이 삶에 중차대한 영향을 끼칠 수 있다는 젊은이다운 믿음을 그녀는 아직 갖고 있었다. 이런 생각을 하는 와중에 피아노 앞의 숙녀가 아주 뛰어난 연주자임을 알아차렸다. 슈베르트의 곡이었는데 ─ 곡명은 몰랐지만 슈베르트의 곡임은 알 수 있었다 ─ 건반을 다루는 솜씨가 독특했다. 기교도 뛰어났고 감정도 풍부했다. 이저벨은 제일 가까이 있는 의자에 가만히 앉아 기다렸다. 연주가 끝나자 그녀는 감사를 전하고 싶은 마음이 강하게 들었고, 그렇게 하려고 자리에서 일어서자 낯선 연주자는 누가 있는지 그제야 알았다는 듯 재빨리 몸을 돌렸다.

"정말 아름다운 곡이네요. 연주를 잘하셔서 더 아름답게 느껴져요." 이저벨이 진정으로 황홀감을 느낄 때 드러내곤 하는 젊음의 빛을 발산하면서 말했다.

"그럼 터칫 씨에게 방해가 되지는 않았겠지요?" 연주자는 이런 찬사에 값할 만큼 상냥하게 대답했다. "집이 워낙 넓고 터칫 씨의 방은 멀리 떨어져 있어서 한번 쳐보자 싶었어요. 게다가 손끝으로 가볍게 쳤으니까.[20]"

'프랑스 여자구나.' 이저벨이 혼자 생각했다. '프랑스 사람처럼

20 (프) du bout des doigts.

말하네.' 그리고 이렇게 추정하자 방문객은 호기심이 발동한 우리의 여주인공에게 더 흥미로워 보였다. "이모부의 병세가 호전되기를 빌어요." 이저벨이 덧붙였다. "그렇게 아름다운 음악을 들으면 정말 좋아지실 거예요."

숙녀는 미소를 띠고 이의를 제기했다. "슈베르트조차 아무 말도 해줄 수 없는 순간들이 있어요. 하지만 그게 우리 삶에서 최악의 순간들임을 인정해야겠지요."

"그럼 전 최악의 상황은 아니네요." 이저벨이 말했다. "최악이기는커녕 연주를 더 해주시면 아주 기쁠 것 같아요."

"기쁨을 줄 수 있다면 기꺼이." 그리고 이 친절한 사람은 다시 좌정하고 몇 소절을 연주했고 이저벨은 피아노에 좀더 가까이 앉았다. 갑자기 손님이 건반에 손을 올려놓은 채 연주를 멈추더니 몸을 반쯤 돌려 어깨 너머로 이저벨을 바라보았다. 사십대인 그녀는 얼굴이 예쁜 편은 아니었지만 표정이 매력적이었다. "실례가 아니라면," 그녀가 말했다. "조카딸이죠? 미국에서 건너온 처녀?"

"이모의 조카딸 맞아요." 이저벨이 간략하게 대답했다.

피아노 앞의 숙녀는 어깨 너머로 이저벨에게 관심을 보이면서 잠시 더 가만히 앉아 있었다. "잘됐군요. 그럼 우린 동포네요." 그러면서 그녀는 연주를 시작했다.

"그럼 프랑스 사람이 아니네." 이저벨이 중얼거렸다. 프랑스 사람으로 추정한 게 그녀를 낭만적으로 만들었기 때문에 이 새로운 사실이 실망스러운 반전일 수 있었다. 그러나 그렇지 않았다. 프랑스인보다 그렇게 흥미로운 요건을 갖춘 미국인이 더 희귀한 법이니 말이다.

숙녀는 이전처럼 조용하고 엄숙하게 연주했고, 그러는 동안 방에 어둠이 깔렸다. 가을날의 어스름이 짙어지는 가운데 이저벨은 앉은 자리에서 차가워 보이는 잔디밭과 바람에 흔들리는 큰 나무들을 적시며 본격적으로 내리는 빗줄기를 바라보았다. 드디어 음악이 그쳤다. 이저벨이 다시 감사의 뜻을 표할 겨를도 없이 연주자가 웃으며 다가와 말했다.

"돌아와서 기뻐요. 당신 이야기를 많이 들었거든요."

이저벨은 그녀를 아주 매력적이라고 생각했지만, 그럼에도 이 말에 약간 퉁명스럽게 대꾸했다. "누구한테 제 이야기를 들으셨죠?"

낯선 손님은 순간적으로 주저하더니 이렇게 말했다. "아처 양의 이모부로부터. 여기 온 지 사흘 되었고, 도착한 첫날 터칫 씨의 방으로 가서 인사를 드렸지요. 내내 조카딸 이야기만 하시더군요."

"알지도 못하는 사람 이야기인데 지루하셨겠네요."

"알고 싶은 마음이 생겼죠. 그럴 수밖에 없었던 게, 이후에는 터칫 부인이 간병하느라 나 혼자 시간을 보내야 했어요. 혼자 지내는 게 좀 지겨웠어요. 때를 잘못 잡아서 왔나봐."

하인이 등불을 갖고 들어왔고, 곧 차 쟁반을 든 하인이 따라들어왔다. 터칫 부인에게 찻상을 차렸다고 알렸는지 그녀가 나타나 차를 따를 준비를 했다. 그녀는 내용물을 들여다보기 위해 주전자 뚜껑을 여는 동작과 크게 다르지 않은 태도로 조카딸의 안부를 물었다. 어느 경우에도 열의를 드러내는 건 적절하지 않다는 태도였다. 남편의 병세를 묻자 그녀는 나아졌다고 말할 수는 없지만 지금 남편을 돌보고 있는 주치의와 매슈 호프 경의 협진이 큰 도움이 될 것으로 기대한다고 말했다.

"두 사람이 인사를 나눴겠지." 그녀가 말을 이었다. "아직 인사를 나누지 않았으면 그렇게 하는 게 좋을 거야. 랠프와 내가 계속 병상에 붙어 있게 되면 둘이서 시간을 보낼 수밖에 없을 테니까."

"피아노를 잘 치신다는 걸 제외하면 아는 게 없는걸요." 이저벨이 손님을 향해 말했다.

"그것 말고도 알아야 할 게 많단다." 터칫 부인이 맥없고 메마른 어조로 확언했다.

"아주 조금만 알아도 아처 양은 만족할걸요!" 숙녀가 가벼운 웃음을 날리며 말했다. "난 이모의 오랜 친구예요. 피렌쩨에서 오래 살았죠. 마담 멀이라고 해요." 그녀는 상당히 뚜렷한 명성을 가진 사람을 언급하듯 마지막 문장을 선언 조로 말했다. 하지만 이저벨에게 그 이름은 별 의미가 없었다. 마담 멀이 여태껏 만난 어느 누구보다도 매력적이라는 느낌만 남았을 따름이었다.

"이름은 이국적이지만 외국인은 아니지." 터칫 부인이 말했다. "태어난 곳은――자기가 태어난 곳을 매번 잊어버리네."

"그럼 굳이 말해주느라 기운 뺄 필요 없겠네요."

"천만에." 논리적인 문제를 놓치는 적이 없는 터칫 부인이 말했다. "내가 기억했다면 말해줄 필요가 없겠지."

마담 멀은 이저벨 쪽을 흘깃 바라보고 경계선 너머의 세상으로 뻗어갈 듯한 미소를 띠었다. "난 성조기의 그늘 아래서 태어났어요."

"저 친구는 너무 신비주의야." 터칫 부인이 말했다. "그게 큰 결점이지."

"아," 마담 멀이 큰 소리로 말했다. "내가 결점이 많은 사람인 건 맞지만 그건 아니라고 생각하는데. 그게 가장 큰 결점이 아닌 것도 분명하고. 브루클린의 해군기지에서 태어났어요. 우리 아버지는 해군 고위 장교였고, 당시 그곳에서 직책을, 고위직을 맡고 계셨죠. 내가 바다를 좋아해야 할 것 같지만 싫어해요. 미국에 돌아가지 않는 건 그 때문이고. 난 뭍을 사랑해요. 중요한 건 뭔가를 사랑하는 거죠."

공평무사한 관찰자로서 이저벨은 손님에 대한 터칫 부인의 성격 규정이 별로 설득력이 없다고 생각했다. 표정이 풍부하고, 표현력이 뛰어나고, 반응이 빠른 손님의 얼굴은 이저벨의 생각에 결코 비밀스러운 성향을 암시하는 것 같지 않았다. 오히려 넉넉한 성품과 민첩하고 자유로운 정신 활동을 가리켰다. 일반적인 의미에서 미인은 아니지만 정말 매력적이고 호감을 주는 얼굴이었다. 마담 멀은 키가 크고 금발에 부드러운 느낌을 주는 여자였다. 전반적으로 곡선의 풍만한 체구였는데, 그렇다고 무거운 느낌을 주지는 않았다. 이목구비는 투박했지만 완벽하게 균형을 이뤘고, 피부색이 맑고 투명했다. 반짝거리는 작은 회색 눈은 절대로 우둔할 수 없는 그런 눈이었고, 혹자는 눈물 한방울 흘릴 수 없는 눈이라고 하기도 했다. 크고 둥근 입은 웃을 때면 왼쪽 끝이 위로 치켜올라갔는데, 대부분의 사람들은 아주 야릇하다고, 어떤 사람들은 아주 부자연스럽다고, 또다른 소수의 사람들은 아주 우아하다고 생각했다. 이저벨은 그 소수에 포함되었다. 마담 멀은 숱이 많은 금발을, 이저벨이 판단하기에는, 유노[21]나 니오베[22]의 흉상처럼 '고전적'인 느낌을 주는 헤어스타일로 틀어올렸고, 완벽한 모양의 커다란 흰 손에 — 너무나 완벽하다는 사실을 그 손의 임자가 알고 있다는 듯 — 아무런 치장을 하지 않았고 보석 반지도 끼고 있지 않았다. 앞서 보았

---

21 로마 신화에 나오는 최고 여신이며 유피테르의 아내. 여자들의 삶, 특히 결혼 생활의 전반을 관장함.

22 그리스 신화에 나오는 탄탈로스의 딸이자 테베의 암피온 왕의 부인. 자녀를 잃고 애통해하는 어머니의 원형.

듯 이저벨은 그녀를 프랑스 여자로 착각했다. 하지만 조금 더 관찰해보면 독일인 ─ 신분이 높은 독일인, 혹은 오스트리아 출신의 남작 부인, 백작 부인, 공주라고 생각할 수도 있으리라. 그녀가 브루클린에서 태어났다고는 상상조차 못했으리라. (물론 너무도 확연하게 드러나는 그녀의 남다른 기품이 그런 출생과 상반된다는 어떤 주장도 끝까지 밀어붙일 수는 없을 것이다.) 그녀의 요람 바로 위로 미국의 국기가 나부낀 것은 사실이다. 그리고 성조기의 기운찬 자유로움이 삶을 대하는 그녀의 태도에 영향을 주었을 수도 있다. 그럼에도 그녀의 자세에는 깃발 한자락이 바람에 휘날리는 것 같은 팔랑거림이 전혀 없었다. 그녀의 태도는 폭넓은 경험에서 나오는 여유와 자신감을 드러냈다. 그렇다고 경험이 그녀의 젊음을 소진시킨 것도 아니었다. 경험을 통해 공감의 힘과 유연성을 얻었을 따름이었다. 그녀는 한마디로 강한 충동을 놀라울 정도로 잘 다스리는 여자였다. 그 점을 이저벨은 일종의 이상적인 결합으로 좋게 보았다.

셋이 앉아서 차를 마시는 동안 이저벨은 이런저런 상념에 빠져 있었는데, 그 유명한 의사가 런던에서 도착하는 바람에 이 모임은 이내 중단되었다. 그는 즉각 거실로 안내되었다. 단둘이 이야기를 나누기 위해 터칫 부인은 그를 서재로 데리고 갔고, 마담 멀과 이저벨은 정찬 시간에 다시 만나기로 하고 헤어졌다. 이 흥미로운 여자를 다시 만날 수 있다는 생각 때문에 슬픔이 서린 가든코트에서의 무거운 기분이 상당히 가벼워졌다.

정찬 시간 전에 이저벨이 거실로 갔을 때 그곳은 비어 있었다. 하지만 곧 랠프가 들어왔다. 매슈 호프 경의 진단이 예상보다 낙관적이라 아버지 걱정을 좀 덜었다고 말했다. 그 의사는 앞으로 서너

시간 동안은 간호사 혼자 환자를 돌봐도 된다고 했고, 따라서 랠프와 그의 모친, 유명한 의사도 함께 식사할 수 있게 되었다. 터칫 부인과 매슈 경에 이어 마담 멀이 제일 마지막에 나타났다.

마담 멀이 내려오기 전에 이저벨은 벽난로 앞에 서 있는 랠프에게 물었다. "마담 멀이 도대체 누구예요?"

"내가 아는 가장 영리한 여자지. 널 포함해서 말이야." 랠프가 말했다.

"정말 좋은 분 같아."

"네가 정말 좋아할 거라고 생각했어."

"그래서 초대한 거예요?"

"내가 초대한 건 아니야. 런던에서 돌아왔을 때 그녀가 와 있는 것도 몰랐는걸. 아무도 초대하지 않았어. 어머니의 친구인데, 우리가 런던에 가자마자 편지가 왔다네. 영국을 방문 중인데ㅡ해외에서 살지만, 영국에 와서 시간을 보낼 때가 많거든ㅡ며칠 와 지내도 되겠느냐고 묻더래. 마음 놓고 그런 제안을 해도 되는 여자거든. 어디서든 대환영이니까. 우리 어머니하고는 허물없는 사이이고. 우리 어머니가 높이 평가하는 유일한 사람이지. 우리 어머니가 다른 사람이 되고 싶다면ㅡ그럴 생각은 없으시겠지만ㅡ마담 멀이 되고 싶으실걸. 그렇게 된다면 정말 큰 변화일 테지."

"그래요, 아주 매력적이에요." 이저벨이 말했다. "그리고 피아노 연주가 너무 아름다워."

"모든 일을 아름답게 하거든. 완벽하다니까."

이저벨은 사촌 오빠를 잠시 지켜보았다. "오빠는 마담 멀을 좋아하지 않는구나."

"천만에, 옛날에 사랑에 빠진 적도 있는걸."

"그런데 그쪽에서 싫다고 해서 오빠도 싫어하게 됐군."

"어떻게 그런 이야기를 나눴겠어? 그때는 멀 씨가 살아 있었는데."

"그럼 지금은 고인이 됐나요?"

"그렇게 말하더군."

"그 말을 믿지 않는 거예요?"

"믿어. 그 진술에 개연성이 있으니까. 마담 멀의 남편은 사망했을 수도 있어."

이저벨은 사촌 오빠를 다시 지긋이 지켜보았다. "무슨 뜻으로 하는 말인지 모르겠네. 무슨 말을 하려고 하는데, 속생각은 따로 있는 것 같네. 멀 씨는 뭘 하는 사람이었는데요?"

"마담 멀의 남편이었지."

"오빠 정말 밉상이야. 아이들은 있고?"

"조그마한 아이 하나 없지—다행히."

"다행이라니요?"

"아이에게 다행이라는 뜻이다. 마담 멀이 버릇을 망쳐놓았을 게 분명하니까."

이저벨은 오빠에게 밉상이라는 말을 세번째 반복할 참이었는데, 화제의 대상이 된 숙녀가 도착함으로써 대화는 중단되었다. 옷자락 스치는 소리를 내며 들어온 그녀는 팔찌를 채우면서 늦었다고 사과했다. 군청색 공단 드레스 차림이었는데 기묘한 모양의 은목걸이가 드러난 흰 가슴을 가리는 데 별로 기여하지 못했다. 랠프는 더이상 연인이 아닌 남자의 기민한 동작으로 팔을 내밀어 팔짱을 끼었다.

랠프가 아직 그녀의 연인 위치를 점하고 있다 하더라도, 그는 그녀 말고 생각할 거리가 많았다. 명성 높은 의사 선생은 하룻밤을 가든코트에서 지내고 이튿날 런던으로 돌아가기 전에 터칫 씨의 주치의와 재차 협의를 해서 하루 있다가 다시 왕진을 부탁한 랠프의 요청을 받아들였다. 다음날 매슈 호프 경이 가든코트에 다시 왕림했고, 이번에는 하루 만에 병세가 악화된 노인의 상태를 이전만큼 낙관적으로 보지 않았다. 노인의 기력은 쇠했고, 병상을 계속 지킨 아들은 때때로 임종이 가까워졌음을 느꼈다. 매우 현명한 사람인 주치의가 계속 환자를 돌봤고 ── 랠프는 속으로 유명한 호프 경보다 그를 더 믿었다 ── 매슈 호프 경도 여러번 왕진했다. 터칫 씨는 대개의 경우 의식이 몽롱했다. 잠을 많이 잤고 말을 하는 법은 거의 없었다. 이저벨은 이모부를 위해 뭔가 해드리고 싶어서 붙박이 간병인들이 ── 터칫 부인도 자기 몫 이상을 했다 ── 휴식을 취해야 할 때 병실을 지켰다. 그는 전혀 그녀를 알아보지 못하는 것 같았고, "내가 여기 앉아 있는 동안 이모부가 돌아가신다면" ── 이렇게 되뇌다보니 긴장해서 졸지 않을 수 있었다. 한번은 그가 눈을 뜨고 그녀를 알아보는 듯 쳐다봤는데, 혹시나 싶어 가까이 다가가자 그는 다시 눈을 감고 혼수 상태로 빠져들었다. 그런데 다음날 그는 더 오래 깨어 있었다. 이번에는 랠프 혼자 그의 곁을 지키고 있었다. 노인이 입을 열자 기분이 썩 좋아진 아들은 머지않아 일어나 앉을 수 있을 게 분명하다고 말했다.

"아니다, 애야." 터칫 씨가 말했다. "앉아 있는 자세로 나를 묻지 않는 한 그럴 수 없을 거다. 고대 사람들은 ── 고대가 맞으냐? ── 그렇게 하기도 했다더라."

"아, 아버지, 그런 말씀은 하지 마세요." 랠프가 낮은 목소리로 말했다. "회복 중이라는 사실을 부정하시면 안돼요."

"네가 그런 말을 하지 않으면 내가 부정할 필요도 없지." 노인이 대답했다. "마지막 순간에 이르러 둘러댈 건 없다. 그전에 우린 둘러댄 적이 없었어. 난 언젠가 죽게 되어 있고, 멀쩡할 때 죽는 거보다는 아플 때 죽는 게 낫다. 난 아주―더이상 아플 수 없을 정도로 아프다. 내가 이보다 더 아플 수 있다는 걸 증명할 생각은 아니지? 그렇다면 유감이고. 아니라고? 그럼 됐다."

이렇게 자신의 입장을 훌륭하게 정리하고 그는 입을 다물었다. 그러다 다시 랠프와 함께 있게 되었을 때 대화를 재차 시도했다. 간병인은 저녁을 먹으러 갔고, 정찬 후 당번을 서던 어머니와 교대해 랠프 혼자 병상을 지키고 있을 때였다. 방의 조명이라곤 명멸하는 난로의 불빛―최근에 와서는 난로를 때야 했다―뿐이라 랠프의 긴 그림자가 벽과 천장에 비쳤다. 그림자의 윤곽이 계속 변했지만 기괴한 느낌은 여전했다.

"옆에 있는 게 누구냐―내 아들인가?" 노인이 물었다.

"네, 아버지의 아들이에요."

"옆에 아무도 없니?"

"아무도 없어요."

터칫 씨는 잠시 아무 말이 없었다. 그리고 나서 말을 이었다. "이야기를 좀 하고 싶다."

"피곤하지 않으시겠어요?" 랠프가 말렸다.

"피곤하면 좀 어떠냐. 긴 휴식에 들어갈 텐데. 네 이야기를 하고 싶구나."

랠프는 침대 가까이 다가앉았다. 그는 아버지의 손을 잡고 몸을 앞으로 숙였다. "좀 밝은 화제를 고르시는 게 좋겠어요."

"넌 언제나 빛나는 아이였어. 난 그게 자랑스러웠다. 네가 뭔가를 할 거라고 생각할 수 있으면 정말 좋겠구나."

"아버지가 세상을 떠나시면," 랠프가 말했다. "아버지를 그리워하는 일 말고는 아무것도 못해요."

"그럴까봐 걱정이다. 내가 말하고 싶은 게 바로 그거야. 넌 뭔가 새로운 관심거리가 필요해."

"그런 건 필요없어요. 옛날 일들도 다 돌아보지 못하는 판인데요."

노인은 아들을 바라보며 누워 있었다. 그의 얼굴은 죽어가는 사람의 얼굴이었지만, 눈은 대니얼 터칫의 눈이었다. 그는 랠프의 관심사를 따져보고 있는 것 같았다. "물론 네 엄마가 곁에 있으니," 그가 이윽고 말했다. "엄마를 돌봐야겠지."

"어머니야 당신이 알아서 하시는 분이잖아요." 랠프가 대답했다.

"그래," 그의 아버지가 말했다. "하지만 나이가 들면 도움이 좀 필요할지도 몰라."

"제가 도움을 드릴 수는 없을 거예요. 어머니가 저보다 더 오래 사실 테니까요."

"그럴 가능성이 높지. 하지만 그렇다고 해서—!" 터칫 씨는 말끝을 흐리고 무력하지만 그렇다고 까탈이 섞였다고 할 수 없는 한숨을 내쉰 다음 다시 입을 다물었다.

"저희 걱정은 하지 마세요." 그의 아들이 말했다. "어머니와 저, 아주 잘 지내는 거 아시잖아요."

"늘 떨어져 있으니 잘 지내는 거지. 자연스러운 건 아니다."

"아버지가 우릴 남겨두고 떠나시면 더 자주 만날 수도 있어요."

"글쎄," 노인은 두서없이 딴소리를 했다. "내가 죽는다고 네 엄마의 생활이 크게 달라질 것 같지는 않구나."

"아버지의 예상보다 더 많이 달라질 수도 있어요."

"그래, 돈이 더 많아질 테니." 터칫 씨가 말했다. "난 네 엄마에게 좋은 아내 몫의 유산을 남겼다. 좋은 아내 노릇을 해온 것처럼 말이야."

"어머니 관점에서는 좋은 아내였어요, 아버지. 아버지를 성가시게 한 적이 없잖아요."

"아, 어떤 일은 성가신 게 좋지." 터칫 씨가 낮은 목소리로 말했다. "예를 들어 너 때문에 성가셨던 건 즐거웠어. 그런데 네 엄마는 내가 병석에 눕고 난 다음에는─뭐라고 표현해야 할지 모르겠다만─날 덜 피하더라. 내가 그렇게 느낀 걸 네 엄마도 알 거야."

"어머니께 그렇게 말씀드릴게요. 그렇게 말씀하시니 기쁘네요."

"네 엄마에게는 상관없는 일이다. 날 기쁘게 하려고 하는 일은 아니니까. 누구를 기쁘게 하려고 그러는가 하면─누구냐 하면─" 그리고 그는 아내가 왜 그러는지 생각하느라 잠시 가만히 누워 있었다. "자기가 하고 싶어서 그러는 거지. 그런데 내가 하고 싶은 말은 그게 아니야." 그가 덧붙였다. "네 이야기를 하고 싶다. 넌 아주 부자가 될 거다."

"네, 잘 알아요." 랠프가 말했다. "하지만 일년 전에 드린 말씀을 잊지 않으셨겠지요. 그때 제게 필요한 돈이 정확히 얼마니까 나머지는 좋은 데 쓰시라고 했잖아요."

"그럼, 그럼, 기억하고말고. 며칠 전에 새 유언장을 만들었지. 유사 이래 이런 일은 처음일걸. 자식이 자기에게 불리한 유언장을 원하는 거 말이다."

"저한테 불리한 게 아니에요." 랠프가 말했다. "제가 관리해야 할 재산이 너무 많은 게 불리한 거지요. 건강이 이 모양인 사람이 돈을 많이 쓰는 건 불가능하거든요. 넉넉한 정도면 즐기면서 살 수 있어요."

"그래, 넉넉한데다 우수리가 붙을 정도이니. 혼자 살기에는 좀 많은 돈이지. 둘이 살아도 넉넉한 돈이야."

"그것도 너무 많아요." 랠프가 말했다.

"아, 그렇게 말하지 마라. 내가 가고 나면 넌 마땅히 결혼해야 해."

랠프는 아버지가 무슨 말을 하려고 하는지 알고 있었다. 그리고 이런 제안이 새로울 건 없었다. 결혼 이야기는 아들의 기대수명을 가능한 한 낙관적으로 잡으려는 터칫 씨가 오래전부터 견지해온 가장 기발한 논거였다. 아들은 그동안 대체로 웃어넘겼지만, 현재의 상황에서는 능칠 수 없었다. 그는 그냥 의자에 등을 기대고 아버지의 호소하는 듯한 눈길을 받았다.

"날 별로 좋아하지 않는 아내와도 내가 행복하게 살았다면," 노인은 자신의 기발함을 더 밀고 나갔다. "네 어머니와는 다른 여자와 결혼한다면 얼마나 더 행복하겠니. 네 어머니와 비슷한 여자보다는 다른 여자가 더 많아." 랠프는 그래도 묵묵부답이었다. 잠시 말을 멈춘 다음 그의 아버지가 가만히 말을 이었다. "네 사촌을 어떻게 생각하니?"

흠칫 놀란 랠프는 아버지의 질문을 어색한 웃음으로 받았다. "이저벨과 결혼하라는 말씀으로 이해해도 되나요?"

"그래, 결국 그 말을 하려고 했다. 이저벨을 좋아하잖아."

"네, 아주 좋아해요." 랠프가 의자에서 일어서서 어슬렁어슬렁 불가 쪽으로 걸어갔다. 그는 잠시 그 앞에 서 있다가 몸을 굽혀 기계적으로 재를 뒤집었다. "저 이저벨 아주 많이 좋아해요." 그가 되풀이해 말했다.

"그래," 그의 아버지가 말했다. "내가 알기로 개도 널 좋아해. 널 아주 좋아한다고 내게 털어놓더라."

"저랑 결혼하고 싶다고 말하던가요?"

"아니, 하지만 싫어할 이유가 전혀 없지. 내가 본 가장 매력적인 아가씨야. 그리고 네게 잘해줄 거야. 나도 많이 생각하고 하는 말이다."

"저도 많이 했어요." 다시 침대 쪽으로 다가오며 랠프가 말했다. "이런 말씀은 드려도 될 거 같네요."

"그렇다면 그 아이를 '사랑'하는 거지? 그래 마땅하다. 일이 이렇게 되려고 걔가 대서양을 건너온 거라는 생각까지 드는걸."

"아니요, 사랑에 빠진 건 아니에요. 하지만 사랑에 빠졌을 거예요. 상황이 달랐다면."

"상황은 언제나 달라질 수 있는 거야." 노인이 말했다. "상황이 변할 때까지 기다린다면 아무것도 할 수 없지. 너도 아는지 모르겠다만 이 마당에 이런 사실을 말해도 해로울 건 없겠지. 저번 날 누가 이저벨에게 결혼하자고 했는데, 걔가 받아들이지 않았어."

"워버턴의 청혼을 거절한 거 알아요. 그 친구가 제게 말해줬거든요."

"그래, 그건 다른 사람에게 기회가 있다는 증거야."

"그 다른 사람이 런던에서 저번 날 기회를 잡았는데 허사였어요."

"그 사람이 너냐?" 터칫 씨가 애타게 물었다.

"아니요, 더 오래된 친구였어요. 그 문제 때문에 미국에서 건너온 가엾은 신사였지요."

"그래, 그 사람이 누구였건 안됐구나. 하지만 그 점도 내 말을 뒷받침해. 네게 길이 열려 있다는 거지."

"그렇다 해도, 아버지, 제가 갈 수 없는 길이니 딱한 노릇이지요. 저는 신념이 별로 없지만, 확고하게 믿는 게 서너개 있어요. 사촌과는 결혼하지 않는 쪽이 대체로 낫다는 게 그중 하나고요, 폐병이 상당히 진행된 사람은 아예 결혼하지 않는 편이 낫다는 게 또 하나 예요."

노인은 힘없이 손사래 쳤다. "그게 무슨 소리냐? 넌 모든 게 잘못 될 거라는 관점으로 상황을 바라보는구나. 이십년간이나 못 본 사촌이 무슨 사촌이라는 거냐? 우린 모두 사촌지간인데 그렇다고 결혼할 수 없다면 인류는 멸종할 거야. 병든 폐도 마찬가지다. 넌 옛날보다는 아주 많이 좋아졌잖니. 넌 자연스럽게 살 필요가 있어. 잘못된 원칙에 입각해 독신을 고집하기보다는 네가 사랑하는 예쁜 처녀와 결혼하는 게 훨씬 자연스럽다."

"전 이저벨을 사랑하지 않아요." 랠프가 말했다.

"방금 결혼하는 게 잘못이 아니라면 사랑에 빠졌을 거라고 했잖아. 잘못이 아니라는 걸 보여주고 싶구나."

"기운만 빼시고 말걸요, 사랑하는 아버지." 랠프는 끈질기게 뜻을 관철시키려고 애쓰는 아버지의 모습에 놀라면서 말했다. "그럼 우리 둘 다 큰일나잖아요."

"내가 널 돌봐주지 않으면 어쩔 거냐? 은행 일에 관여할 생각이 전혀 없고, 날 간병하는 일도 끝날 텐데. 넌 수많은 흥밋거리가 있다고 말하지만, 그게 뭔지 알 수 없구나."

랠프는 의자에 등을 기대고 팔을 감싸안았다. 명상에 잠긴 그의 눈은 얼마간 한곳에 고정되었다. 드디어 정말 용기를 내야 할 사람의 태도로 그는 말했다. "전 사촌 동생에게 관심이 많아요." 그가 말했다. "하지만 아버지가 원하는 그런 종류의 관심은 아니에요. 전 오래 살지 못할 거예요. 하지만 이저벨이 앞으로 어떻게 살아갈지 지켜볼 수 있을 만큼은 살았으면 싶어요. 개는 저와는 무관하게 완전히 독립적인 존재예요. 제가 개의 삶에 끼치는 영향력이라고 해야 미미할 수밖에 없고요. 하지만 이저벨을 위해 뭔가를 해주고 싶어요."

"뭘 해주고 싶은데?"

"이저벨의 돛에 바람을 약간 불어넣고 싶어요."

"그게 무슨 소리냐?"

"그 아이가 하고 싶은 것들을 할 수 있게 해주고 싶다는 거죠. 예를 들자면, 이저벨은 세상을 보고 싶어해요. 지갑에 돈을 넣어주고 싶어요."

"아, 네가 그런 생각을 했다니 기쁘구나." 노인이 말했다. "나도 그런 생각을 했어. 그래서 개한테 오천 파운드를 남겼지."

"잘하신 일이에요. 정말 사려가 깊으세요. 그런데 저는 좀더 해주고 싶어요."

금전에 대한 제안에 귀를 기울일 때 대니얼 터칫 씨의 평생 습관인 잘 위장한 명민함의 일면이 그의 얼굴을 스쳤다. 환자가 사업가를 완전히 지워버리지 못한 것이다. "기꺼이 고려해보마." 그가 조용하게 말했다.

"게다가 이저벨은 가난해요. 어머니 말씀이 일년에 몇백 달러의 수입밖에 없대요. 전 개를 부자로 만들고 싶어요."

"부자라는 게 무슨 뜻인데?"

"상상력의 욕구를 충족시킬 수 있는 사람들을 전 부자라고 규정해요. 이저벨은 아주 상상력이 풍부하거든요."

"너도 그래, 아들아." 터칫 씨는 주의 깊게 듣고 있었지만 약간 혼란스러운 것 같기도 했다.

"제가 두사람이 살기에 충분한 돈을 물려받을 거라고 하셨잖아

요. 아버지께 부탁드리고 싶은 건, 제 몫의 여분을 이저벨에게 넘겨
주십사 하는 거예요. 제 유산을 둘로 똑같이 나눠서 절반을 그녀에
게 주시라고요."

"그 돈을 마음대로 하라고?"

"전적으로 하고 싶은 대로 하라고요."

"상응하는 댓가도 없이 말이냐?"

"무슨 댓가가 필요하겠어요?"

"내가 아까 언급한 것 말이다."

"그 아이가 누구랑 결혼해야 한다고요? 제가 이런 제안을 드리
는 건 그런 일이 일어나지 않게 막기 위해서예요. 넉넉한 수입이
있으면 생계를 위해 결혼하는 일은 없겠죠. 제가 여지없이 막고 싶
은 게 그거예요. 걔는 자유를 원하는데, 아버지의 유산이 자유롭게
해줄 거예요."

"너 정말, 생각을 다 해놓았구나." 터칫 씨가 말했다. "그런데 왜
나한테 부탁하는지 모르겠다. 다 네 돈이 될 텐데, 네가 그 아이에
게 주면 되잖아."

랠프는 아버지를 빤히 쳐다보았다. "아, 아버지, 제가 이저벨에
게 돈을 주겠다고 할 수는 없지요."

노인은 신음 소리를 냈다. "그러고도 걔를 사랑하지 않는다고 하
는 거냐! 내가 주는 걸로 하면 좋겠니?"

"전적으로요. 아버지 유언장에 그냥 조항 하나 넣어주시면 좋겠
어요. 저에 대한 언급은 일체 빼고요."

"그럼 새 유언장을 만들어야 할까?"

"몇 마디면 돼요. 다음에 좀 기운날 때 처리하시면 돼요."

"그럼 힐러리 씨에게 전보를 쳐라. 변호사 없이는 아무 일도 안

할 테니까."

"내일 힐러리 씨를 오라고 할게요."

"우리가 ― 너랑 나랑 ― 싸운 줄 알 거다." 노인이 말했다.

"그럴 거예요. 그렇게 생각하면 좋겠어요." 랠프가 웃으면서 말했다. "그리고 소기의 목적을 달성하기 위해 제가 말도 아주 함부로 하고, 못되게 굴고, 서먹하게 대할 것임을 미리 말씀드립니다."

아버지는 이런 상황의 재미를 즐기면서 기대앉았다. "네가 원한다면 뭐든 해주마." 터칫 씨가 드디어 허락했다. "그 아이의 돛에 바람을 불어넣어주고 싶다고 했지? 그런데 너무 많이 넣는다는 생각은 안 드는 거냐?"

"순풍에 돛 단 걸 보고 싶어요!" 랠프가 답했다.

"단지 즐기려고 그러는 것처럼 말하는구나."

"상당 부분 그래요."

"글쎄, 난 잘 모르겠다." 터칫 씨가 한숨을 쉬며 말했다. "요즘 젊은이들은 우리 때랑 영판 다른 모양이다. 내가 젊을 땐 여자애가 마음에 들면 그냥 쳐다보기만 하지는 않았지. 넌 나라면 없었을 망설임이 있고, 나라면 떠올리지도 않았을 생각을 하는구나. 이저벨은 자유를 원하는데 부자가 되면 돈 보고 결혼하는 걸 막아줄 거라고 했지. 그런데 그 아이가 그럴 애라고 생각하니?"

"천만에요, 하지만 예전에 비하면 턱없이 빈궁한 상태인걸요. 이전에는 이저벨의 아버지가 모든 걸 다 해주었는데, 그러느라고 원금에 손을 대셨나봐요. 이제 잔치의 부스러기밖에는 남지 않았고, 이저벨은 그게 얼마나 보잘것없는 액수인지 확실히 알지도 못해요. 앞으로 알게 되겠죠. 어머니가 다 말씀해주셨어요. 이저벨이 진짜 현실과 부딪히는 시점에 자기 형편을 깨닫게 될 거예요. 자기의 많은 욕망을 충족시킬 수 없다는 걸 이저벨이 알게 될 거라는 생각만 해도 정말 가슴이 아파요."

"내가 오천 파운드를 남겨주었다니까. 그걸로 많은 욕망을 충족시킬 수 있지."

"물론이지요. 하지만 아마 일이년이면 다 써버릴걸요."

"그러면 넌 그 아이가 돈을 함부로 쓸 거라고 생각하니?"

"거의 확실해요." 랠프가 차분하게 웃으면서 말했다.

가엾은 터칫 씨의 명민함이 급속히 완전한 혼란 상태로 변했다. "그럼 시간문제 아닐까? 더 큰 액수를 쓰는 거 말이다."

"아니에요, 처음에는 통 크게 마구 돈을 쓸 가능성이 높지만요. 아마도 유산의 일부를 언니들에게 양도하겠죠. 하지만 그러고 난 다음에는 정신을 차릴 거예요. 앞으로 살날이 많다는 사실을 기억하고 규모에 맞춰 살 거예요."

"저런, 계획을 완전히 세워놓았구나." 노인이 힘없이 말했다. "네가 정말 걔한테 관심 있는 게 분명하다."

"제 관심이 지나치다고 하신다면 앞뒤가 안 맞는 말씀이에요. 관심을 더 가지라고 하셨으니까요."

"글쎄, 난 모르겠다." 터칫 씨가 대답했다. "네 뜻에 공감한다고 할 수는 없구나. 부도덕하다는 생각이 든다."

"부도덕하다니요, 아버지?"

"그러니까 만사를 편하게만 해주는 게 옳은 일인지 모르겠다는 거야."

"누구에게 해주느냐에 달려 있죠. 훌륭한 사람이라면 편하게 해주는 게 아버지의 미덕을 빛내는 일이 되겠죠. 고결한 충동의 실행을 돕는 거보다 더 고귀한 일이 어디 있겠어요?"

아들의 말뜻을 이해하지 못한 터칫 씨가 곰곰이 생각에 잠겼다. 이윽고 그가 말했다. "이저벨이 정말 예쁜 아이이긴 하지만, 그렇게 훌륭하다고 생각하니?"

"최고의 기회가 주어져야 할 만큼 훌륭해요." 랠프가 대답했다.

"그래," 터칫 씨가 선언했다. "육만 파운드면 틀림없이 아주 많은 기회가 있겠지."

"그러리라고 믿어요."

"물론 네가 원하는 걸 해주마." 노인이 말했다. "나는 내용을 조금 이해하고 싶었을 따름이다."

"저런, 사랑하는 아버지, 이제 이해하셨어요?" 그의 아들이 달래듯 물었다. "이해가 안되신다면 더이상 신경 쓰지 마세요. 그냥 놔두자고요."

터칫 씨는 한참 동안 가만히 누워 있었다. 랠프는 아버지가 그의 말뜻을 이해하기를 포기했다고 생각했다. 하지만 의식이 명료한 상태로 그가 말을 이었다. "이 문제부터 짚고 넘어가자. 육만 파운드를 가진 아가씨가 재산을 노리는 구혼자의 희생물이 될 가능성은 생각해보지 않았니?"

"한번 이상 넘어가지는 않을 거예요."

"글쎄, 한번이면 끝나는 거 아닐까."

"물론이죠. 그게 위험 요소고 그것도 계산에 넣었어요. 위험이 있지만 그렇게 크지는 않아요. 그런 위험에도 대비가 되어 있고요."

터칫 씨의 명민함은 혼란으로, 혼란에서 다시 감탄으로 넘어갔다. "그래, 정말 철저히 연구했구나! 그런데 네게 무슨 이득이 되는지 잘 모르겠다."

랠프는 아버지의 베개로 몸을 굽혀 편편하게 만들었다. 그는 이야기가 너무 길어졌다는 생각이 들었다. "이저벨이 얻을 수 있으면 좋겠다고 조금 전에 말씀드린 그 이득을 저도 얻을 수 있을 거예요. 제 상상력의 욕구를 충족시키는 소득 말이에요. 그런데 제가 아버지를 이런 식으로 이용해먹다니 정말 면목이 없네요!"

19장

집주인의 병환이 위중한 상황에서, 터칫 부인이 예견한 대로 이저벨과 마담 멀은 단둘이 지내는 시간이 많았다. 그런데도 친해지지 않았다면 예의에 어긋난 짓이라고 해야 하리라. 두 사람 다 아주 예의 발랐고, 게다가 함께 있는 시간을 즐겼다. 영원한 우정을 맹세했다고 말하면 좀 과장일 테지만, 그들은 암묵적으로 미래의 우정을 기약했다. 이저벨은 아무 유보 없이 그렇게 했다. 그럼에도 그녀는 친밀함이라는 단어에 자기 나름 중요한 의미를 부여해온 만큼, 새로 사귄 친구와 친밀하다고 인정하는 걸 주저했으리라. 자신이 과연 어느 누구와도 친밀한 적이 있었으며, 정말 그럴 수 있을지 종종 의문을 갖곤 했기 때문이다. 우정뿐 아니라 다른 고양된 감정의 모범을 상정한 그녀는 이번엔 ──다른 경우 그런 느낌이 들 때도 있었다── 현실이 이상을 완벽하게 표현했다는 느낌을 받는 데 실패했다. 하지만 사람들의 이상이 구현될 수 없는 데는 뭔가 근본적인 이유가 있다고 그녀 스스로 환기하기도 했다. 이상은 눈에 보이는 것이 아니라 믿어야 하는 무엇이다. 경험이 아니라 신념의 문제인 것이다. 하지만 경험은 이상의 썩 믿을 만한 모조품을 제공해줄 수 있고, 지혜의 직분은 모조품일지언정 최대한 이용한다는 데 있다. 물론 전체적으로 마담 멀보다 더 호감이 가고 흥미로운 인물을 만난 적이 없다는 점은 분명했다. 우정의 주요한 장애물이 되는 결점—자신의 성격에서 지루하고 진부하고, 너무 익숙한 면모가 재연되는 듯한 양상—을 마담 멀보다 덜 드러내는 사람은 처음이었다. 이저벨은 상대방에 대한 신뢰의 대문을 어느 때보다도 더 활짝 열었다. 그녀는 어느 누구에게도 한 적이 없는 말을 이 상냥한 방청객에게 했다. 때로 속마음을 털어놓는 자신에게 놀라기도 했다. 보석상자의 열쇠를 잘 알지도 못하는 사람에게 내준 것 같았다. 이저벨이 소유한 상당한 크기의 보석이라고 해봐야 정신적인 보석밖에 없었지만, 그렇기 때문에 더 조심스럽게 지켜야 하는 것 아닌가. 그러다가 나중에는 이렇게 생각하기도 했다. 넓은 아량을 베풀다 저지른 실수를 후회해서는 안되고, 마담 멀에게 있다고 믿은 자질이 결국 없는 것으로 판명된다면 그건 그 사람의 문제라고. 마담 멀에게 큰 장점이 있는 건 의심의 여지가 없었다. 매력적이고, 다정하고, 지적이고, 교양미 넘쳤다. 여기에 덧붙여—이저벨이 살면서 이렇게 말할 수 있는 여자들을 몇명도 만나지 못했을 만큼 불운한 것은 아니었으니—그녀는 특별하고, 우월하고, 출중했다. 호감을 주는 사람이야 세상에 많지만, 마담 멀은 통속적으로 성격만 좋거나 재치를 뽐내려 안절부절못하거나 하지 않았다. 그녀는—여자들에게 드물게 나타나는 소양인바—논리적으로 사고하는 능력을 갖고 있었다. 게다가 아주 유효하게 그런 능력을 활용했다. 물론 감성도 풍부했다. 이저벨이 그녀와 일주일을 같이 지내면서 그 점을 확신하지 못했을 리 없다. 정말이지 이 점이 마담 멀의 대단한 장점이었고, 가장 완벽한 재능이었다. 그녀는 많은 일을 겪으면서 깊이 느낀 사람이었다. 그녀와의 교제에서 이저벨이 얻은 만족감 중의 하나는, 자신이 진지한 문제라고 부르기 좋아하는 화제를 꺼내면 그녀가 너무도 쉽게, 빨리 이해한다는 것이었다. 희로애락의 정이 그녀에게 다소간 과거지사가 되어버린 게 사실이다. 한때 열정의 샘물을 너무 많이 뽑아 썼기 때문에 열정이 옛날처럼 풍요롭게 흘러내리지 않는다는 사실을 마담 멀은 굳이 감추려고 하지 않았다. 더 나아가, 미루어 짐작하겠지만, 느끼는 것 자체를 그만둘 생각이라고 말했다. 예전에는 좀 무분별하게 열정적이었는데, 이젠 완벽하게 제정신인 양 살기로 했다는 것이다.

"지금은 옛날보다 훨씬 더 이성적인 판단을 내리지." 그녀가 이저벨에게 말했다. "하지만 이건 노력해서 얻은 권리인 거 같아. 마흔이 되기 전에는 판단을 내릴 수 없어. 그 나이 이전에는 마음만 앞서고, 너무 엄격하고 잔인하지. 거기에 덧붙여 너무 무지하기도 해. 마흔이 한참 남은 자기가 안쓰럽네. 하지만 얻으면 잃는 게 있는 법. 마흔 이후에는 정말 느낄 수가 없다는 그런 생각도 들어. 신선하고 즉각적인 반응이 사라지는 건 확실해. 자기는 다른 사람들보다 더 오래 느낌을 간직할 거야. 몇년 후에 만나면 정말 좋을 거라는 생각이 드네. 삶이 자기를 어떻게 변화시킬지 보고 싶어. 한가지는 분명해. 삶이 자기를 결딴내지는 못할 거야. 끔찍이도 거칠게 다루겠지만 무너뜨리지 못할 게 확실해."

이저벨은 작은 전투를 성공적으로 치르고 가쁜 숨을 몰아쉬는 신참병이 연대장의 격려를 받듯이 마담 멀의 확신을 받아들였다. 전과戰果의 인정이 그러하듯, 그녀의 확신에도 권위가 있었다. 이저벨이 말할 때마다 거의 언제나, "아, 나도 그랬었지. 그것도 다른 모든 것처럼 지나갈 거야"라고 말할 준비가 된 사람이 지나가듯 하는 말이라고 어떻게 권위가 없다고 하겠는가. 마담 멀과 대화가 짜증을 불러일으킨다고 느끼는 사람들도 많이 있으리라. 무슨 말로도 그녀를 놀라게 할 수 없었으니 말이다. 이저벨도 그녀를 놀라게 하고 싶은 마음이 없지 않았지만 지금은 아니었다. 무척이나 진지한 이저벨은 이 현명한 말동무에게 매우 호기심을 느꼈다. 게다가 마담 멀이 의기양양하게 혹은 우쭐대며 그런 말을 한 것도 아니었다. 시들한 고백처럼 무심코 툭툭 던진 말이었다.

한동안 궂은 날씨가 가든코트에 이어졌다. 날은 짧아졌고 잔디밭에서 멋진 티파티를 더이상 할 수 없게 되었다. 그래서 우리의 여주인공은 실내에서 손님과 오랜 시간 이야기를 나눴고, 비를 무릅쓰고 가끔씩 산책을 나가기도 했다. 영국의 기후와 영국인의 발명이 합작해 완벽하게 만든 보호장구를 갖추고 말이다. 마담 멀은 비를 포함해 영국의 모든 것을 좋아했다. "이곳에서 비는 언제나 조금씩 와. 한번에 많이 쏟아지지는 않거든." 그녀가 말했다. "젖게 만드는 법이 없으면서 언제나 냄새가 좋아." 그녀는 영국에서는 후각의 즐거움이 가장 크다고 단언했다. 이 독특한 섬에서는 짙은 안개와 맥주와 매연이 섞여들어— 이상하게 들리겠지만—영국 특유의 냄새를 만들어내는데, 들이마시면 기분이 좋다고 했다. 그리고 영국제 외투의 소매에 코를 박고 산뜻한 모직 냄새를 들이마시곤 했다. 본격적으로 가을에 접어들자 가엾은 랠프 터칫은 거의 집 안에 갇혀 지냈다. 날씨가 나쁘면 그는 집 밖으로 한걸음도 떼지 못했고, 가끔 주머니에 손을 찌른 채 창가에 서서 이저벨과 마담 멀이 우산을 쓰고 대문으로 난 가로수 길을 걸어내려가는 걸 반쯤은 슬프고 반쯤은 못마땅한 표정으로 지켜보곤 했다. 가든코트 경내의 길은 단단해서 날씨가 아무리 궂어도 산책에서 뺨에 홍조를 띤 채 돌아와 튼튼한 장화를 들여다보면 바닥이 깔끔했다. 두 숙녀는 걷고 나니 기분이 아주 좋다고 말했다. 점심식사 전에 마담 멀은 언제나 할 일이 있었다. 이저벨은 그녀가 아침 시간을 엄격하게 자기 시간으로 쓰는 것이 존경스럽고 부러웠다. 우리의 여주인공은 재주 있는 아가씨로 통했고 그 사실에 다소간 자부심이 있었다. 그러나 걸어잠근 사유지 정원 담장의 바깥에서 헤매듯 마담 멀이 갖춘 재능과 기예, 능력의 주변을 맴돌았다. 그녀는 스무가지 다른 방식으로 모범이 되는 마담 멀을 본받고 싶었다. 마담 멀의 훌륭한 면모가 하나씩 눈에 들어올 때마다 이저벨은 "나도 정말 저렇게 되고 싶어!"라고 혼자 탄식을 터뜨렸고, 오래지 않아 대단한 권위자를 사사하고 있음을 깨닫게 되었다. 흔히 하는 말로, 영향받고 있다는 느낌을 갖게 되는 데 사실 오랜 시간이 걸리지 않았다. "해로울 게 뭐 있겠어." 그녀는 생각했다. "좋은 영향이라면. 그런 거라면 많이 받을수록 좋지. 발걸음을 옮길 때 눈만 크게 뜨고 있으면, 알고 가면 되는 거야. 그건 내가 분명히 할 수 있는 일이지. 너무 휘둘릴 걱정은 할 거 없어. 너무 뻣뻣하다는 게 내 단점 아냐?" 모방은 가장 진지한 찬사라고들 말하는데, 이저벨이 때로 부러움과 좌절감이 뒤섞인 심정으로 마담 멀을 주시했다면 자신도 빛을 발하고 싶어서가 아니라 상대방을 위해 빛을 밝히고 싶어서였다. 이저벨은 마담 멀을 아주 좋아했지만, 마음이 끌렸다기보다는 눈이 부셨다고 해야 하리라. 미국이라는 땅에 등을 돌린 이런 인물을 그렇게 대단하게 생각하는 자신에게 헨리에타 스택폴이라면 뭐라고 할까 자문하기도 했다. 통렬한 비판을 하리라는 확신이 들었다. 헨리에타는 마담 멀을 절대로 인정하지 않으리라. 이유를 분명히 댈 수는 없었지만 이 사실이 여실히 마음에 와닿았다. 반면에 기회가 주어진다면 마담 멀은 분명히 헨리에타의 긍정적인 면모를 포착할 거라는 생각이 들었다. 그녀의 뛰어난 유머감각과 관찰력이 헨리에 타의 장점을 놓칠 리 없었다. 그리고 친분이 생기면 어느정도까지 는 헨리에타가 흉내 낼 생각조차 할 수 없을 정도로 배려해주리라. 마담 멀은 경험을 통해 모든 것의 시금석을 획득한 사람처럼 보였 다. 기분 좋은 기억이라는 큰 용량의 주머니에서 그녀는 헨리에타 의 가치를 평가하는 열쇠를 찾아낼 수 있으리라. "그건 멋진 일이 야." 그녀가 곰곰이 엄숙하게 생각했다. "최고의 행운이지. 사람들 이 날 평가하는 것보다는 더 좋은 마음으로 그들을 평가할 수 있 다는 거." 덧붙여 그런 게 모름지기 귀족적인 상태의 정수라고 생 각했다. 다른 게 아니라 바로 그런 점에서 누구나 귀족적인 상태를 지향해야 한다고.

이저벨이 마담 멀의 입장을 귀족적으로 생각하게 된 연상 작용 의 연결고리를 일일이 열거하지는 않겠다. 마담 멀이 나서서 귀족 적이라는 말과 연관해 그런 관점을 내비친 적은 결코 없었다. 중대 사들과 중요 인사들을 알고 있었지만 마담 멀 자신이 거창한 역할 을 하지는 않았다. 그녀는 미미한 사람들 중 하나였다. 높은 신분으 로 태어난 것도 아니고, 세상에서의 자기 자리에 관해 어리석은 환 상을 갖기에는 세상을 너무 잘 알았다. 그녀는 천운을 타고난 소수 의 사람들을 여럿 만났고, 그들의 운명과 자신의 운명이 다름을 완 벽하게 인식했다. 세상사에 밝은 마담 멀이 고귀한 무대를 누비는 인물로 자처하지는 않았지만, 이저벨의 상상력 속에서 그녀는 일 종의 고귀함을 입은 존재였다. 그토록 세련되고 교양이 있으면서 도, 그토록 지혜롭고 여유만만하면서도 그런 걸 아무렇지도 않게 여길 수 있다는 것, 이것이 진정한 의미에서의 고귀한 숙녀 아닌가. 특히 그렇게 스스로 의식하고 처신한다면 말이다. 어떤 식으로든 사회 전체가, 사회가 실행하는 모든 교양과 예술이 그녀를 만드는 데 기여한 것 같았다. 아니면 그녀에게 매력적인 쓸모가 주어져서 그녀가 어디에 있든 소란스러운 세상에 미묘하게 공헌하는 효과가 나타난다고나 해야 할까? 아침식사를 하고 나면 마담 멀은 몇통이고 편지를 썼다. 받는 편지가 아주 많았기 때문이다. 이저벨은 마담 멀과 함께 우편물을 맡기기 위해 근방의 우체국에 가곤 했는데, 그녀가 보내는 편지의 양에 놀라움을 금치 못했다. 주체하지 못할 만큼 지인이 많아서 언제나 편지 써야 할 일이 생긴다는 것이다. 그림 그리기를 무척 좋아하는 그녀는 장갑을 벗듯 쉽게 붓을 들고 스케치했다. 1시간 해가 나면 가든코트에서도 언제나 접의자와 그림물감 박스를 들고 나갔다. 마담 멀이 훌륭한 음악가라는 사실은 우리도 이미 알고 있는바, 언제나 그렇듯이 저녁식사 후 피아노 앞에 앉으면 청중은 그녀와의 우아한 대화를 포기하는 대신 군소리 없이 귀를 기울였다. 그녀를 알고 난 다음부터 이저벨은 열등하고 수준 미달인 자신의 연주 솜씨를 부끄럽게 생각하게 되었다. 미국에 있을 때 그녀도 신동으로 칭송을 받았지만, 사람들에게 등을 돌리고 피아노 의자에 앉아 대화에서 빠지면 득보다 실이 크다고 여겨졌다. 편지를 쓰거나 그림을 그리거나 피아노를 치지 않으면 마담 멀은 쿠션이나 커튼, 벽난로 선반의 장식보에 정교한 자수를 놓는 굉장한 과업을 수행했다. 자수를 놓을 때 그녀의 대담하고 자유분방한 상상력은 바늘을 놀리는 솜씨만큼이나 탁월했다. 그녀는 할 일 없이 시간을 보내는 경우가 없었다. 내가 앞서 언급한 활동을 하지 않을 때면 책을 읽었고—이저벨이 보기에 그녀는 '중요한 책은 모두' 읽었다—그렇지 않으면 산책을 하거나 혼자 카드점을 떼거나 대화를 나눴다. 이 모든 일을 하는 데 그녀는 언제나 사교적인 자질을 발휘해 무례하게 자리를 비우지도, 너무 오래 앉아 있지도 않았다. 소일거리를 쉽게 집어드는 만큼 쉽게 내려놓기도 했다. 일을 하면서 대화를 했고, 자신이 하는 일에 거의 가치를 두지 않는 듯 그린 그림과 수놓은 벽걸이를 나눠주었고, 청중의 바람에 따라 피아노를 치기도, 치다가 그만두기도 했다. 그녀는 사람들이 뭘 원하는지 언제나 적확하게 간파했다. 한마디로 그녀는 같이 살기에 가장 편안하고 유익하고 유쾌한 사람이었다. 이저벨의 관점에서 그녀에게 결점이 하나 있다면 자연스럽지 않다는 것이었다. 가식적이거나 잘난 체한다는 뜻이 아니라──이런 통속적인 결함으로부터 마담 멀처럼 자유로운 사람은 없었다──본성에 사회적 관습이 켜켜이 입혀져 그 모서리가 닳아없어졌다는 뜻이다. 너무 유연하고 너무 편리하고 너무 원숙했고 너무 명확했다. 한마디로 남녀 공히 지향해야 할 목표로 상정된 사회적 동물을 그녀는 너무도 완벽하게 구현했다. 장원莊園 문화가 유행하기 몇 세대 전에는 가장 사교적인 사람들조차도 갖추었을 법한 활기찬 야성의 흔적까지 제거해버린 상태였던 것이다. 사람들과 떨어져서 단독으로 있는 그녀를 이저벨은 상상하기 어려웠다. 직접적이건 간접적이건 마담 멀은 동료 인간들과의 관계에서만 존재했다. 그녀가 과연 자신의 영혼과 소통할 수나 있을지 의심할 수도 있었다. 하지만 언제나 겉모습이 매력적이라고 해서 그 사람이 반드시 피상적인 건 아니라는 결론에 도달했다. 매력적인 겉모습이 피상적이라는 생각은 젊은 시절에 품었다가 극복하는 환상이었다. 마담 멀은 피상적이지 않았다. 천만의 말씀이다. 그녀는 깊이가 있었다. 관습적인 언어로 표현된다고 해서 천성이 그녀의 태도에 덜 드러나는 건 아니었다. "언어가 관습이 아니면 뭐람?" 이저벨이 말했다. "독창적인

286

기호로 자신을 표현하는 척하지 않을 만큼 분별력이 있는 여자야. 내가 만난 몇몇의 사람들과는 달라."

"아픔이 많으셨던 것 같아요." 큰 파장을 불러일으킨 것처럼 보이는 사건을 마담 멀이 암시하자 한번은 이저벨이 기회를 잡아 이렇게 말했다.

"왜 그런 말을 할까?" 마담 멀이 스무고개 놀이를 하고 앉아 있는 사람처럼 재미있다는 미소를 띠고 물었다. "내가 사람들의 오해를 받아서 의기소침해진 티가 너무 나지 않으면 좋겠네."

"그런 건 아니에요. 하지만 행복하기만 했던 사람이면 알지 못할 그런 말씀을 하시거든요."

"행복하기만 했다고 할 수는 없지." 마담 멀은 웃으면서, 마치 어린아이에게 비밀을 알려주듯 짐짓 근엄하게 말했다. "아주 멋진 삶이었어!"

하지만 이저벨은 이런 아이러니에 대응했다. "살면서 한번도 뭘 느낀 적이 없는 것처럼 보이는 사람들도 아주 많거든요."

"그건 맞는 말이야. 도자기보다는 쇠솥이 더 많으니까. 하지만 분명히 누구에게나 크든 작든 상처는 있어. 가장 단단한 쇠솥도 약간 긁힌 자국, 작은 구멍이 어딘가에 나 있지. 난 꽤 단단한 편인데, 실토하자면 끔찍이도 이가 빠지고 금이 갔어. 아직 쓸 수는 있지. 정교하게 수선을 했으니까. 그래서 될 수 있으면 찬장에, 오래된 향신료 냄새를 풍기는 조용하고 어두침침한 찬장에 남아 있으려고 해. 하지만 밖으로 나와서 환한 빛을 받으면―그러면, 아, 기겁할 정도로 흉물이지!"

이때였는지 다른 때였는지 확실하지 않지만, 내가 방금 언급한 쪽으로 화제가 흘렀을 때 그녀는 이저벨에게 언젠가 해줄 말이 있다고 했다. 이저벨은 그 이야기를 무척 듣고 싶다고 말했고, 여러번 그 약속을 상기시켰다. 하지만 그녀는 계속 유예 기간을 두자고 했고, 결국에는 나이 어린 말동무에게 서로를 더 잘 알게 될 때까지 기다려야 한다고 털어놓았다. 그렇게 될 게 분명하다. 오래 지속될 우정이 그들의 눈앞에 보이듯 펼쳐져 있으니 말이다. 이저벨은 수궁하는 한편, 혹시 자기를 믿을 수 없어서, 믿고 속내를 털어놓았는데 내가 그 믿음을 배신할 사람처럼 보여서 그러느냐고 물었다.

"내가 한 말을 딴 사람에게 옮길까봐 겁이 나는 건 아냐." 손님이 대답했다. "그보다는 자기가 너무 심각하게 받아들일까봐 겁이 나서 이러는 거지. 날 아주 가혹하게 심판할걸. 무자비한 나이니까." 현재 그녀는 이저벨의 이야기를 듣는 쪽을 선호했고, 우리 여주인공의 과거와 생각, 견해와 장래에 지대한 관심을 보였다. 그리하여 이저벨에게 말을 시킨 다음 한량없이 너그러운 마음으로 그녀가 조잘거리는 걸 들어주었다. 마담 멀이 알고 지낸 탁월한 재능을 가진 모든 사람들과, 터칫 부인의 말을 빌면, 유럽의 최상급 인사들과 어울렸다는 사실에 깊은 인상을 받은 터라, 이저벨은 그녀가 표하는 관심에 우쭐했고 고무되었다. 그렇게 광범위한 비교 대상을 가진 사람의 호감을 사면서 자신을 더 높이 평가하게 되었고, 어느정도는 그들과 비교를 해도 내가 윗길이라고 생각하고 싶어서 회고담을 들려달라고 청했을 수도 있다. 마담 멀은 여러 나라에서 살았고, 사교적인 관계가 열두어개의 나라에 펼쳐져 있었다. "고등교육을 받았다고 하지는 않겠지만, 내가 유럽을 좀 안다고 할 수 있지." 이렇게 말하곤 했는데, 어느날은 오랜 친구를 방문하기 위해 스웨덴에 가야 한다고 했다가 또다른 날은 새로 알게 된 사람과 친분을 이어가기 위해 몰타 섬에 가야 한다고 했다. 영국의 경우, 자주 방문해 체류한 터라 속속들이 알고 있었고, 이저벨을 위해 영국의 관습과 영국인들의 성격을 설명해주었다. 그녀는 영국인들은 '알고 보면' 같이 지내기 가장 편한 민족이라고 말했다.

"이런 때, 내 남편이 오늘내일할 때 그 친구가 여기 남아 있기로 한 게 이상하다고 생각하지 마라." 이저벨의 이모가 조카딸에게 말했다. "마담 멀은 비례를 범하는 일이 없어. 분별력으로는 따라갈 사람이 없거든. 여기 머무는 건 내게 호의를 베푸는 거야. 굉장한 대저택들에서 초대를 받았는데 미뤄놓았지." 터칫 부인은 영국에 오면 사교계의 인물로서 자신의 가치가 두세 단계 낮아진다는 사실을 언제나 직시했다. "저 친구는 가고 싶은 곳을 골라서 갈 수 있어. 갈 데가 없어서 여기에 머무는 게 아냐. 게다가 이번에는 내가 있어달라고 부탁했지. 너랑 친해졌으면 싶어서. 알아두면 네게 좋을 거야. 쎄리나 멀은 결점이라곤 없으니까."

"친구분을 아주 좋아하게 됐으니 망정이지 겁나는 인물평이네요." 이저벨이 말했다.

"조금도 '어긋'나는 데가 없는 여자라니까. 널 여기 데리고 온 이상 최선을 해주고 싶구나. 네 언니 릴리는 네게 많은 기회를 주었으면 하더라. 마담 멀과 연결해주었으니 그런 기회를 하나 만들어 준 셈이지. 유럽 대륙에서 가장 멋진 여자 중 하나거든."

"이모의 인물평보다는 친구분이 더 마음에 드네요." 이저벨은 계속 우겼다.

"흠을 잡아낼 수 있을 거라고 자신하는 모양이지? 그런 순간이 오면 내게 말해주렴."

"그건 못할 짓일걸요, 이모한테는."

"나 신경 쓸 건 없다. 결점 하나 발견하지 못할 테니까."

"그럴지도 모르지요. 하지만 있으면 절대로 놓치지 않을 거예요."

"알아야 할 세상사를 완전히 꿰고 있는 여자야." 터칫 부인이 말했다.

이런 대화가 있고 난 후 마담 멀을 만났을 때, 이저벨은 우리 이모가 그녀를 흠 하나 없이 완벽하다고 생각하는 걸 아느냐고 물었다. 그 말을 듣자 마담 멀은 이렇게 답했다. "고마운 말씀인데, 자기 이모가 표면으로 드러나지 않는 결함을 염두에 두지 않았거나, 아니면 언급하지 않았을 뿐이지."

"그럼 우리 이모가 모르는 무모한 면모가 있다는 뜻인가요?"

"아, 그건 아니지. 내 가장 어두운 면모가 가장 유순한 면모인걸. 터칫 부인이 내가 결점이 없다고 말하는 건 정찬에, 요컨대 당신이 초대한 정찬에 절대로 늦지 않는다는 걸 의미해. 그런데 지난번에 자기가 런던에서 돌아오던 날에도 난 늦지 않았어. 내가 거실로 들어갔을 때 시계가 정각 8시를 가리켰으니 다들 나보다 일찍 온 거지. 편지 받은 날 바로 답장을 쓰고, 초대받고 머무를 때 짐을 너무 많이 갖고 오지 않고, 병에 걸리지 않게 조심하는 걸 결점이 없다고 하는걸. 자기 이모에게는 이런 것들이 미덕의 구성 요소가 되지. 미덕을 그렇게 기본 요소로 단순화할 수 있으니 축복이지 뭐야."

마담 멀의 화술이 대담하고 거칠 것 없는 비판으로 흥취를 더했음에 주목해야 하리라. 그런데 그녀의 비판이 편협성을 드러낼 때도 이저벨은 심술궂다는 느낌을 받지 않았다. 터칫 부인의 세련된 손님이 이모 험담을 한다는 생각은 단 한순간도 이저벨의 머리를 스친 적이 없었다. 거기에는 적절한 이유가 있었다. 우선 이모의 이면을 감지할 기회를 잡고 싶었고, 그다음, 마담 멀이 말을 아끼는 듯 여운을 남겼고, 마지막으로, 누가 내 가까운 친척에 대해 격의 없이 말한다면 그 사람과 친하다는 유쾌한 증거인 게 분명했기 때문이었다. 날이 갈수록 깊은 친교의 증거들이 늘어났는데, 그중에서도 마담 멀이 바로 이저벨 아처 양을 화제로 삼고 싶어한다는 점을 강하게 의식했다. 마담 멀은 자기가 겪은 여러 사건들을 종종 언급했지만, 이야기가 늘어지는 법이 없었다. 노골적인 수다쟁이가 아닌 만큼 고약한 이기주의자와도 거리가 멀었던 것이다.

"나는 늙었고 김이 빠졌고 시들었어." 그녀는 여러번 이렇게 말했다. "지난주 신문만큼도 흥미를 불러일으키지 못하지. 자기는 젊고 싱싱하고 현재형이야. 중요한 걸 갖고 있어. 존재감 말이야. 나도 한때 그랬지. 우리 모두 얼마 동안은 존재감이라는 게 있지. 그래도 자기는 좀 오래갈 거야. 그러니까 자기 이야기를 좀 하자. 자기가 하는 말은 무엇이든 내 관심을 끌어. 그게 내가 늙었다는 증거야. 젊은 사람들과 이야기하는 걸 좋아하는 거. 아주 멋진 보상이라는 생각이 들어. 내 안에 젊음이 없으면 우리는 그걸 바깥에서 찾게 되지. 난 정말 그게 젊음을 더 잘 보고 느끼게 해주는 방법이라고 생각해. 물론 젊음에 공감할 수 있어야지. 그건 언제까지라도 할 수 있을걸. 나이 든 사람에게 심통 맞게 굴 날이 올지 나도 몰라. 그러지 않으면 좋겠지만. 내가 정말 좋아하는 노인들이 있거든. 하지만 젊은이들 앞에서는 비굴해질 수밖에 없을 거야. 너무나 매혹적이니까. 그러니까 자기에게 백지 위임장을 주도록 하지. 건방지게 굴고 싶으면 그래도 좋아. 너그럽게 다 봐주지. 그래서 버릇을 완전히 망쳐놓지, 뭐. 백살은 먹은 사람처럼 말한다고? 그래, 맞아. 내가 프랑스 혁명이 일어나기 전에 태어났다고 치자고. 아, 난 옛날 사람이야.[23] 아

주아주 오래된 세상에 속해 있지. 그런데 이런 이야기를 하고 싶은 게 아니야. 난 신세계에 관해 이야기하고 싶어. 미국 이야기를 더 들려줘. 아무리 들어도 물리지 않아. 아무것도 모르는 아이일 때부터 여기 와서 살게 되었지. 근사하고 두렵고 재미있는 나라, 가장 위대하고 우스꽝스러운 나라에 대해 아는 게 거의 없다는 건 말이 안돼. 아니, 부끄러운 일이야. 유럽에는 나 같은 사람들이 아주 많은데, 아주 불쌍한 족속이지. 사람은 모름지기 자기 나라에서 살아야 해. 어떤 곳이든 자기 나라가 자연스러운 터전이야. 우리가 훌륭한 미국인이 아니라면, 형편없는 유럽인인 게 분명해. 이곳이 우리의 자연스러운 터전은 아니야. 땅에 뿌리를 내리지 못했으니, 우리는 그 표면을 기어다니는 기생적인 존재에 불과하지. 적어도 그 정도는 알고 환상을 갖지 말아야 해. 여자 중에는 버틸 사람이 있을지 몰라. 여자에게 자연스러운 터전은 아무 데도 없는 셈이니. 어디 있든 표면에 남아 있어야 하고, 대개는 네발로 기어야 하지. 동의할 수 없다고? 끔찍한 소리 하지 말라고? 절대로 네발로 기지는 않을 거라고? 자기는 그렇게 기지 않을 공산이 커. 아주 많은 불쌍한 여자들보다 훨씬 당당하게 서 있지. 좋아, 맞아, 자기가 그럴 것 같지는 않아. 그러나 남자들, 미국 남자들 말이야. 한번 물어볼까. 그치들은 여기 건너와서 뭘 이룬 거지? 난 그들이 앞가림하려고 노력하는 게 부럽지 않아. 가엾은 랠프 터칫을 보라고. 그 친구는 어떤 종류의 남자라고 해야 할까? 다행히도 폐병에 걸렸지. 폐병이 할 일을 마련해주었으니 다행이라고 말하는 거야. 폐병은 그의 직업이자 일종의 지위야. 이렇게 말할 수 있겠지. '아, 터칫 씨. 그 사람은 폐를 돌봐야 해. 기후에 관해 아는 게 많아.' 그런데 폐병이 아니면 그를 누구라고 해야 할 것이며 뭘 대변한다고 할 수 있을까? '랠프 터칫 씨. 유럽에 사는 미국인.' 그건 아무 의미도 없어. 이보다 의미 없는 게 대체 어디 있을까? '그는 아주 교양이 있어.' 사람들이 말하지. '코담뱃갑 골동 소장품이 꽤 훌륭하다고.' 그래서 더 처량하지. 소장품이라는 소리만 들어도 지겹네. 기괴한 느낌이 들거든. 아버지 터칫 씨는 경우가 달라. 당신 나름의 정체성이 있고, 상당히 무게 있는 정체성이라고 할 수 있지. 요즘엔 큰 은행의 대표면 부러울 게 없어. 미국인으로서는 어쨌든 그 정도면 아주 성공한 거야. 하지만 자기 사촌 오빠가 고질병을 앓는 게 아주 다행이라는 생각을 떨쳐버릴 수 없네. 그 병으로 죽지만 않는다면 말이야. 코담뱃갑보다 훨씬 낫다니까. 아프지 않으면 뭔가를 할 거라고? 아버지가 하던 일을 이어받을 거라고? 아, 과연 그럴까. 자기 오빠는 은행 일을 좋아하지 않아. 그렇지만 자기가 나보다 그 사람을 잘 아니까. 나도 한때는 잘 알았지만 말이야. 그에 대해 미심쩍은 부분은 선의로 해석해주기로 하지. 내가 보기에 최악의 사례는 우리의 동포이자 이딸리아에 살고 있는 내 친구야. 나처럼 철들기 전에 그곳으로 이주했는데, 내 지인 중 가장 재미있는 친구야. 자기도 언젠가 그를 만나게 될 거야. 내가 소개해줄게. 그럼 내가 왜 이렇게 말하는지 알 수 있을 거야. 이름은 길버트 오즈먼드이고 이딸리아에 살고 있지. 그게 그 친구에 대해 말할 수 있는, 파악할 수 있는 전부야. 재주가 많아서 남다른 성취를 이뤄 마땅한데, 내가 말했듯이, 어리석게도 이딸리아에서 살고 있는 오즈먼드 씨라고 말하고 나면 더이상 설명할 게 없거든. 직업도 명성도 지위도 재산도 과거도 미래도 없어. 아무것도 없다니까. 아, 그래, 그림은 그린다. 글쎄 말이야, 나처럼 수채화를 그리지. 나보다 더 잘 그린다는 차이가 있을 뿐. 잘 그리는 그림은 아니고, 대체로 보면 그래서 더 좋아. 그나마 다행인 건 아주 게으르다는 건

데, 너무 게을러서 그게 일종의 본분이 되었다니까. 이렇게 말할 수 있게 된 거야. '아, 난 아무것도 안 해. 지독히 게으르니까. 요즘 새벽 5시에 일어나지 않으면 일을 한다고 할 수 없거든.' 그런 식으로 그 친구는 일종의 예외가 됐어. 일찍 일어나기만 하면 뭔가를 할 수 있겠구나 생각하게 되니까. 사람들한테는 그림 그린다고는 절대 안 하지. 그러기에는 머리가 너무 좋거든. 그런데 딸이 하나 있어. 아주 귀여운 소녀인데, 딸 이야기는 곧잘 해. 아주 헌신적인 아빠고, 훌륭한 아버지가 직업이라면 아주 출중한 경력을 자랑할 수 있겠지만, 코담뱃갑보다 나을 게 없지 뭐야. 그보다도 못하지. 미국에서는 사람들이 뭘 하나 이야기 좀 해줘." 마담 멀은 이렇게 말을 이었다. (그녀가 한번에 이런 의견과 감상을 말한 것이 아니라 독자의 편의를 위해 한곳에 모아놓았음을 덧붙여야겠다.) 그녀는 오즈먼드 씨가 살고 있고 터칫 부인의 중세풍 궁전이 있는 피렌쩨와, 꽤 훌륭하고 오래된 능직 천이 보관된 그녀의 거처가 있는 로마 이야기도 들려주었다. 여러곳에 대해, 사람들에 관해, 심지어는, 흔히 하는 말로 '화젯거리'에 관해서 이야기하기도 했다. 가끔 친절한 가든코트의 집주인과 그가 회복할 가능성에 관해서도 언급했는데, 처음부터 그럴 가능성이 적다고 봤다. 그가 살날이 얼마나 남았는지를 단정적으로, 분별력 있고 유능하게 가늠하는 그녀를 보고 이저벨은 조금 놀랐다. 어느날 저녁 그녀는 그의 임종이 가깝다고 잘라 말했다.

"에둘러 말했지만 매슈 호프 경이 분명 그렇게 암시하던걸." 그녀가 말했다. "정찬 전에 저기 벽난로 옆에 서서 말이야. 아주 붙임성이 있는 명의야. 그렇게 말하는 게 붙임성과 무슨 연관이 있다는 뜻은 아니야. 하지만 그런 말을 아주 요령 있게 하더라. 이런 시기에 머물게 돼서 마음이 불편하다고 내가 털어놓았거든. 간병을 돕는 것도 아닌데 예의에 벗어난 거 같다고. '여기 더 머물러 계셔야 해요.' 이렇게 대답하더군. '나중에 하실 일이 있을 겁니다.' 가엾은 터칫 씨가 유명을 달리할 거고 내가 위로하는 역할을 맡게 될 거라는 뜻을 아주 미묘하게 전달한 거 아냐? 하지만 난 조금도 쓸모가 없을걸. 자기 이모야 스스로 알아서 할걸. 얼마나 위로가 필요한지 자신만이 알 테니까. 다른 사람이 정확한 위로의 양을 투여한다는 건 난감한 문제일 테니. 자기 사촌 오빠는 좀 다르겠지. 아버지를 잃은 슬픔이 너무나 클 테니까. 하지만 내가 랠프 씨를 위로하겠다고 나설 수는 없잖아. 그런 사이가 아니니까." 마담 멀은 랠프 터칫과의 관계에서 뭐랄까 막연한 불화를 여러번 언급한 터라 이저벨이 이번 기회를 잡아 둘의 사이가 좋지 않으냐고 물었다.

"사이야 더 좋을 수 없지. 하지만 자기 사촌 오빠가 날 좋아하지 않아."

"뭘 잘못하셨는데요?"

"아무 짓도 안했어. 하지만 사람 싫은 데 무슨 이유가 있나."

"'마담 멀'을 싫어한다면 아주 좋은 이유를 대야 하는 거 아닌가요?"

"고맙네. 내가 싫어지기 시작하면 이유를 꼭 준비해둬."

"싫어지다니요? 그런 마음이 생길 리 없어요."

"생기지 않기를 바라야지. 자기는 일단 시작하면 끝을 모를 테니까. 자기 사촌 오빠도 그런 식이지. 싫으면 그만인 거야. 자연적인 반감인데, 완전히 일방적으로 그러니 그렇게 말해도 되려나. 난 그를 조금도 나쁘게 생각하지 않아. 날 공정하게 평가해주지 않는다고 섭섭한 마음이 조금도 없어. 내가 원하는 건 공정성뿐이야. 그래도 등 뒤에서 남 험담은 절대로 하지 않을 신사라고 생각해. 카드 패는 다

까서 테이블 위에.[24]" 마담 멀이 잠시 후 말을 이었다. "난 그가 두렵지 않아."

"그건 안될 말이죠." 이렇게 말하고 이저벨은 사촌 오빠가 세상의 어떤 사람보다도 다정한 남자라고 덧붙였다. 하지만 그녀가 사촌 오빠에게 마담 멀에 관한 질문을 처음 했을 때, 명시적으로 뭐라고 한 건 아니었지만, 당사자가 모욕적으로 느낄 수 있을 투로 대답했다는 기억이 났다. "둘 사이에 뭔가 있는 거야." 이저벨이 혼잣말로 중얼거렸다. 하지만 그 이상은 말하지 않았다. 중요한 일이라면 캐묻지 말고 존중해야 한다. 중요한 일이 아니라면 호기심에 값할 만하지 않다. 열렬한 지식욕에도 불구하고 그녀는 커튼을 들어올려 불빛이 비치지 않는 구석을 들여다보는 것을 기질적으로 회피하는 경향이 있었다. 그녀의 마음속에는 지식욕이 무지를 견딜 수 있는 가장 고상한 능력과 공존했다.

그런데 마담 멀은 이저벨을 흠칫 놀라게 만드는 발언을 하곤 했다. 그 자리에서 이저벨은 또렷한 눈썹을 치켜떴고, 나중에는 그 말들을 곱씹었다. "내가 다시 자기 나이가 될 수만 있다면 못할 게 거의 없지 싶어." 한번은 그녀가 회한을 토로했다. 언제나 그렇듯 넉넉한 편안함으로 회한을 완화했지만 완벽하게 위장하지는 못했다. "다시 시작할 수만 있다면, 지금 내 앞에 삶이 펼쳐질 수만 있다면!"

"아직도 삶이 펼쳐져 있어요." 막연하게 외경심에 사로잡힌 이저벨이 상냥하게 답했다.

"아냐, 제일 좋은 시절은 지나갔어. 그것도 헛되이."

"설마 헛되기만 했겠어요." 이저벨이 말했다.

....
24 (프) Cartes sur la table.

"헛되지 않을 건 또 뭐람. 내가 손에 쥔 게 뭔데? 남편도 아이도 재산도 지위도 없고, 원래 타고나지 않은 미모의 흔적도 없는걸."

"친구는 많잖아요."

"그것도 잘 모르겠네!" 마담 멀이 큰 소리로 대꾸했다.

"아, 잘못 생각하시고 있는 거예요. 추억이 있고, 매력이 있고, 재능이 —"

그러나 마담 멀이 말을 가로막았다. "내 재능으로 얻은 게 뭔데? 아직도 그 재능을 써먹어야 할 필요가 있다는 거 빼곤 아무것도 없어. 시간과 세월을 보내기 위해, 활동하는 척, 의식하지 못하는 척, 나 자신을 기만하면서 말이야. 내 매력과 추억에 대해서는 말을 아끼는 게 더 낫고. 자기도 우정을 나눌 더 좋은 상대가 생길 때까지만 내 친구로 남아 있을걸."

"제가 그러지 않을 거라는 걸 앞으로 지켜보실 수밖에 없겠네요."

"그래, 자기를 친구로 지키기 위해 노력할 거야." 그리고 그녀는 이저벨을 진지한 눈길로 바라보았다. "내가 젊을 때로 돌아갔으면 좋겠다고 말한 건 자기가 가진 자질들을 갖고 돌아가고 싶다는 뜻이었어. 자기처럼 솔직하고 관대하고 성실하게. 그랬다면 더 잘 살 수 있었을 거 같아."

"못해본 일 중에서 하시고 싶은 게 뭔데요?"

마담 멀은 악보를 하나 꺼내들고 무심하게 페이지를 넘겼다. (피아노 앞에 앉아 있던 그녀는 말을 시작하면서 걸상의 바퀴를 굴려 왔다 갔다 했다.) "난 아주 야심이 많아!" 이윽고 그녀가 답했다.

"그럼 야심을 성취하지 못하셨나보죠? 야심이 크셨나봐요."

"컸지. 야심 이야기를 꺼냈다 하면 우스꽝스럽게 보일 정도로."

이저벨은 그 야심이 무엇이었을까, 왕관을 쓸 대망을 품었던 것일까 궁금했다. "성공을 어떻게 정의하시는지 모르지만, 제 생각엔 성공하셨다고 봐요. 정말이지 확실한 성공의 화신 같아요."

마담 멀은 웃으면서 악보를 던졌다. "자기는 성공을 어떻게 정의하는데?"

"별 재미가 없다고 생각하실 게 분명해요. 제 어린 날의 꿈이 이뤄지는 걸 보는 거예요."

"아," 마담 멀이 탄식했다. "난 그걸 보지 못했어! 하지만 꿈이 너무 컸지 — 황당무계할 정도로. 하느님 맙소사, 지금도 꿈을 꾸고 있다니!" 그러고 나서 그녀는 피아노 쪽으로 몸을 돌리고 장엄하게 연주하기 시작했다. 다음날 아침 마담 멀은 이저벨이 정의한 성공은 아주 멋있지만 끔찍이도 슬프다고 말했다. 그런 잣대로 재면 성공할 사람이 누가 있겠는가? 젊은 시절의 꿈은 기가 막히게 매혹적이지! 그런 일이 실제로 일어나는 걸 누가 본 적이 있나?

"전 봤어요. 몇가지는요." 이저벨이 과감하게 답했다.

"벌써? 바로 어제의 꿈이었을 게 분명한데."

"아주 일찍부터 꿈꾸기 시작했거든요." 이저벨이 미소를 지었다.

"아, 어린 시절의 꿈을, 분홍색 머리띠와 눈을 감을 수 있는 인형을 갖는 걸 말하는 거라면 — "

"아니요, 그런 뜻이 아니에요."

"아니면 멋진 콧수염 난 젊은 남자가 자기 앞에서 무릎 꿇는 거?"

"아니, 그것도 아니에요." 이저벨이 좀더 강하게 단언했다.

마담 멀은 강한 부정에 주목했다. "그런 뜻으로 말하는 거 같은데. 우리 모두는 콧수염 난 젊은 남자가 있었으니까. 그런 젊은이는 필연이지. 하지만 남자는 중요하지 않아."

이저벨은 잠시 침묵했지만 곧잘 그렇게 하듯 아주 비논리적으로 우겼다. "왜요? 젊은 남자도 남자 나름이죠."

"그럼 자기 젊은 남자는 탁월함의 표본이었군. 그런 뜻으로 하는 말인가?" 마담 멀이 웃으면서 물었다. "자기가 꿈꾸던 바로 그 남자의 마음을 얻었고, 그걸 성공으로 생각한다면 진심으로 축하해주지. 다만 그 경우라면 그 남자와 함께 아뻰니노 산맥의 성으로 사라지지 않은 까닭을 모르겠네."

"그 사람은 아뻰니노에 성이 없어요."

"그럼 뭐가 있나? 40번가의 흉물스러운 벽돌집? 설마 그렇지는 않겠지. 난 그런 걸 꿈으로 인정하지 않으니까."

"집은 아무래도 상관없어요." 이저벨이 말했다.

"그건 아주 유치한 발언인걸. 나만큼 오래 살고 나면 모든 인간에게는 껍데기가 있고, 껍데기도 염두에 두어야 한다는 걸 알게 되거든. 껍데기란 상황의 외피 전체를 의미해. 외톨이로 사는 사람은 없어. 우리 모두는 각자 부속물의 덩어리들로 이루어져 있지. 무엇을 '나'라고 부르는 걸까? 그건 어디서 시작해서 어디서 끝나는 걸까? '나'는 우리에게 속한 모든 것으로 넘쳐흘러갔다가 다시 넘쳐나오지. 나의 많은 부분이 내가 골라 입은 옷으로 이뤄져 있다는 걸 난 알거든. 난 물건을 아주 중시해! 다른 사람들에게 있어서도 '나'는 '나'에 대한 자기표현이지. 그리고 집, 가구, 옷, 읽는 책, 사귀는 친구, 이 모든 것들이 그 사람을 나타낸다고."

이것은 매우 형이상학적인 발언이었다. 하지만 마담 멀이 해오던 발언보다 더 형이상학적인 건 아니었다. 이저벨은 추상적인 논의를 좋아했지만, 인간성에 대한 그녀의 대담한 분석에 장단을 맞출 수는 없었다. "전 동의할 수 없어요. 제 생각은 정반대거든요. 제 생각을 제대로 표현할 수 있을지 모르지만, 어떤 것도 나를 표현할 수 없다는 건 알아요. 내가 가진 어떤 물건도 나를 재는 잣대가 될 수 없어요. 오히려 그것들은 한계요, 장애물이고, 전적으로 우연의 산물이에요. 말씀하다시피 제가 골라 입긴 했지만 옷이 절 표현하진 않아요. 하느님 맙소사, 그래서도 안되고요."

"자기는 옷을 아주 잘 입어." 마담 멀이 가볍게 이의를 제기했다.

"그렇겠죠, 하지만 그것으로 평가받고 싶지 않아요. 제 옷이 양재사를 표현할 수는 있어요. 하지만 절 표현하는 건 아니에요. 우선 제 뜻대로 선택해서 옷을 입는 건 아니거든요. 사회가 제게 강요한 거지요."

"그럼 벌거벗고 다니는 쪽이 좋겠어?" 마담 멀은 이 토론을 실질적으로 끝내는 어조로 물었다.

우리의 여주인공이 이 세련된 여자에게 젊은이다운 성심을 품었다고 내가 묘사한 것에 의혹을 불러일으킬 우려를 무릅쓰고 이런 사실을 고백해야겠다. 이저벨이 워버턴 경에 대해서 그녀에게 한마디도 하지 않았고, 캐스퍼 굿우드에 대해서도 마찬가지로 말을 아꼈다는 사실을 말이다. 하지만 결혼할 기회가 있었다는 사실까지 감춘 건 아니었고, 대단한 혼처였다는 점만 밝혔다. 워버턴 경은 누이들과 함께 로클리를 떠나 스코틀랜드로 갔다. 그가 랠프에게 여러번 편지를 써서 터칫 씨의 병세를 물었지만, 이웃에 남아 있었더라면 직접 와서 문안인사를 드렸을 터라 그로 인해 겪었을 불편함을 그녀는 겪지 않아도 되었다. 워버턴 경이 예의에 어긋나는 행동을 할 리 없지만, 가든코트에 왔다면 마담 멀을 만났을 테고 만났다면 그녀의 나이 어린 친구와 사랑에 빠졌다고 고백할 만큼 호감을 느꼈으리라. 마담 멀이 가든코트를 방문할 때마다—지금보다 훨씬 짧은 기간이었다—공교롭게도 그는 로클리에 없거나 가든코트에 들르지 않았다. 그러므로 그녀가 그 지역의 대단한 유지인 그의 이름을 익히 들어 알고 있었지만, 그가 최근에 미국에서 건너온 터칫 부인의 조카딸에게 청혼했음을 눈치챌 만한 단서는 없었다.

"자기는 앞날이 창창해." 찔끔찔끔 속내를 털어놓은 우리의 젊은 아가씨에게 그녀가 이렇게 말했다. (이저벨이 속내를 다 털어놓은 척하지도 않았지만, 그럼에도 너무 많이 말했다고 후회하는 순간들이 있었다.) "아직 아무 일도 벌이지 않아서, 앞으로 할 일을 남겨둬서 다행이야. 묘령의 아가씨가 괜찮은 청혼을 몇번 거절하는 건 바람직해. 자기가 받을 수 있는 최고의 청혼이 그중에 들어 있지 않다면 말이야. 내 말투가 지독히 비속하게 들려도 너그럽게 봐줘. 때로 세속적인 관점을 취하지 않을 수 없거든. 다만 거절하는 재미로 계속 거절하는 건 곤란하지. 청혼을 거절하는 게 힘의 유쾌한 행사이긴 하지만, 받아들이는 것 또한 결국엔 힘의 행사거든. 거절을 한번 더 했다가 낭패를 볼 위험은 언제나 있지. 내가 빠진 함정은 아냐. 난 더 거절해야 했는데 그러지 못했어. 자기는 우아한 아가씨니까 수상과 결혼하는 걸 보고 싶네. 하지만 엄격히 말해서 자기가 좋은 신붓감의 형식 요건을 갖춘 건 아냐. 재색을 겸비했으니 사람만 놓고 보면 빼어난 신붓감이지. 자기 재산이 얼마나 되는지 전혀 감이 없는 것 같은데, 내가 파악한 바로는 성가실 정도의 재산은 없어. 돈이 좀 있으면 좋았을 텐데."

"저도 그랬으면 좋겠어요!" 이저벨은 간단하게 대답했다. 자신의 가난이 두명의 정중한 신사에게는 경미한 결점이었음을 그 순간 잊은 것처럼.

매슈 호프 경의 사려 깊은 권유에도 불구하고 가엾은 터칫 씨의 병세에 차도가 없을 게 분명해지자 마담 멀은 임종을 지키지 않기로 했다. 다른 사람들에게 한 약속을 지켜야 할 때가 되었고, 여하튼 영국을 떠나기 앞서 가든코트에서든 런던에서든 터칫 부인과 재회하기로 하고 작별을 고했다. 그녀와 이저벨의 작별은 그동안의 사귐보다 오히려 더 우정의 시작처럼 보였다. "이제부터 여섯집을 돌아야 해. 하지만 자기만큼 좋아하는 사람을 만나지는 못할 거야. 그런데 모두 오랜 친구들이야. 이 나이에 새로운 친구를 사귀지는 않지. 자기를 예외로 특별대우한 거야. 그 점을 기억하고 가능한 한 좋은 감정을 가져주었으면 해. 날 믿어줌으로써 보답도 해주고."

대답을 대신해 이저벨은 그녀에게 키스를 해주었다. 어떤 여자들은 걸핏하면 키스를 하지만 키스도 여러가지이고, 마담 멀은 이 포옹이 흡족했다. 이후 우리의 여주인공은 거의 혼자 시간을 보냈다. 이모와 사촌은 식사 시간에만 만날 수 있었다. 이저벨은 이제 이모가 눈에 띄지 않는 시간의 일부만 간병에 할애한다는 것을 알게 되었다. 나머지 시간은 불가해하고 불가사의한 활동을 하며 자기 방에서 보냈는데, 조카딸의 접견조차도 허용하지 않았다. 식사 중에 터칫 부인은 엄숙하고 말이 없었다. 그녀의 근엄함은 짐짓 그렇게 보이고자 해서가 아니었다. 이저벨은 그것이 가책임을 알 수 있었다. 그토록 자기 고집대로 살아온 것을 이모가 후회하나 생각도 들었지만, 이를 입증할 뚜렷한 증거는 없었다. 눈물도, 한숨도 없었고, 언제나 스스로 적절한 수준이라고 여기는 열의를 과장하지도 않았다. 터칫 부인은 단지 생각을 정리하고 판단을 내릴 필요를 느낀 것 같았다. 그녀는 똑바로 세로줄을 치고 강철 걸쇠로 빈틈없이 채워놓은 작은 회계장부에 탄복할 만큼 정연하게 정리를 해두었다. 하여간 그녀가 생각을 표현하면 언제나 실용적인 울림이 있었다. "이럴 줄 알았으면, 미국에서 널 데리고 오지는 않았을 거다." 마담 멀이 떠나고 난 다음 그녀가 이저벨에게 말했다. "기다렸다가 내년에 오라고 할 걸 그랬어."

"그랬다가 이모부를 못 만났게요? 지금 온 걸 아주 다행으로 생각해요."

"그건 맞는 말이다만, 네 이모부를 만나라고 내가 널 유럽에 데리고 온 건 아니다."

완전히 사실에 입각한 진술이기는 했지만, 이저벨은 완전히 시의적절한 발언은 아니라고 생각했다. 그녀는 이런 말과 다른 문제들을 생각할 자유로운 시간이 있었다. 매일 혼자서 산책을 했고 서재에서 책장을 넘기며 무작정 시간을 보냈다. 그녀의 관심을 사로잡은 주제 중에는 친구 스택폴 양의 모험담이 있었는데, 둘은 정기적으로 편지를 주고받았다. 이저벨은 친구의 공적인 서한보다는 사적인 편지의 문체를 더 좋아했다. 요컨대, 기행문 서한들이 활자화되지 않았더라면 훌륭하다고 생각했으리라. 그런데 헨리에타는 개인적인 행복에 보탬이 되는 방향으로조차도 일이 잘 풀리지 않았다. 영국 사람들의 삶을 안에서 들여다보겠다는 열망은 도깨비불 앞에서 춤춘 격이 되었다. 레이디 펜슬이 보냈다는 초청장은 어쩐 일인지 오지 않았다. 가엾은 밴틀링 씨 자신은 헨리에타에게 친절하고 꾀바르게 둘러댔지만, 분명히 보냈다는 편지의 심상치 않은 유실을 설명하지는 못했다. 헨리에타의 일에 강한 관심을 갖게 된 것이 분명한 그는 허사로 돌아간 베드퍼드셔 방문을 만회해야 할 의무를 느꼈다. "밴틀링 씨는 나보고 대륙으로 건너가는 게 좋겠다고 해." 헨리에타가 썼다. "그 사람도 갈 생각을 하고 있으니까 진심으로 하는 충고라고 봐. 프랑스인들이 살아가는 모습을 관찰할 생각을 하지 않는 게 의아하다나. 사실 나도 새로운 공화국[25]을 보고 싶은 마음이 있어. 밴틀링 씨는 공화국에 별로 관심이 없지만, 그래도 빠리에 갈 생각은 있대. 그는 더이상 바랄 게 없을 정도로 마음을 써줘. 적어도 점잖은 영국인을 한명은 만난 셈이지. 밴틀링 씨에게 당신은 미국인으로 태어났어야 했다고 여러번 말했는데, 얼마나 좋아한다고. 내가 그렇게 말하면 늘 이렇게 대답해. '아, 정말이지, 별말씀을!'" 며칠 후 그녀는 주말에 빠리로 가기로 결정했고, 밴틀링 씨가 도버 해협까지라도 배웅을 해주겠노라 약속했다는 편지를 보내왔다. 편지 말미에 이저벨이 올 때까지 빠리에서 기다리겠다고 덧붙였다. 이저벨이 마치 혼자서 유럽 여행을 시작하기라도 되어 있는 것처럼, 헨리에타는 터칫 부인을 언급조차 하지 않았다. 사촌 오빠가 런던 여행을 같이 한 친구에게 관심이 있는 것을 염두에 두고, 우리의 여주인공은 그에게 편지의 내용을 일부 읽어주었다. 랠프는 거의 조바심을 내며 『인터뷰어』지를 대변하는 그녀의 활약상에 귀를 기울였다.

"아주 잘 지내는 것 같네." 그가 말했다. "왕년의 창기병槍騎兵과 함께 빠리에 가다니! 쓸거리가 없으면 그 이야기만 써도 될 거다."

"관습에 맞는 행동이 아닌 건 분명해요." 이저벨이 대답했다. "하지만—적어도 헨리에타에 관한 한—백 퍼센트 순수한 마음이 아니라고 본다면 오빠가 틀린 거예요. 오빠는 헨리에타를 이해할 수 없어요."

"미안하지만, 난 그녀를 완벽하게 파악했어. 처음에는 청맹과니

25 1871년에 수립된 제3공화국 정부를 가리킴.

였지만, 이젠 보는 눈이 생겼지. 하지만 밴틀링은 그렇지 못할 테니 당혹감을 느낄 수도 있을 거야. 아, 내가 헨리에타를 만들어냈다고 해도 될 만큼 잘 안다니까!"

이저벨은 전혀 그렇게 생각하지 않았지만, 더이상 의구심을 표명하지 않았다. 요즘 사촌 오빠를 안쓰러워하는 마음이 아주 크기 때문이었다. 마담 멀이 떠나고 한주가 안된 어느날 오후 그녀는 책을 들고 읽는 둥 마는 둥 앉아 있었다. 창가에 놓인 등이 높은 긴 의자에 자리 잡고 활기 없는 축축한 정원을 내다보았다. 서재가 저택 현관과 직각을 이루었기 때문에 의사의 유개마차가 2시간가량 현관 앞에 기다리고 있는 것이 보였다. 그녀는 의사가 그렇게 긴 시간 머무르는 게 의아했다. 이윽고 주랑현관에 모습을 드러낸 그는 잠시 서서 천천히 장갑을 끼고 말의 무릎을 살피더니 마차를 타고 떠났다. 이저벨은 반시간을 그 자리에 가만히 있었다. 집은 무거운 정적에 싸였다. 너무나 조용해서 서재의 두툼한 카펫 위로 드디어 느리고 조용한 발소리가 들려왔을 때 소스라치게 놀랄 정도였다. 창 쪽에서 얼른 몸을 돌린 그녀는 주머니에 손을 찌른 랠프 터칫을 봤다. 하지만 늘 어려 있는 미소는 얼굴에서 완전히 사라졌다. 그녀는 일어서서 몸짓과 눈길로 질문을 던졌다.

"다 끝났어." 랠프가 말했다.

"그럼 이모부가……?" 그리고 이저벨은 말을 잇지 못했다.

"아버지는 1시간 전에 돌아가셨어."

"아, 가엾은 오빠!" 그녀는 두 손을 내밀고 숨죽여 울음을 터뜨렸다.

20장

이 일이 있고 한 보름 후, 마담 멀은 윈체스터 광장에 있는 집 앞에 승합마차를 세웠다. 마차에서 내리면서 그녀는 만찬실 창문들 사이 벽에 큼직하고 단정한 목판 하나가 걸려 있는 것을 눈여겨보았다. 새로 칠한 검은 바탕에 흰 페인트로 '자유보유[26] 저택을 판매합니다'라고 적혀 있었고 문의할 부동산 중개인의 이름도 적혀 있었다. 현관문의 커다란 놋쇠 노커를 두드려 문이 열리기를 기다리던 방문객이 중얼거렸다. "시간 낭비할 생각은 없는 모양이네. 실용적인 나라라니까!" 집 안으로 들어가 이층 거실로 올라가면서 그녀는 이사의 징후들을 눈여겨보았다. 벽에서 내린 그림이 소파 위에 놓여 있었고, 창문에서는 커튼을 떼어냈고 마루도 맨바닥을 드러냈다. 손님을 맞이하러 곧 나타난 터칫 부인은 조문인사를 한 셈 치자는 뜻을 비쳤다. "무슨 말을 할지 알고 있어. 아주 좋은 사람이었지. 그건 내가 누구보다 더 잘 알지. 좋은 사람임을 보여줄 기회를 많이 주었으니까. 그 점에서 난 좋은 아내였다고 생각해." 남편도 마지막 순간에 그 사실을 인정했다고 터칫 부인은 덧붙였다. "난 아주 후한 대접을 받았지." 그녀가 말했다. "기대한 것보다 더 후한 대접을 받았다고 말하는 건 아니고. 기대하지 않았으니까. 알다시피 나는 기대 같은 건 하지 않는 편이지. 주로 해외에 가서 살면서 그곳 사람들과 — 자기는 자유분방하다고 말하겠지 — 어울렸지만, 그이 말고 다른 사람들이 좋아서 그런 건 절대 아니라는

26 상속가능부동산권이라고도 하며, 부동산보유권 중에서 가장 강력한 것으로 양도가 자유롭고 상속이 가능하며 상속인의 범위에도 제한이 없음.

걸 인정해준 셈이야.”

“그 누구보다도 당신은 당신 자신을 더 좋아하니까.” 마담 멀이 마음속으로 한마디했다. 물론 전혀 들리지 않게 한 말이었다.

“난 다른 사람 때문에 내 남편을 희생한 적이 없거든.” 터칫 부인이 완강하지만 간략하게 말을 이었다.

‘아, 물론 없지.’ 마담 멀이 생각했다. ‘다른 사람을 위해 해준 것도 없지!’

이런 무언의 논평에 약간의 냉소가 깔린 것은 설명을 요한다. 이런 논평이 마담 멀의 사람 됨됨이에 관해—다소 피상적이라고 할 수는 있지만—우리가 지금까지 견지한 관점이나 터칫 부인이 살아온 있는 그대로의 구체적인 내력과 부합하지 않는다는 점을 염두에 두면 더욱 그러하다. 마담 멀이 터칫 부인의 마지막 발언을 자신에 대한 측면 공격으로 해석할 여지가 전혀 없다는 점에서 더더욱 그러하다. 사실을 말하자면, 이 집의 문지방을 넘자마자 그녀는 터칫 씨의 죽음이 미묘한 파장을 낳았고, 그 결과 일군의 사람들이 혜택을 받았는데 자신이 거기에 끼지 못했다는 생각을 떠올린 것이다. 물론 그의 죽음은 당연히 어떤 결과를 파생시킬 수밖에 없는 사건이었다. 가든코트에 머무는 동안 그녀는 여러번 그 점을 상상해보았다. 하지만 머릿속으로 이 상속 문제를 예견하는 것과 그 거대한 증거를 목격하는 것은 별개의 문제였다. 재산—그녀는 거의 전리품이라고 말할 뻔했다—이 분배된다는 생각에 그녀의 평정이 깨졌고, 배제되었다는 느낌에 짜증이 솟구쳤다. 그녀를 욕심 사납거나 시기심 많은 갑남을녀의 하나로 묘사할 생각은 조금도 없다. 하지만 그녀에게 충족시키지 못한 욕망이 있음은 이미 알려진 바 아닌가. 그녀는 물론 터칫 씨의 유품에서 한몫을 요구할 권리가 눈곱만큼도 없음을 멋지고 당당하게 웃으면서 인정했으리라. "우리는 그 정도로 가깝지 않았어요." 그녀는 그렇게 말했으리라. "그렇게 가깝지는 않았지요, 가엾은 분." 엄지손가락과 가운뎃손가락을 가볍게 퉁기면서 말이다. 지금 이 순간 그녀가 상당히 뒤틀린 욕망을 억누르지 못했다 하더라도, 이를 드러내지 않도록 조심은 했다고 얼른 덧붙여야겠다. 따지고 보면 그녀는 터칫 부인이 얻은 것뿐 아니라 잃은 것에 대해서도 마음이 썼으니 말이다.

"그이가 이 집을 유산으로 남겨주었지." 이제 막 미망인이 된 그녀가 말했다. "하지만 여기서 살 건 물론 아니야. 피렌쩨에 훨씬 좋은 집이 있으니까. 유언장을 개봉하고 사흘밖에 안되었지만 벌써 매물로 내놓았지. 은행 주식도 있는데, 그대로 둬야 하는지 아직 확실하지 않고. 안 그래도 된다면 팔아치울 거고. 랠프는 물론 가든코트를 받았지. 하지만 유지할 돈이 있는지 모르겠군. 당연히 유산을 넉넉히 물려받았지만, 걔 아버지가 엄청난 돈을 기부해버렸거든. 버몬트에 사는 육촌들에게도 좀 남겨주었고. 그래도 랠프가 가든코트를 퍽 좋아하니까 여름에는 거기서 지낼 수 있겠지. 집안일 하는 하녀 하나랑 정원 일 하는 아이 하나 두고. 그런데 내 남편의 유언장에는 주목할 만한 조항이 하나 있었지." 터칫 부인이 덧붙였다. "그이가 내 질녀에게 상당한 재산을 남겼거든."

"상당한 재산을!" 마담 멀이 낮은 소리로 되풀이했다.

"이저벨은 칠만 파운드가량을 물려받게 되었지."

마담 멀은 깍지 낀 손을 치마폭에 내려놓고 있었는데 이 말에 깍지 낀 손을 일순 가슴에 대더니 눈을 조금 크게 뜨고 상대의 눈을 들여다보았다. "아," 그녀가 짧게 외쳤다. "영리한 것!"

터칫 부인이 그녀를 빤히 쳐다보았다. "그게 무슨 말이지?"

순간 마담 멀이 얼굴을 붉히고 눈을 내리깔았다. "그런 성취를 거뒀으니 정말 영리한 거지요. 노력한 것도 아닌데."

"노력하지 않은 건 분명해. 그러니 성취라고 말하는 건 곤란하지."

마담 멀은 뱉은 말을 도로 주워담아야 할 만큼 어색한 상황에 놓이는 일이 거의 없었다. 그녀의 분별력은 자신의 진술을 철회하지 않되 좀더 적절하게 보이게 재배치하는 데서 드러났다. "이저벨이 세상에서 제일 매력적인 아가씨가 아니었다면 칠만 파운드의 유산을 물려받지 못했을 거예요. 대단한 영리함이 그 아이의 매력에 포함되어 있는 거죠."

"우리 남편이 뭘 물려주리라고 걘 꿈도 꾸지 않았어. 나도 마찬가지지. 그럴 생각이라고 내게 말한 적이 없었고." 터칫 부인이 말했다. "그런 걸 기대할 권리가 조금도 없었지. 내 질녀라는 사실로 그 사람의 호감을 살 수 있는 건 아니니까. 그 아이가 성취한 게 있다면 무의식적인 거지."

"아," 마담 멀이 말을 이었다. "그거야말로 최고의 수완이죠!"

터칫 부인은 이 점에 관해 말을 아꼈다. "그 아이가 운이 좋았다는 건 부정할 수 없지. 암튼 지금은 망연자실한 상태야."

"돈을 갖고 어쩔 줄 몰라서요?"

"내가 보기에 돈은 안중에도 없어. 이 문제를 어떻게 받아들여야 할지 모르는 거지. 등 뒤에서 느닷없이 대포가 터졌는데 어디 다쳤나 몸을 더듬어보고 있다고나 할까. 유언을 집행하는 수석변호사가 방문한 지 사흘밖에 안되었거든. 상속 사실을 통지하기 위해 몸소, 아주 예의를 갖춰 납시었지. 그 이야기를 듣고 애가 울음을 터뜨리더라고 변호사가 나중에 말하더군. 원금은 은행에 출자한 걸로 남아 있고 걔는 이자를 받아 쓰게 될 거야."

마담 멀은 분별 있는, 그리고 이제는 꽤 자비로운 미소를 띠고 고개를 흔들었다. "너무 멋진 일이에요! 이자를 두세번 받아 쓰고 나면 익숙해질걸요." 그러고는 잠시 침묵을 지키다 불쑥 "랠프는 뭐라고 해요?" 하고 물었다.

"유언장을 읽기 전에 영국을 떠났어. 피로와 근심에 녹초가 돼서 남쪽으로 서둘러 갔지. 리비에라로 가는 길인데 아직 편지는 없고. 하지만 아버지가 한 일을 반대하고 나설 애는 절대 아니니까."

"자기 몫이 깎였다고 하지 않았나요?"

"원하던 바인걸. 미국 친척들에게 뭘 좀 해주라고 아버지한테 권하기도 했으니까. 자기를 챙기는 데는 조금도 관심이 없는 아이지."

"아드님이 누굴 먼저 챙기느냐에 달려 있지요!" 마담 멀이 말했다. 그리고 눈을 내리깔고 마루를 주시하면서 잠시 생각에 잠겼다. "행복한 조카따님을 만나고 가도 될까요?" 이윽고 눈길을 들면서 말했다.

"얼굴 보고 가요. 하지만 행복해 보인다는 생각은 들지 않을걸. 지난 사흘 동안 치마부에[27]의 마돈나처럼 숙연해 보였으니까!" 그리고 터칫 부인은 종을 울려 하인을 불렀다.

방으로 하인을 보내자 이내 이저벨이 들어왔다. 그녀가 모습을 나타내자 마담 멀은 터칫 부인의 비유가 설득력이 있다는 생각을 했다. 그녀는 창백하고 수심에 찬 듯 보였고, 상복을 정식으로 차려입었기 때문에 그런 느낌이 강해졌다. 하지만 마담 멀을 본 순간 그녀의 얼굴에 가장 밝은 기분이 들 때 나타나는 미소가 어렸다. 마담 멀은 앞으로 성큼 나서서 우리 여주인공의 어깨에 손을 얹고

27 조반니 치마부에(Giovanni Cimabue, 1240?~1302). 피렌쩨의 화가이자 모자이크 기술자.

잠시 그녀를 쳐다본 다음 가든코트에서 받은 키스에 답례하듯 키스를 해주었다. 이것이 사려 깊은 방문객이 손아래 친구의 유산 상속에 대해 내비친 유일한 암시였다.

터칫 부인은 집이 팔릴 때까지 런던에서 기다릴 생각은 없었다. 가구 중에서 피렌쩨 집으로 보낼 것들을 골라낸 다음 나머지는 경매에 부쳐 처분하라고 하고 유럽 대륙으로 떠났다. 물론 이저벨이 동행했는데, 이제 그녀는 마담 멀이 암암리에 축하한 뜻밖의 횡재를 가늠하거나 숙고하고 더 나아가 어떻게 관리할지 생각할 충분한 시간을 갖게 되었다. 이저벨은 부자가 되었다는 사실을 자주 생각해보고 열두가지 관점에서 따져보았다. 그러나 우리는 이런 생각의 흐름을 따라가려는 시도를 하지 않을 것이고, 그녀가 그 사실을 처음 알았을 때 왜 가슴이 짓눌리는 듯 답답한 느낌이 들었는지 꼭 집어 설명하려고 하지도 않겠다. 하지만 기쁨을 즉각 누리지 못하는 상태가 오래 지속되지는 않았다. 얼마 안 가 그녀는 뭔가를 '할 수 있기' 때문에 부자가 된 건 좋은 일이고, 뭔가를 '할 수 있다'는 것도 즐거운 일이라고 생각하게 되었다. 부자에게는 약함의 하찮은 면모, 특히 그 다양한 여성적 특성과 정반대되는 품격이 있었다. 섬세한 젊은이의 경우, 약함에도 품위가 있을 수 있지만, 이저벨이 혼자 되뇌었듯이 그보다 더 넓은 의미의 품격을 지향해야 한다. 당장은 ─ 릴리언과 가엾은 이디스에게 수표를 끊어주고 난 다음에는 ─ 할 일이 별로 없었다. 하지만 상복을 입고 과부가 된 지 얼마 안되는 이모와 함께 조용히 지낼 수밖에 없는 시간을 다행으로 여기기도 했다. 힘을 갖게 되자 그녀는 진지해졌다. 그녀는 부드럽고도 맹렬하게 자신의 힘을 음미했지만 힘을 행사하려고 안달하지는 않았다. 이모와 함께 빠리에 가서 몇주 머물게 됐을 때에야 힘을 행사하기 시작했는데 아무래도 사소하다고 해야 할 방식이었다. 전세계가 찬탄하는 상점들이 즐비한 도시에서 힘의 행사가 그런 방식으로 이뤄진 것은 자연스럽다고 해야 하리라. 그것은 조카딸을 가난한 처녀에서 부유한 처녀로 변신시키는 데 실용적인 관점을 엄격하게 적용한 터칫 부인의 지시를 유보 없이 따른 결과이기도 했다. "이제 넌 재산이 많은 아가씨니까 그 역할에 맞게 처신하는 법을 배워야 해. 처신을 잘해야 한다는 말이지." 그녀는 이저벨에게 딱 잘라서 이렇게 말했다. 그리고 이저벨의 첫번째 임무는 훌륭한 물건들을 구비하는 거라고 덧붙였다. "재산을 어떻게 관리해야 하는지 모를 테지. 하지만 배워야 한다." 이렇게 말하기도 했는데, 이것이 이저벨의 두번째 의무라는 것이다. 이저벨은 시키는 대로 했음에도 현재로서는 상상력에 불이 붙지 않았다. 기회가 주어지기를 고대했지만, 그녀가 염두에 둔 기회는 이런 것들이 아니었다.

터칫 부인은 일정을 바꾸는 법이 거의 없었다. 남편이 죽기 전에 이번 겨울의 얼마 동안을 빠리에서 보내려고 계획한 터라 자신에게서는 물론 조카딸에게서 이런 즐거움을 박탈할 이유가 없다고 생각했다. 상중喪中이라 사교 모임에 참석하는 건 삼가겠지만 비공식적으로나마 조카딸을 샹젤리제 주변에 사는 미국 동포들에게 소개할 작정이었다. 그녀는 이 우호적인 미국인들 대다수와 친밀한 관계를 유지했고 그들과 국외 이주의 상황, 신념, 소일거리와 권태를 공유했다. 그 사람들이 아주 열심히 호텔에 찾아오는 걸 지켜본 이저벨은 그들을 신랄하게 비판했는데, 인류에 대한 의무감이 일시적으로 고양된 결과로 설명할 수 있겠다. 그녀는 그들의 삶이 풍요롭지만 무의미하다고 단정했고, 미국을 떠나온 사람들이 서로를 방문하며 소일하는 날 좋은 어느 일요일 오후에 그런 견해를 밝힘으로써 눈총을 받았다. 그녀의 말을 듣고 있는 사람들은 요리사와 양재사의 도움에 힘입어 모범적으로 유쾌한 기분을 유지하는 사람들로 통했지만, 그중 두셋은 그녀의 재치가 ── 이 점은 일반적으로 인정받았다 ── 새로운 연극작품만 못하다고 생각했다. "모두들 여기서 이렇게 살고 계신데, 삶의 방향이 뭔가요?" 그녀는 이렇게 묻지 않을 수 없었다. "아무런 목표가 없는 삶 같아요. 그래서 결국엔 싫증을 내시게 될 거 같아요."

터칫 부인은 이런 질문이 헨리에타 스택폴에게나 걸맞다고 생각했다. 두 숙녀는 헨리에타가 빠리에 체류하고 있는 걸 알게 되었고, 이저벨은 그녀와 자주 만났다. 따라서 터칫 부인이 이렇게 구시렁거릴 근거가 없지는 않았다. 조카딸이 어떤 생각도 혼자 해낼 만큼 똑똑하지 않다면 그런 발언을 기자 친구로부터 빌려왔으리라는 혐의를 받을 수 있을 거라고. 이저벨이 이런 말을 처음 꺼낸 건 이모와 함께 루스 부인을 방문했을 때였다. (루스 부인은 터칫 부인의 오랜 친구이고 빠리에서 그녀가 방문하는 유일한 사람이었다.) 루이 필리쁘 시대부터 빠리에서 거주해온 그녀는 자신이 1830년 세대라고 익살맞게 말했는데, 사람들이 이 농담의 핵심을 늘 이해하는 것은 아니어서 이렇게 덧붙이곤 했다. "아, 그래요, 난 낭만주의자라고요."[28] 그녀는 프랑스어를 완벽하게 구사하는 경지에 이르지는 못했다. 일요일 오후는 언제나 마음이 통하는 미국인들에게 둘러싸여 보냈는데 대개 같은 면면이었다. 사실 그녀는 언제나 집에 있었고, 이 빛나는 도시 한구석에서 쿠션에 기대 고향인 볼티모어의 익

────────────────────────

[28] 프랑스에서는 대략 1830~48년이 낭만주의 전성기였음.

숙한 말투로 경이로운 진실을 재생산했다. 그러다보니 키가 크고 깡마른 반백의 말쑥한 신사요, 금테 외알안경을 쓰고 모자를 너무 머리 뒤쪽으로 밀어놓곤 하는 그녀의 훌륭한 남편은 빠리에서의 유흥을 — 이것이 그의 최대 관심사였다 — 관념적으로 칭송하는 것 빼고는 할 일이 없었다. 그가 어떤 일거리에서 벗어나려고 유흥 타령을 하는지는 아무도 모를 일이었다. 그의 소일거리 중 하나는 미국계 은행에 매일 가는 거였다. 그는 그곳을 미국의 소도시에 있는 여느 우체국만큼이나 격식에 구애되지 않고 친목을 도모하기 적당한 장소로 이용했다. 날씨가 좋으면 샹젤리제의 노천 까페 의자에서 1시간 정도를 보냈고, 루스 부인이 의기양양하게 프랑스의 수도에서 가장 윤이 나는 마루라고 생각하는 만찬실의 식탁 상좌를 차지하고 아주 성대한 식사를 즐겼다. 가끔 그는 친구 한두명과 함께 까페 앙글레에서 식사를 하기도 했는데, 동행한 사람들뿐 아니라 그 식당의 급사장까지도 메뉴 고르는 솜씨에 감탄하곤 했다. 이것이 알려진 대로 그의 유일한 오락이었지만, 반세기 이상을 즐겁게 보내는데 충분했고, 자주 다짐하듯이 빠리 같은 곳이 없다는 그의 선언을 의심의 여지 없이 정당화했다. 다른 곳이라면 이런 상황에서 삶을 즐기고 있다고 루스 씨처럼 자부하기 어려울 테니 말이다. 빠리 같은 곳은 없었다. 하지만 루스 씨가 이 유흥의 장소를 예전보다 덜 높이 평가한다는 점을 고백해야겠다. 그의 여가 활동 중에 빼놓아서는 안될 게 정치적 견해들인데, 그것들은 겉으로 공허해 보이는 수많은 시간의 활력소임에 틀림없었다. 동료 이주민들과 마찬가지로 루스 씨도 과격한 — 골수라고 표현해야 할까 — 보수주의자였고, 최근 프랑스에 세워진 정부를 조금도 지지하지 않았다. 그는 이 정부가 오래가리라고 생각지 않았고, 몰락이 가까웠다고 해마다 확언했다. "프랑스 사람들은 억압받기를 원해요, 강철 군화라야 된다니까." 그는 종종 프랑스 사람들에 대해 이렇게 말했다. 그가 생각하는 멋지고 화려하고 능숙한 통치의 사례는 폐지된 제정이었다. "빠리의 매력은 황제의 시대에 비해 반감되었어요. 황제[29]는 도시를 쾌적하게 만들었지요." 루스 씨는 터칫 부인에게 종종 이렇게 말했는데, 그녀는 그의 의견에 전적으로 동감했다. 신물 나는 대서양을 건너온 게 공화국을 벗어나기 위해서지 뭐 다른 이유가 있느냐는 것이다.

"에, 마담, 산업청장 공관 건너편에 있는 샹젤리제에 앉아서 뛰일리 궁에서 궁전 마차가 하루에 일곱번이나 들락거리는 걸 본 적이 있답니다. 언젠가는 아홉번이었던 기억도 나네요. 지금은 볼 게 뭐 있나요? 말할 필요조차 없어요. 품격이 사라졌어요. 나뽈레옹은 프랑스 국민들이 뭘 원하는지 알았는데, 다시 제정을 되찾을 때까지는 빠리에, 우리의 빠리에, 먹구름이 가시지 않을 겁니다."

이저벨은 일요일 오후에 루스 부인을 방문하는 사람들 중 한 젊은이와 많은 대화를 나누게 되었고, 그가 진기한 지식의 보고임을 알게 되었다. 네드라는 애칭으로 불리는 에드워드 로지어의 고향은 뉴욕이었지만 빠리에서 자랐는데, 홀아비였던 그의 부친이 우연찮게도 타계한 아처 씨와 막역한 사이였다. 에드워드 로지어는 어린 소녀 시절의 이저벨을 기억했다. 뇌샤뗄의 호텔에서 어린 아처 자매들을 구한 것이 그의 아버지였다. (아들을 데리고 그쪽 지방을 여행 중인 그가 우연히 같은 호텔에 묵었던 것이다.) 아이들을 돌보던 하녀가 러시아 왕자와 함께 사라지고 아처 씨의 행방도

---

29 나뽈레옹 3세(재위 1852~70)를 가리킴.

며칠간 알 수 없던 때였다. 이저벨은 단정한 작은 소년을 선명하게 기억했다. 그의 머리카락에서는 기막히게 좋은 냄새가 났고, 무슨 일이 있어도 그에게서 눈을 떼지 않겠다고 장담하는 전담 하녀가 딸려 있었다. 그들과 함께 호숫가로 산책을 나간 이저벨은 에드워드가 천사처럼 예쁘다고 생각했다. 이 표현은 그녀에게 조금도 상투적인 비유가 아니었다. 천사 같다고 할 때 그녀는 이목구비의 정해진 기준이 분명하게 있었는데, 이 새로운 친구가 이를 완벽하게 예시한 것이다. 청색 벨벳 모자와 빳빳하게 풀먹인 수놓은 깃 위로 돋보이는 조그마한 분홍색 얼굴, 바로 이것이 어린 시절 그녀의 꿈에 각인된 얼굴이었다. 이후 얼마 동안 그녀는 천사의 무리도 에드워드가 지당하기 짝이 없는 의견을 말할 때처럼 — 호숫가로 가까이 가지 못하게 하녀가 '지켜준다'든가, 언제나 하녀의 말을 따라야 한다고 말한 게 단적인 예다 — 기묘한 프랑스식 영어로 대화를 나눈다고 굳게 믿었다. 네드 로지어의 영어는 좋아졌다. 적어도 프랑스어의 변종같이 들리는 정도가 덜했다. 아버지는 돌아가셨고 하녀도 떠났지만, 젊은이는 아직도 그들의 가르침에 순응해 호숫가 근처는 얼씬도 하지 않았다. 아직도 후각을 기분 좋게 자극하는 냄새를 풍겼고, 다른 더 고상한 기관을 불쾌하지 않게 만드는 모습을 하고 있었다. 그는 세련된 취향을 가진 — 오래된 도자기, 좋은 포도주, 책의 제본, 『고타 연감』[30], 최고급 상점과 호텔, 그리고 열차 시간 등을 꿰고 있는 — 아주 점잖고 우아한 젊은이였다. 그는 루스 씨만큼이나 레스또랑에서 메뉴를 잘 골랐고, 경험만 좀더 축적하면 그의 후계자가 될 자격이 충분했다. 루스 씨의 완강한 정치적

─────────────────────

30 *Almanach de Gotha.* 유럽 귀족과 왕가의 동정을 전해주는 정기간행물.

입장을 그 또한 부드럽고 순진한 목소리로 주창했다. 빠리에 소재한 그의 매력적인 아파트는 진기한 에스빠냐산 제단 레이스로 장식됐는데, 그와 친분 있는 여자들은 그의 벽난로 장식이 공작 부인들의 고귀한 어깨를 감싼 것보다 더 훌륭하다며 탐을 냈다. 그는 대체로 겨울의 일부를 빠우[31]에서 보냈고, 미국에 가서 몇달을 지낸 적도 있었다.

그는 이저벨에게 큰 관심을 보였다. 그리고 호숫가로 가겠다고 이저벨이 그토록 고집을 부렸던 뇌샤뗄에서의 산책도 생생하게 기억했다. 내가 조금 전에 인용한 이저벨의 도전적인 질문에서 그런 고집과 비슷한 성향을 읽어낸 듯, 그는 응대할 가치가 없다고 할 수 있을 우리 여주인공의 질문에 아주 세련된 답변을 제시하려고 했다. "어쩌자고 여기서 이러고 있느냐고요? 그야 빠리는 모든 곳으로 통하니까요. 일단 여기에 오지 않으면 어디도 갈 수 없거든요. 유럽에 온 사람이면 빠리를 지나가야 해요. 그런 의미의 빠리를 대단하게 생각하지 않는다고요? 빠리에 사는 게 무슨 소득이 있느냐고요? 글쎄요, 누가 미래를 투시할 수 있겠어요? 앞으로 무슨 일이 일어날지 어떻게 알겠어요? 유쾌하기만 하면 저는 그 길이 어디로 이어지든 상관하지 않아요. 저는 길이 좋아요, 아처 양. 저 익숙하고 친근한 아스팔트길이 좋아요. 아무리 걸어도 싫증이 안 나거든요 ― 일부러 싫증을 내려고 해도 안돼요. 싫증날 것 같지만 안 그래요. 언제나 새롭고 신선한 일이 생기니까요. 드루오 호텔만 봐도 그래요. 일주일에 경매를 서너번씩 할 때도 있어요. 빠리가 아니면 어디서 그런 물건을 사겠어요? 사람들이 뭐라고 하든, 제 생각에는

31 프랑스 남서부의 휴양지.

값도 이곳이 ─ 가게를 제대로 찾아가기만 하면 ─ 더 싸요. 그런 가게들을 많이 알고 있는데, 혼자만 다녀요. 당신에게는 특별히 호의를 베푸는 뜻에서 말해줄게요. 단, 다른 사람들에게 알려주면 안 돼요. 어딜 가든 꼭 저한테 물어보고 가세요. 그렇게 약속해주면 좋겠어요. 대로는 피하는 걸 대원칙으로 삼고요. 대로변에서 할 수 있는 일은 거의 없어요. 가슴에 손을 얹고 말하는 건데 ─ 농담이 아니에요 ─ 저보다 빠리를 잘 아는 사람은 없다고 봐요. 언제 이모님과 함께 아침식사 하러 오세요. 그럼 제 수집품을 보여드리지요. 더이상 말하지 않을게요. 최근에는 런던이 화제가 되고 있어요. 런던을 찬양하는 게 유행이거든요. 하지만 런던엔 아무것도 없어요. 할 일도 없답니다. 루이 15세 시대, 제1제정 시대 가구도 없고, 언제나 앤 여왕 시대의 가구만 내세워요. 앤 여왕 시대 가구가 침실에는 어울리겠지요 ─ 세탁실에도 어울리고요. 하지만 쌀롱에는 맞지 않거든요. 경매장에서 제 생애를 다 보냈느냐고요?"이저벨의 또다른 질문에 답하면서 로지어가 말을 이었다. "천만에요, 그럴 만한 경제적인 여유가 있는 건 아니고요. 있으면 좋을 텐데. 제가 빈둥거리고 있다고 생각하시죠? 표정을 보면 알 수 있어요. 당신 얼굴은 기막히게 표현력이 풍부해요. 이런 말씀을 드린다고 언짢게 생각하지 마세요. 주의하시라고 드리는 말씀이니까요. 제가 무슨 일이든 해야 한다고 생각하시지요. 저도 그렇게 생각해요. 그 일이라는 걸 막연하게 남겨놓는 한 말이죠. 하지만 구체적으로 들어가면, 아시겠지만, 거기서 멈춰야 해요. 귀국해서 가게 점원을 할 수는 없잖아요, 꽤 잘할 것 같다고요? 아, 아처 양, 절 과대평가하시네요. 전 뭘 사는 건 잘해요. 하지만 팔지를 못한답니다. 소장하고 있는 걸 가끔 팔려고 내놓을 때 보셔야 한다니까요. 다른 사람들이

사도록 만드는 게 제가 사는 것보다 훨씬 더 힘들어요. 절 구매자로 만드는 사람들은 비상한 재주가 있다, 이런 생각이 든다니까요! 아, 안돼요. 전 가게 점원을 할 수 없어요. 의사가 될 수도 없어요. 불쾌한 직업이라. 목사가 될 수도 없어요. 믿음이 없으니까요. 그리고 성서에 나오는 이름을 제대로 발음하지도 못해요. 아주 어렵잖아요. 특히 구약성서에 나오는 이름들 말이에요. 변호사가 될 수도 없지요. 뭐라고 하죠? 미국식 소송절차를 이해하지 못하니까요. 다른 직업이 있나요? 미국에는 신사가 할 수 있는 일이 없어요. 외교관이 되고는 싶은데 미국에서는 외교관도 신사에게 적합한 직업이라고 할 수는 없네요. 지난번 주불 대사를 보셨더라면 분명히 —"

로지어 씨가 오후 늦게 인사차 이저벨을 방문할 때 종종 자리를 같이 한 헨리에타 스택폴은 내가 서술한 식으로 그가 의견을 피력하면 대개는 이 지점에서 그의 말을 가로막고 미국 시민의 의무에 대해 설교를 하곤 했다. 그녀는 로지어가 너무 부자연스럽다고, 가엾은 랠프 터칫보다 문제가 더 심각하다고 생각했다. 하지만 헨리에타가 그즈음 어느 때보다도 날카로운 비판에 탐닉할 때라는 점을 감안해야 하리라. 이저벨 때문에 그녀의 도덕 관념에 새삼 경보가 울린 것이다. 그녀는 이저벨의 재산 증가를 축하할 수 없다고 했고, 축하의 말을 하지 않아도 용서하라고 하기도 했다.

"터칫 씨가 유산 문제를 내게 상의했다면," 그녀가 공공연하게 단언했다. "'절대로 안돼요!'라고 말했을 거야."

"알겠다." 이저벨이 대답했다. "화를 부를 행운이라는 거지. 그럴지도 몰라."

"덜 좋아하는 사람에게 그 돈을 남겨주세요. 난 그렇게 말했을 거야."

"예컨대 너한테?" 이저벨이 익살맞게 제안했다. 그러고 나서 "그 돈이 정말 날 망칠 거라고 생각하니?" 그녀는 전혀 다른 말투로 물었다.

"망치지 않기를 바라지. 하지만 돈이 너의 위험한 경향을 부추길 게 분명해."

"사치를, 낭비를 즐기는 경향 말이야?"

"아냐, 그건 아냐." 헨리에타가 말했다. "너의 도덕적인 측면이 시험받을 수 있다는 뜻이야. 나는 사치를 지지해. 가능한 한 우아하게 살아야 한다는 게 내 생각이야. 우리의 사치스러운 서부 도시들을 봐. 여기는 그에 비견할 만한 게 없더라. 네가 천박하게 물질을 탐하지 않기를 바라지만, 그럴 염려는 없을 것 같아. 네가 처한 위험은 너무나 너 자신의 꿈나라에서 산다는 뜻이야. 너는 일하고, 분투하고, 고통받는 현실에서 유리되어 있어. 너를 둘러싸고 있는, 죄짓게 만드는 현실이라고 말할 수도 있겠다. 넌 너무 까다롭고, 너무 멋진 환상들이 많아. 이번에 네 것이 된 그 많은 돈은 이기적이고 비정한 소수와의 교제에 널 가둬놓을 테고, 그런 사람들은 네 환상들을 부추기려 들 거야."

이 끔찍한 장면을 상상하고 이저벨의 눈이 커졌다. "뭘 내 환상이라고 하는 거야?" 그녀가 물었다. "내가 환상을 갖지 않으려고 얼마나 노력하는데."

"글쎄," 헨리에타가 말했다. "넌 낭만적인 삶을 살 수 있다고 생각해. 너도 만족하고 남도 만족시키면서 살 수 있다고 생각하지. 네가 틀렸다는 걸 알게 될 거야. 어떤 삶을 살더라도 그런 삶을 성공적으로 살려면 영혼을 바쳐야 해. 그렇게 하는 순간 삶은 더이상 낭만이 아니야. 단언하건대, 그러면 냉혹한 현실이 된다고! 그리고 언제나 너 자신을 만족시킬 수도 없어. 다른 사람들을 만족시키기도 해야 하거든. 네가 그럴 용의가 있음을 나도 인정해. 하지만 해야 할 더 중요한 일도 있어. 다른 사람의 기분을 거스르기도 해야해. 언제나 그럴 준비가 되어 있어야 하고, 그걸 회피해서는 안돼. 그런데 넌 그게 내키지 않아. 칭찬받는 걸 너무 좋아하니까. 사람들이 널 좋게 생각하기를 원하니까. 낭만적인 관점을 취함으로써 불쾌한 의무를 피할 수 있다고 생각하는데, 그게 너의 거대한 환상이야. 하지만 그럴 수 없거든. 너 자신은 물론 어느 누구의 기분도 맞춰서는 안되는 수많은 상황에 직면할 준비가 되어 있어야만 해."

이저벨은 슬픈 듯 고개를 저었다. 그녀는 걱정이 되고 겁을 먹은 것 같았다. "헨리에타, 네가 지금 바로 그런 상황에 처했나보다."

영국 체류보다 직업적으로는 더 성과가 있던 빠리 방문 기간에 스택폴 양이 환상의 세계에서 살지 않은 것은 분명했다. 그녀는 빠리 체류 처음 한달을 지금은 영국으로 돌아간 밴틀링 씨와 같이 보냈다. 밴틀링 씨에 관해 환상 같은 건 없었다. 이저벨은 헨리에타로부터 둘이 아주 친하게 지냈고, 빠리를 꿰고 있는 그가 그녀에게 특별히 도움이 되었다고 들었다. 그는 모든 것을 설명해주었고, 붙박이 안내자요 통역관 역할을 했다. 그들은 아침식사와 정찬을 같이 했고, 같이 연극을 보러 다녔고, 저녁식사도 함께 했으며, 어떤 의미에서는 같이 살았다고 해도 과언이 아니었다. 헨리에타는 우리의 여주인공에게 그는 진정한 친구라고 여러번 말했다. 영국 사람을 그렇게 좋아하게 될 줄은 상상도 못했다고도 했다. 『인터뷰어』지의 특파원과 레이디 펜슬의 남동생 사이에 맺은 제휴에는——왜 그런지 꼭 집어 말할 수 없었지만——이저벨의 웃음을 자아내는 무엇이 있었다. 두사람 모두 자랑스럽게 여겨도 될 제휴라고 생각함에도 둘의 관계가 재미있다는 느낌은 여전했다. 이저벨은 그들이 상대방의 의도를 서로 오해하고 있다는 의혹을 지울 수 없었다. 둘 다 단순해서 속아넘어간 것이다. 그럼에도 그들의 단순함은 모두 경의를 표할 만했다. 밴틀링 씨가 활기찬 신문기사를 보급하고 숙녀 특파원의 위치를 공고히 하는 데 관심이 있다는 헨리에타의 믿음이나, 『인터뷰어』지를 위한 일이 ─ 그는 끝내 이 잡지의 성격을 명확하게 파악하지 못했다 ─ 면밀하게 분석한다면 (밴틀링 씨는 그럴 역량이 있다고 자부했다) 넘치는 사랑이 필요한 스택폴 양을 위한 일이라는 밴틀링 씨의 믿음, 둘 다 보기 좋았다. 암중모색 중인 두 독신자들은 어쨌든 상대방이 애타게 의식하고 있는 결핍을 서로 보충했다. 다소 굼뜨고 산만한 편인 밴틀링 씨는 동작이 빠르고 명민하며 적극적인 그녀가 좋았다. 헨리에타는 반짝이는 도전적인 눈과 금방 포장지를 벗겨낸 선물 상자와 같은 신선함으로 그를 사로잡았으며, 무미건조한 삶을 영위해온 그에게 활력소가 되었다. 한편 헨리에타도 비용이 많이 들고 번거로운 과정, ‘기이’하다고 해야 할 과정을 거쳤지만, 그녀의 쓸모에 맞춰 만들어진 것 같은 신사와의 친교가 좋았다. 숨 돌릴 틈 없이 몰아치는 그녀에게 통상적으로는 변명의 여지가 없는 그의 한가로운 상태까지도 단연 축복이었다. 거의 모든 사회적인, 실질적인 질문들에 그는 언제나 평이하고 전통적인 ─ 비록 철저하지는 않았지만 ─ 대답이 준비되어 있었다. 그녀는 밴틀링 씨의 답변이 아주 써먹기 좋다는 것을 알게 되었다. 그래서 미국으로 발송되는 배편의 시간을 맞춰야 하는 다급한 상황에서 그녀는 그의 대답들을 아낌없이, 그리고 그럴듯하게 독자에게 전달했다. 이저벨이 헨리에타의 유머러스한 반론을 기대하며 경고한 궤변의 나락으로 그녀가 떠내려갈 위험이 정말 있다는 걱정은 해야 할 것 같다. 이저벨 앞에도 위험이 도사리고 있을 수 있다. 하지만 스택폴 양으로 말하자면 그녀가 그 모든 구악舊惡과 엮인 계급의 관점을 채택해 안주하리라고 기대하기는 힘들다. 이저벨은 웃으면서 경고를 계속했다. 우리의 여주인공은 레이디 펜슬의 자상한 남동생을 불경스럽게도 웃음거리로 만들어 은근히 놀려먹곤 했다. 하지만 헨리에타는 정말 유쾌하게 대응했다. 그녀는 이저벨의 아이러니를 충분히 즐기면서 이 완벽한 사교계 남자—사교계란 말은 더이상 그녀에게 비난의 의미를 띠지 않았다—와 함께 보낸 시간을 의기양양하게 열거했다. 그러다가 익살을 부리고 있다는 걸 잊은 듯 자기도 모르는 새 진지하게 그와 함께한 탐험을 언급하곤 했다. 그녀는 이렇게 말했다. "아, 난 베르사유 궁에 관해 모든 걸 알아. 밴틀링 씨와 함께 가서 구석구석 다 훑어봤지. 그곳에 갈 때 밴틀링 씨에게 난 속속들이 봐야 직성이 풀린다고 했어. 그래서 사흘을 호텔에 묵으면서 그곳을 다 헤집고 다녔어. 늦가을 같은 화창한 날씨였지. 뭐, 그 정도로 좋은 날씨는 아니었지만. 우리는 그곳에 살다시피 했어. 아, 그래, 베르사유 궁에 관해선 더이상 궁금한 게 없어." 헨리에타는 정중한 신사인 그 친구를 봄에 이딸리아에서 만나기로 약속한 것 같았다.

21장

터칫 부인은 빠리 도착 전에 이미 출발 날짜를 정했고, 2월 중순이 되자 피렌쩨로 떠났다. 이딸리아 지중해 연안인 쌘레모에 체류하고 있는 아들을 만나기 위해 그녀는 여행 도중 그곳에 들렀는데, 그는 천천히 움직이는 흰 양산 아래 한산하고 밝은 겨울을 지내고 있었다. 언제나처럼 터칫 부인이 스스럼없이 몇가지 대안을 제시했지만, 이저벨은 이모와의 동행을 당연한 일로 받아들였다.

"자, 넌 나뭇가지에 앉아 있는 새처럼 완전히 자유의 몸이다. 그 전에 네가 자유롭지 않았다는 뜻은 아니야. 하지만 이젠 형편이 달라졌지. 재산은 일종의 방어벽을 만들거든. 부자는 아주 많은 일을 할 수 있어. 가난하다면 심하게 비난받을 일도 말이야. 네 마음대로 다녀도 되고, 혼자 여행해도 되고, 독립해서 살 수도 있어. 물론 안잠자기를 하나 두어야겠지. 기운 캐시미어 숄에 머리를 염색한, 벨벳에 무늬를 넣는 연로한 숙녀면 될 거다. 그렇게 하고 싶지 않다고? 물론 좋을 대로 하려무나. 네가 얼마나 매인 데가 없는지 알아듣게 말하려는 것뿐이니까. 스택폴 양을 말동무로 고용해도 되지. 사람들이 접근하지 못하게 아주 잘 막아줄 테니까. 하지만 내 생각에는 나와 같이 있는 게 훨씬 나을 거야. 꼭 그렇게 해야 할 의무가 있는 건 아니지만, 네가 원하느냐 여부를 떠나서 그게 여러가지 이유에서 더 나을걸. 나와 함께 지내고 싶지는 않겠지만, 한발 양보해주면 좋겠다. 물론 나랑 함께 있는 게 신기하던 시절은 지나갔고, 넌 있는 그대로의 날 보게 되었지. 따분하고 고집불통에 편협한 늙은 여자로 말이야."

"전 이모가 조금도 따분하다고 생각하지 않아요." 이저벨이 답했다.

"그럼 고집불통에 편협하다고는 생각하나보네? 그럴 줄 알았다." 자신이 옳다는 것을 입증한 터칫 부인이 아주 의기양양하게 말했다.

이저벨은 당분간 이모 곁에 남아 있기로 했다. 성격은 괴팍하지만 흔히 말하는 예법을 중시하는 이모가 일가붙이 없는 양갓집 규수는 잎이 없는 꽃과 같다고 했기 때문이다. 물론 축축한 방수 외투를 입고 앉아서 취향이 고상한 처녀에게 유럽이 어떤 기회를 제공할 것인가를 그려 보인 올버니에서의 그 첫 오후만큼 이모가 하는 말이 재기 넘친다고 생각하지 않았다. 하지만 이는 상당 부분 이저벨 자신의 허물로 돌려야 하리라. 이모가 살아온 내력을 흘긋 보고 이저벨의 상상력은 상상력의 결핍이 특징인 터칫 부인의 견해와 감정을 부단히 예단한 것이다. 이와는 별도로 터칫 부인에게는 제도용 컴퍼스처럼 정직하다는 큰 장점이 있었다. 뻣뻣함과 견고함이 주는 안정감이 있었던 것이다. 그녀의 입장을 정확히 알 수 있었고, 우연히 부딪히거나 충돌할 염려가 전혀 없었다. 자신의 입장을 전적으로 고수했지만, 이웃의 영역에 관한 한 지나친 호기심을 갖지 않았다. 이저벨은 급기야 이모에게 (내놓고 드러내지는 않았지만) 동정심을 갖게 되었다. 천성적으로 감정 표현을 거의 하지 않는 사람 ― 관계의 접촉면이 증대하는데도 뭐랄까, 제한된 표면만을 제공하는 사람 ― 의 상태는 마음을 황량하게 하는 뭔가가 있었다. 상냥함이나 동정심과 관련된 어느 무엇도, 바람에 날아온 꽃봉오리, 흔한 부드러운 이끼 어느 것도 그 표면에 뿌리내릴 기회를 얻지 못했다. 그녀가 마지못해 내어놓은 표면은 이를테면 칼날의 면적 정도였다. 그럼에도 나이가 들면서 이모가 편의와 막연하게 구별되는 그런 느낌을 더 많이 수용하게 됐다고 이저벨은 믿었다. 그녀가 개인적으로 엄수하는 것보다 더 많은 양보를 했다는 말이다. 그녀는 개별 사례마다 핑곗거리를 찾아야만 하는 하찮은 종류의 일을 배려하기 위해 일관성을 희생하는 법을 배웠다. 병자인 아들과 몇주를 보내기 위해 가장 먼 길을 돌아 피렌쩨로 간 것은 절대적으로 정확한 판단력에 값할 만한 결정은 아니었다. 이전에는 랠프가 그녀를 만나고 싶으면 빨라쪼 끄레센띠니에 사랑채로 알려진 큰 방들이 있으니 거기로 오면 된다는 게 그녀의 확고한 소신이었다.

"오빠한테 물어보고 싶은 게 있어." 쌘레모에 도착한 다음날 이저벨이 물었다. "편지로 대충 물어볼까 여러번 생각했는데 망설였어요. 얼굴을 맞대니까 뭐 어려울 거도 없네. 이모부가 나한테 그렇게 큰돈을 남겨주려고 하신다는 걸 알고 있었어요?"

랠프는 다리를 평소보다 더 멀리 뻗고 지중해를 더 집중해서 응시했다. "이저벨, 내가 알고 말고가 뭐 중요해? 우리 아버지 고집을 누가 말리겠어."

"그러니까 알았다는 소리네."

"그래, 내게 말씀하셨어. 그 건으로 상의도 조금 했지."

"왜 그러신 거예요?" 이저벨이 단도직입적으로 물었다

"글쎄, 경의의 표시라고 할까?"

"뭐에 대한 경의요?"

"네가 그토록 아름답게 존재하는 데 대한 경의."

"날 과분할 정도로 좋게 보셨어요."

"우리 모두 그런 경향이 있지."

"내가 그 말을 믿는다면 아주 불행할 거예요. 다행히 안 믿어요. 난 정당한 평가를 받기 원하니까. 내가 원하는 건 그뿐이에요."

"바로 그거야. 하지만 아름다운 존재에 대한 정당한 평가는 결국 현란한 수사를 수반한다는 데 유념하도록."

"난 아름다운 존재가 아니에요. 내가 이런 끔찍한 질문을 하고 있는 순간에 어떻게 그런 말을 할 수 있나 몰라. 오빠 눈에는 내가 유리처럼 섬세해 보이나봐!"

"심란해 보인다." 랠프가 말했다.

"심란해요."

"뭐 때문에?"

잠시 대답이 없던 그녀가 갑자기 큰 소리로 말했다. "갑자기 그렇게 부자가 되는 게 좋은 일이라고 생각해요? 헨리에타는 그렇게 생각하지 않던데."

"아, 빌어먹을 헨리에타!" 랠프가 상스럽게 말했다. "내 의견을 묻는다면 난 아주 좋아 죽겠다."

"그래서 이모부가 그러신 거예요? 오빠 좋으라고?"

"난 스택폴 양과 의견이 달라." 랠프가 조금 진지하게 말을 이었다. "재산이 있는 게 널 위해 썩 좋은 일이라고 생각해."

이저벨은 진지한 눈으로 그를 바라보았다. "뭐가 내게 유익한지 오빠가 과연 알까? 관심이나 있고?"

"알기만 하면 관심이 있을 게 틀림없지. 네게 뭐가 유익한지 알려줄까? 괜히 골머리를 썩이지 말라는 거야."

"오빠를 괴롭히지 말라는 뜻이겠지."

"넌 날 괴롭히지 못해. 내겐 방패막이가 있거든. 좀 편하게 받아들이도록 해봐. 너한테 좋은 게 이거냐 저거냐 갖고 골머리를 썩이지 말란 거지. 네 양심을 들여다보는 일도 그만둬. 서투르게 치는 피아노처럼 불협화음을 낼라. 양심은 큰일에 대비해 남겨둘 것. 인격을 도야하려고 너무 애쓰지 말 것. 꼭 오므린 여린 장미 봉오리를 억지로 여는 격일 테니까. 마음 가는 대로 살아. 네 인격은 저절로 형성될 거야. 거의 모든 일이 네게 유익해. 예외는 아주 드물고,

충분한 수입은 예외에 속하지 않아." 랠프는 웃으면서 말을 멈추었다. 이저벨은 귀를 기울였다. "너는 생각이 너무 많아. 양심에 거리끼는 것도 너무 많아." 랠프가 덧붙였다. "네가 잘못이라고 생각하는 것들은 모두 터무니없어. 경계심을 풀어. 너무 조바심 내지도 말고. 날개를 펴고 대지를 차고 날아올라. 그렇게 하는 게 잘못일 수는 없다."

앞서 말했듯이 그녀는 열심히 귀를 기울였고, 빠른 이해력은 타고났다. "오빠가 알고나 하는 말인지 궁금하네. 막중한 책임을 져야 할 발언이니까요."

"겁이 좀 나기는 한다만 내가 옳다고 믿는다." 랠프가 쾌활하게 자신의 주장을 밀고 나갔다.

"어쨌든 오빠 말이 맞아요." 이저벨이 말을 이었다. "정곡을 찔렀네. 난 너무 나한테 집중하거든. 삶을 너무 의사의 처방전처럼 들여다봐요. 이게 나한테 좋은지 끊임없이 생각할 필요가 뭐가 있다고? 올바른 일을 하지 못할까봐, 그렇게 겁을 집어먹을 필요가 뭐 있느냐고 ─ 세상 사람들이 내가 맞는지 틀린지 관심이나 있겠어?"

"내 말을 정말 잘 알아듣네." 랠프가 말했다. "그렇게 선수를 치고 나오니 김샐 지경이다!"

랠프가 촉발시킨 생각을 따라가고 있었지만, 그녀는 그의 말을 듣지 못한 듯 그를 바라보았다. "나보다는 이 세상에 더 관심을 가지려고 노력하기는 해요. 하지만 언제나 내 자신에게로 돌아오게 돼요. 겁이 나서죠." 말을 멈춘 그녀의 목소리가 약간 떨렸다. "그래요, 겁이 나. 어떻게 표현해야 할지 모르겠네. 큰 재산은 자유를 의미하는데, 그게 겁이 나. 자유롭다는 건 정말 멋진 일이고 정말 잘 활용해야 하잖아요. 그렇게 하지 못하면 부끄러울 테니까. 그리고 계속 생각해야 해요. 지속적인 노력을 기울여야죠. 힘이 없는 게 더 큰 행복이 아닐까 하는 생각이 아직도 드는걸.”

“약한 사람들에게는 그게 더 큰 행복이겠지. 약한 사람들에게는 경멸당하지 않으려고 애쓰는 것만도 버거울 거야.”

“그런데 내가 약하지 않다는 걸 어떻게 알아?” 이저벨이 물었다.

“아,” 랠프가 이저벨이 알아차릴 만큼 얼굴을 붉히며 대답했다. “만약 그렇다면 내가 감쪽같이 속아넘어간 거지!”

우리의 여주인공에게 이딸리아의 관문이요 찬미의 대상인 지중해 연안의 매력은 커져만 갔다. 아직까지는 충분히 보고 느끼지 못한 이딸리아가 그녀의 눈앞에 약속의 땅처럼, 아름다움에 대한 사랑이 끝없는 지식을 북돋울 땅처럼 펼쳐 있었다. 사촌 오빠의 해변 산책에 매일 동행한 그녀는 동경의 눈으로 바다 너머 제노바가 있음직한 쪽을 바라보았다. 하지만 더 큰 모험이 시작되기 직전에 한숨 돌릴 수 있게 된 걸 다행으로 여겼다. 준비된 망설임에도 전율이 있었다. 게다가 평화로운 막간 같은 느낌도 들었다. 아직까지는 동요할 근거가 거의 없는 삶에서 악대가 잠시 잠잠해진 것에 불과하지만, 그럼에도 그녀가 바라고 두려워하는 것들, 꿈꾸고 뜻을 품은 것들, 좋아하는 것들, 그리고 이런 주관적인 우연들을 충분히 극적인 방식으로 보여줄 물상들에 비추어 자신의 모습을 끊임없이 그려보았다. 마담 멀은 이저벨이 주머니에서 여러차례 돈을 꺼내 쓰고 나면 그 주머니를 손이 큰 이모부가 넉넉하게 채워주었다는 사실을 받아들이게 될 거라고 터칫 부인에게 예견했다. 그리고 이 숙녀의 통찰력은 이전에도 그랬듯이 이번 경우에도 맞아떨어졌다. 랠프 터칫은 도덕적으로 불타오를 수 있는, 다시 말해 유익한 충고를 하면 재빨리 받아들이는 사촌 여동생의 면모를 칭찬했다. 그의 충고가 아마 도움이 되었으리라. 싼레모를 떠나기 전에 그녀는 어쨌든 부자라는 사실에 익숙해졌다. 문제가 되는 자의식은 그녀가 자신에 관해 가진 수많은 관념들 속에서 제자리를 찾았다. 그리고 그런 자의식이 마음에 들지 않는 쪽으로 분류된 것도 아니었다. 그 것은 수천가지 선한 의도를 시종 당연하게 받아들일 수 있게 해주었다. 그녀는 아름다운 상상의 미로에서 길을 잃었다. 기회와 의무에 대해 호방한 인간적인 관점을 가진, 부유하고, 자유롭고, 너그러운 처녀가 할 수 있는 멋진 일들은 대체로 숭고해 보였고, 따라서 재산은 그녀의 마음속에서 자신의 더 나은 면모를 나타내게 되었다. 그것은 그녀에게 중요성을 부여했고, 심지어 어떤 이상적인 아름다움을 부여했다는 생각까지 들었다. 그녀의 재산이 다른 사람의 마음에 어떻게 작용할지는 다른 문제였고, 때가 되면 이 문제를 다시 다뤄야 하리라. 내가 방금 언급한 아름다운 상상의 비전은 다른 생각거리와 섞였다. 이저벨은 과거보다는 미래를 생각하기 좋아했다. 하지만 지중해의 파도 소리를 들으면서 그녀의 시선은 시시때때로 과거로 향했다. 그 시선은 점점 멀어짐에도 여전히 충분히 뚜렷이 보이는 두 형상에 머물렀다. 별 어려움 없이 캐스퍼 굿우드와 워버턴 경의 형상임을 곧 알아볼 수 있었다. 이들의 강력한 영상은 이 젊은 아가씨의 삶에서 이상할 정도로 빨리 배경으로 물러섰다. 그녀는 부재하는 것의 실체에 대한 믿음을 쉽게 잃어버렸다. 필요하면 노력을 기울여 이런 믿음을 다시 불러일으킬 수 있었지만, 그것이 유쾌한 실체였다 하더라도 그런 노력은 종종 고통스러웠다. 과거는 쉬 죽은 것처럼 보였고, 이를 되살리는 일은 최후의 심판 같은 검푸른빛을 발했다. 그녀는 자신이 다른 사람의 마음에 살아 있다고 당연하게 받아들이는 성향 또한 없었다. 자신이 지울 수 없는 흔적을 남긴다고 믿을 만큼 어리석은 자만심의 소유자가 아니었던 것이다. 자신이 사람들에게 잊혔음을 깨닫고 상처를 입지 않는 것은 아니었다. 그러나 모든 자유 중에서 그녀 자신이 가장 달콤하다고 생각한 것은 망각의 자유였다. 감정의 차원에서 그녀는 캐스퍼 굿우드나 워버턴 경에게 마지막 한푼까지 내주지는 않았지만, 그들이 그녀에게 확실하게 빚졌다는 기분을 지울 수 없었다. 그녀는 물론 굿우드 씨가 다시 연락을 취해올 것임을 알고 있었다. 하지만 그건 일년 반 후에야 있을 일이고, 그사이 아주 많은 일이 벌어질 수 있었다. 정말이지 그녀는 미국인 청혼자가 구혼하기 더 편한 다른 아가씨를 찾을 수 있다는 생각조차 하지 않았다. 그런 아가씨야 많겠지만, 편하다는 덕목이 그의 마음을 사로잡으리라는 생각은 조금도 들지 않았기 때문이었다. 하지만 그녀 자신도 변심의 굴욕을 당할 수 있고, 더 구체적으로는 굿우드와의 결혼이 아닌 다른 결말을 맞아 (그런 결말은 다양한 양상으로 나타났지만) 현재로서는 쾌적한 숨쉬기에 장애가 되는 듯한 그의 실체를 구성하는 바로 그 요소들이 편해질 수 있으리라. 이런 장애물을 언젠가 전화위복의 축복으로, 멋진 화강암 방파제에 둘러싸인 맑고 고요한 항구 같은 것으로 여길 수도 있으리라. 하지만 그런 날은 때가 되어야 올 것이고, 그녀는 팔짱만 끼고 기다릴 수는 없었다. 워버턴 경이 그녀를 계속 마음에 두고 있으리라는 기대는 고상한 겸손이나 계몽된 자존심이 있는 사람이라면 바라서는 안되는 일로 여겨졌다. 둘 사이에 일어난 일은 기억에 남기지 않겠다고 그녀가 그토록 작심했으므로 그의 편에서도 그에 상응하는 노력을 기울여야 마땅할 것 같았다. 이것이 냉소가 가미된 이론—그렇게 보일지도 모르지만—에 불과한 것은 아니다. 이저벨은 워버턴 경이,

흔히 하는 말로, 실연을 극복할 거라고 진심으로 믿었다. 그는 사랑에 깊이 빠졌다. 그녀는 이 사실을 믿었고, 그런 믿음이 아직도 그녀에게 기쁨을 주었다. 하지만 그렇게 지적이고 또 그렇게 품위 있게 대우받은 남자가 받은 상처보다 훨씬 더 큰 흉터가 남은 것처럼 구는 건 이치에 맞지 않았다. 게다가 영국인들은 편안한 걸 좋아하잖아. 이저벨이 혼잣말했다. 잠깐 만난 콧대 높은 미국 아가씨 때문에 오래 가슴앓이를 하는 게 워버턴 경에게 편안할 리 없어. 언젠가 그가 그의 사랑에 십분 부응하는 영국 처녀와 결혼했다고 들더라도 놀라거나 상심하지 않고 그 소식을 받아들일 수 있으리라고 자부했다. 그래야 그녀의 단호함을 그가 믿었음이 입증될 것이다. 그녀는 단호해 보이기를 원했다. 그것만이 그녀의 자존심을 만족시켰다.

22장

5월로 접어들고 얼마 지나지 않은 어느날, 터칫 씨가 타계한 지 반년쯤 지났을 즈음, 고대 로마의 유물인 피렌쩨의 대문 밖, 올리브나무로 뒤덮인 언덕 꼭대기에 자리 잡은 낡은 빌라의 수많은 방 중 하나에 일군의 사람들이 모여 있었는데, 화가라면 훌륭한 구성이라고 했을 장면이었다. 빌라는 길쭉하니 다소 단조로운 구조였고, 또스까나 지방 사람들이 좋아하는 높이 솟아오른 지붕을 이고 있었다. 피렌쩨를 둘러싼 언덕을 원거리에서 보면 이런 집들은 보통, 그 옆에 무리지어 쭉쭉 뻗으며 선명하게 솟아오른 서너그루의 검은 삼나무와 썩 잘 어우러지는 풍경을 이루었다. 그 집의 정면은 언덕 꼭대기에 터 잡은, 풀이 무성한 텅 빈 시골 광장을 면해 있었다. 불규칙한 모양의 창문이 몇개 뚫린 정면에는 집의 토대를 따라 돌 벤치가 길게 놓여 있었는데, 세상이 내 가치를 몰라준다는 분위기를 다소간 풍기는 두세사람이 빈둥거리기 딱 맞는 장소였다. (왜 그런지 모르지만 이딸리아에서는 그런 분위기는 완전히 수동적인 태도를 소신껏 취하는 누구에게나 품위를 부여한다.) 풍상을 겪었지만 아직도 당당해 보이는 집의 낡고 견고한 정면은 어쩐지 입을 열지 않을 것처럼 보였는데, 얼굴이라기보다는 가면 같았다. 무거운 눈꺼풀은 있지만 눈은 없었다. 사실 집은 고개를 돌려 다른 쪽을, 찬란하게 열린 공간과 오후의 햇살이 비추는 반대편을 향해 있었다. 그쪽에서 보면 빌라는 이딸리아적인 색으로, 아련하게 물든 언덕의 비탈면과 아르노 강의 긴 계곡 위에 걸려 있었다. 주로 야생 장미가 얽히고설켜 자라는 계단 형태의 집 후면 좁은 정원에는 햇볕에 데워진 이끼 낀 돌 벤치가 여럿 놓여 있었다. 계단 정원의 난간은 기댈 수 있을 정도의 높이였고, 그 아래의 비탈은 올리브 과수원과 포도밭이 뒤섞여 있었다. 하지만 우리의 관심사는 이 집의 바깥 풍경이 아니다. 무르익은 봄날의 화창한 아침에 집 안에 있는 사람들은 벽의 그늘진 곳을 선호할 이유가 있었다. 광장 쪽에서 바라본 일층의 창문들은 훌륭하게 조화를 이뤄 건축미를 한껏 드높였지만 세상 사람들과의 소통보다는 그들이 들여다보는 것을 막는 데 그 기능이 있는 것처럼 보였다. 촘촘하게 창살을 댄 창문들은 까치발을 하더라도 호기심을 충족시킬 수 없는 높이에 달려 있었다. 이렇게 배타적인 세계의 창문을 통해 줄지어 들어오는 빛이 비추는 방에 신사와 소녀가 수녀원에서 온 두 수녀와 함께 앉아 있었다. (주로 피렌쩨에 오래 거주해온 다양한 국적의 외국인들이 세 들어 사는 이 빌라는 몇개의 아파트로 나뉘어 있었는데, 이 아파트는 그중 하나였다.) 지금까지 우리의 서술이 어두침침한 인상을 전달했을 수 있겠지만, 이 방은 그렇지 않았다. 집의 뒤쪽으로 넓고 높은 문이 무성한 정원 쪽으로 열려 있는데다가 때때로 높은 쇠격자창으로 이딸리아의 햇빛이 충분히 새어들어왔기 때문이었다. 게다가 그곳은 안락한, 사실 사치스럽다고 해야 할 별장 분위기였다. 색이 바랜 능직 비단과 털실로 수놓은 벽걸이, 세월이 윤을 낸 부조浮彫로 세공한 참나무 궤와 장롱, 여봐란듯이 소박한 액자에 들어 있는 회화 예술의 앙상한 견본들, 이딸리아라는 아직도 소진되지 않은 오래된 창고에서 출토된 제멋대로 생긴 중세의 놋쇠와 질그릇 유물 등등이 섬세한 손길로 배열되었고, 세련미를 당당하게 드러냈다. 이런 것들이 안락의자에서 빈둥거리는 세대를 충분히 고려한 현대식 가구들과 조화를 이루고 있었다. 의자들이 모두 널찍하고 푹신하다는 사실은 눈여겨봐야 할 것이며, 정교한 완성미로써 19세기 런던산임을 말하고 있는 책상이 그만큼의 공간을 차지하고 있었다. 책은 무척 많았고, 신문과 잡지가 널려 있었고, 공들인 색다른 작은 수채화도 여러점 있었다. 거실에는 수채화 한점이 이젤 위에 놓여 있었는데, 내가 앞서 언급한 소녀는 우리가 그녀를 주시하는 시점에 그 그림 앞에 서 있었다. 소녀는 아무 말 없이 그림을 바라보고 있었다.

그녀와 함께 있는 사람들이 입을 완전히 봉한 것은 아니었지만, 대화를 어색하게 이어가는 분위기였다. 두 수녀는 각자의 의자에 편하게 앉아 있지 못했다. 명확하게 삼가는 태도를 취한 그들의 얼굴에는 신중함이 유약처럼 윤을 냈다. 살집이 있는, 온화한 표정의 평범한 중년 여성들로 뻣뻣한 아마포와 틀에 고정시킨 듯 그들을 감싼 능직 천의 옷이 사무적인 겸양을 돋보이게 만들었다. 그중 안경 쓴 쪽, 나이 지긋한 수녀는 피부가 맑고 볼이 통통하고, 동료 수녀보다 좀더 사리분별이 있어 보였고, 소녀와 연관된 듯한 일의 책임자로 보였다. 우리의 관심사인 소녀는 단을 냈음에도 또래 처녀가 입기에 너무 짧고 소박한 옥양목 드레스에, 그것과 어울리는 아주 수수한 모자를 쓰고 있었다. 두 수녀를 환대하고 있는 것으로 보이는 신사는 주어진 역할에 어려움을 느끼는 것 같았다. 막대한 권력을 가진 사람과 대화를 나누기 어려운 만큼이나 대단히 온유한 사람과의 대화도 그 나름의 어려움이 있게 마련이니 말이다. 그가 두 수녀의 얌전한 학생에게 관심을 집중하고 있는 것 또한 분명했다. 그의 눈길은 등을 돌리고 있는 그녀의 날씬하고 작은 체구에 고정되었다. 그는 넓은 이마에 두상이 잘생긴 사십대 남자였다. 숱은 아직 많았지만 새치로 희끗희끗한 머리를 짧게 쳤고, 갸름하고 입체감이 있는 섬세한 이목구비가 반듯했다. 유일한 흠이라면 주목을 요하는 지점이 다소 많다는 느낌을 준다는 점인데, 수염이 그런 느낌을 주는 데 적잖이 기여했다. 16세기 초상화풍으로 다듬은 수염 위에 올라앉은 엷은 색의 콧수염은 그 끝이 로맨틱하게 위로 꼬부라져 이국적이면서 전통적인 분위기를 연출했고, 그가 스타일을 면밀하게 연구하는 신사라는 느낌을 주었다. 자의식과 호기심이 강하게 드러나는, 흐릿하면서도 날카롭고, 지적인 동시에 차갑고, 몽상가적일 뿐만 아니라 관찰자적 면모를 드러내는 눈은 무엇이든 엄선된 틀에서 연구하며, 자신이 추구하는 것은 얻으리라는 확신을 주었다. 그가 원래 어느 나라 사람인지를 판단하는 데 누구나 상당한 어려움을 겪으리라. 이런 의문을 대체로 싱거울 정도로 쉽게 해소하는 표면적인 특징이 드러나지 않았기 때문이다. 그의 혈관에 영국인의 피가 흐른다면 프랑스나 이딸리아의 피가 섞여 있을 가능성이 높았다. 그를 훌륭한 금화라고 가정해도 그에게서는 일반적으로 유통되는 주화처럼 판에 박힌 표상이나 각인이 연상되지 않았다. 특별한 행사를 위해 만든 우아하고 정교한 기념주화라고나 할까. 날씬하고 날렵한 체구에 약간 나른해 보였고, 키는 크지도 작지도 않았으며, 천박해 보이는 것을 걸치지 않았을 뿐 옷차림에 무심한 사람처럼 차려입었다.

"그래, 넌 어떻게 생각하니?" 그가 소녀에게 물었다. 아주 유창한 이딸리아어를 구사했지만, 이것이 그를 이딸리아인으로 확신할 근거가 되지는 못했다. 소녀는 진지하게 고개를 갸우뚱거렸다. "아주 예뻐요, 아빠. 아빠가 그리셨어요?"

"물론 내가 그렸지. 솜씨가 좋지?"

"그래요, 아빠, 아주 훌륭해요. 저도 그림 그리는 걸 배웠어요." 그리고 그녀는 몸을 돌려 아주 귀여운 미소가 고정된 작고 흰 얼굴을 드러냈다.

"네 솜씨가 담긴 견본을 갖고 왔으면 좋을 뻔했다."

"아주 많이 갖고 온걸요. 트렁크에 가득 채워왔어요."

"그림을 아주 꼼꼼하게 그린답니다." 수녀 중 더 나이 든 쪽이 프랑스어로 말했다.

"반가운 이야기네요. 수녀님께서 손수 가르치셨나요?"

"다행히도 제가 아니랍니다." 선량한 수녀님이 약간 얼굴을 붉혔다. "그건 제 일이 아닙니다.[32] 전 아무것도 가르치지 않아요. 가르치는 일은 더 현명한 분들께 맡기지요. 저희 학교에는 훌륭한 미

....
32 (프) Ce n'est pas ma partie.

술 선생님이 계세요. 그분 ─ 그분 ─ 성함이 뭐였지요?"

카펫 쪽으로 막연하게 눈길을 둔 그녀의 동료는 "독일 이름이에요"라고 이딸리아어로 말했다. 마치 번역이 필요하다고 느끼는 것 같았다.

"네," 다른 수녀가 말을 이었다. "독일 분이에요. 학교에 여러해 재직하셨지요."

대화에 귀를 기울이지 않던 소녀는 큰 방의 열린 문 쪽으로 슬그머니 다가가서 정원을 내다보았다. "수녀님은 프랑스 분이시군요." 신사가 말했다.

"네," 손님이 부드러운 목소리로 답했다. "학생들에게는 제 모국어로 말하지요. 할 줄 아는 외국어가 없거든요. 그렇지만 영국, 독일, 아일랜드 등 여러 나라에서 온 수녀님들이 계세요. 그분들도 모두 자기 모국어를 쓴답니다."

신사는 빙긋 웃었다. "제 여식은 아일랜드에서 온 수녀님 중 한 분이 돌봐주셨나보지요?" 그리고 나서 손님들이 어렴풋이 농담임을 알아챘으나 이해하지 못했음을 깨닫고 얼른 "아주 완벽한 제도네요"라고 덧붙였다.

"아, 네, 그렇답니다. 모든 것을 갖췄고, 최고로만 갖췄지요."

"체조도 가르칩니다." 이딸리아 출신의 수녀님이 한마디 보탰다. "하지만 위험하지는 않아요."

"물론 위험해서는 안되지요. 그 교과목을 담당하시나요?" 이 질문에 두 숙녀는 크게 웃음을 터뜨렸다. 웃음이 잦아들자 그들을 환대하던 신사는 딸에게 눈길을 주고 키가 자랐다는 사실에 주목했다.

"그래요, 하지만 다 자란 것 같아요. 키가 더 크지 않을 거예요." 프랑스 출신의 수녀가 말했다.

"괜찮습니다. 저는 여자도 책과 같다고 봐요. 내용은 좋고 너무 길지 않은 책이 좋거든요. 하지만," 신사가 말했다. "제 여식이 키가 작아야 할 특별한 이유는 없지요."

이것이 인간의 지식 범위를 넘어서는 문제인 듯 그 수녀는 어깨를 살짝 으쓱해 보였다. "따님은 아주 건강합니다. 그게 제일 중요하지요."

"네, 건강해 보이네요." 소녀의 아버지는 그녀를 잠시 주시했다. "정원에 뭐가 보이니?" 그가 프랑스어로 물었다.

"꽃이 아주 많이 피었어요." 그녀는 작은 소리로 상냥하게 대답했는데, 그 못지않게 프랑스어 발음이 정확했다.

"그래, 하지만 예쁜 꽃은 그렇게 많지 않지. 변변치는 못하지만 그래도 가서 몇송이 수녀님들께 따다 드리렴."

소녀는 기뻐서 더 밝은 미소를 짓고 아버지를 바라보았다. "정말 그래도 돼요?"

"물론, 내가 된다고 하면 되고말고." 아버지가 말했다.

소녀는 연장자인 수녀 쪽으로 눈길을 돌렸다. "정말 그래도 돼요, 수녀님?"

"아버님 말씀을 따르렴." 수녀가 다시 얼굴을 붉히면서 말했다.

허락을 받고 안심한 소녀는 문지방을 넘어 시야 밖으로 사라졌다. "버릇없이 키우지는 않으셨군요." 소녀의 아버지가 쾌활하게 말했다.

"학생들은 모든 일에 허락을 받게 되어 있습니다. 그게 저희 규칙이에요. 쉽게 허락해주지만 허락은 구해야 합니다."

"아, 제가 그런 규칙에 이의를 제기하려는 건 아닙니다. 훌륭한 규칙이라는 걸 의심하지 않아요. 제 여식을 수녀원에 보낸 것은 이 아이를 어떤 사람으로 만드실지 보기 위해서였지요. 전 믿었으니까요.”

“믿음을 가져야지요.” 수녀는 안경 너머로 응시하면서 덤덤하게 대꾸했다.

“그런데 제 믿음에 값하는 결과가 나왔나요? 뭘 이루셨나요?”

수녀는 순간 눈을 내리깔았다. “훌륭한 기독교인으로 만들었지요.”

집주인도 눈을 내리깔았다. 하지만 다른 이유로 그렇게 했다고 말해야 하리라. “그렇고말고요, 그리고 또요?”

그는 수녀원에서 온 숙녀를 주시했다. 그녀가 훌륭한 기독교인이 되면 다 이룬 것이라고 답하리라고 생각하는 것 같았다. 아주 순박한 사람이지만 그녀는 그 정도로 투박하지는 않았다. “매력적인 젊은 숙녀, 정말 귀여운 여인, 아버지에게 기쁨만을 줄 딸이지요.”

“아주 숙녀다워요.” 아버지가 말했다. “정말 예뻐요.”

“완벽해요. 흠이 없답니다.”

“아이일 때도 흠이 없었어요. 흠이 생기지 않게 애써주셔서 기쁘군요.”

“우리 모두 저 아이를 무척 사랑한답니다.” 안경 쓴 수녀가 긍지를 보이며 말했다. “흠으로 말하자면, 우리에게 없는 걸 어떻게 주겠어요?” 그리고 그녀는 수녀원은 속세와 다르다[33]고 말한 다음 이렇게 덧붙였다. “이 아이는 우리에게는 딸이나 마찬가지예요. 아주 어릴 때부터 데리고 있었으니까요.”

“올해 수녀원을 떠날 아이들 중 팬지가 제일 보고 싶을 거예요.”

---

33 (프) Le couvent n'est pas comme le monde, monsieur.

나이가 적은 쪽이 작은 목소리로 공손하게 말했다.

"아, 맞아요, 오래오래 팬지 이야기를 하겠죠." 다른 수녀가 말했다. "새로 들어올 아이들에게는 팬지를 모범으로 치켜세울 거랍니다." 이 말을 하다 수녀는 안경이 흐려지는 것을 느꼈고, 그녀의 동료는 손으로 더듬어 튼튼한 천으로 된 손수건을 꺼내들었다.

"팬지를 곁에 두실 수도 있어요. 아직 결정된 건 아닙니다." 집주인이 재빨리 대답했다. 그들의 눈물을 예감해서가 아니라, 자신의 기분에 가장 맞는 말을 하는 사람의 말투였다.

"그렇게만 된다면 아주 기쁘겠어요. 나이 열다섯은 우리 곁을 떠나기에 너무 어려요."

"아," 신사는 지금까지보다 더 명랑한 어조로 외쳤다. "제가 곁에 두고 싶어서가 아닙니다. 저야 수녀님들께서 제 여식을 언제까지라도 돌봐주시기를 바라지요."

"아, 오즈먼드 씨," 웃음을 머금은 연장자 수녀가 일어서면서 말했다. "착하기 그지없지만 얘는 속세에 속한답니다. 이 아이가 있어서 속세는 살기 좋아질 겁니다.[34]"

"착한 사람들이 모두 수녀원에 숨어 있으면 세상이 어떻게 돌아가겠어요?" 그녀의 동료가 따라 일어나면서 낮은 목소리로 말했다.

이 질문은 수녀가 의도한 것보다 더 넓은 함의를 띠었다. 안경 쓴 수녀가 평온하게 조화로운 관점을 제시했다. "다행히도 착한 사람들이 도처에 있어요."

"가시고 나면, 이곳에는 그런 사람이 둘 줄어들겠지요."

이 엄청난 찬사에 순박한 손님들은 할 말을 잃었고, 예의를 지켜

---

34 (프) Le monde y gagnera.

겸손하게 마주 보았을 뿐이다. 하지만 소녀가 큰 꽃다발 두개―하나는 붉은 장미, 다른 하나는 흰 장미―를 갖고 돌아와 곧바로 당혹감을 감출 수 있었다.

"어느 쪽이든 골라잡으세요, 까뜨린 수녀님." 소녀가 말했다. "색깔만 다를 뿐이에요. 주스띠네 수녀님, 장미의 숫자는 똑같아요."

두 수녀는 서로 쳐다보며 미소를 띠고 망설이면서, "어느 걸로 하실래요?" "아니에요, 먼저 고르세요"라고 말을 주고받았다.

"그럼 전 붉은 장미 꽃다발로 할게요." 안경 쓴 까뜨린 수녀가 말했다. "제 얼굴색이 아주 붉으니까요. 로마로 돌아가는 길에 우리를 위로해줄 거예요."

"아, 꽃이 다 시들 거예요." 소녀가 외쳤다. "오래갈 걸 드렸으면 좋았을걸요!"

"넌 우리에게 좋은 추억을 주었단다. 그건 오래갈 거야!"

"수녀님들도 예쁜 장신구를 하셔도 되면 좋겠어요. 그럼 제 푸른색 묵주를 드릴 텐데." 소녀가 말을 이었다.

"오늘밤 로마로 돌아가시나요?" 그녀의 아버지가 물었다.

"네, 다시 기차를 타고 가요. 가서 할 일이 많답니다."

"피곤하지 않으세요?"

"저희는 피곤한 법이 없어요."

"아, 수녀님, 가끔은 피곤해요." 나이가 적은 수녀가 중얼거렸다.

"어쨌든 오늘은 아니에요. 여기서 충분히 휴식을 취했으니까요." 그리고 그녀는 프랑스어로 덧붙였다. "네게 신의 가호가 있기를 빌게.[35]"

---

35 (프) Que Dieu vous garde, ma fille.

수녀들이 딸과 작별 키스를 주고받는 동안 집주인은 문을 열어주기 위해 먼저 나섰다가 가볍게 "아," 하면서 밖을 내다보았다. 그 문은 둥근 천장의 대기실로 열려 있었는데 ─ 천장은 예배실처럼 높았고 바닥에는 붉은 벽돌이 깔려 있었다 ─ 한 숙녀가 꾀죄죄한 제복을 입은 하인의 안내를 받아 이 대기실로 막 들어서는 중이었고, 하인은 그녀를 사람들이 모여 있는 방으로 안내할 참이었다. 문간의 신사는 감탄사를 내뱉고 난 다음 아무 말 없이 서 있었고, 숙녀도 아무 말 없이 다가왔다. 그는 인사말을 하지도, 손을 내밀지도 않았고, 그녀가 방으로 들어가도록 옆으로 비켜섰을 뿐이었다. 문간에서 그녀가 멈칫했다. "손님이 왔나보네?" 그녀가 물었다.

"당신이 만나도 될 사람들이야."

방에 들어간 그녀는 두 수녀, 그리고 그들의 학생과 마주쳤다. 수녀들의 팔을 하나씩 잡은 채 소녀가 걸어나왔다. 손님을 보자 그들은 걸음을 멈췄고, 숙녀도 서서 그들을 바라보았다. 소녀는 낮은 소리로 외쳤다.

"아, 마담 멀이 오셨네요!"

손님은 조금 놀랐지만, 곧바로 우아한 태도를 취했다. "그래, 마담 멀이야. 네가 집에 돌아온 걸 환영하러 왔어."

그리고 이마에 키스를 받기 위해 다가온 소녀에게 두 손을 내밀었다. 마담 멀은 이 아름다운 소녀의 이마에 키스하고 두 수녀에게 웃어 보였다. 그들은 예의를 갖춰 인사를 하고 그녀의 미소에 화답했지만, 바깥세상의 광휘 같은 것이 묻어나는 당당하고 화려한 여자를 대놓고 관찰하려고 하지는 않았다.

"수녀님들이 딸아이를 데려다주고 지금 수녀원으로 돌아가실 참이었소." 신사가 설명했다.

"아, 로마로 돌아가시는군요? 전 거기서 왔어요. 지금이 로마가 제일 아름다울 때지요."

수녀들은 손을 소매에 넣은 채 이 말에 아무런 토도 달지 않고 서 있었다. 집주인이 새로 온 손님에게 로마에서 언제 왔느냐고 물었다.

"면회하러 수녀원에 오셨더랬어요." 질문을 받은 숙녀가 미처 대답하기 전에 소녀가 말했다.

"한번만 간 건 아니지, 팬지." 마담 멀이 큰 소리로 말했다. "로마 에서는 내가 너의 가장 좋은 친구 아니니?"

"마지막에 면회 오신 게 제일 기억에 남아요." 팬지가 말했다. "제가 집에 가게 될 거라고 말씀해주셨기 때문이죠."

"그런 말을 해주었소?" 소녀의 아버지가 물었다.

"기억이 가물가물하네요. 난 얘가 기뻐할 거라고 생각하는 말을 했지요. 피렌쩨에 온 지 일주일 됐어요. 당신이 인사차 오지 않을까 해서 기다렸지요."

"피렌쩨에 온 줄 알았더라면 가봤을 텐데. 그런 일은 이심전심으로 알아차려야 마땅하지만, 그럴 수 있는 건 아니니까. 자리를 잡고 앉는 게 좋겠소."

그는 마지막 두 문장을 독특한 어조──일부러 목소리를 낮춘 은근한 어조로 말했는데 딱히 그럴 필요가 있어서가 아니라 습관인 것 같았다. 마담 멀은 둘러보다가 앉을 자리를 골랐다. "수녀님들을 배웅하려던 게 아니었나요? 그렇다면 방해가 되어서는 안되죠. 여기서 작별인사 드릴게요.[36]" 그녀는 수녀들에게 가도 좋다는 듯

----

36 (프) Je vous salue, mesdames.

덧붙였다.

"이분은 집안의 아주 가까운 친구지요. 수녀원에서 보셨을 수도 있을 거예요."집주인이 말했다. "저희들이 판단력을 신뢰하는 분입니다. 방학이 끝나고 제 여식이 수녀원으로 돌아가느냐 여부를 결정하는 데 도움을 주실 겁니다."

"저희 편을 들어주시면 좋겠네요."안경 쓴 수녀가 과감히 한마디 했다.

"오즈먼드 씨가 농담하는 거랍니다. 전 아무 결정권이 없어요."마담 멀이 이렇게 말했지만, 역시 농담조였다. "수녀원이 아주 훌륭한 학교인 건 알지만, 오즈먼드 양의 친구들은 그녀가 마땅히 속세에 속한다고 생각한다는 걸 염두에 두셔야 할 거예요."

"저도 오즈먼드 씨에게 그렇게 말씀드렸어요."까뜨린 수녀가 대답했다. "이 아이를 속세에 맞도록 교육했다고요."소리를 낮춰 이렇게 말한 그녀는 팬지를 흘깃 바라보았고, 팬지는 마담 멀의 화려한 차림새를 약간 떨어져서 눈여겨보고 있었다.

"팬지야, 말씀하시는 거 들었지? 널 마땅히 속세로 돌아올 사람이라고 하시는구나."

소녀는 순간 어린아이의 맑은 눈으로 아버지에게 시선을 고정했다. "아빠 딸이 아니고요?"

아빠가 가벼운 웃음을 날렸다. "그것하고는 무관해! 나도 속세에 속한 사람인걸, 팬지."

"저희는 그만 가보겠습니다."까뜨린 수녀가 말했다. "언제나 착하고 슬기롭고 행복하게 지내렴."

"꼭 뵈러 갈게요."대답을 한 팬지가 다시 수녀들의 품에 안겼는데, 마담 멀이 가로막고 나섰다.

"아버지가 수녀님들을 배웅해드리는 동안, 얘야," 그녀가 말했다. "넌 내 말동무를 해주렴."

실망한 팬지가 눈을 동그랗게 떴지만 이의를 제기하지는 않았다. 권위를 가진 사람이면 누구의 말이든 순종해야 한다는 생각이 뼛속까지 박힌 게 분명해서 그녀는 자신의 운명이 결정되는 일도 수동적으로 지켜볼 따름이었다.

"까뜨린 수녀님이 마차에 타시는 걸 배웅하면 안되나요?" 그럼에도 그녀는 아주 온화하게 물었다.

"같이 있어주면 내가 기쁘겠는데." 다시 깊이 고개 숙여 인사하는 수녀들을 오즈먼드 씨가 대기실로 데리고 나가는 동안 마담 멀이 말했다.

"아, 네, 여기 있을게요." 팬지가 대답했다. 그리고 그녀는 작은 손을 마담 멀에게 잡힌 채 서 있었다. 창밖을 바라보는 눈에는 눈물이 고였다.

"수녀원에서 순종하는 법을 배운 걸 보니 기쁘구나." 마담 멀이 말했다. "착한 소녀라면 마땅히 그래야지."

"아, 네, 전 말을 잘 들어요." 팬지는 피아노 연주 실력에 대해 이야기하듯 차분하지만 열심히, 거의 자랑스럽게 외쳤다. 그리고 나서 희미하게 들릴락 말락 한숨을 내쉬었다.

그녀의 손을 쥐고 있던 마담 멀은 자신의 섬세한 손바닥 위로 소녀의 손을 끌어당겼다. 자세히 들여다보았지만 흠잡을 데는 없었다.

"외출할 때는 언제나 장갑을 끼면 좋겠구나." 그녀가 잠시 후 말했다. "소녀들은 대개 장갑을 좋아하지 않지."

"좋아하지 않았지만 이제는 좋아해요." 소녀가 대답했다.

"훌륭하다. 내가 한 세트를 선물할게."

"고맙습니다. 무슨 색으로요?"

마담 멀이 생각을 해보았다. "유용한 색으로."

"그래도 아주 예쁜 색이겠죠?"

"예쁜 걸 좋아하니?"

"네, 하지만, 하지만 지나치게 좋아하지는 않아요." 금욕주의의 영향을 드러내며 팬지가 말했다.

"그래, 지나치게 예쁘지는 않은 걸로 하자." 마담 멀이 웃으면서 대답했다. 그녀는 소녀의 다른 손을 잡고 자기 쪽으로 끌어당겼다. 그 손을 잠시 들여다보다 말을 이었다. "까뜨린 수녀님이 보고 싶을 거 같니?"

"네, 수녀님 생각을 할 때면요."

"그럼 생각하지 않도록 하렴. 앞으로," 마담 멀이 덧붙였다. "다른 어머니가 생길 수도 있을 테니."

"그럴 필요 없어요." 팬지가 타협적으로 낮은 한숨을 반복하면서 말했다. "수녀원에 어머니가 서른명도 더 계신걸요."

오즈먼드의 발걸음 소리가 대기실에서 들리자, 마담 멀은 아이를 놓아주면서 일어섰다. 오즈먼드가 들어와 문을 닫았고, 마담 멀을 쳐다보지 않고 의자 한두개를 제자리로 돌려놓았다. 손님은 그의 움직임을 주시하면서 그가 말을 꺼내길 기다렸다. 그러다가 결국 그녀가 먼저 말을 건넸다. "로마에 왔으면 했는데. 팬지를 직접 데려오고 싶어할지도 모른다고 생각했어요."

"지당한 추론이긴 한데 내가 당신의 계산에 반해 행동한 게 처음도 아니잖소."

"그래요," 마담 멀이 말했다. "아주 제멋대로지."

움직일 공간이 아주 넓은 방을 오즈먼드는 한동안 바쁘게 돌아다녔다. 어색해질 수 있는 상황을 모면할 구실을 기계적으로 찾는 사람 같았다. 하지만 얼마 안 가 구실이 고갈되었다. 책을 집어들지 않는 한 할 일이 남아 있지 않았던 것이다. 그래서 그는 뒷짐을 지고 서서 팬지를 바라보았다. "왜 까뜨린 수녀님을 배웅하러 나오지 않았지?" 그가 불쑥 프랑스어로 물었다.

팬지는 마담 멀을 흘깃 바라보고 잠시 주저했다. "내가 함께 있어달라고 했어요." 그 숙녀가 다른 의자로 가서 앉으면서 말했다.

"아, 그건 잘한 일이오." 오즈먼드가 인정했다. 그러면서 그는 마담 멀의 맞은편 의자에 털썩 앉아 몸을 조금 굽혀 팔걸이에 팔꿈치를 대고 손을 맞잡았다.

"제게 장갑을 선물해주신대요." 팬지가 말했다.

"얘야, 그런 걸 광고할 필요는 없단다." 마담 멀이 말했다.

"팬지에게 너무 잘해주네." 오즈먼드가 말했다. "필요한 물건이라면 다 구비하고 있을 거요."

"수녀들과 너무 오래 지냈다고 생각해요."

"그 문제를 논의할 거면 애는 내보내야 할 거 같은데."

"그냥 있으라고 해요." 마담 멀이 말했다. "다른 이야기를 하면 되니까."

"원하시면 귀여겨듣지 않을게요." 그렇게 할 태세로 팬지가 진솔하게 제안했다.

"들어도 된단다, 예쁜 아가씨. 알아듣지 못할 테니까." 그녀의 아버지가 대답했다. 소녀는 정원이 보이는 문 옆에 공손하게 앉아서 생각에 잠긴 순진한 눈길을 정원 쪽으로 고정했다. 그리고 오즈먼드는 마담 멀을 상대로 종작없는 대화를 이어갔다. "오늘따라 아주 멋져 보이는군."

"언제나 똑같아 보이는데!" 마담 멀이 말했다.

"언제나 똑같지. 변함이 없거든. 당신은 훌륭한 여자요."

"그래요, 나도 그렇게 생각해요."

"그런데 마음은 때로 변하나보군. 영국에서 돌아올 땐 당분간 로마를 떠나지 않을 거라고 하더니."

"내가 한 말을 그렇게 잘 기억하고 있다니 기분이 좋네요. 그러려고 했죠. 그런데 최근에 피렌쩨에 온 친구들을 만나러 왔어요. 그때는 그 친구들이 언제 올지 확실히 몰랐거든요."

"당신다운 이유로군. 늘 친구를 위해 뭔가를 하고 다니니."

마담 멀은 집주인을 똑바로 쳐다보고 웃었다. "말은 그렇게 하지만 그게 나다운 건 아니지. 전혀 진심도 아니고. 그렇다고 그걸 잘못이라고 하지는 않겠어요." 그녀가 덧붙였다. "자신이 하는 말을 믿지 않는다면, 진실해야 할 이유도 없으니까. 내 친구들을 위해 나 자신을 망가뜨린 건 아니고. 칭찬을 받을 만한 일을 한 게 없어요. 나도 내 이익을 챙기니까."

"그건 정말 그래. 하지만 당신 안에는 너무나 많은 다른 사람들이, 다른 모든 사람과 모든 것이 들어 있소. 그렇게 많은 사람들의 삶에 개입하는 사람을 본 적이 없으니까."

"한사람의 삶을 뭘로 규정하죠?" 마담 멀이 물었다. "그 사람의 외모, 그 사람이 어딜 다니고 무슨 일을 하고 누굴 사귀는가로?"

"난 야심을 당신의 삶으로 규정하오." 오즈먼드가 말했다.

마담 멀이 팬지를 잠시 바라보다 중얼거렸다. "쟤가 그 말을 알아들을지 궁금하네."

"쟤가 여기 있으면 안되지!" 팬지의 아버지가 약간은 쓸쓸한 미소를 짓고 프랑스어로 말을 이었다. "정원으로 가보렴, 아가. 마담 멀께 꽃 한두송이 따다 드려라."

"그게 제가 하고 싶은 일이에요." 팬지가 큰 소리로 말하면서 즉각 일어서서 조용히 나갔다. 아버지는 정원으로 열린 문까지 따라가 팬지를 지켜보면서 잠시 서 있다가 다시 돌아왔지만 자리에 앉지는 않았다. 앉은 자세에서는 느끼지 못할 자유로움을 즐기려는 듯 어슬렁거렸다.

"내 야심이야 주로 당신을 위한 야심이지." 마담 멀이 조금 용기를 내어 그를 올려다보며 말했다.

"그러면 내가 한 말로 다시 돌아가야겠군. 난 당신 삶의 일부야. 나와 수천명의 다른 사람들이 그렇지. 당신은 이기적이지 않아. 그건 받아들일 수 없어. 당신이 이기적이면 난 어쩌라고? 나한테는 어떤 형용사가 어울릴까?"

"당신은 게을러. 내가 보기에 그게 최악의 단점이야."

"미안하지만 그게 진짜 최고의 장점 같은데."

"무관심하거든." 마담 멀이 진지하게 말했다.

"그래, 신경 쓰고 싶어한다고 할 수는 없지. 그게 무슨 단점이라는 거지? 어쨌든 내가 로마에 가지 않은 건 게으름 때문이긴 해. 하지만 여러가지 이유 중 하나에 불과하지."

"그건 중요하지 않아. 적어도 나한테는. 얼굴을 봤으면 좋았겠지만. 지금은 로마에 가지 않아서 다행이야. 한달 전에 떠났다면 아직 거기 머무르기 십상이지. 여기서 당신이 했으면 하는 일이 있거든."

"내가 게으르다는 걸 기억했으면 좋겠는데." 오즈먼드가 말했다.

"기억하고말고. 하지만 당신은 그 사실을 잊어주었으면 좋겠어.

그러면 좋은 일도 하고 보상도 얻게 될 테니까. 그렇게 힘든 일도 아니고. 진짜 재미있는 일이 될 수도 있어. 사람을 소개받은 게 얼마나 됐지?"

"당신을 알고 난 이후로는 단 한명도 없는 거 같은데?"

"그럼 하나 새로 사귈 때가 됐네. 당신이 만났으면 싶은 내 친구가 하나 있어."

오즈먼드는 어슬렁거리다가 다시 정원으로 열려 있는 문 쪽으로 돌아가서 딸이 강렬한 햇빛을 받고 왔다 갔다 하는 것을 보았다. "나에게 무슨 이득이 있지?" 그는 상냥하지만 노골적으로 물었다.

마담 멀은 뜸을 들였다. "재미있을걸." 그녀의 대답에는 허술한 데가 없었다. 완벽하게 준비된 대답이었다.

"당신이 그렇다고 말하면 아시다시피 난 그 말을 믿지." 오즈먼드가 그녀에게 다가가면서 말했다. "어떤 면에서 당신에 대한 나의 믿음은 절대적이야. 예컨대, 교제해도 좋을 사교계의 사람들과 그렇지 못한 사람들을 당신이 식별한다는 걸 잘 알고 있으니까."

"사교계는 모조리 나빠."

"미안하지만 그건 일반적인 종류의 지혜는 아니지. 당신이 가졌다고 생각되는 지식 말이야. 당신은 그걸 올바른 방식으로, 경험적으로 얻었거든. 무수히 많은, 크건 작건 불쾌한 사람들을 비교해가면서."

"그래, 내 지혜의 덕을 보라는 거야."

"덕을 보라? 그럴 수 있다고 확신하나?"

"내 바람이지. 당신한테 달렸어. 당신이 노력을 기울일 마음이 들게 만들 수만 있다면!"

"아, 저런! 뭔가 귀찮은 일이 생긴다 싶네. 도대체 뭐가, 노력할 만한 가치가 있는 게 뭐가 있겠어."

마담 멀은 의도를 들킨 듯 얼굴을 붉혔다. "바보같이 굴지 마, 오즈먼드. 노력할 만한 가치가 있는 걸 당신보다 더 잘 알아보는 사람이 어디 있어. 내가 옛날의 당신을 몰라?"

"몇가지 기억은 나네. 하지만 이 초라한 삶에서 그중 어느 것도 있음직하지 않거든."

"있음직하게 만드는 게 노력이야." 마담 멀이 말했다.

"일리가 있는 말이군. 당신 친구가 누군데?"

"내가 만나러 피렌쩨에 온 사람. 터칫 부인의 조카야. 터칫 부인을 잊은 건 아니지?"

"조카? 젊음과 무지를 암시하는 말일세. 무슨 이야기를 하려는지 알 만하군."

"그래, 젊어. 스물세살이야. 나랑 아주 친해졌지. 몇달 전에 영국에서 처음 만났는데, 대단한 우정을 맺었어. 그녀를 아주 좋아하게 됐고, 내가 평소에 별로 하지 않는 건데, 높이 평가하게 됐지. 당신도 그렇게 될걸."

"가능하면 그러고 싶지 않군."

"그렇겠지. 하지만 가능하지 않을걸."

"아름답고, 영리하고, 부자고, 멋지고, 두루두루 지적이고, 유례없는 덕성을 갖춘 그런 여잔가? 난 그런 조건을 갖추어야만 안면을 틀 용의가 있는데. 예전에 그런 묘사에 부합하지 않는 인물은 말도 꺼내지 말라고 한 거 기억할 테지. 난 구질구질한 사람들을 많이 알아. 더 알고 싶지 않아."

"아처 양은 구질구질하지 않아. 샛별처럼 빛나는 처녀야. 당신의 묘사에 부합하고, 바로 그런 이유로 만나라고 하는 거야. 당신의 모든 요구 조건을 충족시키니까.”

“물론 대체로 부합하겠지.”

“아니, 딱 들어맞아. 아름답고, 교양 있고, 너그럽고, 미국인치고는 집안도 좋아. 아주 영리하고 아주 호감이 가는 처녀야. 그리고 상당한 재산이 있어.”

마담 멀을 바라보며 아무 말 없이 듣고 있던 오즈먼드는 그녀가 제공한 정보를 따져보는 것 같았다. “그래, 어쩔 셈인데?” 이윽고 그가 물었다.

“보다시피. 당신과 엮어보려고.”

“그보다는 더 빛나는 미래가 설계된 아가씨 아닌가?”

“다른 사람들의 미래 설계는 내 알 바 아니고.” 마담 멀이 말했다. “그 사람들을 갖고 내가 뭘 할 수 있는지를 알 따름이야.”

“아처 양이 안됐다는 생각이 드네!” 오즈먼드가 말했다.

마담 멀이 일어섰다. “그 말이 그녀에 대한 관심의 시작이라면 유념해두지.”

둘은 얼굴을 마주 보고 서 있었다. 작은 망또를 여미면서 그녀가 눈을 내리깔았다. “당신 아주 멋져 보여.” 오즈먼드는 아까보다도 더 뜬금없이 같은 말을 반복했다. “무슨 아이디어가 떠오른 거야. 당신은 그럴 때가 제일 멋져 보여. 그런 모습이 언제나 당신답지.”

어떤 중요한 시점에, 특히 다른 사람들이 있는 데서 두 사람이 만나면, 그들의 태도와 어조에는 뭐랄까 간접적으로 상대에게 접근하여 암시적으로 말을 거는 듯 우회적이고 조심스러운 데가 있었다. 그들이 서로에게 끼치는 영향은 상대방의 자의식을 감지할 수 있을 정도로 강화하는 데 있는 것 같았다. 물론 마담 멀이 오즈먼드보다는 거북스러움에 더 능숙하게 대처했다. 하지만 이번에는 마담 멀조차도 자신이 원하는 모습을 보이지 못했다. 집주인을 위해 완벽하게 침착한 모습을 연기하고 싶었지만 그렇게 하지 못했던 것이다. 하지만 둘의 관계를 구성하는 요소가―그것이 무엇이든―어느 순간 수평을 이루면서, 어느 누구보다도 서로의 얼굴을 가깝게 맞댔다는 점에 주목해야 하리라. 지금 그런 일이 일어났다. 그들은 서로를 완전히 파악하고 서 있었다. 둘 다 상대방에게 까발려졌다는 불편함―무엇이 까발려졌든―에 대한 보상으로 상대방을 파악했다는 만족감을 기꺼이 받아들였다.

"당신이 너무 냉담하지 않으면 좋겠어." 마담 멀이 은근하게 말했다. "그래서 언제나 불이익을 당해왔고 지금도 그럴걸."

"난 당신이 생각하는 것처럼 무정한 사람이 아냐. 가끔 뭔가가 내 마음에 와닿아. 예컨대 방금 말했듯 당신의 야심이 나를 위한 거라고 할 때 이해는 안되지만, 어떻게 혹은 왜 그렇게 되는지도 모르겠지만, 그럼에도 마음에 와닿는다고."

"시간이 지나면 더 이해를 못하게 될지도 몰라. 당신이 절대로 이해하지 못할 것들이 있으니까. 꼭 알아야 할 필요도 없지."

"당신은 어쨌든 정말 경이로운 여자야." 오즈먼드가 말했다. "배포가 그렇게 크기도 힘들어. 하지만 내가 왜 터칫 부인의 조카를 그렇게 대단하게 생각해야 하는지 모르겠군. 내가―내가―" 그러다 그는 잠시 말을 멈췄다.

"나도 대수롭게 생각하지 않은 마당에?"

"물론 그런 뜻으로 한 말이 아니라 '당신 같은 여자를 알고 높이 평가한 마당에'라는 뜻이야."

"이저벨 아처는 나보다 나아." 마담 멀이 말했다.

그녀의 말 상대가 웃음을 터뜨렸다. "그런 식으로 말하는 걸 보니 정말 그녀를 대수롭지 않게 생각하는군!"

"내가 질투할 사람으로 보여? 대답해보시지."

"내가 얽힌 질투? 아니, 대체로 아니라고 봐."

"그럼 인사차 한번 들러. 이틀 뒤. 터칫 부인의 집, 빨라쪼 끄레셴 띠니에 머무르고 있거든. 그 여자도 거기 있어."

"처음부터 그 처녀 이야기는 하지 말고 그냥 당신을 보러 오라고 하지 그랬어?" 오즈먼드가 말했다. "어쨌거나 그녀와 마주치도록 할 수 있었을 거 아냐."

마담 멀은 그의 어떤 질문도 준비 안된 상태로 받지 않을 여자의 표정으로 그를 바라보았다. "이유를 알고 싶어? 그 여자에게 당신 이야기를 했거든."

오즈먼드는 얼굴을 찌푸리고 등을 돌렸다. "그 사실은 모르는 편이 나을 뻔했군." 그러고는 잠시 후 작은 수채화를 올려놓은 이젤을 가리켰다. "저기 있는 거 봤어? 내 가장 최근작?"

마담 멀은 가까이 가서 감상했다. "베네찌아풍의 알프스? 작년에 스케치한 것 중 하나인가?"

"그래, 모든 걸 다 알아맞히는군."

그녀는 잠시 더 바라보다 돌아왔다. "내가 당신 그림에 관심이 없다는 것쯤은 알 텐데."

"알지. 하지만 언제나 놀라지. 대부분의 사람들이 그린 것보다 썩 훌륭한데 말이야."

"그렇다고 해야겠지. 하지만 당신의 유일한 소일거리로서는 ― 그래, 너무 사소해. 나는 당신이 아주 많은 다른 일들을 하기를 원했거든. 그게 내 야심이었지."

"그래, 내게 여러번 말했지. 불가능한 일들을."

"불가능한 거였지." 마담 멀이 말했다. 그리고 아주 다른 어투로 덧붙였다. "이 소품은 나름 훌륭해." 그녀는 방을, 오래된 장롱과 그림, 자수 벽걸이, 빛바랜 비단의 결을 둘러보았다. "최소한 당신 방의 실내장식은 완벽해. 다시 올 때마다 새삼 놀라게 되니까. 여기 보다 더 훌륭한 곳을 본 적이 없어. 어떤 곳의 그 누구보다도 당신 은 이런 것들을 꿰고 있으니까. 당신의 안목에 찬탄할밖에."

"나의 그 찬탄할 안목은 신물이 나."

"그래도 아처 양이 오면 보여줘야 해. 이야기를 해두었거든."

"내 수집품을 보여주는 게 싫은 건 아니지. 천치 같은 인간만 아 니라면."

"당신은 아주 재미있게 안내를 잘하잖아. 박물관 안내자 노릇을 할 때 특히 멋지지."

오즈먼드 씨는 이런 찬사에 호응하는 대신 더 냉정하고 집중하 는 태도를 보였다. "부자라고 했나?"

"칠만 파운드가 있어."

"제대로 세어본 돈이야?[37]" 그가 물었다.

"재산에 관해서는 의심의 여지가 없어. 내 눈으로 봤다고 할 수 있을 정도야."

"만족스러운 여자로군! 당신을 말하는 거야. 만나러 가면 그 여 자의 어머니도 만나게 되는 건가?"

"어머니? 어머니는 없어. 아버지도 없고."

"그럼 이모를 만나게 되나? 누구라고 했지? 터칫 부인이랬나."

"마주치지 않게 해주지."

---

37 (프) En écus bien comptés?

"터칫 부인은 싫지 않아." 오즈먼드가 말했다. "오히려 좋아하는 편이지. 사라져가는 구식의 인물형이지. 강렬한 개성의 소유자야. 하지만 그 잘난 척하는 길쭉한 아들놈, 그 작자도 거기 머무르고 있나?"

"응, 하지만 당신을 성가시게 하지는 않을 거야."

"아주 얼간이 같은 놈이야."

"잘못 알고 있어. 아주 똑똑한 사람이야. 그런데 날 좋아하지 않기 때문에 내가 거기 있으면 자리를 피하곤 해."

"그러니까 얼간이라는 거지. 그 여자가 인물이 좋다고 했던가?"

"그래, 하지만 실망할 수도 있으니까 강조하지는 않겠어. 와서 시작해봐. 내가 부탁하는 건 그뿐이야."

"뭘 시작하란 말이지?"

마담 멀은 잠시 침묵했다. "물론 당신이 결혼하기를 원하는 거지."

"종말의 시작을? 그건 내가 알아서 할 일이지. 그 여자한테도 그렇게 말했나?"

"날 뭘로 보는 거야? 그 처녀는 그렇게 저속한 물건이 아니야. 나도 그렇고."

"정말이지," 잠시 생각에 잠겨 있던 오즈먼드가 말했다. "당신의 야심은 이해할 수가 없어."

"아처 양을 보고 나면 이번 건은 이해할 거야. 판단을 유보하도록." 이렇게 말하면서 마담 멀은 정원으로 난 열린 문 쪽으로 다가가 잠시 서서 내다보았다. "팬지는 정말 예쁘게 자랐네." 그녀가 잠시 후 덧붙였다.

"내 생각도 그래."

"수녀원 학교는 이제 그만 다녀도 되겠네."

"글쎄," 오즈먼드가 말했다. "수녀원에서 잘 키웠어. 아주 매력적이잖아."

"수녀원이 아니고 아이의 천성이야."

"합작품이라고 생각하는걸. 쟤는 진주처럼 청순해."

"그런데 왜 내 꽃을 갖고 돌아오지 않는 거지?" 마담 멀이 물었다. "서둘러 오고 싶지 않은 거야."

"우리가 가서 꽃을 받아오도록 하지."

"저 아이는 날 좋아하지 않아." 양산을 쓴 손님이 정원으로 들어가면서 중얼거렸다.

23장

터칫 부인이 피렌쩨에 도착해서 보낸 초대에 응해 빨라쪼 끄레센띠니에 한달간 머물기로 한 우리의 현명한 마담 멀은 이저벨에게 길버트 오즈먼드 이야기를 다시 꺼냈고, 그를 알고 지내면 좋겠다고 말했다. 그렇지만 우리가 앞서 목격한 대로, 오즈먼드 씨의 관심을 그 처녀로 돌리면서 그랬던 것처럼 문제의 핵심을 강조하는 식으로 말하지는 않았다. 그 이유는 아마도 마담 멀의 권유에 이저벨이 전혀 저항하지 않기 때문이었으리라. 마담 멀은 영국에서와 마찬가지로 이딸리아에도 친구들이 아주 많았고, 이딸리아인과 다양한 외국인들을 망라했다. 그녀는 '만날 만한' 사람들의 대부분을 언급했다. 이저벨이 안면을 텄으면 하는 사람이 있으면 물론 누구든 알고 지내게 되리라고 말한 마담 멀은 그 명단의 제일 윗자리 가까이에 오즈먼드를 배치했다. 안 지 십수년 된 그녀의 오랜 친구로, 한마디로 유럽에서 가장 명석하고 멋있는 남자라고 했다. 그는 어지간한 평균을 훌쩍 넘어선다. 사뭇 차원이 다른 존재다. 그렇다고 사람들의 호감이나 사려고 나대는 이는 전혀 아니다. 성공 여부는 상당 부분 그의 기분 상태에 달려 있다. 마음이 내키지 않을 때 그는 누구보다도 침울하게 가라앉지만, 그럴 때도 의기소침한 망명 중의 왕자처럼 보인다. 그런데 그가 기분이 괜찮으면, 관심이 생기면, 혹은 제대로 도전을 받으면──아주 제대로 된 도전이어야 한다──그러면 그의 명석함과 탁월함을 느낄 수 있다. 그의 이런 자질들은, 흔히 그렇듯, 불분명한 태도를 취하거나 자신을 과시하는 데서 발현되는 건 아니다. 그는 나름대로 괴팍했고──정말이지 진짜 알 만한 가치가 있는 남자들은 모두 그렇다는 걸 이저벨도 알게 되리라──자신의 빛을 모든 사람에게 똑같이 비추지 않는다. 하지만 마담 멀은 이저벨을 위해 그가 찬란하게 빛날 것이라고 장담했다. 그는 쉽게, 너무 쉽게 싫증을 낸다. 따분한 사람들은 언제나 그를 맥 빠지게 만든다. 하지만 영리하고 세련된 이저벨 같은 처녀는 그의 삶에 결핍된 자극을 줄 수 있다. 어쨌든 놓쳐선 안될 사람이다. 이딸리아에 살면서 두세명의 독일 교수를 빼면 누구보다도 이딸리아를 잘 아는 길버트 오즈먼드와 친분을 맺으려는 노력을 기울이지 않는다는 건 말이 안된다. 지식은 그 교수들이 더 많겠지만, 통찰력이나 감식안은 뼛속까지 예술적인 그가 더 윗길이다. 이저벨은 가든코트에서 이야기 삼매경에 빠져들 때 마담 멀이 그를 언급한 걸 기억했고, 이 우월한 두 영혼을 묶는 인연이 무엇일까 조금 궁금해하기도 했다. 그녀는 마담 멀이 맺은 인연에는 반드시 뭔가 사연이 있다고 생각했고, 그런 인상은 이 대단한 여자가 불러일으킨 흥미의 일부였다. 하지만 오즈먼드 씨와의 관계에 있어서 그녀는 오래 지속된, 잔잔한 우정을 빼고는 아무런 암시도 주지 않았다. 이저벨은 그렇게 오랫동안 마담 멀이 신뢰하는 사람을 만나면 좋겠다고 말했다. "자기는 아주 많은 남자들을 만나봐야 해." 마담 멀이 말했다. "익숙해지기 위해 가능한 한 많이 만나야 한다는 말이지."

"익숙해져야 한다고요?" 이저벨은 유머감각의 부족을 가리키는 그런 진지한 눈길로 되받았다. "웬걸요, 전 그들이 두렵지 않아요. 요리사가 푸줏간 사환에 익숙해지듯 그들에게 익숙해진걸요."

"내 말은 익숙해져서 경멸할 수 있어야 한다는 뜻이야. 그들 대부분을 결국 경멸하게 되지만, 경멸하지 않고 교제할 수 있는 소수의 사람들을 골라야 하지."

마담 멀이 소리내 말하는 적이 거의 없는 냉소적인 어투가 실린 발언이었지만, 이저벨은 경계심을 갖지 않았다. 세상을 알게 될수록 경외심도 강해질 거라고 생각하지 않았기 때문이다. 그럼에도 마담 멀이 약속한 것보다 더 큰 기쁨을 주는 피렌쩨라는 아름다운 도시 때문에 흥분 상태에 빠졌다. 그리고 심미안만으로 그 도시의 매력을 인식하지 못한다 하더라도 그녀에게는 비전秘傳를 전수하는 사제들처럼 영리한 친구들이 있었다. 정말이지 미학적 계몽의 필요성을 느낄 틈이 없었다. 의욕적인 젊은 사촌 처녀의 안내자 노릇을 하면서 랠프는 자신의 옛 열정을 되새기는 기쁨을 누렸다. 마담 멀은 집에 남아 있었다. 그녀는 피렌쩨의 보물을 여러번 보았던 터였고, 언제나 다른 볼일이 있었다. 하지만 놀랄 만큼 생생한 기억력으로 뻬루지노[38]의 거대한 화폭 오른쪽 하단을, 그 옆에 있는 그

---

38 뻬에뜨로 뻬루지노(Pietro Perugino, 1450~1523). 이딸리아의 화가.

림에서 성 엘리자베스의 손이 놓인 위치를 환기해 대화에 끼어들었다. 유명한 예술작품들의 특징에 대해 나름의 관점이 있는 그녀는 랠프와 확연하게 다른 입장에서 자신의 관점을 유머러스하지만 정교한 논리로 옹호했다. 이저벨은 둘 사이에 벌어지는 토론을 들으며 많은 것을 배웠고, 이것이 예컨대 올버니에 남았더라면 누리지 못할 소득이라고 생각했다. 맑은 5월 오전 정찬 전에──터칫 부인의 집에서는 12시에 정찬을 차렸다──그녀는 사촌과 함께 좁고 어두침침한 피렌쩨의 거리를 쏘다니다 유서 깊은 교회의 어두침침한 실내나 텅 빈 수녀원의 원형 천장 아래서 잠시 쉬곤 했다. 그녀는 화랑과 궁전 들을 둘러봤다. 여태까지 명성만 듣던 그림과 조각들을 보았고, 대개는 아무 내용 없는 예감에 불과하던 것을 때때로 불완전한 지식으로 바꿨다. 그녀는 첫 이딸리아 방문에서 열정적인 젊은이가 무한정 빠져들 수밖에 없는 그런 정신적 경배의 행위들을 모두 수행했다. 그녀는 시공을 넘어선 천재와 마주하고 가슴이 뛰는 것을 느꼈고, 눈물이 고여 칙칙해진 벽화와 변색한 조각상이 흐릿하게 보일 때의 달콤한 기분을 맛보았다. 그래도 매일매일 집에서 나갈 때보다 돌아오는 길이 더 좋았다. 터칫 부인이 여러해 전에 정착한 저택의 넓고 웅대한 안마당으로 돌아와 16세기의 조각이 새겨진 서까래와 호사스러운 벽화가 광고廣告 시대의 낯익은 상품들을 내려다보는 높고 서늘한 방으로 돌아오는 것이 좋았다. 터칫 부인은 골목길에 자리 잡은 역사적인 건물, 집의 이름 자체가 중세의 파벌 싸움을 연상시키는 건물에 살고 있었다. 그녀의 집은 정면이 어두운 대신 집세가 싸고 정원이 밝다는 장점이 있었다. 저택의 거친 구조와 어울리게 고풍스러운 정원의 자연은 정기적으로 사용하는 방을 환기시키고 꽃향기를 불어넣었다. 이저벨에게 그런 곳에 사는 것은 과거라는 소라에 하루 종일 귀를 대고 있는 것과 같았다. 끊임없이 들려오는 막연한 소리가 그녀의 상상력을 자극했다.

길버트 오즈먼드는 마담 멀을 보러 왔고, 그녀는 방의 저쪽 편에 숨죽이고 있던 젊은 숙녀를 그에게 소개했다. 이때 이저벨은 대화에 거의 참여하지 않았다. 그들이 대화에 끼라는 듯이 바라보아도 그녀는 거의 웃지도 않았고, 연극을 관람하고 있는 것처럼, 그 자리에 앉아 있기 위해 큰돈을 지불한 것처럼 앉아 있었다. 터칫 부인이 외출 중이라 그 둘은 재치의 효과를 마음껏 과시했다. 그들은 피렌쩨와 로마에 사는 사람들, 세계 도처에서 온 사람들을 화제로 삼았는데, 자선 행사에 출연한 인물들의 이름을 알아맞히는 것 같기도 했다. 둘의 대화는 리허설을 거친 연극 대사처럼 의미심장하게 착착 진행되었다. 마담 멀은 이저벨이 무대에라도 선 듯 그녀의 반응을 끌어내려고 했지만, 이저벨은 무대 장면을 망치지 않는 선에서 마담 멀이 학습시켰다고 할 수 있을 신호를 무시했다. 물론 그렇게 함으로써 오즈먼드 씨에게 그녀가 기대를 저버리지 않을 거라고 말한 친구가 틀렸음을 입증했지만 말이다. 이것은 한번으로 끝날 일이 아니었다. 더 많은 것이 걸려 있다 하더라도 이저벨은 스스로 돋보이려는 시도를 할 수 없었다. 손님의 어떤 면이 그녀를 움츠러들게 했고 긴장하게 만들었으며, 그에게 강한 인상을 주기보다 그가 어떤 인상을 주는지 파악하는 데 더 중점을 두게 만들었다. 게다가 그녀는 상대방의 기대에 부응해 자신을 연출하는 재주를 부릴 줄 몰랐다. 대개의 경우 눈부시게 빛나 보이는 건 썩 기분 좋은 일이다. 하지만 빛나겠다고 작정하지는 않겠다는 고집스러움이 그녀에게 있었다. 공정하게 평가하자면 오즈먼드는 아무엇도 기대하지 않는 듯 점잖았고, 모든 일에, 재치를 처음 과시하는 순간에도 평정을 유지했다. 그의 얼굴과 두상은 예민해 보인다는 점에서 호감을 주었다. 잘생긴 얼굴은 아니지만, 우피찌 미술관의 연결통로 위쪽 긴 화랑에 걸린 초상화 중 하나만큼이나 고상했다. 목소리도 듣기 좋았다. 특이하게도 맑은 목소리지만 감미롭지는 않았다. 그의 말을 가로막고 나서지 않은 것은 바로 그래서였다. 그의 말소리가 유리잔의 진동 같아서, 손가락을 대면 음의 고저를 바꿔 화음을 망칠 것 같았다. 그래도 그가 가기 전에 입을 열지 않으면 안되었다.

"다음주 언덕 위 우리 집 정원에서 차나 하자고 마담 멀을 초대했더니 오겠다고 하더군요. 그날 같이 오시면 큰 기쁨이겠습니다. 꽤 예쁜 집이라고들 합니다. 전망이 탁 트였다고 하지요. 제 딸아이도 기뻐할 겁니다. 강렬한 감정을 느끼기에는 너무 어리다고 말하는 게 맞겠지만요. 오시면 저는 아주 기쁠 텐데, 아주 많이 기쁠 텐데." 그리고 오즈먼드 씨는 문장을 마무리하지 못한 채 약간 어색한 태도로 말을 멈췄다가 잠시 후 말을 이었다. "당신이 제 딸아이를 만나주면 아주 기쁠 겁니다."

이저벨은 오즈먼드 양을 만나보고 싶고 마담 멀이 언덕 위의 집으로 안내해준다면 기꺼이 가겠노라고 대답했다. 이런 확답을 받고 손님이 작별을 고했다. 그러고 나서 그녀는 숙맥처럼 굴었다고 마담 멀에게 야단맞을 마음의 준비를 했다. 하지만 잠시 후 놀랍게도 이 숙녀가, 상식 따위에서 맴도는 법이 없는 이 숙녀가 이렇게 말했다. "자기 정말 매력적이더라. 내가 원하는 그대로였어. 날 실망시키는 법이 없다니까."

핀잔을 들었다면 기분이 상했을 수도 있지만, 이저벨은 그런 핀

잔을 오히려 선선하게 받아들였을 가능성이 더 컸다. 이상하게도 마담 멀이 골라서 한 이 말이 그녀를 알고 나서 처음으로 이저벨을 불쾌하게 했다. "매력적으로 보일 생각은 없었어요." 그녀가 차갑게 답했다. "제가 오즈먼드 씨에게 잘 보여야 할 의무 같은 건 전혀 없어요."

마담 멀은 눈에 띌 정도로 얼굴을 붉혔다. 하지만 우리는 그녀가 뱉은 말을 되담는 법이 없다는 사실을 알고 있다. "아, 가엾은 내 친구의 관점에서 한 말이 아니라, 자기 관점에서 한 말이야. 그가 자기를 좋아하느냐의 문제는 물론 아니지. 그의 호불호는 중요하지 않아! 하지만 자기가 그 사람을 마음에 들어한다고 생각했거든."

"그래요," 이저벨이 솔직하게 말했다. "하지만 그게 왜 중요한지도 모르겠네요."

"자기랑 관련된 모든 게 나한테는 중요해." 마담 멀은 느른하게 점잔을 떨면서 응수했다. "오랜 친구가 관련된 일이니까 더 그렇지."

오즈먼드 씨에 대한 이저벨의 의무가 무엇이든, 이저벨은 랠프에게 그에 관한 몇가지 질문을 할 만큼 의무감이 들었음을 인정해야겠다. 그녀는 랠프의 판단력이 시련을 겪으면서 불건전해졌지만, 자신이 그 점을 헤아려 판단하는 법을 배웠다고 자부했다.

"그 사람을 아느냐고?" 그녀의 사촌 오빠가 말했다. "아, 물론 '알지'. 잘 아는 건 아니지만 대체로 알 만큼은 안다고 할 수 있어. 내가 친해지려고 애쓴 적은 전혀 없지만. 그 사람도 나랑 친해지는 게 자기의 행복에 필수적이라고 생각하지 않는 것 같더군. 그가 누구고 뭐 하는 사람이냐고? 삼십년 정도 이딸리아에서 살고 있는 정체불명의 미국인. 왜 정체불명이라고 하느냐고? 내 무지를 은폐하려고. 그의 내력도 가족도 출신도 모르거든. 신분을 감춘 왕자일지도 모르지. 여담이지만 그렇게 보이잖아. 까탈 부리느라 양위를 한 다음 죽 자기혐오에 빠져지내는 왕자 같다니까. 로마에 살다가 최근에 이곳으로 이사했는데, 로마가 저속해졌다고 말하는 걸 들은 적은 있어. 저속한 걸 끔찍하게 싫어하지. 그게 그의 특기야. 다른 건 없으니까. 내가 아는 한은 없어. 있는 재산으로 먹고사는 모양인데 저속하게 많은 재산은 아닌 것 같더라. 그는 가난하지만 정직한 신사야. 그렇게 자처하지. 젊어서 결혼해서 상처했고, 딸이 하나 있는 걸로 알고 있어. 이 근방 어디에 사는 대단치 않은 백작인지 뭔지하고 결혼한 누이동생도 하나 있고. 옛날에 만난 적이 있지. 오빠보다는 낫다고 해야 할 테지만, 좀 대책 없는 여자야. 그녀에 관해 이런저런 소문이 떠돌곤 했던 기억이 나는군. 그 여자와 알고 지내라고 권할 생각은 없다. 그런데 마담 멀에게 물어보지 그러니? 나보다 이 사람들을 더 잘 알거든."

"마담 멀의 의견만큼이나 오빠 의견도 듣고 싶으니까 물어보는 거지." 이저벨이 말했다.

"내 의견 따위가 뭐가 중요해! 네가 오즈먼드 씨와 사랑에 빠지면 내 의견을 들을 거니?"

"별로 귀담아듣지 않겠죠. 하지만 사랑에 빠질 때까지는 오빠 의견이 중요해요. 다가올 위험에 대해 더 많은 정보가 있을수록 좋은 거잖아."

"거기엔 동의할 수 없는걸. 정보 때문에 위험해질 수 있어. 요즘 우리는 사람들에 관해 너무 많은 걸 알고 있어. 우리의 귀와 마음과 입은 인물평으로 채워져 있지. 다른 사람들에 관해서 누가 뭐라 해도 절대 귀담아두지 마라. 모든 사람과 모든 일을 스스로 판단하도록 해봐."

"그렇게 하려고 해요." 이저벨이 말했다. "그런데 그렇게 하면 사람들이 잘난 척한다고 하거든."

"그런 말은 귓등으로 흘려버려. 이게 내가 하고픈 말이야. 사람들이 네 친구나 적은 물론 너에 관해 뭐라고 하든 신경 쓰지 말 것."

이저벨은 생각에 잠겼다. "오빠 말이 맞다고 생각해요. 하지만 신경 쓰지 않을 수 없는 일이 있거든요. 예를 들어, 내 친구가 공격을 받거나 내가 칭찬을 받을 때."

"물론 언제라도 그런 사람들을 심판할 자유는 있지. 사람들을 그렇게 심판하면," 랠프가 덧붙였다. "그럼 모든 사람에게 유죄 판결을 내리게 될 거야!"

"내 눈으로 오즈먼드 씨를 보기로 했어." 이저벨이 말했다. "그 사람 집을 방문하겠다고 약속했거든."

"집을 방문한다고?"

"보러 가기로 했어요. 집의 경관, 그의 딸과 그가 그린 그림 등등. 정확하게 뭘 보러 가는지 모르겠네. 마담 멀이 동행하기로 했고요. 아주 많은 숙녀들이 그를 찾아온다고 하더라고요."

"아, 마담 멀과 함께라면 어디라도 가도 된다. '자신만만하게'.[39]" 랠프가 말했다. "최상의 사람들하고만 교제하니까."

이저벨은 오즈먼드를 더 화제로 삼지 않았지만, 곧 마담 멀을 거론할 때 그의 말투가 걸린다고 덧붙였다. "오빠가 뭘 암시하는 것처럼 들려요. 무슨 뜻으로 그러는지 모르겠는데, 싫어할 이유가 있으면 솔직하게 털어놓든가, 아니면 입을 다물든가 해야 한다고 생각해."

하지만 랠프는 보통 때보다 더 열성적으로 이런 비난에 분개하

---

39 (프) de confiance.

는 태도를 보였다. "난 마담 멀에게 말을 걸 때 하는 그대로 그녀에 관해 이야기하는걸. 과장된 경의를 표하기까지 하면서."

"바로 그거예요. 과장이라는 말. 내가 문제 삼는 건 그거예요."

"내가 그렇게 말하는 건 마담 멀의 덕목이 과장되었기 때문이야."

"누가 과장해요? 말씀해보시죠. 내가? 그렇다면 그분에게 폐를 끼친 셈이네."

"아냐, 아냐, 본인이 과장하는 거야."

"어머, 말도 안돼!" 이저벨이 열렬하게 외쳤다. "그렇게 자기를 낮추는 여자가 어디 있다고 ─!"

"꼭 집어 말했네." 랠프가 말을 가로막았다. "겸양이 과장된 거야. 그렇게 낮춰서는 안될 말이지. 잘났다고 나댈 완벽한 권리가 있는데 말이야."

"그럼 그녀의 덕목이 큰 거네. 오빠 말은 앞뒤가 안 맞아."

"덕목이 엄청나게 크지." 랠프가 말했다. "불가사의할 정도로 무결점이야. 미덕의, 전인미답의 사막이야. 절대 기회를 주지 않는, 내가 아는 유일한 여자라고."

"어떤 기회요?"

"글쎄, 그녀를 바보라고 부를 기회랄까! 단 하나의 사소한 결점 밖에 없는, 내가 아는 유일한 여자지."

짜증이 난 이저벨이 돌아섰다. "오빠 말은 알아들을 수가 없어. 내 단순한 머리로 이해하기에는 너무 꼬였어."

"설명해주지. 마담 멀이 과장한다고 말할 때 통속적인 의미는 아냐. 떠벌리고, 허풍을 떨고 자신을 지나치게 좋게 말한다는 말이 아니라고. 문자 그대로 완벽해지기 위해 너무 끝까지 밀어붙인다는 뜻이야. 그녀의 덕목 자체에 무리를 가한다는 거지. 그녀는 너무 홀

룡하고, 너무 친절하고, 너무 영리하고, 너무 아는 게 많고, 너무 재주가 많고, 모든 것에 '너무'가 붙어. 한마디로 너무 완벽해. 내 신경에 거슬린다고. 정말 인간적인 아테네 시민들이 공명정대한 아리스티데스[40]에게 품은 그런 심사가 내게도 다분히 있다고 해두지."

이저벨은 사촌 오빠를 빤히 쳐다보았다. 하지만 조롱기가 그의 말에 숨어 있다 해도 그의 얼굴에는 드러나지 않았다. "마담 멀이 추방되기를 바라는 거예요?"

"천만에, 같이 있으면 재미있는 사람인걸. 난 마담 멀이 재미있다고 생각해."

"오빠 정말 구제 불능이야!" 이저벨이 큰 소리로 말했다. 그러고는 마담 멀의 명예에 흠이 되는 일을 알고 있느냐고 물었다.

"전혀 없어. 바로 그런 뜻으로 한 말이라는 걸 모르겠니? 다른 모든 사람의 성품에서는 작은 검은 반점 같은 걸 찾을 수 있어. 한 반시간을 들이면 언젠가 너한테서도 찾을 수 있을 게 분명해. 나로 말하자면, 물론, 표범처럼 반점투성이지. 하지만 마담 멀은 아무것도, 아무것도, 아무것도 없어!"

"나도 그렇게 생각해요!" 이저벨이 고개를 홱 젖히며 말했다. "그래서 그분을 좋아해요."

"그녀는 네가 꼭 알아야 할 사람이야. 네가 세상을 보고 싶으면 더 나은 길잡이를 찾을 수 없을 거다."

"마담 멀이 세속적이라는 뜻으로 하는 말이에요?"

"세속적이라고? 천만에." 랠프가 말했다. "그녀가 광대한 세상, 둥근 세상 그 자체야!" 마담 멀이 재미있다고 한 그의 말이 악의의

---

40 아리스티데스(약 530~468 BCE). 청렴으로 유명한 아테네의 정치가 겸 군인. 아테네 시민에 의해 십년간 추방됨.

세련된 표현이라고 이저벨은 그 순간 믿었지만, 사실은 그렇지 않았다. 기분 전환이 되는 거라면 뭐든 가리지 않는 랠프 터칫이 그런 사교술의 대가와 함께 즐거운 시간을 보내지 못했더라면 자신을 용서하지 않았을 것이다. 호감과 반감이 랠프의 마음 깊이 자리 잡고 있었고, 그가 집행하는 정의를 마담 멀이 즐겼음에도 불구하고, 어머니의 집에 그녀가 없다고 해서 그의 삶이 황폐해지지는 않았으리라. 하지만 랠프 터칫은 자신을 드러내지 않고 경청하는 법을 배웠다. 그리고 마담 멀의 전체적인 연기만큼 '계속해서' 주의를 기울일 수 있는 게 또 어디 있겠는가. 그는 그녀를 한모금씩 음미하거나 포도주잔을 놓아두듯 그냥 지켜보았는데, 마담 멀 자신이 해도 더 잘할 수 없을 정도로 적절한 순간에 그렇게 했다. 마담 멀이 가엾기까지 한 순간도 있었다. 이상하게도 바로 그런 순간에 그는 그녀에게 대놓고 친절을 베풀지 않았다. 랠프는 그녀가 너무도 야심적이었다는 것과 실제의 성취가 그녀의 은밀한 잣대에 턱없이 못 미친다는 것을 알았다. 그녀는 자신을 완벽하게 단련했는데 아무런 보상을 얻지 못했다. 수입은 적고, 친구는 많고, 스위스 상인의 과부요, 지인들의 집을 돌며 ─ 거침없이 객설을 늘어놓는 신간 서적처럼 ─ 거의 모든 이들에게서 '호감을 사는', 언제나 평민에 불과한 마담 멀이었던 것이다. 이런 처지와 그녀가 희망을 건 대여섯번의 기회가 가능하게 했을 지위의 대조는 비극적인 데가 있었다. 랠프의 어머니는 그가 상냥한 마담 멀과 아주 잘 지낸다고 생각했다. 터칫 부인의 관점에서 봤을 때 대체로 너무 정교한, 자신만의 행동 지침을 따르는 두사람 사이에는 공통점이 많을 법했다. 이저벨을 독점하려면 저항에 부딪힐 거라고 오래전에 마음을 다잡은 랠프는 그녀가 이 출중한 인물과 쌓은 친분을 곰곰 생각해보았다. 그리고 나쁜 일에 그렇게 대처해왔듯이 있는 그대로 받아들이기로 했다. 그는 자연스럽게 정리가 되리라고 보았다. 영원히 지속되지는 않으리라. 남보다 우월한 두사람은 생각하는 것처럼 상대를 잘 알지 못한다. 어느 쪽이든 한두가지 중대한 발견을 하면 결별까지는 가지 않더라도 소원해질 것이다. 한편 그는 손위의 숙녀와 나누는 대화가 젊은 처녀에게 유익하다고 인정할 용의가 있었다. 이저벨은 배울 게 많았고, 젊은이들을 훈련하는 다른 어떤 교관보다 마담 멀에게 배우는 게 더 나으리라. 이저벨이 상처를 입을 가능성은 적어 보였다.

24장

이저벨은 이내 언덕 위에 있는 오즈먼드의 집을 방문했는데, 이런 방문이 그녀에게 어떤 해를 끼칠 수 있을지 상상하기 어려웠다. 또스까나의 봄이 무르익은 온화한 오후, 이런 날의 나들이보다 더 즐거운 일도 없으리라. 두사람은 마차로 민패의 거대한 상부구조를 머리에 인 고대 로마의 대문을 지났는데, 대문의 정교하고 선명한 아치는 그 자체로 인상적이었다. 그들은 담장이 높은 시골길을 거쳐 무성한 꽃가지들이 축축 늘어져 향기를 뿜어내는 과수원을 지나 언덕 위 비뚜름한 모양의 작은 도회풍 광장에 도착했다. 그곳에 오즈먼드가 일부를 세낸 빌라의 긴 밤색 벽이 가장 두드러지게, 적어도 매우 당당하게 서 있었다. 이저벨은 친구와 함께 높고 널찍한 안뜰로 들어섰는데, 아래쪽에는 건물의 그림자가 명확하게 드리웠고, 위로는 서로 마주 보는 산뜻한 아치형 회랑의 날렵한 기둥

과 꽃을 피우며 기둥을 기어오르는 덩굴에 햇살이 비쳤다. 그곳에
는 근엄하고 강렬한 뭔가가 있었다. 한번 들어가면 애를 써야 나올
수 있을 것같이 보였다. 하지만 이저벨은 물론, 적어도 아직까지는,
되돌아가는 것보다 앞으로 나아갈 생각밖에 없었다. 오즈먼드는
추운 대기실─그 방은 5월에도 추웠다─에서 그녀를 맞이했고
마담 멀과 함께 우리가 이미 알고 있는 방으로 안내했다. 이저벨이
오즈먼드와 이야기를 나누느라 뒤처진 동안 마담 멀은 익숙한 듯
앞장서 들어가 응접실에 앉아 있는 두사람과 인사를 나눴고, 그중
한명인 팬지에게 키스를 했다. 오즈먼드 씨는 이저벨에게 다른 한
사람이 누이동생인 제미니 백작 부인이라고 짧게 소개하고 덧붙
였다. "그리고 저 아이가 제 딸입니다. 수녀원 학교에서 막 돌아왔
지요."

팬지는 짧은 흰색 원피스를 입고 금발을 단정하게 헤어네트로
틀어올렸다. 작은 신발을 샌들처럼 발목에서 끈으로 묶었다. 소녀
는 수녀원에서 하는 식으로 이저벨에게 무릎을 살짝 굽히고 인사
한 다음 키스를 받으려고 다가왔다. 제미니 백작 부인은 일어서지
않고 고개만 까닥했다. 이저벨은 그녀가 최신 유행을 좇는 숙녀임
을 한눈에 알아봤다. 마르고 가무잡잡하고 전혀 예쁘지 않은, 열대
지방의 새를 연상시키는 이목구비, 부리 모양의 긴 코, 불안하게 움
직이는 작은 눈, 움푹 팬 듯 들어간 입과 턱 등 전혀 호감이 가는 얼
굴이 아니었다. 하지만 혐오와 기쁨의 강도, 경이를 다양하게 변주
하는 표정이 비인간적인 느낌을 상쇄했고, 자신의 외모를 정확하
게 파악해 장점을 최대한 살리고 있음이 그녀의 겉모습에서 명백
하게 드러났다. 풍성하고 사치스러운 옷차림은 반짝이는 깃털처럼
보였는데, 몸가짐도 가지 위에 앉아 있는 새처럼 가볍고 예측 불허

였다. 그녀는 예의범절을 몹시 따졌다. 그렇게 법도를 갖추는 사람을 본 적이 없는 이저벨은 즉각 그녀를 매우 허세를 부리는 여자로 분류했다. 알고 지내서 좋을 게 없는 여자라던 랠프 오빠의 말이 떠올랐다. 어쨌거나 얼핏 봐도 제미니 백작 부인에게 깊이가 없어 보인다고 시인할 용의가 있었다. 백작 부인의 감정 표현은 전면 휴전의 백기를, 흰 비단에 장식 깃털이 팔랑거리는 백기를 격렬하게 흔드는 것 같았다.

"만나서 반갑다는 내 말 진심이에요. 당신이 온다는 걸 알고 나도 여기 온 거니까. 난 오즈먼드를 만나러 오지 않아요. 날 보러 오라고 하죠. 이 언덕은 정말 구제 불능이에요. 무슨 생각으로 여기 사는지 모르겠어요. 정말이지 오빠 때문에 내 말이 다 못쓰게 되겠어. 여기 왔다가 말이 다치면 오빠가 한쌍 사줘야 해. 오늘도 씨근거리는 걸 들었어. 정말 그랬다니까. 마차에 앉아 있는데 말이 씨근거리면 기분이 아주 안 좋거든요. 뭔가 잘못됐다는 소리잖아요. 하지만 우린 말 하나는 언제나 좋은 품종을 써요. 없이 지내는 게 한두가지가 아니지만 그건 어떻게든 해냈죠. 우리 남편이 무식해도 말에 대해서는 좀 알거든요. 일반적으로 이딸리아 사람들은 안 그런데, 우리 남편은 짧은 소견이나마 영국 거라면 모두 좋아해요. 내 말은 영국산이에요. 그러니까 말에 문제가 생기면 더 애석하지 않겠어요. 이 말은 해야겠네요." 그녀는 이저벨을 보고 말을 이어갔다. "오즈먼드는 날 자주 초대하지 않아요. 내가 오는 걸 좋아하지 않나봐요. 오늘도 내가 알아서 온 거예요. 난 새로운 사람을 만나는 걸 좋아하는데, 당신은 완전히 새로운 사람이잖아요. 그런데 거기 앉지 마세요. 그 의자는 보기보다 불편해요. 여기 좋은 의자가 몇개 있기는 하지만 어떤 건 형편없어요."

몸을 비틀고 흔들면서 그녀는 이런 소견을 새되고 빠른 목소리로 말했다. 사람들이 농 삼아 말하듯이 영어가, 혹은 미국 영어가 고생한다고 해야 할 그런 억양이었다.

"네가 오는 걸 좋아하지 않는다고?" 그녀의 오빠가 말했다. "돈으로 살 수 없는 소중한 존재라고 믿고 있는걸."

"형편없는 건 보이지 않는데요." 이저벨이 주변을 돌아보면서 말했다. "제 눈에는 모든 게 아름답고 훌륭해 보여요."

"좋은 물건이 몇점 있지요." 오즈먼드가 인정했다. "사실 형편없는 물건을 갖고 있지는 않아요. 하지만 갖고 싶은 것을 소장하지는 못했습니다."

그는 약간 어색하게 거기 서서 미소를 띠고 둘러보았다. 그의 태도에는 초연함과 관심이 묘하게 뒤섞여 있었다. 그는 올바른 '가치'를 제외하면 아무것도 중요하지 않다고 암시하는 듯했다. 이저벨은 재빨리 추론했다. 완벽한 소박함이 이 집안의 휘장은 아니라고. 원피스를 단정하게 차려입고 손을 뒤로 깍지 낀 채 첫 영성체를 앞둔 듯 서 있는 수녀원에서 온 소녀조차도, 오즈먼드 씨의 자그마한 딸조차도 전적으로 자연스럽다고 할 수 없을 정도로 세련되었다.

"우피찌 미술관과 삐띠 궁의 작품을 몇점 갖고 싶었죠. 당신이 갖고 싶던 게 그거예요." 마담 멀이 말했다.

"가엾은 오즈먼드, 낡은 커튼과 십자가라니!" 제미니 백작 부인이 큰 소리로 외쳤다. 그녀는 오빠를 이름보다 성으로만 부르는 것 같았다. 그런 감탄사에는 특별한 목적이 있는 것 같지 않았는데, 백작 부인은 웃으면서 이저벨을 머리에서 발끝까지 훑어보았다.

동생의 말을 듣지 못한 오즈먼드는 이저벨에게 무슨 말을 할까 생각하는 것 같았다. "차를 드시겠습니까? 지치셨을 텐데." 이윽고 그는 할 말을 생각해냈다.

"천만에요, 지치지 않았어요. 뭘 했다고 지쳤겠어요?" 이저벨은 아주 솔직해야 할 필요를, 아무것도 꾸며대지 않아야 할 필요를 느꼈다. 그녀가 받은 전체적인 인상에서 주제넘게 나서고 싶은 마음이 조금도 들지 않게 만드는 어떤 분위기가—그것이 뭔지 말로 표현할 수 없었지만—감지되었다. 그곳과 그 상황과 사람들의 조합이 표면에 드러나 보이는 것보다 더 많은 의미를 띠었다. 그게 뭔지 이해하려고 노력하리라. 그저 우아하게 상투적인 말이나 하고 있지는 않으리라. 가엾은 이저벨은 많은 여자들이 관찰하는 것을 감추기 위해 우아하게 상투적인 말을 해왔음을 몰랐던 게 분명하다. 그녀의 자존심에 경보가 조금 울렸다는 점을 밝혀야겠다. 관심을 불러일으키는 평판이 있는 남자요, 자신을 빛낼 능력이 있는게 확실한 남자가 호의를 남발하지 않는 아가씨인 자기를 집으로 초대했다. 그녀가 초대를 받아들인 이상 환대의 부담은 당연히 그의 재치에 달려 있다. 오즈먼드 씨가 생각보다 덜 편안하게 이런 부담을 견딘다는 점을 깨달았다고 그녀가 덜 예리한 관찰자가 된건 아니고, 당장은 더 관용을 베풀지 않았다는 게 우리의 판단이다. "내가 이런 일에 쓸데없이 말려들다니 멍청하긴—!" 그가 혼자 이렇게 탄식하는 걸 이저벨은 그려볼 수 있었다.

"오즈먼드가 골동품 전부를 보여주고 소장품 하나하나마다 강의를 하고 나면 당신은 집에 가서 나가떨어질걸요." 제미니 백작부인이 말했다.

"그건 겁나지 않아요. 피곤하다고 하더라도 최소한 뭔가를 배웠을 테니까요."

"배울 건 별로 없을 거라고 생각됩니다만, 누이는 뭘 배우는 걸 아주 겁내거든요."

"그건 인정해요. 난 더 알고 싶은 게 없어요. 이미 너무 많은 걸 알고 있는걸요. 많이 알면 알수록 더 불행해지니까."

"팬지 앞에서 지식을 평가 절하해서는 곤란해요. 이 아이의 교육은 아직 끝나지 않았잖아요." 마담 멀이 웃으면서 말을 가로막았다.

"아무것도 팬지에게 해를 끼치지는 못할 거요." 소녀의 아버지가 말했다. "팬지는 수녀원에서 피어난 작은 꽃이니까."

"오, 수녀원, 수녀원이라!" 백작 부인이 소맷자락의 주름 장식을 흔들면서 큰 소리로 말했다. "수녀원 이야기라면 내가 빠질 수 없지! 거기선 모든 걸 배울 수 있죠. 나도 수녀원에서 피어난 꽃인걸. 난 착한 척하지 않지만 수녀님들은 그러거든요. 무슨 뜻인지 알겠죠?" 그녀는 이저벨의 동의를 구하며 말을 이었다.

이저벨은 안다는 확신이 들지 않아서, 원래 논리적인 사고를 잘 따라가지 못한다고 대답했다. 그러자 백작 부인은 자신도 그런 사고를 혐오하며, 그건 논쟁적인 자기 오빠의 취향이라고 선언했다. "나로 말하자면 좋아하거나 싫어하거나 둘 중 하나예요. 물론 모든 걸 다 좋아할 수는 없죠. 하지만 논리적으로 따질 일은 아니에요. 그러다 어디로 빠질지 모를 일이죠. 잘못된 이유로 좋은 느낌이 들 수 있잖아요? 그리고 좋은 이유로 나쁜 느낌이 들 수도 있고요. 무슨 뜻인지 알겠죠? 난 논리 같은 건 전혀 관심이 없지만, 내가 뭘 좋아하는지 알아요."

"아, 그게 제일 중요하지요." 이저벨은 웃으면서 말했다. 이 팔랑거리는 인물과 알고 지내는 건 지적 평정에 도움이 되지 않겠다 싶어서였다. 백작 부인이 논리적인 사고를 반대한다면, 이저벨도 그 순간 그럴 기분이 아니라 팬지에게 손을 내밀었다. 그런 몸짓이라면 견해차를 낳을 수 있는 어떤 일에도 말려들 리 없다고 안도의 한숨을 쉬면서 말이다. 길버트 오즈먼드는 누이의 말투를 체념하고 받아들이는 것 같았다. 화제를 바꾼 그는 이내 이저벨의 손가락을 수줍게 만지작거리고 있는 딸의 반대편에 자리 잡았다가 결국은 앉아 있는 딸을 끌어당겨 자기 무릎 사이에 세워놓고 그에게 기대선 그녀의 가냘픈 몸을 껴안았다. 소녀는 초연하고도 조용한 눈길을 이저벨에게 고정시켰다. 어떤 의도도 담고 있지 않지만 이저벨에게 끌리고 있음을 의식하고 있는 응시였다. 오즈먼드는 화제가 풍부했다. 마담 멀은 그가 마음만 먹으면 유쾌하게 처신할 수 있다고 말했는데, 오늘은 시간이 좀 지나자, 그럴 마음을 먹었을 뿐 아니라 아예 작정하고 나선 것 같았다. 마담 멀과 제미니 백작 부인은 조금 떨어져서 상대를 잘 알아 편해진 사람들의 느긋한 태도로 대화를 나누고 있었다. 하지만 이따금씩 던진 막대기를 향해 달려가는 푸들처럼 마담 멀의 명료함을 물고 늘어지는 백작 부인의 목소리가 이저벨의 귀에 들려왔다. 마담 멀은 그녀가 어디까지 가나 떠보는 것 같았다. 오즈먼드는 피렌쩨와 이딸리아에 대해, 이 나라에 사는 즐거움과 그 즐거움이 줄어드는 것에 대해 이야기했다. 좋은 점과 나쁜 점 둘 다 있다. 나쁜 점도 많다. 이방인들은 이런 곳을 너무 낭만적으로만 보는 경향이 있다. 이딸리아에서는 인간적인 낙오자, 사회적인 낙오자가 자신의 처지에 평온하게 대처할 수 있다. 그가 의미하는 낙오자란 감수성을 흔한 말로 '실현'할 수 없는 사람들을 가리킨다. 그곳에서 그들은 가난하지만 조롱거리가 되지 않고, 조상 전래의 가보나 돈은 되지 않으면서 불편할 뿐인 한정상속 재산을 지키듯이, 감수성을 지킬 수 있다. 그래서 아름다움의 최대치를 보유하고 있는 이 나라에 사는 이점이 있다. 어떤 발상들은 여기서만 가능하다. 삶에 유리한 다른 생각들은 하지 못하고, 아주 잘못된 생각을 하게 되기도 한다. 하지만 시시때때로 이 모든 것을 보상하는 멋진 생각들을 할 수도 있다. 어쨌든 이딸리아는 수많은 사람을 망쳐놓았다. 가끔 그가 이곳에서 시간을 덜 보냈더라면 더 나은 사람이 되지 않았을까 하는 어리석은 생각이 들 때도 있다. 이 나라는 사람을 게으르고 어설픈 이류로 만든다. 이곳에는 인물을 단련시키는 게 아무것도 없다. 빠리와 런던에서 번창하는, 다른 말로 하자면, 성공적인 사회성과 기타의 '뻔뻔함'을 배양하지 않는다. "우리는 유쾌한 촌사람입니다." 오즈먼드가 말했다. "맞는 자물쇠가 없는 열쇠처럼 저 자신 녹슬었음을 잘 알고 있습니다. 당신과 이야기를 하니 녹이 좀 벗겨지는 것 같군요. 당신이라는 지적 존재의 복잡한 자물쇠를 감히 열려고 이러는 건 아니에요! 하지만 세번을 만나기도 전에 당신은 가버릴 테고, 그러면 아마 다시는 만날 수 없겠지요. 사람들이 찾아오는 나라에 사는 게 그래요. 마음에 안 드는 사람이라도 떠나면 안 좋은데, 마음에 드는 사람이면 더 안 좋거든요. 좋아하기 시작하자마자 또 가버리니까요! 너무 여러번 속았어요. 그래서 마음 주는 걸 그만뒀지요. 사람에게 애착을 갖지 않기로 했습니다. 머무를, 정착할 작정이라고요? 그럼 정말 좋겠네요. 아, 그래요, 이모님이 보증인이라고 할 수 있겠군요. 이모님은 믿어도 되겠지요. 아, 그분은 피렌쩨의 오랜 시민이지요. 최근에 이주한 이방인이 아니라, 문자 그대로 오래된 분이에요. 메디치 가문과 동시대인으로 싸보나롤라[41]의 화형식에 참석하셨을

41 싸보나롤라(Girolam Savonarola, 1452~98). 이딸리아의 종교개혁가로, 메디치 가문이 1494년에 피렌쩨에서 한시적으로 추방되었을 때 영적 지도자로 군림함.

것만 같다니까요. 이모님이 불길에 나무토막 한줌을 던지지 않았다고 장담할 수 없네요. 얼굴이 초기 르네상스 회화에 나오는 어떤 얼굴들과 아주 닮았어요. 작고 여위고 윤곽이 뚜렷한 얼굴─표정은 풍부한 게 분명하지만 거의 언제나 똑같은 표정을 짓고 있는 얼굴 말이에요. 정말이지, 기를란다요[42]의 프레스꼬 벽화에서 이모님의 초상을 보여드릴 수 있습니다. 이모님에 대해 이런 식으로 말한다고 불쾌하신 건 아니겠죠, 네? 그럴 분이 아니라고 짐작했어요. 이렇게 말하는 걸 더 불쾌하게 생각하실 수도 있겠군요. 두분을 존중하는 마음이 부족해서 그런 건 절대 아닙니다. 저는 터칫 부인의 각별한 예찬자예요."

집주인이 이렇게 속내를 털어놓으면서 이저벨을 환대하려고 애쓰는 동안, 그녀는 가끔 마담 멀 쪽을 바라보았다. 마담 멀은 무심하게 웃으면서 그녀의 눈길을 받았는데, 이번에는 그 미소에 우리의 여주인공이 돋보인다는 식의 부적절한 암시가 나타나지 않았다. 마담 멀은 이윽고 제미니 백작 부인에게 정원으로 나가보자고 제안했고, 일어서서 깃털을 펼친 백작 부인은 옷 스치는 소리를 내면서 문 쪽을 향했다. "가엾은 아처 양!" 남아 있는 사람들을 내려다보며 그녀가 동정심을 담아 큰 소리로 말했다. "아주 가족의 일원이 되셨네."

"아처 양은 네가 속해 있는 가족에게 호감이 있을 뿐이야." 오즈먼드가 웃음을 터뜨리며 대답했다. 그의 웃음에는 조롱기가 있었지만 참을성도 배어 있었다.

"무슨 뜻으로 그런 말을 하는지 모르겠네! 오빠가 나쁘게 말하

---

42 기를란다요(Domenico Ghirlandajo, 1449~94). 피렌쩨의 화가.

지만 않는다면 아처 양이 날 나쁘게 생각할 리 없지. 난 오빠가 생각하는 것보다는 더 괜찮은 사람이에요, 아처 양." 백작 부인이 말을 이었다. "그저 어리석은데다 지루할 따름이죠. 그렇게만 말하던가요? 아, 그럼 기분을 잘 맞춰줬나보네요. 오빠가 특히 애착을 갖는 화젯거리를 꺼내던가요? 끝도 한도 없이 논하는 화제가 두셋 있다는 걸 알려드리죠. 그럼 모자를 벗어놓는 게 좋을 거예요."

"오즈먼드 씨가 특히 애착을 갖는 화제가 뭔지 전 모르겠네요." 자리에서 일어선 이저벨이 이렇게 말했다.

백작 부인은 순간 한 손의 손가락을 모아 이마를 누르고 온 신경을 집중해 생각에 잠긴 시늉을 했다. "간단히 알려드리지. 하나는 마끼아벨리고, 다른 하나는 비또리아 꼴론나, 그리고 메따스따시오예요."[43]

"아, 나와 이야기를 나눌 때," 마담 멀이 제미니 백작 부인을 정원으로 인도하려는 듯 팔짱을 끼면서 말했다. "오즈먼드 씨는 그렇게 역사적인 화제를 들고 나온 적이 없는걸."

"오, 당신," 백작 부인이 그녀와 함께 나가면서 대답했다. "당신 자신이 마끼아벨리인걸. 당신 자신이 비또리아 꼴론나이고."

"다음엔 가엾은 마담 멀을 메따스따시오라고 하겠구나!" 길버트 오즈먼드가 체념한 듯 한숨을 쉬었다.

이저벨은 그들도 정원으로 나가려니 생각하고 일어섰다. 하지만 집주인은 재킷 주머니에 손을 찌른 채 방을 떠날 의사가 없는 듯 서 있었다. 아버지의 팔짱을 낀 팬지는 그의 팔에 매달려 아버지와 이저벨의 얼굴을 번갈아 올려다보았다. 이저벨은 자신의 동선이

---

43 각각 피렌쩨의 작가·정치가(1492~1527), 로마의 귀족·여성 시인(1492~1547), 시인·극작가(1698~1782).

정해진 데 만족감을 느끼면서 말없이 기다렸다. 그녀는 오즈먼드의 이야기를 듣는 게, 그와 같이 있는 게 좋았다. 새로운 관계를 의식할 때 언제나 느끼는 아주 내밀한 흥분이 감지됐다. 큰 방의 열린 문을 통해 그녀는 마담 멀과 백작 부인이 정원의 고운 잔디 위를 거니는 모습을 볼 수 있었다. 이윽고 이저벨이 돌아서서 주변의 산재한 물상에 눈길을 주었다. 오즈먼드가 그녀에게 자신의 보물들을 보여줄 예정이었다. 그림과 장롱 모두 보물처럼 보였다. 이저벨은 잠시 후 그림 하나를 더 잘 보려고 다가갔는데, 그러자마자 그가 불쑥 물었다. "아처 양, 제 누이동생을 어떻게 생각하시나요?"

그녀는 조금 놀라서 그의 얼굴을 바라보았다. "아, 그런 질문은 하지 마세요. 만나뵌 지 얼마나 됐다고요."

"그래요, 누이를 잠깐 보셨죠. 하지만 볼 게 그리 많지 않다는 사실에는 주목하셨을 겁니다. 우리 집안의 가풍에 대해서 어떻게 생각하시나요?" 그는 차갑게 웃으며 말했다. "새로운 눈을 가진, 편견이 없는 사람에게 어떻게 비칠까 알고 싶습니다. 뭐라고 말씀하실지 알아요. 관찰한 게 거의 없다고요. 물론 흘끗 본 데 지나지 않지만, 앞으로 기회가 있으면 주목해보세요. 여기 떨어져나와 우리 것이 아닌 사물과 사람 들에 둘러싸여 살면서 우리가 좀 잘못된 길로 빠졌다는 생각이 듭니다. 책임과 애착 없이, 결속을 유지할 아무것도 없이, 외국인과 결혼하고, 인위적인 취향을 갖게 되고, 타고난 사명을 속이고 살게 된 거죠. 하지만 그건 누이보다는 저 자신에게 훨씬 더 맞는 이야기라고 덧붙여야겠군요. 그녀는 아주 훌륭한 숙녀예요. 보기보다 훌륭해요. 좀 불행한 편인데, 심각한 성격이 아니기 때문에 불행을 비극적으로 표현하는 쪽은 아니지요. 대신 희극적으로 표현해요. 남편이 끔찍한 사람인데, 누이가 그 사람을 잘 참아낸다고 할 수는 없어요. 물론 그런 남편과 살려면 힘들기는 하지요. 마담 멀이 좋은 충고를 해주지만, 아이에게 사전을 주고 외국어를 배우라고 하는 꼴이겠지요. 단어를 찾아볼 수는 있지만 문장을 만들 수는 없으니까요. 누이는 문법이 필요한데, 불행하게도 문법적이지 않아요. 이런 시시콜콜한 사실로 마음을 어지럽힌 걸 용서하세요. 당신이 우리 가족의 일원이 됐다고 한 누이의 말이 정말 맞네요. 저 그림을 내려드리지요. 빛이 더 있는 데서 감상하셔야 할 테니까."

그는 그림을 내려 창가로 들고 가서 그림에 얽힌 특이한 사실들을 말해주었다. 그녀가 다른 예술작품들로 눈길을 돌리자, 그는 여름날 오후에 방문한 젊은 숙녀의 마음에 꼭 들 만한 설명을 덧붙였다. 그림과 메달, 자수 벽걸이는 흥미로웠다. 하지만 시간이 조금 지나자, 이저벨은 빽빽하게 에워싸고 있는 예술품들과는 별도로 그 소장인에게 더 큰 흥미를 느꼈다. 그는 그녀가 만난 누구와도 비슷하지 않았다. 그녀가 아는 사람들은 대부분 대여섯가지 유형으로 나뉜다. 여기에 예외가 한둘 정도 있다. 예컨대, 리디아 이모를 집어넣을 어떤 유형도 생각해낼 수 없다. 상대적으로 독창적이라고, 요컨대 예의상 독창적이라고 할 수 있는 사람들도 있다. 굿우드 씨나 사촌 랠프, 헨리에타 스택폴, 워버턴 경과 마담 멀이 그런 경우다. 하지만 따지고 들면, 되짚어 자세히 들여다보면, 이들은 그녀의 마음속에 이미 있는 유형들에 속했다. 그녀의 마음속에 오즈먼드 씨가 자연스럽게 속할 유형은 없었다. 그는 별개의 사례였다. 이저벨이 이 모든 사실을 그 자리에서 인식한 것은 아니었지만, 그렇게 생각이 정리되기 시작했다. 당장은 새로 알게 된 사람들 중 그가 발군일 수 있다는 생각을 떠올리는 데 그쳤다. 마담 멀도 그런 희귀한 음색이 있지만, 남자의 목소리로 들려올 때 즉각적으로 인지되는 힘은 전혀 다른 종류였다! 그가 한 말과 행동보다는 하지 않고 남겨둔 무엇이, 그가 보여준 오래된 접시의 밑바닥과 16세기 그림 한쪽 구석에 찍힌 아주 진기한 낙관落款처럼, 그녀의 눈길을 사로잡았다. 그가 일반적인 용법에서 확연히 벗어나는 식으로 말하는 것은 아니다. 별나게 굴지 않으면서도 독창적인 사람이었다. 그녀는 그렇게 섬세한 결을 가진 사람을 본 적이 없었다. 우선 신체적으로도 특이했고, 이런 특성이 눈에 보이지 않는 것으로 확장되었다. 숱이 많은 부드러운 머리카락, 살집이 없어서 더 뚜렷한 이목구비, 나이는 들어 보였지만 거칠지 않은 맑은 피부, 고르게 다듬어 기른 수염, 손가락 하나의 움직임만으로도 풍부한 표현이 가능한 매끄럽고 날렵한 신체 구조 등등. 감수성이 예민한 우리의 처녀에게 이런 신체적 특징들은 열정의 표지요, 어쨌거나 흥미의 조짐으로 여겨졌다. 그가 까다롭고 비판적인 건 분명했다. 아마 성마른 성격이리라. 그의 감수성이 그를 지배했고, 너무 지나치게 지배해서 세속적인 노력을 견딜 수 없게 만들었으며 엄선해서 배열한 자기만의 세상에서 예술과 아름다움, 역사를 생각하면서 살게 했으리라. 그는 모든 일에 취향을, 취향만을 참조했다. 병을 고칠 수 없음을 의식하고 있는 병자가 임종을 앞두고 변호사하고만 상의하듯이 말이다. 그를 어느 누구와도 다른 존재로 만든 게 바로 그 점이다. 랠프 오빠에게도 비슷한 면모, 삶이 심미안의 문제라는 듯한 태도가 있었다. 하지만 랠프 오빠에게 있어서 그런 면모는 일탈이요, 일종의 유머러스한 변종이었다. 반면에 오즈먼드 씨에게 그것은 모든 물상과 화음을 이루는 주조음이었다. 그녀가 그를 완벽하게 이해하지 못한 건 분명했다. 그의 말뜻이 언제나 분명한 것도 아니었다. 예컨대, 그가 무슨 뜻으로 자기의 촌스러운 면을 언급했는지 알 수 없었다. 바로 그런 면을 결<s>縛</s>했다고 생각할 텐데 말이다. 어리둥절하게 만들려는 의도로 악의 없이 말장난을 건넨 걸까? 아니면 그것이 고급 문화의 궁극적인 세련미일까? 그녀는 시간이 지나면 알게 될 거라고 믿었다. 알게 되면 아주 흥미진진하리라. 그런 화음을 이루는 게 촌스럽다면 도시의 세련됨은 어느 정도일까? 집주인이 수줍은 사람이라는 느낌에도 불구하고 그녀는 이런 의문을 제기할 수 있었다. 그와 같은 수줍음, 불안정한 신경과 섬세한 감각을 가진 사람의 수줍음은 최고의 교양과 일치했다. 정말이지 그런 수줍음은 통속성과는 다른 기준과 표준을 말해주는 증거가 거의 될 만했다. 그는 통속성이 대중 사이에서 가장 먼저 자리 잡게 될 것임을 확신했음이 분명했다. 오즈먼드 씨는 유창하게 잡담과 한담을 늘어놓는 피상적인 기질의 사람처럼 쉽게 자신감을 드러내 보이는 유형이 아니었다. 다른 사람들은 물론 자신에 대해서도 비판적으로, 다른 사람들에게 호감을 갖는 데 까다로운 조건을 내걸듯이 자신이 보여줄 수 있는 것에 대해서도 아이러니한 태도를 취했다. 그가 천박하게 우쭐대는 사람이 아니라는 추가적인 증거였다. 그가 수줍지 않았더라면, 그 증거를 서서히, 교묘하게, 성공적으로 전환해 그녀에게서 호감과 신비감을 불러일으키지 못했으리라. 제미니 백작 부인을 어떻게 생각하느냐고 그가 갑자기 물은 건 그녀에게 관심이 있다는 증거가 분명했다. 그가 자신의 누이를 이해하는 데 도움을 얻으려고 그런 말을 할 리 없다. 그가 그렇게 관심을 보인 건 탐구심을 드러냈다. 하지만 자신의 호기심을 채우기 위해 형제간의 우애를 희생시킨 게 조금 이상했다. 이것이 그가 지금껏 한 일 중 가장 별난 행동이었다.

그녀가 처음 안내된 방 말고 방이 두개 더 있었는데, 마찬가지로 신비로운 물건들이 가득했다. 이 방에서 이저벨은 15분 정도를 보냈다. 모두 특이하고 진기한 물건들이었고, 딸의 손을 잡은 채 이 소품에서 저 소품으로 인도하며 오즈먼드 씨는 대단히 친절한 안내자 역할을 했다. 그의 친절에 우리의 젊은 친구는 깜짝 놀랄 지경이었다. 자기를 위해 왜 그렇게 수고를 하는지 의아한 생각이 들기도 했다. 그리고 그녀가 처음으로 경험하게 된 미와 지식의 축적에 급기야 중압감을 느꼈다. 현재로서는 그것으로 충분했다. 그녀는 그의 말에 집중하는 걸 그만두었다. 눈으로는 열심히 듣고 있었지만, 그가 하는 말의 의미를 새기지는 않았다. 그는 그녀가 실제보다 더 영리하고, 모든 면에서 더 똑똑하고, 더 준비가 되어 있다고 생각하고 있으리라. 마담 멀로서야 좋은 마음으로 과장했겠지만, 유감스러운 일이었다. 그가 결국 알아낼 게 틀림없고, 과대평가한 데 대한 반대급부로 그녀의 진가를 사주지 않으리라. 이저벨의 피로감은 마담 멀이 묘사했다고 생각한 대로 똑똑하게 보이려는 노력과 (그녀에게는 아주 드문) 두려움 때문이었다. 자신의 무지를 드러낼까 두려운 것은 아니었다. 그런 건 거의 신경 쓰지 않았다. 하지만 천박한 감식력을 들킬까봐 두려웠다. 통찰력이 우월한 그가 좋아해서는 안된다고 생각하는 뭔가를 좋다고 말하거나 진정으로 예술에 입문을 했다면 눈여겨봐야 할 것을 지나친다면 그녀는 괴로웠으리라. 그런 끔찍한 잘못을 저지르고 싶지 않았다. 그녀는 여자들이 태연하게 그런 수치스러운 실수를 범하는 것을 본 적이 있다. (그리고 그녀는 그런 실수를 타산지석으로 받아들였다.) 그렇기 때문에 그녀는 자신이 말한 것과 본 것, 또는 보는 데 실패한 것을 말하는 데 매우 조심스러웠다. 그 어느 때보다도 더 조심스러웠다.

그들은 다과를 차려놓은 첫번째 방으로 돌아왔다. 다른 두 숙녀가 아직 테라스에 있고, 이저벨이 그 집의 가장 탁월한 면모인 경관을 아직 보지 못했기 때문에 오즈먼드 씨는 더 지체하지 않고 그녀를 정원으로 이끌었다. 마담 멀과 백작 부인은 의자를 내오게 했고, 백작 부인은 날씨가 좋으니 야외에서 차를 마시자고 제안했다. 그래서 팬지를 보내 하인에게 준비하도록 했다. 해가 기울면서 금빛 햇살은 더 짙어졌고, 그들 아래 펼쳐진 산과 평원 위로 자주색 그림자가 아직 햇빛이 비치는 곳과 마찬가지로 화려한 빛을 발했다. 놀랍게 매력적인 풍경이었다. 대기는 거의 엄숙하다고 해야 할 정도로 고요했고, 정원풍의 경작지와 당당한 지형선, 풍요로운 계곡, 정교하게 침식된 언덕 등과 드문드문 특별히 인간적으로 보이는 거주지들─이 모든 것들이 멋진 조화를 이뤄 고전적인 품위를 드러내며 놓여 있었다. "아주 좋아하시는 걸 보니 다시 방문해주실 걸로 믿어도 되겠네요." 오즈먼드는 이저벨을 테라스의 한쪽 모퉁이로 인도하면서 말했다.

"물론 다시 올 거예요." 그녀가 대꾸했다. "이딸리아에 사는 게 나쁘다고 말씀하셨지만요. 타고난 사명에 대해서는 뭐라고 하셨지요? 제가 피렌쩨에서 살게 되면 타고난 사명을 포기하게 될지 궁금하네요."

"여자들의 타고난 사명은 진가를 인정받는 곳에 머무는 겁니다."

"그곳이 어딘지 아는 게 문제잖아요."

"맞는 말입니다. 여자들은 종종 그걸 알아내려고 많은 시간을 낭비하지요. 아주 간단명료하게 말해줘야 해요."

"그런 문제는 제게도 아주 간단명료하게 말해줘야 해요." 이저벨이 미소를 지었다.

"어쨌든 정착하신다는 말씀을 들으니 반갑군요. 마담 멀에게 듣기로는 다소 방랑벽이 있으시다던데. 세계일주를 계획하시고 있다는 이야기를 들은 것 같습니다."

"제 계획들을 부끄럽게 생각하는걸요. 매일 새로운 계획을 세우니까요."

"왜 부끄러워하시는지 모르겠군요. 그게 최고의 기쁨인데요."

"경솔해 보이니까요." 이저벨이 말했다. "아주 심사숙고해서 선택해 성실하게 계획을 실행해야 하잖아요."

"그런 잣대로 본다면 저는 경솔했던 적이 없군요."

"계획을 세운 적이 없으세요?"

"아니요, 여러해 전에 계획을 세워서 오늘날까지 실행하고 있거든요."

"아주 즐거운 계획이었나봐요." 이저벨은 넌지시 말했다.

"아주 단순해요. 가능한 한 조용히 지내자는 겁니다."

"조용히요?" 처녀가 반복했다.

"걱정하지 않기. 애쓰거나 아등바등하지 않기. 체념하기, 적은 것에 만족하기." 그는 이 문장들을 천천히 하나씩 떼어가면서 말했고, 어렵사리 뭔가를 고백하게 된 사람의 의식적인 태도를 취하며 그의 지적인 눈길을 손님에게 고정했다.

"그런 걸 단순하다고 하시나요?"

"네, 부정적이니까요."

"부정적인 삶을 사셨어요?"

"굳이 말씀드린다면 긍정적이라고 해도 좋아요. 저의 무관심을 긍정했을 따름이니까요. 원래부터 타고난 무관심이 아니라는 점은 알아주시길. 그건 아니고, 일부러 꾸민, 고의적인 체념입니다.”

그녀는 그의 말을 거의 이해하지 못했다. 그가 농담을 하는지 여부도 확실치 않았다. 곁을 전혀 주지 않을 것처럼 굴다가 왜 갑자기 속내를 드러내는 걸까? 하지만 그건 그의 문제였고, 그가 속마음을 털어놓는 게 흥미로웠다. “왜 체념하셨는지 모르겠네요.”그녀가 잠시 후 말했다.

“아무것도 할 수 없었기 때문입니다. 전망도 없고 빈한한데다 천재도 아니었거든요. 재능도 없었습니다. 일찌감치 주제를 파악한 겁니다. 저는 현존하는, 성미가 가장 까다로운 신사일 따름이에요. 이 세상에 내가 부러워하는 사람이 두셋 있기는 합니다. 예컨대, 러시아의 황제와 터키의 술탄! 깊은 경의의 대상이 된다는 점에서 로마 교황이 부러울 때도 있습니다. 그 정도로 존중받는다면 기분이 썩 좋겠지요. 그게 가능하지 않으니까 이에 미달하는 건 그 무엇도 신경 쓰지 않기로, 명예를 얻으려고 애를 쓰지도 않기로 결심했습니다. 실속이 없더라도 신사는 언제나 신사로 자처할 수 있고, 다행스럽게도 저는 실속은 없지만 신사거든요. 이딸리아에서는 아무것도 할 수 없었습니다. 애국자조차 될 수 없었지요. 그러려면 망명을 해야 했는데, 그렇게 떠나기에는 이 나라를 너무 좋아했거든요. 게다가 당시의 이딸리아에 대체로 꽤 만족했기 때문에 변화를 원한 것도 아니었어요. 그래서 앞서 언급한 조용한 계획에 입각해 이곳에서 여러해를 보냈지요. 절대로 불행하지 않았습니다. 아무것에도 관심 없다는 뜻으로 듣지는 마세요. 하지만 제가 관심을 둔 것들은 일정하고 제한적이었지요. 오래된 은십자가를 싸게 산 것, (비싼 걸 산 적은 물론 없으니까요) 또 한번은 꼬레조의 스케치에 어떤 천치가 영감을 받았답시고 덧칠한 화판을 산 것 등, 제 삶의 대사건들은 저 자신을 제외하고는 아무도 눈여겨보지 않고 지나갔습니다."

이저벨이 그의 말을 액면 그대로 받아들였다면 오즈먼드 씨의 이력이 다소 무미건조하다고 생각할 수도 있었다. 하지만 그녀의 상상력은 그의 삶에 결핍됐을 리가 없다고 확신한 인간적인 요소들을 채워넣었다. 살면서 그는 스스로 인정하는 것보다 더 많은 사람들과 어울렸으리라. 물론 그가 이런 이야기를 털어놓으리라고 기대할 수는 없다. 지금으로서는 더 많은 사실을 끌어내려고 하지 말아야 한다. 그가 그녀에게 다 털어놓은 건 아니라고 떠보는 건 너무 친한 척하면서 상대방을 배려하지 않는 행동이다. 그렇게 보이고 싶지 않았다. 그건 사실 요란스럽게 통속적이다. 그는 이야기를 할 만큼 했다. 그래도 그녀는 단어를 잘 골라서 성공적으로 독립성을 지켜온 데 공감을 표하고 싶었다. "아주 유쾌한 삶이네요." 그녀가 말했다. "꼬레조를 빼고 모든 걸 포기하다니요."

"아, 제 나름으로 활용했지요. 제가 우는소리를 한다고 생각하지는 마세요. 행복하지 않다면 그건 자기 책임입니다."

이건 대범한 말이었다. 하지만 그녀는 사소한 화제로 말문을 돌렸다. "여기서 계속 사셨나요?"

"아니요, 계속 여기서 산 건 아닙니다. 나뽈리에 오래 살았고 로마에서도 여러해 살았어요. 여기서도 꽤 오래 살았습니다. 그런데 변화가 필요한지도 몰라요. 뭔가를 해야 돼요. 제 생각만 해서는 안 되거든요. 딸아이가 다 컸는데 그 아이가 저처럼 꼬레조와 십자가에 관심을 갖지 않을 수 있으니까요. 팬지에게 최선이 되는 일을 해야 합니다."

"아, 그러셔야지요." 이저벨이 말했다. "너무나 사랑스러운 아가씨인걸요."

"아," 길버트 오즈먼드가 멋있게 탄성을 질렀다. "하늘나라의 작은 성녀예요! 저의 큰 행복입니다!"

25장

이렇게 꽤나 친밀한 대화가 진행되는 동안─우리가 더이상 그들의 대화를 따라가지 않기로 한 이후에도 상당히 오래 지속되었다─한참을 아무 말 없이 앉아 있던 마담 멀과 백작 부인이 말을 주고받기 시작했다. 그들은 암묵적으로 뭔가를 기다리는 태도로 앉아 있었는데, 특히 백작 부인 쪽이 두드러지게 그랬다. 마담 멀보다 신경질적인 기질인 백작 부인은 조급함을 썩 잘 위장하지 못했다. 이 숙녀들이 뭘 기다리고 있는지는 확실하지 않았고, 아마 그들 자신도 명료하게 의식하지 못했으리라. 마담 멀은 오즈먼드가 이저벨을 밀담에서 놓아주기를 기다리고 있었고, 백작 부인은 마담 멀이 기다리니까 기다렸다. 게다가 백작 부인은 엉뚱한 시비를 걸 기회가 무르익길 기다렸다. 일격을 가하기 위해 약간의 시간이 필요하다고 생각했을 수도 있다. 자기 오빠가 이저벨과 함께 정원의 저쪽 끝으로 천천히 걸어가자 그녀의 시선도 따라갔다.

"이봐," 그때서야 그녀는 마담 멀에게 말했다. "내가 축하하지 않더라도 용서해!"

"아주 기꺼이 용서하지. 왜 축하를 받아야 하는지 영문을 모르니까."

"꽤 그럴듯한 작은 계획을 세운 거 아냐?" 그리고 백작 부인은 거리를 두고 서 있는 두 남녀를 향해 고개를 까딱했다.

같은 방향으로 눈길을 보낸 마담 멀은 웃음을 머금고 백작 부인을 차분하게 바라보았다. "알다시피 난 자기 말을 잘 알아듣지 못하거든."

"마음만 먹으면 당신보다 더 잘 알아먹을 사람이 어디 있다고. 지금은 그런 마음이 안 드는 거겠지."

"다른 사람이라면 하지 않을 말을 자기는 나한테 하더라." 마담 멀은 엄숙하게 말했지만 신랄하지는 않았다.

"당신이 싫어하는 말을 한다는 건가? 오즈먼드도 가끔 그런 말을 하지 않나?"

"자기 오빠 말에는 요점이 있어."

"그래, 가끔 독이 묻어 있지. 내가 오즈먼드같이 영리하지 않다는 뜻으로 하는 말이라면 우리의 차이를 네 나름 구분하는 것 때문에 내가 상처 입을 거라고 생각하진 마. 내 말뜻을 알아듣는 게 신상에 이롭겠지만."

"왜 그래야 하지?" 마담 멀이 물었다. "그러면 뭐가 어떻게 이로운데?"

"당신의 계획을 내가 인정할 수 없다는 걸 알고 있어야 내가 방해하고 나설 위험을 감지할 수 있을 테니까."

마담 멀은 다소간 진실이 담긴 말임을 인정할 준비가 된 듯한 표정을 지었지만, 곧 온화하게 말했다. "설마 내가 그 정도로 계산적일까봐."

"계산적인 걸 나쁘게 생각하는 게 아냐. 계산을 잘못한 게 문제지. 이번 경우가 그래."

"그걸 알게 된 걸 보니 계산을 많이 한 모양이군."

"아니, 그럴 시간은 없었지. 난 저 처녀를 오늘 처음 봤으니까." 백작 부인이 말했다. "그런데 확신이 확 드네. 난 저 처녀가 정말 마음에 들어."

"나도 좋아해." 마담 멀이 말했다.

"좋아하는 마음을 이상한 방식으로 보여주는군."

"자기를 소개해주는 혜택을 저 처녀에게 베푼 건 틀림없지."

"정말이지 그게 저 처녀에게 일어날 수 있는 가장 좋은 일이겠어!" 그녀가 큰 소리로 말했다.

마담 멀은 한동안 아무 말도 하지 않았다. 백작 부인의 태도는 밉살스러웠고 정말이지 저급했다. 하지만 익히 알고 있는 사실 아닌가. 그녀는 몬떼모렐로의 보랏빛 비탈에 눈길을 두고 생각에 잠겼다. "백작 부인," 그녀가 이윽고 말을 이었다. "들쑤시지 않는 게 좋을 거야. 네가 언급한 그 문제는 당신보다 훨씬 의지가 강한 세 사람과 관련된 거니까."

"세 사람이라니? 물론 당신과 오즈먼드겠지. 그런데 아처 양도 의지가 아주 강한 편인가?"

"우리만큼 강하지."

"아, 그래?" 백작 부인이 밝게 말했다. "당신들 꾐에 넘어가지 않는 게 이로울 거라고 설득하면 저 처녀가 성공적으로 버티겠군!"

"꾐에 넘어간다고? 왜 그렇게 상스러운 표현을 쓰는 거지? 내가 그녀에게 뭘 강요하거나 사기를 치는 것도 아닌데."

"정말 그럴까. 당신과 오즈먼드는 무슨 짓이든 할 수 있어. 오즈먼드 혼자, 당신 혼자는 아니야. 그러나 둘이 함께하면 위험해. 무슨 화학작용처럼 말이지."

"그럼 우리를 내버려두는 게 좋겠네." 마담 멀이 미소를 지었다.

"당신을 건드릴 생각은 없어. 저 처녀에게 말할 거니까."

"가엾은 에이미," 마담 멀이 속삭였다. "대체 무슨 생각을 하는 거야."

"난 저 처녀에게 관심이 가. 갑자기 그런 생각이 드네. 저 아가씨가 마음에 들어."

마담 멀은 잠시 주저하다 말했다. "저 처자는 당신을 좋아하지 않을걸."

반짝이는 작은 눈이 커지면서 백작 부인의 얼굴이 찡그려졌다. "아, 당신은 위험한 인간이야. 혼자만으로도!"

"저 처녀가 당신을 좋아하길 바란다면 오빠 욕은 하지 마." 마담 멀이 말했다.

"저 처녀가 오즈먼드를 두번 만나고 사랑에 빠졌다고 둘러댈 생각은 아니겠지?"

마담 멀은 이저벨과 집주인을 잠시 바라보았다. 그는 팔짱을 낀 채 난간에 기대 이저벨과 마주 보고 서 있었다. 이저벨은 풍경을 계속 응시하고 있었지만, 지금은 마냥 초연하게 바라보고 있지 않은 게 분명했다. 마담 멀이 주시하자 그녀는 눈길을 떨어뜨렸다. 이저벨은 약간 당황한 듯 양산 끝으로 오솔길을 꼭꼭 찌르면서 귀를 기울이고 있었다. 마담 멀은 의자에서 일어났다. "그래, 난 사랑에 빠졌다고 생각해!" 그녀가 소리내어 말했다.

팬지가 불러온 초라한 차림의 하인이 작은 상을 들고 나와 풀밭에 놓은 다음 다시 들어가서 차 쟁반을 갖고 나왔다. (그의 제복은 변색되었고 하인의 유형으로는 예스러웠지만 이따금씩 발견되는 옛날 양식의 그림에 롱기나 고야가 '가필'한 인물 같았다.) 그러고는 다시 사라졌다가 의자 두개를 갖고 돌아왔다. 팬지는 꼭 끼는 원피스 앞자락에 작은 손을 맞잡고 서서 아주 흥미진진하게 이런 절차를 주시했지만, 돕겠다고 나서지는 않았다. 찻상을 다 차리고 난 다음에야 천천히 이모에게로 다가갔다.

"제가 차를 끓이는 걸 아빠가 허락하실까요?"

백작 부인은 질문에 대답하지 않고 짐짓 뜨악하게 그녀를 응시하면서 말했다. "우리 가엾은 조카딸, 그게 제일 좋은 실내복이니?"

"아, 아뇨," 팬지가 대답했다. "평상시 입는 옷이에요."

"내가 널 보러 왔는데 평상시라는 거니? 마담 멀과 저기 예쁜 숙녀는 말할 것도 없고."

팬지는 잠시 생각에 잠겨 언급된 두사람 각각에게 진지한 눈길을 주었다. 그러자 그녀의 얼굴에는 예의 완벽한 미소가 나타났다. "예쁜 드레스가 하나 있기는 한데, 그것도 아주 수수한 편이에요. 고모의 아름다운 옷차림과 비교가 돼서 좋을 게 뭐 있겠어요?"

"그게 네 드레스 중 제일 예쁜 거니. 날 만날 때면 언제나 제일 좋은 옷을 입어야 해. 다음번에는 꼭 그렇게 하도록 해. 수녀들이 더 좋은 옷을 입혀줘야 하는데."

소녀는 낡은 치맛자락을 살짝 쓸어내렸다. "차를 끓이는 데는 알맞은 옷이에요. 그렇지 않아요? 아빠가 허락하실까요?"

"나로서는 알 수 없구나." 백작 부인이 말했다. "난 네 아버지가 무슨 생각을 하는지 헤아릴 수가 없단다. 마담 멀이 더 잘 아니까, 그분께 물어보렴."

마담 멀은 언제나처럼 우아하게 웃었다. "중요한 문제니까 생각 좀 해보자. 내 생각으로는 조심성 많은 귀여운 딸아이가 차를 끓여준다면 아빠가 좋아하실 거 같구나. 집안에 장성한 딸이 있으면 마땅히 맡아서 해야 할 의무니까."

"저도 그렇게 생각해요." 팬지가 큰 소리로 말했다. "제가 얼마나 차를 잘 끓이는지 보세요. 한사람당 한숟가락씩 넣으면 되거든요." 그리고 그녀는 다과상 앞에서 바삐 움직였다.

"난 두숟가락이야." 마담 멀과 함께 잠시 조카를 지켜보던 백작 부인이 말했다. "애, 팬지야," 백작 부인이 이윽고 말을 이었다. "네 손님이 마음에 드니?"

"아, 제 손님이 아니에요. 아빠 손님이죠." 팬지가 이의를 제기했다.

"아처 양은 너도 만나러 온 거야." 마담 멀이 말했다.

"그렇게 말씀해주시니 기쁘네요. 저한테 아주 잘해주세요."

"그럼 아처 양이 좋니?" 백작 부인이 물었다.

"아주 아름다운 분이에요. 아름다워요." 팬지는 조근조근 반복해 말했다. "정말 마음에 들어요."

"아빠 마음에도 든다고 생각하니?"

"아, 정말, 백작 부인!" 마담 멀이 만류하는 듯 속삭이면서 소녀에게 덧붙였다. "가서 차 준비됐다고 전하렴."

"차 맛이 좋다고들 하실걸요!" 팬지가 이렇게 말하고 테라스의 저쪽 끝에 아직 머물고 있는 두사람을 부르러 갔다.

"아처 양이 새엄마가 될 거라면, 팬지가 좋아할지 알아둬야 하잖아." 백작 부인이 말했다.

"자기 오빠가 다시 결혼한다면 팬지를 위해서 하지는 않을 거야." 마담 멀이 대답했다. "곧 열여섯이 될 텐데, 앞으로는 새엄마보다는 남편감을 찾아야겠지."

"그럼 남편도 공급해줄 작정인가보군?"

"물론 난 팬지가 결혼을 잘하는 데 관심이 있지. 자기도 마찬가지겠지."

"천만에!" 백작 부인이 큰 소리로 말했다. "내가 남편이란 물건을 대단하게 생각하는 여자로 보이나?"

"자기야 결혼을 잘하지 못했지. 바로 그 말을 하는 거야. 내가 남편을 말할 땐 좋은 남편을 뜻하는 거니까."

"좋은 남편이란 건 없어. 오즈먼드가 좋은 남편이 될 리도 없고."

마담 멀은 잠시 눈을 감았다. "짜증이 났군. 왜 그러는지 모르겠네." 이윽고 그녀가 말했다. "오빠든 조카든 때가 돼서 결혼한다면 자기가 정말 반대하고 나서지는 않겠지. 언젠가 우리 둘이 팬지의 남편감을 찾는 즐거움을 나눌 거라고 믿어. 자기는 아는 사람이 많으니 큰 도움이 될 거야."

"그래, 짜증이 났어." 백작 부인이 대답했다. "당신이 내 성질을 건드리거든. 냉정을 잃지 않는 건 정말 알아줘야 해. 당신은 이상한 여자야."

"우리는 언제나 보조를 같이하는 게 좋을 텐데." 마담 멀이 말을 이었다.

"그건 협박으로 하는 말인가?" 백작 부인이 일어서면서 물었다.

마담 멀은 재미있다는 듯 조용히 고개를 저었다. "아니, 천만에, 자기는 나처럼 냉정하지 못하니까!"

이저벨과 오즈먼드가 이제 그들을 향해 천천히 걸어왔고, 이저벨은 팬지의 손을 잡고 있었다. "오빠가 아처 양을 행복하게 해줄 수 있다고 생각하는 건가?" 백작 부인이 힐문했다.

"자기 오빠가 저 처녀와 결혼한다면 신사답게 처신할 거야."

백작 부인은 갑자기 몸을 틀더니 이리저리 몸을 움직였다. "대부분의 신사가 처신하듯 그렇게? 참 고맙기도 하겠네! 물론 오즈먼드는 신사지. 누이동생에게 그 사실을 상기시킬 필요는 없겠고. 하지만 자기 입맛대로 골라잡아 결혼할 수 있다고 생각해선 곤란해. 오즈먼드는 물론 신사야. 하지만 오즈먼드처럼 척하는 인간은 결코, 단 한번도, 한번도, 결단코 본 적이 없어! 뭐에 근거한 잘난 척인지 도대체 알 수가 없다니까. 내가 명색이 누이인데 알아야 마땅하잖아. 미안하지만 그가 누구지? 뭘 이뤘는데? 태생에 특별한 뭐나 있었다면, 뭔가 우월한 재질로 만들어졌다면 내가 어렴풋하게라도 알아야 하지 않겠어. 우리 가문에 대단한 명예나 탁월함이 있었다면 나도 십분 활용했겠지. 그게 내 장기거든. 하지만 전혀, 아무것도, 아무것도 없지. 우리 부모님은 물론 매력적이셨지. 하지만 당신 부모도 그랬을 게 분명해. 요즘에는 누구나 매력적인 사람이니까. 나도 매력적인 사람이야. 비웃지 마시지. 그런 말을 진짜 들었으니까. 오즈먼드로 말하자면 자기가 무슨 신의 아들이라도 되는 것처럼 군다니까."

"자기 입 갖고 하는 말이니 누가 말리겠어." 마담 멀은 이렇게 대꾸했다. 하지만 백작 부인에게서 눈길을 떼어 드레스의 리본 매듭을 다시 묶는 것으로 보아 이 갑작스러운 발언에 주목했다고 간주해도 되리라. "오즈먼드 집안은 근본이 있어. 혈통이 근본에서 깨끗하게 이어져온 게 분명해. 자기 오빠도 영리한 사람답게 그걸 확신하고 있어. 증거를 대지는 못해도 말이야. 겸손을 떨지만 자기도 아주 출중한걸. 자기 조카딸은 어떻고? 작은 공주님이지. 어쨌든," 마담 멀이 덧붙였다. "오즈먼드가 아처 양과 결혼하는 게 쉽지만은 않을 거야. 그래도 시도해볼 수는 있지."

"저 처녀가 청혼을 거절하면 좋겠군. 그럼 콧대가 좀 꺾일 텐데."

"오빠 머리가 비상하다는 사실을 잊지 말자고."

"이전에도 그런 말을 한 걸 기억하는데, 그래서 오즈먼드가 뭘 이뤘는지 아직도 모르겠군."

"뭘 이뤘느냐고? 원래대로 돌려놓아야 할 일 같은 건 전혀 하지 않았어. 그리고 기다리는 법을 배웠지."

"아처 양의 돈을 기다렸다고? 얼마나 되는데?"

"그런 뜻으로 한 말이 아냐." 마담 멀이 말했다. "아처 양은 칠만 파운드가 있어."

"그렇군. 저렇게 매력적인 게 가엾네." 백작 부인이 선언했다. "제물이 될 거면 아무 여자나 상관없잖아. 뛰어날 필요까지는 없는데."

"뛰어나지 않으면 자기 오빠가 쳐다보기나 할까. 최고라야 직성이 풀리지."

"그래," 다른 사람들과 합류하기 위해 걸어나가면서 백작 부인이 말했다. "만족시키기 아주 힘들지. 그러니 저 아가씨의 행복이 풍전등화라고 할밖에!"

26장

길버트 오즈먼드는 다시 이저벨을 보러 왔다. 빨라쪼 끄레센띠니로 찾아왔다는 말이다. 그곳에 있는 다른 지인들 ─ 터칫 부인과 마담 멀에게 그는 한결같이 정중했다. 하지만 두사람 중 전자는 그가 보름 동안 다섯차례나 방문했음에 주목했고, 이 사실을 어렵지 않게 기억해낸 다른 사실과 대비했다. 여태는 일년에 두번꼴의 방문이면 그가 터칫 부인에게 표하는 정례적인 예의로 족했고, 거의 주기적으로 반복되어온 마담 멀의 체류 시기에 맞춰 방문한다는 생각이 든 적도 없었다. 그는 마담 멀 때문에 오는 게 아니다. 이들은 오랜 친구이고, 그가 친구를 위해 품을 팔 리 없었다. 그가 랠프를 좋아하는 것도 아니다. (랠프에게서 들은 말이다.) 그리고 오즈먼드가 갑자기 그녀의 아들에게 호감을 갖게 됐다고 생각할 수도 없었다. 랠프는 태평했다. 그에게는 잘못 만든 외투처럼 걸쳐입은 낙낙한 도시풍 분위기가 감돌았는데, 이를 절대로 벗어놓는 법이 없었다. 그는 오즈먼드가 썩 재미있는 대화 상대라고 생각했고 언제라도 손님으로 환대할 용의가 있었다. 하지만 오즈먼드가 과거의 과오를 바로잡기 위해 찾아온다고 착각하지는 않았다. 랠프는 상황을 좀더 명료하게 읽었다. 오즈먼드의 주의를 끈 건 이저벨이고, 그의 주의를 끌기로는 그녀만으로 충분했다. 비평가요 최상의 예술품을 연구하는 오즈먼드가 이저벨같이 희귀한 현상에 호기심을 갖는 건 당연했다. 그래서 오즈먼드가 무슨 생각을 하고 있는지 명약관화하다는 어머니의 말에 랠프는 동의했다. 그가 무슨 수를 써서, 어떤 과정을 거쳐—그 방식이 매우 모호하고 교묘한 바—모든 곳에서 분에 넘치는 손님 대접을 받게 되었는지 막연하게나마 의아하게 생각하면서도 터칫 부인은 예전부터 소수에 불과한 손님 명단에 이 신사를 집어넣기는 했다. 초대를 졸라대는 방문객이 아니었기 때문에 무례하다는 느낌을 받을 기회가 없었고, 터칫 부인이 오즈먼드 씨 없이 지낼 수 있듯이 오즈먼드 씨도 터칫 부인 없이 얼마든지 지낼 수 있다는 태도가 터칫 부인의 호감을 샀을 터, 이상하게도 그의 그런 자질이 그녀와의 연고를 만드는 충분한 근거가 되었다. 하지만 그녀의 조카딸과 결혼하겠다는 발상은 조금도 마음에 들지 않았다. 이저벨이 그런 결혼을 한다면 거의 병적인 편벽을 드러내는 게 되리라. 터칫 부인은 조카딸이 영국 귀족

의 청혼을 거절했다는 사실을 어렵지 않게 떠올렸다. 워버턴 경이
성공적으로 공략하지 못한 젊은 숙녀가 불가사의한 딸과 불분명한
수입이 있을 뿐인 홀아비요 무명의 미국인 딜레땅뜨에 만족한다는
건 터칫 부인이 품고 있는 성공의 개념에 전혀 부합하지 않았다.
그녀는 감상적이라기보다는 정치적인 결혼관을 취했다. (그런 결
혼을 권할 이유가 언제나 있으니 말이다.) "이저벨이 그의 청혼에
솔깃하는 바보짓은 하지 않겠지." 그녀가 아들에게 말했다. 이에
대해 랠프는 솔깃하는 것과 응하는 것은 별개 문제라고 말했다. 그
녀가─고 터칫 씨 식으로 표현하자면─관계자 각각의 말을 경
청했지만, 이에 대한 답례로 자신의 말도 경청하도록 만들지 않았
던가. 이저벨을 알고 몇달도 지나지 않아 대문 앞에 새로운 청혼자
가 또 나타났다는 생각에 랠프는 아주 신이 났다. 그녀는 삶을 보
기를 원했는데, 입맛에 맞게 행운이 따라주었다. 훌륭한 신사들이
그녀에게 청혼하기 위해 연거푸 무릎을 꿇는 것도 다른 어떤 것 못
지않게 신나기는 매한가지다. 랠프는 네번째, 다섯번째, 열번째 청
혼자가 나타나기를 고대했다. 그녀가 세번째에 멈춰서리라고는 믿
을 수 없었다. 그녀는 대문을 조금 열어놓고 담판을 지으리라. 세번
째에게 들어오라고 하지 않을 것은 분명하다. 그가 대충 이런 식으
로 어머니에게 견해를 밝히자 그녀는 경쾌한 춤을 추는 사람을 바
라보듯 그를 바라보았다. 그가 너무도 기발하게, 그림처럼 묘사했
기 때문에 수화로 대화하는 것 같았다.

"무슨 뜻으로 하는 말인지 알아들을 수가 없구나." 그녀가 말했
다. "넌 비유를 너무 많이 써. 빗대어 하는 말은 내 평생 알아들은
적이 없어. 내가 우리 말에서 가장 존중하는 어휘는 '예'와 '아니
요'야. 이저벨이 오즈먼드 씨와 결혼하려고 한다면 네가 어떤 비유

를 끌어와도 그렇게 할 거다. 무슨 일을 하겠다고 나서든 그런 일에 대한 멋진 비유는 걔가 알아서 찾아내라고 하렴. 미국에 있는 그 젊은 구혼자에 관해 내가 아는 게 거의 없어. 이저벨이 그 남자를 생각하면서 시간을 보내는 거 같지 않고, 그 사람도 그 아이를 기다리다 지쳤을 성싶구나. 이저벨이 일정한 관점에서 오즈먼드 씨를 바라보기로 들면 결혼 못하게 막을 방법은 없다. 그것도 좋아. 자기 좋을 대로 행동하는 걸 나만큼 높이 평가하는 사람이 어디 있다고. 그래도 이저벨은 아주 이상한 걸 좋다고 한다니까. 오즈먼드 씨의 소신이 훌륭하다고, 미켈란젤로의 서명을 소장하고 있다고 결혼할 수도 있는 아이야. 공평무사하고 싶어하거든. 그렇게 하지 못할 위험에 처한 사람이 이 세상에 자기밖에 없는 것처럼! 걔 돈을 쓰게 될 때 오즈먼드 씨가 과연 사심이 없으려나? 네 아버지 생전에도 사고방식이 그런 식이더니만, 유산 받고 난 다음 새삼 그런 생각에 매료된 거야. 이저벨은 사심이 없다고 걔 스스로 확신할 수 있는 사람과 결혼하는 게 맞아. 그런데 재산이 있는 것보다 사심 없음을 입증하는 더 좋은 증거가 어디 있겠니.”

“어머니, 전 걱정 안해요.” 랠프가 대답했다. “이저벨은 우리를 놀려먹는 거예요. 물론 자기 좋을 대로 행동할 애예요. 하지만 제 생각에는 인간성을 면밀하게 연구하되 자유롭게 지내면서 그렇게 할 거예요. 이제 막 탐험을 시작한 거잖아요. 길버트 오즈먼드가 손짓한다고 출발 단계에서 방향을 틀지는 않을 거예요. 1시간 정도 속도를 늦출 수 있지만, 어느새 연기를 내뿜으며 달려갈걸요. 또 비유를 써서 죄송해요.”

터칫 부인이 아들의 사과는 받아들였을 수 있지만, 마담 멀에게 걱정을 털어놓는 걸 자제할 정도로 안심이 되지는 않았다. “모르는 게 없으니 알고 있지 싶은데, 그 이상한 작자가 정말 우리 조카에게 구애를 하는 걸까."

"길버트 오즈먼드요?" 마담 멀이 총기 있는 맑은 눈을 크게 뜨고 감탄사를 발했다. "하느님 맙소사, 기발한 생각이네요."

"그런 생각이 들지 않던가?"

"말씀을 들으니 바보 같다는 느낌이 드는데, 생각도 못했다고 인정해야겠네요. 궁금하네요." 그녀가 덧붙였다. "이저벨은 그런 생각을 떠올렸는지."

"아, 내가 물어볼 작정이야." 터칫 부인이 말했다.

마담 멀이 생각에 잠겼다. "그런 생각을 심어줄 필요가 뭐 있나요. 오즈먼드 씨에게 물어보는 게 맞죠."

"그럴 수는 없지." 터칫 부인이 말했다. "당신이 무슨 상관이냐고 따지고 드는 꼴을 당하려고. 이저벨은 자기 맘대로 결혼할 수 있는 상황이니까 짐짓 젠체하면서 그러고도 남지."

"제가 물어보지요." 마담 멀이 용감하게 선언했다.

"하지만 그 사람 일에 자네가 참견하고 나설 수는 없을 텐데?"

"제가 상관할 문제가 전혀 아니니까 말은 꺼낼 수 있죠. 참견할 일이 아닌데 나서면 무슨 말이든 해서 절 밀어내겠지요. 하지만 어떤 식으로 말하는가를 보고 판단을 내릴 수 있을 거예요."

"그럼 나중에 관찰한 결과를 알려주게." 터칫 부인이 말했다. "그 작자한테 내가 뭐라고 할 수 없지만 이저벨과는 이야기를 해볼 작정이니까."

마담 멀은 이 말에 경보를 울렸다. "너무 서두르지 않으시는 게 좋을 텐데. 그 아이의 상상력에 불을 붙여서는 안되니까요."

"내 평생 어느 누구의 상상력에 어떤 일도 한 적이 없지만, 이저벨이 일을 저지를 애라는 생각은 늘 했지. 글쎄, 내 성에 전혀 차지 않는 일이야."

"네, 이번 일은 그러시겠지요." 마담 멀은 의문의 여지를 남기지 않은 채 말했다.

"마음에 찰 게 뭐 있기나 하고? 오즈먼드 씨가 내놓을 게 실질적으로 전혀 없는걸."

다시 침묵을 지킨 마담 멀은 왼쪽 입꼬리를 보통 때보다도 더 올리면서 매력적인 미소를 지었다. "분명히 해두자고요. 길버트 오즈먼드가 분명히 초짜는 아니죠. 상황이 좋았을 경우 아주 괜찮은 인상을 남길 수도 있는 사람이에요. 제가 알기로도 한번 이상 강한 인상을 남겼지요."

"냉혹했을 그의 연애사 같은 건 별로 듣고 싶지도 않아. 조금도 관심이 없으니까!" 터칫 부인이 말했다. "자네가 말하는 바로 그런 이유 때문에 그가 그만 와주었으면 하는 거니까. 내가 알기로 이 세상에 그의 소유로 되어 있는 건 초기[44] 대가들의 그림 십수점과 좀 시건방져 보이는 어린 딸뿐이야."

"초기 대가들은 요즘 값이 많이 나가지요." 마담 멀이 말했다. "그리고 딸은 아주 어리고, 아주 천진하고, 아주 착한 아이인걸요."

"다른 말로 하자면 맹물 같은 아이라는 소리야. 그런 뜻으로 하는 말인가? 재산이 없으니 이곳 결혼 풍습에 따라 좋은 데 시집가기는 글렀고. 그러니까 이저벨이 먹여살리거나 지참금을 마련해줘야 하겠지."

"이저벨은 마다하지 않을 수도 있어요. 그 가엾은 아이를 좋아하

---

44 르네상스 초기를 말함.

는 거 같던데.”

“그렇다면 오즈먼드 씨가 여기 오지 말아야 할 이유가 또 하나 있군! 계속 들락거리면 내 조카가 일주일도 못돼 계모의 자기희생이 일생의 사명이라는 결론에 도달하게 될 테니. 그걸 입증하려면 우선 계모가 돼야 하겠지.”

“이저벨은 매력적인 계모가 될 거예요.” 마담 멀이 웃었다. “하지만 자신의 사명을 성급하게 결정하면 안된다는 데 동의해요. 사명의 형태를 바꾸는 건 코 모양을 바꾸는 것만큼이나 어렵죠. 각각 얼굴과 성품의 정중앙에 자리 잡고 있으니 너무 시초로 거슬러올라가야 하잖아요. 알아본 다음 말씀드리지요.”

이저벨은 이런 이야기가 오간 것을 전혀 몰랐다. 그녀는 오즈먼드와의 만남이 논의되고 있다는 낌새를 전혀 눈치채지 못했다. 마담 멀은 그녀의 경계심을 불러일으킬 수 있는 어떤 말도 하지 않았다. 인사차 아처 양의 이모를 내방하는 이딸리아인과 외국인을 망라한 피렌쩨의 적지 않은 다른 신사들 중 유독 그를 꼭 집어 언급하지도 않았다. 이저벨은 그가 흥미롭다는 결론에 도달했다. 그를 흥미롭다고 생각하는 게 좋았다. 언덕 위의 집에 갔다가 돌아오면서 그녀는 어떤 이미지를 마음에 담아왔다. 그를 더 잘 알게 되고 난 다음에도 지워지지 않은 그 이미지는 상상하고 추측한 다른 것들, 이야기 속의 이야기들과 특별한 조화를 이뤘다. 조용하고 재기 넘치고 예민하고 탁월한 남자가 향기로운 아르노 계곡 위 이끼에 덮힌 테라스를 (어린이라는 말에 새로운 우아함을 부여한) 종소리처럼 맑은 소녀의 손을 잡고 산책하는 이미지 말이다. 화려한 그림은 아니지만, 그녀는 그 그림의 단조로운 색조와 여름 황혼 녘의 충만함이 좋았다. 그 그림은 그녀의 마음 깊은 곳을 움직이는 가장 내밀한 관심사를, 사물과 사람과의—그걸 뭐라고 부르면 좋을까?—피상적인 혹은 내실 있는 교제가 만들어내는 접촉을, 아름다운 나라에서 외롭게 탐구하는 삶을, 지금도 때로 마음을 아리게 만드는 오래된 슬픔을, 과장됐을 수는 있지만 고귀한 자존심을, 불안과 무력감이 섞여든 기묘한 부정父情에서 샘솟은 이슬로 적신 메마른 땅만 남긴 채 그의 이력이 포기한 추억들, 정연한 이딸리아식 정원의 줄지은 계단과 뜰, 분수에 펼쳐진, 너무나 자연스럽게 함께 계발된 아름다움과 완벽에 대한 애착을 들려주었다. 빨라쪼 끄레셴띠니를 방문한 오즈먼드의 태도는 한결같았다. 처음에는 자신이 없어 보였다. 자기 처지를 의식하는 것이 분명했다! 그는 이런 불리한 처지를 극복하려는, 호의적인 눈에만 보이는 노력을 최대한 기울였다. 그런 노력은 대체로 편안하고, 생기 넘치고, 아주 적극적이고, 다소 공세적이고, 언제나 의미심장한 이야기의 향연으로 이어졌다. 오즈먼드의 화술은 빛나겠다는 열망으로 훼손되지 않았다. 이저벨은 강한 확신의 흔적을 그토록 많이 보여주는 사람의 진실을 믿는 데 어려움을 느끼지 않았다. 현안에 대해서, 아처 양이 한 말이라면 특히, 명시적으로 그리고 정중하게 평가하면서 자신의 입장을 밝히는 게 한 예였다. 그가 이야기를 그렇게 재미있게 하면서도, 사람들이 그러는 걸 봐왔듯이, '효과'를 노리지 않는 게 언제나 이 젊은 처녀의 마음에 들었다. 그는 자기의 생각을, 이상하게 보일 때도 종종 있었지만, 마치 익숙해진 듯, 생활로 받아들인 것처럼 표현했다. 궁여지책으로 아무 나무에서나 휘청휘청한 나뭇가지를 꺾어 멋을 부려 휘두르는 것이 아니라, 필요하면 새 지팡이에 부착할 수 있는 비싼 재질의 윤나는 오래된 둥근 장식이나 손잡이 같은 생각들이었다. 하루는 그가 딸을 데리고 왔다. 이저벨은 소녀와의 재회가 기뻤다. 키스를 받기 위해 사람들에게 이마를 내미는 아이를 보니 프랑스 희곡에 등장하는 천진한 소녀가 생생하게 연상되었다. 이저벨은 이런 유형의 아이를 본 적이 없었다. 미국 소녀들은 아주 달랐고, 영국 소녀들 또한 달랐다. 팬지는 현실에 마련된 그녀의 조그마한 자리에 맞춰 완벽하게 형성되고 완성되었지만, 보면 알 수 있듯이, 그녀의 생각은 너무나 천진하고 유아적이었다. 그녀는 이저벨 옆 소파에 앉았다. 얇은 비단 망또를 입고 마담 멀이 선물한 유용한 장갑──단추 하나가 달린 작은 회색 장갑이었다──을 끼고 있었다. 그녀는 한장의 백지──외국 소설에 나오는 이상적인 어린 처녀 같았다. 이저벨은 그토록 아름답고 반드러운 백지가 유익한 글로 채워지기를 바랐다.

　제미니 백작 부인도 인사차 방문했다. 하지만 백작 부인은 아주 다른 인물형이었다. 그녀는 결코 백지가 아니었다. 여러가지 필체로 쓰고 덧쓴 종이였다. 백작 부인의 방문을 황송하게 생각할 리 없는 터칫 부인은 표면에 눈에 띄는 얼룩이 수없이 많다고 대놓고 말했다. 백작 부인은 집주인과 로마에서 온 손님 사이에 언쟁을 야기하기도 했다. 사람들의 의견에 언제나 동조함으로써 짜증을 유발하는 바보가 아닌 마담 멀은 터칫 부인이 스스로 폭넓게 행사하면서 남에게도 허용하는 이견을 제기할 수 있는 자유를 적절하게 활용했다. 터칫 부인은 평판이 수상한 인물이 바로 이 시점에 빨라쪼 끄레셴띠니의 문 앞에서 명함을 내민 건, 이 집에서 높은 평가를 전혀 받지 못한다는 것을 본인도 익히 알고 있는 터에, 뻔뻔한 짓이라고 단언했다. 이저벨은 이 집 사람들이 대충 그녀를 어떻게 생각하는지 알게 되었다. 오즈먼드 씨의 누이는 부적절한 처신을 몹시 잘못 관리한 나머지 앞뒤가 안 맞는 지경에 이른바, (앞뒤가 맞는 게 그런 문제에 있어서 요구할 수 있는 최소치 아닌가) 훼손된 평판의 표류하는 파편으로서 사교계의 소통을 방해하는 존재가 되었다. 이딸리아 귀족과의 결혼은 더 실무적이고 외국 작위에 큰 가치를 부여한 그녀의 어머니가 주선했다. 그 딸은 지금쯤 작위 편향을 떨쳐버렸다고 보는 것이 맞을 텐데, 모욕감에 치를 떨며 분풀이를 시도할 빌미는 귀족 남편이 제공한 걸로 보인다. 하지만 백작 부인은 터무니없이 자신을 위로했고, 이제 핑곗거리들은 탈선의 미로에서 효력을 잃었다. 오래전부터 백작 부인이 왕래를 제안했지만, 터칫 부인은 그녀를 손님으로 맞이할 생각이 없었다. 피렌쩨는 금욕적인 도시가 아니었다. 하지만 어느 지점에서 선을 긋기는 해야 한다는 게 터칫 부인의 생각이었다.

마담 멀은 이 불운한 숙녀를 아주 열렬하게, 그리고 재기 발랄하게 옹호했다. 아무에게도 해를 끼친 적이 없고, 잘못된 방식으로 선을 행했을 따름인 여자를 터칫 부인이 희생양으로 삼는 까닭을 이해할 수 없다. 선을 긋기는 해야 하지만, 이왕 그을 거면 똑바로 그어야 한다. 제미니 백작 부인을 배제하는 건 분필로 선을 삐뚤삐뚤 긋는 격이다. 그럴 경우 터칫 부인은 아무도 손님으로 맞지 않아야 마땅하다. 터칫 부인이 피렌쩨에 남아 있기로 한다면 이것이 최선의 행동 방침이다. 형평성을 잃지 말아야 하고 자의적으로 차별해서는 안된다. 백작 부인이 분별없이 행동했다는 사실에는 의심의 여지가 없다. 다른 여자들처럼 영리하게 굴지 못했다. 사람은 좋은데, 영리한 것과는 거리가 멀다. 하지만 그것이 사교계에서 누군가를 배제하는 잣대가 된 적은 없지 않은가? 그녀에 관한 소문이 돌지 않은 지는 아주 오래되었다. 터칫 부인의 교제 범위에 속하고자 하는 마음보다 잘못 산 과거와 결별하겠다는 걸 말해주는 더 좋은 증거가 어디 있는가. 이저벨은 이 흥미로운 토론에 기여할 게 전혀 없었고, 인내심을 갖고 지켜보지도 않았다. 그녀로서는 이 불운한 숙녀를 다정하게 환영해주는 것으로 충분했다. 그녀의 결점들이 뭐든 간에 적어도 오즈먼드 씨의 누이라는 장점이 있었으니 말이다. 이저벨은 오빠가 좋기 때문에 누이동생도 좋아하려고 노력해보는 게 타당하다고 생각했다. 상황이 점점 복잡해짐에도 불구하고 그녀는 아직도 이런 소박한 인과관계를 상정할 수 있었다. 빌라에서 백작 부인을 만났을 때 첫인상은 썩 좋지 않았다. 하지만 이저벨은 그런 불운한 우연을 바로잡을 기회를 갖게 된 데 감사했다. 오즈먼드 씨가 여동생을 품위 있는 숙녀라고 말하지 않았던가? 길버트 오즈먼드의 입에서 나온 말치고는 유치한 진술이었지만, 마담 멀이 이를 다소 세련되게 바꿔 말해주었다. 가엾은 백작 부인에 대해, 그 결혼의 내력과 결과에 대해 오즈먼드 씨보다 더 자세한 이야기를 이저벨에게 해준 것이다. 또스까나의 유서 깊은 가문 출신이지만 재산은 거의 없었던 제미니 백작은 내세울 미모라곤 없는 에이미 오즈먼드를―외모가 그녀의 이력에 방해가 되지는 않았지만―장모가 내놓을 수 있는 수수한 지참금과 함께 기꺼이 아내로 맞이했다. (그녀의 오빠가 유산으로 받은 돈과 거의 같은 액수의 지참금이었다.) 하지만 이후 제미니 백작이 유산을 상속받았고, 에이미가 가당치 않게 사치를 부려서 그렇지, 지금은 이딸리아인으로서는 형편이 꽤 유복하다. 백작은 금수만도 못한 야비한 인간으로, 아내가 그렇게 행동하지 않을 수 없는 빌미를 전적으로 제공했다. 아이도 없었다. 아이 셋을 첫돌도 못 넘기고 잃은 것이다. 격조 높은 학식이 있는 양 뽐내며 시를 출판했고 이딸리아를 주제로 영국의 주간지에 기고한 백작 부인의 어머니는 딸이 결혼하고 삼년 후에 세상을 떴다. 유럽으로 떠나오기 전에 미국의 여명으로 사라진 그녀의 부친은 원래 재산이 많고 방탕했다고 알려진바, 훨씬 전에 사망했다. 마담 멀은 아버지의 부재가, 여자에 의해 양육된 면모가 길버트 오즈먼드에게서 나타난다고 주장했다. 공정하게 평가하자면, 미국의 코린나[45]―오즈먼드 부인은 그런 별칭으로 불리기를 원했다― 보다는 더 분별 있는 여자가 그를 양육했으리라는 생각이 들지만 말이다. 남편과 사별 후 그녀는 자녀들을 데리고 이딸리아로 건너왔고, 터칫 부인은 바로 다음해 그녀를 만난 것으로 기억하더라. 그녀를 끔찍한 속물로 생각하더라만, 터칫 부인의 이런 비판은 원칙이 결여된 것이다. 그녀도 오즈먼드 부인처럼 정치적 결혼을 지지하지 않는가. 백작 부인은 재미있는 말 상대이고, 사실 얼핏 보기보다 멍청하지 않다. 그녀의 말이라면 한마디도 믿지 않겠다는 단순한 조건만 받아들이면 그녀를 대하는 데 문제는 없다. 마담 멀은 오빠인 오즈먼드 씨를 생각해서 언제나 그녀와 최대한 잘 지내보려고 애쓴다고 말했다. 오즈먼드 씨는 아무리 사소한 호의라도 누이에게 베풀면 고맙게 여긴다. (그를 대신해 고백하자면) 그녀가 집안 체면을 얼마간 깎아내렸다고 느끼기 때문이다. 너무도 당연히 오빠는 누이의 말투와 새된 목소리와 자기중심성, 고상하지 못한 취향과 진실의 왜곡을 좋아하지 않는다. 그녀는 그의 신경을 곤두서게 만든다. 그가 좋아하는 타입의 여자가 아니다. 어떤 타입의 여자를 좋아하느냐고? 아, 백작 부인과 정반대인 여자로, 천성적으로 진실을 신성하게 여겨야 한다. 손님이 30분 앉아 있는 동안 얼마나 여러번 신성한 진실을 모독했는지 이저벨은 셀 수

---

45 마담 드 스딸의 1807년 소설 『코린나』에서 따온 이름. 역경을 딛고 재능을 키운 여성 작가를 비유한 말.

도 없을 정도였다. 실제로 그녀는 백작 부인이 주책없이 속내를 털어놓는다는 인상을 받았다. 그녀는 주로 자기 자신에 관해 이야기했다. 아처 양과 얼마나 가까워지고 싶은지, 진정한 친구를 얼마나 원하는지, 피렌쩨에 살고 있는 사람들이 얼마나 치사한지, 이곳에 얼마나 싫증이 났는지, 얼마나 다른 곳 ─ 빠리, 런던이나 워싱턴 등지 ─ 에 가서 살고 싶은지, 이딸리아에서는 오래된 레이스를 제외하면 좋은 옷 구하기가 얼마나 어려운지, 어디를 가든 물가가 얼마나 올랐는지, 그녀가 어떤 고통과 결핍의 삶을 이어왔는지 등등. 마담 멀은 이저벨이 전달한 이런 대화의 내용을 관심 있게 따라갔지만, 불안감을 떨치기 위해 그럴 필요가 있었던 건 아니었다. 대체로 그녀는 백작 부인이 두렵지 않았고, 대략 최선을 택할 ─ 두려워하지 않는 것처럼 보일 ─ 여유가 있었다.

그사이 이저벨은 다른 손님을 맞이했는데, 뒷배를 봐주기 쉽지 않은 사람이었다. 터칫 부인이 �싼레모로 출발한 다음에 빠리를 떠난 헨리에타 스택폴은 북부 이딸리아의 도시들을 거쳐 5월 중순에 아르노 강변에 도달했다. 마담 멀은 단 한번의 눈길로 가늠해 그녀를 머리끝에서 발끝까지 파악했고, 구제 불능이라는 절망감을 잠시 느낀 다음 참아주기로 결심했다. 그뿐 아니라 스택폴 양을 즐기기로 결심했다. 그녀를 장미 향기로 마실 수는 없겠지만, 쐐기풀로 움켜잡을 수는 있으리라. 마담 멀은 상냥하게 그녀를 쥐어짜서 무해한 존재로 만들었고, 이런 포용력을 기대한 이저벨은 그녀의 현명함을 정당하게 평가했다는 생각을 했다. 헨리에타가 곧 도착할 거라는 소식은 니스에서 도착한 밴틀링 씨가 전했다. 베네찌아에 머무르던 헨리에타는 아직 피렌쩨로 출발하지 않았는데, 그녀가 왔겠거니 하고 빨라쪼 끄레셴띠니를 방문한 밴틀링 씨는 실망스러위했다. 이틀 후 헨리에타가 왕림하자 밴틀링 씨는 베르사유에서 헤어지고 난 후 그녀를 만나지 못했기에 감격했다. 모두 그의 상황이 우스꽝스럽다고 생각했지만, 그런 생각을 말로 표현한 사람은 랠프 터칫뿐이었다. 밴틀링과 단둘이 그의 방에서 씨가를 피울 때 랠프는 만사萬事의 심판자와 그런 심판자의 영국 후원자라는 소재에서 강한 희극적인 요소를 끌어내어 얼마나 재미를 보았는지 모른다. 이 신사는 랠프의 농담을 잘 받아넘겼고, 스택폴 양과의 관계를 긍정적인 지적 모험으로 간주한다고 솔직히 털어놓았다. 그는 스택폴 양을 무척 좋아하고, 그녀의 어깨 위에 굉장한 머리가 놓여 있다고 생각했다. 무슨 말을 해야 할까, 무슨 일을 어떻게 해야 할까, 그들이 뭘 같이하면 남들에게 어떻게 보일까―실제로 그들은 많은 일을 같이했다!―등등의 생각에 구애받지 않는 여자와의 교제에서 큰 즐거움을 누린다고 말했다. 스택폴 양은 남들이 어떻게 생각하느냐에는 전혀 관심이 없는데, 그가 관심을 가질 이유가 뭐란 말인가? 어쨌거나 호기심이 생겼다. 그녀가 과연 관심을 가질지 너무 알고 싶었다. 그는 그녀가 가는 데까지 가볼 작정이었다. 그가 먼저 주저앉아야 할 이유는 없었다.

헨리에타도 주저앉을 기미를 보이지 않았다. 영국을 떠나면서 그녀의 직업적 전망은 밝아졌고, 이제는 풍부한 취재원을 마음껏 활용할 수 있게 되었다. 사실 사교계의 이면을 파헤치겠다는 바람은 포기할 수밖에 없었다. 유럽 대륙으로 건너오자 사교계를 다루는 문제는 영국에서보다 훨씬 더 큰 난관에 봉착했다. 하지만 대륙에서는 모퉁이를 돌 때마다 뚜렷이 감지되고 눈에 띄는 사회상이 있고, 이해하기 힘든 섬사람들의 관습보다는 글로 옮기기도 훨씬 쉬웠다. 그녀가 기발하게 표현했듯이, 이국의 거리에서는 자수 벽걸이의 겉면을 보게 된다고 할 수 있다. 영국 거리에서는 자수의 이면을 보게 되어 무늬가 뭔지 알 수가 없다. 이를 인정하는 게 그녀의 역사가인 밴틀링 씨에게 고통을 주었지만, 미스터리를 포기한 헨리에타는 겉으로 보이는 사회상에 더 많은 관심을 기울였다. 이런 취지로 베네찌아에서 두달을 보내면서 그녀는 『인터뷰어』지에 곤돌라와 광장과 '한숨의 다리'와 비둘기와 따소[46]의 시를 읊는 젊은 뱃사공 등에 대한 꼼꼼한 기사를 써 보냈다. 『인터뷰어』지는 실망했을 수도 있다. 하지만 어쨌든 헨리에타는 유럽을 보게 되었다. 그녀의 현재 목표는 말라리아가 시작되기 전에 로마로 가는 것이었다. (그녀는 말라리아가 정해진 날에 창궐하는 줄 알고 있는 것 같았다.) 이런 계획 때문에 당장 피렌쩨에는 며칠만 머무를 작정이었다. 밴틀링 씨는 그녀와 로마에 가기로 했는데, 헨리에타가 이저벨에게 조곤조곤 설명했다. 밴틀링 씨가 로마에 가본 적이 있고, 군대 경력이 있고, 고전 교육을 받았기 때문에 ─ 이튼에서 양육된바 그곳에서는 라틴어와 화이트멜빌[47]만 공부한다고도 했다 ─ 율리우스 카이사르의 도시에서 아주 유용한 말동무가 될 거라고. 바로 이 시점에 랠프가 이저벨도 자신의 호위를 받아 로마로 순례길을 떠나면 어떻겠느냐는 즐거운 계획을 제안했다. 겨울의 며칠을 그곳에서 보내겠다는 그녀의 계획은 그것대로 좋았다. 그러나 그사이 답사를 해두어서 나쁠 게 없었다. 아름다운 5월이 열흘 남았는데, 5월은 로마를 진정으로 사랑하는 모든 사람들에게 소중한 달이다. 이저벨이 로마의 애호가가 될 것임은 기정사실이었

---

46 따소(Torquato Tasso, 1544~95). 『해방된 예루살렘』의 저자. 서정시인.

47 화이트멜빌(George Whyte-Melville, 1821~78). 주로 사냥에 관한 소설을 쓴 영국의 소설가.

다. 함께 여행할 믿음직한 동성의 동반자가 있는데다, 동반자는 직업상 이런저런 일에 관심을 쏟아야 하므로 갑갑할 정도로 같이 있지 않아도 되리라. 마담 멀은 터칫 부인과 남아 있기로 했다. 여름을 피해 로마를 떠난 터라 돌아가고 싶은 마음이 없었다. 아파트의 자물쇠를 잠그고 하녀는 로마 근교의 고향에 휴가를 보냈으니 피렌쩨에 편안하게 남아 있을 수 있게 되어서 좋다고 공언했다. 하지만 마담 멀은 이저벨에게 랠프의 제안에 따르라고 권했다. 로마에 제대로 입문하는 걸 우습게 볼 일이 아니라는 뜻이었다. 사실 이저벨을 설득할 필요는 없었고, 네사람으로 구성된 일행은 짧은 여행 준비를 했다. 이번에 터칫 부인은 이저벨이 나이 지긋한 여성 보호자 없이 여행하는 걸 받아들였다. 우리가 보았듯이 조카딸이 홀로 서기를 해야 한다는 쪽으로 마음먹었기 때문이다. 떠나기 전에 이저벨은 여행 준비의 일환으로 길버트 오즈먼드를 만나 자신의 계획을 언급했다.

"당신과 함께 로마에 가면 좋겠군요." 그가 말했다. "그 멋진 곳에 당신이 있는 걸 보고 싶습니다."

그녀는 별로 망설이지 않고 말했다. "그럼 오시면 되잖아요."

"하지만 주변에 사람들이 많을 텐데요."

"아," 이저벨이 시인했다. "물론 제가 혼자 있지는 않을 거예요."

잠시 동안 그는 말이 없었다. "로마를 좋아하게 될 겁니다." 이윽고 그가 말을 이었다. "사람들이 망쳐놓았지만 당신은 열광할 거예요."

"망쳐놓았다고, 가엾고 늙은 니오베와 같은 로마를 싫어해야 하나요?" 그녀가 물었다.

"아니요, 그렇게 생각하지 않아요. 너무나 많이 망쳐놓았으니까." 그가 미소를 지었다. "제가 가면 딸아이는 어쩌지요?"

"빌라에 남겨놓으면 안되나요?"

"그렇게 해도 좋을지 모르겠군요. 아이를 돌봐주는 아주 훌륭한 노파가 하나 있지만, 가정교사를 둘 형편은 아닙니다."

"그럼 데리고 오세요." 이저벨이 즉각 답했다.

오즈먼드의 얼굴에 그늘이 드리웠다. "그 아이는 겨울 내내 로마의 수녀원에 있었어요. 그리고 관광 삼아 여행 다니기에는 아직 너무 어려요."

"따님을 세상에 내놓고 싶지 않으신 건가요?"

"그래요, 어린 처녀들은 속세를 피해야 한다고 생각합니다."

"전 다른 방식으로 자랐어요."

"그래요? 아, 당신에게는 성공적인 방식이었겠지요. 당신은 특별하니까."

"특별할 게 없어요." 이렇게 말했지만 이저벨은 그의 진술에 어느정도 진실이 담겨 있다는 확신이 없지 않았다.

오즈먼드는 부연하지 않고 그냥 말을 이었다. "로마의 사교모임에 데리고 가서 딸아이가 당신을 닮게 된다면 내일 당장이라도 그럴 겁니다."

"절 닮아서는 안되지요." 이저벨이 말했다. "자기 자신으로 남아 있어야지요."

"누이한테 보낼 수도 있어요." 오즈먼드가 말했다. 그는 거의 조언을 구하는 듯한 태도였다. 집안일을 아처 양과 상의하는 게 좋은 것 같았다.

"그러세요." 그녀가 맞장구를 쳤다. "그렇게 하면 절 닮지는 않겠지요."

그녀가 피렌쩨를 떠나고 길버트 오즈먼드는 제미니 백작 부인의 집에서 마담 멀을 만났다. 거기에는 다른 사람들도 있었다. 백작 부인의 파티에는 대체로 사람들이 거실을 가득 채울 정도로 북적였고, 함께 모여 이야기를 나눴다. 하지만 얼마 후 자리에서 일어난 오즈먼드는 마담 멀의 의자 조금 뒤에 비스듬히 옆으로 놓인 긴 의자에 와 앉았다. "로마에 같이 가면 좋겠다고 하던데." 그가 낮은 목소리로 말했다.

"함께 가자고?"

"자기가 거기 있는 동안 오라고. 그렇게 제안하더군."

"당신이 제안을 하고 그녀가 동의를 했다는 뜻이겠지."

"물론 기회를 주었지. 하지만 그녀가 적극적으로 나섰지. 아주 적극적으로."

"기쁜 소식이네. 그래도 너무 빨리 승전고를 울려서는 곤란해. 물론 당신은 로마에 가야지."

"아," 오즈먼드가 말했다. "사람을 피곤하게 만드네. 당신 계획이란 게!"

"즐기지 않는 척하지 마시지. 당신은 감사할 줄 몰라. 요 몇년간 이렇게 마음이 동하는 일이 없었을 텐데."

"당신은 이 상황을 아주 멋지게 받아들이는군." 오즈먼드가 말했다. "그 점은 감사해야겠네."

"하지만 너무 감사할 일은 아니지." 마담 멀이 대답했다. 그녀는 예의 웃음을 지으면서 의자에 기대 방을 둘러보았다. "아주 좋은 인상을 주었어. 그리고 당신도 좋은 인상을 받았다는 걸 알아. 날 위해 터칫 부인의 집을 일곱번이나 방문한 건 아닐 테니까."

"그 처녀가 마음에 들지 않는 건 아냐." 오즈먼드가 조용히 시인했다.

마담 멀은 순간 그에게 눈길을 주면서 힘을 준 입술을 다물었다.
"그 멋진 여자에 대해서 할 수 있는 말이 그게 다야?"

"다냐고? 그걸로 충분하지 않아? 내가 누구에게든 그 이상의 말
을 하는 걸 들어본 적 있나?"

그녀는 이 질문에는 답하지 않았지만 그래도 방 쪽을 향해 할 말
이 많다는 듯 우아하게 자태를 드러냈다. "당신은 속을 알 수 없는
사람이야." 이윽고 그녀가 중얼거렸다. "내가 그 처녀를 던져넣게
될 그 끝없는 심연을 생각하면 무서워져."

그는 거의 명랑하게 되받아쳤다. "이젠 물릴 수 없지. 너무 멀리
갔으니까."

"좋아, 하지만 나머지는 알아서 처리해."

"물론이지." 길버트 오즈먼드가 말했다.

마담 멀은 잠시 침묵을 지켰고 그는 자리를 떴다. 하지만 그녀가
갈 채비를 하자 그도 인사를 하고 나섰다. 터칫 부인의 이인승 사륜
마차가 안뜰에서 그녀를 기다리고 있었다. 마차에 타는 걸 도운 그는
그대로 거기 서서 그녀를 붙들어두었다. "정말 생각 없이 구네." 그녀
가 피곤하다는 듯이 말했다. "내가 나올 때 따라나오지 말았어야지."

그는 모자를 벗어들고 손으로 이마를 쓸었다. "늘 잊어버리거든.
연습 부족이라."

"속을 알 수 없다니까." 그녀는 되풀이해 말하고 피렌쩨의 새로
운 주택가에 현대식으로 지은 건물의 창문을 올려다보았다.

그는 이 말에 개의치 않고 자기가 하고 싶은 말을 했다. "정말이
지 아주 매력적인 여자야. 그보다 더 우아한 여자를 본 적이 없는
거 같아."

"듣던 중 반가운 소리네. 당신이 그녀를 좋아할수록 내 마음이

편하니까."

"아주 마음에 들어. 당신이 묘사한 그대로고, 게다가 대단한 헌신을 할 수 있는 여자라는 느낌도 들어. 딱 한가지 흠이 있더군."

"그게 뭔데?"

"너무 생각이 많아."

"똑똑한 여자라고 경고했잖아."

"다행히도 틀린 생각들이더군." 오즈먼드가 말했다.

"그게 왜 다행스럽지?"

"아, 포기하게 만들 거니까!"

마담 멀은 의자에 기대서 앞을 똑바로 바라보았다. 그리고 마부에게 가자고 말했다. 하지만 오즈먼드가 다시 붙잡았다. "내가 로마에 가면 팬지는 어떻게 하지?"

"내가 들여다볼게." 마담 멀이 말했다.

27장

로마의 강렬한 매력에 우리 여주인공이 어떻게 반응했는가를 낱낱이 보고하거나, 포룸[48]의 포장도로를 걸을 때의 느낌을 분석하거나, 성 베드로 성당의 문지방을 넘을 때의 맥박 수를 세려고 하지는 않겠다. 이저벨처럼 생기 발랄하고 열정적인 사람이 보이리라 예상할 수 있는 그런 깊은 인상을 받았다고 말하는 것으로 충분하리라. 그녀는 늘 지나간 옛 자취를 좋아했다. 그런데 이곳은 거리

---

48 고대 로마의 공회용 광장.

의 돌과 햇빛에 비치는 티끌에도 역사가 묻어났다. 그녀의 상상력은 위대한 성취가 언급될 때 불이 붙었는데, 여기서는 어디를 향하든 위대한 성취가 이뤄진 무대였다. 이런 것들이 그녀의 마음을 강하게 흔들었지만, 모두 내면의 움직임이었다. 동행들은 그녀가 평상시보다 말수가 적어졌다고 느꼈고, 랠프 터칫은 그녀의 머리 위를 께느른하게, 어정쩡하게 바라보는 것 같았지만 사실은 온 신경을 집중해 그녀를 관찰하고 있었다. 그녀는 자기 기준으로 아주 행복했고, 앞으로의 삶까지 포함해 이 시간이 가장 행복하다고 인정할 용의가 있었다. 인류가 끔찍한 과거를 살아냈다는 느낌이 그녀의 마음을 무겁게 짓눌렀지만, 전적으로 현재진행형인 뭔가가 불현듯 마음에 날개를 달아 푸른 하늘을 날아다닐 수 있게 해주었다. 자신의 감성에 뒤섞여 있는 수다한 것들이 각기 어디로 이끌지 거의 알지 못한 채 그녀는 명상의 황홀경을 억누르고 돌아다니면서 바라보는 것들에 실제보다 훨씬 더 많은 의미를 부여하는 한편, 관광책자에서 소개된 명소 중 많은 곳을 스쳐지나갔다. 랠프 오빠는 마음이 통하는 순간 로마가 모습을 드러낸다고 했다. 웅웅 소리를 내는 한떼의 관광객이 물러나면 장엄한 장소들도 대부분 본래의 자태로 되돌아갔다. 하늘은 푸른빛을 발했고, 구석의 이끼 낀 분수에 냉기가 사라지고 기분 좋은 물소리가 커졌다. 따뜻하고 밝은 거리의 모퉁이를 돌 때 꽃다발이 발에 걸리곤 했다. 우리의 일행은, 로마 체류 삼일째 되는 오후, 얼마 전부터 크게 확장된 포럼의 최근 발굴 현장을 찾았다. 현대식 도로에서 고대 로마의 주도로로 내려와 그 길을 따라 각자 경건한 발걸음으로 마음 가는 대로 둘러본 것이다. 헨리에타 스택폴은 고대 로마에 뉴욕과 상당히 비슷한 포장도로가 있었다는 사실에 감명을 받았고, 옛 도로에 깊게 파

인 전차 바퀴 자국을 치열한 미국 생활의 표상인 시끄럽게 소음을
내는 전철 선로 자국과 견주기도 했다. 해가 지기 시작하면서 대기
는 금빛 안개로 변했고, 부서진 기둥과 제 모양을 잃어버린 대좌臺
座의 긴 그림자가 폐허의 땅 위에 드리웠다. 헨리에타는 밴틀링 씨
와 사라졌다. 그는 율리우스 카이사르를 '건방진 작자'라고 부르
는 그녀를 재미있어하는 게 분명했다. 랠프는 귀를 쫑긋 세운 우리
여주인공에게 준비된 해설을 제공했다. 발굴에 참여하고 있는 사
람들 가운데 허름하게 보이는 이가 근처에서 어슬렁거리다가 두
사람에게 말을 붙였고, 관광 철이 끝나감에도 전혀 녹슬지 않은 안
내 멘트를 유창하게 반복했다. 광장의 후미진 구석에서 발굴이 진
행되고 있는 게 보였고, 그는 곧 뭔가 흥미로운 유물이 출토될 테
니 잠시 가서 구경하면 어떻겠느냐고 숙녀들에게 말했다. 그의 제
안은 많이 돌아다녀서 지친 이저벨보다 랠프의 마음을 끌었다. 그
래서 그녀는 사촌 오빠에게 돌아올 때까지 참을성 있게 기다릴 테
니 가서 호기심을 만족시키라고 권했다. 그 시간과 장소가 마음에
들었고, 잠시 혼자 있는 시간을 즐길 수 있을 것 같았다. 그래서 랠
프는 안내자를 따라갔고, 이저벨은 까삐똘리노 언덕⁴⁹의 주춧돌들
근처에 가로누인 돌기둥에 걸터앉았다. 그녀는 잠시 혼자 있고 싶
었지만, 고독을 오래 즐기지는 못했다. 주변에 흩어진 고대 로마의
황폐해진 유적들에 대한 이저벨의 관심이 강렬한지라——수백년의
침식작용에도 이 유적들에는 개인적인 삶의 흔적들이 남아 있었
다——그녀의 생각은 잠시 이런 것들에 머물다가 섬세하게 추적해
야 할 여러 단계의 연쇄 작용을 거쳐 좀더 활동적인 관심을 불러일

---

49 고대 로마의 중심지 중 하나로 유피테르 신전 터가 있음.

으키는 지역과 사물로 옮겨갔다. 로마의 과거와 이저벨 아처의 미래 사이에는 커다란 간극이 있었지만, 그녀의 상상력은 단번의 비상으로 간극을 넘어서 더 가깝고 더 풍요로운 활동 무대를 맴돌았다. 금이 갔지만 제자리를 지키고 있는 발밑의 석판들에 눈길을 준채 깊은 생각에 잠긴 나머지 그녀는 그림자 하나가 시야에 들어올때까지 다가오는 발소리를 듣지 못했다. 고개를 들자 신사가 보였는데, 발굴 현장이 따분하다고 랠프가 돌아온 건 아니었다. 이저벨이 놀란 만큼 그 사람도 놀랐다. 모자를 벗어들고 서 있는 그는 눈에 띄게 창백해졌다.

"워버턴 경!" 이저벨이 큰 소리로 말하면서 일어섰다.

"당신을 만날 거라고는 생각도 못했습니다. 모퉁이를 돌자 당신과 맞닥뜨렸어요."

그녀는 상황을 설명했다. "같이 온 사람들이 잠시 어디 가서 혼자 남은 거예요. 랠프 오빠는 저쪽의 발굴 현장을 보러 갔어요."

"아, 그렇군요. 알았습니다." 워버턴 경의 시선이 그녀가 가리킨쪽을 막연하게 맴돌았다. 이제 그는 그녀 앞에 굳건하게 서 있었다. 마음의 평정을 되찾았고, 상대방을 배려해 이를 보여주고 싶어하는 것 같았다. "제가 휴식을 방해했나보군요." 그녀 곁의 가로누운 기둥을 바라보며 그가 말을 이었다. "피곤하신가봐요."

"네, 좀 피곤해요." 그녀는 잠시 주저하다 다시 앉았다. "저 때문에 갈 길을 멈추진 마세요."

"천만에요, 전 혼자고 할 일도 없어요. 로마에 계신 줄 몰랐어요. 전 동방에서 오는 길입니다. 그냥 지나가던 길이었어요."

"장거리 여행을 하고 계시다고 들었어요." 그녀가 말했다. 랠프에게서 워버턴 경이 영국에 없다는 이야기를 들었던 것이다.

"네, 해외로 나온 지 육개월 됐습니다. 그때 마지막으로 뵙고는 곧 떠났지요. 터키와 소아시아에 갔었고 얼마 전에 아테네를 떠나왔습니다." 어색하지 않으려고 했지만 마음이 편안한 것은 아니어서 그는 처녀를 한참 쳐다보고 나서 현재 상황으로 돌아왔다. "제가 자리를 피하면 좋으시겠어요? 아니면 좀더 있어도 될까요?"

그녀는 아주 인정 있게 응대했다. "좀더 계셔주세요, 워버턴 경. 만나서 아주 반가운걸요."

"그렇게 말씀해주셔서 고맙네요. 앉아도 될까요?"

그녀가 앉은 세로 홈을 새긴 기둥은 여러사람이 휴식을 취해도 될 정도였고, 체격이 좋은 영국 남자가 앉아도 자리가 남았다. 영국 귀족계층의 이 멋진 견본은 우리의 여주인공 옆에 앉아서 이후 5분 동안 다소 두서없이 여러가지 질문을 던졌고, 대답을 못 들었는지 어떤 질문은 반복하기도 했다. 그는 자신의 근황도 그녀에게 말해주었는데, 더 침착한 여자 쪽은 그의 말을 하나도 놓치지 않았다. 워버턴 경은 그녀를 만나리라고는 예상치 못했다는 말을 여러번 반복했고, 이 우연한 만남이 분명 어떤 식으로든 그의 마음을 흔들어놓아서 대비를 해두는 게 현명할 듯싶었다. 그는 무난한 화제에서 무거운 화제로, 그것들이 유쾌하다고 했다가 불쾌하다고 했다가 계속 급작스럽게 말거리를 바꿨다. 햇볕에 멋있게 그을린 그의 숱 많은 수염조차도 아시아의 빛을 발했고, 영국 여행객들이 국적을 의식하고 편안함을 고려한, 헐렁하고 이질적인 특색을 띤 옷을 걸치고 있었다. 호감 가는 침착한 눈매와 햇볕에 그을리고 새롭게 구릿빛으로 탄 피부, 남자다운 체격, 삼가는 태도, 신사 탐험가로서의 풍모 등은 영국에 호감이 있는 사람이라면 어디에서든 전형적인 영국인으로 그를 인정할 법했다. 이저벨은 이런 점에 주목했고 그를 언제나 좋아했다는 사실에 마음이 뿌듯해졌다. 충격에도 불구하고 그의 모든 장점은 그대로 남아 있었다. 버젓한 명문가들의 진수에서 연원한다고 할 수 있는 그의 자질은 집안의 가장 내밀한 곳에 배치된 설비나 장식 같아서 (집이 통째로 붕괴되어 사라진다면 몰라도) 통속적인 변화에 좌우되지는 않을 것 같았다. 두 사람은 자연스러운 순서에 따라 이야기를 이어갔다. 이모부의 타계, 랠프의 건강 상태, 겨울나기, 로마 방문, 피렌쩨로의 귀환, 여름 휴가 계획, 머무르고 있는 호텔, 그리고 난 다음 워버턴 경의 모험, 여정, 계획, 감상, 그리고 현재의 거처 등등. 이윽고 침묵이 흘렀고, 그 침묵이 둘이 여태까지 나눈 대화보다 훨씬 많은 말을 했기 때문에 그가 마지막 말을 덧붙일 필요조차 없었다. "여러번 편지를 썼어요."

"편지를 쓰셨다고요? 받은 적이 없는걸요."

"보내지 않았거든요. 다 태워버렸으니까."

"아," 이저벨이 웃었다. "제가 태워버리는 거보다는 낫네요."

"편지를 받고 싶지 않을 거라는 생각이 들었습니다." 그의 진솔함이 그녀의 마음을 움직였다. "어쨌든 편지로 귀찮게 할 권리가 없는 것 같았어요."

"워버턴 경 소식을 들었으면 아주 기뻤을 거예요. 아시잖아요, 제가 뭘 바라는지─" 하지만 그녀는 말을 멈췄다. 생각을 입 밖으로 내면 너무 진부하게 들리리라.

"무슨 말씀 하실지 압니다. 우리가 좋은 친구로 남기를 바란다는 뜻이겠지요." 워버턴 경이 입 밖에 낸 이 판에 박힌 말이 상당히 진부하게 들린 것은 사실이다. 하지만 그렇게 들리라고 한 말이었다.

그녀는 그저 "그런 이야기는 그만하세요"라고 말할 수밖에 없었는데, 그건 그가 한 말보다 나을 게 없었다.

"말하게 해주셔서도 별로 위로가 안됩니다!" 워버턴 경이 힘주어 말했다.

"감히 위로 말씀은 못 드리겠네요." 처녀가 말했다. 그녀는 가만히 그곳에 앉아서 육개월 전에 그를 거의 납득시키지 못한 답변이 불러일으킨 일종의 내적인 승리감을 곱씹었다. 그는 호감을 불러일으켰고, 열정적이었고, 정중했다. 그보다 더 나은 남자는 없다. 하지만 그녀의 답변은 그대로였다.

"위로하려고 하지 않는 편이 훨씬 좋아요. 당신이 할 수 있는 일도 아닙니다." 그녀가 이상하게 의기양양한 기분을 느끼는 와중에 그의 말소리가 들려왔다.

"다시 만나뵙기를 바랐어요. 상처를 드렸다는 가책을 느끼게 하시지는 않을 거라고 생각했거든요. 하지만 그러실 거라면, 만나뵙는 기쁨보다 아픔이 더 크겠지요." 그리고 그녀는 조금은 의식적으로 위엄을 부리며 동행들을 찾아보려고 일어섰다.

"가책 같은 건 원치 않아요. 그런 말을 할 입장도 아니고요. 한두 가지 사실을 분명히 하고 싶을 따름입니다. 제 자신에게도 공정하고 싶어서라고 할까요. 그 문제로 다시는 돌아가지 않겠어요. 작년에 그런 말씀을 드린 건 정말 강렬한 감정 때문이었습니다. 그 생각뿐이었으니까요. 그러다가 있는 힘을 다해, 체계적으로 잊으려고 노력했지요. 다른 여자에게 관심을 가져보려고도 했어요. 제가 할 수 있는 일은 다 했음을 알아주셨으면 해서 이런 말씀을 드리는 겁니다. 잘되지 않았어요. 해외여행도 그래서 떠났던 거고, 가능한 한 멀리 갔지요. 여행을 하면 정신을 딴 데로 돌릴 수 있다고 하던데, 저는 그렇게 되지 않더군요. 당신을 마지막으로 본 이후 계속 당신 생각뿐이었어요. 저는 그대로입니다. 당신을 그때와 마찬가지로 사랑하고, 그때 한 말은 지금도 여전히 사실이에요. 이렇게 말하는 지금 이 순간에도 다시 느낄 수 있어요. 당신이 제 마음을 사로잡는 건 불행하게도 어쩔 수 없습니다. 아, 이 말을 하지 않을 수 없었어요. 그렇다고 우겨댈 작정은 아닙니다. 이번을 마지막으로 입을 다물 거예요. 몇분 전 우리가 맞닥뜨린 바로 그 순간, 만날 거라고는 꿈에도 생각 못했지만, 당신이 어디에 있는지 알고 싶던 참이었다는 말만 덧붙이지요."그는 자제력을 회복했고 말을 하다가 완벽하게 평정을 회복했다. 소위원회 앞에서—모자에 숨겨놓은 쪽지를 가끔 훔쳐보면서—중대 발언을 조용히, 명료하게 한 다음에 모자를 다시 쓰지 않은 것 같았다. 그리고 위원들은 그의 논점이 증명되었다고 느낄 게 분명했다.

"저도 자주 워버턴 경 생각을 했어요."이저벨이 대답했다."앞으로도 늘 그럴 거라고 믿으셔도 될 거예요."그리고 호의적인 태도는 유지하되 그 의미는 축소하는 어조로 덧붙였다."생각하는 게 우리 둘 다에게 해로울 건 없겠지요."

두사람은 함께 걸었다. 그녀는 곧 그의 누이들의 안부를 물었고, 안부를 전해달라고 했다. 그는 이제 둘 사이의 중대 문제를 더이상 언급하지 않았고, 다시 얕고 안전한 물가에 살짝 발만 담갔다. 그러나 그는 이저벨이 언제 로마를 떠나는지 알고 싶어했고, 그녀가 체류 기간을 언급하자 시간이 한참 남아 있어서 기쁘다고 말했다.

"그냥 지나가던 길이라고 하시곤 그런 건 왜 물으세요?"그녀는 약간 걱정스럽게 물었다.

"아, 제가 지나간다고 말할 때 로마를 클래펌 환승역[50]같이 여긴다는 뜻은 아니에요. 로마를 지나간다는 건 한두주 머문다는 뜻이죠."

"제가 로마에 있는 동안 머무를 거라고 솔직하게 말씀하시죠!"

얼굴을 붉히며 웃던 그는 그녀의 의중을 약간 떠보려는 것 같았다. "좋아하지 않으시겠죠. 너무 자주 만나게 될까 걱정하잖아요."

"제가 좋고 말고 할 일이 아니죠. 저 때문에 이 매혹적인 곳을 떠나라고 할 수야 없고말고요. 하지만 걱정이 되는 건 사실이네요."

"제가 다시 이야기를 꺼낼까봐 그런 거죠? 정말 조심할게요."

그들은 발걸음을 멈추었고 잠시 서서 마주 보았다. "가엾은 워버턴 경!" 그녀는 둘 다에게 해당되는 연민을 드러내며 말했다.

"정말 가엾은 워버턴 경이군요! 하지만 조심할 겁니다."

"불행하시더라도 저까지 그렇게 만들지는 마세요. 그건 용납할 수 없어요."

"제가 당신을 불행하게 만들 수 있다면 한번 해보고 싶은 마음이 드네요." 이 말을 하면서 그녀는 앞서 걸어갔고 그는 뒤를 따랐다. "불쾌해하실 말은 한마디도 않겠습니다."

"좋아요, 만약 그런 말씀을 하신다면 우리 우정은 끝나는 거예요."

"언젠가──얼마 있다──허락할 수도 있겠지요."

"절 불행하게 만드는 걸 허락한다고요?"

그는 머뭇거렸다. "다시 이야기를 꺼낼──" 하다가 스스로 자제했다. "감정을 억누르도록 하겠습니다. 언제나 그러도록 하지요."

스택폴 양과 그녀의 수행원은 랠프 터칫이 찾은 발굴 현장에 합류해 함께 흙더미와 돌무덤 사이 구덩이를 빠져나와 이저벨과 워

---

50 런던 근교의 작은 기차 정거장.

버턴 경이 보이는 곳에 모여 섰다. 우리의 랠프는 너무 놀라 기쁨을 제대로 표현하지 못한 채 큰 소리로 친구를 불렀고, 헨리에타는 목소리를 높여 외쳤다. "어머나, 귀족 나리네!" 랠프와 그의 이웃은 오랜만에 만난 영국의 이웃들이 으레 그렇듯 간단히 인사를 나눴고, 스택폴 양은 총명한 눈길을 햇볕에 그을린 여행자에게 고정했다. 하지만 그녀는 곧 이 중대 국면에 대한 입장을 정리했다. "절 기억 못하시죠?"

"기억하고말고요." 워버턴 경이 말했다. "저희 집에 초대했는데 안 오셨잖아요."

"초대받았다고 아무 데나 가지는 않거든요." 스택폴 양이 쌀쌀맞게 대답했다.

"아, 그러세요, 다시는 초대하지 않겠습니다." 로클리의 주인이 웃었다.

"초대하면 갈 거니까 확실히 해두세요!"

웃음을 참기 힘든 상황임에도 워버턴 경은 충분히 확실하게 해둔 것 같았다. 아는 척하지 않고 서 있던 밴틀링 씨가 기회를 잡아 워버턴 경에게 인사를 건네자 그는 다정하게, "아, 자네도 있었나, 밴틀링?" 하며 답례하고 악수를 나눴다.

"어머나," 헨리에타가 말했다. "저 사람을 아시는지 몰랐네요."

"제가 아는 모든 사람을 다 알지는 못하시겠죠." 밴틀링 씨가 농담조로 대답했다.

"귀족과 친분이 있으면 영국인은 언제나 이야기하는 줄 알았죠."

"아, 밴틀링이 절 창피하게 생각했나보군요." 워버턴 경이 다시 웃었다. 이저벨은 그의 어조에 기분이 좋아졌다. 집으로 가는 길에 그녀는 조그맣게 안도의 한숨을 쉬었다.

다음날은 일요일이었다. 그녀는 두통의 긴 편지를—하나는 언니 릴리, 다른 하나는 마담 멀에게—쓰느라 아침나절을 보냈다. 그러나 어느 편지에서도 퇴짜를 놓은 청혼자가 다시 구애를 해올 위험이 있다는 사실을 언급하지 않았다. 일요일 오후가 되면 모든 훌륭한 로마 시민들은—그리고 최고의 로마 시민들은 종종 북방의 이방인들이었다—성 베드로 성당에 저녁 미사를 드리러 가는 풍습이 있었다. 우리의 친구들은 그 위대한 성당에 함께 마차를 타고 가기로 의견을 모았다. 점심식사 후, 마차가 도착하기 1시간 전에 워버턴 경이 호텔 빠리에 인사차 두 숙녀를 찾아갔다. 랠프 터칫과 밴틀링 씨는 함께 외출하고 없었다. 워버턴 경은 전날 저녁에 한 약속을 지킬 것임을 이저벨에게 증명해 보이려고 하는 것 같았다. 그는 신중했지만 솔직했다. 말없는 절박함이나 막연한 열정도 드러내지 않았다. 그렇게 해서 그가 친구로 남을 수 있을지 판단할 수 있는 기회를 그녀에게 주려는 것 같았다. 그는 페르시아와 터키 등 여행한 곳에 관한 이야기를 들려주었다. 그 나라들이 여행할 '가치'가 있느냐는 스택폴 양의 질문에 여성적 모험의 거대한 무대를 제공할 거라고 확언하기도 했다. 이저벨은 그의 노력을 사주었지만, 그런 노력으로 자신의 진실됨을 탁월하게 입증해서 뭘 얻을 것으로 기대하나 의아한 마음이 들었다. 그가 얼마나 근사한 사람인지 보여줌으로써 그녀를 감동시키려는 생각이라면 그런 수고는 안해도 될 일이었다. 그녀는 그가 모든 점에서 탁월하다는 것을 알고 있었고, 지금으로서는 그 점을 부각하기 위해 그가 더 할 일은 없었다. 무엇보다도 워버턴 경이 로마에 있다는 것 자체가 잘못된 종류의 골칫거리라는 생각이 들었다. 그녀는 올바른 종류의 골칫거리를 선호했다. 그럼에도 작별을 고하기 직전에 자기도 성 베드로 성당에 가서 일행을 찾아볼 생각이라고 그가 했을 때 그녀는 편한 대로 하시라고 대답할 수밖에 없었다.

성당에 가서 바둑판무늬의 보도를 거닐 때 처음 만난 사람이 워버턴 경이었다. 그녀는 성 베드로 성당이 명성에 못 미친다고 '실망하면서' 으스대는 부류의 관광객이 아니었다. 입구에서 젖히면 뒤에서 철썩 와닿는 거대한 가죽 커튼 밑을 그녀가 처음 지나갔을 때, 높은 아치를 이룬 둥근 천장 밑에 처음으로 서서 향냄새와 대리석과 금박, 모자이크 세공과 청동의 반사로 진해진 공기를 통해 빛이 적시듯 내려오는 것을 보았을 때, 위대함의 개념이 어지러울 정도로 점차 높이 솟아올랐다. 이런 경험을 하고 나면 솟아오를 공간이 모자라는 법이 없었다. 그녀는 어린아이나 시골뜨기같이 황홀과 경탄에 빠져 두리번거렸고, 정좌한 숭고함에 말없이 경의를 표했다. 워버턴 경은 이저벨과 어깨를 나란히 하고 걸으면서 콘스탄티노플의 성 소피아 성당 이야기를 했지만, 그녀는 이를테면 그가 결국은 자신의 모범적인 처신을 칭찬해달라고 옆구리를 찌를까 봐 겁이 났다. 예배는 아직 시작하지 않았지만, 성 베드로 성당에는 볼거리가 많았고, 영적인 활동뿐만 아니라 육체적인 활동에도 유용한 듯한 그곳의 거대함에는 거의 불경스러운 뭔가가 있기 때문에, 예배 보러 온 사람들과 관광객이 섞여서 하고 싶은 대로 해도 아무런 갈등이나 물의를 빚지 않았다. 빛을 발하는 그 광대한 공간에서는 개인의 분별없는 행동도 크게 눈에 띄지 않았다. 하지만 이저벨과 그녀의 동행들은 그렇게 분별없이 행동하지 않았다. 미켈란젤로의 둥근 지붕이 워싱턴에 있는 국회의사당의 둥근 지붕만 못하다고 헨리에타가 속생각을 말했지만, 그녀는 주로 밴틀링 씨의 귀에 대고 항변했고, 좀더 강력한 항변은 『인터뷰어』지의 칼럼에서 제기하려고 남겨두었다. 이저벨은 워버턴 경과 함께 성당을 돌아봤는데, 출입구 왼쪽에 있는 성가대 쪽으로 다가가자 교황의 성가대 소리가 문밖에 모여 있는 수많은 사람들의 머리 위로 울려 퍼졌다. 절반은 로마 토박이, 절반은 호기심 어린 외지인으로 이뤄진 무리의 가장자리에 잠시 머무르는 동안 성가 연주가 계속되었다. 랠프는 헨리에타, 밴틀링 씨와 함께 안으로 들어간 것 같았고, 빽빽이 모여 있는 무리들의 머리 너머 이저벨은 장엄한 성가와 뒤섞인 오후의 햇빛을, 향 연기로 은빛을 띤 돋을새김 벽감 안의 높은 창문에서 비스듬히 내리쬐는 햇빛을 바라보고 있었다. 잠시 후 성가가 끝났고, 워버턴 경이 그녀를 데리고 자리를 옮길 태세를 취하자 이저벨은 따를 수밖에 없었다. 바로 그때 그녀는 길버트 오즈먼드와 맞닥뜨렸다. 그녀의 등 뒤 조금 떨어진 곳에 서 있었던 듯했다. 그는 이내 한껏 예의를 갖춰 다가왔다. 이번 경우 장소에 어울리도록 예의를 각별히 차린 것 같았다.

"결국 오시기로 했군요?" 그녀는 손을 내밀며 이렇게 말했다.

"네, 어젯밤에 도착해서 오늘 오후 호텔에 찾아갔지요. 당신이 이곳으로 가셨다는 말을 듣고 찾으러 왔습니다."

"다른 사람들은 안에 있어요." 그녀는 이렇게 말하기로 했다.

"저는 다른 사람들을 만나러 온 게 아닙니다." 그는 즉시 대답했다.

그녀는 눈길을 돌렸다. 그들을 주시하던 워버턴 경이 이 말을 들었을 수도 있다. 불현듯 가든코트에 청혼하러 왔던 날 아침 워버턴 경이 그녀에게 한 말과 똑같은 말이라는 생각이 떠올랐다. 오즈먼드의 말은 그녀의 뺨을 붉게 물들였고, 이런 옛 생각이 홍조를 식히는 데 도움이 되지 않았다. 그게 뭐든 내색하지 않으려고 그녀는 두 사람을 소개했는데, 바로 이 순간 다행히도 성가대석 쪽에서 영국 남자답게 씩씩하게 군중을 헤치고 나온 밴틀링 씨가 모습을 드러냈고, 그 뒤를 스택폴 양과 랠프 터칫이 따랐다. '다행히도'라는 말은 피상적인 사태 파악일 수 있다. 피렌쩨에서 온 신사를 보고 랠프 터칫이 기뻐해야 할 사태로 여기는 것 같지 않았기 때문이다. 하지만 예의상 반갑지 않다는 기색을 보이지는 않았고, 곧이어 이저벨에게 이제 친구들이 다 모인 셈이라고 덕담을 했다. 스택폴 양은 오즈먼드 씨를 피렌쩨에서 만났고, 이저벨을 흠모하는 다른 사람들, 터칫 씨와 워버턴 경은 물론 빠리에서 만난 귀여운 로지어 씨보다도 못하다고 이미 말한 바 있다. "대체 무슨 문제가 있는지 모르겠다." 그녀는 이렇게 말하기까지 했다. "너처럼 고상한 아가씨가 아주 이상한 사람들의 흥미를 유발하니 말이야. 내가 높이 평가하는 사람은 굿우드 씨뿐인데, 네가 평가해주지 않는 유일한 사람이잖아."

"성 베드로 성당을 본 감상이 어땠습니까?" 그사이 오즈먼드가 우리의 젊은 숙녀에게 물었다.

"아주 크고 아주 밝더군요." 그녀는 그렇게 대답하는 데 만족했다.

"너무 큽니다. 사람이 티끌 같다는 느낌을 들게 하지요."

"인간이 만든 가장 위대한 성당에서 그런 느낌이 드는 건 당연하잖아요?" 자신의 응대에 다소 만족하면서 그녀가 물었다.

"하찮은 사람이면 어디서든 마땅히 그렇게 느끼겠지요. 하지만 저는 성당이라 하더라도 그런 느낌을 주는 게 싫군요."

"정말이지 교황이 되실 걸 그랬어요!" 그가 피렌쩨에서 한 말을 기억하고 이저벨이 큰 소리로 말했다.

"아, 교황 노릇을 틀림없이 즐겼을 거예요." 길버트 오즈먼드가 말했다.

그사이 워버턴 경은 랠프 터칫에게 다가갔고 둘이 함께 걸었다. "아처 양과 이야기를 나누고 있는 저 친구는 누군가?"

"이름은 길버트 오즈먼드. 피렌쩨에 살지." 랠프가 말했다.

"뭐 하는 친군데?"

"아무것도 안해. 아, 그래, 미국인이다. 하지만 그 사실을 깜빡하게 되지. 미국인 같지 않으니까."

"아처 양과 안 지는 오래됐나?"

"삼사주 됐지."

"그녀가 저 친구를 좋아하나?"

"그녀도 알아내려고 하는 중이야."

"그럴 거 같아?"

"알아낼 거냐고?" 랠프가 물었다.

"그녀가 저 친구를 좋아하게 될까?

"구애를 받아들일까, 그런 뜻인가?"

"그래," 워버턴 경이 잠시 후 말했다. "내가 하고 싶은 끔찍한 말이 그거 같군."

"안될 일이라고 가로막지만 않으면 아마 그렇게 되지는 않겠지." 랠프가 대답했다.

워버턴 경은 잠시 빤히 쳐다보았지만 우려의 빛을 드러냈다. "그럼 우리는 아주 잠자코 있어야 하나?"

"쥐 죽은 듯 조용히. 그리고 운에 맡겨보는 거야!" 랠프가 덧붙였다.

"구애를 받아들일 가능성은?"

"받아들이지 않을 가능성은?

워버턴 경은 아무 말 없이 듣고 있다가 다시 입을 열었다. "아주 영리한 자인가?"

"엄청." 랠프가 말했다.

친구는 생각에 잠겼다. "그리고?"

"뭘 더 원하는데?" 랠프가 신음 소리를 냈다.

"이저벨이 뭘 더 원하느냐는 뜻인가?"

랠프는 그를 돌려세우려고 팔을 잡았다. 일행에게로 돌아가야만 했다. "이저벨은 우리가 줄 수 있는 걸 원하지 않아."

"아, 그래, 자네를 원하지 않는다면야—!" 같이 걸어가면서 워버턴 경이 너그럽게 말했다.

(2권으로 이어집니다)

고전의 새로운 기준, 창비세계문학

오늘날 우리는 인간의 존엄과 개성이 매몰되어가는 시대를 살고 있다. 물질만능과 승자독식을 강요하는 자본주의가 전지구적으로 확산되면서 현대사회는 더 황폐해지고 삶의 질은 크게 훼손되었다. 경제성장만이 최고의 선으로 인정되고 상업주의에 물든 문화소비가 삶을 지배할수록 문학은 점점 더 변방으로 밀려나고 있다. 삶의 본질을 성찰하는 문학의 자리가 위축되는 세계에서는 가진 자와 못 가진 자 할 것 없이 모두가 불행할 수밖에 없다.

이 시대야말로 인간답게 산다는 것의 의미가 무엇인지 근본적인 화두를 다시 던지고 사유의 모험을 떠나야 할 때다. 우리는 그 여정에 반드시 필요한 벗과 스승이 다름 아닌 세계문학의 고전이라는 점을 강조한다. 고전에는 다양한 전통과 문화를 쌓아올린 공동체의 경험이 녹아들어 있고, 세계와 존재에 대한 탁월한 개인들의 치열한 탐색이 기록되어 있으며, 새로운 세상을 꿈꾸는 아름다운 도전과 눈물이 아로새겨 있기 때문이다. 이 무궁무진한 상상력의 보고이자 살아 있는 문화유산을 되새길 때만 개인의 일상에서 참다운 인간적 가치를 실현하고 근대적 삶의 의미와 한계를 성찰하는 지혜를 얻을 수 있을 것이다.

'창비세계문학'은 이러한 문제의식에서 출발한다. 세계문학의 참의미를 되새겨 '지금 여기'의 관점으로 우리의 정전을 재구성해야 할 필요성이 그 어느 때보다 절실하다. '정전'이란 본디 고정된 목록으로 존재하는 것이 아니라 그때그때 주어진 처소에서 새롭게 재구성됨으로써 생명을 이어가는 것이다. 우리는 먼저 전세계 문학들의 다양성과 차이를 존중하면서 국가와 민족, 언어의 경계를 넘어 보편적 가치에 기여할 수 있는 가능성에 주목하고자 한다. 근대를 깊이 성찰한 서양문학뿐 아니라 아시아와 라틴아메리카, 중동과 아프리카 등 비서구권 문학의 성취를 발굴하고 재평가하는 것 역시 세계문학의 지형도를 다시 그리려는 창비의 필수적인 작업이 될 것이다.

여러 전집들이 나와 있는 세계문학 시장에서 '창비세계문학'은 세계문학 독서의 새로운 기준이 되고자 한다. 참신하고 폭넓으면서도 엄정한 기획, 원작의 의도와 문체를 살려내는 적확하고 충실한 번역, 그리고 완성도 높은 책의 품질이 그 기초이다. 독서시장을 왜곡하는 값싼 유행과 상업주의에 맞서 문학정신을 굳건히 세우며, 안팎의 조언과 비판에 귀 기울이고 독자들과 꾸준히 소통하면서 진정 이 시대가 요구하는 세계문학이 무엇인지 되묻고 갱신해나갈 것이다.

1966년 계간 『창작과비평』을 창간한 이래 한국문학을 풍성하게 하고 민족문학과 세계문학 담론을 주도해온 창비가 오직 좋은 책으로 독자와 함께해왔듯, '창비세계문학' 역시 그러한 항심을 지켜나갈 것이다. '창비세계문학'이 다른 시공간에서 우리와 닮은 삶을 만나게 해주고, 가보지 못한 길을 걷게 하며, 그 길 끝에서 새로운 길을 열어주기를 소망한다. 또한 무한경쟁에 내몰린 젊은이와 청소년 들에게 삶의 소중함과 기쁨을 일깨워주기를 바란다. 목록을 쌓아갈수록 '창비세계문학'이 독자들의 사랑으로 무르익고 그 감동이 세대를 넘나들며 이어진다면 더없는 보람이겠다.

2012년 가을
창비세계문학 기획위원회

창비세계문학 25

한 여인의 초상 1

초판 1쇄 발행 / 2013년 12월 30일

지은이 / 헨리 제임스
옮긴이 / 유명숙 · 유희석
펴낸이 / 강일우
책임편집 / 권은경
펴낸곳 / (주)창비
등록 / 1986년 8월 5일 제85호
주소 / 413-120 경기도 파주시 회동길 184
전화 / 031-955-3333
팩시밀리 / 영업 031-955-3399 편집 031-955-3400
홈페이지 / www.changbi.com
전자우편 / lit@changbi.com

한국어판 ⓒ (주)창비 2013
ISBN 978-89-364-6425-7 03840